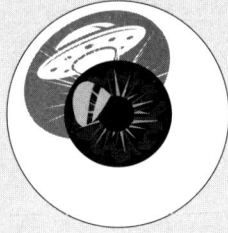

百年科幻

郑军秘境科幻探险系列

Sci-Fi

溶洞惊奇

郑军 著

科学普及出版社

·北 京·

图书在版编目（CIP）数据

郑军秘境科幻探险系列 . 溶洞惊奇 / 郑军著 . -- 北
京：科学普及出版社，2023.4
（百年科幻）
ISBN 978-7-110-10532-0

Ⅰ . ①郑… Ⅱ . ①郑… Ⅲ . ①幻想小说—中国—当代
Ⅳ . ① I247.5

中国国家版本馆 CIP 数据核字（2023）第 038314 号

策划编辑	曹　璐　王卫英	
责任编辑	王卫英	
封面设计	书香文雅	
内文设计	书香文雅	
责任校对	焦　宁	
责任印制	徐　飞	

出　　版	科学普及出版社
发　　行	中国科学技术出版社有限公司发行部
地　　址	北京市海淀区中关村南大街 16 号
邮　　编	100081
发行电话	010-62173865
传　　真	010-62173081
网　　址	http://www.cspbooks.com.cn

开　　本	720mm×1000mm　1/16
字　　数	490 千字
印　　张	40
版　　次	2023 年 4 月第 1 版
印　　次	2023 年 4 月第 1 次印刷
印　　刷	天津泰宇印务有限公司
书　　号	ISBN 978-7-110-10532-0 / I・655
定　　价	120.00 元（全 4 册）

"百年科幻"编委会

总策划：**李继勇** 北京书香文雅图书文化有限公司总经理

主　编：中国科普作家协会科幻创作研究基地

总统筹：**静　芳　曹　璐**

编　委：

（按姓名音序排列）

超　侠	陈　玲	董仁威	韩　松	姜云生
金　涛	李继勇	李凌己	凌　晨	刘慈欣
刘嘉麒	刘兴诗	任福君	王晋康	王泉根
王　挺	王　威	王卫英	吴　岩	颜　实
杨　枫	杨　鹏	姚海军	尹传红	张立红
张之路	赵　晖	周忠和		

总　序

科幻引领未来

　　"百年科幻"是由中国科普作家协会科幻创作研究基地主编的大型科幻系列图书项目。项目工程浩大，计划将过去、现在以及未来的国内外优秀科幻作品都囊括进来，打造成一个可持续的出版系列。

　　科幻是科学与文学融合的产物，它不仅能激发人们的想象力，更能给人们以深刻的科学启示，唤起人们对科学的兴趣，培养人们的科学精神。自1818年英国作家玛丽·雪莱创作《弗兰肯斯坦》起，世界科幻已走过200多年的发展历程。中国科幻作为世界科幻板块中的重要组成部分，渐渐发展成一支越来越活跃的生力军。从1904年荒江钓叟的《月球殖民地小说》发表至今，中国科幻已有近120年的历史，这100多年的发展并不是连续的线性发展，而是呈现出点状分布，时断时续，直到20世纪90年代，才呈现出持续发展的状态。在本土化进程中，中国科幻从学习西方科幻到输出本土科幻，已经走向成熟。以王晋康、刘慈欣、韩松为代表的科幻作家的创作，早已跻身于世界科幻领域的顶级作品之列。

　　科幻的发展从根本上说与国家科技发展密切相连。现在科幻越来越受到中国读者的喜爱，越来越获得国家的重视，这些都为科幻创作提供了良好的社会环境。中国科幻每年的创作数量也在明显增加，这也是非常可喜的局面。

故此，我们计划在此前出版的《百年中国科幻小说精品赏析》的基础上，推出"百年科幻"系列。在编选出版的定位和特色上，"百年科幻"系列既与前者有密切关联，又有其鲜明的独特风貌。主要体现在以下几点：

一、突出史诗性。以世界百年科幻历史长河为线索梳理和编选作家作品，以不同历史时期产生重要影响力的作家作品为对象，遴选经典和优秀之作。

二、强调专题性。对各个时期科幻作家的代表性作品进行专题编辑，彰显其创作特色和文学风格，向广大读者呈现科幻作品独特的文化魅力。

三、立足中国当下，关照未来。在梳理和编选科幻经典的同时，我们的侧重点是立足中国当下，关照未来。希望能够汇聚当下科幻作家的优秀之作，挖掘出更多青年新锐作家的优秀作品，丰富和壮大科幻创作的规模，使科幻创作宛如大河流淌，使科幻历史的长河因强大的新生力量而变得更加波澜壮阔。

借由"百年科幻"系列图书的持续出版，希望能够提振和鼓舞科幻作家的创作信心，为广大读者提供优质的科幻读本，为科幻爱好者及理论研究者提供可资参考的文学样本。希望"百年科幻"系列在促进中国科幻事业的繁荣与发展方面贡献力量。

以上是打造"百年科幻"系列的目标和愿望。

王卫英

2022年5月

科幻——探险家的乐园

今天，我们被人类及其创造物所包围。人类无法逃避，全球范围内到处如此。大自然成了人们心中的幻想，成了难圆的旧梦，早就一去不复返了。

——《刚果惊魂》

一、什么是探险小说

《郑军秘境科幻探险系列》的主人公廖铮是《神秘世界》杂志社的特约撰稿人。廖铮也是"国际探险家协会"第一批被授予"世界级探险家"称号的7位探险家之一。被授予这个称号的人，必须完成过"七加二"的壮举，即登上世界七大洲最高峰，并且步行到达过南北两极。7个探险家里，该系列第一部只有廖铮出场，以后每部都有1个人和廖铮同台演出。全系列小说，平均每部长度为8万字左右。

《郑军秘境科幻探险系列》是一套科幻小说与探险小说相融合的作品。要更好地理解这个系列，首先要了解探险小说的简单历史。

探索文学是类型文学的一个品种，萌芽于欧洲地理大发现时代，《鲁滨孙漂流记》是这一类型的先驱，而最终则兴旺于19世纪。英国作家罗伯特·路易斯·斯蒂文森于1883年出版探险小说《金银岛》，算是正式开辟了探险小说这一题材。有趣的是，他的《化身博士》也属于科幻经典之一，但却不是具有探索色彩的科幻小说，而是悬疑式的科幻小说。美国的马克·吐温则为探险小说的发展做出了杰出贡献，他的《哈克贝利·芬历险记》被海明威称作美国文学的源头。

《科幻之路·第一卷》中写道："为了找到世界中仅有的几个处于原始状态的地方，冒险者们不得不抛弃现代文明，依赖某些很原始的品质，如勇气、力量、忍耐力等。"探险小说的主要人物们，总是要从现代化地区出发，甚至总要从当时世界上最重要的城市出发，过去是伦敦、巴黎，后来则是纽约。而探险目标则不脱"原始"二字。文明与野蛮对比，现代与原始冲突，是探险小说的核心魅力——它的读者对象，就是现代化大都市里过惯沉闷呆板生活的人们。就像大批美国人去西部边境冒险一样，英格兰的日益工业化及维多利亚时代社会的严谨、刻板，迫使许许多多的英国人到非洲等地冒险。

探险小说可以细分成3大类。

第一类是"寻宝探险小说"。冒险家们之所以远离繁华，甘冒艰苦，是为了寻找传说中的某种宝藏。从金银财宝到灵丹妙药，甚至某种稀有矿产，寻宝的对象可以千变万化，但"寻宝"这种最基本的情节模式却不会变化。从这种意义上讲，中国武侠里那些寻找武林秘录的典型情节，也可以看作中国式的探险小说。从这个主题出发，寻宝类探险小说有了一个共同特点，就是今人的足迹要沿着前人的足迹走，这实际上构成了某种形式的古今对话。

最近一部寻宝题材的纯粹探险作品，要属好莱坞影片《国家宝藏》

了。虽然探险时代已经在现实中成为过去，但编导在这部电影里仍然尽可能推陈出新，让探险文艺染上现代色彩。在影片中，我们可以发现探险文学的许多标准套路：①大量的谜语般的线索，一个线索指向另一个线索。甚至主人公的父亲把这个当成笑话，嘲笑儿子鬼迷心窍。②必须有正邪双方，构成"正、邪、谜"的三角关系。正邪双方都在解谜，同时钩心斗角。③某些情节必须有远离现代城市文明的背景，尽管在本片中已经被压缩到只有"北极冰原"一处了。

当然，在这些传统套路上，作者大胆虚构，竟然把美国历史的许多重要资料编了进去，使影片显得比较大气。

成龙是一位武打巨星。然而，和其他武打演员完全不同的是，直到在电影《神话》中，成龙才第一次以古装出镜。大部分时间里，他在银幕上要扮演探险家的角色。即使是《神话》，故事主干也是现代背景下的探险故事。

成龙电影里最典型的探险类型片是《飞鹰计划》。隆美尔败逃时，将大量黄金埋藏在一个军事基地里。几十年后，当年负责这件事的军官的孙女带着这个秘密，找到探险家飞鹰，请他一起寻宝。而当年的一个基地士兵则雇佣了沙漠匪徒搜寻这一宝库。如果抽去成龙那种卓别林式的武打，你可以在《飞鹰计划》里找到寻宝探险类型作品的全部要素：两批人马的寻宝竞赛，文明与野蛮的对比，艰难环境下的生存问题（在影片中是沙漠）。

在影片《我是谁》中，被寻的宝物变成了"超级能量陨石"，而其他套路一样不少。为了突出文明与野蛮的对比，制片方安排了一大段非洲原始部落的戏。这个部落的人连什么是飞机和汽车都不知道。然而，在影片外景地所在国家里，根本没有生活在这种原始状态下的部落，影片中的那个部落聚居区完全是搭出来的布景。

第二类是地理探险小说，以纯粹的地理新发现为目标。由于地理发现接近现代科学的领域，从这个领域几乎很容易衔接到科幻小说。儒勒·凡尔纳的许多非科幻类作品就属于地理探险小说。不过，由于缺乏人际间的冲突作为线索，这类小说并不好写。除了凡尔纳，成功者廖廖。尤其到了现在，地球上已经没有什么秘境可供发现了，这个品类基本上走入了死胡同，被太空探险故事代替。

第三类可以称为"大自然探险小说"。这类探险小说近似于探险家个人的记录，多以野生环境下的动物为主角，以描写探险过程为主要情节。中国作家刘先平被誉为"大自然探险文学第一人"，可称这方面的行家。和凡尔纳等"闭门造车"，通过大量阅读来积累素材的探险小说作家不同，刘先平对于探险亲力亲为，他的小说多来自个人的探险经历。不过，兼有探险家和小说家双重身份的人毕竟太少了。

二、探险科幻的源流

在19世纪，探险小说与科幻小说的结合可以说自然而然，水到渠成。除了有一批作家努力开拓，也有科学技术史上的重要原因：在当时，地理大发现可谓是主要的科技前沿，一如今天的IT、克隆和纳米。

科学技术史学者总结了科学的两个传统：哲学家传统和工匠传统。前者产生理论科学，后者产生实验科学，最终合而为一，成为现代的科学体系。但他们忽略了第三个传统，那就是探险家传统。探险家不同于待在书房里的哲人，不靠思辨来把握世界。他们又不同于工匠，虽然地理发现或者生物新品种的发现也极有经济意义，开拓殖民地更是有暴利可图，但探险发现本身带来的荣誉感，以及求知世界的好奇心才是其进行探险的主要动力。

在凡尔纳生活的时代里，探险活动本身就是许多门科学的摇篮。尤其是后来被称为"地球科学"的一个科学群体：海洋学、大气科学、地质学、地球物理学、地球化学、水文学。此外，还有生物学中新物种的发现，以及人类学研究等。这些都是从"探险家传统"萌生而来的。甚至，像阿波罗登月这样的系统工程也和传统的天文观测完全不同，堪称一种探险式的科学。

与理论科学和实验科学相比，探险类科学极度依赖于经济实力。如果不能支持一批科学家去远行，则根本谈不上探险。但同时，人们对探险类科学的尊重，又远不及理论学者。这是社会大众对科学的误区之一。

在探险类科学日渐成熟、影响极大的时代，探险类科幻也起步了。凡尔纳自然是大师中的大师，我们稍后会仔细地介绍他。现在先绕过这座巅峰，看一看探险类科幻小说的发展简史。

与凡尔纳同时代及稍后，在西欧形成了一种"失落种族"类探险小说：描写某种埋没于原始地带的文明。英国亨利·赖德·哈格德的代表作《她》是其中的典型。传说中的某个祭司家族拥有长生仙方，他们消失于中非某地。千百年后，当代探险家利奥·文西去寻找这个家族的历史。由此引出了一段段奇遇。

稍后，美国作家埃德加·赖斯·伯勒斯的《人猿泰山》轰动一时，不仅成为一系列的小说，还被改拍成多部电影，1999年还由迪士尼改编成卡通片。这说明它早就是当代西方"失落种族"类探险小说的神话之一了。一个文明人的后代由黑猩猩养大，成为野人。这本身就凝聚了探险小说的基本主题——文明与蛮荒的冲突。

英国作家阿瑟·柯南·道尔的《失落的世界》也是探险类科幻的佳作，讲述了探险家带领一群人在南美洲发现了原始恐龙的故事。这个题材历久弥新，到今天仍然被改编成电影。这部小说的名字后来成了这种类型作品的代称。

《大西岛》于1919年出版，作者是法国的彼埃尔·博努瓦。该作品于出版次年获得法兰西学士院小说大奖。顾名思义，这是一部以"亚特兰蒂斯"为题材的小说。它拥有探险小说的一切特征。主人公德·圣亚威中尉对现代文明的庸碌充满了恐惧和厌恶，宁愿在孤独的探险中寻求逃避。他们离开现代的法兰西，深入撒哈拉。普通读者难得一见的自然风光到处可见。故事萌发于一段真实的探险史：法国人对撒哈拉深处"南霍加尔"的探险。当然，因为以"大西岛"为题，它又是科幻小说。该作品是这个交叉品种里的佳作。

这类小说中还有一部佳作与中国有关，那就是《消失的地平线》，由英国作家詹姆斯·希尔顿创作。他根据藏族神话中的香巴拉传说，创造了香格里拉这么一个东方的"失落的世界"。后来根据该小说改编的电影被搬上银幕，"香格里拉"的影响剧增。如今，云南省中甸县已经改名为"香格里拉县"，地方政府称小说中的圣地就在那里的峡谷中。虽然据称有许多专家参与论证，但独独不见引证了小说作家自己的解说。所以，我怀疑那仍然是一个以假乱真的过程：香格里拉只不过来自作家的头脑，以及"失落的世界"这一探险科幻传统。

随着地球上的秘密越来越少，以地球为背景的探险类科幻也逐渐萎缩。

当然，科幻作家还另外有更好的地方，得以施展探险宏图，那就是太空！从20世纪初美国的埃德加·赖斯·伯勒斯写火星开始，许多太空题材的科幻作品其实就是探险类科幻的变种。不过，那种以宇宙飞船和外星人为特点的作品，已经很少有传统探险类科幻的面貌了。故不把它们算作一类。

在这个逐渐萎缩的过程里，《刚果惊魂》（1980年）可能是最后一部有广泛影响的探险类科幻小说，后被搬上银幕。作者是美国的迈克尔·克莱顿。小说开篇就追溯到整整100年前利文斯通等人的探险活动，也把这部小说的类型定位摆得一清二楚。当然，作者没有忘记指出100年来探险活动环境的变化：卫星和航空摄影已经能使大地面貌近乎一览无余，海事卫星更是让原始森林随时与大都市连接。但热带雨林却可以屏蔽掉科技的眼睛，它还是需要人亲自去探索的。《刚果惊魂》是一部寻宝类探险科幻小说。它要寻找的是"含硼金刚石"。这种矿物将用来制造光电子计算机中的主要部件，而人工合成物达不到工业标准，所以必须求助于大自然。

《刚果惊魂》同时又有"失落种族"类小说的典型特征。含硼金刚石存在于一个传说中的古城"津吉"（阿拉伯语"黑人城"），那是一个以金刚石为主业的城市。当上品金刚石被采光后，不宜作为宝石的含硼金刚石被留了下来。然而，一种神秘的力量守在城市旧址，让历史上所有寻找"津吉"城的探险队都有去无回，直到书中的那一支探险队前往才如愿以偿。

在我国内地，探险小说本来极不发达，探险类科幻小说也就出现的不多，影响力更不大。在近代，李汝珍的《镜花缘》是最有探险小说色彩的一部作品。主人公遍游海外，迭有奇遇。不过，他所到之处虽然风俗奇异，但都是人类开发过的"熟地"，而不像探险小说中要经历生命危险，穿越自然设下的障碍。

20世纪50年代，科幻小说在内地起步以后，绝大部分作品基本上是写"人事"，写技术发明，仅有几篇有探险风格。一是童恩正的《古峡迷雾》，以古代"巴人"的失踪为题材。二是刘兴诗的《美洲来的哥伦布》，这篇小说的后半段，主人公威利只身与大西洋狂涛巨浪搏斗的情节，颇有探险小说风范。

然而，它们都不是完全意义上的探险类科幻。真正按照探险类科幻路数去创作的，笔者仅找到一篇，名叫《第四骑士》，发表于《科幻大王》2003年第4至第6期，作者是武汉的香碟。"第四骑士"是一个宗教词汇，系指瘟疫。它毁灭了一个非洲中部的古文明。当代西方探险家们重返该地，寻找这个古文明。这是一篇典型的"失落种族"类探险科幻小说。

在香港，黄易的创作初期以科幻为主。其"凌渡宇"系列中的个别作品富有探险科幻色彩，尤其以《上帝之谜》为代表。这部小说的背景——黑妖林，正是《刚果惊魂》中作为背景的那片非洲腹地的雨林。在小说中，俾格米老巫师也给我们演绎了文明与野蛮的思想冲突——他曾经离开丛林，就读于英国贵族学校；但学成以后，洞悉现代文明的种种弊端，重返黑妖林，成为一代酋长。

三、"探险科幻宗师"——儒勒·凡尔纳

儒勒·凡尔纳以科幻宗师著称，但他同时也是探险小说界的一代高手。

说到凡尔纳，我们必须明确一点，科幻创作其实不是他的初衷。他初入文坛的时候，虽然已经有一些同代作者零星创作了科幻小说，但根本不成规模，影响有限，更没有一个系统创作出大量科幻小说的人。

那时甚至完全没有"科幻小说"这个名称。一种类型文学拥有统一的名称，就像一支队伍拥有一面旗帜，是其走向自觉发展的重要阶段。

而探险小说则不同，其在凡尔纳时代里已成蔚然大观，高手众多，读者云集。因此，无论从作者的自觉性而言，还是从出版商的要求而言，凡尔纳主要是想创作探险小说。然而，他的探险小说另辟蹊径，不以寻宝为目标，而以展示自然地理风貌为主旨。再加上大胆突破既有的天地，结果就从《地心游记》开始，凡尔纳一步步跨入了科幻的范畴。可以说，科幻其实是他无心插下的柳。

正因为如此，凡尔纳的全部小说可以分为3大类：①探险类科幻，如《海底两万里》。②非探险类科幻，如《小行星漂流记》《喀尔巴阡古堡》等。③纯粹的探险小说，如《格兰特船长的儿女》。把凡尔纳作品统称为"科幻小说"是不准确的。像《八十天环游地球》这样没有一丝一毫幻想成分的小说，一直被称为科幻小说，更是大谬。

当然，在他这3大类小说中，最成功的还是探险类科幻，非探险类科幻多是凡尔纳后期的转型作品。这个时候，他对创作科幻小说已经有了相当的自觉性，也不再坚持把探险当成主要情节，待在实验室的科学家占据了主要地位。

凡尔纳探险类科幻的最大特点，就是以主人公为导游，通过故事来展示异域风光。《海底两万里》《征服者罗比尔》《太阳系历险记》《环月旅行》等，莫不如此。在他的代表作中，人物们经常要进行目标不清的长距离巡游。比如在《海底两万里》中，尼摩船长为什么要环球旅行？动机始终不清。当然，从作者的意图而言，尼摩船长不过是个海底世界的导游。但这个意图不可能直接透露给读者，所以就干脆用一个技巧把意图隐蔽了：整个故事通过遇难者的视角来表现，于是可以避开对尼摩旅行动机的介绍。

凡尔纳不以寻宝为小说线索，这给创作带来了相当的难度。没有明确的输和赢，怎么吸引读者呢？当然，凡尔纳以高超的写作技巧，加上丰富的地理学知识完成了这个任务。但他的成就很难复制，毕竟有学问，并且能够在小说中运用学问的作者很少。

四、展望

几乎在每一个人迹罕至之处，建制化的科学考察都取代了传统的、随意的探险活动。探险小说，包括科幻探险小说的创作环境被大大压缩。然而，"戴着镣铐跳舞"方显英雄本色。现代化大城市聚集了越来越多的人口，而自然风貌离人们越来越远。探险，即使并非一定是有生命威胁的探险，反而比以前更能吸引人们的兴趣。

在《刚果惊魂》中，主人公彼得·埃利奥特跳伞落到中非密林以后，获得了这样的体验：既有脱离粗俗文明自由之感，又有随时可能遇到不测事件的历险之感，还有探寻神秘往事的浪漫之感，同时随时会出现的危险又使他始终处于极度紧张的状态。正是这种五味杂陈的情感，使得人们永远留恋探险时代。

最后要说的是，艺术真实绝对不等于客观真实。那些创作了无数探险小说的作家们，本人很可能稳坐书斋，足不出户。笔者只查到一位科幻作家真正参与了探险——阿瑟·克拉克！据说他后来移居到斯里兰卡，就是为了进行海底探险。

然而，他恰恰不写探险类科幻！

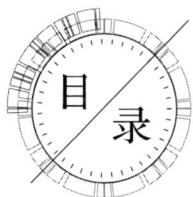

目 / 录

Catalogue

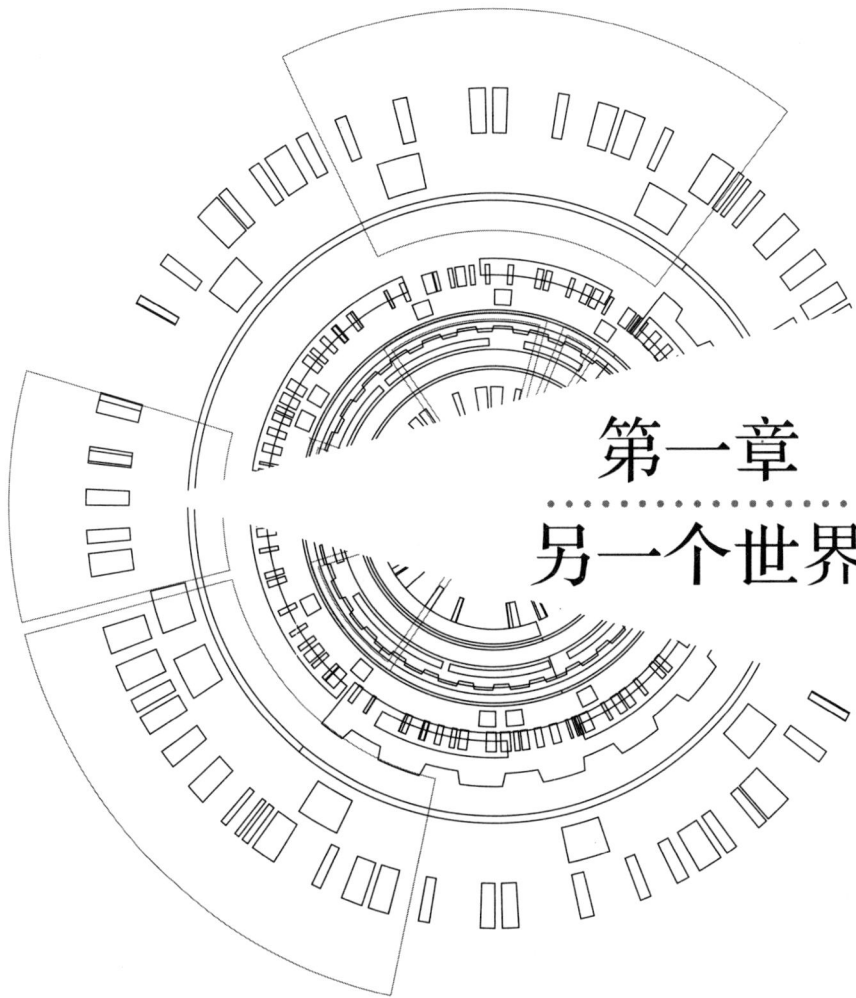

第一章

另一个世界

一

北京大学刚刚落成了一座新电教馆，在硬件上皆采用世界一流的技术和设备，引得众人赞叹。楼内装有新型墙体材料、防尘纳米涂料、中央智能监控、自动恒温调整、太阳能辅助能源系统，当然，还有速度超过每秒百G的国际网络接口，甚至还有两间教室安装了全息放映装置，用来显示某些三维图形。这些设备虽然不是样样常用，但电化教育方面的世界最新技术，都被搜集在这里。

这么棒的一座电教馆落成以后，校方自然要请一些名流，办个系列讲座以示其揭幕启用。这个讲座的名称便叫作"科学文化讲座"。请哪些人呢？既要有学术地位，又要有知名度，偏偏二者总是不能两全。筹委会左研究右讨论，终于定下一个名单。这个名单中满是教授、博士，然而，人气指数最高的那一位却只有学士头衔。现在，她已经站到电教馆一楼阶梯教室的讲台上。

这是"科学文化讲座"的第三讲。开讲前半小时，听众们已经坐满了阶梯教室，其中八成都是女生，因为正在台上做准备的主讲人也是一位女性——中国最有名的职业探险家廖铮。

蜂拥而来的绝大部分听众都是从十几岁起，就开始阅读《神秘世界》杂志上廖铮主持的探险栏目，今天有此机会，自然要一睹真容。廖铮此次演讲的题目也很特别，叫作《地球上的异星》，从名称看不出所讲内容，因此更是吸引人们来听个究竟。

晚7点，讲座准时开始。简单的开场白过后，廖铮拉出讲台上的电脑键盘，通过调控器调暗室内灯光，将教室变成了演播室。然后，6张暗红色的照片拼成上下两行，出现在大屏幕上。

"火星……"稀疏的声音滚过教室。听众不是学术精英，就是科学爱好者，谁没看过火星照片呢。

"是的，这里是火星表面的照片。"廖铮朗声说道，"但不全是。其中有一张照的不是火星，是我在戈壁地区探险时拍下的景观照片。现在，请哪位同学来把这张照片挑出来。哪位？"

这个问题出乎大家意料。一时间没人举手，听众们都静下来，仔细观察那6张照片：荒凉的地表、散布的乱石，没有任何人类痕迹出现在画面里可供辨别。当然，这也是廖铮精心挑选的，甚至不排除她用电脑软件抹去了车辆和人物的可能。

一位听众举起手，却不是回答问题，而是提出问题："请问……照片的颜色……是不是加工过？"

"呵呵，是的！"廖铮点点头，"戈壁表面自然不是暗红色。为了出这道题，我用电脑处理过照片，让那张混进来的照片在色彩上和火星照片一致。现在，哪位朋友来辨别一下？"

隔了一会儿，一个女生站起来，指着屏幕说道："我想……左下角那张？"

廖铮没有肯定也没有否定，而是送给女生一个微笑。然后又问："有多少听众支持她的意见？"

举起的手不超过1/3。接着，陆续有人站起来，指认右上角、上排中间……最后，6张照片都被指认过了。结果，大家不仅猜不出答案，而且深深地感觉到，这里任何一张都有可能是戈壁荒原，也有可能是火星表面。它们一样的荒凉，一样的冷漠，离文明世界的距离一样的遥远。

不会出现新答案了。等大家安静下来，廖铮用手指着那些照片，宣布结果："其实，这6张照片，都是我在蒙古人民共和国阿尔泰山区拍摄的！"

"哇……"

"哦……"

"……"

廖铮操作电脑，让那6张照片以幻灯片的形式依次播放，每张都占据整个大屏幕，以便大家看个仔细，慢慢品味。听众里没有几个人没见识过火星表面的照片，却也没有几个人看过几乎同样荒凉的戈壁照片。地球上竟然有像火星一样荒凉的地方？

廖铮接着说道："自从我主持专栏到现在，不少读者朋友都在来信里表达自己的感慨，他们说，地球上已经没有什么可以探索的了，地图上把一切都画清楚了。再要像前辈那样探险，只有登上外星世界。其实不然。大家平时看到的，都是被人类改造过的环境。你从北京这样的都市走出去100千米、200千米，无论山川河海、森林草原，只要你能够去到，肯定已经打上了人类的烙印。"

廖铮话锋一转，继续说道："但是，就在同一个地球上，在深海、在南极、在地层深处，还存在着人类从未染指的地方，甚至从不知道的地方。在那里，你会感受到绝不亚于外星世界的奇异！"

二

　　这位出现在科学文化讲座上的主持人，并未出身于理工科，而是毕业于华中师范大学中文系，一个几乎与现代科学亲缘最远的专业。

　　廖铮毕业之后，曾经在一家名叫《神秘世界》的杂志社当编辑。《神秘世界》原本是一家纯粹的科普杂志，曾经有过一个严肃得多的名称，也有过一个极为正统的科普刊物的时代。不过，光刊登枯燥的科普文章，市场日见丧失，作为杂志社的上级主管部门，省科协又要求他们自负盈亏。没奈何，社领导选择了一条捷径：改登各种关于"神秘事件"的报道，甚至杂七杂八的小道消息，只求出乎意料、耸人听闻，借此吸引读者。便是《神秘世界》这个刊名，也是改变办刊方针之后创造的。

　　廖铮来到这家杂志社时，《神秘世界》在经济上始终处于悬崖边上。这期略有小成，下期便又亏损。当然，杂志社里发行和编务是分开的。在编辑室任初审的廖铮尚无须直面发行压力，只不过经常在编务会上听社长发发这方面的牢骚。

　　廖铮更关心的是刊物的内容。最初，中文系毕业的廖铮对于杂志上刊登的那些文章也是不明就里：真有那么多人看到过飞碟？确实有那么多湖泊里出现过怪兽？那些据称活了近200岁的人，是否拥有可信的出生登记？那么多文章条分缕析地证明亚特兰蒂斯古国的存在，哪一条证据过硬呢？

当然，社领导也从没有派人出去求证过这些事件。这不仅因为杂志社手头拮据，更因为他们根本没有这方面的想法。在传媒界，这类消息属于典型的软新闻。发出来后，不管内容真假，不会有直接的当事人来追究责任，于是也不需要派人去核实。

最初，廖铮只是做校对工作的文字编辑。那时的她不光没有名气、财富，而且身材瘦弱，看上去更像城里的女中学生。不过，廖铮从小就长着一双属于自己的眼睛。有一次她问主编，杂志社准备刊登的一篇报道"神秘磁场"的来稿是否经过调查？有没有科学根据？

"那里的树如果真是与地面呈45度角生长，根部怎么固定嘛。"廖铮问道。其实，对于这些知识，她也是一知半解。

主编白了她一眼，指了指外面的大街说："咱们这儿的树倒都是与地面呈90度角生长，可有谁注意它们吗？"

又有一次，廖铮拿着自己校对的一篇文章找到主编。这篇介绍中美洲尤卡登半岛"神秘大地符号"的文章几年以前就在《神秘世界》上刊登过。作者只是稍加改动，又拿来投稿。主编看了看，仍然无动于衷。

"这没什么，这几年又有一茬小读者长起来，他们没看过这篇文章，照样有兴趣。"

廖铮目瞪口呆。老主编看了看她，以行家的姿态对她说："我们这个杂志就是给半大孩子们看的。要是读者长到你这个年纪，谁不干点正事，谁还会迷恋这些东西？"

廖铮当时没有反驳什么。她既富于理想，又很现实，知道主编的想法更符合《神秘世界》的生存环境，而自己的想法倒还不太成熟。她继续观察，继续准备，继续思考。

终于有一次，杂志社准备刊登这么一篇文章。它介绍了华中地区的一个"神秘地带"，那是某山间公路一个长长的斜坡路段。据说汽车开到坡底，然后熄火，能够沿这个20多度的斜坡自动溜到顶端。似乎地心引力在这里不起作用，甚至起反作用。

这个地方离杂志社并不遥远。这次廖铮下定了决心，一定要亲自去看一看。她知道社里不会为自己提供经费，于是便告假出来，自费进行了一趟现场调查。"神秘地带"所在之处，县科协的一位专业地质工作者被她的反复恳求所打动，带着她到那段"神秘地带"爬上爬下几个来回，指指点点。地质工作者告诉她，这里也归伟大的引力君王管辖，只不过周围环境造成了视错觉。

廖铮回到家，伏案疾书，一晚上就写出一篇极富现场感的采访纪实。这篇报道的结论彻底摧毁了"神秘地带"传说，观点鲜明透彻，与杂志社以前惯用的含混做法判然有别。廖铮凭着中文专业训练出来的文笔、艰苦收集的证据，加上自己的思想梳理，令文章深入浅出，生动耐读。

看着她这份稿件，主编犹豫良久，不知该不该上。最后，竟然要编辑部除廖铮之外的几个员工一起投票。结果是3：2，主编终于决定撤下先前的来稿，换上廖铮的心血之作。

没想到，廖铮从此一炮而红。原来读者也并非主编想象的那么幼稚。他们已经看厌了那些东拼西凑的、左摘右抄的神秘事件报道，非常喜欢这篇言之有物的真实调查。读者来信雪片般飞到杂志社，给了她最好的褒奖，也使她领悟到自己做的事情有什么意义。

于是，廖铮干脆专注于这份特殊的工作，代替读者们进行真正的探险，成为那些渴望真正冒险的读者的眼睛。至于杂志社，当然要以读者为上帝。虽然这与以往的办刊方向有些南辕北辙，但杂志社还是为她开辟了一个栏目："廖铮探险"。这种现代版的真实探险故事对各个年龄的人都有吸引力，更加上探险多是男人的专利。廖铮这个女性的身份，吸引了许多对她抱有认同感的女读者。

"廖铮探险"为《神秘世界》带来了滚滚财源，也形成了良性循环，可以给廖铮提供充足的探险费用。后来，廖铮干脆把职务挂在杂志社，成为一名专业探险家和自由撰稿人。她的足迹跃出国门，踏遍五洲四洋，走过千山万水。

一年前，国际探险家协会制定了等级制度，其中的顶级称号为"世界探险家"，下面还有洲际、国家级探险家两个等级。而要拿到这个顶上明珠，必须完成"七加二"的壮举，就是徒步登上世界七大洲的最高峰，以及南北两个极点。当时，中国有几个探险家一起向这个称号发起挑战。末了，最不被人看好的廖铮压倒几个男性竞争对手，率先拿到这个称号。连她在内，一共有7个人获得"世界探险家"称号。廖铮是唯一的中国人和唯一的女性。

三

虽然是天下闻名的探险家，但廖铮自然也不会天天出没于荒山野岭。每次探险活动过后，她都要回到武汉东湖边上的家中，一边总结上一次的成果，一边构想新的探险计划，同时储备体能。这天早上，廖铮刚刚围绕东湖跑了一圈，回到家里洗去汗水，坐到电脑桌前，一边喝着奶茶，一边收看电子邮件。她的探险线索多由热心读者提供。今天，一封发自"东南大学生物系生态研究所"的来信引起了她的注意。这位叫许洪峰的陌生人在来信中写道：

"……你可能不记得我了。不久前，你在北京大学电教馆主持探险讲座。当时我正在听众席上，还回答了你的问题，把下排中间那张照片猜成戈壁照片。呵呵。你的思路很奇特，给我留下了深刻印象。不过，现在正有一个地方，或许能给你提供类似的灵感——它可能就是地球上的异境！"

信中介绍，位于云南高黎贡山自然保护区的腾冲县境内，刚刚发生了里氏5.5级地震，一个与世隔绝的地下溶洞群被暴露出来。现在，许洪峰所在的生态研究所正组织人员进行考察。如果大名鼎鼎的探险家廖铮女士有兴趣，可以一起参加，以便扩大考察的影响。

廖铮这个电子信箱专门用来收集读者提供的考察线索，信箱名称就标注在《神秘世界》杂志的专栏上，所以每天一开机，电子邮件总是泉水般涌来，不过大多是"某市上空出现飞碟"，或"某某海域里出现海怪"之类。廖铮必须从这些"准垃圾信件"中沙里淘金，提取有价值的线索。她最希望专业科学家提供线索，因为她觉得，科学家是这个世界上最重要的一批"职业探险家"。

没下过溶洞，自然不能被称作"职业探险家"。在多年的探险生涯里，无论是被称为北方最大溶洞群的沂源溶洞[①]，还是长达12000米的仙渡溶洞[②]；无论是满堂璀璨的云南巍山水晶溶洞[③]，还是园林般秀丽的柞水溶洞[④]，都留下过她的足迹。廖铮立刻写了回信问对方，这个溶洞有什么特别的意义吗，为什么说它是地球上的异星？

看来，这个许洪峰就挂在网上，几分钟后她就收到了对方的回信。许洪峰告诉她，据地质工作者推断，这个地下溶洞原本是一段开放的峡谷，在6000万到8000万年前的一次地质运动中彻底与世隔绝，当时生活在溶洞里的很多种原始物种也被一道封闭。结果，在极端匮乏的物质环境下，这些生物不仅生存了下来，而且在漫长的年月里独自演化，似乎已经成为一个独立的生物圈[⑤]。

既然对方也在网上，两人便相互询问过号码，在聊天软件上交流起来。看得出，许洪峰非常希望她能答应下来，不停地发来背景资料和照片。

①沂源溶洞：位于山东省沂源县城西北12千米处的鲁山。
②仙渡溶洞：位于重庆市綦江县万隆乡仙渡河畔。
③巍山水晶溶洞：位于云南省大理白族自治州巍山彝族回族自治县境内，洞内有大型水晶矿藏。
④柞水溶洞：位于陕西省柞水县石瓮镇。
⑤生物圈：生态学概念，最初指地表有机体及其生存环境的总和。在宇宙生命科学等新学科发展以后，"生物圈"这个词指一个独立存在的生态系统。

"如果您手头还有什么其他探险计划待选的话，建议您首选我们这个。"

廖铮请他给自己一段时间考虑考虑。第二天中午，她给许洪峰发了手机信息，同意前往。许洪峰非常高兴，并且回答说，自己已经随队出发来到昆明了，正准备转车去腾冲。

如今廖铮出行，差旅费完全由一个探险基金会承担，所使用的探险装备则由中国几大专业厂商提供。这些厂家在武汉市里都有办事员。廖铮用了一个下午把装备整理停当，然后便开始了新的旅程。

先乘机后乘车，一路上，廖铮除了与许洪峰发短信相互沟通，便是用手提电脑通过手机接入互联网，突击了解腾冲当地的地理人文资料。长途车从昆明开出，进入深山，无线网络的信号越来越差。不过在此之前，廖铮已经用电脑下载了大量资料，正好用这个时间慢慢消化。

在这些资料里，廖铮印象最深的就是"温泉"两个字。腾冲这里睡着许多死火山，到处都有温泉的踪影。在长途车驶入腾冲县境内时，廖铮看到了一幅横亘在公路上方的巨大标语牌，牌子上面有一行在200米开外能够看到的大字：欢迎您来到腾冲。车子驶到距标语牌100米左右时，廖铮又看到上面的一行小字：温泉旅游，其乐悠悠。

直到这时她还不知道，在她将要踏入的秘境里，温泉具有多么重要的意义。

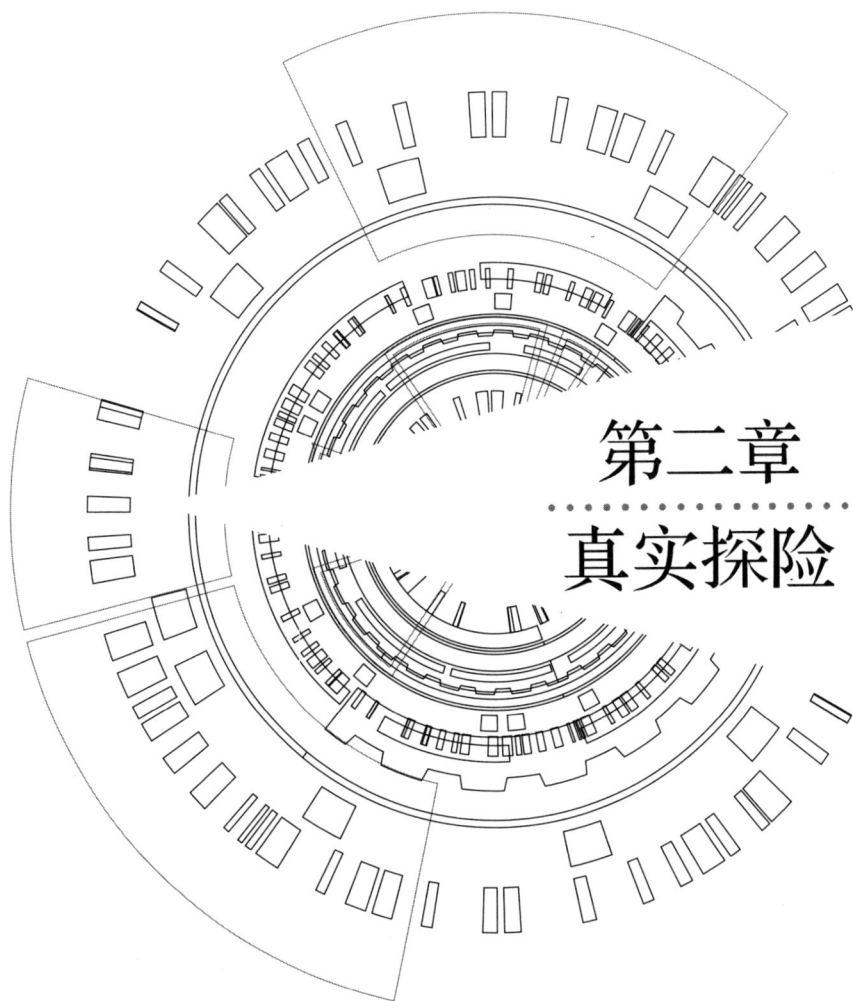

第二章
真实探险

一

　　卧铺客车驶进县城。廖铮观察了一下窗外的建筑：7天前发生的那场地震到处留下了它的痕迹：街道两旁一些房屋落下了瓷砖，刚刚被人清扫到一旁；一幢旧楼朝街的一面墙裂开两道大缝，像被劈了两处刀伤的人脸；几个店员正聚在一家小店门口，收拾破损的招牌。不过，那场地震只有里氏5.5级，带给人们更多的是恐慌感，而不是财产损失和伤亡。

　　腾冲县虽然地处偏远，但县城里也已经盖起了10层楼高的现代化高层建筑，只不过县科协还待在一所30多年前建的旧楼里：灰褐色砖墙散发着老旧的气息；正对院门的楼门上方有一片凿过的痕迹，一行过去时代的标语还若隐若现地附在那里。

　　接待廖铮的小伙子20岁出头。看到她递过来的名片，小伙子满脸惊讶，盯了她几眼，然后便回过头，从自己的办公桌里拿出本最新一期的《神秘世界》请她签名。廖铮知道自己的名头很响，但在这个小地方也能找到读者确实出乎她的意料。

　　"当年我填报志愿时，因为经常读您的探险报告，所以就选了地质学。"这位刚刚大学毕业的工作人员兴奋地说道。廖铮不知道该怎么回答，于是就笑了笑，因为她拿不准在如今这个商业时代里，促使一个年轻人选择地质学作为自己的事业是不是害了他。廖铮的许多读者受她的影响，读大学时选择了地质学、海洋学或者古生物学。这些都是与探险密切相关的科学门类。但是现在，从一些已经踏上工作岗位的读者那里，后悔的声音已经反馈回了她的耳朵里，让她无以作答。

县科协的规模很小，与另外一个局级单位合用这幢办公楼，中间竖起三合板做隔断。现在，隔板的这边，属于科协的地盘已经成了一个忙碌的"前线基地"，不时有操外地口音的人进进出出，有的提着叫不上名字的仪器，有的拿着手机边走边通话。

原来，除了许洪峰所在的生态学考察组，还有两个地质学考察小组也已经进驻到这里。其中一支将要做地质学方面的考察，另一支准备进行矿藏方面的调查，因为附近这一带有大型硫矿脉的显示，其中心地带就是那个溶洞。这3支考察队分属于不同的科研院所，对于一向门庭冷落的本县科协而言，自然来者都是客。

现在国家的经济实力越来越强，虽然基层科研部门条件改善不多，但高级一些的基础研究机构掌握的器材和条件早就不像十几年前那么寒酸。不少以前只能在专业杂志上看到的先进科研工具现在被考察组员们拎来扛去，像拿着家用电器般随便。

一个偏远小县的科协并没有足够的人员、器材和经费做比较深入的科学考察。一旦在本地发现有价值的考察对象，他们的主要任务就是上报信息，然后为来自远方大型科研院所的考察组提供后勤保障。《神秘世界》虽然不是一家科研机构，并且至今还有不少科研人士对这样的刊物抱有微词，但在公众眼里的形象却完全不同。廖铮更被视为科普作家。

廖铮把一张支票交给小伙子，说道："这里是先期付给你们县科协的1000元接待费。如果还需要什么临时费用，我带着支票，你提出来就是。"

小伙子接下支票，诺诺连声，仿佛做了件不得不做的错事。然后，他把生态学考察组的住处告诉廖铮。邀请廖铮的许洪峰住在二楼。廖铮找到他的房间，房门开着，一个体形瘦小的男子站在两台灰蓝色的仪器中间，左看右看，正在比量着什么。看到她站在门口，男子赶紧走到门口与她握手。

"是廖铮女士吧，您来得真快。我们的仪器设备今天才运到，还没来得及进洞做实地考察呢。"

很久以前，有位老辈人告诉廖铮，在人的脸上，眼角的鱼尾纹最不会说谎。一个人年龄多大，看鱼尾纹的深浅就行。从那以后，廖铮便开始积累观察鱼尾纹的经验。现在，经验告诉她，这位许洪峰大概二十六七岁左右。他的个子与廖铮相仿，但是男性看上去总比身高相同的女性矮一些。除此之外，许洪峰西装革履，穿得很讲究，仿佛是来度假，又像是大公司的高级白领。谈话时，许洪峰还不时整理一下衣服，像是怕给廖铮留下不良的第一印象。

"来来来。"许洪峰没将廖铮让进屋子，而是带着她来到科协的接待室，关上门，避开走廊里来来往往的人群。

"今天见到您真高兴。我一直很欣赏您的探险实践。我认为，您主持的'廖铮探险'是将科研机制与市场机制结合起来的最好实例。"

许洪峰说着一口夹杂着闽方言的普通话。在外地人耳朵里，福建话与广东话同属中国最难懂的方言之列。

"您是指那个栏目，还是我的探险活动本身？"廖铮特别问了一句。

"两者都指。呵呵。一般搞科普的人哪有你那么上心，随便东摘西摘就凑成一篇文章。我们这些专业人士在做什么，他们根本不理会。"

许洪峰的穿着打扮和举止做派让廖铮有了些距离感。他边说边做着手势，幅度之大使得房间似乎也变小了，口气像是主持科技工作的官方决策人。他是这次考察的负责人吗？联想到这两天他发来的信息中的口气，似乎应该是，可看年纪又不像。不过对方毕竟是在夸自己，而且还夸到了点子上。廖铮犹豫了一下，还是问出了口："请问，是您亲自负责这次考察吗？"

许洪峰"啊"了一下，伴随话语扬起的右手停在半空中不动了，顿了一下，才回答道：

"这次考察活动的负责人是李婉云老师，我的博士研究生导师。参加考察的还有李老师带的一个研究生，叫孙晓莉。你知道，李婉云老师可是国内著名的生态学家呀。"

"可是……"廖铮听到许洪峰迟来的解释，觉得一股火腾地升起来。她把这股火气硬生生地堵回胸口里。

"既然是李……婉云老师带队，那么，她知道我来随队考察吗？她同意吗？"

"同意，完全同意！"许洪峰忙不迭地回答着，像是在拼命收拢一根钓鱼的线。这又令廖铮多了几分反感，谁愿意在无知无觉的情况下，衔住这根鱼线的那一头呢。

许洪峰指了指廖铮随身携带的笔记本电脑。

"您可以上网，到中科院编录的国家特殊贡献奖励基金授予人名单上找到李老师的名字，并且找到她的有关研究成果。这些年来，李老师在生态学①方面的成就有世界性的影响。"

正在这时，一阵手机铃声响起，打断了许洪峰刚刚开了个头的临时授课。许洪峰从口袋里掏出手机，站到窗前，用福建方言讲了起来。腾冲这里地处山区，许洪峰用的是专供野外工作人员使用的全球卫星手机。廖铮侧着脸，端详着许洪峰打手机的样子。这时的许洪峰不像是一位科研人员，倒像是一个业务员。

收了线，笑容像一朵花般在许洪峰的脸上绽开，他似乎已经忘记了刚才的尴尬，说话的声音里也恢复了自信。

"这样吧，我现在就带您去见李婉云教授。"

"好吧。"

廖铮不再追问什么，但她知道，她隐约听到的电话那边的那个男声肯定不是李婉云。不过，自己已经不远千里来到了这里，即使有变故，总得坚持着把活动进行下去，最起码不能停在洞穴外面。再说，虽然有许洪峰不那么可靠的邀请，但她是花自己钱来的，那个溶洞也并非谁的私产，主动权多少还在自己手里。

廖铮随许洪峰上了3楼。听到许洪峰对自己职权的解释，廖铮就感到有必要快些见到这位李婉云教授。虽然廖铮本人也是个爱自作主张的人，但她有这样办的条件，而许洪峰供职于有组织有规范的科研院所，不是"民科"们的俱乐部。他如果越权许下诺言，能否兑现还不一定。

热闹的交谈声从3楼一间大会议室的门缝里传了出来。许洪峰打开门，领着廖铮在墙边的沙发上坐下。屋子中间临时拼起的会议桌上，铺着一幅宽大的图纸，虽然桌子本就不小，但图纸还是有一个角搭在桌面

①生态学：一门综合性科学，研究生物间，以及生物和非生物环境之间的关系。

以外。两男一女的3位中年人正围着图纸商量着什么。他们的声音很大，也很专注，丝毫没注意到刚进来的两个人。

"按你们的测算，溶洞封闭的绝对年龄①有多少？"居中的那位身材瘦小的中年女子问。

"6650万年，正负不超过30万年。"旁边一个魁梧的北方大汉回答。

"用什么方法测定？孢粉测量②还是同位素测量③？"

"同位素测量。"

"孢粉测量准确性更高一些。"中年女子说起话来直截了当，毫无客套，甚至有些生硬。

"我可不这样认为。搞地质的同行比较信任同位素测定。而且我们也不习惯用孢粉测量法。"

虽然意见不同，但是空气中没有火药味，双方在平和的气氛中交换着看法。

门旁，许洪峰小声对廖铮介绍道："中间那位就是李老师，正和她说话的是西南大学地质学系的彭凯，旁边那位是省地质资源探测队的刘茂琪。发生地震时，地质学系的师生在附近县里实习，他们得到消息后第一时间赶来，下过溶洞，在入口处附近做了初步调查。那时刚刚震后，县科协方面不同意入洞考察，担心发生余震。彭凯他们根据自己的经验，断定余震已经不可能发生，所以坚持进去了。我们和地探队的人

---

① 绝对年龄：地质学术语，指某个地质变化从发生至今的年代长短。
② 孢粉测量：通过保存在地层中的孢子、花粉等微体化石测定地质年代的方法。
③ 同位素测量：通过岩层中放射性同位素半衰期测量地质年代的方法。

都还没有进去过，所以请他们给介绍情况。"

围在桌边的两个人还在讨论着。刘茂琪站在一边，虽然基本不插话，但神情专注，保持着积极的沉默。

"对你们的考察来说，地质年代非常重要吗？"彭凯问。

"非常重要。"李婉云用手指了一下图上的什么位置，很肯定地说：

"溶洞里的生态圈是从被封闭以后才走上进化岔路的。我们要知道封闭前这里可能会被圈住什么物种。绝对年龄越准确，我们越好与相同地质年代的古生物品种进行对比。还有……"李婉云又指了指地图上的另一个地方，"你们没有找到这个溶洞另外的出口？"

"至少超声探测显示，这个溶洞群肯定没有另外的出口。您为什么坚持认为它会有另外的出口？"彭凯不解地问。

李婉云咬了咬嘴唇，把身子向后退了退，望着图纸，边思索边回答：

"这只是一个推测。如果溶洞内的氧气含量确实是你们测定的那个数值，那么6000多万年里，一定有什么途径向溶洞内输送氧气。个别原生生物可以不需要氧气，但动物不行。如果没有特别的氧气输送渠道，不要说6000万年，当初封闭后用不了6000小时，它们就会把氧气消耗光了。"

"如果有氧气输送渠道的话，八成只是孔隙结构，岩层里肯定不会有大型孔洞结构通向外面。当然，这一点可以作为我们的考察内容。"

"……"

"……"

　　人总是不愿意待在一个令自己看上去很蠢的地方，这正是许多人故步自封的原因。所以，中文专业出身的廖铮从事这份工作需要很大的勇气来克服自尊上的不适。10多年来，她像个认真的小学生，拿着笔记本和采访机，在一位又一位职业科学家面前听他们讲解陌生的名词和理论，然后努力消化，把它们变成普通读者能懂的语言。此时，她竖起耳朵，集中精神，仔细倾听着双方那夹杂着众多专业词汇的讨论。她知道，这些词汇在面前几位对话者听来，大概就像"萝卜""白菜"那么好懂，而自己只能先死记硬背，生吞活剥。

　　门开了，那位20岁出头的科协工作人员拎进来一兜子盒饭，放在桌子上。他扭头时看到了廖铮，喜道："哟，您在这儿呀，我满处找您呐。您等着，我再拿一份盒饭。"说着转身走了出去。

　　屋里的人这才注意到一边的廖铮。许洪峰不失时机地走上去向他们介绍。在这之前，屋里的3个人一直把廖铮当作科协这里的工作人员。

　　"听许洪峰说起过你。"李婉云上下打量廖铮，点点头，声音像廖铮预计的那样淡漠。廖铮主动伸出手，李婉云见状也伸出自己的手，软绵绵地递到廖铮的手里。廖铮觉得，这位女学者握手时的力度远远不及刚才那番对话时的力度。

　　"你就是廖铮啊，听说过。"一边的彭凯主动伸过手来，有力地握了握廖铮的手，"我那孩子最爱看你的专栏文章啦。你怎么来到腾冲了？"

　　"就是为这个溶洞来的。"廖铮一边回答，一边根据彭凯的年纪推算着那位小读者的年纪。随便问别人年龄是不礼貌的，但她的工作却非常需要知道这一点。

"欢迎欢迎。是他们请的你吧？"彭凯指了指李婉云，又说道，"这样，你们先吃，先聊着，我回队里有一些事情。"说完，彭凯拿起一份盒饭，转身出去了。

另外那位叫刘茂琪的地探队长始终不发一言，此时也拿起一份盒饭，告辞走了。科协的工作人员又拿来一份盒饭递给廖铮。于是，会议室成了3个人的临时饭厅。他们围在桌旁，打开盒饭，里边云南风味的菜泛着深深的油亮色彩。李婉云什么也没说，掰开筷子就吃了起来。廖铮不禁心生佩服。云贵川一带的饮食都偏油腻咸辣，而看李婉云的身材、相貌，再听口音，完全是一位标准的口味清淡的江南水乡人。看来李婉云和自己一样，走南闯北也已经成了习惯。

"你好，李老师。"廖铮坐到李婉云的对面，小心试探道，"请问，您读过我们的《神秘世界》杂志吗？"

李婉云点了点头，咽下一口饭菜："以前我的一个外甥读这本杂志，我顺便拿着翻了翻，感觉不是太好。"

一旁的许洪峰听到这话，停下筷子，又不知说什么好，只是有些紧张地望着她们。眼看着自己的事越办越砸，却没什么方法补救。对于许洪峰的抓耳挠腮，李婉云不知是没看到，还是没在意，接着刚才的话题往下说道：

"那期有一篇短文，说什么……在刚果发现了吃人甲虫，还说这种甲虫有半人多高。不用核实，这条消息肯定是个假新闻！"

这些年来，除了自己主持的栏目，廖铮对杂志上其他栏目并不重视，有时忙起来根本不知道同一期杂志上还登了些什么。不过，不用核实就认为世界上不存在半人多高的甲虫，这种观点是否有些武断？

当然，这话廖铮只是在心里对自己说。但李婉云仿佛读出了她心里头的疑问，调转筷子，从桌上的茶杯里蘸了点茶水，在桌面上边画边讲解：

"生物的体形演化成什么样，并不是随心所欲的，必须适应周围环境。而生物生存环境中非常重要的一个因素，也是平常人们注意不到的一个因素，就是重力。做一道简单的演算你就会明白。如果甲虫的形体一点都不变，只是每边长扩大100倍，像你们那篇文章中说得那样，由一厘米扩大到一米，那么，它脚部的承重面积相应扩大了10000倍，100乘100嘛。但体积呢？体积扩大了多少倍？"

说到这儿，李婉云停顿了一下，看了看聚精会神的廖铮，像是要判断她的知识水平到底有多少。幸好廖铮的知识底子已经很厚实，灵光一闪，立刻明白了其中的关键。

"哦，是这个原因！"

"所以说，那个所谓的大甲虫要想生存下来，要么它腿脚的支撑能力会提高100倍，要么它身体的密度仅为小甲虫的1/100。但这两者看来都不可能实现。所以，这么大的甲虫也许能够生存在重力为地球1/100的星球上，但在我们这里肯定不存在。这就是生物结构理论中的平方反比定律。"

李婉云讲解完毕，收回筷子，又去吃她的饭，一句多余的话都没有。

"这确实是个疏忽。不过，您读过我主持的'廖铮探险'没有？"廖铮努力地拉近双方的距离。

"没有。"李婉云很干脆地回答，"看过那篇什么吃人大甲虫的文章后，我就把它放到一边去了。"

廖铮一时找不到什么话说，场面冷了下来。

"其实，廖铮的文章都是挺认真的，一点哗众取宠的东西都没有。"夹在中间的许洪峰赶忙替廖铮辩解。李婉云没接这句话，反而直截了当地问廖铮：

"你既然想参加我们这次考察，是否清楚它的意义？"

二

关于这个问题，廖铮在路上倒做了充分的思想准备，脱口便出："听说溶洞里发现有许多种古代孑遗生物^①存活。我想，这就是关键的考察课题吧。地球上已知的自然界绝大部分生物生存所需的能量，最终都是由太阳能转化来的。可这个溶洞几千万年不见阳光，仍然有那么多物种生存下来，从生物学角度看，这就是最值得考察的吧。"

李婉云望了她几秒钟，点了点头，既没有赞同也没有反驳，却说道："我这个人讲话直，有冒犯的地方，请多原谅。"

3个人又默不作声地吃起来。吃完，李婉云看了看许洪峰，又把头转向廖铮："我要和小许谈一些业务上的事，请你回避一下可以吗？你可以到我们考察组的房间去休息，孙晓莉在那里。"

这样的情形，经常抛头露面的廖铮遇到过不止一次，也不太在意。

①孑遗生物：在地质年代里曾经大量存在，如今仅少量存活的生物。又被称为活化石。

科研工作者不是演艺明星那样的"公众人士",待人接物方面有些生硬很常见。廖铮又回到2楼,找到生态学考察组包下的房间,那是并排连着的3间办公用房。廖铮来到左手第一个房间,敲了敲门。

"门开着,进来吧。"一个细小的女声回答道。廖铮推开门,在一个挤满仪器的房间里看到了一个学生打扮的女子。这个大龄的女学生正蹲在地上调试一台仪器,没顾上抬头看廖铮。

"你好,请问是孙晓莉小姐嘛?"

大概是很少被人称为小姐,那个年轻女子愣了一下,停下手,看了看廖铮,眼睛里露出询问的目光。

"我叫廖铮,这次来是与你们一起考察地下洞穴的。许洪峰和你说过吗?"

"嗯,听许洪峰说了。李老师真同意啦?"

听到这话,廖铮更加肯定,许洪峰果然是先斩后奏。她友好地答道:"我刚和李老师接触,她已经同意了。"

孙晓莉"噢"了一声,不知是因为工作确实太多,还是新来的临时成员没有引起她的兴趣,又忙自己的去了。

根据自己的经验,廖铮觉得与陌生人谈话时,一定要从对方熟悉的地方找话题,于是她指着孙晓莉摆弄的那台仪器,问道:"能介绍一下这是什么仪器吗?"

"干涉显微镜[①]。"

"要带到洞里去?"

---

①干涉显微镜:根据光的衍射和干涉原理进行工作的显微镜,主要用来测定细胞化学成分。

"不！"孙晓莉"喀嗒"一声关上金属盖子，答道，"留在科协。带到洞里去的是电镜，就是那边那个，第四代电镜，袖珍型，电池驱动。"

孙晓莉一边说，一边指了指墙边上蹲着的一个小家伙，语气里还带着种自豪或者欣赏的成分："第四代电镜是最先进的，全世界总共不超过100台，这是我们所刚买下的。"

廖铮好奇地走上去，试着拎了拎地上的那被简称为"电镜"的电子显微镜。结果，电子显微镜那质地细腻的乳白色外壳和小巧的身材骗了廖铮，她用力过轻，一下子竟没有把它拎起来。

"小心，很重的。"孙晓莉轻轻叫了一声，看到廖铮松了手，才放下心来，"电镜里面有两块强磁铁，用来产生强磁场。看起来轻，其实很重。"

正在这时，许洪峰又回到这里，脸上带着一丝尴尬："廖铮女士，请您到这边屋子里来，有些事商量。"

廖铮刚随他进门，许洪峰便连连道歉："您看，李老师就是这个脾气，您还得多包涵。"

"没什么，李老师说话坦诚，这样至少我可以及时知道她的真实想法。不过，在让我随队考察这件事上，你们是不是没有协调好？"廖铮也开门见山，免得双方藏着掖着，反而麻烦。

"正是，正是。"让廖铮先说破了，许洪峰倒像是放下了一个包袱，"我邀请您来，主要是想让社会各界关注这次考察。一般媒体记者又不像您这样懂行。可李老师她……一直反感让外人参与科研考察，尤其是记者。她说记者们很少有真正懂科学的，遇到与科学有关的事情，让他们写比不写还糟，经常误导读者。"许洪峰一边说，一边观察着廖铮的表情，那躲躲闪闪的目光特别显得幼稚，让廖铮觉得好笑。

"至少她没有拒绝我随队进洞吧。"

"那倒是没有，不过，有一件事，唔……是有一点钱，恐怕您得自己掏。"许洪峰很吃力地说道。

"说吧，我一开始就没准备花你们的钱。什么费用？食宿费？"

"不是。那个溶洞里很热，下面有温泉蒸汽，气温在40℃左右，而且湿度极大。说得形象点，就像浴室一样。穿平时这样的衣服进去坚持不了多久。这次地质队那边带了几套液冷服，我们要租用他们的，要付租金。"

"液冷服？"

"那是一种由复合纤维和金属制成的多层特制服装，夹层里有许多毛细管，管里有制冷剂，靠微型压缩机带动，循环降温。人穿着它可以进入极高温的环境，比如进入刚刚熄火的锅炉内部进行检修，或者到火山口附近做考察。另外，进洞考察还需要带着简易氧气装置，洞里面的氧含量也比正常值少许多。这也需要付费。"

"租金是多少？"

许洪峰犹豫了一下，有些艰难地报出一个数字。廖铮释然，这笔钱在她眼里并不算什么："我出，没问题。"

三

　　昏暗的洞穴里潮湿闷热，每吸一口气都要用力扩胸拔背。汗水浸透了廖铮的衣服。她停下来，一面喘着气，一面观察着四周。这里怎么有些不对劲？对了，哪里来的光线呢？粉红色的光线弥漫在空气里，看不清来源，若隐若现。周围不像是地下溶洞，倒像是某家电视台的演播室。

　　突然，没有伴随着一点声音，一块巨大的岩石从昏暗中迸现出来，向她滚压过来。不，不是岩石，赫然是只一人高的大甲虫。大甲虫8条细细的腿支在地上，用令她眼花缭乱的节奏旋转着扑了上来，丑陋的口器突现在她的眼前。

　　廖铮纵然见多识广，也不禁大叫起来，可她却听不到自己的叫声，仿佛那叫声让周围潮湿的空气吞噬了。她转头就跑，可是双脚软绵绵的，就像踩在气球上一样，任凭她怎么用力，跑动节奏仍然是慢吞吞的，似乎双腿已经背叛了她的大脑。在她的余光里，巨型甲虫利刀般的双螯就在她背后几寸远的地方划来划去。只要它往前一扑，自己就……

　　可是它为什么不扑呢？大甲虫刚才的行动那么迅速，最后这点距离怎么如此吃力。难道，这只大甲虫是要一点点吓死她，而不是吃掉她。

　　忽然，灵光一闪，李婉云做过的讲解出现在廖铮的脑海里。她猛地回过头，望着眼前那黑乎乎的一团，大笑道：

"你吓不着我，你根本不可能存在。你不符合平方反比定律！"

于是，廖铮成功地从噩梦中逃了出来。她在床上坐起身，双手抱着膝盖，调息半天，才让心情平静下去。她看了看夜光表，知道天亮在即。反正自己也睡不着了，她想了想过去一天来的经历，觉得李婉云和许洪峰师徒俩都为这个怪梦的形成提供了素材。当然，最终把他们的介绍讲解加工成噩梦的，还是自己的好奇心。

廖铮爬起来，迎着东方的微明，在空无一人的招待所院子里活动着身体。不知怎的，那噩梦留下的不祥之感总是挥之不去。

廖铮回到屋子里，打开笔记本电脑，消化着昨晚从网上下载的有关资料：

"生态学这个词语诞生于1866年，是由德国生物学家恩斯特·海克尔创造的。海克尔是达尔文学说的热情追随者，他很喜欢新词汇，便将希腊语中的'住宅'与'研究'这两个词合在一起，创造了'生态学'这一新词。该词的定义是：研究生物与其环境间的交互关系的学科……"

早饭一过，一辆标着"东南大学地质研究所"字样的中型越野车驶出科协大院。5分钟后，它便抛下了县城的柏油路和楼房，向着崇山峻岭进发了。

车上除了李婉云师徒3人和廖铮，还有来自西南大学地质研究所的彭凯和陆绍中。他们组成了一个先期的考察小组，为将要到来的同事们打前站。在已经到达腾冲县科协的3个外地研究机构中，省资源勘测队来的人员最多，但他们都留在科协大院，等候着尚在途中的仪器设备。

越野车是东南沿海一家民营汽车公司捐赠给东南大学的，车子在动力系统和配套设备方面专门为野外地质勘探工作进行了改装，以显示该公司在特种汽车方面的研发能力。司机来自县科协，大概是头一次开性能这样好的车，他一面把握方向盘，一面哼起歌来。彭凯、陆绍中和廖铮坐在车子中部的座位上，后座只有孙晓莉一个人。在她身边的车厢侧壁上，大量的仪器安置在固定架、储物箱中间，以防在颠簸中损坏。

如果没事，孙晓莉总是一言不发，以至车子开出10分钟后，廖铮竟然忘了这个人的存在。坐在前排的李婉云则望着车窗外远处迎面而来的山峰，听许洪峰解释着什么。许洪峰坐在老师身边，倾着上身，把声音压得极低。李婉云只是偶尔回应一下，也仅仅是"嗯""啊"的声音，此外就是一味地摇头。

廖铮从自己的位置上望着李婉云的侧影，她发现，这位已经走向老年的女学者脸型轮廓优美，透着一种高贵的气度，想来年轻时肯定很漂亮，只是眉宇间总有股挥之不去的忧郁感。

路上无事，廖铮开始向两位地质工作者讨教："你们两位都进过这个溶洞吗？"

"进过，我们进去过两次，第二次进到'前广场处'，安排好这次考察的器材。不过，我们队也已经是第二梯队了。县科协的人最早到达现场。"

答话的是彭凯，他显得比较健谈。说完，他就打开手提电脑，调阅出资料，用输入笔指点着为廖铮介绍。

"溶洞所处的这座山，当地人叫老爷岭。其实，以前地矿勘探卫星对这座山做遥感测量时，就发现山体的比重远小于正常值。那时，地质科研人员就推断这座山内部一定有溶洞类结构，只是找不到入口。洞口在地震后被采草药的山民最先发现。当时，里面就像个蒸笼。县科协的人进到这个洞口，因为没有液冷服，只从洞口深入到几十米处的地方。你猜他们发现了什么？"

廖铮猜不到。不过没等她猜下去，一边的陆绍中就接口说："声音！各种各样的声音。"

"对，声音！非常吵闹。声音大的时候，两个人面对面讲话都听不太清。那是溶洞里的各种动物发出来的。在密封了6000多万年的溶洞里发现活的生物，这还是从来没有过的奇迹。后来，我们到那个洞里去的时候，也让那声音吵得受不了。不过，洞口附近倒没发现什么生物，大都在洞的深处。来，你看。"彭凯指着电脑监视器上显示出的两幅图。

"这是溶洞的横剖面图，这是纵剖面图，这两个图都是用超声波探测方法绘出的。喏，这是洞口处，也是溶洞岩壁最薄的地方。从这里向左或向右，都有通道伸向洞的深处。通道有上下几条，就像迷宫一样。这些通道在离洞口200米远处汇合，形成一个宽平台结构，我们给它起名叫'前广场'。目前，那就是我们考察得最远的地方。我们在'前广场'上建立了基地，搭起充气帐篷。"

"图上显示，再往深处还有另外一个宽平台结构，我们叫它'后广场'。后广场的面积远比前广场大。前后广场之间有4条通道相连。另外要注意的，就是溶洞内的地下水系。从'前广场'到'后广场'这一片，有发达的地下水，不过都是热泉，水温在50℃左右。这种热泉并不新鲜，腾冲本地到处都有。但在这个洞里，它的意义重大。没有阳光，地热便是一切生物能量的来源。当然，呵呵，这是生态学研究的范围，李老师的领地哟。"

前座的李婉云师生二人也回过头来听。虽然她们已经听过不少彭凯的介绍，但显然对还没有实际接触到的溶洞抱着浓厚的兴趣。廖铮移动鼠标，通过两个窗口仔细对比着那两幅图，心里暗自换算着图表上的比例尺。

"天呐，这个洞真大，大概可以把腾冲县城装进去吧。"

陆绍中点点头："老城区加新城区一起装进去都没问题。"

"这些线条应该是溶洞里的通道吧，怎么这么平滑？看上去就像人工修筑的旅游线路。"

"这只是轮廓分析图。洞里有许多生物都能发出超声波，干扰了声波探测仪器。"

"它们为什么只发出超声波？"廖铮问道，脑子里出现了一个古怪的情形：许多动物彼此交谈，但却没有声音。不等两个地质学者回答，前面扭过身来的许洪峰便抢着说道：

"哈哈，当然是为了交流呗。你这个问题本身就包含着人类自我中心的偏见。要知道，超声波和次声波只是人类根据自己的听觉阈限划分的。我们人类听不到的频率，动物不见得听不到。其实，人类看不到的光线许多动物能看到；人类尝不到的滋味许多动物能尝到……"

"人类闻不到的气味许多动物能闻到。"廖铮接口说道，同时，脑海里闪出一只长着卷曲白毛的小狗。几个人笑了起来，廖铮觉得，他们都能为这个再明显不过的结论找到例子，只不过，或许他们想到的是高大的狼狗。

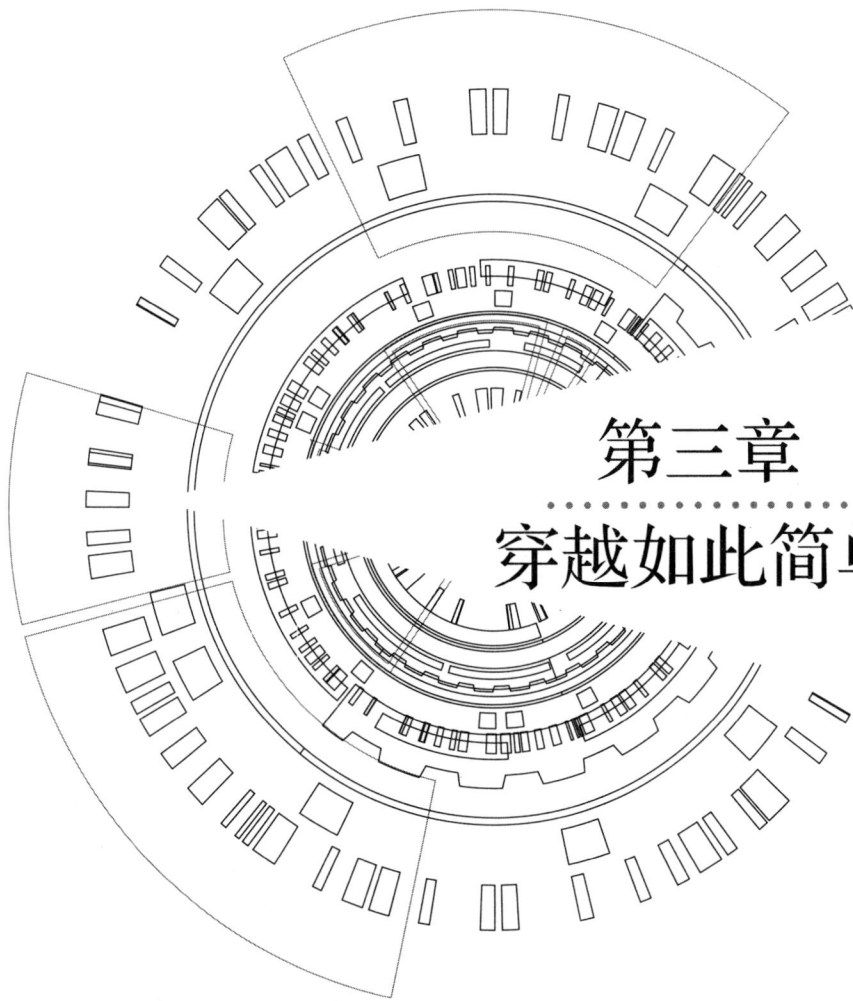

第三章
穿越如此简单

一

从到达腾冲开始，廖铮就反复听到人们说，溶洞里的环境如何潮湿闷热，精神上已经做了准备。不过此时，山风吹进半敞的车窗，让她觉得非常舒服，传说中的那个"蒸汽浴室"似乎遥不可及。廖铮转头望望窗外，周围山清水秀，美不胜收。数百米外还有一处热泉在翻涌，朦胧的蒸汽给这幅山水画增添了几丝神秘感，也令她觉得大家好像是去旅游。廖铮在10年的探险生涯里，涉足过沙漠、雪山、极地、荒岛……这样风景秀丽的地方倒是很少来过。

彭凯拢了拢被风吹乱的头发，感慨地说："自打加入地探队以来，我钻过的山洞足有100多个，对洞穴很有感情啦。其实说起来，人类住在洞里的时间远远长于住在房子里的时间。洞是人们最早的家园呢！"彭凯忽然议论属于文明史领域的问题。然后，他又想起什么，问廖铮："噢，对了，你这次考察有没有预定任务？"

"没有，我这次来，主要是向读者介绍你们的考察活动。一半性质算是记者吧。"

听到这话，李婉云回过头看了看廖铮，廖铮也望着她，两个人对视片刻。李婉云没说什么，又回过身去。

"那你也宣传宣传我们吧。"说着，彭凯冲着李婉云的后背征询了一句，"没问题吧李老师，虽然她是你们请来的。我再加上一份邀请，可以不可以？"

李婉云"唔"了一声，点了点头。廖铮看得出来，李婉云确实不擅交往，虽然心里明白彭凯是在开玩笑，但不知怎么应对才得体。彭凯当然也不会真在意李婉云同意与否，他向廖铮吐了吐舌头，继续介绍道："我们此行的任务是考察溶洞的地质构造。溶洞探险很值得一写呢。"

"好啊。"体会过李婉云的冷遇，彭凯这番热情让廖铮觉得很开心。

"那我就算第三方的个人考察组吧。我可以随时给你们任何一方打下手。以前我也经常跟随科学考察队活动呢。"

"那太好了。来，我给你讲一些关于洞穴的基础知识，让你速成一下。从哪讲起……啊！对了，你知道岩洞是怎样形成的吗？"

"这也太低幼了吧。"一旁的陆绍中笑着说。

"不，不低幼，我确实不知道山洞是怎样形成的。相信我的读者们也没有几个人知道。"廖铮实话实说。

"好吧。洞穴有几种形成方式。"彭凯扳着手指说道，"一种由熔岩生成。岩浆流动时，外面的一层遇冷凝成壳固定下来，里面的还呈液态，向前流动，结果流走了，留下管道，就成了洞穴。一种是由地质运动生成的，简单说就是地震形成的大面积深层裂缝。还有一种洞穴是由海水或偏碱、偏酸性的地下水长期腐蚀形成。最奇妙的是，有些造岩生物，比如海里的珊瑚虫、有孔虫①等，死后留下的骨骼会形成岩礁，在这个过程中也能形成内部洞穴。我们初步观察了一下，老爷岭溶洞恰好

---

①有孔虫：原生动物门肉足虫纲的一目，分布于海洋，死后沉积在海底，形成岩石。其中最大的种类曾被南太平洋土著居民用作货币，又称货币虫。

包含了全部的4种洞穴形成方式。最初它是熔岩洞穴，呈现半开放状态，所以才吸引许多生物在里面扎根。几千万年前的一次地质大变动又让它与世隔绝。后来，地下水系不停地冲刷，又扩展了洞穴内部的空间。我们在洞内又发现了类似有孔虫的生物，如果确认的话，相信它们也参与了溶洞的构成。只不过我们不太在行，还需要李老师他们亲自鉴别。有孔虫只生活在海洋里，至少以前人们是这么认为的。"

在彭凯向廖铮讲他的"洞经"时，许洪峰又插空向李婉云解释着什么。此时他的声音越来越大，终于能够清楚地飘进廖铮的耳朵里。

"清霖公司只是请您在广告里露个面，您什么话都不用说的。"许洪峰很迫切地动员着。

"我的形象出现在电视里，就算什么话都不说，不也等于是说话了？"上车以来，李婉云终于讲了一句超过10个字的话。彭凯也不由自主地停下自己的讲解，一时间车子里只有那师生俩的谈话声。

"他们那种补剂的疗效我一点也不清楚，怎么能随便答应！消费者出了事怎么办。再说，他们为什么不找一个医学专家去做广告？我不是职业医生呀。"

"补剂这东西吃了不见得有用，但也吃不死人，至多是个心理安慰剂，不会出问题。至于为什么请您出马，您看这儿……"

廖铮看不到许洪峰在前面做什么，但能听到纸张窸窸窣窣的声音。这些对话令她想起了昨天许洪峰接电话时的情形，一下子便略略猜中里面的奥秘。

"去年一年，您的名字在国家级报刊上出现过35次，省级报刊上107次，专业报刊上155次，中央电视台2次，地方卫星电视台16次，地方有线电视台31次，凤凰卫视2次。而且您是科学家，不像那些明星什么的，到处兜售个人隐私。您在媒体上留下的都是美名，广告学把这叫作'美誉度'。说实话，如果计算您的广告身价，您才是我们生态研究所最大一笔资产呢。"

缺乏幽默感的李婉云居然也被逗笑了："干什么嘛？你要把老师卖了？"

许洪峰这段话令廖铮也大开眼界。自从在许洪峰嘴里听到"李婉云"这个名字后，她赶快上网用搜索引擎查了一下。结果发现，李婉云确实是近两三年来被各类媒体大量报道的一位学者。她的研究成果甚至被引述到一些人大代表关于生态保护问题的提案中。不过，人的名气已经可以用价格来衡量，这个廖铮还是刚注意到。她心想，不知"廖铮"这两个字如今值多少钱，回头要不要让杂志社找人做个评估。当然，这只是廖铮准备回去给同事们开的一个玩笑。

"这可不是要卖您呀。您一心盼着改善科研条件，这次所里更新设备，清霖公司没少掏钱，他们是为什么呀？您看彭组长他们的地质队伍，武装到牙齿了！不都是企业赞助的？"

"不，我们这设备主要是用研究经费购买的。"听到许洪峰竟然拿自己单位的情况做例子，彭凯连忙更正，言语里也有些许不满。不过前面的师生俩没注意到他的解释。

"合同上写的不是无偿捐款吗？"李婉云继续追问。

"这第一笔是无偿，可是下一笔呢？下一笔人家就不会再无偿了。"许洪峰也不松口。

好半天，李婉云都没再发出声音。廖铮只听见后面孙晓莉那里传来轻轻的咳嗽声。作为局外人，她当然不好插嘴，只是更加觉得许洪峰身上生意人的成分多过科研工作者的成分。当然，在如今这个商业时代，这也没有什么不好理解的。

二

驶离公路，越野车沿着一条崭新的轮胎印迹开进峡谷。一行乘客系好安全带，抓紧扶手或椅背，在颠簸中随着车子又向洞口方向逼近了几千米。最后，车子在一片灌木丛前停了下来。

"只能到这儿了，再往前开，人受得了，仪器设备就受不了啦。"彭凯解释道。

"还有多远？"廖铮问道。

彭凯伸出两个手指："2000米，而且是山路，怎么……"

"彭组长，你说吧，我应该背哪件仪器？"廖铮迅速打断他的话头。在这样的环境下想让对方忽略自己的女性身份，颇需费些口舌，不如干脆用行动证明这一点。

司机留下来守车子。一行人拿着仪器走向深山。天公作美，自从溶洞口塌陷以来，这里还从未下过雨，大家得以走在干松的山路上。彭凯和陆绍中拿着他们的家什，走在最前面。廖铮紧跟在彭凯他们身后，一只手帮生态学考察组拎着小型切片机[①]，一只手为地质学考察组拿着

---

①切片机：用来将标本切成不同厚度的薄片，在显微镜下观察。

只水质量表。她自己那套溶洞攀登装备则塞在一个竖式背包里，背在后面。

在杂志社一班枯坐办公室的文人同事中间，廖铮经常以自己运动员般的健康体格自豪。不过与眼前这些人相比，她显然没有太大的优势。最令她佩服的是李婉云，虽然年纪最大，但双手也没有空着，各拎着一只工具箱。要论身材，李婉云就是在普遍纤弱的江南女子中也只算中等。但她尽管年过五旬，走起山路来仍像个30多岁的壮年人。地质工作者和生物学工作者是科学家中的"体力劳动者"，野外工作对他们来说是家常便饭。与之相比，在实验室和书斋里待的时间倒是不多，所以人人都是一副好体格。

走着走着，廖铮来到许洪峰身边。后者正扛着一台微型离心机①。单看那家伙的个头，扛它的任务就肯定要落在生态学小组唯一的男子身上。大概是很有些分量，一路上许洪峰不停地换着肩。

"许洪峰，我想请教一个问题。当初，你为什么选择生态学这个专业？恕我直言，我觉得你不太像是个愿意坐下来搞研究的人。"

"为什么？为了文凭呗。这个学科是冷门，每年研究生都招不满，几乎是报了名就能录取。我挤不上热门专业，就只好到这里来了。"

李婉云正走在他们后面不远处，但许洪峰显然不怕让老师听到这些牢骚话。"就是期望值这么低，一读起来，还是比我想象得更没意思。生态学就像经济学里的宏观经济学，你要是不到省、市政府或者国务院工作，学这些知识一点用没有，反而让人觉得很丧气。"

---

①离心机：生物学实验装置。通过高速旋转，纯化作为标本的人体及动植物组织的细胞器、蛋白质、酶、核酸病毒等物质，供实验观察。

"很丧气？"廖铮奇怪地问。

"当然很丧气。你花了千辛万苦搞调查研究，写出论文专著，什么《某地区酸雨对生态环境的危害》，什么《某地区水污染对生态环境的危害》，就是登出来，或者报上去，又有什么用！人家那些工厂该开工还是要开工。要是不开工，让你一个生态学家提供利税？提供就业机会？"

"小心，前面有山体滑坡造成的塌陷。"在前面带队的陆绍中大声提醒人们。7天前的那场地震在老爷岭这一带引起多处山体滑坡。一行人互相搀扶着，走过堆积起来的岩石群。

跨过滑坡处，许洪峰继续向廖铮陈述自己的见解："不过，从更大的范围来讲，整个生物学领域倒是很有潜力的，21世纪的朝阳行业。现在人们都认为，计算机之后的高科技经济增长点就是在生物学领域。"

"你理解的潜力，主要是指经济潜力喽？"廖铮笑道。

"正是！"许洪峰仿佛故意提高音量，给后面走着的李婉云听。"搞科研的人考虑经济因素没什么不对的！就拿我们带来的这些电镜、切片机、分离机来说吧，上一代产品又粗又笨，体积、重量太大，所以只能摆在实验室里。现在这些新产品可以直接带到考察第一线。可是钱呢？仪器的价格与体积可是成反比的！今年要是没有企业赞助，我们就拿不到这些设备，就还得像以前那样，前方后方来回跑。找到标本，跑回实验室，看出点什么名堂，再跑回到取样现场。"

让廖铮参与这次考察，是许洪峰主动邀请的，虽然他有所隐瞒，但看来也没什么恶意，而且廖铮也能够理解他的思路。不过，让别人拿自己当成宣传个人观点的搭档，还是一件不舒服的事。所以，廖铮又和许洪峰简单地交谈了几句，就向前追赶彭凯他们了。

走过山体滑坡处，他们又踏进了没膝的野草里。没有路标，只有肩膀上逐渐加深的负重感提示着路程的远近。终于，在他们面前出现了半个篮球场大小的一片空地。这片空场是自然形成的，但也留下了一些人工平整过的痕迹。空地上支着一顶由碳化纤维材料制成的帐篷，那是地质考察组建立的临时营地。一个县科协的工作人员守在那里，见他们到了，赶快迎接出来。一双布满红丝的眼睛，告诉大家他在荒山野岭里守了多么疲惫的一夜。

"这样，女士优先，我们在外面等一会儿。"彭凯示意让3个女同胞先到帐篷里去换液冷服，然后找了块平坦的地方，放下仪器，坐下来休息。

"来吧。"李婉云向廖铮招了招手。大概是觉得自己一直对廖铮太冷淡，这次李婉云主动向她打了招呼。廖铮赶忙应了一声，低下头，从矮矮的帐篷门钻了进去。

由于在里面缝制了许多微循环管道，那些液冷服很硬挺，不能叠放，都挂在帐篷里的合金衣架上。廖铮一看，液冷服是不分衣裤的连体式样，甚至有手套和袜子。孙晓莉拿过一套，帮助廖铮将液冷服从头上套下去，一边封结胸前的锁扣，一边告诉她注意事项：

"刚开始可能觉得有些憋气，因为它完全隔绝了皮肤与空气的热交换。过一会儿就好了。这里是调节阀，要是觉得温度不适应可以扳动它。向上扳是升温，向下扳是降温。来，再套上鞋子。鞋底上有防滑材料，刚开始走的时候有些发涩，试着走几步就好了。"

廖铮在帐篷里走了几步，又抬抬膝盖，弯弯腰，觉得关节弯曲多少受了一些限制，此外倒没有什么不便。

"这是第三代产品，在关节处用了碳素纤维。我穿过第一代，就像太空服一样笨重。"孙晓莉一边说着，一边穿上自己的那套。两个人相见以来，孙晓莉这还是第一次主动讲话。那边，李婉云也换上了液冷服。

"你来我不反对。但我觉得，你这次可能没有多少东西能写。"李婉云一边整理着腰间的工具系带，一边对廖铮说："平时我也看些文学作品。印象里，作家们要是在自己的作品里描写动物，最低级的也是脊椎动物亚门，一般都是鸟纲、哺乳纲的动物。从专业角度讲，大概是因为动物进化到这种水平，才能与人类有一定的情感交流，才能产生戏剧性吧。偶尔有人写到爬行类的恐龙，也是因为恐龙肢体巨大，而且当初灭绝得很有戏剧性。可这次，你恐怕不能从洞里找到比口索动物①更高级的品种。"

李婉云说得很快，廖铮不得不费力地听着，并且迅速在脑海中寻找有关物种分类方面的知识，到最后她也没有记起"口索动物"有哪些代表。但她却觉得，这位自然科学工作者对文学的这点见解倒惊人地准确。是啊，有哪部小说写过爬虫呢？

"没关系，如果是真正的科学爱好者，应该能对任何一种发现感兴趣。再说，我也不是小说家，我需要如实地记录自己看到的东西。"

李婉云停下手，注意地望了望她。

"怎么了，李老师。"廖铮问。

"唔，我想，我大概搞错了你的动机。"

---

① 口索动物：脊索动物门中最低级的一个亚门，仅在口腔部有一点脊索结构。

李婉云没做进一步解释，却转身对孙晓莉说："晓莉啊，交给你一个任务，廖铮有什么问题，你要负责回答她。她的文章恐怕有100多万读者，希望她能把其中的科学知识写得更准确。"

据说女人与男人相比有一个明显的优势，就是不会因为顾虑面子而不懂装懂。廖铮从来都坚持发扬这一优势，一听李婉云给自己派了"顾问"，就想开口问一问"口索动物"是怎样低等的一类物种。还没等她张嘴，外面就响起了彭凯洪亮的声音："快一点吧，梳妆打扮是没有用的，那样的温度和湿度，谁到洞里都是一头汗。"

3位女士被逗笑了，她们走出帐篷。孙晓莉小声地问廖铮："你这样到处跑，以探险为职业，爱人没意见？"

两个人相距很近，廖铮听到她的问话后，又看了看她的鱼尾纹，觉得她可能不像昨天自己猜测的那样，只有二十五六岁的年纪。想了想，她委婉地答道："有权力提这个意见的人还没来到我身边。"

"哦……"孙晓莉若有所思地退到一旁，又恢复了惯常的淡漠。

十几分钟后，6个人都换上了银光闪闪的液冷服，看上去像是宇航员。每个人又背上一个小型氧气瓶。不过，氧气瓶只是备用，溶洞里的空气没有糟到不能呼吸的程度。他们把大部分设备放在帐篷里，只带着少量器材向前走去。

李婉云他们都是头一次进洞，同样没有实际体会，只是听彭凯讲过里面的厉害。彭凯告诉他们，溶洞里面的氧含量比地平线低27.5%，仅相当于地面上4500米高空的氧含量。不同的是，这里的气压并不低，氧气减少的比例由氮气补充，二氧化硫的成分也偏高许多。彭凯告诉新来的人，由于前往考察点的路途不近，进洞后主要还是呼吸空气，感到憋气时再吸一口氧。

"李老师，您的身体真没问题？"彭凯不放心地问。

"真没问题。不然进洞去岂不为大家添麻烦。"李婉云照例实话直说，彭凯也知道她不是在客套，就不再问了。

接着，他们又戴好对讲耳机。陆绍中把磁卡大小的无线频道调节器递给廖铮，指着上面的标识介绍说："这是全频道，拨到这里，你讲的话可以让每一个人听到。这里是每个人的专用频道，按照这些不同的标识去拨，1号、2号……你可以选择任意对象单独对话。"

"为什么要用这个？那里面这么吵吗？"廖铮接过耳机和无线调节器，问道。

"吵是吵一点，但不影响交谈。主要是进洞之后我们肯定会分开活动，通信设备很必要。"

廖铮将它别在腰间，同时将蚕豆粒般大小的耳麦塞进耳朵里。

"我看过研究所里保存的资料照片。比起李老师年轻时参加的考察，我们这就是高消费了。"许洪峰伸了伸胳膊，开着玩笑。廖铮觉得没有他活跃气氛，不善言谈的李婉云、孙晓莉师徒俩会把人闷死。

一切准备停当，彭凯带他们走向两个世界的交接处。大家先是看到一个向下的斜坡，斜坡底部向外泛着淡淡的雾气，在阳光下若隐若现。大家小心翼翼地走到斜坡底部，就看到了侧壁上的溶洞口，洞口躲在探出的大片岩石后面，横着大概有2米宽，高度则不足1米，每次只能容一个人俯身钻进去。由于是地震导致的断裂，那洞口看起来更像一张可怕的大嘴。廖铮想起一路上的自然环境，不由得感谢起天意来，因为这里人迹罕至，少有人来。就是采药的山民翻山越岭来到这里，也很容易忽略这个洞口。

"你们又把它扩大了？"看了看洞口附近平整过的几平方米的一片空地，李婉云问彭凯，语调里依然带着那种廖铮不明所以的忧虑感。她在担心什么呢？洞里似乎有什么让她牵挂的东西？

"只是清理了外面的乱石，不然大一点的设备送不进去。"由于是第一次合作，彭凯也不熟悉面前这位女学者的性格，只觉得她有些难缠。

李婉云没说什么。大家向洞口走去。离那堆乱石几米远，孙晓莉忽然叫了一声。

"李老师，注意那儿。"

大家循着孙晓莉手指的方向望去，只见洞口附近一块巴掌大的石头上，俯着两个小小的生物。那是两个一模一样的小生物，看上去就像螃蟹，但只有风衣纽扣般大小。它们一动不动地待在阳光下，灰色的身体泛着一种岩石般的冷色。若不是有意观察，这样小的东西肯定会被忽略过去。

李婉云立刻来到近前，俯下身观察。廖铮听到她喃喃地说了一句：

"它们死了！"

三

"我在洞里见过这东西。"围过来观察的彭凯见状说道，"里面许多石头上都趴着这种小东西。怎么，是个新物种吗？"

"这里面所有的物种对于我们来说都是新的！"李婉云说着，用戴了手套的右手拿起一只，放到眼前仔细观察，边看边遗憾地说，"唉，确实死掉了，它们不小心从洞里爬出来，在正常大气中死了！晓莉你看，这里应该是眼睛的部位，但是已经退化了，瞎了。"

"在大气中竟然死了？"廖铮惊讶地问。

"封闭了几千万年，它们生活的大气成分与我们的完全不一样。而且，它们的生态价很低，离不开洞内环境。"

"什么是生态价？"廖铮问孙晓莉。孙晓莉正在观察李婉云手里的那只小动物，"噢"了一声，记起了老师刚交代的任务，答道："生态价就是某种生物对周围物理环境的适应范围。生态价越低，适应能力越小。生态价很低的生物叫狭生性物种。"

"那么，按照你们生态学的理论，我们人类就是生态价最高的物种喽……"彭凯插了句玩笑话。

没等彭凯说完，李婉云就打断了他的话头："生态价高低不等于生存权利的大小！"

李婉云的语气这么激动，令大家都有些愕然，看上去，她似乎是对某个与此无关的问题有感而发，不知道是彭凯的话让她联想到了什么。

一言出口，李婉云也觉得自己有些不妥，便摆摆手，不再说什么了。孙晓莉打开背后的标本箱，从李婉云手里接过那两个可怜的小动物，将它们展平，用喷枪覆上一层火棉胶，慢慢地等着它干透。

"情况有那么严重吗？可我们不吸纯氧，自然呼吸，却能在里面待很长时间……"陆绍中问的这个问题与彭凯想到的差不多。

"人类生存的生物圈很大，给我们提供了适应不同环境的机会。

溶洞里的生物可没有这个条件。"李婉云边说，边用手臂向四外画了个圈，像是要把整个地球都包括在这个手势里。

隔行如隔山，在分工明确的科学圈子里也是这样。彭凯对这两个小生物的死因说不上什么，只有催大家快动身。"咱们快进去吧，要找标本，这里面就是一个大动物园，找不完的。"说完，他低下头，第一个爬了进去，陆绍中是第二个。

看着他们的身影一点点隐没在洞口处，廖铮忽然想起这些天里从网络上下载的一份资料：20世纪80年代，美国人在亚利桑那州北部的沙漠荒原上，创建了一个完全模拟地球生态系统①的"生物圈二号"实验基地。当年这个实验室创办时，她正读大学三年级，还沉浸在诗歌散文的意境里，并未注意这条科技新闻。如今读起来仍有新鲜感。

这个气魄不俗、意义非凡的实验基地占地约1.3万平方米，外观是一个巨型钢架玻璃建筑物，内部有生活区、农作物区、热带雨林区、平原区、海洋区、沼泽区和沙漠区，凝缩了地球上的诸般环境，风光优美，雨林葱郁、山岭起伏、云雾飘绕、鸟语花香，乃至海上游鱼、珊瑚群礁种种无一遗漏，容纳了各种动植物3800多种。

1991年9月，8个实验基地工作人员进驻"生物圈二号"，开始过着与外界隔绝的生活，饮食起居的一切均来自"生物圈二号"。除了最为必要的通信和基本能源支持，那里就是一个缩微的小世界。科学家们希望能通过这个富于传奇色彩的实验，给未来需要经年累月才能完成的行星际太空远航摸索建立生命维持系统的经验。

---

① 生态系统：生物群落及其地理环境相互作用形成的自然系统。地球上最大的生态系统便是整个生物圈。

一年多后，严重的问题出现了：25种脊椎动物死去19种；蜜蜂及其他可以传授花粉的昆虫纷纷灭绝了，失去蜜蜂授粉后，植物园因此断代；但牵牛花藤却不知为什么竟然疯长，黑蚂蚁爬满了建筑物的金属框架，蟑螂以极快的速度繁殖、四下奔走。由于土壤中的碳与氧气反应生成二氧化碳，部分二氧化碳又和混凝土中的钙反应生成碳酸钙，导致实验基地中的氧气含量从21%下降到14%，二氧化碳急剧增加。

始料未及的另一变异是，当"生物圈二号"实验基地运行3年后，其中的一氧化碳含量猛增到79%，足以使人体合成维生素B_{12}的能力锐减，危害大脑。实验基地内的科学家面对灭顶之灾，不得不撤离出去。

现在仔细回想一下这个生物圈实验，廖铮联想到了面前的神秘溶洞。李婉云他们一直认为，眼前这个封闭的岩洞具有独立生态圈的特点。那么，这里面是怎样一个封闭的世界？李婉云是不是在担心两个世界交汇以后，这个生物圈失去了原来的密闭条件？

当这些念头快速闪过脑海时，李婉云的身影也已经没入了洞口。廖铮把仪器交于一手，小心地跟了进去。洞口内部的洞径迅速变狭窄，拐向左面，而且还向下伸去。廖铮只走了几步，一直习以为常的阳光就迅速淡化，很快便完全消失，仿佛是洞口本身在故意地回避着阳光。这令她的心"嗵"地跳了一下。接着，她看到了两束聚光灯发出的光束，发现自己正站在一个房间大小的宽阔处，先进来的几个人都聚在这里。

"这里的空气很适合呼吸嘛。"廖铮用力吸了吸气，说出自己的感受。

"确实，上次来时不是这样的。"彭凯也用力吸了吸气，摇摇头说道，"一定是洞口内外长时间气体交换的缘故。我想，只要时间足够，洞里的空气最终都会适合人类呼吸。"

彭凯的话音里带着某种期许的成分，如果空气成分"恢复正常"，以后再进洞考察就可以少带许多不必要的装备。可是，刚才那两只灰色小动物僵化的身体又出现在廖铮的眼前。适合我们呼吸？但是对于这里原来的主人又有什么影响呢？廖铮发现，自己在某些问题的态度上正迅速地向李婉云靠拢。

很快，许洪峰和孙晓莉也进入了溶洞。大家在宽阔处聚齐。灯光中，廖铮看到彭凯在侧耳倾听着什么。"奇怪，这里的声音好像比上次我们进洞时小了许多。"彭凯诧异地对陆绍中说，后者也点头表示同意。其他人都是这个洞穴的新客人，自然说不出什么。廖铮觉得除了别人的呼吸声，并没听到什么特别的声音。

前面有两个岔路口，彭凯指着不算大的一个说道："这边走，这条路到'前广场'最近。"

彭凯高举起冷光灯，向洞穴深处走去，众人跟随其后。按照事先商定的考察程序，他们首先要到达设置在'前广场'处的另一个临时基地，将仪器设备布置好。然后，地质队将向更深处前进，李婉云他们则就近进行一些取样研究。

"大家走起路来一定要小心，洞里主要成分是石灰岩，滑动系数很小。"陆绍中边走边提醒道。

越往前走，周围的黑暗越浓，两边的岩壁仿佛像两堵墙一样倒向他们。冷光灯的光线似乎是拥有生命活力的东西，正在努力抵御黑暗的压力。

走着走着，孙晓莉的脚步忽然缓了下来，弄得后面的许洪峰差点撞到她的身上。

"怎么了？"许洪峰连忙稳了稳脚步。

"没什么。我……忽然觉得这里好像有什么东西在盯着我们。"

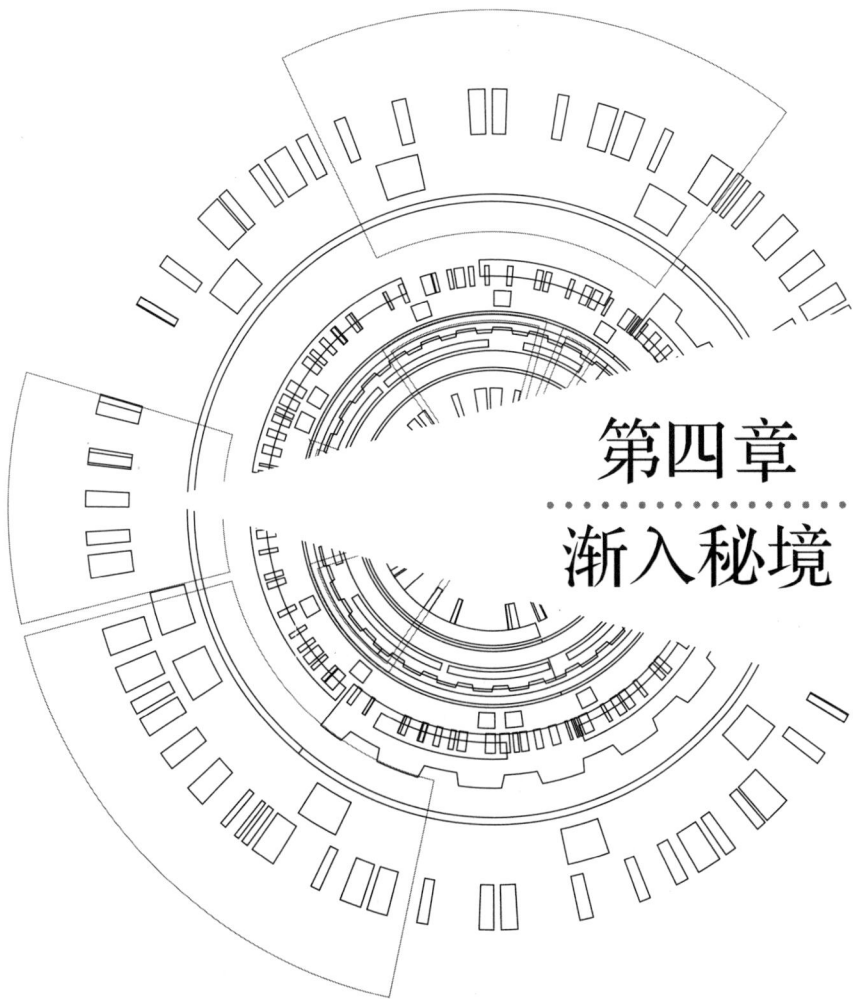

第四章
渐入秘境

没有任何明显的原因，孙晓莉的声音里无缘无故加进了几分颤抖。她是研究生物的，虽然没少参加野外考察，但还是头一次深入到这样黑暗的洞穴里，天性中的胆怯流露出来。

"嚯，你可别吓唬大家。"彭凯乐了，"这黑灯瞎火的，要吓人可是能把人吓出心脏病来的。"

廖铮走到孙晓莉身边为她壮胆。女孩子天生胆小，如果不是这十几年探险生涯的磨炼，现在廖铮的胆量也未必好过孙晓莉。这点她非常清楚。回想起自己第一次独自于夜间行进在山路上的情形，当时她一边走，一边流着眼泪，渴望在周围听到人声，甚至过一辆汽车都让她高兴半天。这个细节她没有写在后来的探险报告里，因为她知道，夜晚睡在自家床上的读者们难以体会她当时为什么会流泪。

自然形成的洞径不会像楼梯那样有条理，逼着几个人七拐八拐，高一脚低一脚。有时候，扶着洞壁的手会突然触在湿滑的苔藓上，使得脚下一个趔趄。大家不得不前后拉扯，保持平衡。黑暗中的某处地方传来有节奏的滴水声，空气中开始有一丝潮湿感。

"嘎嘎……嘶……呀呀……咔嚓……呜呜……"

他们刚刚拐过一处大弯，一阵乱七八糟的声音突然迎面扑来，接着又是一段长时间的沉默，然后再次暴发出集体鸣响，仿佛有一个超现实主义的乐队，在它们不怀好意的指挥带领下，迎接不善的来者。那声音发自地穴深处，经过曲折蜿蜒的洞穴折射，音量虽然减小了不少，感觉上却颇为怪异。

许洪峰脑子里又出现了廖铮做过的讲座：地球上的异星！现在，他算是更准确地体会到了廖铮那次讲座的主题。当然，廖铮的感受更深刻。以前，她从未在任何一个溶洞里听到过生物发出的杂音，那些溶洞早就融入大生物圈当中了。

一时间，大家都止住了脚步。廖铮正用一只手拉着孙晓莉，此时明显感到后者的身体抖动了一下。她赶忙扶住孙晓莉。

"我说有古怪吧，就是这种声音，阵发性的，到了'前广场'就会连成一片。"发现自己的介绍终于得到了印证，彭凯的话音里带着一点轻松感。

"哟……哟……嘶嘶……呜呀呜呀……"彭凯的话音刚落，那种既没有规律，又说不出特点的连串声音又涌了过来。这次的声源离他们近了一些，并且与彭凯的声音前后相接，吻合得令大家都有些吃惊。彭凯不自觉地捂住了嘴，似乎觉得自己惊扰了这里的主人。

那声音既像是在致欢迎词，又像是在示威。

大家停顿片刻，接着向前摸去。忽然，廖铮的视线被吸引住了，她看到了一个鲜明的人造物件，自从进洞以来，这还是头一次。那是一枚电影票大小的荧光标牌，一枚高速射钉枪弹穿过标牌，楔入齐眉高的岩石之中。标牌上有各种各样的荧光符号，反射着头灯上的光线。在黑暗中看起来好像飘在空中的一团萤火虫。

"这是你们留下的路标？"廖铮问彭凯。

"是的。"

"既然你们亲自来过这里，又有超声波探测仪帮助，怎么还需要钉下路标。"身为半个记者，只要有丝毫不懂之处就需开口询问，廖铮的性格也很适应充任学生的角色。

"需要。"彭凯指了指自己的额头，解释道，"这种大自然建筑的迷宫，我们的记忆力不能保证应付得了。超声波探测的结果只是个大概，无法描绘洞内的细部。现在还没有出现更多的岔路，要是到了前面的蛛网部位，洞穴交叉，两三米内走岔，就转不出来了，等于从人间走进了地狱。钉这种牌子是为了保险。而且你看……"

他指着眼前的标牌，解释道："牌子上不仅要标明正确方位，还标明前方洞穴的宽度、坡度、有无裂隙等注意事项。你记一下这些符号，也许你迷路时会用得上。"

在记忆东西这个问题上，廖铮是比较笨的，所以平时一出发，采访机和相机总是不离手。廖铮掏出电子表般大小的微型数字摄像机，拍下了标牌的样子，准备回去再做了解。由于洞内的光线不足，廖铮使用了梯级曝光法①。

又向前行走了几十米左右，他们就像是闯进了原始部落的狂欢舞会，周围的声音连成了串儿，接成了片儿。不过，如果是马嘶犬吠，或者是鸟啼蝉鸣，这些在平时很熟悉的动物叫声不会让人们心神不宁。可溶洞里的声音非常陌生，十分怪异，像是一些无机物发出的。

不仅如此……

---

①梯级曝光法：即以自己估计的曝光量为中心拍摄一次，再分别开大和缩小一级或两级光圈各拍摄一次。这样的几张底片中，必然会有一张是曝光准确的底片。

"这些声音听起来很响，就像是狼虫虎豹那类大块头发出来的，其实，发声的都是一些很小的家伙。"彭凯颇能体会新来者的无名恐惧，特意做着解释。因为他当初进洞的时候，也被这些粗豪的声音唬得不轻。

其实，在冷光灯照射下，大家已经能看清四下里到处都是体形细小、行动缓慢的小动物，也能辨别出声音确实是从它们身上发出来的，但习惯上却一时难以接受。

这么小的个头，这么大的声音！

再往前走了一段路，廖铮忽然从纷乱的声音里分辨出一种类似发动机开动时的嗡嗡声，连绵不断，若隐若现。她停下来，回想了一下，觉得这种声音其实已经响了好久，只是没有别的声音那么尖锐、响亮，那么吸引她的注意。它仿佛是一种背景音，像白云后面的天幕，时间长了就会被人遗忘。

"这是什么声音？"

"什么声音？你是指……"陆绍中问。

"就是这种……连续不断的声音。"廖铮发现自己找不到合适的象声词来描述这种声音。

"好像是……洞体结构本身的聚焦或折射作用，把许多声音聚拢到了一起形成的一种综合声音。"陆绍中不十分肯定地回答道，"或者，是溶洞深处的水流声。不过，上两次我们没时间仔细考察这种声音，这也只是猜测。"

如果没有洞壁阻碍，高度聚焦的冷光束大概能照到30米远处。但一行人进洞许久，还从来没走到一处连续20米内不用拐弯的地方。滴水从洞顶上的石钟乳尖部滴落下来，地面上开始聚集起小水洼，周围岩石的色彩也开始丰富起来。不过，他们遇到的所有小动物，其颜色却仍然那么单调，它们附在色彩斑斓的石笋、石简、石钟乳上，长时间一动不动地待着，仿佛是一块块灰疤。随着他们不断前进，周围的温度也一点点上升。

"李老师，您看一看这个，是不是有孔虫？"彭凯停下来，指着岩壁上的一个瓶盖大小的圆形动物问道。那东西在廖铮看起来特别像一只贝壳，一团黏液在壳体外凝聚着。

李婉云仔细地观察着那个小东西。一旁，忠于职守的孙晓莉向廖铮做着讲解："有孔虫是地质年代里一个重要的物种，从1亿多年前的白垩纪，到6000多万年前的早第三纪这段时间里，世界上绝大多数海洋里都有它们生活。这是一种单细胞生物。"

"这么大的单细胞生物？肉眼都能看到！"廖铮指了指岩壁上的那个小贝壳，惊讶地说。

"单细胞生物也可以生长得很大，鸟类的卵就是单细胞生物。"

廖铮有些不好意思，她忘了鸡蛋也是单细胞生命这个常识。

那边的李婉云点了点头，说道："单看外形应该是它们，但在陆地上生活的有孔虫还是头一次看到。"

"6000多万年前，这里可是海洋哟。"彭凯提醒道，"在6000万年中，它们是否能从适合海水改为适合淡水？您估计，动物进化的速度可以这么快吗？"

李婉云摇了摇头。廖铮以为，她是在表示动物进化的速度不可能这样快，但过了几秒钟，李婉云却主动解释了摇头的含意：

"我不知道！"

她转过头，看了看周围的每一个人，说道："和大自然本身相比，我们人类积累的那点知识算得了什么。"

一行人默然不语，又向前摸去。空气中开始飘着一股淡淡的刺激性气味，这味道令廖铮想起了第一次到城市里上学时闻到的煤烟味。当时她就觉得，那种辣味儿远远比不上家乡人们烧柴草时发出的甘甜气息更好闻。走在前面的彭凯从背上拉过呼吸面罩，深深地吸了一口氧，然后说道："大家注意吸一下氧。从这往里走，二氧化硫会越来越多。"

每个人都吸了口氧气，然后又深一脚、浅一脚地向前走去。廖铮记得彭凯曾经介绍过，洞口到"前广场"只有200米。如果在外面的平地上，200米仅仅是几分钟的路程。但是现在，他们已经走过许多个几分钟了。

廖铮正走神时，忽然，前面的冷光束射进一片宽阔的黑暗里，廖铮已经非常熟悉的，在岩壁上倒映回来的光圈顿时被这股黑暗吞没了。同时，刺耳的声音潮水般向他们涌来：

"呜——呜——叽叽……嘭！噗嘶噗嘶……呀依呀依……倏……"

二

"我们已经到了'前广场'？"廖铮问道。话音出口，才知道自己准备不足，发声太低。在刚才那段肠子般的狭窄通道里，大家只需要普通的音量讲话就行，现在周围空间广大，噪声颇多，这个音量就显得微不足道了。

"对，'前广场'！"彭凯仍然听清了她的问题，然后向另外两个人大声招呼着："来，许洪峰，你用冷光灯向左照，我向右照，小陆你向前照。"

3股光束合起来，笼罩了相当大的一片地方。在光圈里，众人看到，他们头顶上是倒吊的钟乳石，周围是形态古怪的石灰岩，有些地方的岩石竟然在蠕动。廖铮仔细一看，才发现那里是一团团聚集起来的生物。空气中二氧化硫的气味浓烈了许多，仿佛到了一个锅炉房中。李婉云和孙晓莉都拉过面罩，吸了口氧气。然后，3股光束并排划了一圈，"前广场"远处的岩壁仍然隐没在光束之外。

这当然是地球上的一块地方，但感觉上又那么不像。再有想象力的编导美工，都不能在一部科幻片里设计出这么多复杂怪异的动物形象。廖铮拿出配着微光放大镜头的数字相机，用慢曝光给"前广场"拍了张大半是黑暗的"全景"。

超声波探测的结果显示，"前广场"几乎有一个半足球场那么大。单是眼前这番景色，廖铮已经觉得很有气势了。不过廖铮也知道，远处还有一个宏伟得多的"后广场"。只是今天他们没有计划走到那么远。

大家离开身后隧道式的狭洞洞口，来到"前广场"上一片坡度很小的地方。不远处，一具充气帐篷进入冷光束的范围内，帐篷外面印有"东南大学"的校徽。校徽设计得非常有活力和时代感，颜色也很鲜艳。只是这些优点难以在这个平时绝无一丝光线的溶洞里体现出来。

大家向帐篷走去。这时，廖铮终于从周围杂乱和异样的噪声中分辨出一种熟悉的声音。

"这里好像有水声？有地下河？"

"是地下河，但两头在外。"彭凯指了指黑暗中的一个方位，"地下河从东面小峭子峰的岩隙中流进来，经过一段潜流，在老爷岭后山流出地面，成为温泉。不过，流到这里时，它的温度不是最高。红外勘测显示，在'后广场'那里，还有一个温度很高的地热体系。"

"那么，这个生物圈算不上完全封闭的喽？地下水是不是可以带进来一部分外界的微生物？"廖铮想起了美国科学家建造的"生物圈二号"实验基地。为了保持完全密封，科学家们想了许多办法。

"地球上不可能存在绝对封闭的生物圈。"李婉云回答道，"再封闭的小环境，总要和整个地球环境有物质交换。再说，这里这么小的空间，如果绝对封闭，与外界没有任何物质能量上的交换，恐怕一个月下来，所有生物都死光了。只是，这里的封闭程度比世界上任何一个地方都大一些罢了。"

许洪峰也插言道："其实，在外面的大世界里，澳大利亚就是一个相对封闭的生物系统。西方殖民者刚去的时候，觉得那里的本土生物都长得稀奇古怪。"

自从进洞以来，廖铮就再也没有听到许洪峰讲话，大概因为人们谈论的都是学术上的问题，他没有兴趣吧。

一行人来到帐篷外面，这里有一圈几平方米的平坦地区。冷光灯照射下，帐篷四周的岩石上散落着一些甲壳类小动物，在帐篷外围了一个三四米半径的无形圆圈。李婉云看到这些小动物，抢上前几步，俯下身观察着，然后站起来，脸上带着强烈的不满。

"这是怎么回事，"李婉云的声音里含着一丝怒气，"帐篷里安排了什么东西？"

"紫外线灯。"彭凯看了看那些小东西，便不以为意地说，"我们不知道溶洞里的怪动物都有什么习性，怕它们破坏基地里的器具。再说死一些有什么？洞里边生物的数量很多嘛，足够你们采取标本。"

"不！"李婉云的声音里带着一丝颤音，"这里面的生物并不多。虽然我还没有具体测量，但我估算，这里面的生物总量①不会超过万吨级，大小只相当于一个中等树林的生物总量。如果这里真是个树林还情有可原，因为它时时刻刻与周围的生物群落交换能量和物质。可这个微型生物系统不一样，这里的生物只能自给自足。你杀掉小小一批生物，立刻就会在食物链上引起连锁反应，很可能打乱这里的生态平衡②。溶洞与周围环境隔绝很久，它的生态平衡是非常脆弱的。"

"但这是不能两全的事情。"闷热和噪声扰乱着人的理智，彭凯的语气里添了一些不满，"您也看到了，这里的自然环境非常不利于科学考察。如果不建立这样的前哨基地，不将一些设备物资预放在这里，我们的考察很难进展到洞穴深处，只能在洞口附近转来转去。可是要保护这些设备，就不得不采取这样的措施。"

"呜依——呜依——嘎嘎咕……"周围一些不知名的小动物躲在黑暗里发着声，仿佛也要参与他们的争论。

两个组长争论起来，一边的陆绍中、许洪峰和孙晓莉都不知道该做

---

① 生物总量：一个生物群落中所有物种的个体总量和重量总量。这里指重量总量。

② 生态平衡：在一定的生物群落与生态系统发展过程中，各种对立因素通过相互制约、转化、补偿、交换等作用，达到的一个相对稳定的平衡状态。生态平衡一旦被打破，生态系统将逐步建立起新的平衡，但代价极高。严重的时候可能永远无法建立新的平衡状态，导致生态系统的崩溃。

些什么。廖铮望着眼前的情形，忽然意识到自己这个"独立考察组"也有应该尽到的义务，于是她走到李婉云和彭凯身边。

"抱歉，让我插一句，大家都是为了科学考察才来的。双方学科不同，科研方法可能有些不同，甚至会有冲突的地方。我想，是不是大家能够临时商定些共同的规则。"

很久，彭凯和李婉云才分别点了点头。"应该在进洞前就商量好，"彭凯说，"这是我工作的失误。李老师，您说吧，您的想法是？"

对方退让，李婉云倒有些不知所措了。她犹豫了一下，才说道："我的要求不多，只有两条，一是不要杀死这里的生物，除了死去的生物，不要用活体做实验标本。当然，这主要由我们小组遵守。第二是除了这个前哨基地，不要再丢弃任何垃圾，也不要释放任何化学药剂。一定需要使用化学药剂的实验应该在洞外进行。在这里只进行纯粹的观察性研究，这可得要大家一起遵守。"

不知是因为李婉云不善言辞，没注意到自己的语病，还是她在潜意识里就如此认为，反正她将帐篷也包括在"垃圾"之列。廖铮不禁想到了她在南极和珠峰上看到的情形。对于脆弱的生态系统来说，单单是科学考察产生的垃圾就已经够多的了。

彭凯听完李婉云的话，不住地摆手："可是，关掉紫外线灯非常冒险。里面别的东西不说，那些氧气瓶就是我们的命根子。没有它们，不要说走进洞内深处，万一因为什么事耽误时间，恐怕供我们撤到洞外的氧气都不够。"地质勘探是一种大刀阔斧式的工作，少不了有钻探、爆破这样的活动，这般小心翼翼确实令彭凯不习惯。

"那么，有没有技术上的替代办法，比如，不杀死这些动物，而是将它们驱走。"廖铮提着补充建议。彭凯双手一摊："有的。可以换用某些气体驱虫剂。不过需要通过检验才能肯定是哪一种，而且我们这里也没有，可能需要到昆明那样的大城市里才能找到。如果通知后勤方面去准备，来来去去得很多天时间，我们的时间和精力都不富裕！"顿了一下，彭凯才想到李婉云刚才的声明，"对了，就是有，李老师也不会主张用的，因为那属于化学药剂。"

"这样吧，"李婉云退了一步，说道，"今天事先约定是由我们借用这个基地，我们可以安排人进行人工清理。这里的生物对仪器设备是不是构成危害，我不敢打包票，但我敢说，溶洞生物的生命节奏比外面慢许多，不可能有移动速度很快的动物。所以，人的行动速度已经足以对付它们了。"

彭凯想了想，没再说什么，拉开拉链走进帐篷门，伸手将挂在帐篷顶部的紫外线灯关掉了。

矛盾暂时化解，李婉云他们也走进帐篷，找地方安装带进来的仪器设备。廖铮插不上手，便走向平台边缘。越走，耳边的水声越响。在光线散射的边界处，她找到一个不易滑落的地方，向下望去，只见微弱的光线洒在下面几米深处的水流上，泛着点点的磷光。

廖铮回过手，从背包里拿出一个折叠成书籍大小的小旗，展开来。旗子上有用"SMSJ"4个字母拼成的图案，那是杂志社专门设计的商标。在自己的探险生涯中，廖铮每到一处新的奇妙所在，都要留下一面这样的标记。

廖铮的手在空中停留了一会儿，又把那面小旗叠好，收了回去。因为她记起了刚刚由自己参与制定的一项考察规则：不要在这里留下任何垃圾！

"哔……咝咝……喔——嘎……嗵！"

大概是由于进洞时间已经不短的缘故，周围那奇奇怪怪的大合唱在廖铮听起来竟有了些韵律感。她童心大起，双手拢在嘴边，大声喊着：

"啊依——"

声音在洞里回荡着，形成隆隆的回响。与此同时，周围的声音一下子消失得干干净净，就像是所有的生命都在黑暗中侧耳倾听。

这情形把廖铮吓了一跳。因为已经习惯了的噪声突然消失掉了，帐篷里外忙碌的人们也都给吓了一跳。大家停下手里的活，四面张望。

"怎么啦？以前我们也在这里交谈过，没有这样的情况发生呀。"陆绍中说。

"呜……呜……嘎嘎……叽叽叽叽……"先是一声试探性的长音，接着，各种声音由小到大逐渐恢复，再次演起了交响乐。

"看来，是你声音太大，吓着它们了。"彭凯笑道。

"以前你们有没有这样喊过？"李婉云问彭凯和陆绍中。

"喊？我们上次进洞，只是在彼此听不见对方声音的情况下才提高点嗓门。"彭凯回答。

"怎么了？我是不是闯了什么祸？"廖铮有些不知所措地望着李婉云。这个古怪的地方好像有许多潜在的规矩，不知怎的就会破坏其中的某一条。

"这里没有光线，生物们的机体一定对声音非常敏感。这是进化中的适应过程。"李婉云解释道，"你喊那么一声，在它们听起来，可能就像是在我们的耳边打了一个雷吧。"

这个自发形成的学术讨论会马上就散场了。大家纷纷转过身，回到自己的工作岗位上。此时，廖铮喊出的那一嗓子，已经是将近一分钟前的事了。

就在这时，从幽远的洞穴深处，传来一声沉闷、嘶哑、怪异，然而音节却非常清楚的声音。那声音就像是用无数石块摩擦出来的，带着苍凉和疲惫的感觉：

"啊依……"

三

是真的听到了这怪声，还是产生了幻觉？廖铮发现自己竟然连肯定的勇气都消失了。她下意识地看了看周围的人们，看到他们全都不由自主地停下手里的工作，四处张望着。冷光灯束映照着一张张惶惑的面孔。一时间周围静得怕人。

"啪"的一声，一样东西从廖铮身后某个人的手上落到地上，在寂静的环境里发出惊怵的脆响。那怪声传来之际，周围所有的小动物齐刷刷地停止了合唱，仿佛听到了乐队指挥的号令，或者是一位神秘的洞之君王在吟唱。廖铮没有回头去看是谁掉了东西，无名的恐惧已经摄住了她的心灵，身体也跟着有些发僵。

一瞬间，这里不再有地质学家、生态学家和探险家，只有一群被调动出原始恐惧情绪的普通人。

在场的每个人都觉得从脊梁沟里钻上一股冷气，而廖铮则体验着双倍于旁人的恐惧，因为那个怪声分明是在模拟她刚才的呼喊！

"怎么……是我的声音吗？是回声？我的声音会反射成这个样子？"廖铮向彭凯发问，并且从自己的声音里听到无法控制的颤抖。

"那不是回声！"彭凯最先恢复了镇定，谨慎地摇摇头。然后他抓过冷光灯，小心翼翼地高举过头，向声音传来的方向照去。浓厚的黑暗吞没了只能照射30米远的光束。大家循着光线望去，什么也没看到。

"它也不在'前广场'！"彭凯自言自语。

眼前的情形忽然使廖铮想起不久前看到过的美国科幻电影*Pitch Black*[①]。那部片子讲的是，宇航员们来到一个遥远的星球进行考察。这个星球上生活着一些只有在黑暗中才出来行动的食肉生物。不久，日食发生，这些黑暗生物从巢穴中冲出来，开始袭击人类，宇航员们只能靠人造光明来保护自己。

想到这儿，廖铮不自觉地看了看彭凯高举过头的冷光灯。这个溶洞封闭在黑暗中已经有6000万年，是不是也早就进化出一批黑暗杀手？

"这声音来自洞穴深处。"许洪峰抬起手，漫无目标地指了指，更多的是为了镇定自己的心神。

人们又四外张望了一会儿，除了岩石和小动物们，还是什么也看不到。

"嘶喀……咿呜咿呜——吧吧吧……卟噜卟噜……"

还是逐渐恢复起来的"大合唱"帮助大家恢复了冷静。那种大合

---

① *Pitch Black*：中译《星际传奇》。

唱他们已经听惯了，在这个陌生的地方，它似乎就代表着某种程度的"正常"。

"你们都听到了吗？"即使过了这么长时间，即使大家很肯定地议论了半天，孙晓莉仍然怀疑这一点。

"确实听到了那种怪声，不是幻觉，可惜没有录音。"陆绍中的声音也有些哆嗦。

"我想，可能这声音碰巧与你的喊声很像吧。不过，我上两次来都没听到过。"彭凯回过头，看了看廖铮，又看了看陆绍中，用目光询问着后者。陆绍中也两次进过溶洞，拥有相同的经验。他点了点头："我也没听过，应该是碰巧了吧。李老师，您认为呢？"

谁也没注意刚才那会儿，李婉云是不是也和大家一样，被浸泡在突如其来的恐怖感中。不过至少她现在已经非常镇定了。

"大家放心。不管怎么说，这里不可能存在有智慧的高等生物！"

李婉云的直言快语一下子打破了众人心里的恐怖阴影。这个阴影之所以形成，完全是因为那声音太像廖铮刚才的呼喊声了。可是，这里的确不可能存活着智慧生命，通过模仿来戏弄他们，恐吓他们。拥有中学水平的生物学知识就可以断定这一点，除非现在的生物科学全部改写。

"哈——哈哈……"许洪峰笑了起来。笑到最后，那声音已经非常自然了。"其实是咱们自己吓唬自己。说白了，还是这里太黑了。"

说完这句话，他又开始了刚才中断的工作。众人也纷纷回到自己的工作岗位。气氛彻底恢复了正常。

廖铮忽然想起了昨天夜里闯进自己梦境的巨大甲虫。她摇了摇头，像是要把这个大甲虫从头脑中甩出来。自己什么时候也开始相信不祥之兆一说了。

"呜吧呜吧……喀啦喀啦——咕噜……咕噜……"弥漫在周围的大合唱听上去也似乎变得友好起来,安慰着来客们受惊的心。几分钟过去了,那神秘的声音再也没响起来。

少顷,彭凯和陆绍中收拾停当,对其他人说:"我们分手吧。冷光灯一共有3具,留给你们两具。如果有什么问题,可以用无线通信器联系。"说着,彭凯一指左边的黑暗空间:"我们沿七号通道向深处考察。对了,廖铮啊,你是和他们一起观察小动物,还是和我们一起到溶洞深处走走?"

廖铮看看彭凯,又看了看许洪峰,毕竟自己是生态组成员邀请来的,而且活生生的东西总比岩石和溶洞构造更有趣些。所以她回答道:"今天我先做生态学家的学生。下次,也许就是明天,我再跟你们研究地质学吧。"

"那就这么定了!"说完,彭凯和陆绍中转过身,向临时标注为七号通道的溶洞走去。他们手里的冷光灯光束和另外两只光束分离开来,廖铮感觉那就像是某个实体被黑暗之刀砍开一般。很快,两个人的身影就随着冷光灯消失在七号通道拐弯处了。

廖铮回头看了看周围这3位生态学家,忽然想起了进洞前没来得及问的那个问题,便来到孙晓莉身边,小声说道:"顾问,问你一个问题。"

"问吧。"孙晓莉的双眼正紧盯着一个光谱指示板。但听语气,显然还可以一心二用。

"什么是口索动物?"

在洞外帐篷里换衣服时，李婉云对廖铮讲了些关于文学中动物形象的观点。当时孙晓莉也在场，知道廖铮现在问的是什么，于是就把口索动物的概念讲给她听。一旁的许洪峰可就不明白了，他提着一只冷光灯走过来，问道："怎么？你对柱头虫①感兴趣？很原始的哟。"

于是，廖铮介绍了李婉云的那个"文学理论"：文学家从不描写低等动物。讲的时候，她的脑海里同时浮现出一个有趣的联想：一个衣着入时的俏妇人把一堆丑陋的虫子养在屋里当宠物，几只卷毛小狗则在外面流浪。

"真没想到，李老师对文学评论也有一套。"许洪峰开着玩笑。

"说真的，这里恐怕真找不到高级到哪怕像鸟类那样程度的动物。"

"为什么？"廖铮问。

"这里的空间对鸟类来说太小了，会飞的东西怎么能……呀！"

就是在这嘈杂的噪声背景干扰下，许洪峰的这一声惊叫也显得非常之响，把大家都吓了一跳。只见一个飞行物流星般穿进冷光束，差点儿撞到许洪峰的脸上。

片刻之后，那东西就飞出冷光束，没入黑暗之中，速度快得令人吃惊。进洞以来，大家已经习惯于溶洞内各类小动物都具有的那种慢吞吞的节奏。

"晓莉，你眼睛好，看清是什么了吗？"李婉云问。

"滇雀。"孙晓莉非常自信地回答道。

"看准了？是滇雀？"许洪峰惊魂未定地走过来。刚才那一惊吓，差点让他扔掉手里的冷光灯。

①柱头虫：口索动物的一种，生活在海洋里。

还没等孙晓莉回答，伴随着一声轻轻的啼叫，那只小东西又从黑暗中扑了出来，直奔许洪峰而去。不，是直奔许洪峰手里的冷光灯飞了过去。这次许洪峰有了准备，连忙闪到一旁。在他后面就是帐篷，小东西一头撞到帐篷的金属支架上，跌落在岩石上。孙晓莉手里的冷光灯也照了过去。

灯光下，廖铮看到那的确是一只小鸟，比一般的麻雀还小许多，背上有蓝绿相间的羽毛。小鸟用力地抽搐了几下，然后便不动了。

李婉云小心地把它捧起来，拿到眼前观察。

"这鸟是洞里土生土长的吗？"廖铮问道。李婉云摇摇头。

"不是，否则它不会不适应这里的黑暗环境。你瞧，它的眼睛发育得很正常。这鸟是洞口打开后从外面偶然飞进来的，它迷路了。"

"天呐，不知道它多长时间没有看到光明了！"鸟儿刚才那种飞蛾扑火般的举动给廖铮留下了深刻印象。

"滇雀本来有自己的超声波定位机能，一定是洞内紊乱的声波干扰了这种机能。所以它迷路后，等于又瞎又聋。"孙晓莉一边观察着鸟尸一边分析道。

"也就是说，两个生物圈里的生命，换到另一边都很难存活。"廖铮想到了洞口外面看到的两只死去了小动物。

"不一定就无法存活，"李婉云将死鸟放到标本箱中，小声地自言自语了一句，"这里的微生物或许不能分解它……"然后才继续回答廖铮刚才的问题："——但只有适应能力强的物种才能存活下来。6000万年前，这里的洞口也是在极短时间里封闭的，恐怕前后只有几个小时。当时被封闭在里面的生物中，肯定有一大批因为不适应而灭绝了。比如说，我们从洞口到这里一直都没发现大型物种。"

"那么小的洞口，大型物种恐怕进不来吧。"

李婉云诧异地看了看她。廖铮一下子意识到自己说了蠢话：6000万年前的洞口并不是刚才他们进来的那个小洞口，说不定这里当初还是个峡谷，或者天坑什么的呢。不过，李婉云倒没有笑话她，耐心地回答道：

"彭凯他们做了初步调查。他们认为，这里当时的地形条件是允许大型物种进出的。甚至，恐龙也可以自由出入。"

"那么就是说，那些大动物都饿死了？"

"不适合当时新环境的，不仅仅是体形庞大的动物。至于究竟有哪些物种保留下来，哪些物种灭绝了，这可以作为生态学和古生物学上非常有价值的课题，也是我们生态学小组来这里考察的主要目的。不过——"

李婉云俯下身子，用手指触动着石笋上一只缓慢爬行的蠕虫。

"在当时活下来的，都是适应能力最强的物种。但在今天情况又不同了。经过进化，它们早已经适应了这里的环境，对外部大生物圈的适应能力反而变得非常差。洞穴里的自然环境6000多万年都没有剧烈的改变。进洞前我向彭凯请教过，他估计这里甚至不会有季节交替，一年到头，气温和湿度几乎都是恒定的。这样的环境下无法进化出适应力很强的物种。"

李婉云站起身来，拉了拉液冷服的肩部，感慨地说道："适应能力是生命的法宝。就拿眼前的情况来说吧，为什么这里的动物都有这样强大的发声能力？因为这里没有光线，动物无法靠摄取光线获得信息。

再有，我们一路上看到的生物都是一副岩石般的冷色，非常单调。当初它们的祖先被封闭在洞里时，一定也是五颜六色的，有各种各样的保护色①、警戒色②，还有用来进行识别通讯的体表颜色。但在这个黑暗世界里，所有动物的体表颜色都退化掉了，反倒强化了发声功能。来，你看……"

说着，她拉着廖铮走到五六米开外的地方，在那里，一个直径10厘米左右扇贝一样的灰色动物趴在岩石上，"喀啦、喀啦"的声音从它身上发了出来。如果没有这种声音发出，廖铮会把它看成一小块岩石。

"我想你一定会觉得，这里动物发出的声音都很陌生，很难听吧。那是因为一般人们熟悉的动物声音，除了蝉是通过膜翅牵引发声的，基本上都是通过喉部的发声器官发出的，所以才称为'叫声'。可这里的生物非常低级，还没有进化到拥有声带、鸣管的程度。你看这种动物，大概是多板纲③的软体动物，它是靠几片甲壳相互摩擦发音的。除此之外，还有些动物能刮擦外物发音，能以前后翅摩擦发音。这些声音与声带发出的声音比，本来很单调很原始，但在这个溶洞里，通过6000万年的演化，它们竟然可以用这些低级的发音方式，发出如此复杂的声音，用来传递信息。这是一种典型的补偿机制。"

两天来，廖铮第一次听李婉云讲这样长的话，而且非常主动，一反以前冰冷淡漠的样子，让她这个听众也大觉过瘾。听着听着，廖铮逐渐

---

①保护色：某些动物在进化中形成的与栖息环境相适应的色彩，有利于避免受到敌害攻击，或猎捕食物。

②警戒色：某些动物在进化中形成的鲜艳色彩和斑纹，使敌害易于识别，并因警吓而退走。

③多板纲：软体动物门里最原始的一纲，此纲动物多为"石鳖"，有贝壳结构。

感受到李婉云那冷漠外表下的激情所在。人总是有自己的激情的，但学者们的激情很少为外人理解，甚至很少有外行能专心听她这样讲。

廖铮忽然联想到，李婉云平时的冷漠状态大概也是某种"适应行为"吧。她望着侃侃而谈的李婉云，心里忽然升出一股感慨。要真正了解一个科学家，首先需要了解她的研究工作，了解她平时面对的那些资料和仪器。可有多少人能做到这一点呢？

廖铮正走神时，孙晓莉走了过来，插上一句："要是魏教授还在就好了，他是动物行为学①专家，一定能很快辨别出这些声音包含的信息。"

孙晓莉这段话在廖铮听来极其平常，但李婉云立刻定格般地站在那里，不说也不动，良久，才轻轻地叹了口气。由于周围十分嘈杂，廖铮其实并没有听到叹气声，是根据她的口型做出的估计。孙晓莉仿佛做了件错事，轻轻地捂了一下嘴，退到一边去了。

"好吧，咱们也开始按计划工作吧。"李婉云迅速驱散刚才心头的片刻乌云，"廖铮，你如果有时间，请帮助许洪峰去采样，他的任务很重要，他要去寻找这个准生态系统的自养者②。"

---

①动物行为学：生态学的一个分科，研究动物在自然条件下的各种行为，包括个体行为和社会行为，即动物对外界环境和内在环境变化的所有反应过程。
②自养者：直接将无机物转化为有机物供给自身需要的物种，包括绿色植物、光合细菌与化能合成细菌。

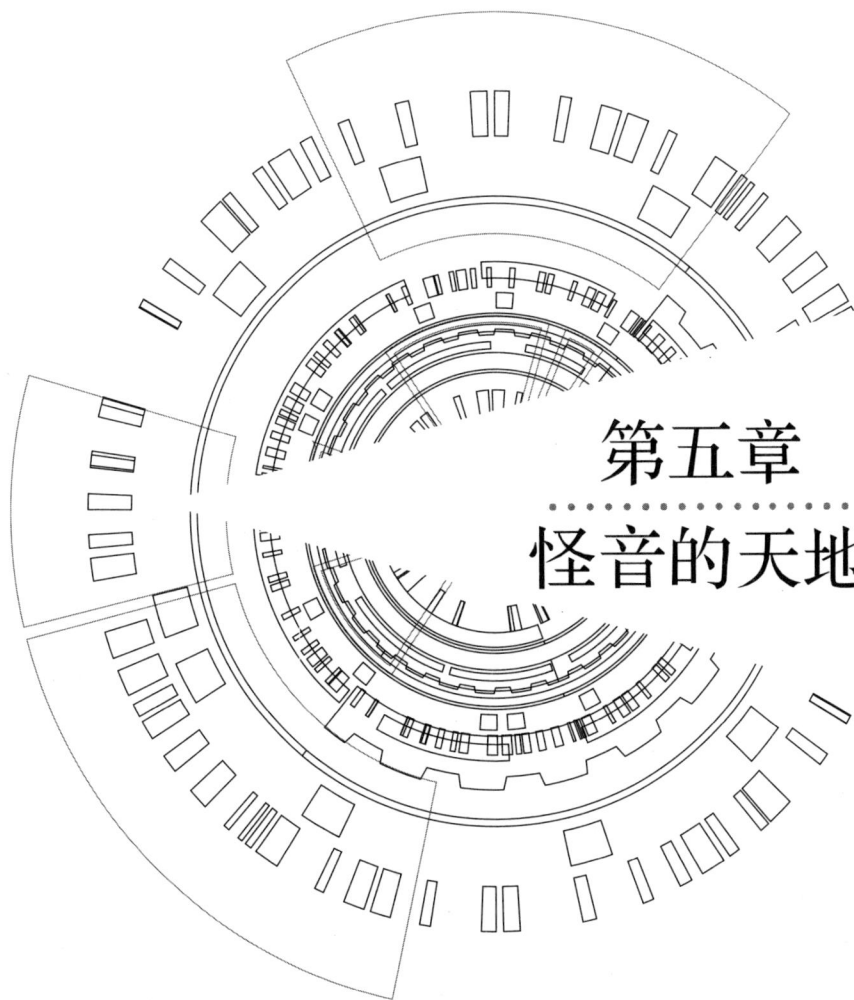

第五章

怪音的天地

一

　　这当口，许洪峰已经把必要的工具排在一起、调试完毕了。廖铮应了一声，在许洪峰的指点下，从里面拿起两件，跟着许洪峰向黑暗中进发。余下的两具冷光灯自然也有一具配给到许洪峰手里。

　　这个地方被命名为"前广场"，其实只是比周围起伏不定的洞径稍平一些而已，最平坦的一小块地方已经被选来做前进基地。所以廖铮和许洪峰从此地出发，就又开始了小规模的"翻山越岭"。他们深一脚浅一脚地沿着盘旋的石径向前走去，目标是现在还只闻其声、未见其面的地下水流。

　　"刚才李老师提到的任务是什么？自养者？"廖铮边走边问。

　　"自养者，又叫初级生产者。就是一个生态系统里，最先把自然界中的能量转变为生物能的物种。其他物种靠它们来养活。"毕竟是科班出身，虽然缺乏兴趣，但许洪峰的专业知识也不是白给的。他走在廖铮前面，不时地侧过身，以便自己的声音能够更多地压倒噪声，传到廖铮耳朵里。

　　"在我们那个世界里不用说了，初级生产者就是植物，靠光合作用固定太阳能。动物则从植物里取得能量。但在这个没有阳光的地方，初级生产者是什么，用什么方式凝聚能量，还很难说。研究捕食者之间的关系需要很长时间，找到初级生产者则比较简单。"

"这是一个很有意思的课题吗？"廖铮迈上一个石阶，问道。

"只是一个学术上比较重要的课题，仅此而已，李老师当然认为它很有意思，一旦找到新的自养方式，将是生物学上的重大突破。但我一点也不觉得有意思。不管什么样的研究课题，有商业价值对我来说才有意思。"

这时，他们离开帐篷已经有相当距离了，许洪峰的声音也越来越大。廖铮回想这段时间的情形，李婉云要是有什么发现，总是先找孙晓莉商讨，后者明显是一个合格的助手。只有两个人完不成的事情，才找到许洪峰。看来，不同的志趣确实在他们之间拉开了很大距离。

"可是，我猜想，生态学的研究成果恐怕很难有商业价值吧。"

"很难？根本就是不可能！生态学这种学问就是一些和商业利润过不去的人才会去搞。只有政府监管部门才需要它的成果，今天让这个行业停产，明天让那个行业限产。"许洪峰暴发出一阵冷嘲热讽。不过，又越过一个高岗后，他的语气缓和了下来。

"尽管如此，生态学研究少不了以生物学研究作为基础，所以，我可以随时搞自己的副业。比如，寻找新的药用物种。"

"药用物种？"

"对，药用物种。如今医药界对单纯的化学制剂越来越没有信心。副作用大，不符合时代潮流。人们有了钱，就嚷嚷着要回归自然嘛。"许洪峰像大多数他的同龄人一样，内心深处灌满了玩世不恭的情绪。

"所以，有点实力的医药企业都在寻找还没有被发现的药用物种，盼着从山沟里、大海深处，或者比如眼前这样的洞里碰到那么个新物种，能提炼出新药，一下子就能防癌、能治艾滋病什么的。总之，就像赌博一样。尽管是赌，但我这一辈子只要赌中一回……"涉及商业话题，许洪峰越说越兴奋。看来，他确确实实是选错了专业。

许洪峰把右手握着的取样杆在灯光里晃了几晃，没往下说，大概是陷入憧憬之中，更可能是他还不清楚，自己的人生在"赌中一回"后该是个什么样子。毕竟，他现在只拿每月几百块的研究生津贴。

"不过，听说现在诺贝尔奖奖金的额度已经很大了。真要拿一个生物学奖，不也算是有经济效益吗？"跟在后面的廖铮打趣道，"似乎，能找到新的自养者，也够诺贝尔奖条件了吧？"

"诺贝尔奖奖金才多少钱。再说，拿诺贝尔奖也不是件容易的事情。"

聊着聊着，廖铮逐渐摸清了许洪峰的一些想法。看来，当初他请自己加入考察组，基本上是心血来潮，把廖铮当成一个媒体宠儿和商业化角色，试图从这种联合探险中碰撞出点商机来。但进入这个溶洞一看，发现这里可能根本就没有什么商业价值，许洪峰不仅自己有些泄气，对廖铮也不如刚见时那样热心了。反倒是李婉云和孙晓莉，或许是被廖铮的勤学好问所打动，越来越和这个对科学并不算外行的外行接近。

这样的情况，廖铮也已经遇到过不止一次。许多人把她当成走南闯北、神通广大之辈，刚一接触就和她谈许多商业上的构想。廖铮对于经商虽然并不反感，但也没有明显的兴趣。支配她坚持"廖铮探险"的，主要还是强烈的好奇心。

"那么，我们要找的初级生产者在什么地方？"廖铮把话题拉回了眼前的工作上。她已经全身心地投入到这次考察当中。

"应该在地下水里。我们出发前做过推测：溶洞里的生命既然可以不靠阳光生存，必然是从地热中提取并转化热量。从已知物种推测，地球上只有一些厌氧菌[①]能做到这一点。支撑这个溶洞所有生命的自养者，大概

----

①厌氧菌：必须在无分子氧或还原性的环境下才能生存的微生物。

是几种古生物学家还没发现的厌氧菌，或者是一些古代厌氧菌的变体。"尽管满脑子商业构思，提到专业问题上来，许洪峰还不算生疏。

这时，他们已经走到一个贯穿水池两侧的桥形构造体上。一米多深的下面，温水急急地流淌过去，二氧化硫的辛辣味从那里蹿上来，通过暴露在外面的脸部皮肤去感觉，廖铮发现周围的空气也比刚才更热了。

许洪峰蹲下来，高擎灯具，用光束在水面上扫来扫去。

"那种生物可能是什么形态的？"廖铮也蹲了下来，注视着水面。

"不清楚，但它们应该聚集成膜状物，生活在比较混浊的水质里。来，你拿一下灯。"说着，许洪峰将冷光灯交给廖铮，然后向水面慢慢地伸出取样杆，一边伸一边问，"用过这东西吗？"

"没有。"

"喏，将这个套杆拉下来，伸向目标，用勺部舀起样本，然后推上套杆，样本就留在勺的内部了。"许洪峰一边说一边示范，然后又把舀到勺内的水倒掉，因为他看到那只是一勺清水。

"取样是生态学研究的基本功之一，必须学的。啧啧，怪呀，水流这样急，留不住什么东西的，不可能形成生物层。"许洪峰一边干活，一边自言自语，"不知道彭凯他们那里有没有关于水深的测量资料。如果水层足够深，可能会发生分层现象。或许我们要找的初级生产者在最下部，紧贴地热供应面的地方。那样的话，我们手头这些工具不够用的。"

"如果是在水层深处，又是什么东西把它们固定的能量带到水面上来，让那些陆地上的动物使用？是鱼类吗？"廖铮的提问也逐渐内行起来。

许洪峰摇了摇头："你观察了这么半天，这里可有鱼类？那是相当高级的物种了。"

仿佛是为了回答许洪峰的问题，眼前的水面忽然翻起一股小水花，在他们面前清晰地暴裂开！

如果是在溶洞外的任何一处水面上，这朵仅有酒杯大小的水花很难引起注意。不过这里的环境非常古怪，变化多端，小水花立刻吸引了两个人的视线。许洪峰不自觉地退了一下。只见两只小小的须子伸出来，接着，一个虾子大小、模样也和虾类很相似的小东西在水面上懒懒地翻了个身，又沉了下去。

廖铮抬头向李婉云她们那边看了看。此时，他们与帐篷已经相隔几十米远了，刚才走过的那一大段路又恢复了黑暗。失去了对比物，远处那束晃来晃去的冷光束就像在虚空中飘荡一样。廖铮觉得包裹着自己的不是空气，分明便是浓浓的墨汁。

他们站起来，贴着水边又向前走去。廖铮拿着冷光灯，一直扫射着水面。一路上，不时有几种虾子大小的动物翻上水面。许洪峰忽然想起了什么，停下来，掏出简易试纸夹在取样杆上，远远地伸向水面，然后又收回来，观察片刻，说道："果然呈弱酸性。"

"唉，你看这个！"此时，廖铮的注意力被另外的东西吸引了。她用手指着两个人前进路上的几个贝壳形生物。它们大多只有几厘米的直径，几近透明的伪足①从背上的壳中伸出来，朝向四外晃动着，看上去憨态可掬，像是只小小的蜗牛。

"这种小东西，刚才我在洞里见过很多次，你瞧它们多可爱。对了，它们叫什么名字？"

许洪峰用灯光照射着它们。小家伙们对灯光一点反应都没有，仍然在那里优哉游哉地变换着身体的形状。

---

①伪足：细胞质临时性或半永久性地向外伸出部分。

"像是，像是……"许洪峰情不自禁地用夹着取样杆的手搔了搔头皮，那只取样杆看似长大，其实只有百十克的重量，随着许洪峰的动作在他的身体一侧尴尬地晃动着。

"应该是一种曾经分布很广的古生物孑遗物种，但我想不起来是什么了，"许洪峰搔搔头发，"我对古生物学不怎么熟悉。"

"啊，没关系，一会儿我问我的孙老师去。"廖铮笑着说。

"你说孙晓莉？可以，她是个活词典！哼。"

廖铮从许洪峰的话里听出一种不屑的味道："怎么……"

"想当初她报考研究生时，为了准备考试，把讲义上的每一个实验都背下来……"许洪峰撇了撇嘴，轻描淡写地说道，"其实没什么，无非是两种不同的治学方法。只是李老师传统一些，更喜欢这样的学生。按照他们那代人的价值观，这种表现叫作刻苦、踏实。哼，将来我如果有自己的公司，倒可以聘她来收集科技情报，绝不误事。"

廖铮知道，对于学习、工作和生活在生态学研究所的许洪峰来说，自己是个局外人，反而更方便倾吐一些深藏的不满，倒不是这位博士研究生真对自己有多么信任。她觉得，如果几年后真的从一家什么公司里看到许洪峰，那一点不奇怪。如果那时他还待在科研院所里，反倒是件怪事。不过廖铮自己的好奇心并没有受到影响。她俯下身去，用手指头按住一只那小家伙伸出来的伪足……

那只伪足突然断开，异种贝类将全身缩到壳内，僵在地上。由于断裂发生得很突然，吓得廖铮触电般地缩回了手，退后一步，警惕地望着它。那只小小的断肢在岩面上跳动了几下，不动了。丑陋的贝类拖着艰难的步伐向另一个方向爬开。

"哈哈！了不起。你找到了一个能够肢体再生的物种。"站在一边的许洪峰兴奋地说道。廖铮明白过来，自然界里不少生物都可以在遇到危险时为逃生而丢弃部分肢体，以后再慢慢生长出来。

廖铮心生惭愧，几乎想要找个办法告诉那小家伙，自己并没有伤害它的意思。不过，两个物种之间巨大的进化鸿沟使得她不可能找到交流的办法，只好决定不再打扰那个小东西。两个人又向帐篷方向走去。

"不过，这里的东西建议你最好不要乱动。"许洪峰想起了什么，警告道，"有些生物的自我保护机能非常强，身上带毒，或者能够放电。遇上它们，你可就倒霉了。"

这个"前广场"的内部形状大致来说很像一个运动场，只是四周的"看台"崎岖不平罢了，中央有一小圈凹下去的空间，地下河便自那里流过。所以，他们转了一圈之后，又从另一面回到帐篷跟前。李婉云师徒俩此时都在帐篷里。一股股热气在周围荡漾，硫黄味似乎比刚才更浓了，让廖铮觉得很憋气。

廖铮挑开帐篷的软门，只见孙晓莉正伏身在工作台上，一双眼睛注视着掌上检验仪的监视器。在蓝色指示灯的照耀下，孙晓莉那张全神贯注的脸显示出少有的魅力，一点也不是平时那种令人乏味的形象。廖铮不禁暗叹道，能有多少人会来到实验室里去注意她的魅力呢。

在孙晓莉的身边，李婉云正在对照两张X光片。

"没有，岸边水表一带什么都没有。"许洪峰将取样杆放在工作台边，像是放下了一个多重的包袱，"看来得往深处去寻找。"

"来，你们看看我们的检测成果。"李婉云正沉浸在自己的发现中，一时没有对许洪峰的话做出反应，而是放下X光片，带着些许兴奋地对他们说，"你们看，我刚刚在洞口外的两个动物标本里发现了游离态的纯硫颗粒，一定是富集作用①的结果，这说明……"

正在这里，李婉云的对讲机里传来彭凯焦急的声音："李老师吗？请你们派人来，陆绍中受伤了。"

"什么伤？"李婉云吓了一跳，急促地问。

"不清楚，像是受到了电击！"

"哈哈——哈……哈——"从帐篷外面突然暴发出一连串哄笑声，吓得众人赶紧冲了出去。

二

4个人大张着嘴巴，望着周围不可穿透的黑暗。恐惧仿佛凝结成实体，在四外的空气里飘荡着、埋伏着。一团淡淡的雾气悄悄地渗进光束里，吓得孙晓莉剧烈地扭动了一下身子，向后躲了躲，似乎那团雾气可以猛咬她一口。许洪峰的腰间传来一阵钝痛，那是因为刚才冲出帐篷时被另外一个人撞了一下。他活动了一下腰部，才发现自己竟然没有注意到是谁撞了自己，刚才全部的注意力都被那阵怪笑摄住了。

大家东张西望，但是没有人分辨出这阵怪笑来自什么方位。它仿佛来自四面八方，又仿佛没有任何明确的声源存在。而且，它也没有再出现，仿佛是不想再次现身，来安慰这几个惊魂不定的闯入者。

"咿……哟依——卟噜卟噜……嘎——嘶——"沉默片刻，周围又

① 富集作用：某种化学成分通过物种之间的捕食关系，在食物链顶端的物种那里形成比较高的浓度。

恢复了刚才的大合唱。

"肯定不是笑声，那只是类似。是我们太紧张了。"李婉云肯定地说道。

"当然不是笑声。要是的话，这里就出妖怪了。"许洪峰提高嗓门说道。大家都知道他刚才也着实被吓得不轻，没有揭穿他这个自我安慰的小把戏。确实，现在仔细回味一下，刚才那声音只是非常像人类的笑声，就像所谓的鹦鹉学舌，其实只是吐出近似的声音一样。

"怎么，你们那里出了什么事？"焦急的彭凯干脆使用了全频道，每个人都听到了他那紧张的声音。

"没事。我们马上派人去救援。"李婉云镇定了一下，反问，"你们到了哪里？"

"还在七号通道。大概前进了300米。"

"好，你们等在那里不要动。我们去接应！"

然后，李婉云看了看周围的3个人。许洪峰整理了一下液冷服，拿起冷光灯："我去吧。"

没有人阻拦他。这种关头，许洪峰作为这里唯一的男性，是肯定要去救援的。不过……

"你不要一个人去。这里情况不明，两个人在一起，安全系数更高。"李婉云说道。

"我和他一起去。"孙晓莉抢下话头。但是廖铮上前一步，拦在她面前。虽然平时有些隔阂，危险情况下，许洪峰和孙晓莉还是立刻表现出合作精神。廖铮对这个表现很是高兴，但这个时候让孙晓莉参加救助活动却是浪费了人手。她对大家说道："这个溶洞越来越古怪，李老师身边应该留一位行家。我的身体素质还可以，就协助许洪峰去救援吧。"

　　大家没有异议。于是，廖铮和许洪峰举着冷光灯，带上两个备用氧气瓶，然后都把无线通信器调整到全波段，向彭凯他们消失的方向走去。"300米"这个距离在面前这个古怪陌生的溶洞里没有实际意义，但他们留意到：从两位地质学家离开大家到出事的消息传来，一共过去才不到20分钟的时间。

　　两个人很快就走进了七号通道，在骤然变窄的空间里高一脚低一脚地赶着路。这次为了赶路，行进速度快，没走多远，许洪峰就喘息起来。他停下来，戴上氧气面罩连连吸了几口。廖铮体质虽好，也有些不适。不过她努力坚持着少用氧气，以备急需。

　　"什么级别的动物能够产生放电现象？"廖铮问。

　　"每一种生物——咳咳——都多多少少有一些电效应，但到目前……"虽然喉部承受着二氧化硫的刺激，但许洪峰还是愿意多讲讲话，驱除一下内心的恐惧。而且，在这当口谈论这些生物学知识，似乎也能带来几分对环境的熟悉感和控制感。"只有个别鱼类能够产生高压电，击倒其他生物。比如电鳗、电鳐和电鲇。"

　　"可这样的地方，恐怕很难有鱼类生存呀。"廖铮一边问，一边警惕地望着四周。七号通道到了这里变得非常狭窄，他们经常要碰到两侧的洞壁，甚至侧身挤过才行。附着在岩石上的那些稀奇古怪的小东西们看上去也远没有刚才那么友好、可爱。当然，也可能只是他们的错觉。两个人尽量缩着身子不去碰它们。

　　不知怎的，廖铮觉得自己好像是走在一只巨兽的喉管里，前面就是地狱般的胃部！而周围的生物们不过是寄生虫。

　　"也不能肯定一定是鱼类，毕竟……呼呼……咳咳……毕竟生物不是必须要按照教科书上写的那样生长。相反，只能是教科书按照实际情况，不停地改！咳咳……不过不管怎样，有那样的东西在这里……呼呼……都是大麻烦，因为我们都穿着金属制成的液冷服！喂，彭老师，你们那边怎么样？"许洪峰通过对讲机问彭凯。

"绍中已经清醒过来了，但是还不能移动！他的液冷服受到破坏，我正在修。"彭凯此时的声音也比刚才镇定了许多，"你们过来时，要注意我们刚留下的标志牌，前面有岔路，我们在原地等候。"

标志牌？廖铮又想到了不久前彭凯才和李婉云发生的争执。如果李婉云到了这里，她会不会把标志牌算作"垃圾"呢？

很快，他们就到了那个岔路口，标志牌的荧光在通向左面的岔口上友好地闪烁着。

"是这边……"

许洪峰回过身，发现廖铮愣在那里，大张着嘴，望着眼前的岩壁，表情中既有惊恐，更有厌恶。许洪峰顺着她的视线望去，发现那里附着一只巴掌大小的小动物，正在拼命地扭动着身体。幅度之大，节奏之快，是他们进洞这样久都没有见到的。许洪峰走到近前，仔细一看，才发现那不是一只动物，而是一个无壳的软体动物正张开自己的外膜，竭力去包裹住一个大甲虫！后者也在挣扎着拒绝扮演"食物"的角色。

这幅景象让廖铮足足愣了十几秒钟，直到许洪峰不以为意地说出一句话："没什么，没有捕食关系存在，这里的异养生物①靠什么生存？"

那个吞食过程进行得相当缓慢，过了好半天，软体动物既没有吞下对方，大甲虫也没有挣脱出来。廖铮感到一阵恶心，将脸甩到一旁。

"在生物学家眼里，绵羊不值得同情，豺狼也不值得憎恨，都是正常的捕食关系！"许洪峰声音淡漠地说道，"可能你是见不惯它的吃

①异养生物：靠食用其他生物获取养分的物种。

相吧。"

廖铮摇摇头，像是要甩掉这个恶劣的记忆。她不再看那幅恶心的图景，跟着许洪峰继续向前走去。

由于洞内曲折蜿蜒，他们只能听到附近动物发出的声音，稍远一些的小动物发出的声音就会被洞壁本身遮挡。不过，有一种声音却始终连绵不绝。自从接近"前广场"，无论他们行走、交谈、工作，这种声音似乎没有一刻中止过。只不过正是因为这样，他们逐渐地淡忘了它的存在。而现在，廖铮又发现了它，或者说是又想到了它。

"许洪峰，你注意到没有？"

"什么？"

"就是那种发动机一样的声音，它始终在响，走到哪里我都听得见。而且，音量几乎没有什么变化，无论我们往哪个方向走，好像和它的距离都是一样远。"

许洪峰侧耳听了一下，仿佛这时才注意到它。与周围那些稀奇古怪的声音相比，那种声音几乎没有任何特点，但这正是它最大的特点。

"听起来像是电脑打开之后的风扇声。"许洪峰琢磨着，"可能是各种声音的综合回响吧。刚才彭组长他们也是这么估计的。"

"综合回响？"廖铮对这个结论感到莫名其妙。

"总不会是什么单一物种发出的吧？再说，这声音听上去没有方位，没有距离。这么解释最合理。"

其实，许洪峰自己也知道，他这话只是在圆自己的思路，甚至是在给自己吃定心丸。这里除了地下水流，能发出声音的只有动物。这肯定不是地下水流的声音。但什么动物能够这样一成不变地发声，而且音量之大，竟然充满了周围溶洞的整个空间？

救援大事在前，他们无暇深究这个异象，继续向前赶路。终于，在一段较为平直的洞穴里，他们和彭凯两人会合了。

"怎么样，查清是什么东西袭击你们了吗？"许洪峰一边跑过去一边问。

"没有，我一直在照顾绍中，修理液冷服。它们也没再过来。"

许洪峰低下头去查看陆绍中的伤情，这时，陆绍中已经能够将上半身支撑起来一会儿了。由于身体不便，不能脱下液冷服，他和彭凯一样看不到伤口在哪里，只能听陆绍中讲自己的感觉。

"整个身子有点……麻痹，胸口发慌，明显是电击。电击处在腿部。"陆绍中长出了一口气，"现在好多了。"

许洪峰递过一只氧气瓶："你多吸几口氧气，感觉会好一些。"然后他又问彭凯："陆老师受伤以后，你们没有移动过地方吗？"

"他就是在那里受的伤，总共移动不过三四米的样子。"彭凯说着，指了指七号通道更深处的某个地方。那是一个下坡处，坡下的情形看不清楚。

许洪峰举起冷光灯，沿洞壁一点点地仔细检查过去，嘴里念念有词："不管是什么，它们还在这里，不会走远。找到它，以后我们也知道要防备什么。"这个时候，许洪峰表现出了廖铮认识他以来最大的勇气。

"你是说，它还在那儿？"彭凯怀疑地问，"绍中受伤到现在，已经过去快20分钟了。"

"洞里生物的生命节奏比外面的生物慢许多，20分钟里，它们走不了多远。"

"你可要小心。"看到陆绍中那痛苦的样子，廖铮不禁替许洪峰担起心来。

"放心，它不会主动攻击我。生物放电都是自卫行动，刚才一定是陆老师不小心碰到了它。"

廖铮帮助彭凯修理着液冷服。许洪峰在那边寻找着。不一会儿，他就在方圆十几米内发现了7个物种，总共十几只样本。但他完全分辨不出哪一只，或者哪一种是电击陆绍中的凶手，也不敢"以身试电"。

"我们应该结束这次考察，等下一拨队员到来。"彭凯问许洪峰，"或者等这里的气体交换再充分一些，洞内生物死亡的再多一些。你说呢？"

许洪峰摆了摆手："这种决策问题您最好直接和我们李老师商量，虽然答案是明摆着的。"

彭凯点点头，把小小的对讲机话筒移到嘴边。从出事到现在，他一直使用全频道通讯。他听不到李婉云和孙晓莉的声音，知道她们在对话时仍然使用着特定频道，但她们应该能够接收到他的信号。

"李老师——李婉云老师？"

许洪峰和廖铮都紧张地望着他。

"李婉云老师，许洪峰他们已经和我们会合了。怎么，你们听得到我的声音吗？"

发现李婉云没有回答，许洪峰和廖铮也连忙用自己的对讲机向李婉云她们呼叫。然而，从3副对讲机的耳麦里发出的，都只是"沙沙"的不祥之音。

三

　　3个人又呼叫了差不多一分钟的时间，除了象征虚无的"沙沙"声，再没有令他们感到安慰的半点声音传过来。众人面面相觑，表情惊惧、凝重。

　　"呜依……呜依……咕咕咕咕……"在他们周围，一串声音不怀好意地响起来。廖铮扭头看去，发现四五只小甲虫般的生物正吸附在他们头顶的岩石上，用几乎察觉不到的速度转圈子。

　　"我们马上回去！"说完，彭凯用力扶起陆绍中，廖铮接过他手里的冷光灯，许洪峰也跟在后面。一行人心急火燎地向前走。

　　"我们低估了这里的危险。"为了驱赶心头的阴影，许洪峰还是边走边唠叨着，"越是低等生命，对人类越能直接造成危害。要是毒蛇猛兽什么的，我们躲开它就行了，细菌病毒我们怎么……呀——"

　　这一声叫得十分凄厉。接着，许洪峰的身体弹了起来，向后跌倒。廖铮赶忙伸手去拉他，但没有拉住。由于地面不平，许洪峰一下子就滚了出去，狠狠地跌进两三米外的一个凹穴里。手里的冷光灯甩出很远，砸在岩壁上，"嘡"的一声传来，光线熄灭了。

　　"又是电击！"彭凯大叫一声，连忙扶着陆绍中坐下来，然后赶到许洪峰身边。廖铮的头一个反应便是护住手里的冷光灯，小心地将它移到身前，另一只手挡在灯罩的前面。

　　"我看不清！"彭凯不知道廖铮为什么不把光线打过来，回头喊道。不过，他一看廖铮那架势，顿时也明白过来：他们不能再失去这最后的光明了。

廖铮护着冷光灯，小心翼翼地移到彭凯身边。陆绍中也关切地支撑着走了过来。他的感觉已经比刚才好多了。大家围在许洪峰身边，发现他并未昏迷，而是躺在地上呻吟不止。

"不是电击，肯定不是，不知是什么……"许洪峰扬了扬左手，尖锐的疼痛就是从那里传来的，并且越来越疼。他和大家一样也不知道遭遇了什么。众人一看，这只手的手套上出现了一个指甲大小的破洞，清亮的循环液从里面渗出来，同时还带出一丝淡淡的酸味，钻进每个人的鼻子里。

"怎么？"廖铮走过去，关切地望着他的手套。

"天啊，是硫酸！"许洪峰和彭凯几乎同时叫了起来，许洪峰还用力地抖着左手，"你们的液冷服里怎么会有硫酸？"

"没有，液冷服放硫酸干什么，又不是冷冻剂。"彭凯握住他的手套，翻出急救包，用一只裹住消毒脱脂棉的小棒仔细擦拭着破口，"这硫酸是从外面腐蚀进去的，浓度还不低呢。"

不一会儿，沾着渗出的循环液，彭凯为许洪峰的左手清洗掉硫酸。许洪峰也镇定下来，已经由躺着改为坐在岩石上了。

"伤得不重。可能刚才太紧张了。"

彭凯拉开背后的工具囊，从里面拿出镊子、小钳和速凝胶，一面补着那个小洞，一面问："你看清自己碰到什么了吗？"

"我的左手什么也没碰到。刚才这手拿着灯，是悬在空中的。"许洪峰一边比画，一边回忆。廖铮稍稍移了一下冷光灯，这样既不妨碍彭凯的修补工作，又能够看清更大的范围。于是，她一下子就找到了元凶——

只见在刚才许洪峰跌倒的地方，两只绳索样的东西盘绕在高过头顶的石缝里，不仔细看，难以发现它们是在慢慢移动的。与蛇相比，这两只长长的家伙无论外观还是颜色，确实与草绳更接近一些。它们的身体表面布满了细密的绒毛，和蛇类光滑的外表截然不同。

"是不是它们？"廖铮指着她的发现问大家。其他3个人也望了过去。忽地，一股细小的液体从一只"草绳"上喷出来，溅到附近的岩石上。直到那岩石上一块小小的凸起猛烈地扭动起来，大家才看清这股液体的目标是什么。那块小小的凸起似乎是从岩石上剥落出来的一小团，在地面上翻滚着。

廖铮赶忙向后退了一步，并且把冷光灯拿到更接近身体的地方。彭凯和陆绍中没有回答她的问题，因为在这里，只有许洪峰是生物学方面的权威。许洪峰一边伸着左手让彭凯修补破损的手套，一边远远地望着那两只"草绳"，脸上流露出恍然大悟的神情。

"我明白了，这里的初级生产者一定是某种硫细菌，它们靠着生物学还不知道的某种机制，利用地热能将地下水里的硫元素固定下来。某些动物食用它们，更高级的动物再捕食这些动物，硫元素也随着一点点富集起来。最后，生活在这条食物链上面的某种动物，就能够在体内合成硫酸！"

"硫酸，在它们的身体里？"廖铮指着两只"草绳"问道。

"我们的胃里也富含盐酸嘛。要知道，它们与我们不在一个世界里，新陈代谢机制肯定不同！体内生成硫酸，除了用来消化，可能也用来捕食。"说着，许洪峰向地上那只被硫酸喷中的小动物努了努嘴，后者已经不动弹了。

"看来，刚才和李老师的约定不能坚持了。"彭凯一边修补着许洪峰的手套，一边说，"如果需要，我们不得不使用杀虫剂突围。"

就在这时，那两条"草绳"突然加快节奏，向前盘旋了一圈。廖铮紧张地盯着它们，一直防备着它们猛扑上来。两只"草绳"没有理睬几个人类，而是一点点爬向它们的猎物。4个人又各自向后退了几步，与它们拉开更远的距离。

"好了，不至于完全失效，但里面有些循环管不能用了。"彭凯收起工具，拍了拍手，轻声地说道，"你只能减少温度调节幅度，尽可能不到高温的地方去，以节省能量。伤口还痛吗？"

"没感觉了。"许洪峰仍然盯着那两只"草绳"。此时，"草绳"与它们的猎物之间还有一米左右的距离。尽管"美味"当前，"草绳"们已经加快了速度，但是那节奏在人类的眼里还是太缓慢了。此时，李婉云她们的处境正揪着他们的心，而"草绳"则死死地挡在退路上。

"刚才我们过来的时候，它们为什么不袭击？"廖铮小心地照着那两只"草绳"。此时，它们已经围住了那块形态丑陋的猎物，缓慢地触动着它。

"是生物钟不同。"许洪峰不自觉地侧对着它们，刚才那下子腐蚀给他留下了过深的印象，"我们的一秒，对它们来说可能就是一分钟，甚至一小时。但是我们先后过来了两拨，所以它们记住了我们的特征。"

"你是指声音特征？"彭凯向自己的眼睛和耳朵比画了一下。

"可能也有气味特征。关于溶洞生物的嗅觉能力，我们带的检测仪器不足。"

两只"草绳"各自将身体的一端附在猎物身上，一动也不动，另一端则舒展开，结果，几乎把整个洞径都挡住了。刚才大家就不敢造次，此时只好任由它们在道路中间大模大样地美餐。

彭凯抓过背后的工具囊，伸进手去翻找着什么。陆绍中见状，仿佛知道他要找什么，赶紧伸手阻拦："老兄，你可别，要是麻醉不了它们，可能引来更大的麻烦。"

彭凯只好收手。时间一分一秒地过去了，终于等到两只"草绳"

按照它们的生物钟吃完了这一餐，缓缓地让开了道路。但是它们的"铺位"仍然摆在一边的岩壁上。

廖铮知道不能再拖下去了，把冷光灯递给彭凯："我试试，毕竟它的速度不快。"

说罢，廖铮蹑手蹑脚，一点点向"草绳"盘踞的地方移去，彭凯用冷光束照着"草绳"们。它们看不到这束光，相反，廖铮可以看清它们的动作。众人屏住呼吸，看看廖铮，又看看"草绳"。3米、2米、1米……

突然，廖铮闪电般地探出两只手，每只手抓牢一根"草绳"的中部，把它们揪离岩壁，狠狠地甩向他们刚才走过来的方位。众人吓得忙低下头，看着两只"草绳"从他们不远处齐腰高的空间一掠而过，摔进洞径的深处。彭凯立刻把冷光束打过去，只见那两根"草绳"在地上翻滚着，一股股硫酸液接连不断地喷到空中，溅在周围的岩石上。

"呼——"许洪峰长出了一口气，"你要让我们得心脏病呀。"

"我不是生物学家。可是我想，人吃饱了会犯困，动物也一样吧。"廖铮笑道。

虽然甩开了"草绳"，但是他们的戒备名单上又多了一样东西，一路上东寻西望，撤退的速度也更慢了。不过，当他们终于摸回"前广场"后，悬着的心马上都放下来了：基地那里还亮着一束冷光，李婉云和孙晓莉的身影也还在光束里活动。彭凯远远地用手里的冷光灯打了个圈，对面的光束也画了个圈作为回应。

对讲机里仍然没有声音，如果空口喊话，声音又压不倒周围的噪声。他们只好走过去再说。"看来只是对讲机坏了。"许洪峰放心地说道。大家沿着来路回到基地。

离得老远，李婉云就迎上来，对彭凯表示道歉："抱歉，我对溶洞里面生物的危险性认识不足。我们受到了袭击！"

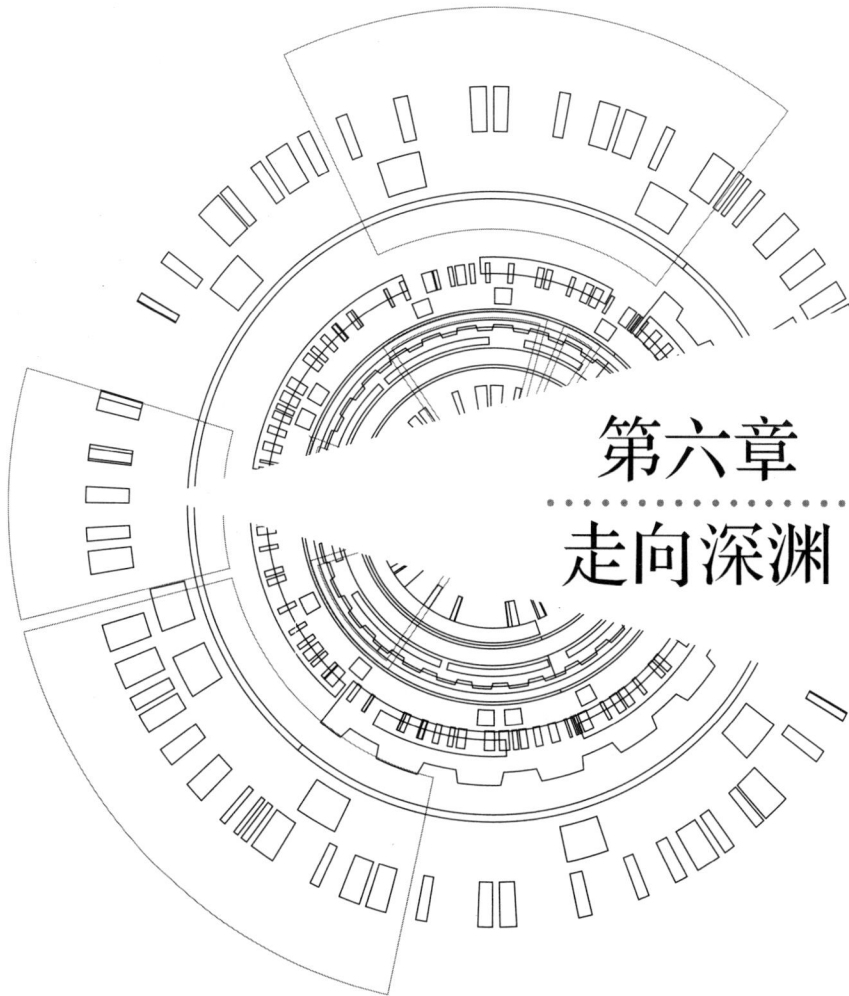

第六章
走向深渊

一

许洪峰和廖铮刚出发去救援时，"前广场"这里还笼罩着几分恐怖气氛，李婉云和孙晓莉着实紧张了一阵。她们一边与彭凯不停地通话，一边检查帐篷周围，看看有没有什么危险迹象。结果，周围那些小生命依旧是一派懒洋洋的场面，那些本来难以入耳的奇异生物奏鸣曲听得久了，在她们耳朵里也成了催眠曲。再加上彭凯那边传来的情况越来越明朗，所以才过去十几分钟，警惕心理就消磨尽了。她们回到帐篷里，继续刚才手边的工作。

为了便于工作，两人不约而同地把对讲机放到简易工作台上，每个人都守在一台仪器前，渐渐地沉浸到实验观察的乐趣里。突然，李婉云眼前的电镜"啪"地一下停止了工作。

她们猛一抬头，这才发现，一小群昆虫不知什么时候飞进了帐篷。这些小东西个头不及苍蝇，行动缓慢，也没发出什么声音，几乎就是在偷袭。其中几只已经附着在仪器的金属部件上，肉眼无法看清的尖嘴把浓硫酸喷在了上面！

李婉云赶忙挥起戴着手套的手，把它们从机体上拂落。孙晓莉轻轻地叫了一声，扑到老师身边，猛力拍打着她的液冷服。李婉云不看也知道，身上一定附着了这类怪虫。她往孙晓莉身上一看，果然，几只昆虫也占领了阵地。李婉云帮着女弟子拍打掉身上的昆虫。帐篷里空间极小，两人你拍我打，手忙脚乱。尽管这种昆虫飞得相当慢，但也足够令她们狼狈一阵儿了。

等到虫子被一只都不剩地赶出帐篷，她们才发现，至关重要的两副对讲机已经毁在"昆虫军团"的首次突击下。

这些情况彭凯没顾得上问，急促地拉开帐篷门，看了看被损毁的仪器设备。"是什么东西干的？"他焦急地问。

"一种昆虫，看形状大概是脉翅目①的，体液里有硫酸成分。"孙晓莉跟过来回答道。

"李老师，我觉得，我们应该撤出去了。"彭凯有些激动地说，"以前我考察过许多溶洞，那里面都干干净净，没有这么多讨厌的东西。就是河南西峡那个有10万只蝙蝠的溶洞②也没有这么难对付。眼下情况已经很危险了……"

正在这时，一脚门里一脚门外的孙晓莉突然指着帐篷外面叫道："它们又来了！"

那一群脉翅目昆虫的个头只有普通蜜蜂的一半大，而且飞行速度很慢。这支"空军"几乎是无声无息地从帐篷不远处的一团蒸汽里冲出来的，不仅本身声音很小，周围的噪声也为它们做了掩护。

目睹这群昆虫，彭凯第一个反应就是冲到帐篷里寻找紫外线灯。紫外线灯就撂在工作台旁，彭凯使劲地扳了扳旋钮。

"没用，它是最先被破坏的。"李婉云跟了进来，一边说，一边在寻找什么东西去赶开那群昆虫。

"它们倒像是有几分智力，竟然知道选择目标。"彭凯哼了一声，随手抓起一只细长的标尺。这东西挥起来非常不顺手，但眼前也没有更顺手的东西了。等他一回头，几只昆虫已经钻进了帐篷。他挥起标尺，耐心地一只只把它们打下来。好在这些昆虫的飞行速度出奇地慢，才容

---

① 脉翅目：昆虫纲下面的一个目，以蚁蛉等为代表。
② 蝙蝠溶洞：在河南省西峡县五里桥乡白河湾池水沟内。

得上彭凯做动作。

这时候，最称手的武器莫过于布料一类的东西。但大家进洞前连日常的衣服都换得干干净净了，许洪峰等人只好用手在眼前猛挥着，阻挡着昆虫落在自己身上。忽然，廖铮想起什么。她打开背包，拿出杂志社的标志旗，挥舞着驱赶着那些昆虫。那旗帜每挥一下就会扫落一片虫子，其他人再跟上去用脚踩踏。情急之下，李婉云也打破了自己不久前确立的规则，加入战团。"大家保护自己的液冷服，仪器设备先不要管。"李婉云一边驱赶昆虫一边喊道。

"它们在找什么，什么东西让它们发脾气了？"彭凯一边挥着胳膊一边大声喊。

"应该是金属，游离态金属是溶洞里从来没有过的物质。它们除了有发达的听觉，一定也有很发达的嗅觉！"李婉云尽力提高嗓门以压倒周围的噪声。

平时生活中经常被苍蝇蚊子搞得狼狈不堪的几个闯入者，对付这里慢节奏的昆虫倒是还比较顺手。不一会儿，帐篷周围便落下了一大片昆虫，其他的仿佛终于知道了厉害，掉头飞走，又消失在黑暗中了。

"我同意，我们撤吧。再待下去会更危险！"李婉云回答了刚才被打断的彭凯的问题。

"大家尽量带上氧气瓶。"彭凯一边说，一边把帐篷里的氧气瓶分到每个人手里。

"可是这些仪器设备……"李婉云接过氧气瓶，看着帐篷里的仪器，犹豫着。这些仪器虽经创伤，但毕竟没有大碍，修复一下还可以使用。可如果留在这里，任由它们暴露在昆虫的袭击下，说不定大家再次进洞之后就会看到一堆堆废品了。

彭凯看着那些仪器，琢磨了一下，说道："来，用帐篷包起来！"

　　说罢，他就动手将仪器设备搬到一处，紧挨着摆起来。李婉云、廖铮等人都明白了他的想法，也挤到小帐篷里。几人一起动手，将所有贵重设备堆成尽可能小的一堆。然后，彭凯放掉帐篷的内充气体，将它覆在仪器设备上，廖铮帮着他将帐篷的边边角角都掖好。

　　"取样杆！"李婉云又想起了什么，叫了一声。大家不解地望着她。

　　"取样杆是高分子材料的，不导电，可以防身，也可以做拐杖。"

　　于是他们又把3条取样杆抽了出来。然后，大家用绳子将剩下的东西系紧。

　　"但愿虫子们的嗅觉有限，或者它们的酸液有限。"彭凯一边系一边说。

　　孙晓莉系完她手里的绳子，站了起来，用手揩了揩额头的汗水。忽然，她的身体一晃，险些跌倒，接着就暴发出一连串的咳嗽。李婉云赶快走过去。

　　"怎么了？"

　　"大概是呼吸时呛了一下吧。"孙晓莉努力挺直身子，右手在胸前平抚着。李婉云仔细看了看她的脸色，疑惑在眼神里凝聚着。

　　"怎么，你是不是感到很热？廖铮，把冷光灯拿过来。"

　　廖铮递上冷光灯，李婉云提起来照着孙晓莉的脸，那张脸上泛起的潮红色十分明显，在惨白的冷光下都能看得很清楚。孙晓莉忍不住又是一阵咳嗽。

　　"怎么像是花粉中毒？"李婉云惊诧地说。

　　这个既无阳光又无土壤的地方不可能有任何高等植物，当然也不可能有花粉，所以李婉云立刻修正了自己的判断。

　　"对！是空气中的某种孢子。孢子中毒。晓莉，你不要再吸这里的空气了，一直吸氧吧。"

　　"看来主人是彻底下了逐客令，咱们赶快走吧。"彭凯召唤着大家。一行人匆匆忙忙地踏上返程。彭凯扶着陆绍中，后者拄着一只取样杆。许洪峰和廖铮拎着备用的氧气瓶，李婉云和孙晓莉师徒俩举着剩下的两只冷光灯，心情低沉地跟着。

　　此时，完好的对讲机还有4只，陆绍中那只交给了李婉云。前面的彭凯走着走着，忽然停了下来，大声地说着："什么？对！对！你们在洞口等我们吧，洞里的情况很特殊，能不进来就不进来。"

　　"是刘茂琪，"对话结束后，彭凯把刚得到的情况告诉大家，"他们收到了我们的危险警报，正在往溶洞这边赶过来。不过，这段路我们自己走出去没有问题。所以……"

　　他止住了话头，眼睛直盯着面前洞壁上钉着的一块指示牌。那是他们上次进洞时留下的，但此刻，上面的荧光字迹已经模糊得无法辨认了。

二

　　"天啊。廖铮，你来认一认，这是什么标记，我……我有些想不起来了。"这个变故，使得就连一向很镇定的彭凯也吃不住劲儿了。他狠狠地拍着脑袋，像是要把丢到大脑深处的记忆抠出来。廖铮赶忙走到指示牌前，伸出手想指点一下字迹，不料指尖刚一戳到指示牌，那个牌子便突地折断，掉在地上，露出了后面已经被腐蚀成两截的钉子！

　　廖铮弯下腰，小心翼翼地用手指将它挑成正面向上，彭凯也蹲下来，两个人仔细分辨着。但牌子被腐蚀得一塌糊涂，什么也看不清。

　　"真要命！"彭凯站起来，望着像选答题般出现在自己面前的3个岔路口，怎么也不敢肯定究竟哪一条是正路。"绍中，你帮我想一想，当初我们是一起钉的标志牌。"

洞穴里的路径之所以难记，不仅因为它曲折多弯，而且因为洞内的环境全系自然形成，没有一丝人工建筑的有序成分可供联想。探险者迷失在巨大溶洞里的悲剧事故屡见不鲜。陆绍中仔细对着那牌子看了半天，也只能摇一摇头。

最后，两个人一致商定了一个看上去比较眼熟的方向，带着大伙走了进去。就这样，怀着忐忑不安的心情，人们又往前走了一段路。没有人讲话，就连一向爱用聊天来驱除恐惧的许洪峰也失去了谈兴。这段沉闷压抑的光景，直到对讲机里响起刘茂琪的声音才结束。

"怎么样，有什么困难吗？"

"困难太多了。你们带没带无线电定位仪？"彭凯问道。

"怎么？"刘茂琪的声音有些惊慌，"看样子你们要迷路？"

"不知道，"彭凯的声音极不自信，说出的话也前言不搭后语，"标志牌出了问题。我们……应该是……正在往出洞的方向走。"

这完全是两个不同的意思，折射着彭凯内心的慌乱和犹豫。外面的刘茂琪听了后也有些紧张。同样是地质工作者，他也知道迷失方向的后果。

"你们可别冒险，最好待在原地别动。我们马上派人回县城取定位仪，还有超声波探测器。"

"来来去去要几个小时，我们这里有伤者，周围有不明危险生物，不能等下去了。"彭凯回答道，并且决定继续走眼前这条路。

几分钟后，队伍又停在又一个岔路口。

"这里应该有标志牌的。"彭凯一边焦急地四面搜寻，一边喃喃而语。他心里头旋即升上一股寒气：哪怕只找到标志牌的残体，那也说明他们还没把归途搞错。但这个希望也破灭了。

他们根本没来过这里。

"如果不行，我们就退回去。在'前广场'那里等待救援。那地方救援人员也好找。"廖铮建议道。大家停下来，互相对望了一会儿，纷纷点头同意。虽然不知道身在何处，但感觉上离开"前广场"不算远，完全可以退回去。

于是，他们又开始高一脚低一脚地向回走。然而，大自然仿佛就是要处罚狂妄自大的人类，他们刚刚从"前广场"走出来10分钟，便已经完全找不到回去的路了！

面对一个个岔路口，几个人七嘴八舌地综合着各自的记忆，仍然拼不出一幅正确的路线图。足足有一个小时过去了，他们不知道在迷宫里转了多久。这时，即使再想回到原来的岔路口已经不可能了。几个人就像是被吞进了巨怪的肠子里面。周围的岩石仿佛挤压过来，给他们带来强烈的幽闭感。

正在这时，刘茂琪的声音又传了过来，信号虽然很弱，但勉强能听得到，给焦急的众人打了一剂强心针。

"附近空军……支援了一架直升机，无线电定位仪……超声波定位仪都送到了。我们准备在山后面架设一台超声波探测器……你们待在那里，保持通话。"

这次，众人不敢再动，老实地待在原地。几分钟后，刘茂琪的声音又传了过来，信号似乎经过增强，比刚才清楚了许多。

"我们已经能看到你们的大体位置，但需要重新测定洞穴的内部形状，确定精确路线。鉴于上次声波探测结果粗糙，我们准备了两台超声波探测器，进行对角衍射测定。"

"对角衍射测定？那会使能量叠加，功率提高几倍的。"李婉云吃惊地问。

"不这样，怎么能压倒洞里这种大合唱？"彭凯不以为意。接着他又冲对讲机说道："没问题了，我把掌上电脑打开，准备接收你的信息。"

彭凯掏出掌上电脑，连到数字式对讲机上，调试着。在他们周围，几只不知趣的小动物依然在唱着自己的歌。

"哗……嘻嘻……呜……呃……啪啪——"

突然间，周围所有的声音都沉寂下来，就像录音机失去了电源一样。接着，四外响起了一连串"啪啦""啪啦"的声音。大家赶忙用冷光灯向四外照去，只见原来附在岩壁上的动物们全都跌落尘埃，抽动不停。

李婉云赶快跑过去，弯下身子，一个个地观察着那些小东西。它们有的还在扭动着身体，有的已经不动了。

"天哪，它们受不了这样强烈的刺激。"

廖铮和其他人一样，什么都没有感觉到，但她明白李婉云所指的强烈刺激是什么："是超声波吗？"

"是，没想到它们这样脆弱。"李婉云声音颤抖着说道，"声音提供给它们绝大部分信息，所以它们对声波十分敏感。"

这时，廖铮仿佛突然理解了李婉云反复表露的那种忧虑。原来，两个"世界"合二为一后，对溶洞里的生命竟产生了这样大的威胁。尽管大家只是在进行科学考察，谁也没有猎取、危害它们的意思。

孙晓莉控制不住自己，又暴发出一阵猛烈的咳嗽声。廖铮赶忙过去给她捶着后背。孙晓莉抚着胸口，用带着歉意的眼光看了看廖铮，像是为这阵咳嗽增加了紧张气氛感到不安。

"我找到你们的具体位置了。如果没错，你们就在'后广场'的隔壁！你们面前的洞就通向'后广场'！"

由于小动物都变成了哑巴，周围一下子平静了下来，对讲机里刘茂琪的声音也显得特别清楚。

廖铮闻言，拿起冷光灯就向刘茂琪指出的方向走去，一个拐弯，两个拐弯……突然，廖铮手里冷光灯的聚焦光线一下子跳进了黑暗的空间里，仿佛被空气吞没了。她吓了一跳，旋即明白，她已经来到了一个巨大的空间里。

与此同时，纷乱嘈杂的声音像浪涛一样扑面而来。

"轰……嘟嘟嘟……嘎……呜……嘎嘎……轰……"

三

3只冷光灯并排在一处，在附近的岩壁上留下宽大的光晕，光晕由近及远，小心谨慎地打过去，很快便射入了黑暗的领土。足足6000万年，它们是照亮这里的第一丝光明！这片空间如此巨大，即使冷光灯发挥了全部能力，也只能照到近旁的一小块地方。在光束尽头漫散消失的方向上，千奇百怪的声音从黑暗处飘荡过来，夹带着无以名状的恐怖感。

但就是在这小小的光圈内，他们也能看到，数不清的软体动物伏在洞壁上，大型的蜱螨类①昆虫在光线里像尘埃那样飘飘荡荡地飞翔。不时有水生生物在离岸边不远的地方从那近50℃高温的水里跳出来，又欢快地扎进水中，就像在洗热水澡。有孔虫们三个一群，五个一伙，蜗牛般在岩石上缓缓爬行。那些由造岩生物尸骨堆成的岩块千奇百怪，不少岩石在光圈中乍一露面，就像潜伏的猛兽一样狰狞可怖。不过，它们的颜色出奇地绚丽多彩，与那些暗灰色的生物形成鲜明对比。那是岩石中

①蜱螨类：节肢动物门蛛形纲下的一个大类，体形微小，多数对人类有害，如粉螨、疥螨、毛囊螨等。

金属离子造成的效果。

"'后广场'！"彭凯喃喃地吐出一句话，其中包含的敬畏感属于这里的每个人。

这是一处能够容下一小座城池的巨大空间。彭凯知道它的宏伟，本想在仔细准备后慢慢享受探索此地的乐趣，而不是像现在这样，作为"难民"仓促间逃到这里。

大家的心情喜忧参半。喜的是终于找到了求生之路。他们只要待在"后广场"不走，救援人员就一定能找到他们。忧的是超声波结构图告诉他们，此处比"前广场"离洞口又远了数百米。

陆绍中一路上半昏半醒，被人拖拽到这里。此时，他也支撑着抬起头来，欣赏着周围的一切。许洪峰来到一块岩石旁，手里的冷光灯漫无目的地划着圈。孙晓莉大口喘着气，努力克服着身体不适，欣赏着大自然的杰作。

李婉云的视线凝聚在眼前的什么地方，停在那里。望着望着，眼角处竟然滚出一滴泪水。这滴泪水正好被廖铮看到。这是她认识这位科学家以来，看到她最动感情的时候。看来，她又找了什么意义极为重大的发现。廖铮又一次重复着体会到那种感慨：这样的感情世上又有多少人能够理解呢？

几条地下河从不同方向的岩壁上流出来，汇集到他们面前不远的地方，形成一个峡湾，然后扩展成为一片宽阔的湖面。平静的水面一直延伸到极远的黑暗之中。光线漫射下，只见湖面上漂浮着一层灰色的膜，膜体随着下面水流的变化起伏不定，使它看上去就像开锅的肉汤上浮动着的油膜。

岸边，种类有异、个头不同的动物们爬来爬去。有的是来饱餐的，有的则是心满意足后正在离开。有一些甚至爬到了灰膜上面打着滚。那层厚膜看上去张力极大，竟然能够负载着许多小动物而不破裂。

廖铮呆望了片刻，赶忙掏出微型数字相机，一张张照个不停。地球上的异星！她不正是待在一个异星般怪异的地方吗？一个小小的、完整的生物圈。

"初级生产者！"李婉云望着那层薄膜，喃喃地说道。

"什么？"由于周围的声音又强大起来，廖铮没听清楚李婉云说的话，追问了一句。李婉云指了指那层灰膜："就是这些东西，将地热能固化为某种成分储存起来，提供给这里的捕食者、分解者，在没有太阳的地方养活着这样多的生命。你们看，这样厚重的一层！它们的能量转化率①一定相当高，否则不可能给这样多的异养物种提供能量。陆老师，把你的取样杆给我用一下。"

一个重大的自然之谜正将它的谜底暴露出来，使得李婉云等人一时忘记了危险尚存。

大家待的这个位置，距离水面还有近3层楼高，一道峭壁让他们不敢尝试。李婉云向远处指了指，她的目标是一片蒸汽缭绕的低矮水湾，那里的水面触手可及。通过一个很陡的下坡和一个地峡式的结构，他们可以走到那里，获得充分的样本。不过，一股股水蒸气正在那边的水面上飘荡着，看上去水温很高。此时，液冷服已经出了问题的许洪峰不能到那里去，孙晓莉身体不适，所以李婉云准备自己动手取样。

"李老师，"廖铮拦住了李婉云，"我去吧！"

"你？"

"许洪峰已经把取样杆的使用方法教给我了，通向峡湾深处的路很陡，但我经常练习攀岩，有基础。"

"再加上我。你们看那个下坡地形，非常陡。岸边有小动物们爬来

---

①能量转换率：自养生物将非生物能转换成生物能的效率。

爬去，留下不少水迹，肯定也很滑。你下去取样，岸上需要有人拉着保护索。"彭凯也主动加入进来，虽然这并不是他们地质考察的课题。

李婉云没再说什么，示意许洪峰将取样杆交给廖铮。廖铮接下取样杆，然后又掏出一条攀登时用的保护软索，将它扣在腰间。廖铮接过李婉云递来的一只冷光灯，和彭凯一起来到下坡处，万般谨慎地试探着爬下去。然后，两人走上那条长长的地峡。不时有形似虾类或者贝类的小动物在地峡上往返爬动着，惬意地扭动身体。不过，它们能来去自由，不等于廖铮两人也能如此。这里距水面仍然有4米多高。如果坠下去，那不知成分如何的"肉汤"让他们想想就头皮发麻。

几分钟后，他们走到一个半岛形的斜坡上，慢慢向前走到斜坡的尽头。在那里，岸的高度恰好可以让取样杆够到水面。越往前走，岩面越发滑，除了水迹，还覆盖着一些灰色苔藓，腻腻的像涂了一层油。彭凯找好距离停下来，把身子紧紧抵在一根石笋上，将廖铮腰间保护绳的另一头在石笋上绕了两圈，再拉到自己手里。

"好了，你去吧。"

廖铮移动双脚，缓缓地，几乎是蹭到水面附近。这里的硫黄味十分呛人，廖铮屏住呼吸，慢慢伸出取样杆，探向那层厚膜。杆头插到膜体时，廖铮觉得像是碰到一张地毯，有一种坚实和韧性的感觉，又像是戳到了一只巨兽的厚皮上。

她猛一咬牙，左手将取样杆插入这块看不到边际的"地毯"，右手推上套杆，从上面顺利地割下一块。廖铮将取样杆的勺部重新封好，小心地把它拉回来……

就在她面前，看似厚实无比的"地毯"突然破开一个洞，一只触须伸出来，迅速卷向取样杆，仿佛是"地毯"的主人在抓捕窃贼。

事后廖铮回忆起来，觉得那条触须既不粗也不长，而且动作很慢。

其实，在这个节奏缓慢的小世界里，根本找不到行动迅猛的物种。但或许正是因为她潜意识里有一种盗窃的感觉，所以那猛然伸出的触须还是把她吓个不轻，拉动取样杆的手猛地向后一用力，结果，身体失去平衡，身子转了个圈滑入水中，像是陷进流沙一样滑进那锅"肉汤"里。

"廖铮！"

远近的几个人见此异景，几乎同时发出大喊。人类的声音一出现，周围的奇声异响一下子都消失了，就像不久前廖铮在"前广场"大喊时一样。但此刻大家都没注意到这点。所有的人都上身前倾，手心出汗，紧张地注视着廖铮。彭凯则连忙冲到水边，向廖铮伸出手。一不小心，自己也差点滑倒。

廖铮来到水边前，就想过万一失足落水应该怎么办。所以，她的身子还没有滑到水里时，右手就猛地一扬，将取样杆远远地抛向岩面。她感觉到下半身已经滑入了水中，双腿完全够不到底。原来，这个岸边下面竟是处直上直下的陡坡。这时，她的身体已经扭转过来，变成胸部抵在岸上。她用双手死死地拉住保护绳，微一定神，一用力滚到岸上。彭凯一把将她拉起来。由于用力过猛，两个人都跌倒在地上。

"快，水里有硫酸成分，快抖掉！"彭凯爬起来，紧张地说道。不用他喊，先爬起来的廖铮已经在那儿猛力地抖动身体了。液冷服的表面敷有纳米涂料，并不吸水，在热泉里粘上的水珠很快就被抖落在地。彭凯上上下下地检验着廖铮的液冷服。

"怎么样？"廖铮的耳机里传来李婉云焦急的询问声。

还没等廖铮回答，一个阴森恐怖的声音就在"后广场"回响起来，充满了这里的每一寸空间，差点儿让廖铮的血液都凝固了。她抬头看了看彭凯，发现后者也正瞪大了眼睛望着她，脸色白得像一张纸。

"廖……铮……"

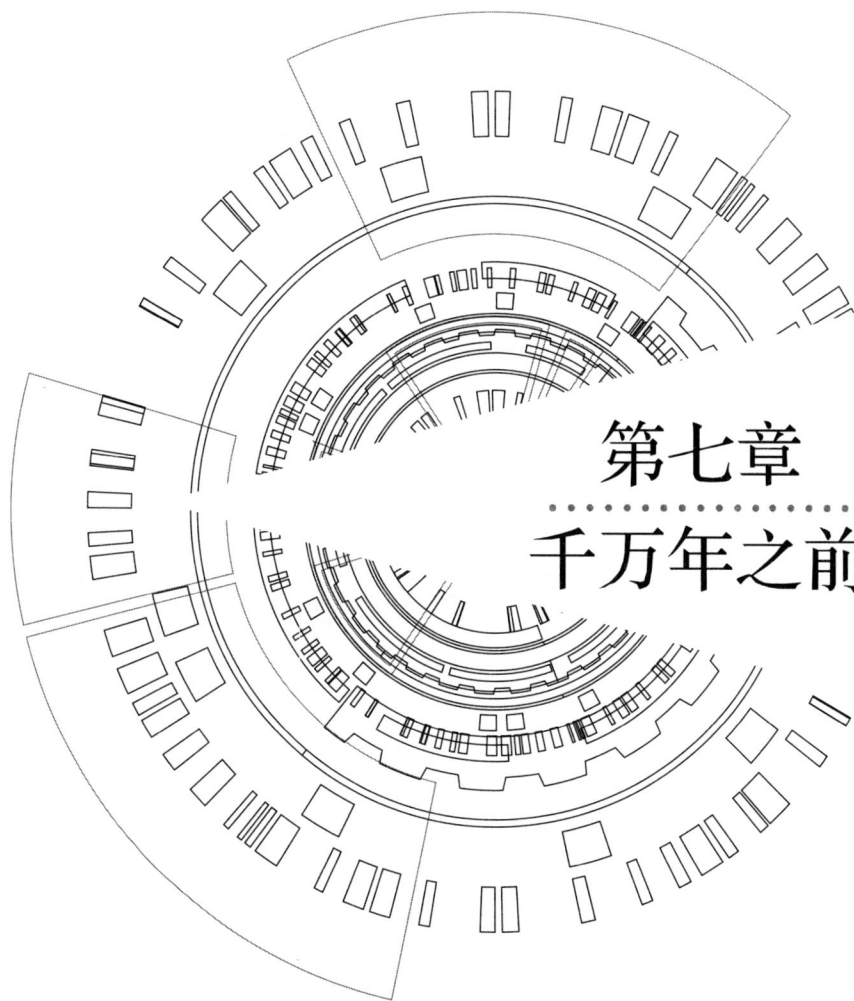

第七章
千万年之前

那不仅不是刚才大家呼叫"廖铮"的回声，甚至根本就不是反射回来的人声。似乎像是音箱里的簧片在振动，又像是石块在剧烈摩擦。但那音节却是真真切切，虽然模拟得远不及人类的嗓音那么细致，却别有一份恐怖包含在里面。

廖铮和彭凯不约而同，向远处李婉云他们那里望去。只见冷光束下，那里的4个人也正你望望我，我望望你，显然都听到了这令人发梢竖立、心脏停搏的声音。

因为这声音没有任何存在的理由！

仿佛是为了让闯入者们听得再明白些，或者，是向众人那已经非常脆弱的神经线上再砍一刀，在极不正常的万籁俱寂中，那声音又回响了一次：

"廖……铮……"

早在"前广场"时，廖铮就听到过类似的声音。那时她就隐隐形成了某种想法：这里有主人！这个奇异世界有自己的君王！只是她觉得这想法太荒唐，才没有对大家讲出来。此时，她猛地回过身，朝向怪声传来的方向，双脚立稳，双手拢在嘴边，用尽平生力气大喊一声：

"你是谁——"

置身于如此怪异的环境里，单是廖铮这喊话的内容，就已经足够让人毛骨悚然了，但谁也没有指责廖铮这个"实验"的荒唐。或许，从很久以前，他们就感觉到，确实有什么东西在黑暗里盯着他们，注视着他们的一举一动。

所有外部世界的来客都屏气凝神，侧耳倾听。时间在焦急的等待中一点点过去。对那声音再次出现和不要出现的希望在每个人的心里都各占一半。

此时，不仅洞里的其他生物都停止了发音，就是那种大家已经熟悉至极、几乎遗忘的发动机般绵绵不断的背景音也消失了。在周围一片死样的寂静里，只有水流声提醒着这里还是个活生生的世界。

半分钟……一分钟……一段难挨的时间过后，那个声音果然又出现了：

"……是……谁……谁……谁……"

怪声反复重复了几次，慢慢消失了。带着讽刺，带着恐吓，消失在浓浓的黑暗里。大概"你是谁"这3个音节太复杂了，隐身在黑暗中的神秘鹦鹉没有学全。廖铮环顾四周，觉得这里好像阴曹地府，刚才便是阎罗王在召唤他们。此时，周围全无其他声音。在这一连串的巨响过后，所有刚才还歌唱嘻叫着的小动物好像因为身份低微的缘故，只能俯首聆听，不敢发声喧哗。

这是黑暗世界的君主发出的声音。

李婉云的声音突然出现在每只耳机里，由于大家的神经都绷得太紧，听到她的说话声都吓了一跳。

"大家不要紧张。这不是智慧生命！不管它是什么，只是这个世界里的鹦鹉，只会学人类的发音，而且学得不准，稍微复杂一点的就学不会了。"

"可是，那音量——"李婉云的解释很合理，但丝毫没有减少彭凯的恐惧感。不料，他的声音一放开，就吓得咽回了后半段。因为他已经习惯了在噪声背景中扯开喉咙说话，此时万籁俱寂，刚才这几个字便像打雷般吐了出去。

"对，音量。"廖铮也跟着问道。她吸取了彭凯的"经验"，声音放低了许多。"如果那是某种动物发出的声音，起码得是头大象那么大的动物。这些小贝壳、小爬虫制造不出那么大的声音！"

这句话也正命中大家心里真正的恐惧点。在这么个神秘世界里，一只大象那样大的活物会给这几个人类闯入者带来什么样的威胁？更何况他们在明处，怪物在暗处。即使这里的所有生命都看不见，但它们的听觉和嗅觉可比人类强上许多。几个人完全是暴露的。

"它绝不会很大，这个生物系统的生物总量很少，养不活大象那么大的生命。"李婉云非常肯定地判断道。虽然这里古怪异常，完全称得上另外的世界，但不可能地球上每一条生物学法则都失了效。

"来，让我们看一看它的本来面目！"彭凯定了定神，从背后的工具囊里拿出一只器具。那东西极像手枪，只是那枪管比真正的手枪长，手柄则小到几乎没有。

"这是什么？"廖铮问。

"照明弹，考察专用。"彭凯一边旋着管子上的一个金属套环，一边回答道。

"天啊！"李婉云的惊叫声从耳机里传出来，显然她也听到了彭凯的介绍，急忙阻拦道，"这里到处都是硫细菌，它们的代谢产物里就有甲烷，会凝聚成甲烷气泡。你怎么敢用照明弹？"

"是冷光照明弹，靠化学反应发光，没有明火。"彭凯显然也考虑到周围有甲烷存在。在外面那个世界里，湖泊、沼泽里聚集的甲烷气泡尚且可以引起大爆炸，他在考察生涯中也遇到过这种情况，更何况这个以硫为基础的生态系统。

彭凯上好照明弹，又对廖铮说："你不是有数码相机吗？准备好，做个连续摄影！"

廖铮应了一声，三两下调好相机，对准了黑暗中恐怖声音的源头方位。彭凯半跪半立，向传来声音的方向扣动扳机。"噗"的一声轻响，压缩空气将照明弹送入黑暗的空间。

"但愿对面岩壁足够远，别让照明弹撞上掉下来！"

彭凯话音未落，在他们面前近200米的远处，绽开了一束青白色的光团。那光团照亮了方圆几十米的一片空间。由于光团和考察组员之间隔着宽阔的黑暗，又没有参照物，所以看起来像是飘荡的幽灵，又像是海市蜃楼。

那光团已经非常接近对面的岩壁了。就在那几十米直径的光团中，大家清楚地看到，一只恐龙紧贴在半空中的岩壁上。虽然它看上去像只鸟儿般大小，但那是找不到对比物的缘故。他们并不能判断出它的真正体积。在冷光照射下，那只恐龙苍白怪异，一动不动地伏在岩壁上，就像远古走来的幽灵。它的体形极大，头部已经延伸到了光团的外边。

所有人都目瞪口呆地望着它，大家的神经早就经历了多次震撼。现在一下子被震得麻木了。

"蛇颈龙①……"好半天，活词典般的孙晓莉喃喃地吐出一声，才打破了周围令人窒息的寂静。

"激光测距仪！"陆绍中挣扎着从自己的工具囊里拿出一个望远镜般的仪器，对准"恐龙"摆弄起来。

①蛇颈龙：一种生活在海洋中的凶猛食肉恐龙，体长可达18米。

"267米。"几秒钟后，他又补充了一句，"从我们这里到对面岩壁的距离。"

"不可能，它不可能在这儿，更不可能还活着。"许洪峰也是刚刚从震惊中清醒过来。

不用专家们解释，就是外行的廖铮也知道这里不可能有活恐龙。溶洞里这么点生物总量，根本不够填充几只恐龙的胃口，更何况能让它们世代相传延续至今。即使洞口封闭时困住一只半只恐龙，也早就死掉了。而且，眼下这只恐龙死死地嵌在岩壁上，也不像活着的样子。可要说它是化石，又不可能有筋肉俱在的化石，它看上去更像是一只干尸。

"就算是在南北极严寒干燥的地区，都不可能保存着恐龙的干尸。毕竟几千万年啦。"彭凯的眼睛也瞪得像是要从眼眶里掉出来。

虽然每个人都在用自己掌握的科学理论来否定恐龙的存在，但它毕竟就在那里，在那面墙壁上，冷冷地嘲笑着他们。

在离恐龙较远的那批人中，李婉云站在周围几个人的最前面，死死地盯住那只仅仅能存在于另一个世界的恐龙，好半天才回过头，指着远处的"恐龙"对身边的许洪峰和孙晓莉说道："你们谁眼睛好，看看恐龙尾部有什么变化。就是照明弹光线最强的那片地方。"

冷光照明弹不像一般的燃烧型照明弹，本身有些许重量，需要通过一个降落伞来延续下降速度，延长照明时间。它是在爆裂后，内部的照明剂与催化剂在空气中形成一团气体药剂，两者慢慢化合，产生光线。它能在空气中悬浮着，随气流而动，直到彻底熄灭。这时，光团就悬浮在接近恐龙尾部的空中。两个学生听了李婉云的话，都瞪大眼睛朝那里仔细观察。

"好像正在变化，外形在变化。"许洪峰说。

"是在变化。"孙晓莉也点了点头。

"如果没错的话，那不是恐龙，而是聚集在一起的一大群有孔虫！"李婉云非常肯定地判断道。

"可它明明是一只恐龙的模样，哪有这样的巧合？"孙晓莉问。

"这是一种群体智慧！"李婉云终于梳理出了所有头绪，进洞后的许多疑问，一下子便有了答案，一个统一的、明晰的答案。仿佛它本身就印在这里的什么地方，只是她刚刚读到它。

"溶洞里的有孔虫不单是古代孑遗物种，而且已经进化成了一个全新的品种。看来，它们发展出了某种群体智慧，就像蚁类和蜂类一样。单一个体谈不上有什么智力，整个群体却能像一个有智慧的个体那样生活。很可能那里有一具恐龙的遗骨，有孔虫们习惯于围绕它聚集在一起。"

"有孔虫应该没有视觉，为什么对光敏感？看样子，照明弹的光线正在把它们驱散开。"许洪峰问道。

"它们不是对光敏感，而是对照明弹的药剂敏感。还记得这里的生物跑到帐篷里，袭击金属制品吗？它们在没有光线的情况下，嗅觉也和听觉一样发展起来。趁着照明弹还在亮，你们哪位声音大一点，再向它喊一声。"

这个建议也通过对讲机，传到廖铮和彭凯的耳朵里。廖铮当仁不让地抢步上前，双手拢在嘴边：

"哎——"

万籁俱寂，偌大空间里只回荡着廖铮的声音。只见那"恐龙"的表面开始一点一点地蠕动，真像是活恐龙在呼吸时颤抖的躯体。一分钟后，那种波动幅度达到了最高点。接着，一声低沉的声音传了过来，将每个人都淹没在声波里。

"哎——"

"它在学习！不，它们在学习！"李婉云说。

"天啊，我还是头一次见到这种集体发声。"这个大自然的神奇造物让廖铮终生难忘，她立刻给远处的虫群拍了两张"合影"。

"你们注意到没有，只有在刚才，那种发动机一样的声音才停止。那正是有孔虫发出的声音！不过，不是一两只有孔虫的声音，而是分布在洞里各处的有孔虫的集体发声，那一定是种整体信息传播方式。所以，我们不管走到哪里，都能听到那声音。不管我们走到哪里，它们都能监视我们，互相传递信息！这里的有孔虫和一窝白蚁一样，通过这种发声联系成一个整体！"李婉云给大家解开了一个盘绕在人们心头许久的谜。

冷光照明弹里散开的药剂终于耗尽了，那海市蜃楼一样的景象消失在众人面前。世界仿佛又恢复到远近两盏冷光灯照出的几十米方圆大小。

"我们回去吧。"彭凯提醒着廖铮，后者也把数码相机收进包里，掂着取样杆准备与李婉云他们汇合。

正当彭凯准备将照明弹发射器也放进包里时，就在那"虚拟恐龙"的方位上，忽然传来一阵淅淅沥沥的声音。声音不断地扩大着，扩大着。这声音要是在溶洞外任何一个地方出现，谁都知道它代表着什么，可在这里，大家的耳朵被奇声怪响充满着，好半天没反应过来。毕竟对于这个溶洞来说，这种声音太不寻常了。

"水？"廖铮惊讶地说道。

"水？"远处的许洪峰也做出了同样的判断。接下来，每个人都听清楚了，那是一股潺潺的水声。

彭凯用手里的冷光灯照了照周围的水面，那原来一片死寂的湖面正在泛起片片湍流，地毯般的生物膜也正在一起一伏。水流就在膜体的下面。

忽然，一个念头闪了上来。彭凯猛地转过身来，用几乎比上次快一倍的速度装填上一只冷光照明弹，发射出去，光团再一次暴裂开来，将秘密展示在众人面前。

那只"恐龙"就像天上的浮云一样，已经分散得支离破碎了，露出了后面隐约可辨的化石骸骨。从"恐龙"的"下腹部"处，一股水流正在汹涌泻出，并且越来越大。

两个人对望了一眼，都露出惊恐的神色。

"洞体坍塌？没有地震发生啊。"陆绍中迷惑地说。

"我的天，难道它们竟能够调节水位？"廖铮大叫道。

"有虫孔根本没有肢体，如何做到这一点。靠腐蚀？"彭凯使劲地摇着头，像是这样就能把溶洞里的所有反常和怪异甩掉。

此刻，廖铮想起许洪峰说过的一句话，生物不一定非得按照教科书上写的那样生长，相反，教科书还得按照实际的情况不停地修改！

"它们要用地下水冲掉一切外来异物。这是一种群体智慧。没有时间研究了，你们快回来，咱们离开这里。"李婉云的声音突然变得从未有过的果断。看来，她对这个生态圈的基本规律已经心中有数了。

半秒钟里，廖铮的脑海中忽然闪现出许多认识过的人，从自己的亲人，到一面之交。不知道他们怎么能够在如此短的时间里，共同挤进她的脑海。廖铮记得有个心理学家说，这是濒死体验的一种。意识到自己将要死亡的人，大都会有这种不自觉的联想。

不！她在心里画上一个巨大的惊叹号，然后紧紧拉住彭凯的手，两个人深一脚浅一脚地向入口处的高台上退回去。就在地峡两边，水声越来越大，爬动的小生命们也明显慌乱起来。在这里，有孔虫的群体就是君王，其他动物只是围绕着它们形成的食物链。

两个人没时间回头看那被有孔虫打开的引水隧道是不是还在扩大。十分钟后，他们回到平台上。彭凯扶起陆绍中，李婉云搀着孙晓莉，廖铮和许洪峰跟在后面，大家向来时的洞口走去。

他们离那个洞口并不远，很快便钻了进去。不过，他们才在那个洞里走了30多米，就听见许洪峰一声惊叫。在他们面前，竟然有十几条灰色的长"绳索"盘踞在路上！

廖铮知道许洪峰怕的是什么，随手从岩壁上抠下一只有孔虫，向"绳索"掷去。空气中立刻出现一道深蓝色的电弧，电火花的气味弥漫开来。看来，这些东西与不久前遇到的"草绳"不是同种，它们另有自己的生存法宝。

虽然大家都知道那绝对不可能，但还是觉得，众人似乎钻进了一个刻意构造的包围圈。黑暗之中宛如有一个总指挥，组织这里许许多多物种各显奇能，共同打击来犯者。

此路不通！

"回去，'后广场'还有路通向外面。刚才收到的洞径分析图显示有另外的通道！"作为向导的彭凯扶着陆绍中，回过身走向"后广场"。

当他们再次进入"后广场"时，里面已经是蒸汽飘荡、浓雾腾腾了。温度很高的水流补充进来，周围二氧化硫的气味已经浓到他们无法在空气中呼吸，不得不彻底依靠氧气瓶维持生存。

大家找了个平坦的地方坐下。彭凯取出掌上电脑，调出超声波剖面图，一页页翻着。"这里，向左面转，有一条洞穴，地势最高，有孔虫不会有那么大本事，把水淹到那里。可是……"

他手中的灯光穿过浓雾，照射着那个将近10米高的洞口，洞口外是七八十度的陡坡。

"来，你们把保护绳都给我。我先攀上去，然后布置成一条保护带。我是三级登山运动员。"廖铮说完，不等别人的回答，就去拿他们的保护绳，众人把保护绳交给她。廖铮将几条保护绳用"渔网扣"连在一起，然后将它抛上去，套住一只石笋。接着，廖铮抓着岩石，壁虎一样攀上坡度很陡的岩壁。来到石笋旁，她摘下保护绳，又把它抛向更高的地方……

下面的众人提心吊胆地望着她越升越高。水面不知何时已经涨出了岸，一片片黏黏糊糊的生物膜被冲上来，堆在大家脚边。人们连忙躲避着这些陌生的黏膜，寻找着更高的地方落脚。长时间浸泡在这种稀硫酸溶液中，他们的液冷服支持不了多久。

蒸汽一团团涌来，将上面廖铮的身影完全遮没，只有那一条逐渐绷紧的绳子从雾气中垂落下来。"好了，来吧！"似乎过了一个世纪那么久，廖铮的声音才同时从对讲机和空气中传过来。

余下的人里彭凯体重最大。他用力拉了一拉保护绳，感觉没有问题。然后他闪到一边，让大家先上。李婉云、孙晓莉、许洪峰，每次一人，紧张但有序地爬上了岩壁。最后，彭凯将保护绳拴在陆绍中和自己腰间，向上打了声招呼。岩壁上的人合力将他们拽了上去。

当大家回过头再次向"后广场"看去时，这里已经被深重的雾气完全笼罩了。雾气中不时传来小动物们的声音。也许是一种错觉，但廖铮觉得这些声音的频率比以前高了许多，仿佛小动物们正在灭顶之灾中惨叫着。这个世界的生命们正在用这种玉石俱焚的做法清理着异物。

三

一行人互相扶助，离开了喧嚣鼎沸的"后广场"。他们在洞里艰难地跋涉着。由于氧气逐渐消耗，他们不得不节省吸氧，直到憋得头晕眼花，才戴上氧气面罩轻轻地吸一口。这时，大家都不愿去想一个简单的问题：这里到洞外还有多远？他们能不能支撑到那里？他们已经没有什么计划可言，只有努力向洞口方向进发，争取尽早与援救者汇合。

孙晓莉不停地咳嗽着。虽然大家轮番给她提供氧气，但她不忍心多消耗别人的氧气，有时便偷偷在空气中吸上一两口。结果她的过敏症越来越厉害。

廖铮不禁想到"前广场"处迷途的滇雀。看来，这个具体而微缩的生态圈，并不仅仅可以让小动物迷失，还可以抵御比它们大得多的入侵者。

这时，他们已经失掉了两只冷光灯，唯一的那只握在打头的廖铮手里。青蓝色的光线似乎正在黑暗的重压下呻吟。此时，在外部世界里，大概是过午或者傍晚时分，或许在直线距离1000米以内，就有晚霞洒下的辉煌。几千米以内，就有恋人在和暖的夕阳中相约。但在此地，他们只能忍受黑暗的戏弄和折磨。有那么片刻，廖铮忽然觉得，自己要是能立即演化成这黑暗世界中某个物种里的一分子，感受是不是就会全然不同？不再有危险，而是欢畅和融洽。瞧，这些小生命在黑暗里生活得多自在。

突然，毫无预料地，廖铮手里这只灯的光线又一次被巨大的、虚空般的黑暗吞噬了。

他们走出了一个小洞口，挤在一处平台结构上，茫然地望着眼前幕布一样的黑暗。由于疲劳、伤痛和缺氧的缘故，他们的反应正在变得像这里的种群那样缓慢。

廖铮第一个清醒过来，她用冷光灯自身边的岩壁向远处一点点照过去……唯一的这只冷光灯将它那脆弱细小的光线，送给这个数千万年都只属于黑暗的所在。这是一个安静的巨大洞腔，光线远远照不到它的尽头。更奇怪的是，彭凯的超声波地图上竟然没有这个地方！

他们已经很久未遇到这样安静的环境了，一时不知是福是祸，是不是有批更大、更多、更恐怖的生物，正准备发起集群式进攻？

廖铮长吐了一口气。忽然，她觉得偶尔溜进鼻孔的气体不那么刺激了。她又试着吸了口气，不，非但不再有刺鼻的硫黄味，简直就是清新可爱。

"这里的空气很好，氧气很充足。"廖铮兴奋地把这个喜讯告诉给大家。每个人都拨开氧气口罩，深深地吸着舒畅干燥的空气，尽量把肺里的浊气换出去。

"没法测量氧含量，只知道它确实很丰富。"彭凯翻了翻他的百宝箱，不知有什么仪器找不到了，失望地说道。

"不用工具，我们的肺就可以测量！"廖铮说道，"这里的氧含量高于溶洞内任何一个地方。"

这里空气很好，或者说，很适合人类呼吸。似乎是这个有生命的溶洞把他们戏弄够以后，提供了一点法外开恩。惊魂未定的人们扶着突出的岩石，一点一点地向前走着。每走一步，安全感就加深一层。

终于，他们找到了一处大约有十几平方米的平坦地面，停了下来。这里不仅没有石笋和水痕，甚至连小动物都没有。周围也完全没有那种连绵不断的群体发声。

"怎么？我们好像到了另一个世界。"廖铮望着这种安静的怪异场面，感慨道。但没有人能够回答她。

彭凯将陆绍中扶到一旁，一起坐下来。他觉得浑身就像要往四面八方散开一样，酸、麻、痛、胀一同袭来。由于要搀扶陆绍中，还要带必要的装备，他的体力消耗最大，好半天才缓过来。他打开掌上电脑，翻阅着超声波结构图。

"我看，我们只能在这里扎营，等待求援。"彭凯指了指监视器上的剖面图，对李婉云说道，"奇怪，我们图上完全没有显示，不知道到了哪里。没有足够的氧气，我们不能冒险离开这儿。"

"我同意。"李婉云点了点头。

"可是，如果有孔虫再淹到这里……"许洪峰心有余悸。

"有孔虫并没有那样高的智慧，也没有那样高的行动速度。"李婉云非常自信地解释道，"洞口开放对于洞内生物来说是个巨大的灾变。从那时到现在已经有近十天了，它们才完成这个反应。那个通水洞它们早就在挖掘，只是碰巧在我们到了那里时被打开，并不是针对我们的。

它们的行为其实说不上是智慧，只是本能反应。"

虽然这里的进化过程异于他处，但什么等级的生命最多能形成什么等级的智力水平，李婉云知道得一清二楚。除非有孔虫们真的成了精。

这时，彭凯的耳机终于又传来刘茂琪的声音。"我们已经……发现了……方位。请……等……救援队伍……两个小时到达。"

"功率不够。"彭凯大声喊道。过了一会儿，更加清楚的声音传到他的耳朵里："我们已经准备进洞了。除了氧气，你们还需要什么？"

"嗯，两套液冷服，还有食品，大家很长时间没有吃东西，体力上坚持不了太久。还有，紫外线灯……"说到这里，彭凯停下来，注视着李婉云。因为这些要求已经开始打破他们之前的临时协议。

在彭凯与刘茂琪对话时，李婉云也一直望着他。直到彭凯用目光向她征询，才说："这些都是必需的吗？我是说，可不可以把带进洞里的器具减到最低标准？"

谁也没有回答她，此时，最大的威胁已经过去，两种思想感情正在每个人的心里头交战。一种是脱离险境的渴望，一种是保护这个脆弱生物圈的义务感。

"还有人员，能不能减到最少。大批人员长时期在洞内活动，会破坏这里的大气成分。不知道又会有哪些物种会遭殃。"李婉云非常心疼地说。

"李老师，"彭凯用平静的声音说道，"您作为一个生态学家，有些想法我们能够理解。但我要提醒您，您的心理是矛盾的！如果按您的想法，要保护这个溶洞的生态平衡不被破坏，那只有一种做法：封闭溶洞，谁也不要进来做科学考察！"

廖铮坐到李婉云身边，拉着她的一只手，大难面前，人们之间没有什么距离。廖铮觉得自己应该做些协调工作。

"李老师，我能理解您的心情。但有许多做法是迫不得已，人的生命毕竟有最高的价值。我想，我们都能够从这里获得教训。即使万一我们不慎毁掉了这个小世界，我们也会加倍珍惜外面的大世界！"

李婉云不再说什么了。一滴泪水滚出她的眼眶。

"怎么，你们有没有决定？"耳机里，刘茂琪的声音还在催促。

"有，你们现在能够通过无线电定位吗？"彭凯反问道。

"完全能。"

"那就请不要再启动超声波探测！"

"什么？"刘茂琪感觉不可理解，"那样，我们寻找具体路径会很困难，会使救援队走弯路，拖延救援时间。我们倒没什么，你们……"

彭凯看了看周围的人，然后坚决地回答道："没关系，这里没有人有生命危险，救援迟一些可以等。但是反复启用超声波探测，会破坏洞内物种的生理机能，后果不堪设想。"

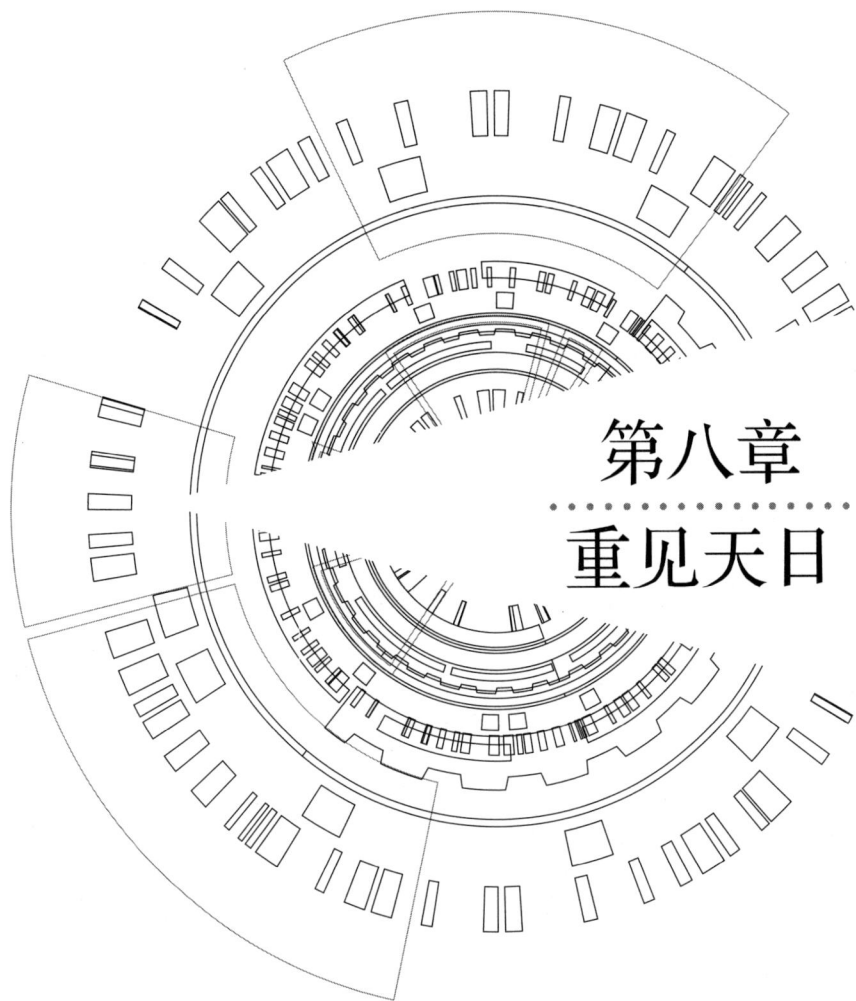

第八章
重见天日

一

昏暗的光线中，廖铮看到李婉云赞许地点了点头，一颗悬着的心放下了。看来，他们已经以某种科学家的方式达成了默契。

"好吧。随时通话！"刘茂琪最后的声音一消失，周围竟是一片寂静，好半天都没有人说话。死里逃生之后，大家都有许多事情要思考和回味。

许洪峰半天没有言语。不知什么时候他已经来到一片岩壁前，借着微光观察着那面岩壁。那上面有一层苔藓般的东西，在暗弱的光线下看不清颜色。许洪峰四面看了一圈，微光所到之处，岩壁上到处都是这种苔藓状生物。

"这里氧气丰富，肯定与这些东西有关。"许洪峰猜测道。

"是藻类吗？"廖铮听他这么说，好奇地提着灯，来到许洪峰身边，一起望着那一片片黏糊糊的东西。

"不像，大概是一种真菌。"坐在李婉云身边的孙晓莉很疲惫。她斜靠在那里，远远地望过来，做着判断。廖铮十分相信这位生物学的活词典。

"它们能释放氧气？"

"看样子，老天爷特意安排了这些真菌来搭救咱们。"彭凯欣喜地说。

"不是这样，这个地方存在真菌，与我们一点关系都没有。"即使在这么个处境下，李婉云那张不善于分场合的嘴依旧没有改变，"这只是这个溶洞生态系统不可缺乏的组成部分。这些真菌大概能够将二氧化硫还原，调节空气中的氧含量。"

停了一阵，她又继续说道："进洞前我就产生过疑问，这个溶洞如此全封闭，生态圈如何保持它的氧含量？开始我以为，一定有些不易发现的微小换气口，就像分体式空调一样。现在看来完全不是那么回事。这个生物圈它自己解决了这个问题！这些真菌在这个世界里的功能，就像亚马孙和西伯利亚的大森林在我们那个世界里的功能一样。而且，整个溶洞内一定有不止一处这样的结构，否则，无法平衡这里的气体交换，并且平衡了6000万年！"李婉云的声音越来越激动，像是在赞许大自然的杰作。

"看样子，它们还能吸收声波。"彭凯继续调看着掌上电脑里的资料，监视器的幽光照射着他的脸，"因为先后几次进行的超声波探测都没有发现这个洞腔。声波探测的结构图上，这里的内径显示被大大扭曲，看上去只是一段普通隧洞。"

"不过，看来这里的动物们并不喜欢这个地方。"廖铮望着安静异常的周围说道，"这里很安静嘛。"

"或许这里的动物对大气的需要和我们不一样，甚至相反。"孙晓莉推测道，"它们更需要硫。硫和氧是同一族的元素。"

终于可以有片刻喘息了。这里不仅空气清爽干燥，而且"动物交响乐"也不再演奏。紧张的神经一旦放松，人人都有一种虚脱般的感觉。此时，他们除了静待救援队到来外，别无事情可做。廖铮觉得需要说些话来支撑起自己和大家的精神。

"李老师，您的身体怎么样？"

"还行，应该没有内伤。"李婉云坐在地上，换了个姿势。廖铮挨着她坐下来。

"李老师，还记得您在进洞前说的话吗？文学家不会去描写低级生物。后来，我想到了一个反例。那是一部科幻电影，讲的是人和虫子之间的战争。那不是真虫子，是虫形的外星人，不过习性与虫子没什么两样。这部影片里的战争给人的感觉就是冷酷无情。绝对的、彻底的冷酷无情。当时我就很惊讶，不知这种感觉从何而来。后来听了您的话才有些顿悟：人和昆虫这类低等生物之间差异太大，根本不可能交流，建立像人和家畜那样的关系。从进化的角度看，有孔虫是不是比昆虫更低级？"

"原生动物，动物界最低级的一门。"孙晓莉在一旁插嘴道。她也在听她们聊天。

"所以，也许人类与它们之间只能这样相处。或者我们伤害它们，或者它们攻击我们。"

"这不是有孔虫一个物种对我们发动的攻击。"李婉云摇摇头，"这是整个溶洞生物圈面对灾变的自然反应。6000多万年来，这个生物圈已经成为一个近似于有机体的系统，你也可以把它本身当作一个生命来看待。而我们，我们带进来的仪器设备、实验药品都是异类，就像致病细菌钻到了人肚子里，身体的免疫系统自然发起反攻一样。我们进洞后发生的一切：电击、硫酸破坏、水淹，虽然都是个别事件，其实也是这个生物圈的本能反应，甚至其中可能存在着信息交换和协调行为。具体由哪一种生物来实施倒并不重要。"

"您为什么称这是反攻，不是'进攻'。我们并没有惹到它们，是它们在向我们进攻。"彭凯显然对李婉云的多愁善感不以为然。

"其实，从我们进洞的头一天，我们就触犯了它们。"李婉云长叹了一声，"只是当时我没有这么清楚地意识到。"

"我不再与您争论了，您在为原生动物的'利益'辩护。我也没什么可说的。只是我还要为保全咱们这些高等人类的生命多努努力。"

说着，彭凯又低下头，研究那张超声波结构图去了。

与此同时，许洪峰远离讨论中心，一直在那面岩壁前转来转去。正当大家逐渐把他忘记的时候，忽然发出一声大叫，吓得惊魂未定的人们齐齐甩过头去。

"太棒了！"

"天啊，你犯什么神经呀。"大概因为是老同学，孙晓莉用不太疏远的语气埋怨道。许洪峰还沉浸在自己的发现中，没理睬孙晓莉。

"太棒了！机遇只垂青有准备的人。这是绝妙的静音材料！只要证明它能够大批量培养，并且没有毒性，它就有巨大的商业价值！那些在大城市噪声污染下生活的人们，一定会需要这种产品。"

在刚才那段惊险时光里，不到30岁的许洪峰平生第一次想到了死亡。当时，他那破损的液冷服已经接近彻底损坏，循环排热机能大大下降，身体闷热得像是快要胀开了。他甚至不敢肯定自己单凭求生意志，能否在这些蒸汽浴室般的溶洞迷宫里走100米以上的路。眼下，死亡的威胁被这里清爽的富氧大气一举吹走。许洪峰的商业脑筋又冒了出来。

李婉云很少见地主动接着他的话往下说："许洪峰，你和那些生物公司的关系我也知道一些。你如果有什么商业上的想法，我没有权力阻止你，但希望你一定做出保证：不要打扰这里的生命活动，不要破坏这个6000万年才形成的生物圈。比如，你可以通过基因工程的方式，在外面培养你所说的这种静音材料真菌，但一定不要在这里搞开采，甚至过于浪费的大规模取样也不应该。这一段洞穴之所以这样安静，之所以会放出氧气，一定在这个生态系统内有它不可替代的意义。就像我们人身上的一个器官，体积不小，但不可缺少。我这样要求过分吗？"

"好吧，就听您的吧。谁叫您是我老师呢！"共度生死边缘的经历令大家的关系亲近了许多，许洪峰也可以在老师面前开玩笑了。

耳机里，刘茂琪的声音中已经有了洞壁的回响："大彭，我们找到了第七号标牌。它被腐蚀了，已经完全看不清了。"

彭凯在那里苦苦地回忆着，第七号标牌钉在哪里？是怎样一个岔口？忽然，一旁的廖铮觉得这个标牌的号数相当熟悉。她想起来了，伸手到背后，把自己的数码相机递了过去。

"进洞后我拍过第七号标牌。本来是留下作为资料的。"

彭凯接过相机，将它连接在电脑上，数字化照片传送到了掌上电脑里，然后又飞向远处的救援队。

一旁，李婉云和孙晓莉坐在一起。昏暗中，廖铮看不清她们的表情，只能听到她们的窃窃私语。

"李老师，问您一个问题。"

"说吧，老师的任务就是回答学生问题。"

"您有没有心爱的人？"

旁边的廖铮起初吓了一跳，旋即释然。这场危险不仅改变了人们之间的关系，甚至改变了人本身。内向腼腆的孙晓莉也可以当着几个大男人问这样私密的问题。

"有啊，"李婉云长长地呼了一口气，平静地说，"你可以从系办公室的墙上看到他的照片。"

"难道是魏老师！"一旁，许洪峰大叫一声。

"是魏老师。"昏暗中，李婉云的声音里仿佛有一丝娇羞，或者是一丝惆怅，"当时我也是这样喊他的，20年前他就是我的指导教师。那时，我比晓莉现在还小一些。"

男女关系这个话题显然更有吸引力。许洪峰离开他抱有极大兴趣的岩壁，凑到李婉云面前。彭凯和陆绍中不知道这个"魏老师"是什么人，扭过身子，显示着回避的礼貌，虽然这样并不能阻止谈话声传到他们的耳朵里。

"李老师，您到现在还不结婚，是不是还想着魏老师？"许洪峰问道。

"是啊。"李婉云坦诚地回答，"我们曾经到过谈婚论嫁的程度。那时他快50了，还从来没谈过恋爱。不过，那不是他性格上有什么问题，是……"

李婉云看了看两个年轻弟子，好像觉得他们理解不了会有什么因素让一个优秀学者被迫晚婚到50岁，就把这个问题躲过去了。

"他是个开朗的人，很有生活情趣，也热爱他的事业。当时刚恢复高考，千军万马过独木桥。我也只是为考大学而考大学，哪懂什么专业、学科分类，生物系和建筑系在我眼里也没有什么区别，都只代表着一张大学文凭。后来，我遇到了魏老师，他是我国最早的生态学家之一。我这一生中命运主动给我的礼物并不多，与他相识，算是最好的一件礼物吧。魏老师教会我对生命的爱，不光对人类，还包括对大自然中所有生命的爱。我从来没有在别人那里感受到这样博大的爱。我从他那里学到的不光有知识，还有许多行为准则，而且是一生无法再改变的准则。这些准则没法写在任何一本书里，只有一代代人靠亲身示范往下传。"

李婉云长出一口气，陶醉在过去的时光中："我对他说过，如果我能诚实地面对自己的感情，这一生我只和他在一起生活。"

"可魏老先生已经牺牲10年了！"许洪峰的语气里大有惋惜之意。廖铮也深有同感。无论从哪方面看，李婉云都是一个很出色的女性。

"时代不同了，现在的恋爱原则是'不求天长地久，但求一时拥有'。何况，您遇到的又是这种人力不可抗拒的因素。"许洪峰显得非常关心。一直很严肃的老师能够在他面前表白自己的过去，毕竟是难得的事情。不过，廖铮觉得他这些说辞既可爱又可笑，带着年轻人典型的自以为是。

"可是，我已经拥有这份感情到了今天，为什么不能永远拥有下去呢？"没想到，李婉云竟然能和小自己整整一代的许洪峰平静地讨论起这个问题。

"您？拥有？"

"我拥有的，是我对他的爱，并不是他对我的爱，他走不走，又有什么关系呢？"

廖铮默默地转到人群的另一面，防御着可能从那里爬过来的古怪生物。同时在心中盘算着，脱险出洞之后应该好好地采访一下李老师，这里面一定有动人心弦的故事，李婉云性格中某种圣徒般的成分也在此找到了源头。只是此时，她不能破坏这股温馨的回忆往事的气氛。

"你呐？晓莉。你来到学校以后，我一直没有问过你的个人问题。不是我不关心，而是我觉得你好像是有过什么创伤。将心比心，我一直不敢触动你的伤口。"李婉云关切地问。

"其实没什么，那事已经过了很长时间了。"漫散的光线中，廖铮看到孙晓莉靠在老师的肩膀上，仿佛是一对母女。

"那是高中时候的事。在我们那个山沟里，高中时找对象很正常，一旦上不成大学，不赶快成婚，就好像要错过什么任务，尤其是女孩子。那时我有一个男同学……"大概是终于顾忌到周围的男人，孙晓莉还是吞下半句话，绕过去接着说道。

"后来，他先考上了大学，我就回到家里开的小厂干活。我家条件好，他家条件差。我一直给他寄生活费。当时就有不错的朋友对我说，你这样下去没有什么结果的。他一个大学生，能和你有共同语言？我那会儿不信。后来，他读完了大学，在城里找了工作，就和我断了关系。他还是不错的，没通过中间人，亲自和我说开这件事……而且，他把我寄给他的钱凑在一起还给我。他说他懂得尊严。就好像，就好像我要用钱收买他……"

说到这里，孙晓莉再也无法平静下去，语气中饱含着深深的痛楚和委屈。

"其实，李老师，我并不像您希望的那样，是个热爱科学事业的人。我其实没有多少事业心。后来重新读补习班、拼命读大学，就是为了赌这口气：大学怎么了？大学不也是人读的吗？读出来就可以居高临下对待别人吗？我要读得比他好！让他根本无法相比。后来在您的指导下研究生态学，很大原因是为了寻找寄托。我是真的怕了男人，和大自然里那些可爱的生命相比，男人一点都不能给我安全感。"

两个女人在议论男性，许洪峰觉得这个时候待在此处很尴尬，便起身退回到岩壁那里，继续构思他的商业规划。廖铮这才发觉，原来自己竟然和两个单身女人相处了这么久。而且，自己的"鱼尾纹观龄术"大概也差些火候。因为听这师徒两人对话的内容，孙晓莉大概总有30多岁了。

"后来就不一样了，我真的为您的敬业精神感动。以前，科学家的形象在我心里只是概念，现在有了真正的榜样。世界上贤妻良母很多，多我一个，少我一个都不算什么，再说我也不是那块料。我希望在您的指导下，多做些科研工作。这样，一生中能有些有意义的回忆，这就是我的想法，就这么简单。也许换一位导师，我就没这些想法了。大概，当初魏老师对您的影响也是这样的吧。"

毕竟在山沟里度过了青春岁月，孙晓莉话一多起来，一点知识分子的语言特点都没有，完全是一个淳朴的山村姑娘。不过，语言的简洁和内容的感人，完全没有关系。尤其是那最后一句话，颇有点薪火相传的意味。

廖铮半天没有开口。为了完善自己的知识结构，让"廖铮探险"栏目更有科学性，廖铮钻研过近代科学史，知道科学史上的"英雄时代"早已过去，科学在今天已经成为一种普通的职业，一个求取功名利禄的阶梯。现在，已经没有多少人像眼前这对师生那样看待科学，像她们这样把它当成如此悲壮的事情了。

时间在寂静中流逝着。在他们携带到此处的器具里，大概嵌装着有十来个计时工具。既有单独的手表，也有电脑等各种仪器设备上配置的计时器。但此刻，谁也不想去看时间。这里就像一个安静的休息室。唯一的那盏冷光灯支撑着，为大家提供现实和心灵上的光明，但是它的能量也渐渐耗尽了……

终于，这个世界里最缺乏的一种东西——光明——出现在远处的洞穴里。由于洞径曲曲弯弯，远处的冷光灯忽明忽暗，最后，终于笔直地指向他们，像是要驱散他们周围的一切凶险。

彭凯见状，收起了掌上电脑。其实，他不停地翻看那些图，也只是在做自我安慰。现在一切危险都过去了。彭凯来到李婉云身边，对她说道："抱歉，李老师。我理解您的心情，我也不是没有环保意识的人，只是以前我从来没有遇到这样的情况。仅仅搞些纯粹的观察活动，没有任何开发采掘，也会对生态环境带来这样大的影响，所以我一直很紧张。处置不当之处请您原谅。"

"没什么，"李婉云握了握他的手，"该不该考察这里，我的心里也一直很矛盾，不过现在不了，有些事我已经想清楚了！"

二

毕竟年纪不饶人，三天后，李婉云成了这群考察遇险者中最后一位留在医院观察的病号。她的身体没有受到直接伤害，但体力消耗过大，诱发了多种慢性病。她住在腾冲县医院里，计划等身体恢复一些，再由孙晓莉他们送回学校。其他人都出院了，住在县科协处理善后。

这天，廖铮来到李婉云的病房向她辞行。房间里没有旁人，很安静。朝霞照在雪白的墙壁上，散射开来，给李婉云从不化妆的脸庞涂上一层光晕。廖铮再一次断定，李婉云年轻时一定很美、很美。

李婉云正在看书，见到廖铮进来，腾出一只手向她打招呼。走到床前，廖铮才发现，李婉云读的竟是一本《神秘世界》。而且，床头小桌上还放着一摞不同期号的《神秘世界》。

"你看，我正在补课。听说现在这代大中学生里有不少你的读者。"李婉云扬了扬手里的书，称赞道，"你的文笔很精彩，知识功底也不错。当然，文章里在引证科学理论时，也有些不准确的地方，我都给你挑出来了。"

和李婉云相处这么长时间，终于听到了李婉云的正面评价，廖铮反而觉得有些脸红："非常感谢。其实我一直希望专业科学家能够给我些帮助。毕竟我是文科出身。可惜他们似乎总是很忙，没工夫顾上这种宣传普及工作。李老师，我走了，我会想念您的。希望我们以后多合作。"

"想念我？"李婉云笑了，"我不是个讨人喜欢的人。说话爱得罪人。这我自己清楚。"

"别人我不知道，可我喜欢您这种直来直去的说话方式，至少让我不用费心思去猜你究竟在想什么。"廖铮笑道。

"你回去之后，就要把这次考察写下来？"李婉云放下杂志，双手交义在胸前，郑重地问道。

"是啊，这是我来的任务嘛。"廖铮不知道李婉云为什么这样问。

"可这是一次失败的考察。"李婉云注视着她的眼睛。

"失败正是它值得一写的地方。"廖铮似乎已经考虑得很全面，胸有成竹地说，"以前，我在读科学史或科学家传记时，经常可以看到某某学者经过多少次失败，最终取得成功的记载。成功的过程大家都记下来了，至于那多少次、多少次的失败，从来都只是统计数字。其实，失败和成功有着完全不同的价值。人们不仅要知道一条路为什么走对了，还应该知道，其他的路为什么走错了。爱迪生在做完电灯实验时，曾经说过，我并非失败了两千次，而是找到了两千种不合适做灯丝的材料。"

李婉云沉吟了一会儿，决定不再兜圈子。她严肃地说："你的想法我理解。科学分类很多很广。别的我不在行，如果今后你还有生态学方面，或者广泛一点，有生物学方面的题材要写，我可以为你提供一些专业知识上的帮助。不过这次，我希望你不要把这个溶洞的情况写出来！"

"为什么？"李婉云的要求大出廖铮的意料。

"其实，我并不是个完全不通世务、不懂道理的人。从一开始我就对你表现得冷淡，确实是希望你不要参与到考察中来。你一旦参与进来，你的报道会引起轰动，被到处转载。许许多多的人都会知道这个地下溶洞，他们当中好奇心强的人会来到这里。如果有人抱着商业目的来，也会把溶洞当成景点开发。即使要为这个溶洞申请国家保护，还不知道办多长时间的手续。你看这期，你写的'宋代藏军洞探奇'，据说这个藏军洞后来就被当地开辟成旅游景点，现在已经被毁得不成样子了。"

"是这样。"廖铮遗憾地点了点头。记得"藏军洞游览区"开张前，老板特意找上门来，要给她若干股份，说没有她那篇文章就不会有这个项目出现，但是被廖铮谢绝了。她不拒绝生意，只是拒绝这样一类生意。

"当然，溶洞里没有古玩，没有金银财宝，没有军事机密。它现在也不属于任何人。我不希望公众知道这个溶洞，纯粹出自我本人的价值观。每一门科学都有它本身独特的价值观，没有完全客观、绝对冷静的科学。无论哪一门科学，如果你研究深入下去，你就会不自觉地用这门科学特有的价值观来衡量事物，看待世界。我是个生态学家，长期的生态学研究使我养成了关注世界万物和谐生存的习惯：生态的和谐、生命的和谐、环境的和谐，就像一首音乐一样。每种生命，每个物种都是一个音符，每个环境因素都是一段旋律。一个人演奏技巧很低劣，一般听众可能听不出来，可音乐家听起来会觉得很刺耳。在今天，做一个生态学家是很痛苦的，因为每天我们都被迫听人们演奏非常不和谐的生态音乐。"

李婉云的声调没有多少变化，只是语气中包含的激动越来越多。廖铮知道，女学者的这些话肯定憋在心里很久了。

"当然，这样的事情每时每刻都在发生，我无力阻止它们，只能把自己的不满埋在心里。毕竟，社会发展并不由生态学家来决定。可是，这个溶洞又唤起了我的价值观。要知道，那是大自然留下的完美作品，尽管它差点要了我们的命。在一般人的眼里，那儿潮湿、闷热、憋气，但在我眼里，那就是大自然写就的诗篇：那么多个物种和溶洞和谐共生了几千万年，这首生态乐曲演奏了几千万年！"

李婉云的眼睛里放出光彩，她的目光仿佛正穿过面前的空间，穿透病房的墙壁，射向那个充满着嘈杂声音和硫黄气味的地方。廖铮努力让自己读懂这种目光。

"说实话，我从来没有像在溶洞里那样，感受到自己对生态环境的责任。在外面这个世界里，我乘坐着汽车，使用过含氟利昂的冰箱，吃着施过农药的食物。我会为自己开脱，世界上有几亿辆汽车，有几亿台冰箱，我造成的那一点污染算什么？面对高山大河，我们会想，小小的人类能造成多少麻烦？大自然不是能自己消化这些破坏吗？总之，在外面的世界里，我们总可以找出逃避生态责任的理由。"

"可是，在这个袖珍的生物圈里，只要有一辆汽车排放的废气，积累几天，就足以改变大气构成，足以使几个、十几个物种面临灭顶之灾。这个洞穴本身就是生命！对于它来说，我们是外人，是入侵者。洞口暴露至今，虽然只有不到50人次进入过洞穴，只有不到1吨的人工制品被带进洞穴。但这个生物圈很小，就是这样小小的侵扰，便已经经受不起了。十几天来，它的空气结构已经发生的变化，尽管只有几个百分点，但许多物种已经不适应了。几千万年间，它一直在没有外界侵扰的情况下发展、演化。但如果考察活动再进行下去，几个月内这里的生物就会全部死亡！因为它们无法迅速适应外界这个大生物圈。要知道，生物的时间节奏与环境变化速度有关。在我们的生物圈里，有日升月落，有风雨雷电、有洪水潮汐，它们都以很快的速度发生着。而这些变化溶洞里面都没有，连地温变化都不显著。它们的生境①无法与外界相比，

———————————————
①生境：生态学术语，指生物的个体、种群或群落所在的具体地段环境。

它们等不到适应外界就会灭绝。你看，我正在写一个报告。"

说着，李婉云打开手提电脑，调出一份文档。文档的题目赫然是：

"关于封闭溶洞生物圈的建议"

确信廖铮看清了那个标题。没等她往下读，李婉云接着说道：

"在科协大楼，你第一次见到我时，我对你比较冷淡，其实是因为那时我的内心非常矛盾。作为生态学家，好奇心征服了我，我多么想亲眼看一看它，看一看这个大自然的杰作。关于这个溶洞生物圈，我有许多课题想要去研究。我想了解那里主要元素的循环规律，想看一看各类物种的生殖过程，想要了解洞内各物种的种间关系，想找一找6000万年遗留下来的化石，看一看它们的进化步伐。这些研究的动机全不是为了学衔、职称，纯粹是科学上的兴趣。而且，我也不是不重视科学研究的经济价值。许洪峰的知识功底并不扎实，他并没有发掘出更有经济价值的研究课题，比如可以找到高温下发生作用的生物酶，培养超级硫细菌去满足冶金行业的需要，等等。"

李婉云说得激动，咳了起来。廖铮忙递过水。李婉云喝了一口，继续说道："但是，无论我们抱着商业动机，还是只为满足单纯的好奇心，人类再进到那个溶洞里活动，对于溶洞里面的物种来说，肯定是灭顶之灾。我们整天喊着要保护濒危物种，但只要这次考察进行下去，一次就会毁掉上千个绝无仅有的物种！如果你的文章与读者见面，充满好奇的人们毫无顾虑地走进这个溶洞，世界各地众多学科的科学家都来到这里，这个溶洞崩溃的速度就会更快。"

　　大概是一口气说得太长了，李婉云又停下来，喘息了一下，接着道："我的想法里没有包含任何人类社会的功利观点。所以，我写这个建议时，一直觉得信心不足，担心人们不能理解我的想法。毕竟……社会不是由生态学家说了算。"

　　最后，李婉云又重复了一遍她那饱含无奈的判断。

　　这一刻，廖铮对李婉云的了解又跨越了一大步，在她看似很深的城府里面，包含着其实很单纯的内心；看似很冷的外表下，包含着其实炽热的感情。

三

　　透过窗户眺望过去，东湖上碧波荡漾，些许游船在水面上缓缓漂流。远远望去，游船那种速度，很像老爷岭溶洞里的有孔虫们。

　　廖铮抱拢双臂，注视着电脑屏幕，做沉思状。屏幕上是她刚刚写到一半的探险记录。当然，里面的主角就是老爷岭溶洞。她并没有答应李婉云。虽然如果她不写，这么点差旅费搭进去也算不了什么。但有一股强烈的创作激情在她心里翻腾着，催促她必须去写。

　　只是，该怎么去写，才能进一步传达李婉云的忧虑呢？

　　廖铮看着，想着，写着，断断续续，写写停停。直到现在，从未有哪篇探险传记写得这么吃力。

　　忽然，聊天软件上面，一个小头像俏皮地跳了起来，那是许洪峰的头像。

"在吗？"

"在呀！"

"好的。李老师让我转告你，你可以写那篇报道了！"

接着，一张数码照片被传了过来。照片上是她熟悉的溶洞入口，不过却被围上一个半透明的幕罩。

"中国科学院在这里建立了生物圈研究基地。"许洪峰解释道，"这是气密门，里面的气体已经进行了补充，被还原到地震以前的状态。任何人要进洞考察，必须向基地方面申请，并遵守一大批规定。"

"太好了！"廖铮高兴地发过去一串哈哈大笑的卡通表情，"这个研究基地叫什么？我在文章里要介绍一下。"

许洪峰没有回答，又发过来一张照片。这张照片拍的还是那个洞口，只不过范围更大。一行大字刻在洞口上方：

生物圈三号

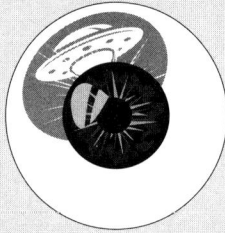

郑军秘境科幻探险系列

神圣后裔

郑军 著

科学普及出版社

·北 京·

图书在版编目（CIP）数据

郑军秘境科幻探险系列 . 神圣后裔 / 郑军著 . -- 北
京 : 科学普及出版社，2023.4
　（百年科幻）
　ISBN 978-7-110-10532-0

　Ⅰ . ①郑… Ⅱ . ①郑… Ⅲ . ①幻想小说－中国－当代
Ⅳ . ① I247.5

中国国家版本馆 CIP 数据核字（2023）第 038311 号

策划编辑	曹　璐　王卫英
责任编辑	王卫英
封面设计	书香文雅
内文设计	书香文雅
责任校对	焦　宁
责任印制	徐　飞

出　　版	科学普及出版社
发　　行	中国科学技术出版社有限公司发行部
地　　址	北京市海淀区中关村南大街 16 号
邮　　编	100081
发行电话	010-62173865
传　　真	010-62173081
网　　址	http://www.cspbooks.com.cn

开　　本	720mm×1000mm　　1/16
字　　数	490 千字
印　　张	40
版　　次	2023 年 4 月第 1 版
印　　次	2023 年 4 月第 1 次印刷
印　　刷	天津泰宇印务有限公司
书　　号	ISBN 978-7-110-10532-0 / I・655
定　　价	120.00 元（全 4 册）

科幻与怪异——"伪科学题材"在科幻中的渊源

伪科学可谓当今世界一大奇观，种类繁多，层出不穷。在科幻作品里，伪科学也是一大题材门类。不过，在科幻里，将伪科学作为批判对象的很少，笔者只看到《飞人阿里埃利》等几部。大部分是正面来描写伪科学的，把它当成科学发现或者发明。当然，科幻是艺术不是科学，没有必要衡量其内容的真实性。所以，摘取伪科学作为题材的科幻作品并非都是劣作，甚至有许多经典在里面。

下面，笔者就介绍几种典型的伪科学题材。

一、特异功能

在伪科学中，特异功能，以及与其类似的"伪气功""通灵术"等，堪称影响力最大的类别。而特异功能题材也是科幻中的一大传统，经久不衰，花样百出。像"思维传感""意念致动"等特异功能，戏剧效果非常直接，早早就为科幻小说家所钟爱。20世纪50年代到70年代，伴随现实中特异功能的浪潮，科幻界更是掀起了一个特异功能题材的高潮。

　　预言能力是典型的特异功能。斯蒂芬·金的《死亡区域》讲的就是一个预言家的悲剧故事。主人公约翰尼是个普通的青年教师。一次车祸让他成了植物人，沉睡四年半才醒来。但这次车祸触动了他大脑中一个叫"死亡区域"的部位，唤醒了他潜在的超级能力。从此，约翰尼只要触摸某个人，甚至只要触摸他的物品，便能感知这个人过去或未来的一些事情。在一次竞选宣传活动中，约翰尼偶然与一个叫格莱克·斯蒂尔森的政客握手，感知此人会在将来的某一时刻成为美国总统，而且会使美国变成法西斯国家，并发动一场毁灭人类的核战争。约翰尼知道他无法令世人相信其判断，陷入内心痛苦中。不久，斯蒂尔森在政界青云直上，而约翰尼则得知自己的脑瘤即将发作，来日无多，遂铤而走险，在公众集会上用枪刺杀斯蒂尔森，并被后者的保镖在"正当防卫"中杀死。但斯蒂尔森在逃跑时将一名儿童挡在身前，这番劣迹被人拍摄下来。此事传出后他的公众形象彻底崩塌，约翰尼的目标得以间接实现。

　　科幻片《第三类奇迹》讲了一个类似的故事。主人公乔治在37岁生日那天，自感被一道白光击中，从此具有多种特异功能。他可知过去未来，能够像电脑那样飞速阅读。后来乔治才知道，那不过是脑瘤压迫脑神经的结果，白光是病发时的幻觉。他在获得这些特异功能的同时，也迅速地迈向死亡。

　　倪匡的《丛林之神》也以预言能力为题材。主人公有预言能力，而又不能控制这种能力，生活其实非常苦闷。因为他被剥夺了选择的权利。在修订版前言里，倪匡如此描述这个人的命运：就像看一张连分类广告都看完了的旧报纸一样，日子的苦闷，会使人想到不如死亡！

21世纪初，一向以儿童风格为特点的著名导演史蒂文·斯皮尔伯格，拍摄了成人风格的科幻片《少数派报告》，这也是一个关于特异功能题材的作品。原小说作者是菲利普·迪克。在小说里，三个特异功能人都是白痴，但额叶十分发达，预感能力正是从这里发出的，以至压抑了大脑的其他正常功能。犯罪侦查局把他们绑在座椅上，让他们口中喋喋不休地念叨着看似无意义的词汇，那便是他们每时每刻的直觉。计算机能够把这些词汇转换成有意义的情报。不过，小说里被诬陷和追杀的，并不是后来汤姆·克鲁斯出演的那个帅哥，而是一个大腹便便的老年人——犯罪预防学创始人安德顿本人。而且，那个提供了"少数派报告"，最后帮助了主人公的预感者也是男性，而不是电影中的病态美人。当然，如果电影真的这么忠实于原著，恐怕票房就成问题了。

日本作家筒井康隆创作的《邪恶的视线》，将各种特异功能集中在了一起：风尘女子七濑可以进行"思维透视"，直接读取他人的思想。色情狂西尾则能够进行"视觉透视"，一双眼睛能够透过障碍物看清目标。当西尾试图强暴七濑时，黑人酒保亨利出现了。他能够"意念制动"。最后，亨利用意念控制着西尾的手，拔枪杀死了西尾自己。这篇情节不算复杂的科幻小说，20世纪70年代末曾经在中国大陆许多报刊上转载，很有影响。很多三四十岁的"老科幻迷"还都记得它。

这种把许多特异功能进行"菜单式"表现的方法，在科幻电影《X战警》系列中得到最集中的体现。在这部改编自同名漫画的电影里，出现了形形色色的特异功能人：能穿墙的、会喷火的、可以感知他人思维的、可以变形的、能冻结空气的、会隔空取物的、身体可以自动修复创伤的……在影片中那所秘密的特异功能学校，"变种人"们争相献技，令观众眼花缭乱，和《哈利·波特》中的魔法学校都有一拼。全片堪称特异功能题材的大全。

科幻小说里特异功能最强大的人物，大概要属小库特·冯尼格特的《巴恩豪斯效应的报告》里的那位主人公了。第二次世界大战时期，列兵巴恩豪斯在军营里和战友赌钱，连续十次掷出七点。他受过高等教育，知道纯凭运气达到这种效果的概率极少，于是发现了自己的"意念制动"能力。但他不事声张，慢慢研究自己，慢慢训练这种能力。退伍以后，巴恩豪斯进入大学研究院工作，同时把自己的能力提高到更高的水平，可以击落几千米外的砖瓦。后来，他向军方汇报了自己的能力，于是被邀请参加一系列武器实验。最后，他发功一次，便能击落50架无线电遥控的飞机、10颗V2火箭，并且让军舰的炮管掉头冲下。

不过，巴恩豪斯不仅有超能力，也有清醒的头脑。他知道自己的能力如此惊人，于是立刻突破军方的包围，隐藏在世界的某个角落里，从此专门以远距离毁灭武器为生。各国甚至因此改变战争策略：他们一旦发现敌对国的武器所在地，便在媒体上公开，然后，巴恩豪斯就秘密地发射"动力精神"将其摧毁。这样，若干年后，全世界的武器都被他摧毁了。好战者们只能等待巴恩豪斯自然死亡。但他们不知道，巴恩豪斯已经训练了自己的弟子。

这是将特异功能极端夸张的例子。朝着另一个方向发展，也可以比较谨慎地描写特异功能。中国科幻作者刘婕的《情潮汹涌》就是一例。小男孩波比可以直接感受他人的感情。但感情不是思维，不能清楚地用语言描述，加上拥有这种特异功能的只是一个不谙世事的孩子，波比就更说不清自己感觉的是什么。所以，他每日都陷在周围人感情的旋涡里。

后来，波比感受到了附近一个凶手的"杀意"，由此引发出一系列追杀、逃亡和缉凶的故事。在这篇小说里，特异功能只是稍稍强大于"正常功能"，对于它提供的线索必须仔细梳理才能得出结果。

中国香港作家黄易在《凌渡宇》系列中，塑造了英雄好汉凌渡宇的形象。他经过严格训练，可以凭直觉感受周围的危险，可以控制脉搏到假死状态。

看到这里，有些读者可能会想到，在好莱坞电影《雨人》中，由达斯汀·霍夫曼主演的那个天才生活不能自理，住精神病院，但却有天才的计算能力。那不算"超人"类科幻吗？不是的，这样的天才虽然罕见，却是现实中存在的。而类似预言未来这类特异功能却从未得到过科学证实。

在现实生活中，即使像姚明、罗纳尔多那样只是某些方面稍稍超越常人的人，都要经受不少冷言冷语。科幻小说里那些超人们更不可能只接收鲜花和崇拜了。像《X战警》那样，许多特异功能题材的科幻作品，都提到这种能力给拥有者带来的压力。他们的命运很少被描写为喜剧结果。他们必须隐藏自己的能力，以免受"普通人"的怀疑甚至迫害。

西奥多·斯特金的《超人类》把"超人们"的命运写得悲惨凄楚。故事的主人公"孤独人"因为失语病，从小被误认为智力低下，受尽歧视。他长大后在森林中隐居，慢慢地找到了几个拥有特异功能的孩子，包括可以意念致动的佳尼，可以信息传感的波尼和比尼兄弟俩，拥有超常记忆力的杰里，还有一个永远长不大、但能像电脑一样存储知识的婴儿。这些人都被社会所抛弃。他们聚在一起生活，慢慢地形成了一个超级生命体。孤独人成为这个生命体的大脑，其他人则是"器官"。

中国科幻作者王晋康的《三色世界》，则把特异功能和种族关系放到一起描写：几个美籍华人科学家发现，黄种人拥有思维传感功能，只要经过适当练习就能够激发。美国情报部门迅速得知这一研究结果。他们认为，如果成果公开，黄种人会迅速提高自己的智力，将危害白种人的地位，于是便秘密追杀这几位科学家，直到被公众舆论揭开阴谋。最后，进一步的研究又发现，原来白种人和黑人都拥有这种功能。只不过，复杂的科研过程使这个结论发现的时间晚了一些。

除了这些看不到摸不着的特异功能，科幻作品里还有一些比较直观、单纯的特异功能。在20世纪70年代风行大陆的连续剧《大西洋底来的人》中，有一集关于"电人"的故事，那里面和麦克·哈里斯对峙的，是一个能够发出高压电流的人。他把灯泡放到嘴里就能直接点亮。平时，"电人"的一只手终日戴着电极，随时可以放电伤人，仿佛身上长着电棒。

有些特异功能，在现实生活中派不上用场，在特定环境下才大显神威。某科幻片中的"朝圣徒"就是代表。未来时代，人类发明了跳跃宇航法，可以借类星体或者黑洞的巨力进行虫洞跳跃，一步跨过成百上千光年。但这些星体附近时空异常，导航仪器经常失灵。而有一些人却对太空中的磁场、力场有超级感应能力，于是，他们就成了特选的导航员，靠手动便能驾驶飞船进行跳跃。慢慢地，这些人将自己视为上帝的选民、征服太空的圣徒，自号"朝圣徒"。他们最终和人类中的绝大多数发生矛盾，进而导致战争。

科幻小说里还有一位很搞笑的特异功能人，那是美国作家詹姆斯·冈恩在《特异肢解人》里虚构的本尼·杰罗克斯了。他是一个再平常不过的美国蓝领工人。一次，他的母亲住院，查出了癌症，孝子本尼慌乱之中，被车门挤掉了一个手指。不久，他的母亲竟然康复了。后来，阿波罗十三号在太空遇险，本尼主动切掉另一个指头，阿波罗十三号居然也返航了。

于是本尼认定，只要牺牲掉自己的肢体，就能拯救世界上处在灾难里的人们。他一点点地毁掉自己的手指、脚趾，而他的推测每次都奏效。当然，家人最终发现他身体上的伤都是自残而不是发生了事故，便把他送到了精神病院。医生经诊断后认定，这是严重的自伤性精神病。但在医院里，趁医生们不注意，本尼仍然能想出办法，陆续毁掉自己的残余肢体——或者帮助美国人防涝，或者协助非洲人抗旱。

终于，"无私"的本尼只剩下头颅和躯干了。这时候，美国和苏联准备打一场核战争。世界上再没有比这个更大的灾难，本尼找到主治医生，请他切掉自己的头，挽救人类于灭顶之灾。当着众人的面，主治医生自然严厉回绝了这种荒唐的要求。但是后来人们发现，本尼的头仍然被神秘切掉了。这次不可能是他自己搞掉的，只能是某个被世界毁灭吓怕了的医生干的。当然，世界大战也随之停止了。

本尼到底是拥有奇异功能的人？还是一个只是碰到无数次巧合的精神病患者？作者没给答案。小说嘛，当然要留下一分悬念喽。

二、怪物

地球上有百万种生物，未被人类发现的昆虫、深海鱼或者细菌、病毒还有许多。但是，"自从21世纪初发现了霍加狓（产于非洲中部的一种类似长颈鹿的动物）之后，科学家再也没有发现过任何其他大型陆生动物。在超过四分之三世纪的长时期中，人们对世界上的陆地和海洋的探索比以往任何时候更为彻底，但从来也没有找到传说中的任何一种怪物。"《科学与怪异》中这样说道。

所谓"怪物"，即指经常报道有人目击，但从未被真正证明存在过的大型动物，包括"野人""雪人""海怪""尼斯湖怪"等典型。"怪物"是伪科学中的一大"显学"。

怪物题材在科幻历史上层出不穷，著名电影《金刚》就是它的典型。"金刚"是一只几层楼高的大猩猩，在远离文明世界的岛上与原始人生活在一起。有趣的是，20世纪30年代出现了第一部《金刚》。而在后来的重拍片中，编导特意安排了一个解释："金刚"居住的荒岛终日被浓雾笼罩，连卫星都发现不了。这正好从侧面反映了"怪物"的伪科学本性：随着科学技术的发展，当今世界已经没有怪物们隐藏的空间了。

恐龙是怪物题材中的一大类。早在20世纪初，阿瑟·柯南·道尔在《失落的世界》里就描写了一个隐蔽在南美深处的恐龙世界，那里的生物进化比外部世界晚几千万年。《失落的世界》成为一系列恐龙题材科幻的先导。美国作家雷·布雷德伯里在《浓雾号角》中，描写了生活在深海中的蛇颈龙。"尼斯湖怪兽"通常也被支持者认为是恐龙的孑遗。在电影《尼斯湖怪兽》中，一个纪录片拍摄组来到尼斯湖，遍寻怪物不获。组织者甚至想放入恐龙模型来愚弄观众。正在这时，恐龙出现了……这部电影在怪物片中很有代表性。

"野人"是怪物题材的又一大类。描写美国大脚怪、喜马拉雅山雪人的科幻作品层出不穷。直到20世纪90年代，还出现了长篇科幻小说《接近亚当》（美国作家佩特鲁·波佩斯库著），作者把野人出没的背景放到了肯尼亚。

"海怪"也是怪物伪科学的代表。早在20世纪初，威尔斯就在短篇小说《食人海怪》中描写海怪了。科幻电影《极度深寒》描写了一只巨型水母袭击一艘邮轮的恐怖故事。这两部作品中的海怪倒有些科学根据——一种名叫大王乌贼的深海生物。海洋学家已经知道它的存在，但极少能捕获到它的标本进行研究。

除了这些直接从"怪物伪科学"选材的作品，科幻作品中还有巨虫、巨蟒等怪物，属于科幻作者自己的独创。由于可以突出视觉效果，怪物在科幻电影中出现的比例远多于科幻小说，以至于"怪物片"成为好莱坞的一大片种。

在中国，童恩正发表于20世纪60年代的《雪山魔笛》，以"野人"为题材，描写了藏区古人用笛声吸引野人的故事。这是笔者查到的最早涉及伪科学题材的中国科幻作品。20世纪70年代末，出现了描写活恐龙的科幻小说《震惊世界的喜马拉雅——横断龙》。《月光下的呼唤》（徐渝江著），还描写了神农架野人。神农架野人正是典型的中国版怪物类伪科学。

有趣的是，在苏联时代，西方曾经传闻在贝加尔湖中发现了怪兽。后来才查明，那竟然是一篇苏联的科幻小说，被西方人误作为报道翻译了。

三、飞碟

需要指出的是，在科幻作品中，"飞碟题材"不能与"外星人题材"相混淆。它们之间有几个显著区别。

1.外星人题材早已有之。19世纪末、20世纪初，以外星人为题材的"太空歌剧"便大行其道。威尔斯《两个世界的战争》也是外星人题材的早期代表作，后来又被史蒂文·斯皮尔伯格搬上银幕。它在科幻中经久不衰，常变常新。而"飞碟题材"则是20世纪40年代末"飞碟热"在美国媒体上出现，并传播到世界各地后才产生的。如今，"飞碟题材"已经随着"飞碟热"的消退而消退。

2.外星人题材通常直截了当地描写外星人，背景通常选择太空、外星。而"飞碟题材"虽然也会把飞碟确定为外星人的飞船，但主要是描写所谓的"不明飞行物"现象，背景是地面和天空。人们在黑夜里追寻不明之光，人类被外星人掳走作为实验品，飞碟出现导致时空变异等，成为"飞碟题材"的典型情节。这些也是现实中"飞碟热"的主要内容，可以把"飞碟题材"当成"飞碟热"在艺术世界里的折射。

3.科学界从未否认宇宙中可能存在着另外的生物，甚至文明生物。"地外文明"是天文学界一直承认的推论。只不过到目前为止，尚未找到过一个科学上的证据而已。但科学界并未接受任何一例飞碟案例。在"飞碟热"源头的中心美国，空军、航空和宇宙航行学会等组织都进行过长达十几年的周密调查，均未能采信任何一例飞碟案例。所以说，"外星人"并不是伪科学，飞碟才是。

飞碟案例的一个重要组成部分，就是许多人声称自己被外星人绑架，充当实验品。有趣的是，外星人似乎从未绑架部长、州长、科学家、企业家、军队将领等掌握大量情报的精英人物，而是不停地绑架平民百姓，虽然绑架前者似乎更有助于外星人了解地球。20世纪六七十年代以来，以外星人绑架为题材的科幻作品大行其道。比如，在科幻片《外星追缉令》中，外星人就潜入美国偏僻乡村，绑架了几个青年农民。

气势宏大的《第三类接触》显然是本类题材登峰造极之作。但那里面被植入"魔鬼塔"潜意识，最终被召唤的，几乎都是底层平民。外星人这种可爱的平民意识，显然正说明现实中这种"飞碟绑架案"的荒诞性。

《X档案》可谓是一个集各种伪科学题材之大成的电视剧集。而在总共200多集中，有近五分之一讲述了所谓美国政府幕后人士的阴谋——他们与外星人暗通款曲，出卖人类利益。在这些故事里，夜空光芒、外星人绑架之类的细节层出不穷。每集开始时，那伴随着主题曲的飞碟纪录片，还有主人公莫德办公室里钉满墙壁的飞碟照片，完全能提示观众这是一部什么题材的剧集。

在苏联，斯特鲁格特斯基兄弟被视为科幻界代表作家。他们也创作过以外星人绑架为题材的科幻作品。可见当时这类题材席卷了世界。

飞碟题材于20世纪70年代末出现在中国大陆科幻界，代表性的作品有《夜空奇遇》（谢础著）等。但很快，它随着那次大潮的消失而消失。原因无它，现实中的"飞碟热"早就烟消云散了。

飞碟题材绝不仅仅出现在艺术虚构中。在美国，有一大批新兴宗教信奉飞碟和外星人的存在，被称为"UFO新兴宗教"。这一大类新兴宗教的起源，可以追溯到1919年美国新闻记者查尔斯·福特写的《被诅咒的书》。在这部书里，外星人取代上帝，外星文明取代天堂，成为一种"世俗的灵性"。

这一思想首先影响到科幻作家。科幻作家理查德·谢弗以此为题材进行了创作，乔治·亚当斯基则创作了《飞碟已着陆》。当然，在描写外星人指导人类进化这一题材的科幻小说里，最著名的作品莫过于阿瑟·克拉克的《2001太空漫游》和《童年的终结》，不过，克拉克本人很清楚艺术真实与现实的区别，而上述两位不太知名的科幻作家原本就信仰神秘主义的通神论，在科幻小说里更是直接宣示自己的信仰。

四、魔鬼三角

通常，魔鬼三角题材与飞碟题材混在一起使用。比如，电影《第三类接触》开始时出现的5架美国战机，就是一个典型的"魔鬼三角案例"。科幻小说集《魔鬼三角与UFO》曾经在我国大陆创造了几十万册的发行量。主打作品《魔鬼三角与UFO》（西班牙作家柯蒂斯·加兰著）描写的就是"百慕大三角"中发生的外星人绑架案。

由于百慕大三角远在大西洋，不像飞碟那样理论上可以出现在世界各地，所以中国作者很少写这个题材。倪匡曾经在《沉船》中描写了百慕大三角海底的中世纪沉船，有外星人潜伏其中。黄易的短篇小说《幽灵船》，描写了魔鬼三角上的无人船只。这是中国作者创作的为数不多的魔鬼三角题材科幻故事。

五、超远古文明

在四大文明古国之前，还存在着更久远，甚至更辉煌的文明。这是超远古文明论者的基本观点。大西洋的"亚特兰蒂斯"文明，太平洋的"姆"文明是这类理论的代表作。

前面介绍过，至少在儒勒·凡尔纳笔下，"亚特兰蒂斯"就已经进入了科幻小说的创作范围，只不过，它不是小说《海底两万里》的主题。稍后，在阿瑟·柯南·道尔所写的《玛拉柯深渊》中，亚特兰蒂斯人已经"发明"了远超当今时代的科技。他们可以用防水穹顶覆盖海底城市，已经掌握了原子能，甚至可以直接把思想投射到屏幕上。

到了20世纪30年代，阿历山大·别利亚耶夫创作了《最后一个大西洲人》，更是直接描写这个"超远古文明"。有趣的是，故事是从一本凡尔纳的书开始的。这本书名叫《沉没的大陆——世界第六大洲亚特兰蒂斯》。富翁索里偶然间看到这本书，大受启发，将金钱和时间投入深海探险，终于发现了古文明遗址。笔者未查到凡尔纳写过这本小说的记录，这很可能是别利亚耶夫的虚构。不过，从《海底两万里》的有关情节来看，凡尔纳至少肯定了亚特兰蒂斯的存在。

在《文明毁灭之谜》中，亚特兰蒂斯也是一个重要背景，位于四大文明古国之前。20世纪80年代，曾有一位作家以亚特兰蒂斯为题材，写作过长篇科幻小说。但笔者已记不清作者和作品的名字了。

六、植物灵觉

有一本题为《植物秘闻》的书声称植物和动物一样有感觉，甚至有喜怒哀乐。它的主要依据"巴克斯特实验"，其结果已经被证明是伪造的。

使用植物灵觉为题材的科幻作品不多，黄易的《上帝之谜》是其中的代表。主人公凌渡宇与白人种族主义者斗争，进入森林寻找失落的武器。他在当地巫师的帮助下，获得了与植物通灵的能力，让整个森林成为他的眼目，在与追兵的战斗中获得优势。在这部小说里，黄易通过凌渡宇的口，直接介绍了几个经典的植物灵觉的实验，说明作者对这一题材有高度的自觉性。

大部分选择伪科学题材的作者只是戏作，本人并不相信其为真。但也有像黄易这样，借科幻小说宣传其玄学思想的作者。对于如何评价科幻中的伪科学题材，现在还没有什么统一的意见。

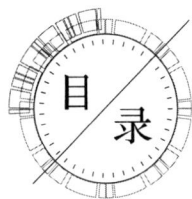

目 / 录

Catalogue

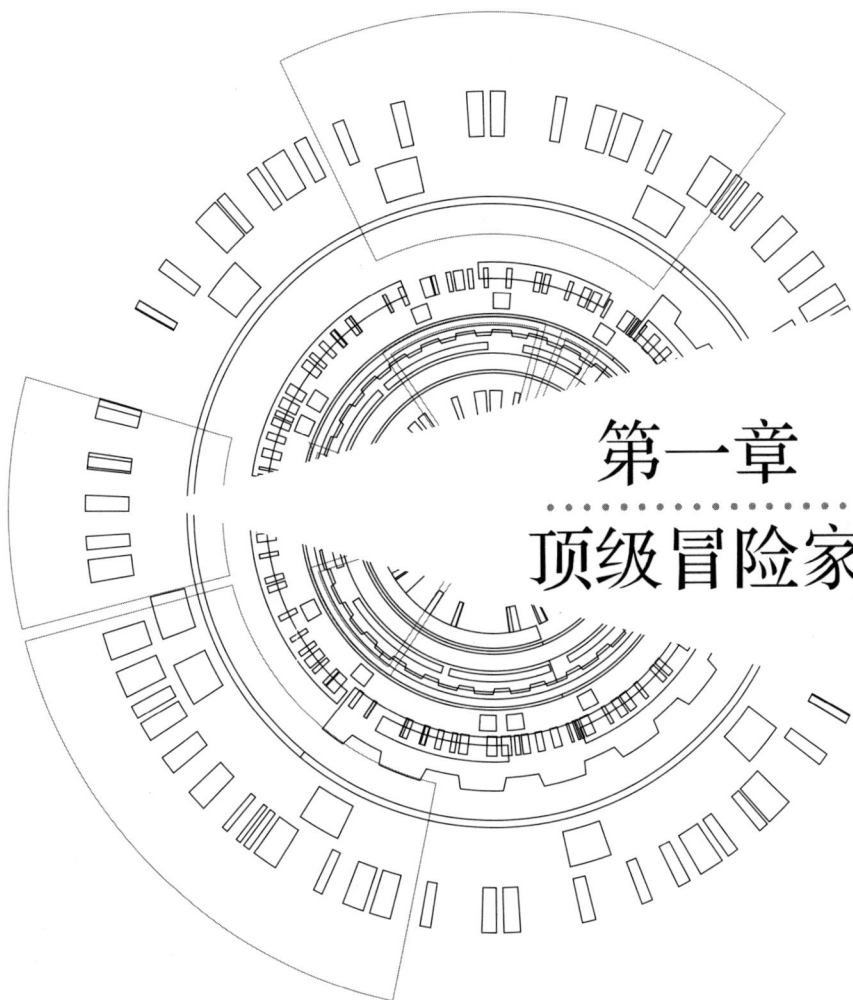

第一章
顶级冒险家

一

北风呼啸的季节里，电教馆里那些玻璃窗常给人带来错觉。它们宽敞明亮，合起来几乎构成整个一面墙。人们坐在教室里，假如透过它们向上望，会感觉阳光明媚，暖意盎然，似乎春天早早降临。而要是站到窗前往下看，寒风中瑟瑟发抖的树冠便会进入视野。

差不多就在一年前，廖铮便站在前面的讲台上，给几百名师生介绍自己探险的经历。今天她换到下面，坐在靠窗一个不显眼的位置上，让阳光烘着自己。一年前，这座电教馆刚刚启用，北京大学校方邀请了一批名流，举办"科学文化讲座"，以示庆祝。身为自由撰稿人的廖铮就是其中一员。后来，因为吸引力不错，这个讲座便保留下来，每周一讲，坚持不辍，到现在已经快满一年了。现在，座位上除了本校师生，还有来自北京各大学的师生，以及慕名而来的新闻记者。来得较晚的听众没有座位，只好挤到后排墙根站着。不在乎仪容的听众干脆就坐在窗台上。

白色的活动写字板上书写着本次讲座的题目——"消失的技术"。就像当初廖铮那个讲座"地球上的异星"那样，文字虽不深奥，但也无法一目了然。所以，它便给了听众足够的悬念和期待。时间到了，主讲人走上讲台。他是一个北方大汉，圆而扁的面孔，加上浓密的胡须，让廖铮联想起黑白历史照片上的李大钊。这位大汉叫谭松，30多岁，是一个历史学家。不过，他研究的历史不是帝王将相史、攻伐战守史、合纵连横史，而是科学之光慢慢升起、普照世间的历史，是以牛顿、布鲁诺、达尔文、卢森堡、爱因斯坦为主角的历史。直到今天，这个历史仍然没有进入大众的视野。所以，谭松和他的同事们准备坚持不懈地讲下去，讲下去……

他是一位科学技术史专家！

谭松已经主持过许多次科技史讲座了。只不过，论及讲座内容涉及的历史时代，今天这一讲比以前那些更早，早上许多。

等到大家坐定，谭松望着窗外，放开声音说道："现在，外面气温为−12℃。由于是大风天，大家待在户外皮肤感觉只会更冷。在北京这个地方，这并不是一年中最低的气温。并且，由于城市热岛效应逐年增强，这样的温度，已经不是大自然的真实温度了。"

谭松把视线移回室内。在这个过程中，视线在窗边停了片刻。那里坐着一个30岁出头的女子。这个人他似乎很熟悉，但一时又想不起是谁。

这个停顿很短，听众都没有发觉。谭松接着讲下去。

"但是，3万年前，山顶洞人就生活在这个地区里。他们没有集中供暖，没有红外保暖内衣，没有'早一粒、晚一粒'的感冒药，没有用砖石和钢筋水泥建造的住宅。如果你去参观了山顶洞人遗址展览馆，你会不会惊讶于他们的生存能力？"

那个女子双臂抱拢，一手托腮，很认真地听着。她是谁？以前见过吗？

谭松定了定神，从讲台下面拿出一块硬木块。那木块展示给大家的，不是由电锯锯成的规则形状。它粗糙得几乎不成形，树皮被硬生生撕开多处，像是全身长满狰狞的口。

"我们都是文明人，拥有科学技术，可以驾驶汽车和使用电脑。那么，在座的哪一位朋友，能够完成上万年前我们许多前辈都掌握的一项技能——钻木取火？"

大家你看看我，我看看你。惊讶、疑惑、期待、兴奋……是呀，稍微受过教育的现代人，都明白钻木取火的原理——生物能转化成动能，动能再转化成热能。但谁又真的会钻木取火呢？

"我试试。"一个好奇又不怕出丑的小伙子站起来，看到谭松点了头，便大步走上讲台。不过，他看了那木块几眼，气就泄了大半。"嗯……这……用什么钻呢？"

"这里有工具。"谭松回答道，"那时候，人类只有石器、木器、骨器。钻木取火就用这几样工具。"

一边说，谭松一边从讲台抽屉里拿出一根小木棒、一块石片和一把木炭灰。这些东西摆在制作工艺细腻、造型时尚的讲台上，给人时光交错的不真实感。小伙子把它们挨个拿起来，看看，摆弄摆弄。木炭灰肯定是引火物，可这木棒、这石片做什么用呢？

最终，他也不知怎么下手，只好尴尬地笑笑，退了下去。

谭松又问了几遍，再没有人敢去尝试。这是他预料到的现场结果，只是他没想到，听众里其实有那么一个人，居然真的会钻木取火，但她决定不打扰谭松拟好的演讲剧本。

只见谭松拿起石片，其正确名称应该为"石刀"，用它在大木块边缘剜开一个V字形缺口，将一些炭末放在里面。接着，又在V字形开口不远处凿了一个小洞，将那根树茎的细端支在小洞里。然后，他脱掉西装，弯下腰，运了一口气，猛地用两个手掌夹住树茎，不停地搓动起来。前面的听众瞪大眼睛，后面的听众更是纷纷站起来向前拥着。在大家的心目中，这是真正的奇迹！

谭松只钻了一会儿，身上便出了汗。这可是真正的体力活，必须不间断地用力，使树茎逐渐向下钻深。好在为了搞好这次讲座，谭松事先练习过几次。时间在一片期待和怀疑的目光中流逝，谭松坚持了足有10分钟，感觉树茎的热量足够了，就一边钻，一边轻轻吹气。

"着了，着了！有火星了！"前面的一个小伙子大声喊着。燃烧现象确实发生了，但没有火焰烧起来，只是炭灰发出了暗暗的红光。在散射的阳光下，不仔细看根本分辨不出来。那个小伙子从笔记本上撕下一张纸递上去，谭松接过来，覆盖在炭灰上。炭灰没有足够的火焰引燃那张纸，但留下了一片焦煳的黑迹。小伙子把它高高举起，让全厅的人都能够看到。

在热烈的掌声中，谭松直起腰，大口地喘着气，好半天才让呼吸均匀下来。"不行了……不行了……比起前辈……真差得远。要是在几万年前，指望我来引火，部落的人就都饿死了。"

大家开心地笑了。谭松揩干额头的汗，好半天才调匀呼吸，接着下面的讲演："事实上，不要说钻木取火，就是怎么生蜂窝煤炉子，恐怕北京市里20岁以下的朋友都不会了吧？我小时候上学，冬天要在教室里生煤球炉子。现在你再要我干这个活，恐怕得恢复恢复才行。而你们这代年轻人，从小就生活在双气环境下，煤气加暖气。我想，更不会有人掌握这门技术吧。"

感觉身上有些湿冷，谭松穿好西装，整个形象重新回到21世纪。忽然，他想起了那个女子是谁。呵呵，原来是她！一位没见过面的老朋友。不过，她和这次讲座无关。谭松暂时不去想她，继续讲道：

"我并不是要说，我们的生存能力不及古人。那些以鲁滨孙为代表的古人能够独自战天斗地，但他们如果活到今天，仍然会羡慕科学技术的进步。我只是想说明，社会的进步，是以许多古老技术被遗忘为代价的。华佗的麻沸散，现在只剩下个名称，没有人知道配方。与他同时代的印加人能够用古柯叶麻醉人体，然后做开颅手术，但现在最棒的医生也不会使用粗笨的铜器去开颅。在古代，一个优秀的弓箭手十秒钟内可以连发六箭，硬弩可以射到百米之遥。这些技术令原始的火枪在几百年内无法与之竞争。然而今天，我们只能从体育比赛和文艺作品里看到神箭手了。今天的农村妇女仍然会下地种田，但她们基本上都不会用纺车纺线织布。十几年前，我参加过讲师团，到过边远农村，还看到当地一些农村妇女使用手磨，用它准备一家人的粮食。如今30岁以下的农村妇女，恐怕不会有多少人还会使用手磨。"

一系列抚今追昔之后，谭松总结道："当然，我们不需要再去继承那些技术。但文明的进步伴随着古老技术的死亡，却是科技史上恒久的真理。金字塔、水晶头骨、复活节岛石像……这许许多多古代文明之谜，背后都包含着'技术死亡'这个答案在内。古人建造它们时运用的技术，到今天已经消亡了许多年、许多代。我们的惊叹与迷惑，其实应该送给时间这位女神。"

二

幽静的灯光，柔和的音乐，塑料装饰植物艳丽的色彩，服务生轻巧的、职业的脚步，合力打造出一种现代的气息。尤其是那浓郁的咖啡香味和奶脂香味，浓缩了时尚的精华在里面。这里是一家连锁咖啡厅，是钻木取火的山顶洞人永远梦不到的地方。

廖铮也喜欢这样的地方。每次要准备新一次探险，要把自己投入大自然怀抱时，她都喜欢到文明社会里最时尚的场所去放松。时尚的小资情调，野蛮的原始风貌，在她的内心里自然地融合着。

晚上，谭松做东，请廖铮来喝咖啡。两个人这才第一次见面。不过在这之前他们已经通了许多次电子邮件。廖铮并未寄过自己的照片。谭松之所以总觉得廖铮面熟，是因为廖铮乃是典型的公众人物，照片经常见于媒体。而他没有第一眼就认出来，是因为那些照片多少有些修饰。廖铮比照片上更有棱角，体格也更像运动员，但个头并不如照片显示得那么高大，身材蛮有南方女子的特点。

十几年前，从华中师范大学中文系毕业后，廖铮来到一家名叫《神秘世界》的杂志社。《神秘世界》原本是一家纯粹的科普杂志，因为只登科普文章缺乏市场，财政断粮后几乎关门，结果改为一家专登各种"神秘事件"的刊物。这类刊物虽有些市场，但早已有其他有名刊物存在，《神秘世界》换到这个办刊方向上，也不过以后来者身份，勉强维持而已。

坐在编辑室里，廖铮看厌了那些东拼西凑、毫无事实根据的来稿，心里颇为不屑。后来，她收到一份有关"神秘地质异常区"的来稿，便自掏腰包，前去调查，最终证明那只是周围环境造成的错觉。结果，她的实地调查文章大受欢迎。廖铮受此鼓舞，再加上自小喜欢探险，于是主动离开舒适的编辑岗位，成为杂志社唯一的特派记者。廖铮以读者来信为线索，专门调查种种神秘事件的真伪。她的专栏文章一举成名，既支撑起《神秘世界》，又使自己获得成功。

那以后，廖铮更经常走出杂志社，并且成为专业探险家和自由撰稿人。如今，廖铮已经踏遍五洲四洋，走过千山万水，大名鼎鼎，甚至被国际探险家协会评为七大"世界探险家"之一。

虽然事业有成，但廖铮总觉得自己出身文科，在科学知识方面有欠缺，所以经常向专业科学家请教。她与谭松结识，也正是出于这个目的。

"白天你表演钻木取火，如果改用松木的话，效果会出现得更快。"话题便从这个"技术化石"展开来，廖铮很内行地说道，"松木水分少，油脂多。"

"哦？你也会钻木取火？"谭松大为惊讶。

"探险活动中必备的技术。"廖铮点点头，"我们随时得准备面对原始先民面对的一切。"

"呵呵，好呀。不过，你来北京是要探险吗？"谭松打趣道，"这里没有大自然，要说有什么险的话，只有官场比较险恶哟。"

"呵呵，那个险我不熟悉。"廖铮笑道，"我是来巴布亚新几内亚使馆办签证的，马上就去那里。临时知道你有个讲座，就过来听听。"

"哦，巴新呀，好地方，人类最后的伊甸园。"谭松听到这个国名，赞叹一句，又敲了敲面前的咖啡杯，"其实，从这间屋子里，就能闻到巴布亚的气味。这就是那里出产的咖啡，酸味少，很柔和。以前，巴西咖啡畅销世界市场。后来有几年巴西霜冻，咖啡大量减产，巴新的咖啡就挤占进来了。"

他们正坐在一家中国台湾品牌的咖啡厅里，喝着万里之外的巴新咖啡。看来，那个"人类最后的伊甸园"，也已经裹进全球化的浪潮中。

"巴新……巴新……你这次去，该不是要看姆大陆遗址吧。"谭松忽然想起了什么，问道，"那东西和《神秘世界》风格很相近的。"

"当然，就是去看它！"廖铮读出了谭松脸上的不屑。当然，那肯定不是针对她，而是针对她要看的东西。

大约两年前，在巴新西部高地省霍瓦特镇附近的一处密林里，发现了规模很大的远古石建筑遗址。在巴新所处的伊里安岛上，公元前8000年就有人类活动。不过，由于没有很辉煌的古代文明，那里一向不是考古学家研究的重点。巴新国内考古学家更是寥若晨星。本来那只是报章边角的一个小消息，却不想被一个万里之遥的人看中，那人就是被列为"世界七大探险家"之首的西班牙人何塞·波尔蒂略。

在"世界七大探险家"中，既有像宇川左健这样完全回避媒体的隐士，也有像廖铮这样与媒体联系密切的自由撰稿人。但若论起抛头露面的深度和广度，谁都无法和波尔蒂略相比。此人出道以来，专攻所谓"超自然未解之谜"，一年能够出版几本书，并且都成为世界级畅销书。本人更屡屡在世界级媒体上成为嘉宾，50位当代最有学术地位的历史学家绑在一起，名气都不及他一人响亮。在此人出道前久久未增加的"超自然之谜"名单，被他一举丰富了许多。像"越南石阵之谜""中国西藏金字塔亲历""中国中原地洞之谜""恐龙人古文明之谜""海猿之谜"等，都是由波尔蒂略最先提出，被好事人传扬出去，最终给各国大众在茶余饭后增加了许多谈资。

与其他爱好"超自然之谜"的人不同，波尔蒂略出身考古学专业，拥有扎实的学术功底。所以，他不像一般痴迷者，对有关古籍一味信从，而是为我所用，任意剪辑。在所谓"姆大陆之谜"上，他这个原则尤为突出。10年前，波尔蒂略就在一本书中认定，姆大陆文明确实存在过，只是它没有像当年詹姆斯·乔治瓦特记录得那么庞大，而是太平洋上一个先进的岛屿文明。波尔蒂略认为，古人没有现代人严格的数学意识和档案记录原则，经常以夸张的手法渲染自己的感受，或表现自己的虔诚，或吸引读者的注意。所以，"姆大陆"极可能是赤道附近的一个岛屿，他们的辉煌和财富虽然都被夸大，但确实存在过。

波尔蒂略还曾经推出一个理论：在生产力极不发达的文明早期，只有像赤道那样物产丰饶之处，才能提供足够的食物，养育出最原始的文明。后来，随着粮食生产能力的发展，文明核心扩张到温带，才出现了四大文明古国。

正因为事先有此推论，"霍瓦特遗址"现身后，波尔蒂略立刻亲自去考察，在丛林深处待了足足两个月。回到欧洲后，便出版了惊世之作——《文明之母终于揭开面纱》，此书在全世界重炒起"沉没的姆大陆"这碗冷饭。全书用大量真伪莫辨的材料证明两个主题，一是认定"姆文明"确实存在，霍瓦特遗址就属于姆文明。二是认定现在的巴布亚人，这些和周围地区民族有显著区别的"卷发人"①，就是"姆族人"的直系后代！

波尔蒂略在书中附有大量模糊不清的照片，其中有一批刻有象形文字的石板。这些文字兼有古代印加、中国、印度各类象形文字特征，但自成一体。波尔蒂略称，这些石板嵌于遗址各处，而他已经完全破译出来。这些文字都说明了姆文明的存在，而"霍瓦特遗址"是姆族人的一个公共会议中心。另外，还有一批照片，照的是几尊石像，神、人、兽像均有。它们既能够印证姆文明传说，又恰好与后世各主要文明之间存在着继承关系。

不过，这两个结论问世以来，从未得到过学术界承认。知道此人历史的学者或者一笑了之，或者立刻表示质疑。有的考古学家发现，那些清晰度不高的照片，确实证明了波尔蒂略所称的破译结果。那些石板文

---

① 卷发人：巴布亚岛上的人头发卷曲，"巴布亚"在马来语中即"卷发人"的意思。

字的内容有圣歌、帝王颂歌、宗教仪式规范、姆族人海外殖民地向本土的祝词等，系统而全面。然而，他却没有带回一件样品来证明自己！

对此，波尔蒂略的回答很干脆：巴新政府为了保护本国文化遗产，禁止将1960年以前产生的石制品带出国境。法律条文摆在那里，无可争议。

波尔蒂略与众不同之处，在于他出道以来一直特立独行，虽然很在意大众媒体对他的看法，却根本不关心学术界是否承认他。在他心目中，孰轻孰重早有称量。几十个语言的译本，几千万读者群，无数次在各国电视节目上侃侃而谈，都是波尔蒂略骄傲的资本。"我一生所有著作的读者加在一起，估计都不可能超过他随便哪一本书的读者数量。"谭松曾经在一封电子邮件里向廖铮发过这样的感慨。而在几乎每本书和每次访谈里面，波尔蒂略都不忘挖苦、抨击一下"走入穷途末路的现代科学"。可以想见，这么一个人在学术界会有怎样的声誉。

"这次是你自己主动要求？还是有人邀请你去考察？"谭松一边用小匙搅动咖啡，一边问道。

"波尔蒂略直接邀请我去。"廖铮回答道，"这次，波尔蒂略把邀请信发给了其他6个世界级探险家，要大家一起去探索霍瓦特遗址。"

"但没有邀请一个专业考古学家？"

"据我所知，似乎一个都没有邀请。"

谭松摊了摊手："我说一句话，不怕你不爱听。你的工作价值，恐怕更在于做读者大众的眼睛，代他们去看那些鲜有人迹的地方。至于专业科学考察，你毕竟不是内行。波尔蒂略这么做，摆明是要你们为他捧场的。你们几位都同意了？"

"他们都没接受邀请。"廖铮呷了一口咖啡，"你这个猜测我也有，我估计，那五位的心里也是这么想的。不过，他们不接受邀请，可能还是因为他们不愿意给波尔蒂略增添人气，毕竟大家都是公众人物。而我接受邀请，是因为我想看看，霍瓦特遗址到底是什么。"

"嗯？"谭松不解地望着她。廖铮打开笔记本电脑，调出一张图片。那是几尊背景不清的石像：长长的脸，严肃的表情，头顶上戴着石冠，和复活节岛上的石像惊人地类似。这些照片下载于波尔蒂略的个人网站。

"就算是女人的直觉吧，这些图片对我很震撼。你瞧，它们好像在望着我，透过一层雾，时间之雾。眼神那么忧郁、苍凉，我觉得，它好像要对我说什么。要我马上去听……"

谭松望着那图片，点着头，一言不发。这样更多是出于礼貌，他还不善于体会廖铮那艺术家的思维方式。廖铮似乎也意识到这点，干脆转了话题："恕我直言，霍瓦特遗址已经出土两年了，又有波尔蒂略这种规模的炒作，可算是广为人知。为什么专业考古学界却没有人想去看看？"

"不是没有。听说日本和德国的一些考古学团队提出过申请，有的还准备进行航空考古①。但这些申请都被巴新旅游促进局回绝了！另外——"谭松注意了一下词句，毕竟两个人还是头一次见面，而这个话题又有些尖锐。

"学术界的主流人士也是不愿意蹚这种浑水。那样做，会被同行视为出风头，赶时髦。要知道，学术界研究什么，不研究什么，其实是受传统影响的，不怎么受社会时尚的干扰。"

"这些学术传统，不包括姆大陆这类的谜？"

---

①航空考古：利用飞机、飞艇等航空器拍摄照片，寻找和确认古代遗迹的位置和形状的方法。主要用于考古调查和勘测。航空考古精度高、周期短、经济省力，特别适用于大范围或人迹罕至地区遗迹的调查。

"是的。我觉得，这个课题更适合波尔蒂略，这位冯·丹尼肯第二。"谭松一时搞不清廖铮的真实态度，只好借谈这个西班牙人来表明自己的看法。

20世纪70年代，瑞士人冯·丹尼肯以《众神之车》一书轰动世界。这本书将"超自然之谜"的社会影响力提高了许多，而学术界则把它看成伪科学代表作。"江山代有人才出"，如今波尔蒂略的风头，早已压过几十年前的这位先辈。

"我知道你们对波尔蒂略的看法。"廖铮对这个在舆论中与自己并列的人物，自然更多几分了解，"不过，他和丹尼肯不一样。丹尼肯是个教士，没受过专业学术训练。他写那本书，不过是剪刀、糨糊加个人臆测，主要是为了宣教。结果，最初的目标没有多少人知道，书倒成了一本伪科学大全。波尔蒂略是历史学博士，专业功底十分扎实……"

"所以欺骗性更大！"谭松有些激动地说，"我有些考古学界的朋友，他们研究过他的作品，说此人很狡猾，每每引用大量学术论文，而在最关键处一笔略过。特别是有意忽视那些自然科学检验手段，碳-14断代、DNA检验等。你知道，对于学术问题，社会大众分不清哪些关键，哪些不关键，所以看他写得似模似样，内容又那么有爆炸性，全都叫好。学术界的人把他当成叛逆来看待。我想……你不会是也和他持同样的观点吧？我看过你的不少文章，你的考察态度一向很科学呀。"

"我当然不会和他持同样的观点，否则就不用去了。我觉得，最重要的科学态度，是遇到疑问，要亲自去看，去调查。"廖铮抱拢双臂，回答道，"无论是霍瓦特遗址，还是波尔蒂略本人，我都没亲眼见过。所以，我会把自己的推测留在心里，到时候，尽量不抱成见地去观察。"

谭松沉默了好一会儿，才叹道："佩服，真的很佩服。你不是学术圈的人，但确实比许多学者更有科学态度。"

"多谢夸奖。"廖铮很真诚地说，"我学文出身，科学素养很差，所以就拼命想补足自己的缺陷。这大概就是阿德勒说的'自卑补偿'吧。"

两人开心地笑了，为着他们达成的理解、共鸣。

"对了，你既然已经准备到巴新去考察这个遗址，我倒有个课题推荐给你。"谭松说道。

"哦？"

"白天我那个讲座涉及的主题，你理解了吧。"

"大致理解了。"廖铮点点头，"如果我没理解错的话，你是在说，文明进步的同时，许多传统技术灭亡了。"

"是的。这里面就包括太平洋岛屿上那些巨石文明的建造技术，甚至，整个石器文明时代的许多技术！"谭松打开自己的笔记本电脑，调出资料图片，"这些岛屿上的石器遗迹，代表着石器文明的辉煌时代。以复活节岛为代表，南玛塔尔岛、土阿摩土群岛上，都有巨石建筑。塔普岛上有石门，迪安尼岛上有石柱，雅浦岛上有巨大石币，努克喜巴岛有石像。现在，那里的岛民都已经不知道怎么将石材加工成这些东西。不光他们，他们祖上许多代人都没有继承这些技术。可以说，那正是技术灭绝的一个极好例子。如果霍瓦特遗址能够帮助我们多少了解那些失传的技术，真是大功一件。可惜，我没有经费去考察，也无法在单位上立项报课题。真羡慕你呀，不用向任何人请示汇报，就能够周游四海。"

"好呀，那咱们就合作吧。喏，我带着霍瓦特遗址的初步资料。当然，都是波尔蒂略提供的。咱们可以先拟一下课题……"

两个人操作着电脑，根据各自收集的资料，在咖啡厅开始策划研究课题。

先进国家的居民对落后国家缺乏了解，这是个普遍规律。这两位见多识广的人也不能免俗。这个时候，霍瓦特遗址只能令他们联想到何塞·波尔蒂略，一个在文明世界大名鼎鼎的西方人。至于巴布亚新几内亚独立国，那里的任何一个人都还没有进入他们的视野，更不用说被他们所重视。

三

"旅客们，大家好！现在我们已经进入巴布亚新几内亚独立国的领空。"一串过于纯正的英文回荡在机舱里。在这个英联邦国家里，英语是官方语言。

巴新国家航空公司空中小姐的介绍，引得乘客们纷纷透过舷窗向下望去。当然，大家只能看到连绵的森林，看不到密林中那条沿东经141°子午线纵贯南北、富有殖民地色彩的边界线。因为那条无形的线，世界第二大岛——伊里安岛上的人民不仅生活在两个国家里，而且生活在不同的两个洲上。

这是廖铮探险生涯中跨入的第20个国家。她虽然喜欢周游世界，但从不去著名的旅游景点。在她眼里，风景名胜为了吸引游客，挖空心思加上许多修饰。如果自己真的再被吸引，岂不显得很傻。廖铮去的更多的地方，还是巴新这样蒙着面纱的国家或地区。廖铮曾经在一篇文章中申明，这就是探险家和游客的区别。

客机拐向东南方，朝着巴新首都莫尔斯比港飞去。廖铮透过舷窗望着下面：没有公路铁路，没有城市村镇，充满整个视野的只有绿色。间或有一条河流把绿色劈成两半。巴新国土的75%都被绿树覆盖！在大漠戈壁中跋涉过的廖铮，深知这片绿色的可贵。

少顷，廖铮眺望天际，远远地又看到马勒山脉巍峨的群峰。峰顶直入云霄，白雪皑皑，在这个几近赤道的热带国家里，看到终年不化的冰雪，那感觉要多古怪有多古怪。

这个国家大部分地区原始而古朴，所以才被称为世界上最后的伊甸园。它仅仅有一只脚踏入了现代社会，而另一只脚是跟在后面跨进来，还是朝反方向迈去，现在还不确定。至于那神秘莫测的霍瓦特遗址，更是于密林和群山的环抱中睡了上千年，刚刚被人们吵醒。

离飞机降落还有半个小时。廖铮微闭双眼，一边休息，一边在脑子里重温着"姆大陆之谜"轰动于世的前前后后。

1868年，一场大饥荒席卷了印度中部，社会秩序一片混乱。宗主国英国不得不派兵增援，来维护当地治安。在那新来的一众武夫里，有一位矮小、瘦弱，更像学者而不是军人的青年军官，名叫詹姆斯·乔治瓦特，时任陆军上尉。或许，正是因为他那不会给人带来威胁感觉的身材，当然，还有他对东方神秘文化的热爱，赢得了当地僧侣的信赖。这些印度教高人指导他阅读古老的象形文字，领悟各类古画古图的奥秘。那时候，科学考古学刚刚发轫，像乔治瓦特这样的业余爱好者，不少人钻研下去，真会大有成就。

未几，这位"不务正业"的军官从寺院的秘密仓库中，发现了一些古老的黏土板，上面满是图形符号。它们可以说是象形文字，也可能只是些修饰用的花纹图案。不过，乔治瓦特和他的高僧师父们认定这些图案便是文字。于是，他们一起参研这些黏土板。经过两年的共同努力，终于，或者他们自认为是终于读懂了黏土板的惊人奥秘：1万多年前，太平洋上有一个繁荣辉煌的大陆，名叫"姆大陆"。正是从那里派来印度的"神圣兄弟那卡尔"留下了这批历史记录！当然，今天这个大陆已经不存在。像传说中大西洋里的"亚特兰蒂斯"大陆那样，沉没于万顷波涛中。

当然，19世纪已经不是柏拉图时代，单单凭一些谈话记录就可以吸引人们的眼睛。地理大发现已经完整地揭开了覆盖在地球表面的纱巾，地质科学更是残酷地压缩着人们的想象空间。要让受过科学教育的精英人士接受"姆大陆"传说，乔治瓦特还要费一番辛苦才行。于是，他将自己的后半生奉献给了虚无缥缈的"姆大陆"。

乔治瓦特遍访印度各地寺院，后来又前往中国西藏地区、泰国、柬埔寨，甚至太平洋群岛，以无比的执着探访有关"姆大陆"的遗迹和传说。旅途上看到的种种蛛丝马迹巩固了他的信念。乔治瓦特花费半生心血，搜集了大量资料证据，再经过耐心的整理、研究，终于在1926年出版了《遗失的大陆》一书。于是，文明世界第一次听到了"姆大陆"的故事。

按照乔治瓦特的说法，远古时期的姆大陆土地辽阔，东起现今夏威夷群岛，西至马里亚纳群岛，南边是斐济、大溪地群岛和复活节岛，全大陆东西长7000千米，南北宽5000千米，总面积约为3500万平方千米！在这片横跨赤道两端的绿色大地上，人类创建了地球上第一个大帝国，名为"姆帝国"。他们的国王被称为"拉姆"，意思是"太阳母亲"。他们崇拜着宇宙的创造神——七尾蛇"娜拉亚娜"。姆帝国的首都名叫喜拉尼布拉，城里有整齐的石板大道和运河，宫殿墙壁都饰以金属，灿烂夺目。这个海洋帝国的居民自然精于航海。于是，载着"姆族人"殖民团队的船只来往于今天的亚美两洲和姆大陆之间，繁衍出印加、那卡等殖民国家。

和传说中的亚特兰蒂斯一样，乔治瓦特让他心爱的"姆帝国"崩溃于一场地质灾难。而且，灭顶之灾突然降临，森林、人和动物死亡殆尽，橘红色的熔岩汇流成巨川，洗去一切文明痕迹，再将它沉入大洋。灾变时间短到姆族人无法保留和转移他们的文明。而遍布两大洲的殖民地国家由于失去了母国滋养，很快便荒废在群山密林之中。

按照乔治瓦特的说法，这场灾难发生距今已有1.2万年。如此之长的时间，足以洗去大地上全部姆文明的遗迹。不知是否出于某种补偿心理，无论是他，还是后来支持姆大陆传说的人们，总把该文明存在的时间提前到"亚特兰蒂斯"文明之前。似乎是由于这个传说本身诞生的时间，足足比后一个传说晚了2000多年吧。

乔治瓦特去世后，姆大陆之说开始流传。严肃的学者认为，以当今地质学、考古学之所见，1万多年前的太平洋上，根本不存在如此巨大的陆地，遑论文明。乔治瓦特津津乐道的古代黏土板，也从未被他公之于世。所以，姆大陆要么只是乔治瓦特的幻想，要么是一场骗局。这个姆大陆的神话不仅从未进入正史，甚至从未被列入严肃学者的课题范围。

也有一些人从这些线索出发，以较为现实、客观的态度考察姆文明是否存在。这其中最引人注意的疑问，就是遍布太平洋各岛屿上那些说不清来历的巨石建筑。许多人将它们视为姆文明存在的证据。不过，这一说法也从未得到学术界承认。

如今，太平洋上的姆大陆已经和大西洋上的亚特兰蒂斯大陆、印度洋上的雷姆利亚大陆一起，并称为三大超远古文明灭亡之谜。由于波尔蒂略的鼓噪，姆大陆更显示出冲破迷雾、带头变传说为正史的势头。

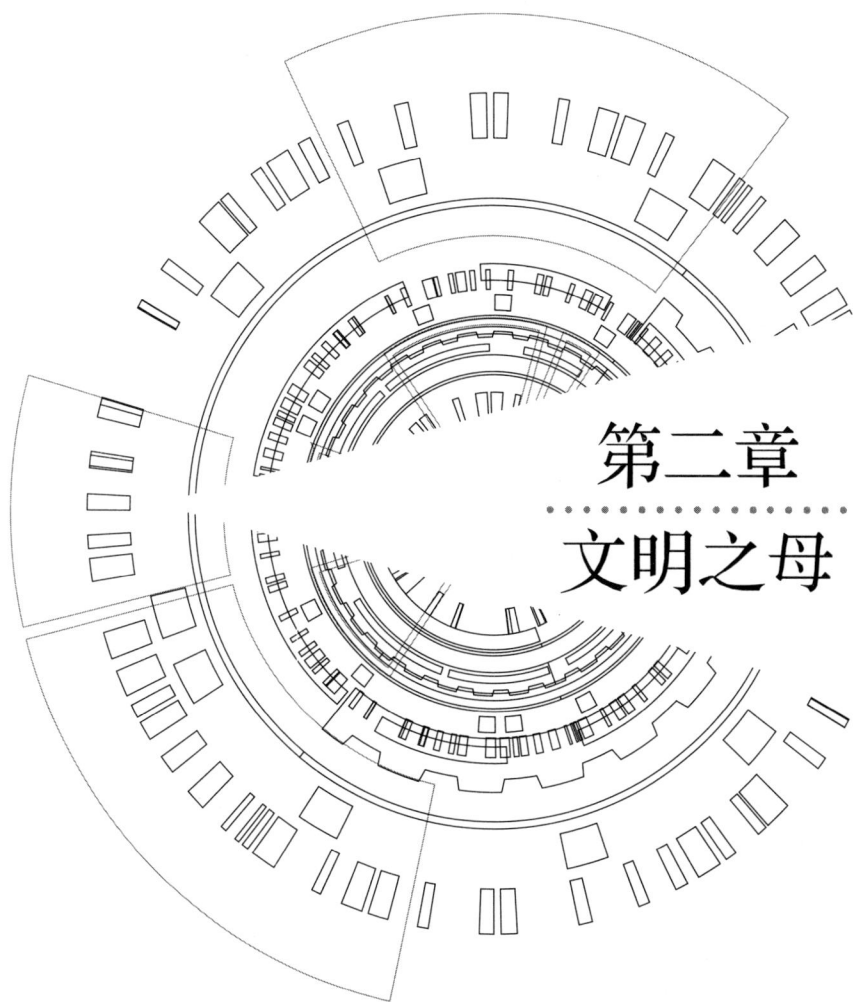

第二章
文明之母

一

　　飞机降落在莫尔斯比港的杰克逊国际机场。远远望去，小小的港城依山面海，小巧玲珑。这个城市的面积相当于中国的一个县级市。历史曾经在这里书写过浓重的一笔：太平洋战争开始阶段，为了争夺莫尔斯比军港，美日双方在附近海域展开大战。那是人类战争史上第一次航空母舰对决，结果打了个两败俱伤。

　　为了准备这次考察，廖铮收集了关于巴新的许多资料，自然也读过这段历史。不过她一下飞机，前尘往事立刻被现实所取代。而她眼前的现实，竟然有许多部分是用中文书写的！

　　廖铮走出小小的候机室，就看到外面停满了出租车。仔细一看，居然都是"隆鑫"牌的。她到过东南亚一些国家，对"重庆摩帮"①在这一地区的"势力"有所了解。但还是没有想到，来自山城的企业家们甚至已经跨过洲界，进入了大洋洲的市场。

　　廖铮叫了辆出租车，向市区开去。很快，一片崭新的厂房映入她的视野。厂房顶端有一行明黄色的汉字——"中国白沟燕中集团"。"燕中"？印象里那是一个箱包公司的品牌。箱包制造是那个河北省商业名镇的传统产品，廖铮自己就买过白沟出产的旅行箱。但在这赤道以南，一个欠发达国家里看到白沟箱包的品牌，仍然着实令她吃上一惊。看那

①重庆摩帮：以力帆、隆鑫、宗申为代表的重庆市民营摩托车企业，在东南亚市场拥有很高占有率。后来他们纷纷转产轿车。

厂房，不用问，是"燕中集团"投资的一家生产企业。

地方不大，轿车很快就驶入市区，进入首都商业区。在商业区最豪华的写字楼上，"中国有色金属总公司"的牌子赫然在目。巴新拥有世界最大的铜矿，而中国则是世界第一号铜消费国。廖铮对这个招牌的存在倒不觉得奇怪。

同样不感觉奇怪的，还有中石油那十分熟悉的企业标识，它被镶嵌在一幢楼宇的顶端。以此为基地的一批中国员工，正在巴布亚湾中勘测那里的海底油气资源。

当然，沿途廖铮还看到一些不怎么熟悉的中国品牌。轿车驶过一座建材超市门口，那个"中国北新集团"的标识就让她回忆了半天，最终她也没想起来这是个什么企业。其实，北新集团是中国最大的新型建材生产商。而这家由北新集团独资的建材超市，也是南太平洋地区销售额排前三位的建材分销商。

这些中国烙印都还是廖铮一眼能分辨的。发现客人来自中国，司机便用生硬的中文向她介绍着："瞧，这边是我们的外交部大楼，中国人设计的。那里是我们的国家体育场，中国人设计并施工……"

廖铮就在这阵阵惊讶中，来到波尔蒂略在邀请信上注明的卡莫拉饭店门口。司机刚刚减速，廖铮忽然灵机一动，问他，城里还有什么好一些的旅店？

司机当然很愿意她这么问，以便将客人介绍给自己相熟的旅馆。"你来自中国，那就请到锦江饭店巴新分店吧，那里的中餐最正宗。这里的中国人都愿意吃那处的饭菜。"

廖铮欣然同意。不过，她临时变更住处，自然不是为了吃到正宗的中餐，而是不想完全受波尔蒂略的摆布。她还第一次和这个人共事，而且以往的印象一直不算好，多留一手总不为过。

廖铮来到锦江饭店。这家分店当然不能和它在上海的豪华总部相比，只是一幢四层楼。但它刚刚建成不久，内部设备非常先进。特别是通信设备，上网、传真、网络银行业务一应俱全。住在这里，客人仍然和全世界保持着方便的联系。

廖铮来到前台，在讲着一口标准汉语普通话的巴布亚族女服务员那里办着手续，同时观察着这里的环境。饭店里出出进进都是华人，此起彼落，听到的都是汉语各地方言。原来，这里住满了来自中国的商业人士和工程技术人员：铁道部第三设计院勘探队刚刚进驻，正准备去勘测设计巴新历史上第一条铁路；山东路桥总公司建筑队承包了巴新丘林地带高速公路，它的后勤部门就设在这座饭店里；国家测绘局第一大地测量队刚刚完成"瑞那—马拉拉维"公路新线测绘工作，才回到饭店休整。

锦江饭店后院，装修最豪华的一座小别墅，则由中国冶金建设集团驻巴新工作组包租下来。他们已经在巴新的瑞姆镍矿投入几亿美金进行开发，自然不在意这点小钱。

廖铮走南闯北，并不是怕生的人。但在这个举目无亲的地方，先住到比较熟悉的环境里，毕竟更稳妥一些。看到出出进进都是自己的同胞，廖铮暗地庆幸自己的灵机一动。

热带地区只有旱季和雨季。此时正是巴新的旱季，这也是波尔蒂略在这个月份组织考察的主要原因。如果进入雨季，道路泥泞，根本无法靠近密林深处的霍瓦特遗址。不过，虽然是一年中最冷的季节，但这里的人们户内户外都穿着短袖衫，空气中只是比雨季少了几分湿热。

廖铮从冰天雪地来到这里，30多个小时变换了30多摄氏度的温差，身体需要有个适应过程，一时间感觉很疲倦。手续办完后，她就先下到餐厅去吃饭。刚走到楼梯上，迎面上来一个巴布亚族小伙子，手里抱着一摞传单，看到她，不由分说就往她怀里塞上一份，同时给了她一句混合了当地土语的不纯正的英语。

"欢迎你来看文明之母！"

等廖铮把这句话搞懂，小伙子已经消失在楼上拐角处了。那句话又飘了过来，显然是他又在发传单给另外的人。

难道是旅游广告？廖铮好奇地展开一看，传单上赫然印着霍瓦特遗址的照片！那几尊沉郁的石像正凝望着她。上面还有一行花体英文：

"全世界一切文明之母就在这里！就在巴新！神圣后裔欢迎你们——姆文明的游子们。来吧，回归文明之母，回归大自然的怀抱！"

真的是旅游广告？成为旅游景点，是当今绝大部分文物遗址的必然命运。但霍瓦特遗址尚未考察，难道就已经被开发成旅游景点了？似乎根本就没有道路修到那里呀？

除了这些口号，传单上再没有文字可以提供参考。廖铮带着疑问来到餐厅，点了饭菜。阵阵椰香散布在周围的空气里，若有若无，很是惬意。廖铮环顾四周，发现一个黄皮肤女孩子坐在那里吃饭，就凑了过去。他国遇老乡，两个人很快就熟悉起来。原来，这个女孩子是中国矿冶集团的一名会计。吃着聊着，廖铮便把手里的传单递给她。

"请问一下，这个遗址已经被开发成旅游景点了吗？"

那会计看了看，撇了撇嘴："旅游景点？哪呀，这是政党的竞选广告！"

二

"政党？什么政党？"廖铮莫名其妙，颠来倒去仔细看了看传单，"这上面没有呀？"

"喏，就是这个词——神圣后裔！就是这个党的名字。"女孩子介绍道，"据说他们认定，巴新这里1.2万年前就有文明存在了，就是那个什么'姆大陆'。他们巴布亚人就是姆族人的后代，姆族文明又是四大古文明的前身，所以他们叫神圣后裔。这个党要干什么我也不知道，反正这段时间，他们就一直散发这类传单。"

廖铮可是吃惊不小。姆大陆，这不是波尔蒂略及其伪科学前辈们共同打造的神话吗？霍瓦特遗址到底是什么，学术界不是还没有确定吗？她不是被邀请来考察的吗？怎么，当地竟然会有政治家已经把这个传说当成政党的名称？

廖铮参与过多次考古发掘，知道无论何国何地，政治因素从未真正离开过考古学，但把一个根本就没有眉目的传说搞成政党纲领，她还是第一次见到。

吃完饭，廖铮回到室内小憩。当天的报纸已经送到床头。那是巴新发行量最大的几份报纸，都是英文的。廖铮随手翻开一份，结果，头版头条的标题上就大大地印着那个新颖的词组——"神圣后裔"。

神圣后裔——神话正在入侵现实？

事关霍瓦特遗址，事关自己此次考察，廖铮自然被这个标题吸引，目不转睛地读下去。该文系"本报评论员撰写"，没署作者真名。它提纲挈领地回顾了一年多来巴新大选的进程。

1975年，这个国家从澳大利亚统治下独立出来。新宪法当年生效，规定国家元首为英国女王，女王任命总督为其代表。议会每5年改选一次，并由议会推举政府首脑，也就是总理。由于总理拥有实权，因此议会选举成了巴新政治生活中的头等大事。

巴布亚新几内亚独立以来，政局平稳，仅有的一次兵变，也只是部分军人出于个人利益，反对政府裁军之举。几十年宪政实践中，巴新形成了一批传统政党，如人民民主运动党、人民进步党、巴布亚新几内亚联盟党等。大家轮流坐庄，局面倒也稳定。但是几个月前，由鳄鱼养殖业大亨博阿伊组建的"神圣后裔党"异军突起，支持率突飞猛进，迅速打破了该国传统的政治格局。

博阿伊本人素有极端民族主义思想，对内要建立"巴布亚人的巴布亚"，对外要扩大军队，用武力解决布干维尔独立问题，支持印度尼西亚的巴布亚省独立。此前，博阿伊参加其他政党的政治活动，从中宣传自己的主张，但均未获支持。他转而建立"神圣后裔"，自立门户。

即使在全球化已经不可抗拒的今天，存在这样宣传自我封闭思想的政党也不足为奇。奇怪的是，整个党的基本纲领，甚至名称，都奠基于波尔蒂略的那本书——《文明之母终于揭开面纱》。博阿伊声称，既然"世界顶级学者"波尔蒂略已经认定，姆文明是全人类文明之母，霍瓦特遗址源自姆文明，巴布亚人是姆族人的直系后裔，那么它就是事实了。姆文明应该受到全人类的尊重。巴布亚人更应该以此为基础，建立起民族自尊心，重现姆文明昔日的光荣！

当然，在廖铮手头的这份报纸上，上述种种都被撰稿人以批判的口吻表述出来。撰稿人称，这种以上古神话为基础建立的政治主张，自从德国纳粹党和第二次世界大战中日本天皇主导下的法西斯政府以后再不曾有过。如果"神圣后裔党"赢得大选，巴新将被国际社会耻笑，几代巴新政治家坚持把国家引入世界潮流的进程将宣告中止。

廖铮读罢文章，靠在床头，双手垫在头下，半天纹丝不动，一股愤怒隐隐升起。这个莫名其妙的政治运动，波尔蒂略绝对是当事人。不管他扮演什么角色，这些政治背景他肯定知道，但却在发出邀请时刻意瞒着她，瞒着其他探险家们。这位深入过南极、雪域、崇山峻岭，甚至另类生物圈的女探险家意识到，虽然自己确实不熟悉人世间的风险，但眼下免不了陷在一个陌生的政治旋涡中。一个阴谋在她面前悄悄展开。这个阴谋虽然并不针对她，但她却被迫要在里面扮演一个角色。这个阴谋到底是什么？有多大？自己要被当成什么样的木偶来摆布？现在还都不得而知。廖铮临行前准备的资料再多再充分，也都与这个问题无关。对这个"神圣后裔党"，这个博阿伊，怎么才能更多地了解他们？

当然，看来也只能从报纸入手了。廖铮想到这里，又注意了一下报纸头版——《国民日报》。《国民日报》？她不熟悉这个名字，接着又看了看报头下面的文字。嗬！原来它属于鼎鼎有名的长青集团。

长青集团和它的创始人张晓星，这两个名字大陆公众知之甚少，但在海外华人群体中却是如雷贯耳。因为张晓星拥有大陆和台湾以外最大规模的中文媒体集团。

张晓星的父亲来自中国福建省，年轻时就到马来西亚打工。张晓星本人在大马出生，自幼辍学，先打工，后经商，建立了长青商业集团。这个集团如今已经是全世界最大的热带木材及相关副产品供应商，在世界各国掌握着300多万公顷森林资源的开采权。它还拥有全世界最大的杧果农场，在新西兰垄断了80%的鲑鱼和对虾捕捞业，在澳大利亚布里斯班建造有购物广场和地产，还有庞大的养牛场。就是在巴布亚新几内亚，当地最大的木材加工厂也属于这个集团。

当然，如果仅止于此，廖铮也不会对这个集团有兴趣。1987年，张晓星在马来西亚买下自己第一份报纸，从此进入传媒行业。他的志向就是打造像默多克新闻集团那样的传媒集团，最终目标是要在世界舆论界发出华人的声音。将近20年里，张晓星以此为目标，真的建成了这样一个王国。虽然规模远不及默多克集团，但从吉隆坡到纽约，每天都有250多万海外华人通过他创办的各种中文媒体了解世界，或者传递自己的声音。

廖铮常年在海外探险，自然也和他们打过交道。她正回想着这些资料时，门铃响了，宾馆服务小姐走进来，递上一张名片："您好。这位先生在下面咖啡厅等您。他说没有和您预约，但您会愿意见他。"

廖铮接过来一看，名片上赫然用中英两种文字写着：长青集团巴新分公司负责人，《国民日报》董事长张百卿。

三

"见到您非常荣幸。"凉亭式的咖啡厅里，一个30岁出头的青年男子站起来，向她伸过手，"《国民日报》曾经转载过您的文章，在去年的一期上。"

"哦。谢谢。"廖铮和张百卿握了握手，感觉有些尴尬。她的文章经常被世界许多媒体主动要求转载，稿费则由版权中介人收转。所以，除了《神秘世界》等几家老关系，还有谁刊用了这些文章，她自己也记不太清楚了。为了回避这个尴尬，廖铮主动转移话题："请问，张晓星先生是？"

"正是家父。我负责打理他在巴新的业务，其中就有《国民日报》。来，这边请。"

说着，张百卿把她让到一张小桌旁。服务员马上端来两杯咖啡。在世界的这片地方，咖啡里都是加入椰奶，而不是牛奶。淡淡椰香在小桌旁逸开，飘浮着，令人心情舒畅。莫尔斯比港依山傍海，从这里向四外瞭望，别有一番风景。然而，紧张的气氛正环绕在两个人周围，自己刚刚到达不满一天，这个人就找上门来，怎么能不让她紧张呢。

"《国民日报》？我刚刚看到了。"廖铮坐了下来。这种报纸属于地区性小媒体，恐怕到了邻国就没有人看了，它的声音几乎不可能传到世界上。当然，这份报也只是张晓星媒体全局中的一枚小棋子罢了。

"得知您来我们这里考察的事情，我感到很突然，也很担心。"几句寒暄过后，张百卿决定开门见山。他要最快地取得廖铮的信任。

"不知您对巴新国内政局有什么了解？"

"嗯。坦率地说不太了解。"廖铮镇定了一下自己的情绪。此人这么快就找到她，肯定了解她的背景，掌握她的行踪，而自己却毫无准备。这说明，自己要面对的环境远比预想的复杂太多。她干脆装起糊涂："而且我也不太清楚，这和我的探险活动有什么关系。是不是最近巴新的治安状况恶化了？"

廖铮希望从对方那里得到更多的消息，所以采取以问为主的谈话方式。于是，张百卿仔细地讲了一遍巴新最近的政治形势，由于初次见面，不便玩笑，张百卿的表情严肃得有些呆板。

"巴新经济落后，你是知道的。刚建国时，除了首都等城市，许多地方还处在自给自足的经济水平上。当时政府又走了以国有企业为主的道路，导致经济发展速度很慢。这些年，巴新政府搞起大规模的私有化运动，触及了不少人的利益，经济有所下滑。再有，巴新主要的优势在自然资源上。可以说，几个巨型矿业项目如果搞得好，整个国民经济形势就好。矿业一打喷嚏，整个国家就感冒。不巧，这几年采矿业正处在急剧下降的状态里。虽然中国投资的镍矿、油矿将来能令这一状况根本好转，但那些矿业要勘测和建设很长时间，大选过后很久才能开采，缓不济急。可以说，眼下这段时间正是巴新经济上最困难的时候。"

廖铮托着下巴，全神贯注地听着。张百卿忽然想起了什么，掏出张报纸，正是廖铮刚刚看过的那张。张百卿把头版展开，指了指那篇"本报评论员撰写"的文章："这篇文章是我写的。建议你参考一下。"

张百卿不点明，廖铮现在也能猜到几分。她装作从未看过的样子，点点头，接过报纸，仔细收好。张百卿继续刚才的话题说道：

"你可以想象，在这种局面下，人民容易情绪过激，受激进政党的蛊惑。本来，巴新政坛上并没有很偏激的政党。但自从霍瓦特遗址出土后，经过波尔蒂略的鼓噪，姆大陆传说在这里很流行。一个叫博阿伊的人以此谬论为基础，建立了神圣后裔党。姆文明之说本来荒诞不稽，但巴新超过一半的人是文盲，他们分辨不清那些学术上的问题是真是假，只是道听途说。反正，听某个外国人把自己称为全世界文明之母，这给他们带来极大的自豪感。尤其是年轻的巴布亚人。如今，神圣后裔党已经吸引了许多年轻人参加。按照现在的走势，它很有可能赢得大选。博阿伊有极大可能将成为下一届总理！"

廖铮一边听，一边客气地点着头。身为外国人，她不好评述人家的国内政局。显然，这位华人大亨也有自己的政治倾向。听了好久，廖铮才谨慎地插了一句："根据你的介绍，霍瓦特遗址出土后，只有波尔蒂略系统地考察过。那么，巴新政府为什么不组织人去考察呢？"

"没有钱也没有人！"张百卿很干脆地回答道，"这些年，巴新政府税收情况不好，一直靠国际援助才能运转，根本没有余钱进行考古发掘。霍瓦特遗址离居民点和交通线太远，考察费用政府无力承担。而且，本国更是没有专业考古学家。旅游促进局里还有许多博阿伊的支持者，他们根本就拒绝国外考古专家入境。每次接到考察申请，就以各种理由驳回。这些人喝了波尔蒂略的迷魂药。因为波尔蒂略一直鼓吹学院派的专家学者们只会带着偏见来，对真理视而不见。"

廖铮终于明白，为什么各国考古专家都久叩其门不得入内的原因了。

"不过，这里的政治局面我虽然不了解。但我这次考察，确实是波尔蒂略先生邀请的。"廖铮试探着问道。

"不是！完全是博阿伊幕后策划的！"张百卿猛地摇了摇头，"其实根本就没有什么科学考察。博阿伊宣扬'神圣后裔论'，那些头脑清醒、有文化有见识的巴布亚人当然不会任由他胡说。所以，报纸上经常有对这个论点的批判。其中最重要的一条批驳，就是国际学术界从未承认过这个结论。并且，波尔蒂略也不是什么受到学术界承认的学者。于是，博阿伊就和波尔蒂略策划了这么一个所谓的考察。他们请世界其他六大探险家同来。除了你们，他们还请了一些所谓的外国专家学者前来。实际上，这些人只是来给他们做证明的。因为你们……"张百卿说到这，忽然犹豫起来。

"因为我们不是专业考古学家，很容易被欺骗！"廖铮知道对方因为什么犹豫下来，主动承认。

"嗯，是的……"

"呵呵，我确实不是专业考古学家。"看到对方因为心思被说破有些尴尬，廖铮不以为意。她从不试图跨越文人和学者之间的那条线，任何时候都不承认自己是学术专家，这样也是为了免于被人利用。

"我肯定不会去宣传他的观点。不过，我自己也很想看看这个遗址。太平洋各岛屿上有许多古代巨石文化，它们身上有许多奥秘待解。霍瓦特遗址的照片我看过，从它身上，很可能会揭开其中一些秘密。总之，算是探险家的个人兴趣吧。"

"我想，你可能不会看到真实的东西。"张百卿用力摇摇头，很肯定地说，"为了达到宣传目的，他们甚至会伪造现场！虽然我不知道他们做没做，或者怎么做！"

廖铮未置可否。虽然博阿伊和波尔蒂略的做法她从根本上就反感和否定，但眼下这位先生言辞间也并非没有偏见。张百卿此番因为是硬挤到廖铮的时间表里，不得不长话短说，所以讲起话来并不婉转。

"那么，您的意思是？"

"我是希望你最好不参加这次考察，因为不会有什么真正的考察。您也不想自己被当作牵线木偶被人耍吧？"

"谁也不喜欢被操纵。不过，有人想操纵我是一回事。我会不会被操纵，又是一回事。"廖铮轻轻地、然而却坚定地摇摇头，"既然来了，我不想空手而去。谢谢你的提醒，我已经有足够的心理准备了。尽量确保自己不会被假象蒙蔽。而且，日后我如果撰写考察报告，也会很谨慎的。"

对于她这个回答，张百卿也并不意外："好的。我知道你基本上会是这个回答。毕竟你已经做了充分准备。我作为陌生人，只是和你谈一次话，不可能让你撤回自己的决定。那么，你此行需要什么帮助，尽管提吧。要知道，我帮助你，也是不希望你只受波尔蒂略的影响。"

张百卿顿了顿，又补充道："我不懂探险活动。不过，你要去的地方是山区，又要穿过雨林。不知你有没有带足够的设备？"

"通常的探险装具我都带着。"刚才，出租车司机看到她搬上搬下那么多大包，就感觉很奇怪。女士出门行李多是正常的，但廖铮的行李明显粗大沉重。

"通信工具也准备好了？那个最重要。"张百卿关切地问，"这个国家里许多地方没有电话，也没有公路。"

"我带了海事卫星电话。商家赞助，话费免收。"廖铮笑着回答道。

许多年前，廖铮第一次实地考察，花去了自己两个月的工资。现在不同了，每年都有若干生产探险装备的厂家找上门，把还没有投入市场的"概念产品"送给她，或者想借她打广告，或者通过她的探险活动，实战检验一下那些产品的性能。在探险装备这个小众市场上，"廖铮用过的东西"这句话现在很有吸引力。当然，廖铮也是从不客气，照单全收。现在，她的行头绝不逊于世界上任何一个同行。

"好吧。关于博阿伊和神圣后裔的资料，我会提供给你。你需要再了解些什么，尽管告诉我，我随时补充。另外，巴新这里蚊虫很多，传染病不少，医疗条件更是落后。在医药方面你可能会有需要的。这样，我给你一个联系方式，有困难随时找我吧。"

"好的。多谢。不过，请允许我坦白地问一句。"

"哦？"

虽然初次见面，但廖铮对这个自己的同龄人颇有好感。他说话干脆，直截了当。而且，虽然自己不好表态，但在刚才谈到的那些话题上，廖铮基本上认同他的价值观。只是有一点，她必须问明白。

"据我所知，您应该没有巴新国籍吧。为什么这么关注这次选举呢？"

"哈哈。我确实很想和你解释这一点。但你不问，我倒不好主动说出来。"张百卿闻言，似有如释重负之感。

"我们长青集团到这里开公司，是要赚钱的，要做巴新最大的消费品供应商。从楼宇到家具，我们无所不卖。这样的话，我们从心底里希望巴新人民富裕起来！所以，我很讨厌那些想倒行逆施的狂热分子。如果博阿伊上台，导致地区局势紧张，外资必然撤走，这其中就包括你们中资。巴新经济再滑落下去，我们也只好退出了。所以，你可以看到我的报纸。在这个问题上，我从来都是态度鲜明的。"

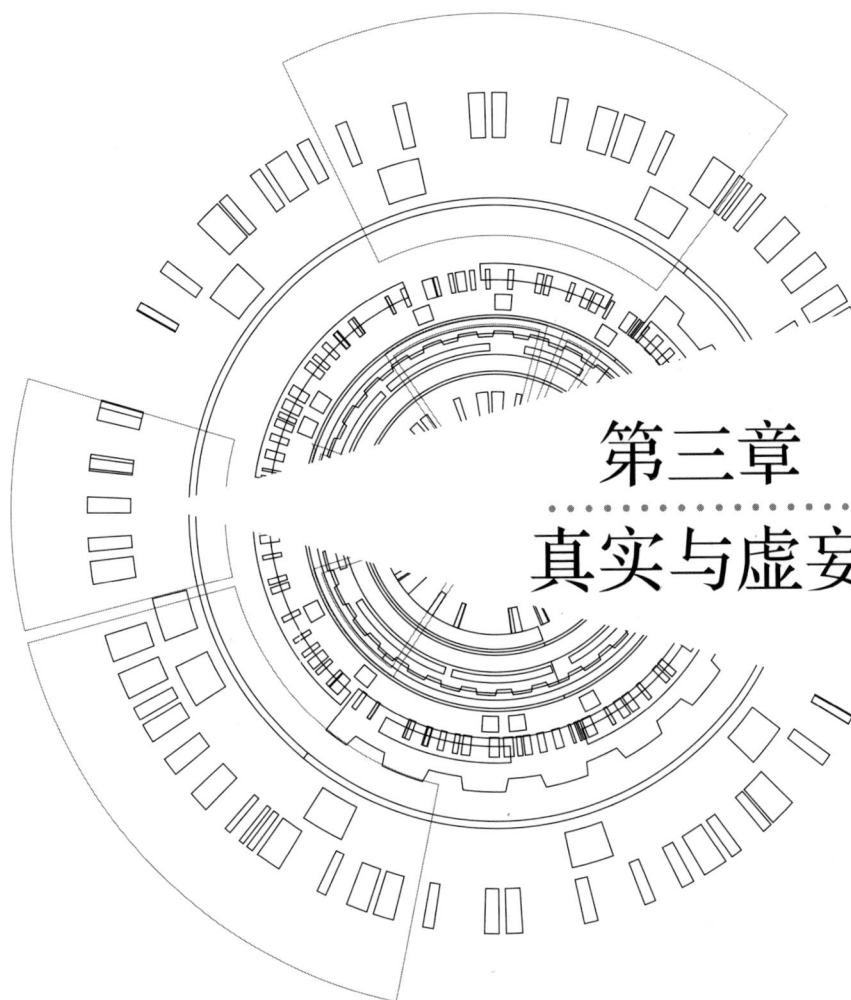

第三章
真实与虚妄

一

廖铮通宵未睡，恶补着有关博阿伊和神圣后裔党的资料。这里面有张百卿提供的系统资料，也有她从当地报纸上搜集的零散资料。廖铮请宾馆服务员给她提供一年之内的当地各主要报纸。服务员对这个要求大为吃惊，但还是尽可能满足了她。

直到天蒙蒙亮，廖铮才在报纸堆里合了一会儿眼，但马上就被外面的人声惊醒。地处热带的巴新，建筑式样十分开敞。通风效果好，隔音方面就差了许多。

廖铮匆匆洗漱完毕，估计波尔蒂略已经到了莫尔斯比港，便拨通他的卫星电话。果然，对她提前到达一事，波尔蒂略稍稍吃了一惊。"唔？你已经来了？好，好，上帝保佑起得早的人。"

那是一句西班牙谚语。廖铮是无拘无束的自由撰稿人，又是波尔蒂略邀请来的客人。对于廖铮自行决定时间和住宿地点，波尔蒂略不好表示什么，只是请她速到卡莫拉饭店入住、集中，房间已经安排好了。并且，下午就有一个"姆文明学术研讨会"等着她参加。

廖铮叫来出租车，搬上全部行李，向卡莫拉饭店驶去。莫尔斯比港人口不足20万，车子很快就驶过这一段距离。就在这么短的路上，廖铮便看到了三处"神圣后裔"的宣传画，画的内容完全一样：一个巴布亚族男子半裸上身，脸上身上涂着厚重的颜料，站在霍瓦特遗址前。一群黄、白、黑色人种模糊地排列在他身后。"回归吧，文明之母！"宣传画上，夸张的字体书写着夸张的口号。

在每处宣传画下面都站着几个小伙子，向过路人们发放传单。他们的臂上都缠着一个绿色臂章，上面用红黄两色绣着巴新国鸟——天堂鸟的简约图案。

临近卡莫拉饭店的街头上，人群拥挤，出租车不得不驶驶停停，才从人群中挤过一条缝隙。一些警察远远地散布在旅馆周围，监视着这里的活动。由于这里正要举行申请备案过的群众集会，他们不便干涉，只是保持着警惕。

在这里，那幅廖铮已经很熟悉的宣传画被放大到夸张的地步，从楼顶垂下，覆盖了饭店正面的墙壁。只是画的周围悬挂着更多的标语：

"从母亲那里出生，向母亲那里回归！"

"一万四千年的光荣！再现吧！"

"博阿伊，带我们去吧，走向荣耀！"

"神圣后裔，神圣血统奔流在我们体内！"

"……"

再仔细看那群人，基本都是"神圣后裔党"的支持者。果然以年轻人居多，每人都别着那个天堂鸟图案的臂章。十几个巴布亚族男女青年支持者排成队，以巴布亚部落舞蹈的节奏扭动身体，两脚轮流跺着地面，同时压低声音整齐喝喊：

"姆！姆！姆！姆！"

那声音听起来，仿佛部落战士正准备出征的鼓点。他们的脸上、身上涂着浓厚的图案，都是部落民族的传统标志。

廖铮看得如梦似幻。她在许多国家里见到过政党竞选活动，造势不可避免，但都没有这么夸张、荒诞。在这个被世界舆论忽略的地方，竟然有这等社会怪相，她做梦也想不到。

两个服务生从人群中挤过来，搬下她的行李，把她接进饭店大堂。这里也已经挤满了人，仿佛杂货市场一般热闹，而不像一家饭店。显然有人整个包下了这个饭店，在搞什么集体活动。廖铮四外一望，一眼就看到了何塞·波尔蒂略。

虽然都排在七大探险家之列，但这回不过是廖铮和波尔蒂略第二次见面，并且才是两人第一次共事，以前只不过一同出席国际探险家协会的年会。在普遍瘦小的巴布亚人里，波尔蒂略比录像和照片上都显得更高更壮。他个头足有一米九，在矮小的本地人中鹤立鸡群。波尔蒂略双目炯炯，里面燃烧着热情和机智。此时，他已经看到了廖铮，但手头正在给一群巴布亚青年签名，只好向她远远地做了个手势，指了指角落里的会议接待处。

廖铮办好手续，来到预订的房间。刚刚关上门，喘了口气，背后就响起了敲门声。她又打开门，一个学生模样的巴布亚小伙子站在门口。

"您好，廖铮女士吗？"来人说着纯正的中文。一路上遇到这么多会讲中文的本地人，廖铮也是吃惊不小。

"是的。请问你是……？"

"我叫施蒂纳，考察活动组委会派我给你当翻译。本次活动，我会全程陪同您的。"

巴布亚新几内亚曾经是德、英、澳等国的殖民地，西方生活已经融于本土。许多人名、地名都有西方色彩，比如这个"施蒂纳"就是具有德国色彩的名字。

"嗯……谢谢。"廖铮微微一笑，把他让进屋子。巴新虽然以英语为国语，但民间流行的却是"皮金语"——一种以传统巴布亚语言为主，混有大量英语词汇的洋泾浜英语。进入巴新内地，更会遇到千奇百怪的地方语言，据说多达几百种，有的方言只有十几个人会讲。廖铮虽然会英语，但确实也需要个翻译。

施蒂纳恭敬地把一份日程表递给廖铮："这是本次活动的日程安排。波尔蒂略先生要我向您解释，他本应该亲自来迎接你，可是太忙了。下午的研讨会请您务必参加。"

"好的。请问，你正在上学吗？"廖铮看到小伙子才20岁出头，便拉起了家常。

"不，已经工作了。"施蒂纳自我介绍道，"我在巴新大学语言研究所工作。巴布亚语有几百种变体，我熟悉其中大部分。"

除了廖铮，还有十几个欧美来客被波尔蒂略请到世界的这个角落里。中午时分，廖铮和这十几个客人被请到餐厅。组委会给他们安排了两桌巴布亚本地显示至高吉祥的猪肉宴：烤猪肉、炸猪肉、椰汁烩猪肉……种类多多，令人眼花缭乱。巴布亚人对猪喜爱至狂，可见一斑。

除了猪肉，餐桌上还有熏制的金枪鱼，这也是巴新的名产，该国大宗出口商品之一。不过，廖铮最感亲切的是一盘嫩滑爽口的清炒四棱豆。四棱豆虽系巴新土产，而这个炒法却学自中餐，倒也似模似样。此外，番薯、芋头、西谷米和香蕉均被当作主食，精工细作摆上桌案。

廖铮坐定后，一些外国来客被服务生陆续引导到这里。一个矮小的东方人吸引了她的注意。廖铮一问，方知这个人来自中国台湾，名叫李应东。

原来是他！廖铮立刻从记忆库中检索出了这个人。她太知道这个人了。他也应邀前来，莫非这里成了伪科学人士的大聚会？

不过，虽然对此人心有反感，但第一次见面，出于礼貌，廖铮还是友好地和他交换了名片。

另一个吸引她注意的，是一位黄种人妇女。东亚人种不易分辨。但廖铮走南闯北，素有经验，一望便知这是位日本女人，于是迎上去相互攀谈。廖铮得知她叫平山真纪，今年30岁出头。平山身材娇小，眼神里也有些怯生生的。如果不是名片上写着"日本国神秘事件调查总会会首"的字样，廖铮还以为她是住在旅店里的一个普通游客。

此外，同桌上都是白人面孔。一位名叫科斯塔基诺夫的俄罗斯人正襟危坐，严整的西装让他额头浸汗，周围人看在眼里，热在心里。一位名叫詹蒂尼的意大利汉子则穿着宽松的本地衬衫，兴味盎然，谈笑风生。座中还有一位女士，30多岁的里奥娜，她来自美国，是个黑白混血儿。大家初次见面，只是礼节性地互相认识了一下。俄罗斯人自称是彼得格勒"姆大陆研究所"所长，意大利人来自"超远古文明探险队"，美国女士则是一个名为"UFO回归教派"的信徒。

这些组织的名号廖铮都是头一次听到。言语间，除了李应东有些高深莫测，其他人都对廖铮流露着羡慕甚至敬意。廖铮并非势利之辈，但毕竟闯荡多年，社会经验不少。她知道，这些人无非是在羡慕她的知名度。对此，廖铮并不觉得多么自豪，反倒对这些人的来历有所判断。

饭后，在会客室里，波尔蒂略终于来到廖铮面前，亲自表示了欢迎。波尔蒂略用力地握着她的手，那里面包含着一定分量的真诚。他向六大探险家发出邀请，却只有廖铮应邀前来，她的分量无疑变得很重了。

"欢迎你。我们西班牙有句谚语："山不需要依靠山，人需要依靠人"。欢迎你，我远方的朋友。"

直觉告诉廖铮，科斯塔基诺夫这些人都是作为"远来的和尚"被请到此处，在本国不会有多高的社会地位。那么，波尔蒂略最重要的客人，或者说，给此次活动准备的最重量级的装饰品，恐怕就是自己了。于是，她明知故问道："不客气，我还要感谢你提供了这么一个探险的机会呢。请问，咱们什么时候出发？"

"唔……他们有没有给你送日程表？"这位考察队队长皱了皱眉头。

"送了，我还没看。"廖铮答道，"难道不是考察探险吗？怎么像组团来旅游？还有什么日程表？"

"是这样……"波尔蒂略的表情不那么自然了，"有一些事情我需要解释一下。这次活动真正的邀请者，是巴新'神圣后裔党'的领袖，博阿伊先生。具体日程嘛，也要由他来安排。"

"噢？"廖铮皱起眉头，沉下脸。现在她刻意要给波尔蒂略施加点压力。

"我没听说这个人。你以前也没提到这一点。这个……不太好吧。"

"呵呵。"波尔蒂略干笑两声，干脆回避了廖铮的问题，"我想，这也是为了顺利考察必须做的吧。新几内亚山高林密，属于世界上交通最不便的国家之一。没有博阿伊先生这样的本地人帮助，我们几乎无法到达霍瓦特遗址哟。"

廖铮倒要看他怎么把戏唱下去，便也就轻描淡写地翻过此节："好吧，那么，日程表上都有什么呢？"

"今明两天，我们先要召开姆大陆之谜研讨会。"

"你这又是突然袭击呀！"廖铮哼了一声，语气里带着刺儿，"除了你传给我的不清不楚的照片，我还什么都没看到，我能够研讨什么？"

"不好意思，是我太忙，安排不周。"波尔蒂略干脆大包大揽起来，"不过，还是请你讲讲姆文明……"

"霍瓦特遗址！"廖铮更正道，"请你注意，我并没有说过它是什么姆文明的遗迹。"

二

波尔蒂略尴尬地笑了笑："那好吧。但也没有什么能够证明它不是姆大陆的遗迹。到时候，就请你随便谈谈吧。"

廖铮恢复了礼节性的微笑。她以前参加过那么多次冒险，基本上都只是面对大自然，从未有一次像今天这样，要同时面对人世的纷争。她多少有些紧张。这个波尔蒂略看来也真不值得信任。整个活动90%的内容都对她保守秘密，只是随着进程，一点点给她摆出既成事实。这明显是画个圈让我去跳嘛！廖铮愤愤地暗想。

时间安排得很紧，马上，廖铮又被请到会议厅。宽敞的会议厅建在卡莫拉饭店后院里。这座钢筋水泥的建筑，被设计成巴布亚人传统的高脚茅屋式样，远看上去，仿佛村落里的议事厅。由于气候炎热，巴新这里的建筑四面敞亮、透风，屋子内外环境分隔得并不明显。会议开始前，"神圣后裔党"的成员不仅挤满了大厅，而且挤满了整个院子，甚至饭店走廊的窗子里，都伸出生满卷发的头颅。似乎这里不是要举行一场学术研讨会，而是要进行一场明星演唱会。

廖铮和李应东、科斯塔基诺夫等人被请到贵宾席上就座。波尔蒂略倒不在此列。廖铮举目四望好久也找不到他。看来，这位先生在本次活动中的位置，居于主人和客人之间。

廖铮刚坐定，一本印刷粗糙的《文明之母学术论文集》便送到面前。打开英语印刷的目录，廖铮看到了五花八门的标题：

《论姆大陆的真实面积》

《姆文明扩张历程之分析》

《喜拉尼布拉，你在何方？》

《上一个地质大悲剧给人类的警示》

......

没有霍瓦特，只有姆大陆！

还没等廖铮仔细阅读这些文章的内容，耳畔便传来一阵欢呼声。还有那像鼓槌一样敲击内脏的齐喊：

"姆！姆！姆！姆！"

随着喊声，人群像波浪一样往两边分开。廖铮身边的几个贵宾也都站了起来。不过，他们就是坐着，从这个位置也能够看到外面发生了什么，只是从未经历这类场面，有些紧张。在几个精干的小伙子簇拥下，一个身材矮小但强壮的巴布亚人向会议厅这边走来，一边走，一边向两旁群众招手。此人正是"神圣后裔党"的创始人博阿伊！

人们习惯将商业巨头称为"大鳄"，但谁也没有这位博阿伊更适合"大鳄"的称谓。巴新经济虽然落后，倒也有一样绝活，就是世界上独一无二的鳄鱼养殖业。这里不仅输出活鳄鱼供观赏，更出口鳄鱼皮等制成品。而博阿伊正是巴新最大的鳄鱼养殖场场主！

博阿伊今年45岁，毕业于巴新科技大学。这所学院位于莱城，虽然叫"大学"，实际上只是在职人员的培训进修机构。巴新人口不多，高等教育资源匮乏，高级人才一般都由国外大学培养。博阿伊毕业后，子承父业，经营鳄鱼养殖场。挣到钱后又投资在金融、地产等项目上。现在是巴新排前几名的本土富豪。

博阿伊不仅经商，更对政治有极大热情。他曾经参加过"人民民主运动"等巴新传统政党，至于脱离其他政党自组"神圣后裔党"，还只是一年前的事。那时候，波尔蒂略那本半娱乐性质的书点燃了他的灵感，促使他组建出这个纲领古怪的政党，并且成了他飞上巴新政坛的助推火箭。

这些资料都是张晓星提供给廖铮的。昨晚，廖铮也多次见到过博阿伊各种姿势的照片。但现在看到他本人，看到周围群众对他的狂热劲头，廖铮觉得那资料也只不过是个线索罢了。面对真人的感受是那么不同。

波尔蒂略稍弯着腰，走在博阿伊的身旁，这样可以让两个人的身高不显得那么悬殊。看起来，两人关系亲密无间，共同享受着支持者的欢呼和崇拜。没有波尔蒂略和他的书，博阿伊当然也会组织另外的政党，但却不会提出这么荒唐的纲领，也不会取得这么快的成功。

博阿伊来到贵宾席，向来宾问候着。廖铮夹杂在众人里，不温不火地表示了感谢。博阿伊似乎也并没有把他们太当回事。很快就转过身，面朝自己的听众和信徒，张开双臂。几个新闻记者越众而出，摆开照相机。廖铮留心了一下，这几个记者全部是巴布亚族人，而且都戴着"神圣后裔"的绿色袖标。看来，博阿伊也有自己的舆论工具。

"神圣后裔们！"博阿伊一张口，全场上千张嘴立刻止住声音。这份号召力令廖铮大为惊叹。

"一万四千年前，智慧之泉从我们脚下涌出，流向全世界，孕育了一处处文明之花。今天，我们正在目睹着人间奇迹——那智慧之泉的再现。全世界最著名的学者们，带着敬畏和景仰，带着对真理的追求来到这里，他们将为我们描绘出长达万年的历史画卷。让我们听，让我们看，让我们自豪吧！我的同胞，我们都是神圣后裔。奋斗吧！我的同胞！我们必将再现祖先的荣耀！"

廖铮明白了，这里其实没有任何研讨会。她正在参加一个政党的变相竞选宣传！

虽然并没有什么货真价实的学术研讨，但那些来宾却似模似样，态度认真，有的甚至有些诚惶诚恐，说话结结巴巴。因为他们一生中，从未面对过这么多人讲话，从未被抬到这么高的位置上。博阿伊和波尔蒂略为他们提供了或许平生就这么一次的舞台来表演。

詹蒂尼抖擞精神，第一个被邀请上去发言：

"先生们，女士们，我的发言题目是《从人类世代交替中看姆文明的价值》。墨西哥古代著作《梵蒂冈古抄本》和存留至今的当地印第安人文明的作品中，记录过地球上曾先后出现过四代人类：第一代人类是超级巨人，他们居住于南极洲，最终毁灭于饥饿。在《圣经》里，我们能够看到关于他们的记载。第二代人类毁灭于大火，他们居住于北极，现在已经沉入海底。第三代人类毁灭于超级地质灾难，他们正是'姆大陆'文明的创造者和拥有者，正是你们伟大的祖先。可惜，这个文明在一万四千年前被火山、地震摧毁了。第四代人类文明毁灭于大洪水。他们居住在大西洋的'亚特兰蒂斯岛'，又称大西洲，一万两千年前沉入海底。我们现代人类属于第五代人，大洪水过后的人类。我们是以亚当和夏娃为始祖的现代人类。"

廖铮暗笑，古印第安楔形文字到现在都没有被破译，而这位詹蒂尼竟似乎可以像读意大利文一样轻松地阅读它。然后，《圣经》中"创世纪"的内容又和"异教徒"的文献随便就混合在了一处。她望了望左右，发现周围的贵宾有的认真倾听，不住点头，有的认真做着笔记。

然后，来自俄罗斯的科斯塔基诺夫发言，他的题目是《从巴布亚人独特饮食结构论证姆族人生活方式》。廖铮努力地听着，科斯塔基诺夫用带着俄语口音的英文发言，并且，那种先入为主的思路她也不好理解。直听到大约三分之二处，廖铮才终于听懂了。原来这位"专家"是在论证，巴布亚人食用蛋白质食物的数量仅为世界平均值的二分之一，这证明，巴布亚人有特殊的生理结构，能够直接利用空气中的氮气！而这种结构说明他们的体质之优秀，基因之特异。绕来绕去，到结尾处，科斯塔基诺夫的观点居然是，当今世界没有其他民族有这样的身体结构，所以，巴布亚人无疑是"姆族人"后裔！

接下来上台的，是那位混血女子里奥娜。她拿着稿纸，激动得有些颤抖，显然在酝酿着感情。廖铮不知道什么样的论文需要这么来读。结果等她一张口，传到廖铮耳朵里的，竟然是一段散文朗诵：

"我经常做着有关月的梦。无瑕的月带给我无边的欣喜和落寞。我梦见滢滢的蓝紫色如蔷薇般的月从天的尽头升起，我脚下的土地像黏稠的汁液一样汹涌澎湃着，淹没城市和我自己。整个世界回归到一万两千年以前，姆大陆永远沉没，没有一座挪亚方舟，城市像积木一样坍塌，在一夜之间沦为废墟，深藏在海底。我们的双手进化为鳍，同时成为一条鱼，一条孤独的鱼，在蔚蓝色的海洋里，自在地飞翔着，飞翔着……"

里奥娜吟到这里，听众们大声鼓起掌来："姆！姆！姆！姆！……"令人感觉沉重的吼声从四面八方响起。没有人质疑在一个学术研讨会上，为什么可以念散文诗充数。只要是支持"姆大陆存在理论"的人和声音，听众们一律无条件地予以支持。

"远来的和尚"一个个被请上去念经。主持人不断地报出夸张不实的头衔。在数以千计的听众心目中，这群人就代表着世界主要国家的主流学术界，他们的观点代表着全世界对"文明之母"的认同和崇敬。听众们在这些镜子里，看到了自己想要看的形象。他们满意了，他们沉醉了。

廖铮一边听，一边对照着阅读那本"论文集"。几个人讲过后，廖铮发现，虽然讲演内容五花八门，但有几点是相同的。一是开宗明义便肯定波尔蒂略那些假设：姆大陆确实存在，霍瓦特就是姆文明遗址，巴布亚人就是姆族人后裔。所有结论都由这三个前提推导出来。它们不是结论，而是证据。二是这些人谁也没有亲自到过霍瓦特遗址，所有证据都来自古籍文献，或者就是波尔蒂略的书本。而任何被引证的资料，不管是一张贝叶经、一块陶片上的铭文，内容都被毫不犹豫地肯定的，似乎真的无可置疑地证明着姆文明曾经存在。

廖铮不知道是否有事先约定，不过每个专家的发言，都遵照波尔蒂略提供的出发点，把传说中的"姆大陆"大大缩小，以便能够"装"在40多万平方千米的巴新之内。在乔尼瓦特的书中，"姆大陆"是个货真价实的大陆，几乎相当于非洲大陆。要让这么大一块陆地在一两次灾难中"沉入"大洋，不仅有悖于今天的地质学基本常识，更不利于"神圣后裔"的宣传目标。那样的话，霍瓦特遗址可能就只是姆大陆的偏远所在，甚至不过是一个姆族人殖民地。看来，他们一定要让那虚无缥缈的超远古文明之光，牢牢聚焦在这片土地上。

最后，每个发言人还都不忘记向"姆大陆研究的权威"波尔蒂略表示敬意，声称阅读他的作品对自己的研究有多么多么重要的指导作用。廖铮凭直觉感受到，这种敬意确实发自内心，虽然她并不知道这是为什么。

边听边看，廖铮心里边嘀咕，一会儿轮到自己该说什么？她不可能顺着这些人的思路往下讲。但在这狂热的近乎沸腾的气氛下，她又应该讲什么呢？

发言人的顺序，似乎是按照名气高低从小到大排列的。在廖铮前面，来自中国台湾的李应东走上讲台。他和前面几人不同，表情自然得多，举止更显潇洒，显然经常面对公众，经验老到。

李应东在台湾是个小有名气的人物。几年前，此人发表文章，声称四川三星堆遗址系外星人创造。当时廖铮也在就这个遗址写考察文章，为此专门向在台湾的朋友了解李应东的资料。朋友告诉她，李应东的本职是台北某大学讲师，原来曾经是副教授，后被发现伪造学历，受到校方降职处分。不过，李更出名的身份，是中国台湾"飞碟学会"发起人。再后来，那个以克隆人实验著称的美国"雷尔教派"试图在中国台湾发展势力。李应东不知出于什么目的，成为雷尔教派分会负责人，在电视报纸上大谈雷尔教派"人类来自金星"的论断。

为了出名、出名、更出名，李应东流水般地出版了大量作品，总数多到他自己都不记得。甚至经常在编辑别人作品时，冠以自己的名字，毫无学术品德。有时候甚至公开抄袭外国作家如星新一等人的作品，著上自己的名字在中国台湾发表。甚至，李应东在电视节目上宣称，自己曾经有被鬼附体的经验，所以坚决支持"灵魂电波理论"。

相对而言，李应东在被邀请人中的名气仅次于廖铮，而高于其他几位。虽然身为讲师，但李应东自有一番学者风度，眼镜架好后，看上去丝毫不逊于牛津或者哈佛的教授。他用一支红笔在电脑屏幕上画着，讲着。

"……先生们，目前在台湾沿海发现的海底文明包括，佳乐水海域的'祭台'，澎湖群岛东、西吉屿海底的'村屋''石墙'，澎湖虎井沉城，以及传说中的太麻里'海底公路'和'悬崖步道'。据测定，它们的年龄都在1万年以上。这样，它们与当地任何古代文明都没有关系。那么，它们可能是谁建筑的呢？我想，除了姆族人，不会有另外的答案。姆大陆从巴新这里发源，深入亚洲腹地，那么，台湾就是它的重要中转站……"

廖铮环顾四周，除了这些类似游客的来宾，周围都是巴布亚人，没有任何世界主流媒体的记者。廖铮忽然明白了，博阿伊他们并不需要对全世界说话，不需要让全世界都相信什么姆文明、姆大陆。他们讲话的对象，只不过是周围那些狂热的听众，因为这些人手里有选票。

在这种扭曲的环境下，我要参加这个所谓的考察，有没有可能得到真实资料？如果不能，我走还是留？

没等廖铮思考清楚，李应东已经翩然下台，主持人便请她上台发言。廖铮毕业于中文专业，虽谈不上妙笔生花，但总归写得一手好文章。而现在，置身于这个滑稽的场合下，她真切地感觉到，外交辞令才是最优美的语言。

"女士们，先生们，你们好。参加这个研讨会，我并没有准备。我来这里，目的是考察霍瓦特遗址。我相信，在大家的帮助下，我一

定会得到丰富的考察资料。我保证自己会在科学原则下，进行客观的
考察……"

"科学？"一个巴布亚青年"嚯"地站起来，用生硬的中文劈头打
断她的话：

"现在都21世纪了，你难道不知道，科学早就过时了吗？"

三

廖铮惊讶地望着那个小伙子。此人语气之坚决，表情之肯定，似
乎他只是宣布了联合国刚刚做出的某个决议。而廖铮这个乡巴佬孤陋寡
闻，竟然连"科学已经过时"都不知道。

"廖女士是我们的客人。你不能这样无理。"主席台上，博阿伊严
肃地喝止。但这一点并不能让廖铮平静下来，因为他只是要求那个小伙
子不得无礼，完全不认为他讲得不正确。

廖铮再看看周围来宾的眼神。是的，几乎所有的人都把疑惑投向
她。科学？你在谈科学？此时此地，你还在谈科学？可笑！

于是，廖铮深深地明白了一个道理，整个世界怎么样并不重要，
一个人此时此刻面对的小世界是什么样，那才最重要。在这个会议厅内
外，在"神圣后裔党"构造的小天地里，"科学"已经被莫名其妙地扫
进历史垃圾堆了。

廖铮向主持人点头示意，默默无语，走下讲台。周围响起了一片
嘘声。

接下来，全世界最伟大的学者何塞·波尔蒂略走上讲台，开始今天的压轴戏。这也让会场气氛离开刚才那小小的风波，重新被调动起来。绝大多数都是年轻人的听众们，马上将崇拜之情无限量地掏出来，合在目光中送给这个西方人。甚至，这也包括廖铮左右的来宾。他们都坐得腰背挺直，像是刚刚入学的小学生。

波尔蒂略确实也不同凡响。他今天演讲的题目，叫《巴布亚语溯源》。巴布亚语自成一体，和周围的南岛语系①等有很大差别。这在语言学界已是公论。而波尔蒂略讲演的内容，是要"证明"巴布亚语正是"姆族人"留下的语言化石。波尔蒂略学术功底深厚，远非前面几个发言人可比。考古学、语言学的专业术语滔滔不绝从他嘴里冒出来。各国语言学家的论文、专著被他轻松抓来，或引证，或批驳。波尔蒂略那自信、从容，而又带有幽默感的声音，令廖铮十分迷惑：他在说自己的真心话吗？以他这种学术功底，难道不清楚，这只是信口开河吗？

"……当然，面对这一切如日月般明显的证据，那些学者们仍然不会承认，伟大的姆文明就在这里。"波尔蒂略仍然是那么从容，"是的，他们为什么要承认呢？他们能够拥有今天的地位，正是建立在一系列错误的、被称为'科学'的论断上。一旦推翻这些论断，他们又用什么来换取学术头衔呢？"

像以往一样，波尔蒂略又开始对科学界进行讽刺挖苦。

"我们西班牙人有一句谚语：蒙耳不听者最聋。这句话正好奉送给他们，那些所谓的学者们！"

波尔蒂略步下讲台时，引发了雷鸣般的掌声。后排的巴布亚青年甚

---

①南岛语系：又称马来—波利尼西亚语系，分布在西至马达加斯加岛、东至复活节岛、北至台湾岛、南至新西兰岛的广大领域里。巴布亚土著语言不属于这个语系。

至跳起来欢呼，把纸杯、纸巾一类的小东西扔到空中。仿佛刚刚走下来的是一个摇滚歌星。

然而，所有这一切都只是铺垫，这场荒诞剧的最高潮才刚刚开始。只见博阿伊走上讲台，左右扫视一遍，用浑厚的男中音开始演讲，那声音富于磁性。廖铮相信，如果只听录音不看本人的话，这声音更会有一种迷人的魅力。

"神圣后裔们，让我们感谢这些来自世界各国的学者。他们用无可置疑的证据，证明了姆文明的存在，证明了我们是文明之母最正统的后裔。他们帮助我们夯实了信仰，坚定了信心。让我们用热烈掌声，表示我们的感激之情。"

在暴雨般的掌声中，廖铮听到了一颗颗徘徊在自卑与自负两个极端中的心灵在跳动。他们自认为是全人类的"文明始祖"，但这必须要被来自世界大国的"专家们"证明，心里才踏实。

掌声过后，博阿伊话题一转，从1万多年前立刻回到眼下的竞选上来，开始宣示他的纲领。

"1万多年前，文明从这里散布到世界各地。现在，巴布亚人要再一次肩负起重担，在这个被所谓现代化、全球化污染的世界上，重启文明之光。首先，我要推翻可悲的布干维尔决议，让它重回文明之母的怀抱。"

"姆！姆！姆！姆！"

看来，这音节简单得不能再简单的吼声，已经成了"神圣后裔党"的专利口号。

布干维尔岛是巴新重要的国内问题。1975年，国家刚刚独立，布干维尔岛民就宣布成立"北所罗门共和国"。1990年，布干维尔岛"革命军"宣布脱离巴新,成立"布干维尔共和国",并得到所罗门群岛政府的支持。2001年,在联合国主持下,布干维尔和平谈判取得重大突破,巴新政府与布岛各派就全面解决该问题达成协议,包括布干维尔自治、全民公投及武器处理等内容,标志着长达12年战争的结束,布干维尔开始走上恢复和重建道路。如今,联合国维持和平部队正驻扎在那里,监督该地实现内部自治。

显然,博阿伊声称要推翻的,正是这样一个受到各方承认的国际协定。

"而在另一个方向上,那条殖民者划下的国境线困扰着我们。东经141°线那边,巴布亚兄弟们正在抗争印度尼西亚的暴政。而我们的政客们竟然不支持自己的同胞。我发誓,如果我赢得大选,一定要将起义支持到底!因为那不过是历史的宿命。一切来自文明之母,一切将重归于它。"

新几内亚岛西部是印度尼西亚的领土,曾经划为伊里安查亚省,后来划分为三个省。当地一些巴布亚人试图独立,不仅袭击印尼军警,甚至袭击外国人。博阿伊利用的,显然正是邻国这一事端。

"此外,我还要斩断那些跨国公司伸向我国资源的魔爪。矿业和林业,都要为我们神圣的巴布亚人所有。那些短视的政治家说,来自中国的投资挽救我们的经济。无知!难道他们不是要赚钱才来投资吗?难道我们如此伟大祖先的后代,自己不能建设自己的国家吗?须知,来自中国的廉价产品正在诱惑我们的同胞。警惕啊,警惕!要知道,他们经常自诩的所谓五千年文明史,和我们一万四千年的文明相比,根本不值一提。"

听到这样的言论,廖铮心里什么滋味可想而知。不过,此时的博阿伊不准备考虑廖铮一个人的感受。为了煽起现场的气氛，他语无顾忌，无所不谈。

"如果我赢得大选，我还要组成调查组，把几年前日本黄金案彻底调查清楚。他们——那些贪官污吏们，他们得到了黄金，但不想与500万巴新人民分享！我要查个水落石出！"

这更是一条捕风捉影的奇闻。第二次世界大战中，日本在东南亚地区进行大掠夺。战败时，当时巴新地方的日军将领把大量黄金埋藏起来，不知所终。2003年雨季，澳大利亚和巴新当地一些媒体称，在巴新新爱尔兰省东北部的比斯马克群岛山顶，发现了一个秘密的藏宝洞，里面埋藏着价值数亿美元的黄金，据说这就是日军留下的黄金宝藏。消息传出，世界各地探宝者纷纷前来。几乎同时，巴新政府也派出大批军警进驻这个地区。当时的巴新领导人发表声明，称有关"黄金宝藏"一说纯属谣言。中央政府派去军警，是为了到所罗门群岛参加维和行动进行常规训练。而当地警察来到现场，更只是为了防止藏金传闻导致局势失控。

但是，对于这种传闻，人们宁信其有，不信其无。甚至有人称，政府已经派律师与宝藏发现者签署协议，确定分成股份。由于这批宝藏最终也不见天日，更有人传闻它已经被政府要人私吞。

"总之，伟大宏图展示在我们面前，所有问题我们都将解决。一切都预示着我们要赢，我们会赢。神圣后裔们，团结起来，迎接历史再现吧。"

"姆！姆！姆！姆！"

这个让廖铮烦躁不安的声音再次从四面八方响起，充满了周围每一立方厘米的空间，令她无可躲避。

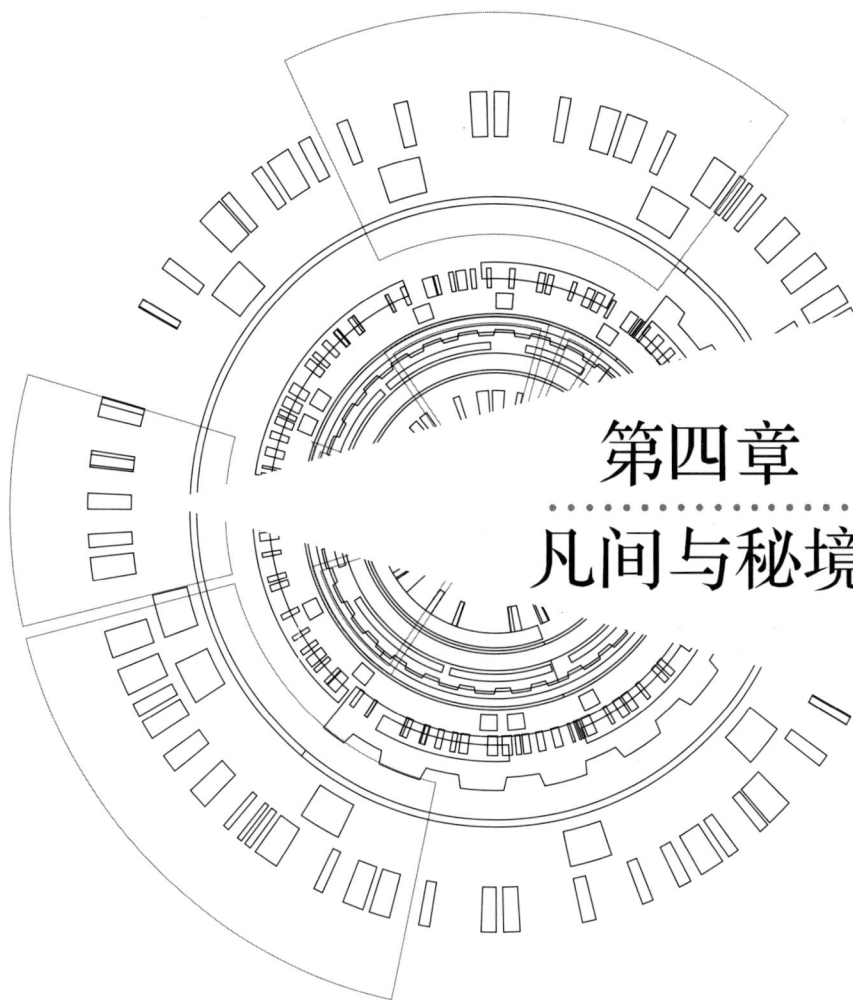

第四章
凡间与秘境

一

莫尔斯比港，这个以英国军官的名字命名的城市，带有明显的殖民地色彩。它面朝大洋，背依群山。它与外部世界之间的联系，比起与本国许多地方的联系更加便利。其实，不仅首都如此，巴新国内的大部分地区都不通公路和铁路。所以，交通方面形成了两个极端：要么乘飞机，要么就步行！当然，在河道水系密集之处，船也是重要的交通工具。

正餐前面如果不是开胃小菜，而是满满一道油腻大菜的话，难免让人倒胃口，更何况是一盘腐物。研讨、讲座、宴请，连轴转地参加了各种仪式、典礼。第三天傍晚，被搞得昏头涨脑的"外国专家"们才得以坐上旅行车，来到杰克逊国际机场。无数次关于"姆文明"的喧闹，使得霍瓦特遗址的真实面目，在他们脑海里更为模糊了。

不仅白天闹嚷嚷的，夜晚也不得安睡。来自全国各地的"神圣后裔"支持者蜂拥到卡莫拉饭店，表示他们的狂热。"姆！姆！姆！姆！"的喊声彻夜不停。在这么一片异样的气氛里，廖铮也只好保持缄默。

博阿伊专门包下巴新航空公司一架支线客机候在那里，准备接他们到西部高地省省会茫特哈根——离遗址最近的城市。从那里，他们要再转水路，加上步行……最终到达丛林深处的霍瓦特遗址。那是一架中国西安飞机制造公司制造的运七200A型支线客机，刚投入运营不久，还透着九成新。

身为党魁，博阿伊有大量要务在身，并没有跟来。考察队由波尔蒂略带领。不过，廖铮仍然感受到"大鳄"的影子无处不在。一方面，这里有他的同盟军波尔蒂略。尽管两个人的真实关系廖铮并不十分清楚，但现在，这两个狂人明显合作得很好。另一方面，张百卿提供的资料也显示，博阿伊决定要利用霍瓦特遗址为竞选造势后，便买下了那周围几十平方千米的山地。所以，遗址区现在是他的私人产业，并派有"护林人"长住！虽然博阿伊的私人财产拿到国际上根本不算什么，因为那片远在深山密林中的地皮本来也不值钱。

与天斗争，其乐无穷；与地斗争，其乐无穷。廖铮在多年的探险生涯中，对此有真切体会。但说到"与人斗争"，廖铮却从来不甚喜欢，似乎是天性使然。而这一次，她却必须选择是否要"与人斗争"。现在，无论愿意与否，廖铮都不自觉地介入到一场异国的政治斗争里。自从接触到张百卿后，她就知道，自己必须迅速做出决断。

两天来，在狂热的活动气氛中，廖铮一直在思考，自己要不要离开？如果自己声明退出所谓的考察，也不会有人阻碍她。回去后只要她写一篇文章，声称在巴新无法得到客观的考察环境，看过媒体预告的读者们也会谅解。

但是，远古石像朦胧的影子、忧郁的表情，以及探险家的热情和冒险习惯，仿佛一外一内两个动力，促使她留在这里。已经离它这么近了，为什么要退走呢？而且，那些眼睛里喷吐着狂热的巴布亚青年也促使廖铮下了决心。像巴新这样的发展中国家，也是人口年轻化的国家。由于出生率很高，过半人口都是青少年。他们是这个国家的未来，他们应该生活在一个尽可能真实的环境里。自己虽然是外国人，但也有义务帮助他们看到真实。

不管怎么样，我一定要到达遗址现场，谨慎观察，客观判断。

飞机平稳地跃上蓝天。在不影响舒适的前提下，运七200A可以运载50名乘客。现在，客舱里坐着波尔蒂略、廖铮、李应东，以及10多个来自欧美日的"姆文明研究专家"；还有10名巴布亚青年作为助手，陪同他们。这批人仿佛是一个豪华旅游团，而不是将要进入密林的探险队。那位名叫施蒂纳的青年紧随廖铮左右，随时准备履行着他的翻译职责。在这群人里，只有廖铮和李应东配有专门翻译，足见她受重视的程度。其他来客如果有语言方面的问题，只能就近请教那些巴布亚青年们，好在他们的英语都还能够交流。至于波尔蒂略，他的适应能力极强，已经很熟悉这里的语言环境，并不需要翻译。

对于身边这个臂佩袖章的青年，廖铮说不好他是在为自己服务，还是顺便监视自己，于是埋头整理自己的装备，有意无意地躲着他。

这些本地青年的领队，也是此次考察活动的后勤保障负责人，是一个名叫赛克瓦蒂的青年。他正是那天当众用中文诘问廖铮的人。后来廖铮回想起来，当她进入卡莫拉饭店后，就看到此人举着扩音器，高声招呼着进行现场调度。显然，他是"神圣后裔党"一个得力的中层干部。

不仅这两个人，所有这10个巴布亚青年，都戴着"神圣后裔"的标志。廖铮偶尔望到那袖标，对这些年轻人很是同情。她曾经希望霍瓦特真的就是姆文明遗址。如果考察结果说明波尔蒂略不过是胡说八道，他们的精神世界会受到多么严重的打击！

机舱里，波尔蒂略继续谈笑风生。不仅巴布亚青年崇拜地倾听着，就是那些所谓的专家也都放下架子，痴痴地听着这位世界级名人的讲论。他们本来就是波尔蒂略的拥趸。此时周围人少，更不掩饰自己的崇拜之情。这会儿，波尔蒂略正用英语给大家讲一件趣事。

"……我对那位朋友说，你不要迷信那些学术头衔，他们只知道在大学课堂上讲课，根本不能从事实际工作。我那位朋友生意做得很大，但读书很少，所以，教授啊、博士啊，在他心目中自然就有光环。他不听我的话，一定要请学院派专家给他设计路桥枢纽。结果，到了投标截止期，那些铁路学院的专家们什么也没有搞出来，害得他失去一大单生意……"

"呵呵。对对！"

"他们就是这样的！"

"科学家什么都不懂。"

"……"

听众们钦佩地点着头，连声附和着。波尔蒂略昂起头，露出快意的笑容。这类讽刺学术专家的故事，他还有一肚皮，可以讲上三天两夜不重复。不过，当这位世外高人的目光再次和廖铮接触时，还是多少有些别扭、尴尬包含在里面。

自从见面以来，廖铮一直躲着这个人。这一切都是你搞出来的！廖铮愤愤地想。波尔蒂略如果有话要解释，应该主动找她。否则，廖铮宁愿这么冷淡着，给他增加点精神压力。

李应东坐在廖铮同一排靠窗的座位上，脸上仍然是那副莫测高深的笑容。他似乎永远在笑，但笑得十分隐晦。李应东和廖铮彼此有所耳闻，这是两人头一次见面，他主动和廖铮攀谈起来。

原来，现在李应东不仅是中国台湾"飞碟学会"会长、雷尔教派台湾分会负责人，还是台湾"姆文明研究中心"主任。对那些头衔，廖铮一笑置之。这些"研究中心"之类的机构随便就能注册一个，并不值钱。

半小时后，飞机降落在茫特哈根。这个省会城市的面积只相当于中国一个小镇。两条街道，一些小楼，几十家商店便是它的全部。稀稀落落的人群在街头走过，生活节奏显得缓慢、幽静。这些外地人来到这里，足够引起轰动。一众旅人在赛克瓦蒂的带领下，来到市里最大一家旅馆暂住。这里的条件较莫尔斯比港差上许多，便是这最大的旅馆，房间也不够他们一人一间，廖铮只好和平山真纪、里奥娜两个女子住在一起。平山和里奥娜很友善地帮助廖铮把行李搬进房间。廖铮却发现，这两个马上就要投入探险旅程的女子没带什么东西，就像是个普通游客。

"你们都没有装备？"

"唔……什么装备？"平山不解地问。

"霍瓦特遗址在原始丛林里，要顺利到达那里，总要配备一定的装备，比如炊具、宿具、药品。"

"嗯，我想，波尔蒂略既然邀请咱们，他会准备的吧。"

显然，里奥娜没有探险经验。看她做事那笨手笨脚的样子，廖铮甚至怀疑她是否经常出门，是否只是个沉溺于书堆的"探险家"。

"探险不是冒险，装备很重要。"没有了波尔蒂略在一旁念催眠咒，廖铮可以如实地讲出自己的想法，"待会我去问问他们。别的还另说，如果没准备驱蚊油，你们可以用我的。这里卫生条件差，蚊虫导致的传染病很厉害的。"

正在这时，波尔蒂略出现在敞开的门口，向廖铮赔着笑："廖铮女士，能否来我那里。有些情况要向你介绍一下。"

哼！你终于来了。廖铮表情严肃地点了点头。现在不是讲礼节的时候，她要保持着这种精神压力。波尔蒂略却没有带她去自己的房间，而是远离众人，请她来到屋顶凉亭里。看到周围并无旁人，波尔蒂略压低声音，小心谨慎地开了口："再次感谢你接受我的邀请。请问，你对这次活动的安排有什么意见？"

"有！有很多意见。"廖铮坐下来，对他的谦恭并不买账，"这个博阿伊是什么人？你从未提到过。到底是你邀请我，还是他邀请我？"

"呵呵……"波尔蒂略赔着笑，心里却是七上八下。当初，邀请名单是他和博阿伊共同拟定的。担心穿帮，真正的考古专家自然一个都不能请。但请不请这些探险界的同行，波尔蒂略曾经很是犹豫了一阵。因为他们虽非考古专家，但见多识广，不像科斯塔基诺夫那些"专家"那么好骗。但博阿伊却嫌那些"专家"名头有限，非要坚持请这"六大探险家"给自己的政党壮声色。现在只来了廖铮一个，就够自己应付得了。

"我们这是初次合作，但你给我的印象很差！"廖铮指了指楼下面正在院子里、街头上拍照的欧美来客们，"你要知道我的身价！我不会像那些无名小卒一样，帮助你提高人气！"

廖铮经过一番思考，下定决心，一是要在气势上压倒对方，像榨汁一样，逼对方多坦白些实情，多提供有利条件。二是要隐藏自己的真情实感，单纯从商业角度、道德角度表示不满，而不表明自己在遗址本身上的看法。她现在非常怀疑，虽然霍瓦特遗址是真的，但两年时间下来，博阿伊和波尔蒂略八成在里面做了什么手脚。如果现在就表示自己的怀疑，波尔蒂略更加警惕，到时候，她更不会看到想看的东西。

"那是，那是。"见廖铮这么直截了当，波尔蒂略当然也不再绕弯子。"这个嘛，我知道你的不满，很理解。不过，博阿伊作为主人，他的想法我自然要顾虑的。没有他的帮助，我们的考察会有许多困难。我保证，接下来你会获得充分自由。不会有人干扰你的考察计划。请放心。"

"我希望这样！"

波尔蒂略诺诺连声，退走了。廖铮没有动地方，她又想起了远在北京大学的谭松。作为科学文化方面的专家，谭松有一项独门绝技，就是研究"江湖科学"，研究"民科"。

科学发展到今天，早就发展出成熟的专业体系。身处职业科学家圈子外面，如廖铮这样的科学同盟军，当然也可以凭借努力，在严守科学原则的前提下取得一些研究成果，比如，发现某个新物种，发现某颗小行星等。但同时却有一批"江湖学者"，以狂热的偏执心理，认定自己做出了改变世界的重大发明。有的人坚称自己发明了永动机，有的人宣布自己推翻了进化论，有的认定自己证明了哥德巴赫猜想……遇到专家学者的反驳，便声称自己受到科学界垄断势力、保守派的压制，以至明珠蒙尘。他们和用伪科学来行骗的人又有不同，往往并不在意经济收入，至多只是要个名气。他们是真的沉醉在自己的"发现"里，不能自拔了。

江湖学者各国都有，构成了当今知识界一道奇异风景。廖铮当年与谭松结识，也是因为读了他的书，惊起自己一身冷汗，生怕自己也不慎成为其中一员。现在，不算波尔蒂略和李应东这两位高深莫测的先生，剩下的这些外国来客，不正是一群典型的江湖学者吗？

甚至，江湖学者身上常见的某些特征：人际交往不良、生存能力差、经济条件差，他们似乎也都沾了一点。看这些人寒酸的穿着打扮，花钱时的谨小慎微、犹豫不决，廖铮怀疑其中有些人在国内只是靠失业救济金生活。

临来时，廖铮和谭松曾经讨论过太平洋诸岛屿上的巨石文化遗迹。因为单从照片上看，霍瓦特遗址也是这类巨石文化的组成部分。两人还就此草拟了考察题目。当时，两人根本没有想到"江湖学者"这回事。连日来，"神圣后裔党"有关"姆大陆"的喧闹让廖铮不胜烦恼，她的注意力转移到怎么应付这些人上面。现在，周围环境忽然变得很安静，廖铮的思路又敏捷起来。她拿出卫星电话，和谭松聊起这几天的见闻，并请他在网上查一下这些人的来历。

在廖铮听过的所有那些"学术报告"里，大部分纯属胡扯。只有李应东"中国台湾七星山遗址"一条还算言之有物。她又请谭松查一下这个遗址的情况。

如果说莫尔斯比港与世界同步的话，茫特哈根这里便要差上20年，不光没有互联网服务，固定电话都很少。不过，廖铮配备的ACeS卫星电话如果用来传输数据，其速度虽然还比不上以前的上网设备，但要在崇山峻岭中仍然与世界保持联系，它的确是一件利器。廖铮请谭松把资料整理成纯文本文件，传到这里。

晚饭过去后，万里之遥的谭松就发来了信息。对于那些"研究所""探险队"之类，有大半查不到资料。而对于那些"专家学者"，也只有一半能够查到资料，还都是下载于他们自己开设的网站上。

并且，这些网站上充满了对波尔蒂略的溢美之词："最有创见的学者""爱因斯坦之后最伟大的天才""当代唯一领悟学术真谛的人"，凡此种种，不一而足。

至于那个所谓的"七星山金字塔遗址"，指位于中国台湾七星山主峰、南峰和东峰之间，一处有七八层楼高的三角形石锥体。包括李应东在内的一些"专家"声称它是超远古文明的遗址。台湾阳明山公园管理处曾请专业考古学者前往现场勘察。他们认为，现场缺乏瓦片、陶片等人类活动的遗迹，判断那处陡峭锥体本系天成，与人无关。将那里视作"超远古文明遗址"是典型的伪科学观点。自然，李应东毫不理会这种反驳。在前天他做的"学术"报告里，七星山遗址之货真价实，仿佛已经被全世界公认。

至于"姆文明研究中心"，谭松在网上也查不到资料。廖铮又想到另一个能够提供帮助的人，便给张百卿发了信息。张百卿果然像他说过的那样，暗中关注着这次活动。他立刻动员起自己的信息网，不到半小时便把有关资料传给了廖铮。原来，那个研究中心也是李应东自己策划的组织。几个月前，李应东就来过巴新，和博阿伊有过接触。波尔蒂略奇书一出，李应东这个不择手段追求名气的人，立刻借此炒作自己的题目，顺手便成立了这家"姆文明研究中心"，专门以姆文明确实存在为前提，研究姆文明传播史。

"《文明之母终于揭开面纱》的中译本，在台湾地区就是由'姆文明研究中心'出版的。"张百卿在信息里向廖铮介绍着，"据我所知，李应东可能还给这次所谓的考察提供了经费。博阿伊本人的钱大量用于竞选，经费并不宽松。"

事情盘根错节，复杂到了廖铮难以想象的程度。看来，虽然很不愿意，但自己已经深陷其中。如果要坚持走到遗址面前，只好时时"与人斗争"了。

不管这些！所有这一切，归根到底只有一点，霍瓦特遗址本身！它究竟是什么，那才最重要。廖铮相信，只要看到它，自己就能劈开被人为缠绕起来的这团乱麻。

三

第二天早上，一个突发事件让廖铮稍稍松了口气：李应东自己退出了"考察队"！

原来，晚上睡觉的时候，李应东房间里的蚊帐没有挂严，毒蚊子在他的下嘴唇上狠狠地叮了一口。早上起来，李应东的嘴唇肿了起来，整个脸形变得滑稽古怪，失去了平素的学者风范。

当然，令他退出探险队的，并不是被暂时地破了相，而是更加知道了此行的艰难。李应东这辈子主要在教学楼和写字楼里混生活，吃不得苦，从不涉及真正的原始蛮荒之地。上次前来巴新，虽然声称是要考察霍瓦特遗址，其实便只待在莫尔斯比港的舒适宾馆里，连茫特哈根都没有到。回去之后，不过是凭着信口开河的习惯，撰文大谈自己对遗址的"考察"。

不过，虽然每年总能出版一些书，但李应东在中国台湾知识界里早已大受诟病。此番随队前来，也只是想留几张在霍瓦特遗址面前的照片，似模似样地摆摆考察的架势就行。现在被毒蚊来了个下马威，知道途中会有厉害许多倍的虫蚁蛇兽，立刻就告病退出。

波尔蒂略也不挽留，反正他的钱已经拿到手，双方的目的都能够达到，就谈笑风生，送对方上了飞机。

"你的困难我很能理解。放心，到时候，我用电脑给你做个合成效果就行。至于那些人，你不必顾虑，他们不会说什么的。"波尔蒂略小声地安慰道。

廖铮早早就来到旅店前厅，这才发现，除了波尔蒂略，这些"探险家""考古专家"们竟然都和那两个女子一样，全没有预备必要的装具。除了照相机，大家只拿着已经失去信号的手机，没有一个人携带导航设备。廖铮更加坚信，他们不过是些毫无经验的"菜鸟"，为了满足虚荣心，被波尔蒂略许下的出名机会打动，来到此地。不过，原始丛林可不比已经开发多年的旅游地，风险多多。此时，波尔蒂略送李应东未归，廖铮便把大家请到大厅，给他们讲丛林探险的必要知识。

"进入热带雨林，这些物品必须带足：蛇药片、奎宁、肠胃药、白药、酒精、碘酒、药棉、纱布绷带。我这里虽然有一些，但如果遇到问题肯定不够。考察队组委会应该知道这些，但他们为什么不准备……"她四外看了看，不仅波尔蒂略不在，就是那些充当后勤人员的"神圣后裔"青年党员也都不在场。原来，他们在赛克瓦蒂带领下，到街头散发竞选传单去了。

廖铮耸耸肩，接着给大家讲解："另外，你们这样穿短衣短裤也不行。尤其是脚上，必须穿靴子！丛林里虽然热，但植物茂盛，很容易划破皮肤，造成感染。还有，一旦进入丛林，大家就必须丢掉洗澡的习惯，不要再考虑体面不体面。不管身上多么脏都要忍受。丛林里的河道生活着大量水生物，像水蛭、食人鱼等，都能伤害到人。"

　　廖铮看到，众人的眼神里逐渐透出了畏缩。是的，这些人毫无探险经验，以为既然有波尔蒂略请客，自然预备了一切，什么都不用担心。看看自己的提醒差不多了，廖铮又给他们减了减压。

　　"好吧。既然大家这么远都过来了，希望大家能够顺利到达目的地。不过，如果有哪位中途觉得自己身体状态不好，千万别硬撑着。进到丛林后，我们就只能靠自己了，不能指望会有小诊所，甚至医院。唉，这些都应该由波尔蒂略给你们讲的。"

　　"何塞先生很忙，不能怪他。"听到廖铮对波尔蒂略稍有抱怨，詹蒂尼立刻反驳道。

　　"是的，波尔蒂略先生要考虑全局。这些我们本应该自己准备的。"科斯塔基诺夫也随口而出，"我十分感谢他给我这次机会，这将是我学术生涯的转折点！"

　　众人听罢他们的话，连连点头。方才听廖铮讲丛林探险的注意事项，他们都插不上嘴，现在提到波尔蒂略，却异口同声地为他开脱。廖铮本想借此机会，给他们被波尔蒂略"洗"过的大脑注入些"清醒剂"。这么一看，感觉还不是时候，就不再多言。

　　很快，波尔蒂略和赛克瓦蒂出现在旅馆门口。两人一边走一边商量着什么。廖铮大步迎了上去。看到她走过来，赛克瓦蒂低着头走开了。廖铮挡住波尔蒂略。两人身高差上20厘米，但由于气势不同，波尔蒂略竟然感觉自己矮上一头。

　　"我说朋友，你请的这些都是什么人？白领游客吗？"廖铮毫不客气。

　　"唔？"

　　"他们根本没有丛林探险经验，把这当成旅行团了。这么多'菜鸟'一起进雨林去，出了危险怎么办！"

"是吗？这我可没想到。"波尔蒂略脸上透出大大的惊讶和无辜，"他们都是专家学者嘛。我以为他们都有田野调查的经验。"

"他们……"廖铮忽然收住了口。难道，波尔蒂略正是要达到这个效果？这些人都是他请来的，到底是什么学术背景，他不可能不清楚。波尔蒂略并不是事先约定，组织一批人集体造假。这个老江湖完全知道"江湖学者"的性格特征——不学无术但又极端自负。他正在利用人性的弱点。"专家"这顶帽子送给他们，这些人谁都不会拒绝。他们即使到达霍瓦特遗址，肯定也会晕头转向，听凭波尔蒂略摆布。而他们离开后，必定要写文章宣传自己的所见所闻。在这些文章里，谁也不会写出自己的无知。

这些都是廖铮一瞬间形成的判断。她能够从事探险十多年，好胜之心，挑战精神必不可少，当下心中暗想：好，你就这么玩下去吧！我更要去看看，霍瓦特那里究竟是什么样。不过，那些各国来客虽然不辨是非，但毕竟不是要和波尔蒂略一同造假，要让他们冒的风险越小越好。

于是，廖铮掏出一个设备物资名单，交给波尔蒂略："好吧。我想，这里面可能有许多误会。不过，装备物资不足毕竟是现实。这些药品和设备请你去准备。茫特哈根这里没有，就到首都去买。不备齐的话，我看考察队根本不能出发。"

"这个……他们的签证有期限。很快就要到期了。"波尔蒂略没想到，这个东方女子这么难缠，"不能拖延很久的。"

"那最好劝说他们回家去！"廖铮的语气严厉起来，"热带丛林不是闹着玩的。他们不知道自己要面对什么，但你不会不知道。"

"唔……"波尔蒂略挠挠头皮，"我有足够的装备，但只是供我个人用的，可以分一部分给他们。你的装备……"

"我的东西不准备拿出来给大家分享，那样的话，谁也不够用！"

廖铮把话说得这么死，是想提醒波尔蒂略别把火玩得太猛烈。毒蚊、水蛭、蟒蛇、鳄鱼……新几内亚丛林是世界上物种最丰富的地方，生物多样化的天堂。但对人类来说，也是险象环生的地方。廖铮虽然头一次来这里，但她去过印度尼西亚条件类似的雨林，知道其中的厉害。

不过，廖铮很快就发现，自己仍然和以前一样孤立。尽管她警告再三，但是，站在这个被称为"省会"的小镇子里，游客们还是不太把传说里的丛林危险当回事。既然已经不远万里来到这里，除了李应东那样的泥鳅精，谁又好意思轻易地说退就走呢？不一会儿，他们自发地集中起来，纷纷向廖铮表示，自己能够克服困难。

里奥娜表现得最坚决。她告诉廖铮，自己有虔诚的信仰，它能够帮她渡过一切难关，指引她到达目的地。"这些困难早就设定在宇宙这个程序里，我只有跟着走下去。"

詹蒂尼也对廖铮说，你们东方人不是讲究天人合一吗。眼前这么美丽的大自然，为什么不尽早去拥抱呢？

那边，波尔蒂略也叫赛克瓦蒂在街头象征性地买了些药品和方便食品。充分是绝对谈不上的，只不过给廖铮摆摆样子。廖铮更进一步感觉到自己被孤立，就不再多话了。

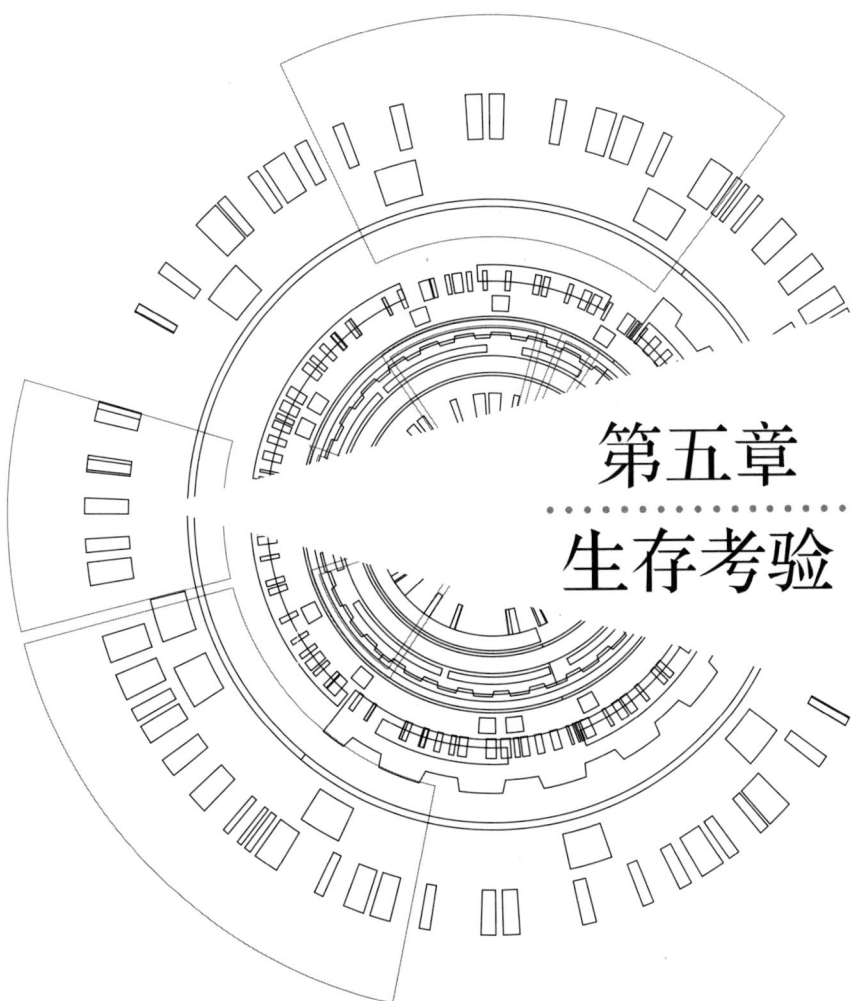

第五章

生存考验

一

热带雨林都有很发达的水系，为雨林的局部生物圈提供水分。不过，这类水系通常不表现为亚马孙式的宽阔巨川，而是纵横交错、弯曲绵延的林间水道。没有什么地图可以指明那迷宫式的河流通向什么地方，地图就绘在当地人的脑子里。

几条小河从茫特哈根流出，其中一条通向密林深处的霍瓦特镇。4只探险专用漂流船被放到岸边，"神圣后裔"的党员慢慢地给它们充着气。漂流船都是充气船，船体由合成纤维制造，分里外两层，每层又有多个分隔。即使一处被割破，也不至于全船报废。而当它被放掉气以后，一个人甚至就可以拖动两只船囊。这也是波尔蒂略唯一给大家事先预备的装具。

十几个"专家"们好奇地围着漂流船观看。显然，他们都没有见过真正的探险专用漂流船。科斯塔基诺夫和詹蒂尼在一只漂流船边不知发现了什么，一边议论，一边冲着远处的廖铮挤挤眼。廖铮走过去一看，原来舟体上面有一行细小的中文标记：重庆远航探险器具厂制造。廖铮笑笑，学着欧洲人的习惯耸耸肩膀。中国现在是全球头号探险装备生产国，在自己身上探险装备都是国货。而这几只由波尔蒂略准备的漂流船，虽然采买自印度尼西亚，追根究底也是中国制造。

赛克瓦蒂走过来，大声招呼手下人把所有行李物品都运到第四只漂流船上。然后，他直接走到廖铮身边，伸手便拎起廖铮的背包。廖铮赶忙出手阻挡，大声质问他要做什么。赛克瓦蒂刻意用不熟练的中文回答道：

"团队统一行动，装备物资放到第四条船上，全部！"

在他回答的时候，廖铮望着他的表情，盯着他的双眼。直觉给她心里投下几分阴影。她不知道那阴影里面有什么，但在这种关头也没有时间去核实。她斩钉截铁地回绝道："这些东西不是你们提供的，是我的个人物品，我要带在身边！"

赛克瓦蒂被她的气势镇住了，张口结舌半天才说："物品统一保管不好吗？"

"多谢。但我在路上随时要用一些东西。"廖铮脸上似乎写着一行字，那是"国际通用文字"，内容是"没有商量"。自己的背包里有万用炉头、防水灯、微型个人帐篷，还有许多野外探险必备的食品、药品、消毒剂，特别是有20块锂电池。ACeS卫星电话即使在丛林里也可以使用，但显然不可能随时充电。

赛克瓦蒂张了张嘴，不知说什么好，悻悻地走开了。他已经知道，来了那么多人，这个女人最厉害，以后要认真对付她！

4条漂流船摆在河边，每条可乘8人。十几个来客被分散到4条船上。每船有2到3名"神圣后裔党"党员，既是服务员，又是监视者。划船的人倒不是"神圣后裔党"党员，而是当地请来的艄公。毕竟再狂热的信仰也抵不上驾船技术。4个中年艄公皮肤呈十足的咖啡色，脸上都画着油彩。那既是装饰，也是和丛林部落民相互辨认的方法，因为不同部落有不同的脸谱。在卡莫拉饭店里，"神圣后裔党"曾经请了一些演员参加造势活动。廖铮看到过他们涂着油彩的样子，只不过演员们比较专业，用精炼的椰油做底，走近她们身边会飘过一股清香味。而这几位艄公们使用的却是猪油！

漂流船驶离茫特哈根，很快就没入丛林里。最后一栋建筑物消失在视野外。周围寂寞下来，只有鸟鸣、虫鸣，令这些来自大都市的人非常不适。空气十分湿润，半点风都不透，凝聚得像是液体，似乎用手一抓，便能抓到一掌水珠。许多人上船前还穿着刚刚换洗的衣服，现在已经被汗打湿了。这里是万物生长的好去处，却是人类的大难题。不过，毕竟刚刚入林，新鲜感多少促使大家克服了身上的不适。

在他们周围，大王棕、西谷椰子树等高大的热带树木构成了密密的绿色屏蔽，让他们失去了方向感。

行程开始的时候，4条船相距很近，彼此间可以清楚地交谈。除了廖铮，大家又众星捧月般地向波尔蒂略请教。

"这里的生活环境这么差。当初姆族人为什么把城市建在森林里呀？"里奥娜提了一个相当愚蠢的问题。在这里，他们不怕自己露怯，向"顶级学者"波尔蒂略请教并不失身份。

"呵呵，一万多年前，姆族人城市存在的时候，周围可不是森林呀。"波尔蒂略回答道，"你们有谁住在乡间别墅吗？在那里，一个人如果放弃自己的别墅，只要一年不整修，院子里就会杂草丛生，藤蔓植物就会爬上房顶，青苔就会长满墙缝，鸟儿就会在屋顶筑巢。用人类的观点看，那座别墅院子算是荒废了。而用大自然的眼光看，不过是它们在收复人类侵略的失地罢了。一年尚且如此，何况一万年。"

波尔蒂略一说话，其他人即使在彼此交谈，也立刻止住声，全神贯注地倾听。廖铮对他在这群人里的威望有了更深的认识。

"像这样失踪在丛林中的城市，世界上到处都是，不止一处。吴哥窟死亡了几百年，后人就只能从密林里找到它。霍瓦特遗址至少消失了一万年，大自然早把它吞掉了！幸好，它是个石质建筑，大自然只能吞，不能消化。"

"我们都很尊敬波尔蒂略先生！"詹蒂尼和廖铮坐在一条船上。他好像是怕廖铮有什么不明白，主动地介绍说："我们这些人，在自己的研究上投入了太多的心血，但就是不被保守的科学界认可。只有波尔蒂略先生，这位真正的学者支持我们。"詹蒂尼用手点着那些来客。"他、他、她，还有她……我们都受到过波尔蒂略先生的提携。喂，你们说对不对？"

众人一听，纷纷点头。在他们的簇拥中，波尔蒂略更享受着先知般的拥戴："是呀。我的祖先说过，'山不需要依靠山，人需要依靠人'。我这么做是应该的。"

不一会儿，第一只船上的赛克瓦蒂开始领唱起歌来。歌声雄浑高昂，曲调听上去有几分现代色彩，旋律也比较正规，似乎不是民歌，而是出自学院派作曲家之手。队中的9个巴布亚青年也跟着唱了起来，而4个艄公却无动于衷。

"这是我们歌颂姆大陆的歌曲，是党内人士新创作的。"看到廖铮不甚了了，施蒂纳低声向廖铮介绍道。

"姆！姆！姆！姆！"神圣后裔党员们唱到高兴处，齐声吼着。还好，由于置身船上，他们不敢像在大街上那样集体跺脚。这些20岁左右的青年人，他们越是狂热，廖铮越是担心。她知道，一个人的信仰一旦崩溃，和山崩地裂没什么区别。而他们这个建筑在沙滩上的信仰，十有八九会崩溃掉。到时候，什么样的精神伤害在等待着他们呢？

唱罢，赛克瓦蒂站起来，远远地向坐在第二条船上的廖铮发问，仍然是生硬的，然而字正腔圆的汉语普通话："廖铮女士，根据我的观察，你似乎是怀疑姆文明的存在？"

廖铮从他的声音里听出了敌意。而且，他的声音放得很大，几乎全队的人都被吸引住了，让她很是为难。这里并没有客观的学术探讨气氛。所以这两天里，她刻意不面对这个问题。现在，赛克瓦蒂似乎不给她这个躲避的空间。

可是，为什么要躲避呢？难道，她真的不能让真理的声音，进入这里每个人的心灵吗？记得大学时，一位老师曾经说过，要说服别人，必须兼有真理的力量和人格的魅力。现在，她肯定拥有真理的力量。而人格的魅力也并非及不上波尔蒂略。

想到这，廖铮也放大了声音，并且是用英语回答。除了艄公，英语是这里所有人都听得懂的语言。

"我不能否认它存在，也不能肯定它存在。另外，即使姆文明真的存在，霍瓦特遗址既有可能是它的一部分，也有可能不是。总之，我最关注的不是结论，而是资料本身。我能够在遗址群里看到什么，那才是最重要的。"

赛克瓦蒂脸色通红，声调也高亢起来："你怎么会不能肯定它的存在？莫名其妙！波尔蒂略先生提供了那么多证据，这些专家学者又做了这么多论证。难道，您真的被所谓的科学搞得头脑僵化，不肯相信明显的结论吗？"

所有的人都不说话，看着他们的争吵。

"科学并不等于僵化。"廖铮平心静气，然而又十分坚定地回答道，"科学考察和警察破案一样，都要求证据，更多的证据；怀疑，更多的怀疑。对于任何事情，科学家首先倾向于怀疑，在怀疑中找证据。这并不是保守和僵化。毕竟在科学产生之前，骗术和误解控制了人类几千年。"

"这很不好！"赛克瓦蒂甩了甩手，突然转了话题，"哼，我知道你为什么怀疑姆文明的存在。你肯定是在嫉妒我们！你们中国人一向声称自己文明久远，现在我们已经证明，我们有更久远的文明。这个结论是你们接受不了的！"

"是的，14000年对5000年。我们才是最古老的文明！"另一个青年党员大声附和道。

一时间，外国来客们保持着礼貌，几个党员你一言我一语，向廖铮开起了炮。施蒂纳并不言语，大概他的任务是做翻译，不好把双方的关系搞僵吧。

廖铮知道，她和这些人像是走在两条铁轨上的车，彼此相望，但却合不到一处。不过，她至少要让他们听到汽笛的声音。

"即使姆文明真的存在，而你们正是姆族人的后代，我也不会因为这些嫉妒你们。"廖铮坦然地说道，"若论文明长短，最早的人类诞生于现在的肯尼亚，时间是上百万年前，全人类都是从那个地方走出来的。但你们谁认为，这些对今天的现实有什么意义吗？"

有理不在声高，几个青年张口结舌，不知怎么反诘。廖铮接着说道："一个人应该因为自己的成就而骄傲、自豪，但不能拿别人的成就来夸耀自己。如果我自己一事无成，但天天告诉别人，我是某某名人的女儿、孙女，你们就会瞧得起我吗？同理，如果我的父亲、祖父都无法让我自夸，那么我搬出十几代、几十代祖先来夸耀自己，别人真会当回事吗？"

好一阵沉默，以至于艄公们都感到莫名其妙。他们并不知道这些人在争论什么。刚才大家吵成一团，突然静下来，让他们反而不适应了。

"很新鲜。"科斯塔基诺夫突然插话进来，脸上露出欣赏的表情，"我还是第一次听一位中国人说，她不以所谓悠久的文明而自豪。"

"是吗？"廖铮脸上有些发烧。她希望别人没有看到自己的脸红了。所以，当她再开口时，不自觉地为自己的同胞辩解："我想，可能是交流上的问题吧。我们中国有一个俗称，叫'败家子儿'，意思就是守着祖先的基业过活，不去创造，坐吃山空的人。我们的文化本身很提倡创新与自我奋斗。"

廖铮不想再说下去，作为一个中国人，她也为自己国家的悠久历史而自豪，可这并不代表他们就固步自封。

"很好，很好。"里奥娜也插进话来，"我以前遇到过几个中国人。他们和我交谈，总是说我们的历史多么悠久，你们美国的历史多么短暂。我以为，这正体现了他们的自卑。听廖铮女士这么说，看来我是有些误会。贵国文化也是提倡创新进取的。"

廖铮尴尬地点着头。忽然发现，众人的焦点集中到了自己身上，有好半天没听见波尔蒂略的高谈阔论了。

二

廖铮的话像是种子，在众人心里很快地发芽，或者是被反刍。其表现，就是大家都不再说话。廖铮知道这点，故意不去管周围人的反应，自己把玩着导航终端。

甚至，赛克瓦蒂也感受到有些震撼，但还不足以令他放弃根深蒂固的信仰。他辩不过廖铮，只好退到一旁，不说什么了。

巴新是议会制国家，这里的所谓政党，实际上就是竞选集团。普通党员都是临时加入的热情支持者，只有赛克瓦蒂这样的高级干部才算中坚力量。他今年只有25岁，巴新大学毕业。以往，由于高教水平有限，巴新政坛上层都是海归派。博阿伊建党后，竖起了民族主义大旗，声明本党只在本土派里选择追随者。赛克瓦蒂很快就在他搭建的舞台上找到自己表演的场合，释放出自己的能量。而博阿伊也信任这个部下，这次能交给他这种不算轻的差事，便表明了他在党内的地位。他要配合波尔蒂略，通过这些外来人的笔，将姆大陆神话编写下去。

漂流船左拐右绕，在树林间穿行。绿树高耸，枝叶浓密，中午时分的阳光竟然只是星星点点。有的地方放眼望去，竟然是一片墨绿色的黑暗，似乎有精灵藏匿其间。蟒蛇在树枝间缠绕，野蜂在草丛上飞舞。它们越是逍遥自在，漂流船上的人们越是担惊受怕。即使"神圣后裔"的党员们也都表情紧张。他们大多出生在巴新的城市地区，除了赛克瓦蒂与一两个骨干，都没有到过霍瓦特。在莫尔斯比港与霍瓦特之间，存在着数百年的差距。即使本国人，也难以适应这个差距。

其实，周围景色虽然原始，但他们正行驶在一条公用水道上。这条水道连接着密林深处的一些村落，是他们唯一与外部世界沟通的渠道。沿途不时遇到对面驶来的小船。那些木制小船载着药材、西谷米等土产。船上的当地人好奇地望着这一群肤色各异的来客。这里并非开辟好的旅游地，他们几年也见不到一个外国人。

树叶可以遮住来自天空的视线，但挡不住电子信号。廖铮站在船头，仍然在摆弄着她的定位仪，似乎那是电子游戏机。其实，她一直在研究行船路线。她发现，虽然船速不慢，艄公们非常卖力，而且从早上出发到现在，也行驶了好长时间，但他们与茫特哈根的直线距离才拉开十几千米！

难道水路虽然省力，但不及旱路近？他们必须这么拐来绕去才能到达目的地？廖铮心里疑云密布。

除了她以外，被请来的客人里谁也没有准备定位仪。密林深处，阳光完全不足以显示方位。晕头转向的人们还以为，自己正在直奔霍瓦特而去。

下午时分，才有十几幢高脚茅屋出现在他们左面的岸上。那是他们遇到的第一个居民点。赛克瓦蒂宣布，这就是他们今晚休息的地方。

大家纷纷上岸，活动一下麻木的双腿。当地部落酋长带着几个村民走了过来，用土语和赛克瓦蒂谈论着什么。

"村民们很好客。他们说，虽然今天部落里有重大事件要解决，但仍然要欢迎远来的客人。"施蒂纳听听他们的交谈，翻译给廖铮。直到此时，这位翻译的作用并不大。廖铮和其他外国来客用英语交谈，和赛克瓦蒂交涉时，后者又坚持用中文。

村长，或者说部落酋长脸上涂抹着重彩，让人看不清他的五官。一只野猪爪镶在他的鼻边，手腕上还戴着一串干瘪的球形物。廖铮远远地辨认了一下，忽然想起那串东西是什么，但她没有说出口。那是一串用烟熏干的猪睾丸！巴布亚人不仅养猪用猪，而且爱猪崇猪。

少顷，赛克瓦蒂回过头，对众人说道："大家今天在这里休息。不过要注意，部落区这里是公社式群居。男人住男屋，女人住女屋。没有单独的房间给你们。请各位入乡随俗。"

一众欧美日来客虽然是波尔蒂略刻意挑选来的"菜鸟"，但平时都自认是科学家，是探险家、人类学家，听到赛克瓦蒂的解释，纷纷表示无所谓。当然，他们既然自愿前来，多少都有些心理准备。不过，进到村落后，条件之原始仍然大出他们的意料。这些"屋"四面透风，一眼能望个对穿。洗手间是不用指望的。部落民彼此熟悉，都在露天地里大小便。除了少许铁丝、铁架用来加固房屋、船只，以及部分青年的衣着，村子里看不到任何现代化的迹象，更没有电器用品。特别是里奥娜和平山真纪，发现"女屋"里竟然躺着只猪，忍不住便是两声娇呼！

原来，在巴新这些部落区，女人和孩子跟猪同住是传统习惯。到了夜间，人和猪顺着躺在一起，可谓爱猪如子。廖铮对此倒不意外。就在几十年前，中国西部的一些少数民族还有人畜同居的习惯，她曾经多次到过那些地方考察。

"这……"里奥娜眼圈一红，眼泪差点掉出来。旁边，两个白人男子路过这里走向"男屋"，看到这个情形，虽然表示同情，但都爱莫能助。总不能让她们和一群基本上裸体的土著男人睡在一起吧。

不过，条件虽然原始，但村民们确实表现了他们的真诚和热情。村落中间的空地上，几个壮汉开始挖掘"地炉"，敷上卵石。用地炉烧烤食品是南太平洋地区广泛存在的风俗。另外几个村民则清洗腌制的猪肉和鸟肉。

不过，大部分部落民都忧心忡忡地聚在村落边，似乎在等着什么。廖铮来到他们身边，随着他们的视线向远处张望。

"今天，他们和另外一个部落有纠缠要解决。"紧跟着的施蒂纳告诉廖铮。他的话音刚落，忽然，一棵瞭望树上，有个村民指着密林深处，大叫起来。酋长越众而出，大喊着，指挥村民散开，排成某种队形。男人一边，女人一边。外国来客惊讶地聚在远处，注视着事态发展。

都到21世纪了，莫非这里还有部落战争吗？这可难说。像巴新这样的国家，政府机构只能控制比较开化的地方。在这些部落区，原始风俗仍然决定着一切。便是那些"神圣后裔"们，在这里也从不发放什么传单，因为部落民根本不认字，不参加投票。

鼓点声由远及近，廖铮看到一群土著壮汉从林子里出来，数量足有50多名。他们和这边的村民画着不同的脸谱，显示着不同的归属。外国来客们情知有事，远远避开。几个人想找波尔蒂略问个究竟，但这位大忙人在这个关键时刻竟然不知去向。赛克瓦蒂也失了踪。只有几个不晓事的年轻党员待在这里，他们也不知道干什么才好。

只见外来的那些土著表情严肃，赶着一群猪来到村口。难道不是打仗，是要做交易？这边，本村酋长扬手要他们在远处停下。然后，双方酋长站到空地上，叉着腰，大声交涉着。又过了一会儿，本村一个中年妇女被本村酋长叫出来，去检查那些猪。

外国来客们在远处指指点点，围到一旁，好奇地观察着事态发展。正好施蒂纳走过来，大家便向他询问。施蒂纳摆摆手，请大家安静。他听了听那边双方的争论，终于明白发生了什么事，于是他解释道："这是一次部落间的赔偿事宜，依照部落传统进行。本村一个男人被那个部落的人打死了。按传统，他们要赔偿15头猪。那位中年妇女是死者的母亲，由她去检查赔偿物的质量。如果她同意，这场纠缠就算了结。"

"一条人命值15头猪？"平山真纪大叫道，"贵国法律是这么规定的吗？"

她的问题当然也代表了所有旁观者。施蒂纳有些不好意思："本国法律当然没有这么规定。不过在这些部落地区，人们遵守传统习惯法。本国正式法律一般只管辖着城市地区。"

还没等施蒂纳解释完，那个中年妇女便大叫起来，哭天抢地，几个族人赶快围上去，扶她下来。施蒂纳眉头紧锁："看样子不大好。她认为猪太瘦了，不足以赔偿儿子的命。我们还是远离一下吧。可能要……"

话音未落，两村土著便互相叫骂起来。他们丝毫不理会这些外国人。在他们眼里，世界上所有的人只分成两类——本部落的人和本部落以外的人。对骂了片刻，两队最前面的几个人便扑到一起，扭打起来。接着，棍棒、投枪和吹箭雨点般飞来飞去。殴打声、惨叫声破空而来，令林缝中的夕阳显得更红。

"大家回村屋去！"廖铮大叫道。他们刚才参观过"村屋"，那里相当于村里的议事厅。此时，由于本村人都出去了，村屋空无一人。当然，也由于民风淳朴，村屋上更没有锁之类的保险装置。廖铮赶快招呼大家进去躲避。众人一边往里钻，一边惊慌失措地喊着。

"何塞！"

"赛克瓦蒂？"

"负责人在哪里？"

"……"

除了廖铮，被困在村屋里的外国客人惊慌失措。现在，他们离文明世界如此之远，只有熟悉眼前局势的强人可以依赖。其实，这里与战斗核心相距极远。但他们都不知道，战火会不会蔓延到这里。而那两个关键人物，却任凭他们怎么呼唤，就是不露面。

廖铮把大家安顿好，独自一人站在门外，在安全距离外警惕地观察着远处的打斗。她发现，虽然双方好勇斗狠，但都不会往死里打。显然，现代社会的影响毕竟渗透了进来。或许，巴新政府许多年移风易俗的教育也收到了效果。一块石头在她心里落了地。

好半天，波尔蒂略才若无其事地出现在大家面前，后面跟着的赛克瓦蒂脸上也是波澜不惊。仿佛周围发生的事件，像天气变化那么正常。

"这个嘛，也是你们考察探险的一部分。"波尔蒂略说道，"巴新政府只控制着本国现代化地区。在这些部落民眼里，他们并不是巴新国民，只是自己部落的成员。其实，在许多发展中国家里，政府都有大片原始部落无法控制。"

客人们虽然崇拜他，但生命面临危险，可没有心思听他讲人文地理课。詹蒂尼走到他面前，小声说道："抱歉。我想，我可能要结束这次考察了。虽然追求真理很重要，但如果生命有危险，代价还是太高了一点。"

"哦？那很可惜呀。"波尔蒂略笑了笑，"不过我理解。求知诚可贵，生命价更高。"他顺势放高声音，让村屋里的人都听得到。

"请问还有哪位朋友要退出吗？越往前走，条件越是艰苦，危险越大。会发生什么，我也不知道。现在路途不远，退出还来得及。"

大家你望望我，我望望你。最后，有5个人尴尬地举起手来。

"不过，你们要自己回去！"一旁，赛克瓦蒂目光中带着轻蔑，冷淡地说道，"我的部下都是第一次去霍瓦特遗址，作为神圣后裔，信仰促使他们一定要亲自朝拜。我无法劝任何一个人去做你们返回的向导。"

廖铮在旁冷眼观察，仔细倾听。看来，虽然博阿伊这些人利用霍瓦特遗址造势已经好长时间。但它地处蛮荒，就是本国人也没有几个到过现场。

波尔蒂略说道："西班牙人有句谚语，无论你起得怎样早，总不能叫天早些亮。客观条件就是客观条件，没有办法。大家想退出考察，我也可以理解。这样，我雇佣一些村民，请他们带各位回去吧。"

一个小时后，太阳落山了，村外的打斗也停止了。外村人赶着猪，架着伤员离开。本村人在酋长的带领下返回村落。一场部落仗打下来，虽无人死亡，但本村轻重伤员也有20多人。其中受伤最厉害的几个人骨断筋折，显然要送到医院才能治疗。这时，部落民们非常自然地想到了现代化的医学，便驾驶着小船，连夜载着伤员去茫特哈根治疗。而以詹蒂尼为首的5个退出者也挤在船上，灰溜溜地走了。他们甚至不敢在村子里待到天亮。

三

是夜，因为要医护留下来的轻伤员，又要商议部落应敌大计，村子里吵吵嚷嚷，人们走来走去。地炉肉也没做成，来客们只好吃生硬的压缩食品。

好不容易回到女屋里，猪的腥臭味又扑鼻而至。即使人类先天具备的嗅觉适应机能，似乎也无法令里奥娜忍受猪身上的气味。尽管涂着驱蚊油，但蚊子好像并无顾虑，嗡嗡地围着她飞。里奥娜把自己裹得紧紧的，缩在女屋一角。平山真纪的眼眶里也带着泪花，尽管她坚持着没有退却，但受苦受委屈之后的自然反应总要流露出来。

这两个女人睡不着觉，都羡慕地望着廖铮。后者躺在干草上，像是躺在钢丝软床上一样，舒服地睡去了。不过，两个探险专用背包放在她身边，可谓形影不离。

第二天，疲惫不堪的一行人又上路了。经过昨天的旅途，加上晚间的一吓，以及无法入眠的长夜，客人们身心疲倦。他们再次上船后都连连地打着呵欠。即使那些土生土长的神圣后裔党员，也有不少人休息得不好，一时间谁也提不起精神说话。

波尔蒂略和廖铮除外。这两个货真价实的探险家，早就锻炼出超凡的适应能力。他们像刚从五星级饭店睡过一夜那样，精神抖擞。开船以后，波尔蒂略发现气氛过于沉闷，便又开始口若悬河，滔滔不绝起来。

他从昨天的部族仇杀开始，讲解古往今来的仇杀风俗。客人们累得连搭腔的劲都没有，但他这番轻松自如、从心理到身体的强大适应力，更令这些人崇拜不已。听到他讲的这些，廖铮也承认他学识渊博。因为从他嘴里冒出来的并非稗官野史，都是历史学上的正论。

然而，有这么好学术功底的一个人，为什么热衷于造假呢？为了出名？他完全可以凭借真功夫赢得名声嘛。

只是在间或望到廖铮的时候，波尔蒂略才显出几分不自然。唉，这些人我都可以摆布，除了这个女人。博阿伊太自负了，他不知道外面的世界有多大，能人有多少，千万不要因为她把整个事情搞砸。

漂流船行驶了不久，他们来到两条水道的交叉口。一条小船斜刺里划过来，上面有两个当地人，正载着布匹回家。看到他们，这两个人吃了一惊，远远地指着他们，议论着什么。廖铮想起来了，头天中午她就曾经看到过这两个人。那么，他们已经从茫特哈根换货回来了？

廖铮掏出导航终端，仔细一看，发现自己这队虽然行驶了这么长时间，但大多是在兜圈子，离开茫特哈根才走出40千米远。

廖铮又望望那几个艄公，他们面无表情地划着船。是呀，既然收了工钱，他们就要照东家的要求去划船，哪管远近和方向。

那条本地船只沿着另一条水道驶下去了。除了廖铮，其他外国客人都没有注意到这个细节，他们昏昏欲睡，迷迷糊糊地以为自己仍然朝着目的地漂浮，不断地缩小距离。

傍晚，这队人又停在一个村落边。这次，客人们没了好奇心，纷纷向赛克瓦蒂询问这里的安全情势。赛克瓦蒂不屑地随口应付着他们。到了这里，似乎已经不需要像在首都那样，把客人们尊贵地供起来。

"其实，我国的治安形势并不坏。"施蒂纳有意无意地来到廖铮身边，轻声对她说，"部落区里这些殴斗，论性质和现代社会里的犯罪并不是一回事。"

廖铮点点头，对他的解释表示接受。她对霍瓦特遗址存在于如此荒蛮之地有足够的心理准备。廖铮带着行装来到女屋里。刚走进门，突然外面传来一声惊呼，她赶快跑出去查看。原来，一个欧洲来客实在忍不住身上的黏湿污浊，发现村头的水还算清凉，就跳下去洗澡，结果被几只水蛭吸到身上。那人裸着身体蹿上岸，拼命抓挠着。

"不要拔！"廖铮忙跑过去阻止他，"拔掉它，水蛭的吸管会留在你身体里。谁有打火机？"

很快，一只打火机递到她手里。那个白人也镇定下来。廖铮点着打火机，用火焰把水蛭烤下来，然后，用消毒剂给他擦拭伤口。

在她做这些的时候，波尔蒂略就在远处观察着。队伍里正在发生某种变化。廖铮很少说话，但一举一动显示着她也是探险的大行家。她正在树立自己的威信。

没关系！波尔蒂略轻轻地甩了一下头。这些人虽然欣赏你，但他们到不了目的地！这就足够了。

廖铮也知道他在观察自己。所以，帮助队员处理好伤口，她再次来到波尔蒂略面前，寻他的晦气："这些热带探险的知识，你有没有告诉过他们？"

"没有。"波尔蒂略十分肯定地回答，"我没有想到他们这么缺乏经验，看来我请错了人吧。"

"但你有经验，作为探险考察的组织者，你应该知道让新手贸然来这里，有什么危险。"廖铮根本不管他的回答。

"可我怎么能够压制人家的热情呢。"波尔蒂略摆出很无辜的样子，

"神说，你想要什么就拿什么，只要付出代价。这些麻烦我想不算什么。"

波尔蒂略张口闭口都是西班牙民谚，仿佛民间诗人一般。廖铮忽然也想起一句："先生讲话很风趣，尤其是那些西班牙民谚，运用得很棒。不过，我恰好也知道一条贵民族的谚语。"

廖铮平素性情温和，但她一旦决定反击，口齿绝不输于任何人。

"哦？哪句？"波尔蒂略好奇道。

"谎言快似骏马，但事实可以追上它！"

说完，廖铮便扭头走了，把这句硬邦邦的话留给波尔蒂略自己咀嚼去吧。

这里没有部落纠纷，晚餐顺利开始了。当地人为这些远道而来的客人献上了最好的食品——当然又是猪肉。这次不是费事的地炉烧烤，而是清水煮肉。众人又累又饿，虽然顾虑这里的卫生条件，但老吃压缩饼干，喝纯净水，毕竟十分乏味。犹豫了一下，大家还是坐到桌前。

主人们用大木盆端来煮熟的猪肉，然后又在每人面前放了一个调料碗，里面放着黏稠的、叫不上名的糊状物。那东西热腾腾的，发散着腐熟的酸气。廖铮夹了块肉，蘸蘸调料送进嘴里尝了尝。那调味汁口感像是中国南方的醪糟，与猪肉混在一起，确实别有风味。

突然，一条民俗知识涌了上来，随着涌上来的是一阵恶心。她意识到这是什么，立刻忍住不适，强制自己没吐出来。然后，廖铮向主人要了些盐和黄辣椒，用肉蘸着吃，此后便再没敢碰这个调味汁。在她左右，外国客人们不明就里，纷纷蘸着这种调料，大嚼特嚼。在闷热的天气里，这种味道很是开胃。既然已经咽了那么多，廖铮只有希望他们不要开口问这种调料的来历。

不过，虽然客人们都是埋头猛吃，无人打听调料的成分，波尔蒂略却主动开了口，慢条斯理地介绍着：

"看你们吃得很香。我也很高兴。你们能吃下这东西，才能体会到与大自然相融的乐趣。用廖女士她们中国人的哲学就是——天人合一。这种调味汁不仅绝对无菌，而且营养丰富，非常易于消化。你们知道这是什么吗？"

除了廖铮，其他人都停下嘴。他们都知道，原始荒蛮之地各有一些稀奇古怪的食品，比如昆虫、青苔之类，但愿这东西的来历不是太恶心。波尔蒂略接着便公开了谜底：

"在这里，每头猪被宰杀前几天里，主人只喂它们热带水果，慢慢地将其他食物残渣排空。最后，当它被杀死前，还要满满地喂上一顿水果大餐。宰杀以后，胃部不切开，整个地放在肉锅里煮。这样，果香会散发到肉里，增加食品的魅力。而胃部内容物则会被取出……"

还没等他说完，平山真纪第一个呕吐起来。廖铮赶快过去给她递上瓶纯净水，让她漱口。左邻右舍，众人无一例外，全都呕吐起来，直到把刚才吃进的"天人合一"之美味全部倒空，搞得本村主人大为尴尬。

平山真纪吐得胆汁都出来了，浑身乏力地瘫坐下去。看着她那可怜的样子，廖铮打心里反感波尔蒂略。此时，对于这位探险活动的组织者要搞什么名堂，廖铮已经猜得八九不离十了。

听着此起彼落的呕吐声，波尔蒂略全无所动，慢条斯理地叉着肉块，蘸着那猪胃里取出的食糜，享受着"天人合一"之乐。廖铮虽然反感他，也不得不佩服他那强大的适应能力。

晚上，里奥娜仍然缩在女屋的角落里，默念她那个"UFO回归教派"的什么经典，抵抗着强烈的精神压力。由于实在太疲倦，到了午夜，她终于合上了眼睛。

突然，里奥娜在朦胧间被廖铮一声呼叫惊醒了。廖铮晚上入睡前，必须把自己的两个探险背包放到身边。虽然天气闷热，但一身长衣从不脱下。20块锂电池已经被她从背包里取出，就放在贴身兜里。而她的手腕上也戴着微型唤醒阀，这也是探险专用设备。如果探险家在野地里睡眠，有动物拖拉或者破坏他的装备，唤醒阀会把他叫醒。如今，她们虽然并未睡在野外，但廖铮留了个心眼，戴上了唤醒阀。此时，她正是被手腕上的轻微电刺叫醒的。有人在动她的行装！

廖铮起身一看，原来是一个"神圣后裔党"党员。整个部落都属于一个大家庭，所以这些屋子也没有什么门锁，此人轻易就能进来。他刚刚去拉廖铮的背包，被她猛一起身吓得倒退几步，显然是没有想到她能醒过来。

"你干什么！"廖铮斥道。声音之大，惊起了一屋子部落女人。那人显得理亏，用皮金语争辩了几句。廖铮感觉到了危险，抓着他不放，扯到赛克瓦蒂睡觉的地方。赛克瓦蒂却没有睡，正在和两个部下悄悄说着什么。廖铮闯来令他大吃一惊，不过他还是马上就镇定下来，向那个青年询问情况。黑暗中，廖铮死死地盯着他的脸，但仍然看不清他的表情。赛克瓦特"哦"了几声，然后向廖铮解释："不好意思，他是对你带的压缩饼干觉得好奇。如果没有什么损失，我教训教训他就是了。"

光线暗弱，廖铮望望他，又望望那个嘴馋压缩饼干的青年。她知道这里面有谎言，但却不知道隐藏着什么真相，只好回到屋里，提起精神，加倍警惕。

第二天，廖铮的猜测就得到了证实。停在岸边的四只漂流船里，唯有那只装满物资的船不见了，半截被咬断的缆绳留在树桩上。大家慌忙分头寻找，结果发现船只已经被撕破，沉在水下，完全不能恢复。船上的物资被咬得七零八落，破损不堪。

"是鳄鱼！"赛克瓦蒂说道，"或许，我们带的一些食物把它们招来了！"

村民们也跑到河边，看到是鳄鱼咬破了漂流船，立刻围成半个圈，开始跳驱魔舞。原来，在巴布亚传统中，鳄鱼是创世的精灵，被称为"河的眼睛"，意指它们时刻注视着人类。如果它们杀了人或者搞了破坏，那一定有神力或者巫术在后面作怪。而驱魔或者祈祷便能够用来克制这类巫术。在巴布亚，鳄鱼地位十分崇高，甚至在巴新硬币上都有它的身影。

廖铮站在河边，举目四望，肇事鳄鱼自然早已不见踪影。不过，这倒令她想到了那位人间大鳄——博阿伊，一个鳄鱼养殖的专家！

众人面面相觑。前途艰难，物资损失殆尽。看来，这次"考察"也就要无疾而终了。

"这确实很意外。不过，考察仍然可以进行。"波尔蒂略仍旧那么从容镇定。危险越大，他越能显示出大师的风范。

"热带丛林里食物很多。有经验的探险家即使什么都不带，也能够进进出出。就像这些土著一样。请问，哪位先生女士愿意继续我们的旅程。"

"我要回去！"里奥娜的信仰终于被现实征服，"上帝会诅咒这里的！"

波尔蒂略点点头，又环视四周，大声问道："还有谁要离开吗？"

沉默、犹豫……这些人毕竟走过了千山万水，离目标咫尺之遥。不过，咫尺之远也可以让他们吃苦、受伤，甚至丧命。现在人们都不怀疑这点。他们都承认，自己不如波尔蒂略，不如廖铮。但不及这两个探险老手，似乎也没有什么太伤自尊的地方。

于是，又有几只手举了起来。最后，除了廖铮、平山真纪、科斯塔基诺夫，其他人都表示要离队。

不过，神圣后裔党员们谁也不愿意送他们回去。他们纷纷表示，此处离心中的圣地霍瓦特遗址如此之近，他们已经热血沸腾，朝圣心切，绝不走回头路。商量来商量去，众人只好以50基那①的价格，雇了一个当地人驾驶漂流船送他们回茫特哈根。

在漂流船边，波尔蒂略和众人一一握手道别，仿佛老师送别学生一般，或者轻声叮嘱，或者小心安慰。廖铮远远地望着他，对于他的打算，脑子里拼出了大概的轮廓。

面对外界舆论对姆大陆的质疑，波尔蒂略，或者他和博阿伊共同想出了这个办法：由前者出面，邀请这些江湖学者前来"考察"。然后，布置下一处处艰难险阻，真实的险情和人为的设计可能都有，最终令他们知难而退。这些人虚荣心极强，又缺乏科学原则，虽然没有到达霍瓦特遗址现场，但谁也不会承认这点。他们肯定会写大量文章，叙述自己的"考察"经历。他们更会成为波尔蒂略的坚强支持者，因为后者会帮助他们圆谎，隐瞒他们并未到场的事实。

这样，就会形成一个虽无共谋，但却心照不宣、相互造假的局面。

但是，只有这个廖铮，波尔蒂略无法甩掉。甚至，连她的随身物资都无法破坏或者盗走。波尔蒂略很后悔自己邀请了廖铮。本来，当初的邀请就是摆姿态，满足一下博阿伊的虚荣心。毕竟在这场游戏里，波尔蒂略只是联合导演之一。他身在夹缝当中，一方面，博阿伊执意要他请到重量级人物来造势；另一方面，他也知道那些真正的重量级人物多半不买他的账。最初得到廖铮的回复，波尔蒂略还很高兴。一个女人家，应该比较好摆布。但事到如今，廖铮却成了甩不脱的麻烦。

磨蹭到第三天晚上，不知在丛林里转了几个圈，这支大为缩水的探险队终于来到了霍瓦特镇。

①基那：巴布亚新几内亚独立国货币单位。

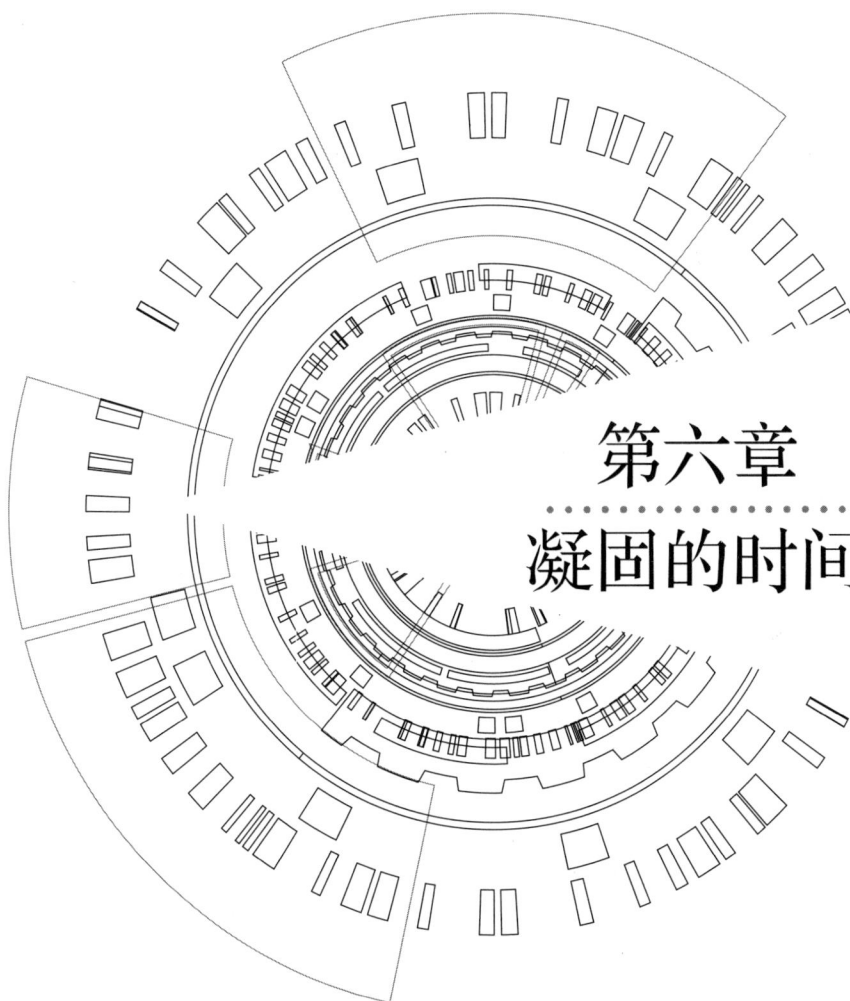

第六章
凝固的时间

一

水道自此而终，地势也逐渐高起。疲惫的旅人们上了岸。赛克瓦蒂指挥手下，将漂流船放了气，卷在一起。自从离开茫特哈根，他们就一直溯流而上。现在则必须要弃船登陆了。霍瓦特村在中央山脉的脚下，而遗址区更在山坡上的密林里。中央山脉有密布的火山岩。一个靠石器来支撑的文化，必须有足够的石材提供。在没有金属工具的前提下，火山岩是便于加工的石材。

霍瓦特镇只有100多个居民，也是全都隶属一个大部落。这里和先前他们遇到的村落没什么区别。如果不是发现了遗址，即使在巴新国内恐怕也不会有多少人知道。

和周围的部落民一样，霍瓦特人自给自足。与外界最重要的交换限于两样物品。一是从密林中采集草药出售，二是从外面换来食盐和衣物。当然，无所不及的全球化浪潮早已波及这个原始部落。他们采集的草药几经转手，最后会卖给美国的"美体小铺"和中国台湾的"自然美"连锁店，变成化妆品和保养品。而从原料到最后的商品，价格上涨幅度之大，是他们那简单的算术无法计算的。

在这些原始丛林里，行政区划和私人地产权之类的概念作用不大。霍瓦特人习惯于在方圆几百平方千米中寻找自己的生活资源。由于药材生长缓慢，越采越少，他们不得不逐渐扩大采集范围。终于，两年前，几个采药人来到深山中，在那里发现了神秘的古代石建筑遗址。

其实，在此之前几百年中，当地部落就流传着关于那个石建筑遗址的传说，称它为魔鬼所在、不祥之兆等，避之犹恐不及。遗址所在的方位一直是习俗上的禁区。几个采药人大着胆子闯入此地，乍见到遗址，立刻惊慌失措回到部落。然后，由酋长带领，全部落的壮年男子大跳巫舞，集体施法，又让他们在村边的密林里禁闭数天，才敢放他们回来和大家共同居住。

后来，几个采药人对此大多缄口不言，只有一个叫朗戈依的人除外，他多少受过些现代教育，便把消息告诉了外面的药材批发商。于是，文明世界才把视线投向这里。不过，离霍瓦特村越近，"神圣后裔"的宣传痕迹反而越少。政党本来就是现代社会的一景，虽然博阿伊极力强化"巴布亚人"意识，但在部落民心目中，他们这小小的村子就是世界中心。

平山真纪活动活动麻木的双腿，站在高处向远处眺望。周围除了单调的绿色，什么也看不到。便是这绿色，她也早就看腻了。生活在大都市里的人渴望绿色。而当你无论上下左右，只能看到绿色时，眼睛也会疲劳的。

"遗址？"

"我们还要走1天！"波尔蒂略轻描淡写地回答道。拖拖拉拉地走了几天，波尔蒂略也有些累了。但他仍然支撑着，摆出体力极好的架势，以显示对局面的某种控制力。"接下来我们要步行，更消耗体力。所以今天我们要好好休息！"

"资料上不是说，遗址在镇外20千米处吗？"平山真纪大吃一惊。

"是的，但那是直线距离。"波尔蒂略耸了耸肩，"不是从东京市中心出发的20千米。"

晚上，他们集中到村屋里吃饭。一路上，本村酋长和波尔蒂略、赛克瓦蒂交谈甚欢，俨然故交一般。廖铮看在眼里，记在心上。霍瓦特的酋长未必在意什么"姆文明"，但他要给村子里的人谋利益，这一点不可忽视。

众人填了一肚子烤山药、煮西米等食物，便由部落民带着各自回屋。平山真纪要么是倦透了，要么已经适应了女屋里的猪的气味，没一会儿就打起鼾来。廖铮本想保持警惕，不过实在倦极，不知不觉就睡了过去。就是赛克瓦蒂他们，也没有精力搞什么鬼，纷纷睡去。

第二天，他们睡到将近中午才起来。那个叫朗戈侬的遗址发现者被酋长委以重任：给这些来客带路！代价是送给他一捆防水帆布，那是密林生活的必需品。自从霍瓦特遗址传扬开去，到访的人都由他带路前往那个禁地。村民们没有谁愿意再招惹晦气，索性把这"艰难"的任务都交给他做。另外，朗戈侬也不在意这些迷信，更在意来访者提供的实物。当然，除了波尔蒂略、博阿伊和他们的寥寥几个同党，也没有人来过这里。

一行15人背起余下的东西，向密林深处走去。尽管仍然有些不信任，但廖铮也只能把一个背包交给施蒂纳去背。他们进入了山地雨林，树木的密度更高一筹，很快，阳光就被树叶遮成星星点点。大家仿佛走在黑夜中的都市，阳光就像霓虹灯那样只能闪亮。

这番弃船登陆，艰难犹胜以前。大家都穿起靴子。在他们脚下，踏着污泥、烂草和腐尸的混合物。它们是死的，但也是活的。无数的微生物、食腐昆虫正在那里忙碌着。在生命力膨胀到极端的密林里，死亡过程也以生命的形式表现着。

人类就是从这里走出来的！廖铮暗暗感慨。她所指的自然不是虚无缥缈的"姆文明",而是真实的人类文明本身。曾几何时,便是如今中国的黄土高原,也覆盖着密度不亚于这里的密林。那时候,不是森林在人类的开采压力下挣扎,而是人类在森林的旺盛活力中奋力开辟自己的一席之地。

世上本没有路,走的人多了,便也成了路。通向遗址的丛林中也没有路,但一些被斩断的荆棘、树枝,隐隐地形成了一条路。即使有这么些明显的标记,没有朗戈伊的指引,他们也不免要走弯路。丛林生活的人,对在丛林中认路养成了直觉,而直觉又是最无法言传的。

自从"神圣后裔党"成立后,不知有多少青年党员受到蛊惑,想要到霍瓦特去朝拜。出于某种目的或者计划,博伊阿不支持这些想法。他下了一道禁令,除非他本人批准,任何党员不得接近圣地,理由是怕圣地被现代文明的气氛所沾染。曾经有几个十八九岁的狂热信徒,或结伴或只身闯去,想朝拜自己的圣物,结果在林中失踪。博阿伊怕这种事出多了,让自己陷入信徒家长们的一堆诉讼里,遂加倍努力地禁止党员只身去朝拜。谁能去谁不能去由他做主,而那个无形的许可证也便成为对"优秀党员"的重奖。

几天前,乍一遇到如此多的"专家""学者",廖铮毫无思想准备,和他们也没多少时间交往。现在,人走得差不多了,再加上旅程艰苦,余下的两人反倒和廖铮亲近了许多。

"廖铮女士,您不愧是探险高手。"科斯塔基诺夫来到廖铮身边,钦佩地对她说,"以前,我对您了解很少。以后要多阅读一下您的著作。"

"哦,谢谢。"廖铮换了一下肩,"我写的那些只能算是散记,学术价值不高。请问,你是研究什么专业的呢?"

"唔——我研究古人类学、经济地理、东西方文明交流、生物工程，还有……飞碟现象、USO问题。"

"USO？"

"是呀，深海不明物体。"

廖铮本想问他当年在大学到底读什么专业，话到嘴边又收住了。不管吹牛也好，偏执也好，毕竟他坚持走到这么远，已经很难得了。江湖学者们虽然喜欢著书立说，却大多不爱脚踏实地。

这位俄罗斯老弟虽然留着大胡子，其实比自己还小两三岁。他白皙的脸上挂着几分腼腆，显然涉世不深。在"高手"廖铮面前，既有点钦佩，又有点自卑。廖铮想了一下，改口问道："那么，你这次来，计划研究什么课题呢？"

"唔——我想研究姆族人的饮食习惯……"

"我们并不是要去什么姆文明遗址！"

由于众人体力消耗过大，此时队伍拉得很长。两人周围十几米内没有旁人。廖铮压低声音，用不容置疑的语气对他说："我们要去霍瓦特遗址。一个未经科学家发掘的新石器时代人类文明遗址。"

"嗯，姆大陆？"

"我认为，你要真正想发现什么的话，还是要去看你将要看到的东西，而不是看你形成的理论，你的想法，你的道听途说。"

当她只面对着这么一个人的时候，她有绝对的权威，可以讲出自己的心里话。科斯塔基诺夫连连点头，不说话了。廖铮也不再多语，就让这话在他心里慢慢发酵吧。

这几天都在乘船，大家都出了不少汗。但步行一会儿下来，汗出得比前几天的总和还多。由于出发时已近中午，所以到了傍晚，离遗址还有一段距离。大家只好展开塑料布，在林中休息。廖铮和平山真纪睡在一块。平山真纪好久没有说话了，眼神有些发呆。廖铮挨近她，忽然发觉她的身上很烫！她赶快摸摸对方的额头，果然发起烧来。

"你……多久了？"

"今天……呼呼……下午……"平山真纪讲话都有些艰难。

"不行，你不能坚持了。很有可能是疟疾！"廖铮大声说道。一句话毁灭了平山真纪最后的毅力。她呆呆地望着廖铮，眼神里透出哀求的神色。10天前，她还在大阪的商业街上闲逛，这个反差太大了。

"何塞！必须送她回去。不然要有生命危险！"廖铮抢到波尔蒂略面前。对这个要求，波尔蒂略求之不得。他左右一看，看到了科斯塔基诺夫："那么，就请您送她回去吧。"

"我？"科斯塔基诺夫十分不解。这不是有这么多当地助手提供服务吗？为什么要我一个专家去送人呢？

波尔蒂略也是心里一跳。天啊，差点把我的心里话讲出来。下意识里，他希望最后这3个木偶都乖乖地离开，结果便有了这么个口误。波尔蒂略连忙和赛克瓦蒂商量，要他千万派一个人送平山真纪回去。一众信徒谁也不愿意在这么近的距离内掉头回去，纷纷拒绝。最后，赛克瓦蒂许了一个诺言，似乎是可以在博阿伊面前讨来什么封赏，一个信徒才不情愿地搀起平山真纪，往霍瓦特村走回去。

第二天中午，大家已经走得上气不接下气了。终于，满眼中单调的绿色渗入了别的颜色，那是岩石的灰褐色。生命和死亡必须平衡。岩石是死亡的、静止的、凝固的，是变化无限的森林活力的对立面。当人类还处在部落时代，他们远远不及现代人那么喜爱绿色。

由于视线一直被丛林遮蔽着，遗址几乎是突然跳到他们面前的。

二

"到了！"

朗戈依轻轻的一句话，让大家都停住了脚。对大部分来客而言，曾经的期盼已经被疲倦压制住了。人们愣愣地望着遗址，反应大多有些迟钝，好久也没有人说话。

朗戈依大概早料到他们会这样，干脆独自找块石头坐下，嚼起槟榔来。对于自己这个发现的意义，他的了解简单而直观——带路费！

从密林环抱中真正清理出整个遗址，要花费巨额资金。博阿伊既无力承担，也没有承担的必要。因为他还不想让人们随便来到这里，即使他的忠诚信徒。现在，呈现于大家面前的遗址模样，仍然是两年前那么荒凉、杂乱。

霍瓦特遗址方圆有一个足球场大小，是一个从高空俯瞰呈梯形的院子，短底边向南，长底边朝北。在各类古代文明中，这种院落形状极其少见。院子正中央，有一个金字塔形建筑，式样类似中美洲阿兹特克的金字塔。它的顶端，也就是整个遗址的最高点，大约露出地面不过10米高。有两圈雕像围绕着这座金字塔。外圈是猪、鸡、鸵鸟、鳄鱼等本地特有动物。由于工具简陋，做工粗糙，只有留神分辨，才能看清雕的是什么。不仔细看，会误认为只是形态怪异的巨石。里面则是人像，是那种类似复活节岛的头像、胸像，不过规模要小上一半左右。

整个遗址，无论是院墙、雕像还是金字塔，都爬满了藤蔓植物。密密的树木挤在建筑间隔里欢快地生长着，有些雕像还被从内部长出的树木崩裂开来。这些树的高度都远远超过石建筑本身。它们的树冠彼此相连，形成一个高高的穹顶，将整个遗址遮在下面。即使碰巧有直升机从顶上飞过，驾驶员也看不到下面的情形。

遗址周围，密林本身也将视野大大缩小。不走近到三四十米范围，根本看不清楚任何一块被加工过的石头。

这些都仿佛是大自然赋予的伪装。再加上人类的足迹久久不曾回到这里，遗址竟然隐蔽了上千年，才被人类发现。即使进入遗址，也很难把那东一块、西一片的石头当成一个整体。从这个角度来说，波尔蒂略确实做了些基础的发掘工作。

由于废弃了一两千年，遗址根基处堆满了厚厚的腐殖层。院墙、大部分建筑和石像露出地表的部分只有一人多高。估计如果全部挖掘出来，院墙可能会有3米高，石像中最高的会有10米以上。而金字塔当然会更高一些。院墙是完全由石块筑成的城垒。由于多年雨水冲蚀，石筑院墙大部分段落都倾倒了，只有不到四分之一还竖立着。

遗址周围原来是根本没有路的。自从朗戈依让它复现于人世，被他偶然间踏出的那条路，就成了非正式的"霍瓦特遗址之路"。在这条路的尽头，紧挨着一段残墙豁口，有一片千把平方米的空地，是现在这片地的主人博伊阿令人开辟的。空地上建有一个板棚，那是一个活动房间，两个中年巴布亚人守在里面。空地尽头很夸张地挂着一个牌子，上面写着"私人产业，禁止入内"的字样。再加上房间外面挂着的两支枪，摆明是要震慑想偷偷接近此处的人。

张百卿向廖铮介绍过，博阿伊买下了周围几十平方千米的地皮。面积如此之大，不过花了他150基那，因为这里完全是未开发荒地，此前不属于任何人，名义上还是国家公地。博阿伊只是利用自己的关系办了地契而已。这个"私有产权"虽然对周围的部落民来说并无太大意义，但却足以挡住任何想随意走进此处的文明人。而只有后者才是博伊阿想要挡住的。

在他的人脉影响下，巴新旅游促进局拒绝任何外国学者提交的考察申请。但如果某个西方考古学家考察心切，以游客身份进入巴新，却突然转到此处，博阿伊必须用最直接最原始的方法将此人拒之门外。

少顷，那一阵麻木和疲倦过去，大家恢复了精神，各做各事。科斯塔基诺夫和波尔蒂略各取出一瓶水喝起来。那些第一次看到遗址的神圣后裔党员们都聚在一起，眼含泪水注视着它。不过，他们却不知该做什么才好表达自己的虔诚。这个古怪的信仰体系刚刚建立不久，似乎还没有发展出一套完美的仪式。

他们的负责人赛克瓦蒂则走到那两个中年人面前，神态恭敬地向他们小声说着什么。显然，那两个人在博阿伊的团队里颇有地位。此二人边听，边阴森森地望着这群人，眼神不时从廖铮身上扫过，令她颇不舒服。于是，她来到波尔蒂略面前，主动开口："何塞先生，感谢你带我到此，自由考察可以开始了吗？"

"唔，请便。要不要我给你讲解一下遗址的大概情况？"

"多谢，您忙吧。您的考察报告我仔细读过多遍。请允许我自由行动！"说完，也不等波尔蒂略回答，廖铮便径直钻入遗址，让荒草、树木和残破的院墙挡住外面不友善的目光。

在她身后，神圣后裔党员们终于知道自己要做什么了。他们当然不会有考古的兴趣，而是面向小金字塔齐刷刷站好，在赛克瓦蒂带领下，开始唱他们的颂歌。波尔蒂略则钻到活动房屋里，不知在做什么。

只走了四五十米，廖铮就脱离了那个居心叵测的人际氛围。但是，一股沉郁、苍凉的气氛又涌了上来，从四面八方包围她，覆盖她。廖铮已经走过了兽雕环，来到人像圈面前。那些石像大约有50来尊，排成一圈，像是在跳土著舞，多的被土埋到了鼻子，少的也被埋到下巴。它们其中一半是胸像，一半是头像，似乎没有全身像。每个人头上都顶着重重的石冠。

廖铮站在那里，体味许久，多少明白了自己的感觉从何而来：这些石像没有一个带有笑容，它们全都苍凉、阴郁、严肃、沉重。那一双双深不可测的眼睛，视线仿佛集中投射到她身上，审视她，又似乎是向她诉说着什么。

不过，廖铮仍然愿意站在它们中间。毕竟，这是她此行真正想体验的东西。就是那股压抑和莫名的悲凉，也是全无造作、自然天成的。仔细看来，这些石像它们粗糙浑雄，倒也别有趣味。

廖铮曾经参观过一些石材加工厂，看到过线条细腻的狮子，小巧文雅的大象，更有那方方正正、尺寸标准的石材。它们都出自流水线和切割机。眼下这些石像取材于石块本身的原形，仅稍加雕塑。这种浑然天成的雕刻与现代化的雕像形成鲜明对比。

廖铮拿出数码相机，正准备拍摄，在她身后，响起了带俄语腔调的英语："这是一个群众性活动场所。波尔蒂略先生说过，这是喜拉尼布拉一个区的行政中心和宗教中心。瞧……瞧这些文字，这不正是波尔蒂略先生介绍的记录石板吗。太好了，今天终于看到原件了。"

科斯塔基诺夫在一座石像前兴奋地蹲下来，用手摸着什么。

"这……波尔蒂略先生翻译过这块石板上的文字。它是一个文告，提示本地人按照规定来选举行政长官。这说明姆大陆和古希腊一样，有发达的民主制度。甚至，后者的民主制度就是从这里传出来的。"

等到科斯塔基诺夫兴奋地念叨完，廖铮已经来到他的身边，附身去看那几块文字石板。每块石板大约有茶几大小，边缘不整，被摆在一座兽雕的基座上，已经被冲洗干净。旁边还有几个不深的挖掘坑，里面积着的雨水已经生了青苔。显然，这显示着它曾经深埋地下，不久前才被挖掘出来，并统一地摆放在这里。整个遗址群里，约有几十块如此大小的文字石板被挖掘出来，都被就近摆在离挖掘地点最近的石像上。

廖铮仔细地望着那些石板。在波尔蒂略的书上，可以找到这些石板的照片。上面的楔形文字既陌生，又有些眼熟。它既不是已知的任何一种古文字，但本身又是大段文字，原原本本，有头有尾，不像许多古本那样有大量脱落，给翻译工作造成很大困难。如果这些石板真的是古物，那么就是上帝偏袒波尔蒂略，给了他一批最容易翻译的失传古文字。

这些文字的照片曾经被印在波尔蒂略的书中。但照片并不清晰，只能看到文字的大体轮廓。廖铮蹲下来，掏出放大镜，仔细辨别着上面的刻痕，很长时间都不说话，始终是那么一个动作，仿佛老僧入定。科斯塔基诺夫不知道她要看什么，自己觉得没趣，就不再唠叨了。

其实，他自己要来考察什么，怎么考察，心里也完全没有谱。从未接受系统的学术教育，再加上长期习惯于信口开河地下结论，写"专著"，科斯塔基诺夫对考古学其实完全陌生。

看到廖铮这里插不上手，科斯塔基诺夫便自己闲逛开了。他东看看，西看看，20分钟后，看不出名堂的他又转回此地，发现廖铮只不过换到另一块石板面前，仍然在仔细观察。

"请问，你发现了什么？"科斯塔基诺夫终于忍不住，好奇地问。

"这些文字的刻痕很奇怪呀。"廖铮指了指石板，"你看这些细纹，它们应该是金属制品留下的。而且，金属工具很锋利，像是钢铁。"

"这有什么奇怪的？姆族人使用锋利的钢铁刻字，难道不可以吗？"

廖铮知道，眼下在这个人心里面，真正的历史和神话混在一起，绞成一束绳。她必须小心翼翼才能把它们分开。

"先生。在真正的历史中，公元前8000年就有人类在新几内亚高地定居。但金属工具传到这里还是1000多年前的事情，并且都是从印度尼西亚等地输入，本地并无制造。这座石建筑的式样，应该是此地新石器时代的产物，时间估计在2000年前左右，那时的新几内亚人不会有金属工具！"

"你，怎么那么肯定？我知道，你一直想否定姆文明理论。"科斯塔基诺夫的声音里仍然带着情绪。

"我并不是要否定你的姆文明理论，只是要说，眼前这几块石板上的文字，是用产于近现代的小型钢钎刻出来的。当然，我只凭肉眼观察，并不准确。我带来的工具也无法更科学地验证这一点。但验证它并不困难。而且，最重要的是，周围这种粗糙的雕刻技术表明，那时的当地人不像属于会制造钢铁的人！"

人类历史有数百万年之久。然而，现代考古学的历史不过才两个世纪。年纪甚轻的考古学屡遇伪造案件，并不新奇。19世纪末，两个美国人就用石膏制造了"史前巨人遗骸"，连毛孔都雕得精细分明，轰动一时，许多考古专家都无法分辨。曾塑造了福尔摩斯形象的作家柯南·道尔晚年走火入魔，竟然想"创造"历史。他从非洲土著人手中高价购买了几枚古人类牙齿的化石，带回国内，偷埋在本土的一座山里，诱导外国的考古工作者前去挖掘。柯南·道尔是想以此证明大英帝国历史悠久，这个骗局等到本人死后才被揭开。

考古学上最近的一次大骗局，是日本"东北旧石器文化研究所"原副理事长藤村新一假造旧石器遗址的丑闻。像廖铮遇到的这些江湖学者一样，藤村也不是专业考古学家出身，而是业余爱好者。直到退休，才把主要精力投在考古上。不过，此人甫一出道便大展其才，于1981年从"乱木遗址"中挖到大约4.2万年前的旧石器。接着，竟然以每次10万年的"速度"向前推进，屡屡成功，最后，竟挖到了70万年前的旧石器。藤村本人甚至声称，照这个"进度"，他将会在日本本土挖到百万年前的旧石器！

此后，藤村不仅成为日本考古学界权威，他的"成果"竟然被选入中学教材，以印证日本文明的"久远"。而藤村一双神手所到之处，那些偏远村落不仅"出土"了古物，更成为旅游宝地，当地人大大地发了笔财。

藤村神话早就被日本考古界和新闻媒体质疑。因为几乎所有的重大发现都出于他一人之手，其他专家学者却毫无斩获。2000年10月22日，《每日新闻》设下埋伏，在挖掘现场布置了监视器，录下藤村预埋假文物的镜头。在事实面前，藤村不得不承认，所有他挖掘过的40余处遗址均系假造。由于20年来，藤村一直代表着日本考古学的最高水平，业内许多研究均以他的"成果"为基础。真相揭开后，整个日本考古学发生巨大倒退，威信扫地。那些因遗址而发财的地方经济也受挫不小。

一个答案在廖铮心里越来越清楚：波尔蒂略他们确实在作假，只不过，他们选择了"在真正的古迹里混进假货"的手段，令人更加难以辨别。

科斯塔基诺夫没有说话。在他心目中，廖铮的权威性逐渐增加，而波尔蒂略的长期培植的阴影正在褪去。是的，他能够坚持走到这里，毕竟还有几分追求真相的意愿。并且，没有谁喜欢被人当傻瓜摆布。前前后后许多事情叠加在一起，科斯塔基诺夫立刻悟到了什么，一股愤慨从他的心底里涌上来。

三

整整两小时，廖铮只做了一件事，就是来到每处石板前，仔细地辨别着，拍摄着。数码相机的清晰度极高，那种钢钎刻画的毫发痕迹都被记录无疑。廖铮一直忙个不停，即便吃饭，也是把压缩饼干拿在手里，边吃边观察。

中途，廖铮曾想把这些照片用卫星电话传给谭松，请他找专家辨别文字的纹理。因为她的心头还盘绕着浓厚阴影，怀疑自己能不能安全地把相机带回去，从容地进行研究。不过，为了利于专家辨认，廖铮必须将照片的清晰度尽量调高，否则就和波尔蒂略书中那些模糊不清的图片没区别了。而这样，数码照片的文件容量又变得非常大。她试着用海事卫星电话传了几次都没有成功，只好退而求其次，决定加倍小心地保管相机。

造假的对象只有这些石板吗？不，廖铮还有几个怀疑对象。在乔尼瓦特的传说中，姆族人信仰七尾蛇"娜拉亚娜"，视之为宇宙的创造神。波尔蒂略坚称此处为"姆文明遗址",其根据,就是几张娜拉亚娜神像的照片。这些雕像有大有小,据说反映了娜拉亚娜创造世界的全过程。这位女神游于虚灵之间,分开天地,以肉身化作万事万物。按照波尔蒂略的复杂推理,《圣经》中上帝创世的过程,印度教中大神毗湿奴创世的过程,东方神话中盘古开天地的过程,都源自娜拉亚娜的创世传说。波尔蒂略的解释十分庞杂、详细。但无论那个理论大厦多么壮丽,眼前这几尊石像才是它的基础。

研究过石板后,廖铮找到那几座雕像,仔细地审看着。眼前的情形更出乎她意料之外:这几座雕像的制造技术、艺术风格,乃至斑驳的创痕、生满青苔的老旧外表,都和周围的雕像没有区别。

唯一可疑的,只有它们的内容。这些雕像过于完整地体现了姆文明传说中娜拉亚娜的创世过程,仿佛就是为了印证那些传说而建造出来的。而同处一地的其他雕像却不那么费解:那些都是巴布亚本地的常见兽类,本地先民天天要打交道的对象。

廖铮来到其中最大的一个雕像面前。那座像被波尔蒂略称为"原生娜拉亚娜",是她在创世前最完整的形象。创世过程中的每一步,这位伟大母亲就损失自己的一部分身体。这位九尾蛇女只有头和五只蛇尾露出地面,整个身子被埋在地下。廖铮上上下下仔细观察,想找到一点用现代化工具,甚至只是用金属工具加工过的痕迹。

没有!和巴布亚以前出土的一些石器时代遗址一样,和世界上其他地区分布的石器时代建筑遗址一样,这是一座由石器加工的石像!

廖铮想不出所以然,干脆不去想它,而是登上金字塔顶端,举目四望。视野里,除了科斯塔基诺夫还在遗址群中无聊地转来转去,波尔蒂略他们竟然谁也没有进来,都集中在板棚处,似乎在商量着什么。远远地，她好像看到波尔蒂略和赛克瓦蒂在争吵！

不，不一定，可能只是在讨论什么问题吧。不管他们。廖铮转过脸，观察遗址群里的其他地方。忽然，她的视线被牢牢地吸引住了。

她看到了密林中的一条路！那并不是他们前来的路，而是自另一个方向进入遗址外的空地。自然，那也不是真正的路，那条"路"只是一些被砍断的灌木丛、压弯的树枝条，从远处看过去，隐隐显示了一条路的痕迹。

廖铮心中一动，跑下金字塔，冲出院子，来到那条"路"前，仔细观察着。是的，一条路！有人从这里走进遗址，而且人数不少。因为被压弯、砍倒的枝条很多。只是由于时间过久，大部分都腐朽了。并且，这条路上似乎还有重物拖拉的痕迹。然后，雨水和青苔把许多痕迹都覆盖住了。

廖铮再辨别一下这条路的走向，完全是与霍瓦特村，与他们来的方向相反。

在这个人迹罕至的所在，这个除了些许药材便没有任何经济价值的地方，还有谁不辞辛苦、披荆斩棘地来到博阿伊先生的私人地产上呢？

"廖铮女士！"身后传来一个熟悉的声音，吓了她一跳。赛克瓦蒂看来没有玩忽职守，该他出现的时候，他必然要出现。

"你要到丛林里去吗？丛林里野兽很多。希望你不要冒险，和大家在一起。"

廖铮回头看看他，点了点头："是的。我确实应该和大家在一起。"

她知道，自己的行为正被监视着。虽然这些人未必会伤害自己，但行动上肯定受到很大阻碍。现在，她还没有找到真相，不便和他们翻脸。

晚上，廖铮支起仅容一人的帐篷，钻到里面，研究着数码相机里的图片。科斯塔基诺夫吃完饭，以请教为由来到小帐篷里。他无处可去。坚持到这里仍然不离队，科斯塔基诺夫可谓是自讨没趣。主人们再也不把他当贵宾看待，除了要他去领粗糙的晚饭，连休息的地方也不管。廖铮看着他那可怜样，心里既生气又好笑。她给科斯塔基诺夫倒上一杯速溶奶茶，开始给他讲一些考古学的基本技巧。科斯塔基诺夫静静地听着，再也不发表鸿篇大论。看来，他是彻底把自己当成了学生。

"我也不是考古学专业出身。"廖铮看到他这么虔诚，反倒有些不好意思了，"我这些都是现趸现卖。现在只是看到一些线索，真正的结论必须有严格的科学检验才能得出。而且，现在考古学更多地采用自然科学方法，我没有那些仪器设备，更不能随便下什么结论。"

科斯塔基诺夫不住地点着头。廖铮继续说道："希望你能够参加真正的考古队，而不是这种挂名的草台班子。那样你才能学到真正的学术研究方法。"

最后，科斯塔基诺夫兴奋而又恋恋不舍地走了。廖铮送给他一块帆布作为栖身之所。要不要把自己的决定告诉他？在这里，只有这个人保持中立，甚至有些倾向于自己。廖铮几次想对他开口，最后还是放弃了。这个江湖学者只是刚刚开窍，还不能完全相信他。

第二天，廖铮又在古迹里走来走去，自由观察。虽然没有什么对话要翻译，但施蒂纳却不同昨天，跟随在廖铮左右，不时地问她需要什么帮助。看来，昨天自己发现的那条路，触动了他们敏感的神经。怎么才能甩掉这个人？廖铮想来想去也想不出好办法。最后，只好以不容推辞的口吻，要他帮自己看行李。她把不那么重要的装备放到帐篷的大背包里，重要的几件随身背着。

"看行李？"施蒂纳惊道，"这里除了我们，不可能有外人来呀？"

"就算是我的怪癖吧。我总是不放心行李。前两天不是有你们的人，要偷我的压缩饼干吗？至少，你不要让别人把它们碰坏了。"

施蒂纳一时语塞，只好退到院子外面。廖铮注视着他远去的身影，不知道接下来还会有什么干扰在等待着自己。远远地，她又看到波尔蒂略和赛克瓦蒂在争吵。由于听不清声音，她不能断定是不是争吵。但看他们彼此的表情，似乎远不像开始那么和谐。

不管他们，干自己的吧。廖铮又开始努力寻找着作假的痕迹。

但是，除了那些文字石板，她再没有发现什么作假的痕迹。或者说，以她现在的考古学技能，发现不了更多的伪造痕迹。在北京的咖啡馆里，她曾经和谭松推测过，如果波尔蒂略进行伪造的话，会从哪几个方面进行。文字石板自然可能是最明显的伪造，因为新几内亚岛直到殖民地化以前并没有文字出现。波尔蒂略很可能只不过利用他的考古学知识，从许多古代象形文字里抽取图案，自编了一套"姆族文字"。

现在，文字石板的嫌疑极大。但另一个怀疑对象——那些七尾人蛇——却看不出什么名堂。难道这个七尾蛇，这个喜拉尼布拉的守护神，真的是几千年前本地古人的创造吗？只不过被波尔蒂略穿凿附会？

不，不大可能。它们太像乔治瓦特早年发布的那些姆文明传说了。

另一个问题马上又升起来：如果这些石像也属伪造。那么，他们是在什么地方，用什么方法制造了这几座雕像？她想起了谭松表演的钻木取火。如今，谁还拥有和钻木取火几乎同时代的、单凭石器来加工石材的技术？如果真有人还掌握着这种技术，岂不是和霍瓦特遗址一样是个极有价值的谜了。

由于自己无事可做，无处可去，科斯塔基诺夫干脆跟随着廖铮，给她打下手。而廖铮也借机会，把更多考古研究的细节介绍给他。任何偏见都不可能一朝一夕被破除。她只希望这个小伙子回去之后，能够慢慢走上正轨。

偶尔地，波尔蒂略会来到石像群里，摆出考察的姿势，由赛克瓦蒂或者他的部下拍照。对此廖铮并不意外，这应该是他们此番前来的一个次要目的吧。

天又黑下来了，廖铮回到帐篷里。施蒂纳确实把她的行李看得很紧，一样没丢，一样没坏。廖铮忽然有些不好意思。如果这个小伙子不是奉命在监视她，自己的言辞就太不客气了。廖铮道了谢，然后以更衣为名请他离开。

第二天，科斯塔基诺夫早早醒来，在廖铮帐篷外面转来转去，等了许久，也不见老师出来。波尔蒂略已经通知他，"考察"正式结束，要打道回府了。科斯塔基诺夫不知该怎么办好，想从廖铮那里讨主意。

良久，他感觉有些不对，犹豫再三，还是叫了几声。帐篷里无人应声。

科斯塔基诺夫掀开帐篷。一只背包躺在地上，它的主人早已不见了！

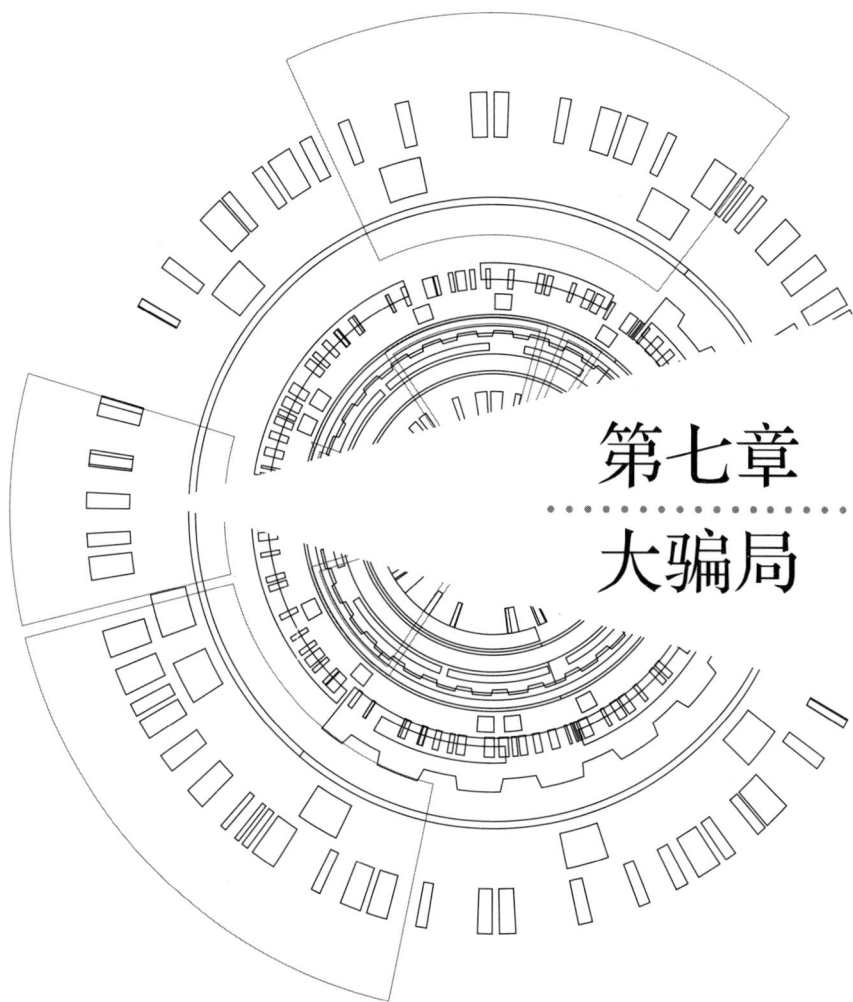

第七章

大骗局

此时，廖铮已经在丛林中跋涉了两千米远。为了加快速度，她只带了最必需的装备。雨林中的两千米不是平原上的两千米，这已经是难以追及的距离了。廖铮唯一要担心的，是对方熟悉地形，可能会绕到她前面去兜截。

越往前走，廖铮看到的人为痕迹越明显。在没有路的丛林中步行，需要随时用刀披荆斩棘，砍掉的植物枝条都有齐齐的刀口。而在这条隐隐约约的路上，既有刀斧砍开的枝条，也有被重物拖拽时硬生生撞断的痕迹。不过，所有植物都不是齐根断去，说明那些重物不是直接被放在地上拖拽移动，而是被抬在担子上，在离地很近的地方擦过。

当然，时间久远，又经历过雨季，要从小路上找到脚印已经不可能。

就这样，廖铮走走寻寻，越往前走，心里的图景越是清楚：一群人抬着重物从这里经过，前面有一两个人用砍刀开路。除了采药、打猎，人类在这种地方再没有正常的经济活动。什么东西被抬过此地，被送到遗址里，再明显不过了。廖铮现在需要找的，就是这条"路"的尽头。

大约中午，一个村落出现在她的视野里。人地两生，廖铮没有露面，隐在远处观察着村子。只见两条真正的小路从村子里通出去。这里就是伪造文物的地方？不会！因为这附近显然没有巨大的石材。

廖铮正猜测着，两个土著人从村中出来，朝她这里走来，并且向她隐身的地方指指点点。廖铮知道，尽管自己悉心隐藏，但仍然瞒不过这些当地人的眼睛，于是便现了身。这几天，她随着大队沿途经过了几个村落，知道这些部落民自成一体。外部世界的人来了，他们都友好相待。如果有生意便做生意，但一般不会投靠在任何外部势力门下。

廖铮走出树林，用刚刚学会的几句土语和他们打着招呼。不料，这两个光着上身，下身穿化纤短裤的土著听不懂她的话。原来，巴布亚方言甚多，全国范围内只有皮金语比较流行。两个土著听不明白，便友好地比画着"吃"的动作。廖铮虽然有些饿，但背包里还有压缩饼干。她想问的是这里有没有石匠，但这个问题却复杂到不能用手势来表现的程度。

直到现在，廖铮才感受到施蒂纳的重要性。那个小伙子虽然形影不离，但感觉没有其他神圣后裔党员那么狂热和偏执。

仿佛老天爷知道她的想法，施蒂纳竟然从她背后的密林里蹿了出来。这反而吓了她一跳。

"你……"

"快，跟我走！"施蒂纳急急火火地对廖铮说道，然后又用方言向两个土著说了些什么。土著们摆摆手就离开了。

廖铮不解，这不像他平时的举止呀："怎么，有什么事？"

"赛克瓦蒂要伤害你！快跟我走！"

廖铮大吃一惊。不仅因为施蒂纳带来的信息，而且因为施蒂纳此时的态度。他不是赛克瓦蒂的部下吗？但看到他急匆匆的样子，一时不好发问，只好跟着他从村外跑过，沿着其中一条小路走下去。看着走出了部落民的视野，施蒂纳突然转弯，带廖铮离开小路，进入密林。施蒂纳左绕右绕，最后才在一个土坡后面停了下来。

"你说赛克瓦蒂会……"

"张百卿先生安排我暗中保护你的！"

施蒂纳一句话便解开了廖铮的迷惑。"并且，我也是来调查霍瓦特遗址的真相。博阿伊把周围变成私人产业，不允许其他私人进入。而现在的政府机关里他的信徒也不少，阻挠我国官方机构对这里的正式发掘。张百卿先生只好秘密安排我执行这个任务。你如果能打卫星电话，现在便可以向他查询我的情况。"

"谢谢。"廖铮长出了一口气，"你说他们要伤害我，为什么？他们会怎么做？难道公开杀人吗？"

"波尔蒂略本想骗过你，结果你不但没有轻易上当，反而接近了真相。赛克瓦蒂计划抓到你，让你死于鳄鱼咬伤！然后对外宣布，你因私自外出，没有和考察队商量，导致事故遇难。"

"波尔蒂略呢？"廖铮惊讶道，"他毕竟是外国人，难道他也会参与这种阴谋？"

"波尔蒂略当然不愿意卷进来。而且，这似乎也不是博阿伊本人的想法，是赛克瓦蒂狂热至极，越权独断，他们这两天因此发生过争吵。不过现在，你的安全最要紧。在雨林地区不要指望着找到司法机关。我要把你带离这里，回到首都，再与有关部门联系。不过，不能走原来的路，赛克瓦蒂对遗址周围地区很熟悉。神圣后裔党在各地影响有多大，我们都摸不清楚，只有回到首都才保险。"

"不过，我还是不明白。他们在霍瓦特遗址里混入伪造文物，这早晚会被揭开的。不是由我揭开，也会由专业考古学家揭开。他们难道能够把这里向外界封锁一辈子吗？"

"这也是我要调查的，我知道的不及你多。"

尽管小伙子讲话很诚恳，但廖铮还是打通电话，向张百卿证实了施蒂纳的身份。然后她把电话递给施蒂纳，让他直接和张百卿通话，说明现在的险境。这个幕后支持者闻讯后，沉思片刻，告诉廖铮和施蒂纳，不要回茫特哈根，最好往普拉格山走。那里有中方投资的矿业公司，驻扎着不少中方人员。他自己马上通过在巴新政府里的人脉，寻求援助，请廖铮放心。但现在因为没有赛克瓦蒂意图杀人的证据，他无法请当地军警介入，只有让两人万分小心了。

正在这时，雨水淅淅沥沥地落下来，雨量很快就加大了。两个人马上上路。雨水既妨碍他们穿越雨林，但又能掩饰他们的踪迹。廖铮的导航设备从不离身。根据信号指示，他们已经钻入从无人迹的雨林，深一脚浅一脚地往深山里走去。

他们离开这里半小时左右，赛克瓦蒂便带着几个人走进村子。其中一人正是守护遗址的大汉，手里还拎着猎枪。原来，那两个人是博阿伊同族的亲属，所以才被交付如此重要的任务。赛克瓦蒂向村民们打听廖铮的下落。一个中国女人出现在这里，太少见太显眼了，村民们纷纷指点。于是，这群追兵便朝着那条小路向错误方向追去了。

廖铮手里多了一把应急折刀。那是丛林探险专用匕首，用碳化钨合金打造，可称削铁如泥。即使手腕粗的树枝，将匕首贴在上面用力一带，就会断掉。与野兽搏斗，只要使用者心里不慌，就是山豹之类也不在话下。现在，廖铮握着它，心里多了一分沉重。难道，真要用它刺进一个人的身体吗？

一边走，廖铮一边向施蒂纳介绍自己的发现："根据拖痕判断，那个造假地点一定离此不远。而且，最重要的一点是，波尔蒂略选择了用新石器时代极端原始的石材加工技术。我不相信他自己也掌握这种技术。"

"你是说，此地也有他的合谋者？"

"这比伪造石刀石斧要难得多，除非波尔蒂略是这方面的天才。"

正在这时，一个他们意料不到的人出现在面前。那人幽灵一般悄无声息。以廖铮的定力，仍然吓得"啊"了一声。

竟然是朗戈依！

朗戈依仍然是那身半裸打扮，嚼着槟榔。看到他出现在面前，两个人本能地朝他身后望去，没有赛克瓦蒂那些人的身影。

"你在跟踪我们！"施蒂纳也吃不住劲，喝道。朗戈依笑眯眯地摆了摆手，然后向他做了个手势，请他到一旁谈话。施蒂纳望了望廖铮，和他走到丛林深处。

好一会儿，施蒂纳才走回来，并且带给廖铮惊人的信息："他说，他知道波尔蒂略他们在什么地方伪造文物，也知道我们正准备找这个地方。"就是在向廖铮转达这话时，施蒂纳还不时用难以置信的神情转过去，望望远处的朗戈依。

看来，所有这些人，无论是他们，还是波尔蒂略、赛克瓦蒂，都被这个人寒酸的衣服、猥琐的外表、懦懦的憨笑，以及沉默寡言所蒙蔽。朗戈依受过初等教育，知道外面的世界是什么样！也知道如何与外面的人打交道。

"那么，他是不会白白带咱们去的吧？"廖铮试探着问。

"是的。他开价一万元人民币！"

和巴新货币基那相比，人民币是真正的硬通货。用这笔钱，朗戈依甚至能够在莫尔斯比港租到房子，过起半定居的生活。

当然，对廖铮来说，这只是一笔小钱。不过，她犹豫道："我现在哪里有现金呀？"

"他说，他相信你的信誉，知道你是外国来的大人物，不会赖债。

他要你给他打一个欠条，在你离开巴新时付清就行。"

廖铮同意了，好半天才从身上找出一张纸片，打了欠条。朗戈依倒也爽快。或者说，他是希望快些把握这次发财的机会。这两年，波尔蒂略等人以为他懵懂无知，每次仅仅付给他极少的带路费。当然，正因为小看他，他们做什么事也不背着他。朗戈依从旁观察，居然悟到了他们的秘密。而这个秘密，似乎也只有眼前这个女人可以花钱购买。于是，朗戈依马上讲出了自己的所知所闻。

原来，在这附近，有一个阿莫金部落，以加工石材为传统。不仅成品行销周围村镇，就是首都一些建筑物上的神像都出自这个部落之手。他们也使用现代化机器设备。但他们最为传统的技术从不外露，据说，那种技术传承自部落先祖，神圣至极，只能用来打造本部落的神像。

"阿莫金部落在什么地方？"

"就在前往普拉格山的路上。"

"你能带我们去吗？"

朗戈依犹豫了一下。廖铮以为他欲壑难填，想在一万元之外再加码。很快她就知道错怪了这个人，朗戈依只是在担心自己的安全。今天早上，施蒂纳偷偷离开遗址后，朗戈依就秘密地跟着他。但赛克瓦蒂等人并不知道他的打算，即使发现他消失掉，只会猜他有事先回了霍瓦特村。如果被撞见他和廖铮等人在一起，肯定会给自己带来危险。

不过，思来想去，还是一万元人民币的诱惑力更大一些。而且，廖铮如果真被赛克瓦蒂等人撞到，死在这里，这一万元也就无从谈起。于是朗戈依下了决心，告诉他们，自己只带他们到阿莫金部落外面，然后双方就分手。

在逃亡和寻访伪造真相之间，施蒂纳表示了犹豫，建议先以安全为重，回到首都再说。但廖铮坚持要马上去。她担心事情败露，博阿伊等人会抹掉某些证据，反而不便。最后，施蒂纳还是同意了廖铮的做法。他们在朗戈依的带领下，沿着山坡往上走去。

足足往前走了几千米，一条小溪出现在他们面前。在那里，他们又看到了一个熟悉的身影，而那个人也几乎同时看到了他们。

波尔蒂略！

二

此时，这位"世界级学者"波尔蒂略坐在小溪边，神情呆滞，全身泥水，撕破的衣服上还沾有几片血迹，很远就能看得清，触目惊心。或许是太累了，看到廖铮突然出现，他也只是愣了一下，又低下头去。不仅往日风采不再，就是身材也显得矮小了许多。

由于在心目中一直将他视为"敌方"，廖铮立刻止步。看到周围再没有别人，才慢慢走过去，仿佛波尔蒂略是一只打盹的老虎。不过，走到近前她终于发现，这位"世界第一探险家"正像病猫一样，浑身打着哆嗦，更像是被抽掉了精神上的脊椎，瘫痪般地坐着。

"怎么，你受伤了？"廖铮疑惑地问道。

"不是我的血，是科斯塔基诺夫的。"

"怎么，他？"

波尔蒂略用手在脖子上一抹。这个动作把廖铮吓了一跳："死了？被暗杀？"

虽然身处矛盾焦点，又置身在充满敌意的人群里，但廖铮此时才真切地感受到来自人类的死亡威胁。在从前的探险生涯里，她不是没有面对死神，但那毕竟都是大自然派来的。

"是谁？"

"还能有谁？"像是突然充了电，波尔蒂略怒容满面，"还有谁，那些土著！原始人！我错了，不应该和他们做交易。他们什么都不懂！只知道胡来！"

稍停一会儿，波尔蒂略气息平稳了，才把事情经过说出来。原来，波尔蒂略虽然是这场戏的幕后导演之一，但他只愿意安排些"文戏"，试图以巧取胜，蒙混天下。毕竟他将来还要回到西方社会里生活，不可能把事做绝。

身为神圣后裔党的核心层，赛克瓦蒂也知道首领在遗址中造假一事。不过，博阿伊向他传达这个秘密时解释说，正是因为遗址残缺不全，为了让世界舆论更快接受姆文明后裔之说，才安排了这种伪造活动。至于那几个初次朝拜圣地的年轻党员，更是不明就里。

所以，赛克瓦蒂这个狂热的信徒便把保护伪造秘密当成自己的第一要务。而这里唯一能够发现秘密的只有廖铮。慢慢地，赛克瓦蒂就起了凶意。他知道波尔蒂略不可能同意自己的狠招，便背着他对自己的部下说，廖铮嫉妒巴布亚人文明之久远，肯定会在遗址群里进行破坏，必须除掉她，以保护圣地不被玷污。头脑简单的一众青年立刻接受他的命令。波尔蒂略在极偶然的情况下发现这一计划，大吃一惊。此事一旦泄露，等着他的就不再是身败名裂，还有法律惩处。于是他便想和远在首都的博阿伊联系。不料，这个赛克瓦蒂狂热至极，甚至怕首领阻止自己的计划，干脆越权自任，偷去波尔蒂略的卫星电话，让他成了聋人和哑巴。

自然，在今天早上，发现廖铮失踪以前，赛克瓦蒂还没敢最后下决心，毕竟杀人是需要考虑的事情。一发现廖铮失踪，几个主要人物当下就猜了出来，她一定已经发现了伪造文物的秘密。科斯塔基诺夫在几天的旅程中，从廖铮那里学到了很多，触动很大。他立刻质问波尔蒂略，是否果然有伪造一事？对于一旁的赛克瓦蒂来说，这种质问是动摇他精神支柱的一击，激愤之下竟然带人大打出手。可怜那科斯塔基诺夫毫无防备，便就此被误杀在离家万里的荒山野岭中。

赛克瓦蒂虽然年轻气盛，但总还是知道好歹，明白自己已经把事情办砸了。索性一不做二不休，只有找到廖铮，按先前设想让她死在雨林里，才好向博阿伊交代。毕竟这里已经没有外人，而先前走掉的那些外国来客，都能够证明独自在雨林里行走有多少大的风险。廖铮无论死于食人鱼、鳄鱼、蛇咬或者蜂蜇，都不会有人怀疑。

至于波尔蒂略，双方现在已经不处在一条战线上。但赛克瓦蒂犹豫再三，不便对他下手，于是便带着部下去追赶廖铮，任这个"世界第一探险家"自生自灭了。波尔蒂略知道，事情有八成会败露，自己玩了一多半的游戏也玩不下去了。但两害相权取其轻，他现在必须逃回"文明世界"，洗清自己。

"我们西班牙人说，骗人是智慧，骗自己是愚蠢。这些食人生番，真的很愚蠢。"本来就和廖铮心照不宣，波尔蒂略现在更不在意表白自己的造假真相。

"你准备到什么地方去？"廖铮知道此时逃亡要紧，其他事都不必追究。

"唔……我……你们。"一席话竟然把波尔蒂略问住了。是啊，现在想一想，除了博阿伊这个靠不住的政客，他在这个国家里竟然根本就没有朋友。现在，他不知道那个政客的想法，根本不敢找他。几天前众星捧月般的场面，竟然是那么虚幻和遥远。

"跟我们走吧。我们知道去哪里。"廖铮友好地说道。

"多多感谢，你们要去……"

"抱歉，到时候会告诉你。"毕竟不能信任这个人，廖铮要给自己留上一手。波尔蒂略也不再追问。他现在什么设备都没有，即使赛克瓦蒂不对付自己，也很难保证自己走得出雨林，只好把自己交到廖铮手上。

一行三人走到下午，实在倦极，看到没有追兵，就停下来休息。波尔蒂略精神恢复了一些，便施展起探险家的真本领，提起一根树枝，竟然在小溪里连连插中几尾小鱼。此时虽然雨已经停了，但没有干柴。廖铮就把鱼开膛去胆，洗净剔骨，和波尔蒂略生吃起来！施蒂纳没想到，这两个世界名人竟然毫不费力就能吃下生鱼。他犹豫再三，才试着吃了两小口鱼。

"遗址里面有哪些伪造品？"廖铮边吃边问。一方面心灰意冷，一方面有求于人，波尔蒂略也不再掩饰，讲出了伪造品的名称。兽雕人像各有几件，都是他那本"专著"中最关键的论据。

"都是我去设计图案，博阿伊找人雕刻。他熟悉这里的情况。"

"你是说，雕刻的事不由你出面？"

"是的。我们有协议，我设计，他找人做。我不得询问其中的情况。"

"但是，你有没有想过，要雕刻新石器时代的雕像，有多大的难度？这不是伪造凡·高的画那么简单。"

"是呀。"波尔蒂略似乎来了精神，"这也是我希望解开的一个谜。全世界有许多远古石材建筑，考古学界一直没有弄清它们兴建的方式。因为那种技术灭绝太久了。现在要找到不使用金属工具，却能加工石材的匠人，比找个软件工程师难得多。"

只有这个时刻，波尔蒂略才稍稍像个学者，或者说，早年做学者的兴趣多少还保留着一些。这不仅又使廖铮想到了一个徘徊在心头很久的疑问。

"何塞先生。恕我直言，我无法理解你的思想状态。我想，除了在这个遗址里，你以前的著作中也经常存在这种疑问。真真假假，虚虚实实的。你为什么要造假？单纯是为了名声吗？似乎又不像。"

"哈哈，学术著作？你不要客气了。"波尔蒂略大笑不止，"我从未写过什么学术著作。我只写作娱乐品，高档次的娱乐品，骗骗那些自以为是的读者。"

听到波尔蒂略如此描述，廖铮倒不知该说什么了。她本来以为两个人会就真理问题有一番争论的，结果波尔蒂略根本就不理睬什么真与伪。她只好听对方倾诉自己的想法。

"我从不写什么学术著作。谁需要学术著作？现在不是几百年前的黑暗时代，人们浸泡在科学成果的海洋里。用一个经济学术语讲，就是边际效用递减。现在，科学在人们心目中只是媒体提供的一些谈资。哦？探测器上了火星吗？又发明了一种药物吗？有人要搞克隆人吗？有趣。不过，失业率提高，股市下跌，这些不是更重要的事情吗？体育比赛，歌星演唱，这些不是更有趣的娱乐吗？科学算个什么呢？哼。所以，我从不搞什么科学研究，只创造消遣娱乐作品。"

"但是，你也经常像现在这样，深入到荒山野岭去探险啊。和那些在书房里，用剪刀加糨糊制造这种娱乐品的人不一样。"

"是呀。所以我的娱乐品才远远压倒了他们呀。"波尔蒂略颇有几分自豪，"我这么刻苦用功，才保证了我那些胡说八道，有极高的审美价值，有最大的原创价值。你没有看到那些人对我是什么态度吗？他们怎么能不崇拜我。他们什么地方都没去过，什么见识都没有！"

忽然接触到一颗玩世不恭的心灵，廖铮很是震惊，也很好奇："那么，你就从来没有想到过去追求真理吗？"

或许是吃了些东西，或许是双方关系融洽了一些，波尔蒂略说话也主动了起来。他没有回答廖铮的问题，反而说道："我对你不了解，但多少研究过你，知道一些你的经历。你这么尊重那些什么学者，我想主要因为你不是他们中的一员，你受的是典型的文人教育。文人在学者面前总要低上一头，这个规律在全世界都一样，我想，你们中国也不会例外吧。"

不知是否说到了自己的内心，廖铮心里一震。她无法反驳，只好听下去。

"但我是从那个圈子里出来的，我知道所谓学者是怎么回事。那是一群自命不凡，而又毫无价值的人。比如说，我的一个朋友，是所谓的汉学家，他花了大半生时间，研究你们先秦时代的音乐思想！注意，只是音乐思想，还不意味着他能亲自弹奏那些古代乐器。他的论文发表在欧洲汉学家的专业刊物上，每期发行数百份。在你们中国，有多少人想要知道什么先秦的音乐思想吗？世界上有多少人想要知道吗？没有！但他是学者，靠这种毫无价值的研究，他可以搞到经费，拿到学术头衔！人们看到他们那些成果，只会怪自己懂得少，绝不敢说他们的研究没价值！"

波尔蒂略激动起来，差点被一根鱼刺卡到，咳了一会儿，才接着说下去。

"如果用经济学术语评论科学。那么在伽利略、列文虎克、摩尔根那个时代，科学对整个社会是出超！那些人花自己的私房钱满足自己的研究兴趣，同时还能够给社会带来好处。社会沾了科学的光。现在完全是入超。今天这批学者，他们把前辈的照片贴在墙上，宣称自己是他们的后代，然后大把大把向社会要钱，搞些毫无意义的所谓研究。我知道你对我的看法。是的，我写的那些东西，我根本不把它们当学问。我当它们是娱乐，无害的娱乐！它们不会用来生产致死的药物，不会用来生产容易倒塌的建筑材料，不会用来生产有缺陷的车辆和飞机。它们无非就是麻醉心灵的娱乐品。"

"可在这个国家不同。"离开了神圣后裔的势力范围，又多少进入到波尔蒂略的内心，廖铮也不再需要掩饰自己，"你的著作建立一个错误的历史观，影响到了巴新人民的生活。西方读者把姆大陆当成趣闻。巴新人民则要面对这个事实。"

"错误的历史观？你说错误的历史观。那么好，让咱们来告诉他们真相：巴新是世界上最贫困最落后的国家之一。全世界99%的人都不知道有这个国家。那些偶尔听过这个名字的人里，99%不能在地图上正确地找到它。这个真相对他们有价值吗？什么是真理？一百年后我们现在的每个人都会死去，这就是最大的真理。但这类真理比起我的娱乐品更有价值吗？"

"何塞先生，你是否在学术生涯上有过挫折？"廖铮话锋陡转。剑走偏锋，这是她惯用的辩论技巧，"才令你如此愤世嫉俗？"

果然，波尔蒂略有10秒钟没有说话。对于他这么健谈的人来说，这是很长的间隔了。当他再开口时，也没有回答这个问题。

"那些事不必再谈。重要的是，我再也不把科学当成神圣的事情了。科学曾经神圣过，现在不过是一种职业罢了。而且，还是一种收入不高的冷门职业。我喜欢我现在的选择，游山玩水，到处受人崇拜。

唉，只是……"

廖铮也知道，他这个创造伪科学娱乐品的职业，恐怕就要到头了。

三

第二天中午时分，4个人钻出雨林，来到了普拉格山脚下。这座山是中央山脉的一部分，高达两千多米。山顶没在云层中，望上去，感觉好不压抑。远远地，一个村子出现在他们的视野里。和以前见到过的雨林村落不同，这个村子里的建筑都是由石块砌成，但又保持着此地建筑开敞的特点。在整个巴布亚，很难再找到这类建筑。

"到了！"朗戈依指了指前面的山坡，"再往前没有雨林，但是有山路。"

他向施蒂纳告辞，匆匆走掉。到现在没有被赛克瓦蒂撞见，这个两面通吃的带路人心已经提到嗓子眼上，现在只想逃回自己的村子。

"你能肯定，这就是伪造文物的地方吗？"波尔蒂略已经知道他们要找什么，谨慎地问道。

"会不会有危险？"廖铮也谨慎地问道。

施蒂纳也不敢十分肯定。眼下，事态的发展已经超过了正常思维的范围，凡事小心为妙。于是，3个人往村子外的一个高坡上爬去。从那里既可以俯瞰整个村落，也可以快速逃逸。

他们来到坡上，向下望去。村子里人迹稀少。村头有一个平坦的小广场，一具未完工的石像躺在村边的空地上！周围，十几个人围着它忙碌着。

"人首猪身像！正是我设计的！"波尔蒂略惊喜地说，"我想设计出姆文明和巴布亚传统文明的过渡类型。说实话，当初我还怕博阿伊不懂行，搞出的假文物不符合新石器时代的风格。"

当下，3个人隐藏起来。廖铮拿出微型单孔望远镜，观察着工地。现在，那座石像还只有下轮廓，更像是一块巨石。它是一整块石材，躺在地上，长有4米左右。如果不是波尔蒂略的说明，她怎么看也看不出"人首猪身"的形状。

显然石像并未完工。只见十几个部落民排成整齐队列，一个瘦小的身影来到他们面前，带着他们开始礼拜。四面八方都拜过后，又围着半成品石像跳起土风舞。这是他们真正的信仰，和"姆文明"没有任何关系，是他们对"行业神①"和祖先神明的崇拜仪式。在这些没有文字的部落民中，任何技术都是凭口耳相传，亲身相授。它的来历神圣而不可理喻。久而久之，这些仪式本身也成了技术的组成部分。在开工前不严格地完成这些仪式，加工效果就得不到保证。

毕竟曾经是考古学家，波尔蒂略仍然有着基本的考古学兴趣。他看得兴起，便向廖铮讨过望远镜，也观察了起来。这样，3个人轮流使用一架望远镜，观察着工地上的情形。

没有任何观察不带先入之见。他们都曾经设想过，以石具加工石材，是不是用某种硬质石料？是不是用打磨法？但接下来的情形，远远出乎他们的意料。当所有宗教仪式都完毕后，两个人小心翼翼地抬来一只木盆，里面装着黑乎乎的东西。那个矮小的身影来到石像旁，倒背着手，左看看，右看看。两个抬着木盆的人就紧跟在他身后。忽然间，那

①行业神：各特定行业及其从业人员的守护神。多与各行业首创者的神话传说有关。

个技师模样的人抓出一把黑糊，仔细地涂在石像上，涂小小的一片。接着，又在不远处涂另一片，再一片。

不一会儿，他直起腰来，向后面伸出手。一个土著递来一只火把。矮个师傅蹦着，跳着，挨次点燃那些涂有黑糊的地方。一时间，4米多长的石像仿佛成了烛台，东一块西一块缓慢地燃烧着，冒着蓝色的怪异火焰。

现在，廖铮和波尔蒂略都猜测，那黑糊可能是一种助燃剂。但接下来会怎样，绝不是他们能猜出来的了。

只见十几个土著各拿一只木盆，纷纷到山溪旁灌满了水，端到石像旁待命。那技师纹丝不动，注视着燃烧过程。忽然，他跳到一旁，大喊一声，十几盆水同时泼出。石像上冒出滚滚白雾，噼啪声音廖铮他们这里都听得到。

接下来，十几个人各握石锤，扑到石像上，按照预选定好的位置，用力敲打。石材热胀冷缩，局部早就酥碎，不一会儿，石像周围就堆出一些碎石。土著们清走碎石。这时，石像的温度已经与周围相等。他们又拿出硬猪鬃制成的木柄大刷子，仔细地刷掉碎石末。

一个小时过去了。这些土著再一次围成一圈，举行完工仪式。在他们中间，那尊石像又向"成品"迈进了一步：多了一条腿，腰部更加清晰，两个眼窝也有了形状。

雕刻工具竟然是火！

他们刚刚看到了一种古老技术的活化石。就是施蒂纳，这个从小长在巴新的年轻人，也不由得被这种原始技术震撼了。可以想象，万千年前，我们的祖先就是凭着这类古朴至极的手段，从大自然那里一点点争取着生活空间。

等大家从震撼中清醒过来，工地上已经没有人了。施蒂纳对另外两人说道："这样，我到村子里去问问，看他们和博阿伊到底是什么关系。我拥有政府人员的身份，可以沟通的。你们先隐蔽在这里。"

施蒂纳下了坡，进了村子，好长时间都不见他出来。廖铮两人在高坡上等啊，等啊，心里越来越忐忑不安。波尔蒂略终于忍不住，小心地问："这个人可靠吗？"

"我认为还是相信他的好。"廖铮回答道，"说不出他欺骗咱们的理由。"

"哼，也许是双料间谍呢。"

廖铮没有回答。这种时候，除了信心，没有确凿的方法可以证明什么。又等了近一个小时。在他们的信心即将消失，准备逃离这里时，施蒂纳从村子里跑了过来，兴奋地对他们说："我向酋长问清了，他们和博阿伊之间只有生意关系！你们也可以进村去，直接了解情况。"

一边走，施蒂纳一边介绍他了解到的情况。原来，本地石匠虽然经常制造商品石材，但最为神圣的这种原始制像技术却从不外传。甚至祖先留有遗训，不允许用它来制造商品出卖，只能制造拜祖石像。当然，由于外界极少知道那种石像制品，也没有什么人来订货。所以，当消息灵通的博阿伊用远远高于市价的钱定购这种原始石像时，曾经引起了村子里的争议。有的人希望挣这笔钱，有的人怕令祖先的灵魂震怒。最后，酋长还是下决心接了这单生意。这里面不仅有制造费用，更有不菲的"掩口费"。

但石像制好以后，博阿伊由于把大量资金投入竞选造势，资金流面临枯竭，经常付一半欠一半。阿莫金人心怀怨气。所以，当施蒂纳以"民俗文化研究机构"名义进村后，向酋长调查时，酋长便向他交了底，也不再理那个掩口的要求。

廖铮和波尔蒂略穿着不整的衣衫进了村，酋长亲自把他们迎接进来。生活在偏僻地方的人都非常好客，这和他们的偏僻有直接关系。人有汲取信息和追求变化的原始需要。偶有一两个外乡人来这里，对习以为常的生活多少是个改变。

"他们说，这种手艺他们在生活中早就不用了。"施蒂纳小声介绍道，"但制造祭祀用的神器时，还必须用这种传统方法制造，否则就不够虔诚。在他们看来，任何金属工具都算是现代化的工具，不能表达那种传统的崇敬。若不是出于这种原始宗教信仰，这类技术根本不会保存下来。"

廖铮曾经参观过中国最后一家土法造纸的小作坊。那里生产的原始纸张全都是供附近村民办红白喜事用的，产量虽然不高，但风格特别。当地人在婚礼葬礼上，只使用这种古朴的纸张。眼下的情况极其类似。

酋长用当地方言向外国客人介绍着，施蒂纳做着翻译："这位先生说，这种技术，是远古时期阿巴加人发明的。阿巴加是巴布亚的一个大部落，这几百年来衰落了。阿巴加语基本失传。他说，本村的传统神像工艺，完全掌握在一位老人手里。他平时讲阿莫金语，而那种技术是师父由阿巴加语传给他的，但他从不外传。"

"就是刚才咱们看到的那位老人吗？"那个矮个子老人在石像旁走来走去的样子，给廖铮留下了深刻印象。

"正是他。我们也很担心，一旦这位先生去世，他的技术就失传了。但我们不能违背天意。"酋长叹了口气，说道，"建造这种传统石像的时候极少，5年才有一次。一旦需要，我们就把老人请出来。他要做的，就是选择合适的石材。然后，他要用泡洗西谷树的水，加几种草药、油脂调制药剂。只有这种药剂才能使燃烧均匀，石材开裂容易。而在石材的什么地方抹药才能形成理想效果，更是他的不传之秘。本村人跟他这么久，谁也没有学会。"

"那么，我们能不能拜访这位老先生呢？"廖铮有些急迫。他们现在离文明世界还很远，赛克瓦蒂的威胁仍在。她特别希望在最短的时间里，知道最多的真相。

一旁，波尔蒂略现在也不再管什么伪造一事，倒是很想知道这一秘密。哪怕他无法用这个资料来创作所谓的"高质量娱乐品"。

身为客人，马上提这么深入的要求，自然很不容易得到满足。好说歹说，酋长才派了一个部下去征询老人自己的意见。一个小时后，廖铮他们被允许来到老人的屋子里。

那位老人木然地坐在石凳上。闷热天气里，石凳很受欢迎。老人大约是刻了一辈子石像，那张脸也像石雕本身一样纹丝不动。廖铮不知道怎么才能和老人套近乎，想了半天，才说了些保重健康之类的话。

老人始终没有开口。实际上，这位老人根本就没有同意他们的见面请求。酋长希望这几位客人能够帮助他们追回博阿伊的欠款，想讨好他们，才自作主张让他们见到老人。这位老人虽然因为掌握的技术秘密而受到尊敬，但平时也不过是住在"男屋"的小隔间里的部落民，并无更多的特权。

一时间，廖铮觉得自己很是卑鄙。她从不认识这位老人，从没有关心过这位老人的喜怒哀乐，只是关心他保守的秘密。那个秘密属于全人类，但首先属于他自己。他有权利保持沉默。

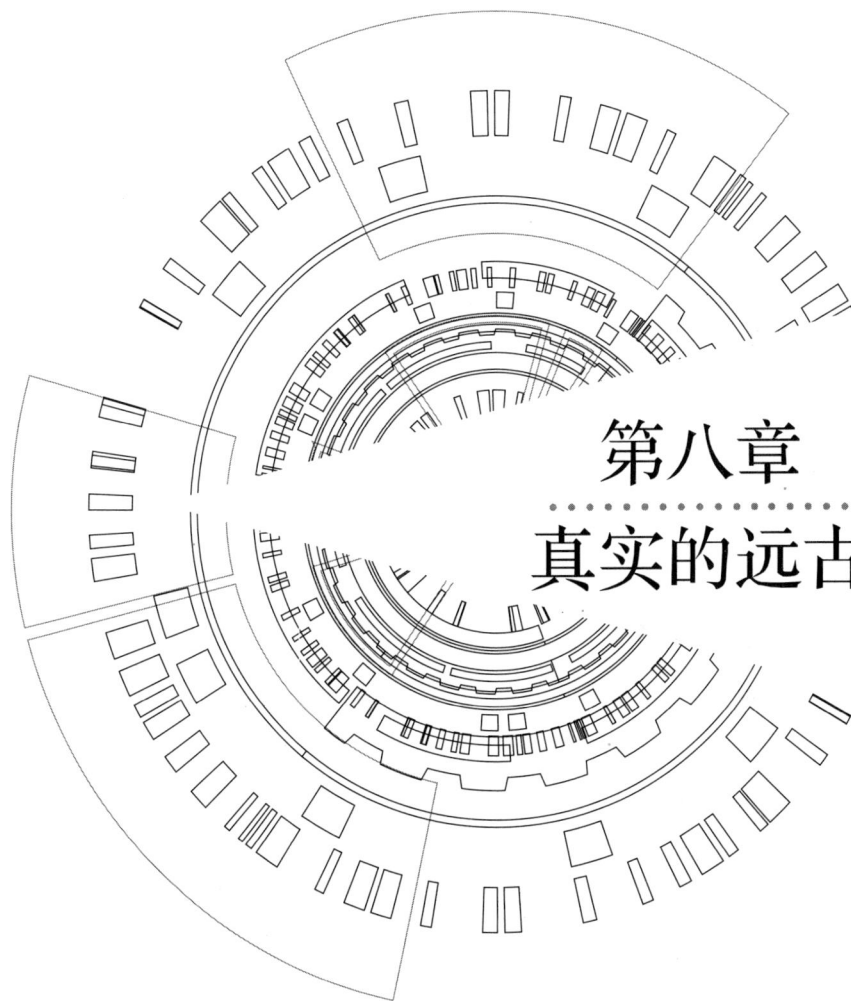

第八章
真实的远古

整整坐了1个小时，无论廖铮好说歹说，那位老人面对来客仍然是一语不发。他们只好告退了。

"他不会讲的。"施蒂纳退出来，惋惜地对两个人说，"在他心目中，那种原始雕刻技术是天神的传授，记录了天神的秘密。他要把它带到天国里，不然会受到诅咒。恐怕，我们谁都不能打开他的嘴巴。"

事到如今，三人只好先走一步了。临行前，酋长答应施蒂纳，如果有需要，他会为博阿伊造假来作证。在他的眼里，这些来来往往的人都是不同类型的"外部落人"，只有自己部落的利益才最值得捍卫。

3个人离开阿莫金，按照导航的指引，向普拉格矿区走去。离开雨林，阳光照射下来，身上不再潮湿，大家感觉好了许多。

走着走着，施蒂纳忽然想起一个问题："我学习中文已经有5年了，但'败家子'这个词，还是第一次听到。请问，这个词怎么使用？"

施蒂纳这么认真，倒让廖铮不好意思了。当时，她处在论辩中，情绪激动，就冒出这个词来："败家子儿嘛，是中国北方的俗语，专指不务正业、挥霍家产的子孙。中国文化重视光宗耀祖，后代要尽自己的努力，给祖先增添光彩。如果反过来，仅仅是吃祖先的老本，那就是败家子了。"

"唔，很好呀。这个概念说明你们是个有进取心的民族。"施蒂纳欣喜有加，庆幸自己对中国传统文化又有了更深的了解，"请问廖女士，你们中国人是否从小开始，父母就教育你们不做败家子呢？"

廖铮把视线投向他方，脸上一阵阵发热。她不想欺骗这个异国青年说中国人全部都从小被这样教育。左思右想，她终于想出了最好的回答方法。

"其实，在最初，我对这个概念理解得也很不深刻。我曾经以为，中华五千年文明史里，桩桩件件都可以搬出来，往自己的脸上贴金。那五千年历史仿佛就是属于我的。读大学的时候，每逢假期，我都要到一个旅游场所勤工俭学。那是一处古迹，是一座全部用铁铸造的高塔，那是1000年前的高科技！我为了掌握好英语口语，就报名在这个旅游场所专门接待国外游人。慢慢地我就发现，外国朋友望着那座塔，眼睛里充满崇敬之情。而当他们转过身问我什么问题时，那种崇拜的眼神丝毫不会分一点到我身上。因为在他们眼里，我只不过是一个靠着这所古迹吃饭的旅游从业人员。"

廖铮平静下来，转过身，她已经敢于面对施蒂纳的目光了："于是，我终于明白了，每一个人，无论是中国人，还是巴布亚人，无论他那个民族的历史是长是短，他都只能凭自己的成就在世界上立足。他的任何一代祖先，都不能给他带来真正的荣耀。"

"呵呵。原来您当初也是利用这种机会，来提高自己的英文水平呀？"施蒂纳听了这个故事，忽然笑了。

"是呀？"廖铮不解。

"你知道，赛克瓦蒂为什么总是坚持和您讲中文嘛？"

廖铮摇摇头。不仅是赛克瓦蒂，她来了没几天，遇到的不少当地青年都热情地和她讲中文。

"因为在我们这里，学会中文是求职晋升的保证。别看赛克瓦蒂嘴上怎么狂热，如果他能到一家中资公司任职，他会求之不得！所以，这里的学生遇到中国人，总要凑上去多练几句。"

"赛克瓦蒂！"旁边的波尔蒂略突然大喊道，声音发颤。顺着他手指的方向望去，只见赛克瓦蒂带着一群人，已经追到了离他们1000米左右的下面。除了他的部下，还有那两个守护遗址的人，都拿着猎枪。一行人正朝他们指指画画，看来也发现了他们。

廖铮等人二话没说，加快速度向山上跑去。那群人紧追不舍。一行人你追我赶，往山坡上跑去。这里没有路。逃亡者本来体力还可以，但走了一个岔路，在悬崖边又不得不往回返。结果双方已经缩短到只有两百米距离了。

施蒂纳看着走不脱，干脆停下来，远远地向他们喝道："我是政府人员，命令你们退回去！"

赛克瓦蒂丝毫不为所动。他已经红了眼。如果廖铮把伪造遗址的消息带到外部世界，他的党，他的信仰就全盘崩溃了。这是他无法接受的。至于说即使这几个人不揭露出去，早晚也会有人把秘密证明。这个他并没有去想。此时，他的头脑已经发热到了极限，意识也十分模糊。

看到劝阻无效，廖铮他们只好转身再逃。卫星电话和导航设备都丢在中途，他们现在只好凭运气了。

"还有多远？"波尔蒂略问道，"离你说的避难所？"

"10千米！"廖铮本想不告诉他，但知道无法隐瞒。这10千米在山区来说，可能入夜都赶不到。

忽然，山麓上出现了一排板房，板房上书写着清晰的汉字，怎么？难道计算有误，已经到了矿区边缘？

板房大门打开，几个中国人钻出来，好奇地望着她。显然，他们远远地看到了这群奇怪的人。等看到廖铮是一个东方女人后，其中几人更是主动向她打着招呼。

"中国人！"

"是的，你们是？"廖铮大声问道。

"北京大吉通信公司技术队。我们在这里架设通信中转站！"

天啊。廖铮大喜过望！这个突然出现的技术队里有十多个人，单说打架，就足以应付赛克瓦蒂的部下。更何况，他们有崇山峻岭中最有价值的一样东西——通信设备，可以连接到世界任何一个角落。

看到这个情况，赛克瓦蒂他们犹豫了，远远地停下来。廖铮跑到板房门口，一把拉住同胞的手。

"那些人是？"一个通信技术人员问道。

"暴徒！"廖铮简单地回答道。时间紧迫，她无法细说来龙去脉。施蒂纳也点了点头："我是政府人员。我想利用你们的设备通话。"

技术队员们紧张起来。他们不了解赛克瓦蒂的底细，但这附近经常有部落械斗，所以平时也保持着警惕。板房里并没有武器，大家只好把扳钳等物拿到手边，同时向巴新警方报警。

远远地，赛克瓦蒂见此情形，知道讨不得好，只好悻悻离去。

廖铮三人就留在中转站工地上。很快，技术队长告诉他，巴新政府方面说，马上要有重要人物来接他们回首都，要他们等在这里。

"什么重要人物？"

"他们没说。"

3个人在板房里换了衣服，简单地洗了澡。几天的疲倦积累起来，又回到了安全的环境里，令他们身体沉重，昏昏欲睡。

天色将晚，两架直升机绕过山麓降落在空地上。前面那架直升机上，竟然走下一个巴新的高级将领。

"你是廖铮女士吗？维尼恩总理亲自来接你们回首都！"

在他身后，一个矮胖的中年男人走下舷梯，短袖衫外露着咖啡色的皮肤，白白的头发对比鲜明。廖铮看到他，一时不敢相信自己的眼睛。她曾经看过这位政治家的资料照片，但从未想过自己会和他本人打交道！

廖铮又仔细回想张百卿提供的资料，便也释然。这位现任总理虽然不参加下届总理竞选，但在政治上力挺博阿伊的竞选对手。张百卿身为巴新这里重量级企业的首脑，更有通天的本领。双方肯定有某种合作关系，只是事先不方便告诉她。

廖铮赶快走上前去，凯特·维尼恩总理微笑着握握她的手，请她上直升机。波尔蒂略被安排在另一架飞机里。对于这个以伪造文物支持自己政治对手的人，维尼恩自然没有好感。

"没想到，您亲自来搭救我。"

"这是我应该做的。"维尼恩是个平民领袖，说话没有架子，"政府里有不少神圣后裔的支持者，我担心会走漏风声。感谢你的工作，对我们国家帮助很大。"

飞机起飞了，径奔莫尔斯比港而去。维尼恩说道："我曾经多次计划派政府的文化官员去调查遗址，都在博阿伊的干扰下没有成功，却没有想到他自己出了问题。我们国家是民主政体。如果博阿伊赢得大选，我们只有听任他把国家带到危险中去。他以煽动民族主义情绪起家，而成熟的政治家，应该知道怎么与世界打交道。"

两个小时的旅程中，他们交谈甚欢。一方面，廖铮要多介绍些自己的发现，帮助这位心胸开放的政治家。另一方面，维尼恩也想让廖铮的心情好一些，不要带着恶劣的印象离开祖国。聊着聊着，双方也没有了拘束。廖铮忽然提起一个问题。

"维尼恩先生，恕我直言，如果各国考古学家们来这里，进行了严格的考察，结果证明姆大陆确实存在，而巴布亚人又确实是姆族人的后裔。您会怎么想呢？"

"唔……"维尼恩总理沉吟了片刻，回答道，"对我来说，如果真是那样的话，只是证明了一个考古学问题。对我们这个国家来说，可能会增加一些旅游收入吧，其他的嘛，就毫无意义了。真有那一天，全世界的人们也只尊重历史上的姆文明，而不是我们。巴布亚人不管是谁的后代，都只能靠自己的勤奋努力，才能在当今世界占一席之地。"

三

仍然是北京大学那栋电教楼。季节已经进入春天，几扇窗子打开，把染着花香的空气送了进来，好不清爽。

廖铮又一次做了主讲人，题目为"新石器时代的技术化石"。

幻灯片出现在她身后的屏幕上。廖铮望着它们，雨林中的一幕幕忽然插进她的脑海里，给了她某种非现实感。

博阿伊用人失误。一个手下的过分狂热，毁灭了他的全部计划。本来，他和波尔蒂略曾经有长远的打算，知道不可能永远将霍瓦特遗址封闭在考古学界门外，便准备先请来外行，再缓慢允许一些没有经验的专业人员前来。这期间要有几年的跨度。在这几年里，博阿伊可以赢得大选，控制政局。波尔蒂略也有充分的时间，将遗址打扮得更像传说中的姆大陆，甚至可以"借鉴"藤村新一的做法，另外建造彻底的假古迹，继续把神话讲下去。

当然，这种建筑在沙滩上的幻想，都随着伪造的败露而破灭。赛克瓦蒂被博阿伊舍车保帅，以故意杀人罪被捕。"神圣后裔党"虽然仍然是合法注册政党，但影响力一落千丈。

最为重要的是，各国考古学家终于可以自由地进入霍瓦特遗址，揭开它的真面目了。而波尔蒂略伪造的假货，也被清除出现场。

"根据联合考察队的初步研究，霍瓦特遗址建造于距今5500年到6000年。当然，这不是什么姆族人的杰作，而是一个没有文字的当地部落的创造，现在已经被考古学界命名为'霍瓦特文化'。不过，霍瓦特问题不是我这次演讲的重点。我要介绍给大家的是有关巨石建筑的某些技术背景。"

廖铮指着幻灯片说道："这些巨石建筑和巨石雕像的加工，所耗费的人力物力，或许并非如考古学家先前所设想的那么庞大。当地居民发展出一种奇特的技术，我想不出更合适的名字，姑且称为'烧结雕刻法'。他们在石材的某些部位上抹上油脂和炭灰的混合体，进行焚烧。这种部位很小，只有几平方分米，甚至更小。具体涂在什么地方，涂多大范围，完全由技师凭个人经验来完成。经过燃烧，石材的局部和周围就产生很大温差。焚烧到一定火候，他们浇上冷水，再除去燃烧物。在剧烈的热胀冷缩作用下，局部就产生崩裂。"

"这项技术从原理上讲并不神奇。在古代，世界各地的人们都用它来采石料。但用它来进行细微的雕刻，却可能是太平洋地区土著的发明。当然，那是因为他们当时不拥有金属工具，这种烧结法成了最好的利器。当然，它虽然制造了许多神奇，但局限也非常之大。比如，这些雕像都没有笑容，给人以苍凉阴郁的感觉。其实，那是他们无法烧结出笑容的原因。当石块沿烧结处开裂，自然会形成悲哀，甚至哭泣的表情，而表现笑容的纹理需要更精制的加工工具。"

"金属工具发明后，一方面，可以更精细地雕刻石材；另一方面，木材代替石料，成为更便宜的建筑用材。这样，烧结雕刻法失去实用价值，自动消失了。可惜，我讲的只是个大原理，这种烧结技术掌握在当地的能工巧匠手里，或者更具体地说，掌握在他的心里，并且没有语言的传承与记录。"

廖铮讲完了，自由提问开始。一个小伙子站起来问道："请问廖铮女士，尽管碳-14测定表明，这片遗址群距今只有6000多年。那么，能否仍然认为，姆大陆就存在于5000多年前，霍瓦特那里仍然是姆大陆遗址呢？"

廖铮摇了摇头，回答道："姆大陆作为一个假说，它有自己的核心观点。这个核心可以由两点组成。一是它指12000年前因为灾变消失的一个文明古国。二是，这个文明四外扩散。如果我们不停地更改年份，那么这个假说就失去学术意义了。"

"恕我直言。"又一个听众问道，"我认为，科学家都是保守的。

我一直喜欢读您的作品。但我感觉越来越保守，没有早先的大胆想象。我想，是不是您在探险生涯中，长期和专业科学家接触，受到他们保守思想的影响呢？相比之下，我更喜欢读您早期充满想象力的文章。"

这类问题廖铮极不好回答，但她又不能不面对："虽然我不是科学专业出身，但我对科学原则是认同的。我觉得，世界上最不保守，最敢怀疑，最愿意接触神秘与未知的，就是科学家，真正的科学家。"

廖铮走下讲台，给听众们签名。她感觉到腰间手机的震动，拿出来一看，从遥远的巴布亚发来一条短信，是施蒂纳的。

"阿莫金技师老人于昨天下午去世。"

世界上最后一个能够掌握烧结雕刻法的人，带着他的秘密离开了世界。

廖铮愣住了。

"廖老师，你怎么了？"主持人关切地问道。

"没什么。"廖铮笑了笑，离开了教室。该怎么对听众们讲呢？科学永远是遗憾的事业。追求自圆其说而不理会实际证据的，永远都不是科学家。

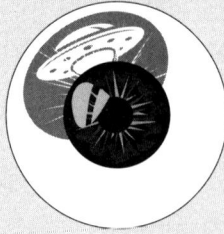

百年科幻

郑军秘境科幻探险系列

Sci-Fi

冰海谜踪

郑军 著

科学普及出版社

·北 京·

图书在版编目（CIP）数据

郑军秘境科幻探险系列 . 冰海谜踪 / 郑军著 . -- 北
京 : 科学普及出版社，2023.4
（百年科幻）
ISBN 978-7-110-10532-0

Ⅰ . ①郑… Ⅱ . ①郑… Ⅲ . ①幻想小说—中国—当代
Ⅳ . ① I247.5

中国国家版本馆 CIP 数据核字（2023）第 038310 号

策划编辑	曹　璐　王卫英
责任编辑	王卫英
封面设计	书香文雅
内文设计	书香文雅
责任校对	焦　宁
责任印制	徐　飞

出　　版	科学普及出版社
发　　行	中国科学技术出版社有限公司发行部
地　　址	北京市海淀区中关村南大街 16 号
邮　　编	100081
发行电话	010-62173865
传　　真	010-62173081
网　　址	http://www.cspbooks.com.cn

开　　本	720mm×1000mm　1/16
字　　数	490 千字
印　　张	40
版　　次	2023 年 4 月第 1 版
印　　次	2023 年 4 月第 1 次印刷
印　　刷	天津泰宇印务有限公司
书　　号	ISBN 978-7-110-10532-0 / I·655
定　　价	120.00 元（全 4 册）

前言

稗官野史话科学——"虚拟科技史"

一、什么是"虚拟科技史"

公元4世纪，中国东晋元帝时代，一个民间匠人以竹、布为材料，制造了一只巨大的风筝。他把风筝绑在身上，鼓起勇气跃下山岗，竟然在空中飞了起来。那只风筝便成为人类历史上第一架滑翔机。不巧，这个"飞人"被元帝发现了。他要那个匠人降落在皇宫里。匠人以为皇帝要奖赏他的发明，结果却被砍了头。元帝认为，这个发明如果流失到北方，会被敌国用来突破晋国的防线。于是，科技史中的这段奇闻便被封锁、湮灭了。

这当然不是真正的科技史，而是美国科幻作家雷·布雷德伯里在短篇小说《飞行器》中描写的故事。那个短篇也是后来逐渐兴旺的一个新科幻品种——"虚拟科技史"的先声。最近二十几年来，虚拟科技史题材在科幻作品中越来越多，涉及范围越来越广，制作也越来越精良，甚至出现了耗资巨大的商业电影《天空上校与明日世界》。

什么是虚拟科技史题材？以往，科幻作家以自己生活的年代为坐标，或者写当代故事，或者写未来传奇，只在一种题材里才描写过去——时间旅行题材。主人公驾驶形形色色的"时间旅行器"回到古代冒险。故事背景虽然大部分放在古代，但"时间旅行器"本身却是远远超过当代水平的科技幻想。

虚拟科技史则完全相反，此类题材从作者所在年份这个坐标为原点向后看，主要写古代、近代，至少是当代以前的科技创造。即使写了水平上超越当代的新发明新创造，也要把它置于过去的科技背景下。

虚拟科技史在科幻中产生得很晚，倒退几十年，没有人想过从前的东西怎么还能拿来"科幻"。在本文中，笔者介绍一下各类虚拟科技史题材的"科幻"。

二、湮灭的科技史

"其实还有许多无名英雄已经搞过这方面的事了，只不过因为技术原因无法做成，又没有专门机构做记载，所以流传下来的文件就少得很了。"（《飞呀飞》，《2002年度中国最佳科幻小说集》，四川人民出版社）

科技史和其他门类的历史完全一样，越是晚近时期，文字资料、实物证据越丰富。越是源头部分，越是隐身在云里雾里。比如，什么人、确切于什么时候发明了火药、指南针，恐怕已经是无法考证清楚的事了。即使是科技史的"正史"中有记载的事件，如果处在中世纪或者近代，也往往旁证稀少，细节模糊，只留存个大概的轮廓。这就给科幻作家以想象空间：可以用"失传"为假托，描写虚构的科技史故事。

写这种"湮灭的科技史"，本身要考虑到它有出现的可能性。比如，我们完全可以虚构一个具体的火药发明家的传奇经历。其实，武侠作家古龙早就在《大旗英雄传》中进行了这样的尝试。这是一部背景为中古，但没有具体年代的小说。武林第一高手"夜帝"发明了炸药。出于对它巨大威力的担心，夜帝对此秘不示人。在小说中，夜帝将一生所学尽数传给铁中棠，独独不让他知道炸药的制造方法。作者又让夜帝在一场地下爆炸中不知所踪，炸药制法从此失传。

古龙甚至让铁中棠在目睹炸药的威力后，进行这样的联想：

> 他想："若有人再制作出这样的东西而传诸于世，等他瞧见后果时，必定不知要多么后悔。"
>
> 他又想："能制作出此物的，必获暴利，等他老年痛悔时，必定会将之用来造福人类。但无论他做些什么，却也不足以补偿他为世人造下的罪孽。"
>
> 他想的并没有错，一切俱都不出他所料。（《大旗英雄传》，珠海出版社）

读者当然知道作者所指为何人。而且，这已经是在对科技价值进行思考了。只不过作为一个武侠作家，古龙不会把这类情节作为小说的核心。

J.H.大罗尼是和儒勒·凡尔纳同时代的法国科幻作家。他于1909年创作的经典作品《火的战争》，也是一部虚拟科技史的科幻小说。20世纪70年代末，法国电影人将其改编成科幻片《火》。这部作品更是将时代背景推至8万年前。那时候，部落技术水准的高下主要以驾驭火的能力为标准。某个部落不能生火，只能延续由闪电形成的"天火"。后来火种熄灭，部落的生存成了问题，主人公便外出寻找能钻木取火的部落，学习这种"高级技术"。他还遇到过完全不能使用火的更为落后的部族。故事便在这些只有语言没有文字的原始人中发生。这部科幻片当时曾轰动一时，不仅因为题材新颖，而且因为演员们为了追求真实，全部赤身裸体参加演出。

有趣的是，虽然是一个冷门领域，但虚拟科技史题材在中国科幻界并不少见。

1492年10月12日，哥伦布踏上巴哈马的土地。这不仅是世界政治史、民族史、经济史的重要篇章，而且也是科技史的重要一页。它意味着航海技术进步取得了重大成就。20世纪70年代，中国作家刘兴诗创作了《美洲来的哥伦布》，反过来描写了古代印第安人到达英国的故事，这便是典型的虚拟科技史。

小说中的故事发生于20世纪中叶。苏格兰苔斯蒙特湖底发现了印第安式样的独木舟，经碳−14半衰期测定，其年代久远到5000年前。主人公为了证明印第安人率先到达过欧洲，便驾驶独木舟，试图在没有现代科技支持的情况下从美洲来到欧洲。

《飞呀飞》也是一部描写虚拟科技史的佳作，作者是武汉市的胡行。小说把背景安排在19世纪末。当时，对比重重于空气的飞行器的研究活动方兴未艾，各国发明家相约于1899年7月12日在武汉长江中的"天兴洲"举行"第一届世界飞机大赛"。当地人方福、德先生等人与洋人醉酒赌赛。他们搞到了明代万户绘制的火箭飞行器设计图，稍加变通后制造了一架名为"咸与扬威"号的飞行器。

届时，八国十几架飞行器各展奇能。有的是人力推动，有的是马车拖拽的滑翔机，有的是螺旋桨飞机。结果，有的根本没上天，有的飞上天空但没有安全落地。只有用火箭推动的"咸与扬威"号正常上天，又平稳落地，成为人类第一次成功航空的纪录。

不过，由于在比赛中几国侨民发生殴斗，参赛各方深以为耻，对整个比赛就没有正式记录和报道。结果，4年后莱特兄弟的飞行器上了天，成为记录于航空科技史的"正史"。

作者胡行不仅全面地介绍了当时存在过的各种飞行方案，更对晚清时代中国科技水平有准确的叙述。而故事地点放在他的家乡，也不仅仅是出于作者的乡土情结，更符合科技史的背景：武汉是晚清洋务运动的主要地区，拥有当时亚洲领先的一些工业企业。

另一位科幻作者郑军则在短篇《国家机密》中，虚构了英国数学家巴贝奇研制计算机的故事。历史上的巴贝奇最早提出分析机设想，被计算机界视为先驱。在小说中，英国政府敏锐地察觉巴贝奇这项发明的意义，由国家出资，建造了巨大的蒸汽计算机实验模型。英国某敌对国家了解这项工程后深感忧虑，担心英国的国力从此不可匹敌，遂派遣精通数学的间谍梅特兰混入"巴贝奇学园"，通过其数学才能接近巴贝奇，破坏计算机。最后，间谍被英国保安部门逮捕。而他留下的几句技术判断却使巴贝奇陷入绝望。巴贝奇自己毁掉了蒸汽计算机。

小说中不仅出现了许多19世纪早期的著名数学家，如夏莱、利提斯、高斯，而且反映了当时知识界里，机械唯物论占主导地位的思想状态。

三、超级古代科技

出现在"湮灭科技史"中的，都是业已实现的科技进步。只不过，作者们通过"戏说历史"的方式，赋予其特殊的艺术效果。而对于将要提到的极其先进的古代科技，从科技史角度看，它们无法被古人创造出来。所以，这类作品往往不揭开谜底，而是留下悬念。

倪匡的《古声》便是描写超级古代科技的代表作。一位名叫黄博宜的美籍华人考古学家寄给他在欧洲的朋友熊逸一盘录音带，里面录着一群人难辨语义的念诵声，还有一个女人临死前的惨叫。不久，黄博宜便死于车祸。熊逸认为其中必有案情，遂请冒险家卫斯理一同打探。电脑无法鉴别这种念诵声，认为它不属于当今世上任何一种方言！于是，两人便深入美国，逐一侦查各个黑帮、邪教。他们认定，这可能是此类非法组织自己发明的暗语。

结果，两个人在邪教处一无所获，却在黄博宜潜心研究半载的一个古瓶内部发现了细密的纹路，还有一张音响实验室的收据单。熊逸恍然大悟，认为声音就来自这个古瓶，它是古代工匠发明的记录声音的方法。而那个惨死的女人似乎是祭坛上的牺牲品。无奈他们不慎打碎了古瓶，"古声"再也无法还原。

在寓言式的短篇科幻小说《长城》中，中国大陆作家韩松描写了遍布全世界的宏伟长城。最初的一段从华盛顿某工地挖出来，后来单是从美国就挖掘出几千千米古长城。再后来，世界各大洲都挖掘出了古长城。而最初那些遗迹的筑城技术和中国长城的某些段落一样，是版筑夯土建筑。后来逐渐涌出更高级别的技术，甚至从中挖掘出碳纳米管！

在《大地的素描》中，郑军描写了古代遗留的世界全图。大月氏人建立的贵霜帝国，曾经是与汉朝和罗马并列的强大帝国，可惜昙花一现。《大地的素描》以贵霜鼎盛时期为背景，描写了一套不知来历的世界地图帮助他们打天下的故事。古代测绘技术落后，地图误差巨大。而这套地图正是帮助他们战胜对手的至宝。不过，热衷佛法的傀儡国王最终销毁了这套地图，也中断了王朝兴旺的历史。

四、与"乌托时"结合的虚拟科技史

"乌托时科幻"也是兴起不久的新科幻品种，但却体现着久已存在的人类梦想。它描写并不存在的历史歧路：比如，希特勒如果赢得第二次世界大战会怎样，郑和如果占领了欧洲会如何，等等。将对政治、经济、军事史的虚拟推广到科技史，就形成了"虚拟科技史"与乌托时相结合的故事。

19世纪初，英国数学家巴贝奇制定了最初的程序原理。由于当时的机械条件无法达到足够的运算速度，计算机直到100多年后才成为现实。1990年，美国作家威廉·吉布森和布鲁斯·斯特林创作了科幻小说《差分机》。小说里，巴贝奇于1820年建造出了蒸汽机计算机。几十年后，在此基础上，建立起一个反乌托邦社会。

由于使用了同一段科技史，可以比较一下《差分机》与《国家机密》的不同。在《国家机密》的结尾外，作者通过巴贝奇的口，承认研制蒸汽机计算机必然失败：我发现了一个新的研究课题，那就是计算复杂性问题，它要研究各种数学问题在机械计算时所需要耗用的时间、空间等资源……利用机械力永远不可能研制出可供实用的分析机！可不用机械力，我们还能用什么呢？用咒语？作为计算机专家，吉布森和斯特林当然更知道这一点。所以，他们描写的"蒸汽机计算机"并无实际成功的可能，完全是出于艺术上的考虑。

虚拟科技史加乌托时科幻的典型，要属法国作家皮埃尔·布尔的《思想爆炸公式》。在这篇小说里，1938年授予诺贝尔物理学奖的意大利科学家费米被一个虚构的"卢士奇"所取代。他年轻时候看到爱因斯坦的著名公式"$E=mc^2$"，顿时像受到天启一样，立志传播这种"新宗教"。后来，受法西斯政府迫害，卢士奇和许多欧洲学者逃到美国。他们请爱因斯坦出面，请求美国总统拨款，研究通过能量制造物质的方法。这是他们认为"$E=mc^2$"公式的最终意义。

美国总统不懂科技细节，把他的建议给参谋长传阅。后者说，既然在这个公式指导下，可以通过巨大能量制造出微小的物质，当然也能够通过极少物质释放巨大能量，进而制造出超级武器。总统又将参谋长的建议转述给爱因斯坦。后者出于人道主义原则，断然否认参谋长的设想在科学上可行。当然，这和现实中，爱因斯坦上书罗斯福研制原子弹的史实完全相反。

从那以后，美国总统就此事分别咨询流亡学者，大家心照不宣，都否认可以制造这么一种超级武器，甚至美国本土的科学家也帮着做伪证。最终，美国总统放弃研制原子武器的预想，拨款在洛斯阿拉莫斯沙漠建立基地，研究怎么从高能宇宙射线中制造物质。当然，在史实上，那里正是曼哈顿工程所在地。

第二次世界大战后期，"日本是唯一敌视科学和$E=mc^2$定律的国家"（《世界经典科幻小说金榜·上》，内蒙古人民出版社）。于是，科学家们决定在日本一个叫"G岛"的城市上空进行实验，感化日本人。聚能器从飞机上投下去，能量造物的链式反应开始，雪花般的铀从空中纷纷飘下，令"G岛"人民欢欣鼓舞，如沐神恩。但由于实验者没有控制好反应速度，"G岛"被不停降下的铀雨覆盖。爱因斯坦面对惨祸，追悔莫及。看到这里，"G岛"是什么地方，相信大家不用笔者解释了。

这种乌托时的虚拟科技史，完全没有存在的可能。但创作这类故事，作者必须对相关的真实科技史了如指掌，才能从中发掘出趣味所在。所以，它成了科技史的反面艺术展示。

五、仿古科幻

与前面两种题材相比，仿古科幻则完全脱离开了具体的科技史实。它虽然不直接表现科技史，但表现了某一时期整体的科技背景，同时体现了过去时代人们对科技进步的展望，可以说是从精神层面上来间接地展示科技史。出现在这类作品中的某些技术，从未真正实现过，但它确实存在于当年许多人的头脑中。

日本漫画家宫崎骏酷爱在作品里表现工业革命时期，甚至手工业时代的技术。1986年出品的《天空之城》可谓仿古科幻的代表作。这部作品取材于乔纳森·斯威夫特在《格列佛游记》第三部分中描写的勒皮它飞岛，不过，去掉了岛上那些作为讽刺对象的可笑的科学家。在《天空之城》的故事中，世界上存在着一种叫"飞行石"的矿物，可以克服地心引力。一个不明所踪的远古部族以"飞行石"为动力，建造了天空之城勒皮它。那是一个中世纪城堡外形的飞城。由于强大的反重力导致下面气压变化，勒皮它飞城永远置身于雷鸣电闪、气流翻滚的浓云中，只是在世界各地留下一个飞城的传说，或者偶尔被飞行员目睹。

电影中的故事发生于19世纪末。那时候刚刚有内燃机驱动的汽车。一个银矿成了故事的重要背景：蒸汽机、粗笨的管道、铁皮屋顶的临时矿工住房，这些都能把我们带回到工业革命时代。影片中的所谓机器人，就是铁皮覆盖的人形机器，上面不见任何电子部件。而天空中则飞翔着19世纪人心目中的理想飞行器——飞艇。它不是后来真正出现过的硬式飞艇，而是爱伦·坡、基普林科幻小说中的飞艇。它可以负载几百上千人，有宽大的活动空间，可以让角色们爬上爬下，追跑打斗。甚至还出现了类似于凡尔纳在《征服者罗比尔》中描写的"飞机"——由布制造（凡尔纳笔下的飞机用纸制造），上上下下设置许多只螺旋桨，像船一样宽大，有许多个舱室，甚至甲板上可以晾衣服。这些飞艇、飞机以每小时几十千米的速度在云中穿梭、战斗。

这些飞行器从未真正出现过。生活在20世纪80年代，目睹过人类登月、乘坐过波音和空客的宫崎骏这样来描绘飞行器，显然更多是出自美学上的考虑：飞在空中的古堡、飞鸟、鲜花、寂寥的天宇，再加上改编自"神秘园"乐曲的主题曲，结合在一起，构成了令人神往、惆怅，甚至欲哭无泪的美学氛围。

欧洲科幻片《童梦失魂夜》（*The City of Lost Children*）也是仿古科幻的典型。影片里，一个叫艾文的科学怪人藏在近海中报废的钻井平台里搞科学实验。他制造出几个克隆人。其中一个名叫克罗克的克隆人异常聪明，他接管了艾文的基地，把艾文的大脑囚禁在营养液中。克罗克失去做梦的功能，以至于迅速衰老。为了治疗这个顽疾，他们从附近的港口里拐骗孩子，通过仪器将他们的梦输入克罗克的头脑，想让他恢复做梦的能力。

同样是梦境传输题材，《入侵脑细胞》放在现代背景下展开，电影里出现了现代化的实验室，还有"膜体芯片"这样的新科技。然而《童梦失魂夜》则把背景放在一个20世纪二三十年代的欧洲港口。画面上到处都是大片的铁皮、粗粗的铆钉、长满海藻的支架，贫困的码头工人穿戴着当时的服装，外形滑稽的老爷车驶来驶去。当然，还有"仿古科幻"类作品中必不可少的道具：蒸汽机！相当多的画面里，铁锈都占了很大面积。再加上用电脑软件将色调修改成酱红色，把整个画面搞成了一副锈迹斑斑的样子。

在这样的背景下，"大脑移植""梦境传输"等这些今天都还属于科幻的技术，在电脑中是以20年代的工具来完成的。艾文的大脑通过一台老式留声机说话，通过一架老式相机来观看外界。实验室里没有电脑，只有一些仪表、手柄、滑轮，还有《摩登时代》里那种夸大的齿轮组合。顺便说一句，卓别林创造的这种道具，这种工业文明的标志性符号，几乎出现在每部仿古科幻电影里。

2004年9月，一部新的好莱坞重量级大片上映了。它在世界电影史上创下了一个纪录：使用蓝幕摄影最多的电影。这就是《天空上校和明日世界》。它也是仿古科幻的代表作。可以说，它是当时这个新类型中投资规模最大、影响最大的电影。评论界称之为"怀旧未来主义"，这个词似乎也可以说明仿古科幻既"古典"又"未来"的双重特点。

电影背景是1939年。主人公"天空上校"苏利文甚至在抗日战争爆发后参加美国空军援华志愿队。女主人公波利则在战时的上海报道过难民潮。为了与这个准确的时代背景配套，电影中出现了许多那个时代的技术产物：螺旋桨飞机、飞艇、发报机，甚至片中的重要人物——技术天才德克斯，使用计算尺而不是计算机来运算。

而电影中的科幻部分，则完全恢复到20世纪30年代的旧风貌：铁皮筒一样的机器人、表面粗糙的金属飞鸟、放大无数倍的V2式旧火箭。而类似于"英国空军基地"那样的巨型空中岛屿，你可以在许多30年代美国科幻杂志的封面上看到。《天空上校和明日世界》没有复制科技史，却复制了"科幻史"。它把过去时代人们对未来科技发展的梦想展示在了屏幕上。

不过，这部宏大的"蒸汽朋克"在票房上很不顺利。这似乎预示着，观众接受这种新类型科幻还要一段时间。

提到仿古科幻，不能不介绍《剪刀手爱德华》，一部具有童话色彩的仿古科幻电影。故事开始于一个山间古堡，那里住着一个古怪的科学家，做着古怪的发明创造。这是玛丽·雪莱时代的科幻，从哥特故事里刚刚诞生出来的科幻。老科学家发明了一个机器人。他把它当孩子一样爱护，给它起名为爱德华，给它读诗歌、讲童话。然而，当他准备完成最后的工作、给爱德华装上一双手时，却死于突发心脏病。爱德华未完成的手只是几副大剪刀。

电影中的故事开始于20世纪五六十年代。这从小汽车的外形，以及进入家庭的黑白电视可以看出。雅芳公司直销员佩格在推销时，偶然间敲开古堡的门，发现了年龄不知几许、而相貌仍然如青年的爱德华，将他带入人世间，从此经历了一番爱恨波折。

《剪刀手爱德华》是一部象征主义的科幻片。剪刀手是一个出奇聪明的隐喻，影射青少年的异化：你不可能接触任何人而不剪到他们（《彩图科幻百科》，上海科技教育出版社）。尽管影片主旨不在于人工智能，但编导选择了蒸汽机时代的机器人幻想，而不是电子时代的机器人幻想，这使得它带有仿古科幻的浓厚色彩。

既然在仿古科幻中，那些今天都不可能实现的超级技术，更不可能由影片故事背景时的技术水平所实现。因此，这类影片的出发点完全不在于科技上的合理性，而在于美学目的。《剪刀手爱德华》与《童梦失魂夜》都以童话风格为主，选择古典技术美学形象，而不是芯片、网络等等"高科技"，更能适合这个风格。而《天空之城》《天空上校和明日世界》中的那种浪漫图景，也不大可能用现代技术来构造。

六、小结

从科幻文艺的角度看，虚拟科技史题材的出现，将科幻概念大大向外拓展了一步，而又未稀释（反而加强了）它的科学文化成分。有了这类题材，我们已经不能片面地说科幻就是对未来科技的展望了，它更是一种独立于科学的文化形态。大部分虚拟科技史作品，尤其是仿古科幻，尤其是影视作品，出发点完全是美学，是工业时代技术产品的美，是科技时代人类童年的记忆，是一种新的怀旧情绪。它没有倒退回田园时代，而是将怀旧截止于矿山、烟囱和齿轮。

即使在现实生活中，以工业时代旧技术为美的倾向也隐有所现。对老爷车，对唱片和留声机的收藏就是代表。参观国内仅存的几条蒸汽机车线路，成为一个特殊的旅游项目。外地人乘火车来到天津站，出了站口就会发现那个乌黑的、怪怪的雕塑：复杂的铁架支撑着许多粗笨的齿轮。那是天津曾经的骄傲，在工业时代早期，这个城市曾经领先全国。而将蒸汽时代的机器部件作为雕塑，作为美学产品，在全国也是罕见的。

前几年笔者还读过一篇报道：沈阳市在城区改造时，外迁了大量的工厂。有的人大代表就提出提案，希望保留一个100多米高的大烟囱。他认为，这种冒着黑烟的烟囱，现在看来是环境污染的根源，是丑的。但在当年，它寄托了人们的希望，激发着人们的豪情。因为它代表着科技，代表着工业化。它曾经是一个正面的形象，是美的。

在这些生活实例中，科技产品完全不再体现它的实际功能，而只体现在审美和纪念上。

从科学文化的角度看，虚拟科技史是科技史进入文艺领域，进而为大众接触到，并且产生影响的一个有力渠道。无论是单纯的科学家传记，还是前述"以真乱假"的科幻作品，似乎都没有提供足够的想象空间，供艺术家驰骋其创造力。"虚拟"自然就不是真实，不具有知识性。然而，这类题材的作品越多，越能使人在回首过去时，不仅仅只看到帝王将相的宫廷秘史；越能使人们关注和尊重前人在科技方面的伟大创造力；越能使人们感受到当年人们那种对未来、对科技进步的憧憬。

"虚拟科技史"从另一个舞台上体现着科学精神。科幻小说的基本价值观就是倡导文明、科学和进步。任何对这些价值的追求，如果它本身还兼具有一定传奇性的话，都可以成为科幻小说的描写对象。在这方面，古人和今人有同样的追求。甚至，由于古代文明本身的保守和落后，古人的这种追求还要冒更大的风险。这样也便构成更剧烈的矛盾冲突。

它也使我们注意到，科技史绝不仅仅是干巴巴的教科书或者学术专著，它还很有美学色彩，甚至很传奇，很娱乐。

"虚拟科技史"题材已经溢出了科幻领域，泛化到其他艺术门类中。前面介绍的武侠作者古龙就喜欢在小说中使用现代科技视角。在某部小说里，他让"四川唐门"的暗器制作以大工业流水线的方式进行，完全不同于传统武侠小说里神秘小作坊的情节定式。在另一部小说中，他让一部绝顶武林秘籍被人们在坊间批量印刷，广为散布，以至获得的人根本不相信它的价值。

中国香港影人周星驰以借用科幻题材为特长。在古装戏《大内密探零零发》中，主人公完全是一个古代发明家。他发明了机关枪、直升机、按摩床、抽油烟机……当然，这一切都用他惯常的无厘头的方法表现出来。在古装电视剧《风云Ⅱ》中，也有木制潜水艇、木制飞机出现在其中。甚至，木制潜水艇还能发射"原始鱼雷"。

展望将来，科技史肯定将会出现在越来越多的文艺作品中，科幻只是它的第一步。

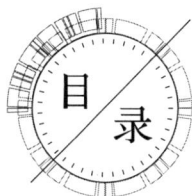

目 录

Catalogue

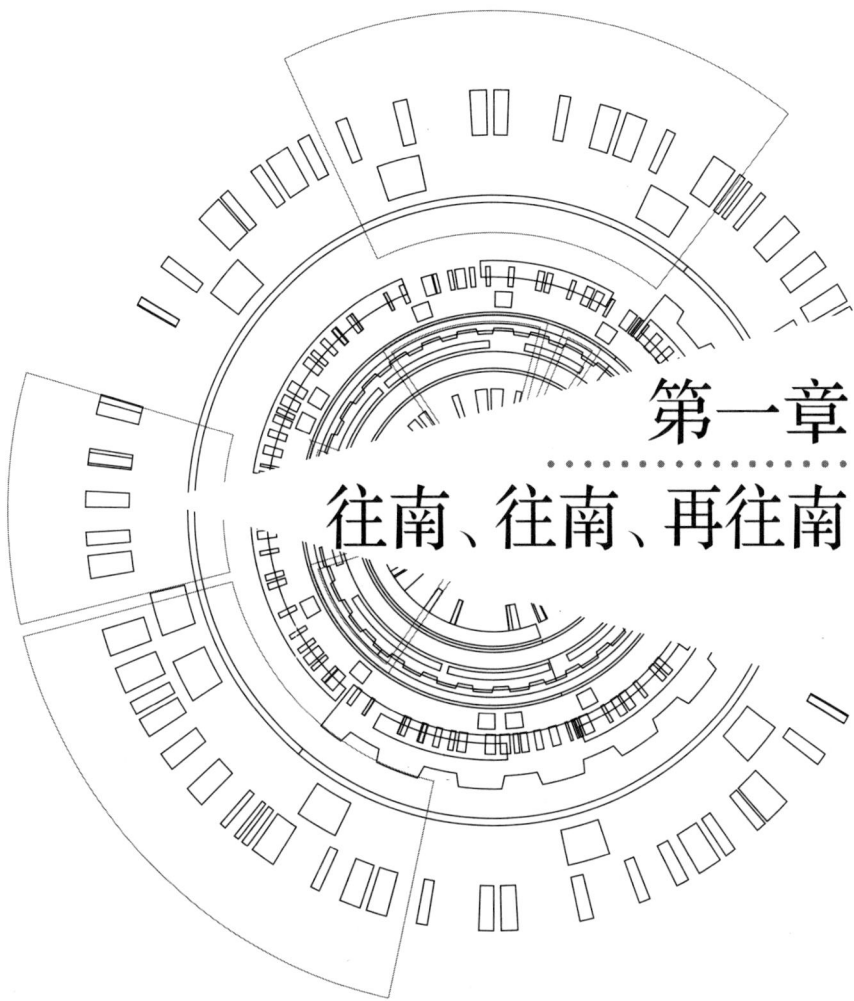

第一章

往南、往南、再往南！

一

中秋刚过，最初的几片落叶就跌在校园的林荫路上，带来几丝寒冷的味道。师生们三三两两聚到北京大学综合电化教学楼，参加本周末的科学文化讲座。

两年下来，这个讲座已经在学术圈里打出了名气。这里曾经迸发过许多场精彩的激辩：水电开发与环境保护、克隆人的是与非、风水与现代建筑学、诺贝尔奖与中国科研体制弊端……每每都能引起学术界，乃至整个社会的强烈反响。当初本来属于临时设置的讲座，现在已经长成一个品牌，变为学术界各路高手渴望一试的阵地。而首都科技记者们也已经养成了习惯，每到周末就云集到这里，倾听中外科技界精英们的言论，从中嗅出新闻线索。

当然，不时也会有一些奇谈怪论从这里冒出来。作为一个脑力碰撞的地方，出现种种意想不到的观点，恰好可以激发人们的思考。今天，就有一个主题怪异绝伦的讲座，将几百号人吸引到二楼的电化教室里。

主讲人是个老外，来自俄罗斯的探险家阿里·巴哈索夫。巴哈索夫今年40岁，在国际探险协会授予的第一批"世界级探险家"中，他的大名赫然在册。完成过"七加二"的成绩可以告诉大家，他的探险功夫非同小可。

除了硬碰硬的野外生存能力，能够分别涉险于极地、沙漠、雨林、峻岭崇山的本领，巴哈索夫能够出名，还靠自己的独门活计。他专门搜集中古时期中国文化在世界各地的遗迹。而且，并非要在东亚这个中国文化传统影响范围里去搜集，反而专注于西欧、非洲这些当年远离中国的地方。历史学家并不关注的蛛丝马迹，成了他的一亩三分地。巴哈索夫的考察结果每每因为独出心裁，又证据确凿，令世人惊讶不已。考古学界最初把他当成一个新的骗子，或者傻子。但后来不得不承认，此人真的思路出奇，并且考证严谨。

今天，巴哈索夫又带来他的最新课题——"谁发现了南极！"这个大标题就写在他后面的白板上，正是它把许多重量级媒体的记者吸引到场。

在嘉宾席上，除了校方代表、讲座主持人，还有他的老朋友，七大"世界级探险家"中唯一的中国人——廖铮。廖铮刚从巴布亚新几内亚丛林里回来，才把生死一线的场面抛到脑后，听到老朋友大驾光临，便赶来助兴。不过，她和巴哈索夫也是好久不见，并不清楚他这次具体要讲什么。这七个人虽然同在国际探险家协会受封，但国籍各有不同，平时很少聚在一起。

"朋友们，再过几年，人类就要纪念发现南极大陆200周年了。为什么笼统地说'几年'，而不是某个具体的年数呢？因为在1819年到1821年间，几个国家的探险家相继踏上南极大陆，俄罗斯的别林斯高晋、英国的布兰斯菲尔德、美国人戴维斯等。但是，由于资料不全，具体时间的先后并没有确定下来，可能永远也不会明确下来。"

教室里的声音彻底安静下来，这段开场白将大家带到了遥远的冰天雪地中。巴哈索夫话锋一转，说道："然而，他们似乎都不是最早遥望到南极大陆的人。因为在那以前的几百年里，欧洲和北美的许多探险家组织了无数次探险。他们的目标就是要寻找神秘的'南方大陆'！为什么他们会认为，在已知世界的南方，跨过茫茫大洋，必然会有这么一块大陆呢？"

巴哈索夫停顿了10秒钟，让大家回味一下这个问题。然后接着讲道：

"实际上，今天很少有人思考过，人类对南极大陆的探险，完全不同于20世纪对月球的探险。月球自古以来就高悬在全人类各民族的视野里。它的存在不是问题，问题只是通过什么方法到达那里。而南极大陆则不同。在它进入人类视野之前，是什么力量促使那么多国家的探险家断定，那里肯定会有一片大陆等待着他们呢？"

在国际中文热大潮的影响下，巴哈索夫也学了几天中文。不过只能应付日常需要，做起报告来还远远不敷使用。于是，在他身边站着一个大学生提供翻译服务，讲演速度也因此慢了下来，反而给了听众一个思考的时间。

"同样，大家还可以比较一下南极大陆的被发现，和美洲的被发现。这两个事件表面上很雷同，出发点其实完全不一样。哥伦布发现了美洲，但那严格来说只是他的偶遇。事先没有任何欧洲人认为在大西洋和亚洲之间还有一块大陆。哥伦布的目标就是亚洲。到达美洲以后，他却一直以为已经到达了亚洲。直到死去，这位可笑的探险家也不知道自己拥有了一份多么荒诞的荣誉。而南极大陆则不同，它在出现于欧美各国水手视野前几百年里，就已经出现在人们的梦幻中了。西方人似乎从不怀疑它的存在。"

"最为奇怪的是，17世纪，欧洲人带着对'南方大陆'的梦想，跨越赤道向南航行，最终发现了澳洲大陆。他们先后探索了几十年，完全知道澳大利亚已经足够大了，可以称得上大陆，而不是岛屿。但他们并不认为那就是要寻找的'南方大陆'，是什么原因让他们这样肯定，在更南的地方还会有一个大陆呢。"

"大家还可以想想伟大的库克船长的经历，那是一位严谨的绅士，一个在规章制度下培养出来的英国海军军官。1768年，英国海军大臣给他下达了命令，要他寻找传说中的南方大陆，要调查那里的土壤、物产、牲畜和家禽。库克船长忠实地执行了向南探险的命令。在途中，他代表英国实际控制了澳大利亚。但是这还不够，他仍然要往南、往南、再往南！显然，澳大利亚根本不是他的终极目标。最后，库克的舰队曾经抵达南纬71°10'，离南极大陆只有一天的航程。库克在最后关头绝望了。他在给英国海军部的报告中写道：以后有人到达那个大陆，他不会嫉妒此人的发现权。因为如此寒冷的地方，即使有地理上的发现，也已经不会给英国带来任何实际利益。"

"现在，还是那个问题，如果英国政府耗资巨大去寻找南极大陆，他们必定要有足够的信心才行。派一批军人，启动一大笔资金，仅仅是梦想和传说就能够促使他们这样做吗？他们并不是私人探险家，头脑一热就可以冒险行事。他们代表政府，是军队将领。在当年，完成这样一次航行要减员十分之一，甚至更多。许多人会因为患上败血症而在同伴面前呻吟不止，许多具尸体会裹上白布沉入大海，许多死者家属要给予抚恤。可以说，政府要以许多官兵的性命为代价去冒险。那么，他们必然要有值得冒险的确凿依据。"

听众完全静了下来。进入教室以前，他们的思路分散在这个浮躁世界的各处，现在终于统一到某个具体的时空节点。

"为什么一代代探险家如此拼命地朝向南方去探险？只有一个可能性：在欧洲人之前，曾经有人先发现了南极大陆！他们绘制了海图，也留下过文字记录。那份，或者那些记录辗转流传到欧洲，才激发了无数人的'南方大陆'之梦。而在库克以前的时代里，能够完成这个奇迹的，只能是当年唯一有能力到达南极的郑和舰队！"

十几位记者听罢此言，迅速地敲打着电脑键盘，显然，这是他们今天最想听到的内容。

"19世纪初期成功到达南极大陆的那几支探险队，他们使用的都是没有蒸汽动力的帆船，载重量只有几百吨，规模最大的布兰斯菲尔德舰队也只拥有3艘这样的船来相互配合。而在动力形式、载重量和船只数量这3个基本条件上，郑和舰队都已经在那400年前达到了，并且超过了无数倍。他们在任何一次下西洋的途中，只要派一支分舰队南下，就可以来到南极洲。可惜的是，随着成祖去世，明王朝的继承者放弃了这些成果，甚至让它毁于火焚。而他们的功绩却最终传到了西方，形成了关于'南极大陆'永不消退的梦想，直到南极洲再次进入人类视野！"

听众席上顿时议论纷纷。廖铮坐在主席台侧面的嘉宾席上，她转过头去看听众席，进入眼帘的多半是不相信的眼神，甚至不乏鄙视和嘲笑。

巴哈索夫正讲到兴头上，顾不得理会下面的反应，继续说道："当然，大家听我讲到这里，肯定立刻会想到孟席斯先生的名著《1421：中国发现世界》。那本书里曾经有一章专门论述此事。孟席斯先生推测，在郑和的舰队中，洪堡分舰队曾经到达过南极大陆。当然，今天的历史学界已经否认了孟席斯的所有证据，包括被怀疑来自中国的怪兽'瓦拉'、麦哲伦航海日志中的某些段落、皮瑞·雷斯海图等证据[1]都没能说服史学界。但我却有另外的证据，可以印证我的推断！新的、明显的、不容置疑的证据！"

说着，巴哈索夫打开了投影仪。不远处的廖铮则皱起了眉头。她刚刚揭穿了一个"世界级探险家"的伪科学骗局[2]，难道又要面对另一个吗？比起波尔蒂略，她更了解巴哈索夫，他应该不是那种喜爱哗众取宠

---

[1] 以上证据详见加文·孟席斯《1421：中国发现世界》第六章。
[2] 参见本系列《神圣后裔》中的有关情节。

的人啊。

几米外，巴哈索夫完全沉浸在自己的思路中。他用教鞭指着白板上的图像，那是一幅古海图的扫描文件。

"要知道，我们俄罗斯人生活在天寒地北的大陆深处，对出海口、对南方温暖地区的地理情况，极度渴望去了解。历朝历代，不光政府如此，就是教会和民间学者也收集了不少关于南方地理的资料。当然，这里面有真有假。不过大家看到的这张海图，我相信它有极高的可靠性。这张海图来自喀山修道院地下室图书馆，绘制时间是1543年。请看这里，它清楚地画着一条从印度次大陆出发，直到南极洲的航线示意图。然后，不知名的古人测绘了视力所及的一段海岸线。他们知道周围还有更广阔的陆地，但无法再接近，只好笼统地把其余部分画成粗略的线条。"

"如大家所见，这是一张经纬度俱全的海图，它清楚地标明最后的所到之处，其纬度是南纬68°，深入南极圈！而且，在航线所过的这些经度上，印度洋里并没有大的岛屿，它不可能是对某个南方岛屿的误读。再看看西面，非洲东海岸大部分地区已经被清楚地标识出来，但却没有标出好望角。说明绘图时间远在1488年迪亚士发现好望角之前。而东面的澳大利亚更是完全空白。这说明，曾经有一只舰队从次大陆出发，直贯南北驶向了南极洲！"

听众席上，所有议论声都停止了。大家目不转睛地望着这张图。原件是一张羊皮纸卷，发着暗黄色，还有一些斑痕。不过，那最为关键的路线却十分清晰。显然，海图被绘制的目的就是要记录这条航线。

"1919年俄国内战期间，当时的喀山修道院院长倾向于白党。他认为苏维埃力量将会毁灭俄罗斯的传统文化。所以，当布尔什维克军队接近喀山时，他带领修道士们埋藏了一批有价值的历史文献。后来，院长本人死于战乱，线索被埋没了近一个世纪。这批文献直到去年才在建设工地上偶然间被挖掘出来。就是在我们本国，这也不是什么大新闻。然而，正是这批文献中的这张海图，将会带领我们挖掘出一个被埋没的久远奇迹！"

这个证据摆出来，不要说听众，就是廖铮也大吃一惊。孟席斯那本书曾经引起很大轰动。本来中国历史学界不屑于应战，但看到孟氏学说逐渐成为"显学"，不得不组织过一场研讨会，逐一批判孟席斯书中的证据。可以说，凡是此书涉及的线索都已经破产。

现在，又一个新的证据冒出来了。学术界有一个游戏规则：谁主张，谁举证。现在，巴哈索夫老老实实地摆出了一个证据，等于是主动向学术界挑战。

"再看这段记载。"巴哈索夫指了指图下方的一段俄文，"喀山修道院的修士记录道，此图获赠自异教徒。约距此100年前，由异教徒组织的一次伟大航行到达地球最南方，获知一片冰雪大陆存在于那里。这是上帝的奇迹，让我们一起称颂它的造物之功。异教徒？对于东正教教士来说，郑和与他的部下不都是异教徒吗？"

让人们没有想到的是，巴哈索夫兴师动众申办了这次讲座，却只拿出这么一个证据。包袱刚抖出来，主讲阶段也就结束了。

接下来是自由提问时间。在座有不少就读于科技史专业的学生，马上，一个个反问抛了上去。一个稍稍谢顶的博士研究生率先发难。

"据我所知，欧洲人对南方大陆的幻想虽然由来已久，但也并不奇怪。它最初来自托勒密的著作《天文学大全》。托勒密把地球看成一个平衡体。他猜想，北半球有怎样规模的大陆，南半球也一定会有。历代欧洲探险家多遵从这个推论。我想，您作为一个欧洲人，应该对此不陌生吧？"

最后一句显然是在轻视巴哈索夫的学术资格。但他没有想到，巴哈索夫不仅对此不陌生，而且早就准备了应对的答案，看来他对这个问题确实思考了许久。

"是的。托勒密的理论或许可以解释18世纪前的那些'南方大陆梦'，但不能解释18世纪，及其以后的此类冒险行为，比如库克船长于18世纪晚期指挥的大规模探险。要知道，当时托勒密的地心说已经被否定，近代科学已经开始深入人心。至少在欧洲国家的上层和军队，特别是在必须以自然科学为技术基础的海军军官那里，托勒密的理论早就失去了影响力，他早已不再是中世纪时代被教廷树立起来的正统理论家了。至少，当人们要为向南方探险付出许多金钱和生命时，不会仅仅被他在一千几百年前的推论所左右。"

接着是一位女生站了起来。出乎巴哈索夫的意料，她竟然能讲俄文。在20岁左右的中国人当中，巴哈索夫遇不到几个懂俄文的人。这位女生用俄文说了一遍问题，又用中文重复了一遍给场内的听众。

"郑和舰队有能力到南极是一回事，他们有没有去又是一回事。对于当时的中国来说，开疆拓土毫无实际需要。明王朝本身的疆域对于一个农业国来说已经过于庞大了，早就超过了有效的治理半径。从北京到边疆通一次信息，以最快的速度来往也要十几天。而世界上其他地方的生产力，其他地方能够提供的物产，当时也远不及中国。这和欧洲大航海时代的现实完全相反。当时，欧洲绝大部分国家都很小，对领土扩张的渴望比中世纪的中国强烈许多。而且，国王和欧洲探险家之间只是资助与被资助关系，近乎生意伙伴，探险家们有自由选择权。而郑和则是明成祖身边忠心耿耿的官员，在后者起兵反叛惠帝允炆时就表现出了他的忠心。他绝不会违反皇帝的旨意，滥用皇帝支付的经费去满足自己对未知世界的好奇心。"

巴哈索夫无奈地耸耸肩："你对中国古人的了解，肯定胜于我这个外国人。不过……"他用力指了一下背后的幻灯片，生怕听众的注意力从最关键的地方溜走。

"解释清楚这张海图的内容，以及它的来历，我想才是最重要的。因为它明确地记载说，15世纪初的人类曾经有过一次南极之旅！"

二

晚上，廖铮将巴哈索夫带到一家雅致的湘菜馆。巴哈索夫不仅走遍世界，同时也吃遍世界。见到非洲的昆虫饼、美洲的炸田鼠都能细嚼慢咽，有滋有味。由于他研究的课题经常和中国有关，其本人更是常年来往于中国各大城市、吃遍中国的地方菜。所以，巴哈索夫见到桌上的炸蚕蛹和臭豆腐干，便向廖铮竖起大拇指。

"这是我见过的第500和第501样中国菜！"

"呵呵，知道你也是位美食旅行家。给你压压惊吧，上午看你被质问得很狼狈啊。"

廖铮举起茶杯向对方扬了扬。他们在等一个朋友，那人没来之前，两个人先是饮茶聊天，并不动筷。廖铮不通俄文，巴哈索夫不擅中文，他们之间的对话只好用英文进行。

巴哈索夫大概是讲得口干舌燥，又或者是中午主办方接风宴会时吃得过咸，端起茶杯一饮而尽后，又请服务员续上水。然后，他无奈地摇了摇头："没想到啊。我以为这个话题在中国能引起共鸣呢，结果听众却是这种态度。"

"怪你晚来了20年。那时候中国人很少有什么现实的成绩拿得出手，追忆一下祖先的成就，多少能提升一下自信心。现在这代人完全不同了。"廖铮指了指外面的高楼大厦、刚落成的立交桥、华丽的广告牌、绚丽的霓虹灯，说道，"这些都是他们自己建起来的。自信心增加了，就不需要祖先来撑门面了。"

"他们肯定把我当骗子吧。"巴哈索夫耸耸肩，夸张地做委曲状，"就像……波尔蒂略那样？"

"可能没有那么严重，但肯定把你当傻子了。"

玩笑开过后，巴哈索夫严肃地，带着几分期待地问："那么你呢？你把我当骗子还是傻子？"

"倒有点像疯子！"

"哦。"

"虽然你以前专门研究中国文化传播史，有过不少成就，考证过程也很认真，但这次你的推测太大胆了。"廖铮细细地分析道，"想想你以前的那些成果吧：地中海边的汉朝军队遗迹、中国工匠在阿拉伯的后裔、非洲黑人在宋朝的社区……这些都是很冷门的课题。在你之前没有人系统地研究过，甚至根本没听说过。所以大家很容易承认你进行了开拓性工作。然而，郑和是举世闻名的航海家，中国有的是研究郑和的专家，世界范围内的'郑和热'也在升温。在听众眼里，你根本不算是内行，只是个搭便车的人。"

巴哈索夫摇了摇头："难道我只能等这股热流冷静下去以后再提到它？但是请你知道……"说到这里，巴哈索夫有些动情，"我真的不是在搭便车，这个问题我已经探索了20年！"

"啊！"

"从十几岁开始到现在。多么漫长的过程，我投入了多少精力和思考，这些没法在正式讲座里说出来，但可以对你这样的老朋友讲几句。我从大学时接触了南极探险史。当时我就认为，如果事先没有确定的目标，那一次次南方探险就是典型的非理性狂热。哥伦布知道东方有中国和印度。他的目标那么清楚，在他以前，几十代西方人都知道存在着这两个地方。而那些疯狂寻找'南方大陆'的人，凭的又是什么呢？从那以后，为了回答我自己的疑问，我不知跑了多少个国家的多少座图书馆，不知翻阅了多少资料。由于这个问题非常冷僻，根本没有系统的书籍给我提供答案，我只能翻遍所能想到的有关资料进行搜寻。甚至，我到大英图书馆历史文献室翻过当年英国海军部下达给库克的命令原文！"

"哦，上面写了什么？"廖铮的好奇心确实被他挑了起来。虽然上午听他讲了半天，但直到此时，这个南极之谜才头一次敲击了她的心头。

"正文上什么疑点也没有，但有一份海军部会议记录，作为附件被保存在一起。当时，英属直布罗陀海军总指挥罗伯特·帕特里克刚刚回国述职。他曾经是位资深舰长，所以也参加了这次会议。他曾经有这样一段发言：既然300年前的古人都能到达那里，我们为什么不能到达？"

"真有此文？"廖铮瞪大了眼睛。

巴哈索夫指了一下自己的笔记本电脑上面的一个文件夹，里面显示着几十个图形文件。

"扫描照片都在这里。不光是海图、会议记录，20年里我一共找到几十份可疑的历史文献，它们的作者彼此没什么关系，文献内容都暗示着曾经有人到达南极，提到的时间虽然不明确，范围基本上也都在15世纪初，上下不超过50年。这说明，所有这些文献的作者也都不是当事人。"

"当然，我一共找到过几倍于此的可疑文献，但后来我自己否定了它们。剩下这些只是我无法否定，又不能肯定的线索。你可能不会知道，在'南方大陆'传说于西方世界最流行的时候，甚至出现过以此为借口向各国政府行骗的人。他们中有的献上一幅假海图，里面绘着虚构的'南方大陆'，上面有茂密的森林和人口，甚至有城市名称。有的还用普通动物的毛皮、骨和爪制成假的奇异生物的干尸，自称是从'南方大陆'带来的。他们期望这些热衷于殖民开拓的政府会把自己当成下一个哥伦布，给自己一大笔赞助，然后卷款逃走。"

廖铮承认，自己被牢牢吸引住了。她不止一次登陆南极洲，也熟悉南极探险史的大致脉络，但她了解的都不超过大学教材的内容。她在南极洲遇到的都是自然科学家，对南极洲的生物、矿产、地球物理现象娓娓道来，但有关它的人文历史却没有几个人在意。巴哈索夫讲的这些确实是闻所未闻！

"当然，即使是我筛选出来的这些无法解释的记录，也不过是文章或者专著中的只言片语，它们的主题并不在此，内容也不确切。我如果把它们当成证据拿给大家，只能引起更多的争论。你知道，科学探索就像司法人员破案。如果有了100%的证据，那么把嫌犯抓起来就是了。如果证据并不确定，那么，司法人员为什么要跟踪某个嫌犯呢？简单说来就是凭直觉！片段的材料在某个司法人员脑子里拼在一起，帮他形成了直觉，认定某人有被调查的必要。但如果仅止于此，最终拿不到真凭实据，他们在任何法庭上都会败诉。20年里，我一直面对这么个两难境地。这些材料在我的脑子里早已确切地拼出一个答案：15世纪初有人到过南极洲，并且只能是郑和舰队的一部分。但直到出现这份海图，我才算拿到第一份值得公开的证据。"

廖铮向他摆了摆手，打断了他大段的陈述："可是，这与我以前了解的你并不一样啊。以前你总是找到足够的证据才予以公开，大家因此都很佩服你，知道你为寻找这些证据下了极大的功夫，花了不少钱。现在，你怎么只有一个证据就沉不住气了？"

"因为我根本没有钱，独立完成这个考察计划！"

由于情绪有些激动，巴哈索夫的声音猛地高昂上去，引得邻座的食客转过头来，也算帮助他冷静了一下。

"可以告诉你我下一步的打算：我要搜索南极洲沿海那些没有被陆缘冰覆盖的海岸，在那里寻找几百年前古人留下的登陆场。你想想这是一个多么宏伟的计划。今天，人类虽说是踏上了南极洲，但大部分国家的南极考察站，活动范围其实只是在乔治王岛，扩大一点说是在离智利补给线最近的几个地方。而要去南极洲其他地方，只有美国、日本或者你们中国这样能够提供大笔经费的国家才能办到，这还是由官方支持的考察队。有什么样的政府可以为我这个疯狂的设想建立项目呢？而且，这段时间我在证券市场上的投资失败得很惨，余下的钱搞不了什么大动作。"

巴哈索夫声音低了下去，廖铮也装作不在意。前者沉了沉，继续说道："所以我才要来中国，才要把唯一的证据摆出来。我希望吸引更多的中国人关注这个问题，大家一起解决它。不是在温暖的文明世界的某处书斋里解决它，而是在南极洲，在你们祖先冒死踏上过的地方找到这个问题的答案！"

说到这里，巴哈索夫的眼圈都有些发红。是啊，一个盘绕在心头20来年的梦想，压抑埋藏如此之深，一旦有了突破口，难保不像火山喷发一样。

虽然巴哈索夫在讲一个有趣的故事，但廖铮仍然有九成只是把它当故事听。等他稍稍平静一下，廖铮才又开了口。对方是成年人，又算是老朋友。她觉得没有必要附和对方的梦想。

"作为一个完成过'七加二'的探险家，你肯定到过南极洲不止一次。现实难道没有让你放弃梦想吗？除去低温严寒不算，就说那狂暴的信风带、危险的冰山、原野一样宽阔的陆缘冰，你以为15世纪的人可以冲过它们，到达南极大陆任何一处陆地吗？"

这个诘问仍然没有难倒对方，巴哈索夫反而笑了，笑容里透着十足的自信。

"你看过布兰斯菲尔德的船吗？那条船是最早来到南极洲岸边的几条船之一。当然，我说的只是模型，是英国米德尔斯堡港海洋博物馆附设的一个娱乐场中的仿真模型。它不能驾驶，但尺寸和原船一样大。"

廖铮摇了摇头。由于平时的关注点完全不同，在这个问题上，她只有听巴哈索夫讲解的份。

"如果你看了那个模型，你就会知道，在郑和的船队里，这样级别的船可以随便找出一百艘！"

看到廖铮不再反驳了，巴哈索夫满意地向后靠去，双臂在脑抱拢。虽然要实现他那过于虚幻的目标，他还得说服不知多少人，但每次成功地说服毕竟是个进步。他相信，廖铮原先牢固的偏见至少产生了裂缝。

"毕竟，一个证据太少了。"廖铮的声音不再那么果断。

于是，巴哈索夫又趁热打铁道："其实，这次我来中国，不仅是借你们的舞台第一次公开这个假说。而且，我还要来寻找一个证据，可能是比海图更为直接的证据。"

"哦，是什么？"

巴哈索夫摇了摇头："如果找到了，我会第一时间告诉你。现在可不。这样做是为了到时候让你保证客观性，免得先入为主。"

三

两人又喝了一会儿茶。忽然，廖铮向远处扬了扬手，一个中年男人于嘈杂中踏上二楼，也向她打着招呼。这个中年人少白头，娃娃脸，初次见面的陌生人对他年纪的猜测总是先老后少，犹豫不决。他叫简晓原，是上海交通大学的科技史专家，正在北京参加一个学术会议，也是今晚廖铮请来的客人。在此之前，廖铮只是看过巴哈索夫传来的讲座题目和极为简单的提纲。她觉得在这方面自己不是专家，于是就近请了一位专家朋友来讨论。

廖铮将他介绍给巴哈索夫。简晓原连连致歉："哎呀，很抱歉，我其实已经准备要来听你的演讲了，可惜有事耽误了。"

巴哈索夫知道对方不是在讲客套话。因为落座后，简晓原第一件事就是翻看他存在电脑里的英文演讲稿，一双眼睛上上下下地扫描着文字和图片，对周围的噪声听而不闻。

与此同时，饭菜陆续端上，廖铮请两位客人开始动筷。这种边吃边聊的习惯尽管和欧洲人不同，但巴哈索夫也已经习惯了："怎么样，你能谈谈看法吗？"他谨慎地问道。

"唔——"简晓原沉思了一会，显然是在斟酌词句。他和巴哈索夫第一次见面，虽有不同看法，但不想把气氛搞得太糟。

"没关系。你就说你的看法吧。"廖铮插言道，"关于这个问题，他已经思考了20年，什么反面意见都承受得了。"

"呵呵，也算不上什么反面意见，因为我还要详细看看才能下结论。不过，粗看一遍后，我有个想法和你交流一下。"

然后，简晓原把一双筷子分开，十字交叉摆在桌子上："在郑和那个时代里，航海家们只能测定纬度，不能测定经度。历史上大部分航线都是紧靠着海岸线的。如果离开海岸，在茫茫大洋中要去某个港口或者岛屿，都是先航行到与目的地同样的纬度上，然后跨着这条纬线向左或者向右航行。不管是郑和也好，后来的哥伦布、麦哲伦也好，他们在大洋中的航线都是东西向。直到18世纪末，英国人哈里逊发明了航海钟，才彻底解决了经度测量问题。而在你的假说中，这个航线却几乎是跨着一条经线，从北到南直接到达南极洲。我想，这多少有点超越了当时的天文学水平吧。"

简晓原是研究古代天文学的专家，一下子点到了要害。然而，巴哈索夫既然已经研究了那么多年，显然也为方方面面的质疑准备了答案。

"这个问题我不是没有考虑过。但是要知道，在航海钟发明以前，人类一直在寻找测算经度的方法。当时最有价值的研究方向并不是运用钟表测量经度，因为最初的钟表很简陋，根本不能在颠簸起伏的大海上正常运转。当时，人们更多的是想和确定纬度那样，从天文现象中寻找答案。他们使用天体钟原理，把天空当成一个钟，月球当成指针。当陆地上的天文学家知道一个地方的经度时，再去测定那个经度上月球于众星间的运行轨道，和其他经度之间的同类天文现象比较差异。这样便可以制成一张图表。航海家在海上只要拿着这张图表，夜里测一下月球的位置，就可以知道他所在的经度。"

"这个研究方向，当时包括牛顿、哈雷这样的顶级学者都是全力支持的。但是，他们迟迟无法付诸实施，因为没有一个欧洲国家有如此庞大的领土，跨越足够多的经度。当然，即使明王朝也没有这么大的疆域。但明王朝是从蒙古帝国的废墟上建立起来的。在蒙古帝国建立初期，四大汗国之间的矛盾尚未激化以前，它的疆域横跨了半个地球。因此，在那个时代，只有蒙古帝国的天文学家可以记录半个地球上看到的不同月相。事实上我们也可以注意到，郑和的航线虽然在大洋上，但从未超过原蒙古帝国的西部边疆。这很可能说明，他们手里有这部分经度所对应的月相图！"

"你的推测很大胆！"简晓原点了点头，但是话锋一转，还是否定了对方的意见，"不过我觉得，这还只是一个推测。我们课题组一直研究中国古代的天文学，其中也包括蒙古帝国的部分。恕我直言，尚未找到他们做过如此大规模月相测量的记录。"

"可惜郑和的航海资料，乃至有关的天文资料都被付之一炬了。蒙古帝国的资料估计也会遭遇相应的命运。"巴哈索夫叹道。

"是啊。"廖铮感慨地说，"其实，郑和下西洋本身就像是一部科幻小说。在开篇部分，它展示了远远超越同时代的先进技术，最后，所有资料又都失踪了，查无实据。早期科幻小说不都是这么写的嘛。"

"所以嘛……"简晓原笑了笑，"我不能说你的假设一定不成立，只能说我找不到相应的证据确认它。你如果拿出证据来，我们就会判断它的真伪了。"

仿佛是觉得这样讲太见外了，简晓原马上又补充了一句："当然，如果我在自己的研究中找到了什么线索，对你有帮助，我也会及时介绍给你。"

说到这里，廖铮忽然想起什么，向巴哈索夫问道："咦？这就是你刚才说的那个新证据吗？"

"嘻嘻，还不是。"巴哈索夫卖着关子，"这只是我一个推测。我那个证据可是明明白白的。"

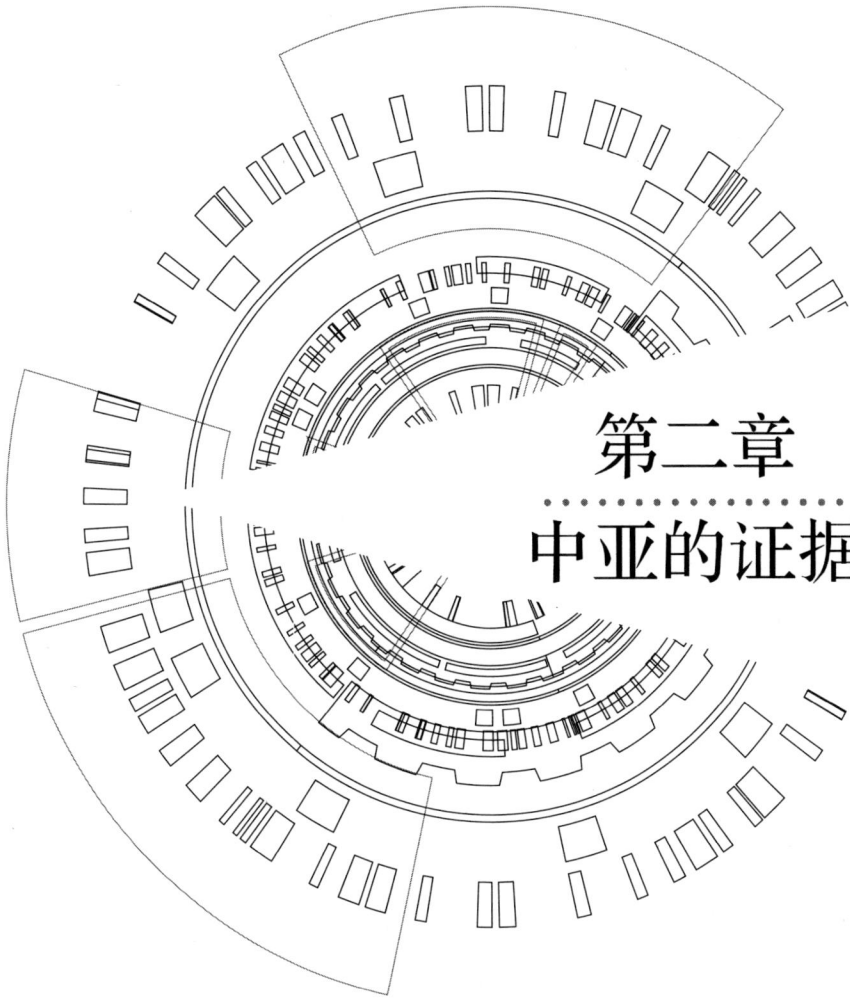

第二章
中亚的证据

一

在中亚地区有一座伟大的城市，它的历史堪比罗马、雅典、巴比伦和长安，鼎盛时期曾被称为"东方明珠"，闪耀于各国史籍之中。那就是撒马尔罕城。今天，它只是乌兹别克斯坦首都塔什干附近的一座历史古迹，被列入世界历史文化遗产名单。

游人们来到这里，总会被哈内姆大清真寺、列吉斯坦广场和"不死之王"陵墓群所吸引。夹在这些帝王遗物中间，简陋的兀鲁伯天文台很少有人光顾。是的，即使在今天，人们也只会敬仰帖木儿那样历史中的伟大帝王。一个爱好科学和文化的亡国之君，谁会把他当回事呢。

15世纪初，郑和下西洋的同时，蒙古历史上最伟大的科学家兀鲁伯接过王位，统治帖木儿帝国。但是他志在科学，留给历史的是卓越的兀鲁伯星表，本身则被视为可怕的异教徒，最终竟然被亲生儿子杀害。作为政治家的兀鲁伯可谓一败涂地。

如今，在撒马尔罕古迹上，建立起一座兀鲁伯天文台博物馆。几百年前最伟大的天文台就被覆盖在它下面。这里最重要的遗迹仅剩一座巨大的、由大理石制成的六分仪，安装在离地面11米深、2米宽的斜坑道里，部分伸出地面。围绕着它还建立了一些展厅，介绍帖木儿帝国神奇而短暂的"中亚文艺复兴"。

现任天文台博物馆长博尔季诺夫已经在这里工作了十九年。这是一个没有什么油水的职位。只是凭着热情他才在这里坚持着。博尔季诺夫记得，1990年他刚刚来到这个遗址工作时，天文台下面的陨石收藏室已经被挖掘了出来。兀鲁伯酷爱收集陨石，在这个伊斯兰国家里，按照当时的苏菲派神秘主义理论，陨石既然从天而降，其中必然包含着更多真主的信息，但它们要通过一些巫法来解读。在古代，科学和蒙昧就是这样完整地融为一体。

然而，第二年苏联就解体了。接下来就是中亚地区的政治动荡和经济衰退。整理、研究这个陨石收藏室的工作一时排不上日程。博尔季诺夫尽己所能，也只是保护这些遗迹不受到进一步破坏。

当然，他也有自己的科研兴趣，平时就整理和研究这些陨石。在兀鲁伯的密室里，一共收集有近百块陨石，是他当年利用王权从世界各地收集来的。其中第78号陨石一直吸引着博物馆长的注意。那块陨石的表面明显与众不同，但他作为考古学家又说不清所以然。像兀鲁伯这样酷爱收藏陨石而不是奇珍异宝的帝王，全世界能有几个呢？考古专业者不懂陨石辨别术也很正常。

直到今天，博尔季诺夫终于有机会解开这个谜团。他以私人身份邀请来了美国天文学家彼德·诺夫特。此人是地道的陨石专家，也是和博尔季诺夫交往相当时间的网友。诺夫特来到地下遗址，刚看到那块陨石就大吃一惊。

"你肯定它是兀鲁伯的收藏？"

"即使不是，它也必定是那个年代的收藏。因为兀鲁伯一死，天文台就被破坏了。它只运行了一代人的时间。"

"凭着我的经验初步判断，它应该是一块极地陨石！"

"极地陨石？"

"是的。"诺夫特指着陨石表面的纹理，解释道，"在南极以外的地区，由于风蚀和水蚀，陨石落地后保存的年龄仅为几千年。即使保存下来，绝大部分陨石表面都很圆润。然而，由于南极大陆寒冷的气候条件和冰雪的覆盖，抑制了陨石样品的风化过程。极地铁陨石和石陨石的地球年龄一般可达95万年，比其他非极地陨石的地球年龄长100多倍，其中，有两个南极陨石的地球年龄甚至长达500万年。"

"你看，这块陨石保留着在大气层中烧蚀的原貌。表面这些纹理形成于高温。这说明，它在落地后不久就被冰雪埋藏起来。事实上，极地陨石一直是天文学界研究的重点，因为它保留着宇宙的信息远多于其他地方的陨石，我们都求之不得。当然，我这个结论凭肉眼不能最终判定，需要检验它的微量元素。这可能得破坏陨石来取样。作为文物，这么做还需要得到你们政府的同意……不过我想，它肯定是从北极地区取来的吧？当时，这位爱好科学的君主应该能派人到极北地区吧。"

"答案也有可能更惊人！"博尔季诺夫听罢，微笑道，"我有一个朋友，名叫巴哈索夫，就是那个世界级探险家。他一直有个古怪的设想，认为明王朝郑和曾经派船队的一部分到过南极洲。如果这是一块南极陨石，被证明是在那个时代由郑和部下采回来的，巴哈索夫即使明天被车撞死，他也心甘情愿了。呵呵。"

二

如果几千千米外的巴哈索夫听到这个消息，他肯定会喜上加喜，因为他对廖铮所说的证据并不是这个。

　　和廖铮、简晓原会面的次日，巴哈索夫留在北京，等着他那个神秘证据的持有者与他会合。虽然有那幅神秘的地图，有巴哈索夫苦心收集的片言只语，但现在廖铮对这个课题还没有太多的兴趣，最多只是个好奇的观众。很快她就回到了武汉的家里，准备休息两天，再到杂志社去看看。这一趟巴新之行总计花了三个月，奇闻逸事接触了不少，回来正好和杂志社的同事们好好聊聊。

　　如今，廖铮只是把人事关系挂在这里，早就既不上班也不领工资了。双方主要是生意关系：廖铮每次探险，要把最重要的探险记录提供给杂志社首发，过后再与其他媒体打交道。当然，杂志社会付给她一笔优厚的稿费，但这已经远不是她的主要收入了。

　　现在，廖铮的主要收入来自国内几大探险装备公司和体育用品公司的广告费。在中国，野外探险装备市场是一个急剧扩大的新兴市场，竞争也十分激烈。而像廖铮这样的本土探险明星，这样最专业的广告媒介，到现在也只有她一个。无法与她谈下合同的公司只能退而求其次，找一些体育明星、影视明星代替。但毕竟隔行如隔山，广告效果远不如这位世界级探险家。虽然《神秘世界》也有很大的发行量，但廖铮一年的个人收入，有时候可以顶四分之一个杂志社的纯利！

　　不曾想，廖铮刚回到家里，脑袋还没来得及沾枕头，就接到《神秘世界》编辑部主任刘国辉的电话，约她去谈点事。而且不是去杂志社，是到一家茶馆。刘国辉平素生活简朴、行事呆板，这让廖铮很是意外。

　　"我已经提交辞职报告，科协批下来了。办公室都腾空了。以后咱们只是朋友了。"

　　电话里，刘国辉黯然的声音让廖铮惊得半天回不了话。这些年，廖铮醉心于探险，已经很少过问杂志社的事。况且以现在双方的松散关系，她关心不关心也只是出于友情而已。不过，当了10年编辑部主任的刘国辉突然辞职，对于她这位杂志社曾经的老员工来说，还是足够震撼的。

虽然离约定的时间还很远，但廖铮马上就动身到那家茶馆去等。她预感到杂志社出了什么大事，便拿着杂志社寄来的样刊，带到茶馆去看。和读者们想象的完全不同，作为职业化的专栏文章作者，廖铮交了稿子后，很少在意稿子在报刊上发表出来是什么样子，尤其是《神秘世界》这样的老关系。平时杂志社把样刊寄到她家里，她只是收集起来，送给朋友，自己经常翻都不翻一下。

十几年前，大学毕业的廖铮刚刚进入杂志社时，刘国辉就已经在这里做编辑了。那时候，刘国辉以校对认真而著称。至于选稿、审稿的眼光就另当别论了。那是一颗勤勤恳恳而又没有什么创意的螺丝钉。他平生最得意的一件事，就是当年廖铮把《神秘斜坡——物理倾斜还是心理倾斜？》一文交到编辑部时，他和其他两个编辑力主发稿。当时，主张发稿的一方比反方只多一票。这票可以归功于任何一个支持者，但刘国辉却足以自慰。

那次很偶然的投票令《神秘世界》走上了另外一条路。10年前刘国辉继任编辑部主任时，它已经迈入30万发行大关。中国大陆有8000多种刊物，文化产业开放后，新刊物更如雨后春笋般涌现出来，但发行量能够进入六位数俱乐部的少之又少。刘国辉循规蹈矩，稳稳当当地维持着杂志内容和风格。当然，主编上面还有社长，经营大事都归社长管。刘国辉也很少想染指那些需要负重大责任的事。

但是廖铮记得，就在自己启程前往巴布亚新几内亚之前，还和刘国辉通了电话，聊了一下刊物内容的事。当时根本没有感觉到他有辞职的迹象，事情怎么会如此突然？

廖铮坐在茶馆里，定下神来，仔细翻着杂志，猛然发现，那篇关于波尔蒂略和霍瓦特遗址的文章被大大删减了。原文多达数万字，详述了这次伪科学造假事件的前因后果，刘国辉准备连载数期。而最终登出来的不足十分之一，且一期就全部登完，编辑更是删除了其中最重要的内容。虽然没有更改一个字，但这么一编排，让读者感觉是关于遗址真相还得不出最终结论，它仍有可能是姆大陆存在过的证明。

如果是个新手，肯定会为编辑部如此删减自己的文章感到愤怒。而廖铮却从中发现更深的问题：以前她不会得到这种待遇，刘国辉或者其他编辑除了错别字，从不改动她的文章。杂志社肯定有了更重大的人事变动。

准时准点，年近50岁的刘国辉来了。他看上去更像位中学教师，戴着老式的厚重眼镜，眉头总是舒展不开，仿佛肩膀上挑着几许国家大事。说起话来小心翼翼，生怕对方生气。就是廖铮这样善于交往的人，如果不是工作需要，也不愿意多和他私下接触。在刘国辉成长的时代里，他只被要求做一个有益于社会的人，没有被要求做一个有趣于他人的人。

正因为这样，廖铮对他的突然辞职才颇为不解：刘国辉并不是一个敢于决断的人。

"其实我早就准备调走了，只是以前舍不得同事们。现在……"刘国辉沉吟了一会，"没什么可遗憾的了。下周我就去省科技报社，总算还没离开科协大楼嘛。"

《神秘世界》脱生于计划体制下，原属于省科协管辖。刘国辉也算省科协的正式员工。所以，从《神秘世界》离开到省科技报，对他来说只是调任而已。只不过，《神秘世界》是省科协里打破头都想进的部门，人们都传说这里年年大秤分金。除非提升，否则一个人这样离开杂志社，只能表示着他的仕途不顺利。

"杂志社换头儿了吧？"廖铮试探着问道。

"你没听说吗？"

"没有。"

说完这句话，廖铮才忽然发觉，对于这家她曾经视为娘家的杂志社，已经根本不熟悉了。将近十年光景她不在杂志社上班，只是偶尔去拜访、闲聊。小编辑们一拨拨地换，他们对她敬而远之。刘国辉是她在杂志社里最后几个同事，原来的熟朋熟友都走得差不多了。

十年啊，一个风云变幻的十年。从整个中国、到文化传媒产业，到杂志社，到她自己……

"新社长就是原来的发行总监唐海波！"

"啊——"廖铮忍不住呼出声来。

中国出版业曾经高度的国营化。直到20世纪80年代，大陆才开始有民营书商，如荒草般丛生于各地。当时不过是一些个体户，在路边租间房子，搞些小本生意。由于利润微薄，这些小书店基本不做装修，里面黑乎乎一片。

到了90年代，其中一批书贩子从小黑屋里积蓄了些财产，开始进入批发业，甚至暗地里搞"合作出版"，成为书商。但由于"出身"的原因，这些人的文化素质都很低，基本上只能"打游击仗"。

进入21世纪，大批受过高等教育的出版人成为民营出版事业的主力，他们中甚至不乏留学生。像这位唐海波，就号称拿过美国某大学的MBA文凭。他本来不是杂志社的员工。两三年前，《神秘世界》的发行量大幅下降，众人束手无策，唐海波当时已经在市场上打拼几年，拥有一个门店超过十处的连锁书店。规模不算大，但也有可观之处。不过，如果能吃下一家杂志社，特别是曾经辉煌过的《神秘世界》，他的业务就算迈上了一个台阶。

于是，唐海波自告奋勇来做兼职的发行总监，甚至讲明只拿提成，不拿任何固定收入。在他的努力下，杂志发行量翻了一番，不仅回到以前的规模，甚至略有超过。这已经很不容易了。因为现在出版业竞争之激烈，远远超过了十几年前《神秘世界》刚刚扬帆商海之时。

廖铮和杂志社再疏远，这些大事也都是知道的。出版业虽然是她的人生起点，但她大半个身子已经进入了另一行，也不想参与过多。不过，廖铮毕竟不是当年的小编辑，而是熟悉商海见过大世面的人。当时她就推测，虽然并不清楚唐海波的真正想法，但如果接着做下来的话，此人或许有野心把杂志社接盘。说实话，她自己虽然仍然给杂志社供稿，但不愿意被拴在那里，就是因为杂志社原来领导的头脑并不活络，不过是被市场拖着走而已。

"咱们以前毕竟是科普杂志，是从科协系统里成长起来的。现在倒好，让他办成一家休闲杂志了，尽登一些乱七八糟的。"刘国辉抱怨道，"我接受不了，也不想挡人家的路，只好拜拜了。因为政策限制，他还不能买下咱们杂志。不过大权独揽，和买下来也没有什么区别。"

这两年杂志风格的变化，和自己当年坚持的方向越来越远，廖铮心里明镜一样，但也很无奈。正因为这种变化，杂志社的发行量才止跌返升。在以发行量论英雄的出版业，她这个"内容提供者"只能无话可说。

"不过……你……"

刘国辉经常吞吞吐吐，廖铮已经习惯了："有什么事您说吧。"

"唐海波对你主持专栏这么多年，很有些不满。他觉得这已经脱离市场规律，违反了什么'产品周期定律'。最重要的是，这几年你和许多探险厂家订广告合同，收入与杂志社一点关系也没有。他……可能要包装一个'美女探险家'来取代你！"

这是廖铮万万没有想到的，她一下子愣在那里。

是的。廖铮成名以后，广告收入攀升，大赚其钱。但这个时候，她已经不是杂志社的员工。在商言商，虽然因为杂志社上有她的专栏，她才有后来的知名度。但反过来，也正是因为有那个专栏，杂志社的发行量才大涨。双方互惠互利，互无亏欠。后来廖铮完全是以个人身份独立赢得那些合同，以前的社领导熟悉内情，对此也毫不眼红。

但平静下来以后，廖铮又觉得唐海波这么办也在情理之中。是啊，自己七位数的年收入，对于一家几十个员工的杂志社来说，也是比较可观的。唐海波和自己没有任何私人交情，更是完全可以在商言商。

"呵呵，我确实不漂亮。如果演电影唱歌什么的，这个年纪也早就过气了。不过我倒奇怪了，探险家经常要风吹日晒，这个'美女探险家'怎么才能包装呢？"

"哼，那有什么难的。"刘国辉愤愤不平道，"请两个好点的摄影师、化妆师，来几张明星照呗。那些美女作家、美女编辑我都见过本人，有几个真漂亮？"

"不会这么简单吧，包装美女作家，用静态摄影就行了。探险家可不能天天坐在屋子里摆姿势吧。"

"谁知道呢。总之，你做好思想准备吧。"话已经出口，刘国辉也就倾囊而出了，"他的想法，大概是先把那个'美女探险家'捧红，再用她冲击探险装备广告市场。但合同由他把持。这个女孩子由杂志社负责包装，日后广告收入全部归他。"

"会有女孩子签这种协议？"

"当然会！这十年来，羡慕你的成功，想走你这条路的女孩子那么多，如今提供了一个机会，你想得有多少人应征。"

"应征？"

"呵呵。看来你好久不关注咱们杂志了。上上期刊登的招聘启事，700多个女孩子来应征，最后选定了两个，现在正准备二选一呢。按唐海波的想法，先包装出一个，摸索一下经验。以后可能还有二号、三号……"

"所以我的专栏……"

"估计再应付你一两期，让读者有个思想准备，然后就快撤了。唐海波有这个把握。本来杂志社和你没有什么协议，专栏只是口头约定，随时可以撤。"

如果只是撤掉自己的专栏，对廖铮现在的事业也算不上多大冲击。她的名头早已打响，如今已经在给国内外许多媒体供稿。探险经历汇编成书出版后，发行量也在10万册上下。再加上成为几个探险器材公司的形象代言人，《神秘世界》的稿费只不过是她收入中的零头。

双方各自成就了对方：如果没有杂志，廖铮可能不会成为一名探险家。如果没有廖铮的专栏，现在《神秘世界》可能会和许多半死不活的刊物一样，被人家买下了事，或者干脆就被吊销刊号。

一段十几年的缘分，可能太长了吧，胜过她任何一次恋爱了。

三

"有美女作家、美女编辑，当然可以有美女探险家！"

杂志社新社长唐海波站在办公室中间，向编辑部、发行部、财务部、读者服务部的负责人挥舞着手臂，激情洋溢地宣讲着。

"你要发行量吗？那就要去面对更大的读者群。而读者群越大，平均素质越低。他们懂什么？他们只懂最简单的东西，只议论最简单的东西。世界上什么话题最简单？最不需要专业知识就能口口相传？无非就是性！当然……"

唐海波把面孔转向一个女孩子，后者低下涨红的脸。

"你不要不好意思，并不是要你出卖身体，甚至一张裸照都不用你拍。我要树立一个漂亮的年轻探险家的形象。健康、阳光、青春，当然还要靓丽。现在都是视觉时代了，人长得不漂亮会让读者很容易疲倦。"

唐海波千挑万选，最后保留下一、二号"美女探险家"候选人。这个女孩子正是一号候选人。作为杂志社最大新举措的核心，她当然要参加这次编务会。这位女子二十四五岁，身材高挑、健康。她原来是田径运动员，达到了国家一级标准，后来运动成绩上不去就退役了。和杂志社里30岁往下的几乎所有工作人员一样，她也是慕廖铮之名应聘的。

"再看看我们的读者群，平均年龄一年年下降，现在才不到20岁。不要给他们扯什么深奥的科学道理，他们要看简单的东西。俊男美女就很简单。而这个市场重女轻男，美女的价值总是超过俊男，所以我们就要先包装美女探险家！"

每周一上午是杂志社的例会时间，社长要布置一周的事务。现在廖铮作为半个主人，半个客人，不方便与会，只好在各个办公室里和不参加例会的同事打招呼，聊天。她感觉每个人说话中都有保留，表情也不自然。但也许是自己弄错了？

眼前这些编辑，甚至后勤部门的一些员工，大部分都是慕她之名陆续应聘的。能和"探险家"廖铮一起工作，当初曾经是他们的一大荣幸。当然，真正陷入事务堆里，那份浪漫幻想很快就被磨蚀掉。然而，也正是因为这种来历，廖铮很难和他们拉近关系，从他们那里得到什么心里话。反倒是以前那些老员工更能够交心。他们看着她怎么从一个普通编辑走到了今天，只会佩服，并无崇拜。

到了十一点钟，廖铮等得不耐烦了，径直往社长办公室的门口走去。正好屋门敞开，几个与会者陆续走出来，看到廖铮都是先愣了一下，再和她打招呼，脸上尴尬之情难以掩饰。

那个身材高挑的女子认得廖铮，但廖铮不认得她。她脸一红，贴到走廊一侧溜了过去。

唐海波还留在屋内，看到廖铮，更是先"啊"了一下。但他马上就伸出了手："正好，我正要找你商量一些社里的事呢。"

廖铮坐到唐海波对面。这个新社长刚刚过了30岁，能赢得这么大一个杂志社，能力、眼光和拼劲都很值得称道。廖铮对他的感觉至少多一半是钦佩。两年来，唐海波在经营上的成绩她也很清楚。如果他像以前那样，只管发行不管其他，他们未必会有冲突。想到这里，廖铮心平气和地问道："听说，你要撤掉我的专栏？"

廖铮既然开门见山，唐海波也就不必客气。两个人都在商海里磨出了直来直去的风格。

"那好，咱们就直说吧。撤不撤掉你的专栏并不是主要问题。我通读过你从第一篇到现在写的所有文章。你有没有觉得，你这些年的风格有什么变化？有没有觉得，读者对你的热情有什么变化？"

这个问题，廖铮绝不会没有思考过，身为一个职业作者，对读者的反应十分敏感。她的电脑里不知存了几百封几千封读者来信。但唐海波显然有自己的看法，廖铮觉得，现在并不是谈自己观点的时候，摸清对方的底牌更重要。

"那么，你研究的结果呢？"

"刚起步时，你还是个不懂科学的文科生。你的文字优美，热情奔放。你和读者一样对许多神秘现象有好奇心，你吸引读者的就是这个。而现在，虽然我不能说，前两年期发量下降是你的问题，毕竟当年没有你的专栏，也没有这个杂志的今天。但是，你现在的专栏内容老气横秋。你想给大家讲科学，可现在谁要听科学？他们买本杂志只是要为了好玩。杂志就是精神快餐，不是你讲课的地方。中国没有自己真正的探险家，你是第一个。他们觉得你神奇，你有趣。他们住在钢筋水泥盒子里，看不到你能看到的东西，所以想借你的眼睛看一看，给乏味的生活提供点刺激。这就是你的价值，你专栏的价值，全不在于你懂多少科学知识！"

廖铮好半天没有回答。她是没有办法回答，因为唐海波讲得根本没有错。这一直也是她的答案，只不过廖铮迟迟不愿意面对现实。终于，她勉强开口反驳道："可是，当年我的文章里充满知识上的错误，现在比那时严谨了许多！"

"所以你的文章已经可以登在某份学报上，或者出版学术专著，而不再适合给咱们的读者看了！"

廖铮忽然想起了她从巴布亚新几内亚回来以后主持的那次科学文化讲座。当时，她详细介绍了探索霍瓦特遗址的过程。一个听众站起来毫不客气地说："我一直喜欢读您的作品。但我感觉你现在越来越保守，想象远没有早先那么大胆。我想，是不是您在探险生涯中，长期和专业科学家接触，受到他们保守思想的影响呢？相比之下，我更喜欢读您早期充满想象力的文章。"

其实，不少读者在来信中已经说到这个问题了。但直接讲出来更能震动她的心灵。

难道，自己要宣传科学，就只能与读者越走越远？任凭你文笔再好，再贴近读者，只要是硬邦邦的科学，读者就不喜欢不接受？

仿佛知道她脑子里在想什么问题，唐海波接下来的话几乎就是回答。

"要知道，今天是后现代的时代，是玄学回潮的时代。你看看统计数据吧，10年来法国中学生相信星相的人，所占比例上升了20个百分点！中国没有这样的统计，但也逃不过这个大趋势。咱们小的时候，什么向科学进军啊，四个现代化啊，那个时代过去了！现在人们已经现代化了，科技不科技人们已经厌倦了。人们要看吸血鬼，要听转世记忆，要读麦田圈。你看看波尔蒂略。你们刚斗过法，不错，他的谎言被揭穿了，但你以为他会身败名裂？他回到西班牙以后又怎么样呢？什么影响也没有。因为他根本不在学术圈里混日子，学术圈承认不承认他有什么关系。他是靠媒体吃饭的人，和你一样。靠媒体吃饭根本不需要在知识上较真。你就是不懂这个道理，你把自己当成了学者，可你不是！你只是一个靠卖稿子吃饭的撰稿人。"

"我为什么不能较真？"廖铮觉得自己的回答底气虚弱。

"直说了吧，现在任何报纸杂志要想涨量，靠什么啊？就是靠打青少年的牌。咱们杂志读者年龄越来越低。你来的时候，读者平均年龄30岁，现在只不过18岁。18岁的孩子你给他讲科学道理，不是对牛弹琴嘛。他天天在课堂上死记硬背，还不够烦吗？他感兴趣的就是神秘事件。中世纪时代，老祖母给孙子们讲鬼故事，哄他们入睡，咱们现在就扮演这个角色。你写了那么多无趣的科学考察报道又有什么用呢？一个神秘事件的吸引力，就在于它的未解。解开了咱们也要说它没解开才行。"

"但它们中有许多确实不再神秘了。"

"不神秘不就没有卖点了吗？"唐海波仿佛在给一个初学者讲ABC，"我给你举个例子。二十几年前，英国有对兄弟——迈克尔兄弟——闲得无聊，夜里在麦田里踩出一片图案，第二天被当成外星人来临的疑案报道。后来成为典型的神秘事件，搞得满世界都有麦田圈。再后来，这兄弟俩觉得玩笑开得大了，写了本书出版，名字叫《我们怎样创造麦田圈的神话》。现在，谁还记得这本书？而麦田圈的消息还不是年复一年地报道下去？"

这倒是事实。廖铮曾经为此痛心疾首，深感现在读者素质的下降。但这个例子也提醒她，她做的可能完全是无用功。如果10年后，她写的霍瓦特遗址真相调查被忘记，而"霍瓦特等于姆大陆"的谎言还在流传，她一点都不会惊讶。

"可是，正像你说的那样，我们现在面对的读者终究是孩子啊。明知道答案的事情不给他们讲，是不是对不起良心？"

唐海波呵呵一笑，指了指自己："你看我吧。上中学的时候，我每天晚上跑到门外大堤上，接日月星辰之精华，幻想着自己有一天能练出外气，毙敌于10米以外。现在我不照样很现实，事业很成功。你不用为现在的孩子担心，人大了自然会懂事。你小的时候，难道就没有沉迷过神秘事件？"

"如果我在专栏里，写一篇中国僵尸传闻大全，他们会不会感兴趣？"廖铮赌气道。

"OK！他们当然感兴趣，只要你真想写！"

不用回答，唐海波和廖铮自己都知道，她不可能写那些东西。

"所以我才说，撤不撤你的专栏根本不是关键。咱们的刊名叫什么？叫《神秘世界》！并不是叫《科学世界》。世界上的神秘你不用只写科学一个方面的答案。你可以写玄学的解释，把鬼神搬来做原因，甚至可以没有答案，让它们永远成为谜。这样才可以拢住一代代读者。你看那些同类杂志，一个神秘事件像烙饼一样，隔几年翻过来炒作一回。为什么？因为新一代读者又长起来了，他们没看过先前的东西。总之，保持'神秘'这一条，不就是咱们的刊物风格吗？"

廖铮真的不知道自己该怎么反驳，甚至不知道自己应不应该反驳。关于这个问题，唐海波显然已经得出了一切答案，经济上的，道德上的，一切方面的。

"我今年31岁，无论事业上还是年纪上都应该尊称你一声大姐。但我还是有点经验之谈想和你说说，谁也不能抱着自己年轻时的世界不放，那个时代早晚要过去。咱们年轻的时候，笑话上一代人是老古板，现在咱们也快到被人笑话的年纪了。要想不被人笑话，就得变化自己。"

"你的意思是说，科学也属于一个已经过去的时代？"

"从现实中讲当然不是，搞科技可以挣大钱，今天尤其如此。但从传媒和出版业角度讲，科学就是票房毒药！"

然后，唐海波拿出最新的《神秘世界》，上面登着廖铮那篇大大缩水的调查报道。

"实话说，这期你的文章是我亲自编辑的，下剪刀的就是我。出于尊重，我没改你一个字，但删除了我认为不必要的部分。这就是以后你专栏文章的范例，如果你以后还愿意提供的话。"

正在这时，廖铮的手机响了，是巴哈索夫打来的，算是把廖铮从尴尬的谈话中解放出来。

"怎么样？我知道你刚回家，但你有没有兴趣去而复返？我要给你看的证据已经送到北京了！现在世界上任何人，即使最最专业的考古学家都不敢反驳我这件证据。"

"真的吗？"廖铮忽然对这个南极探险史之谜大感兴趣。她现在心情烦乱，只有工作才能让她平静下来，才能把她从失落中拉出来。

"如果可以的话，明天上午在故宫博物院文物办公室见！"

"证据在故宫里？"

"不，证据的主人明天要把它献给故宫！"

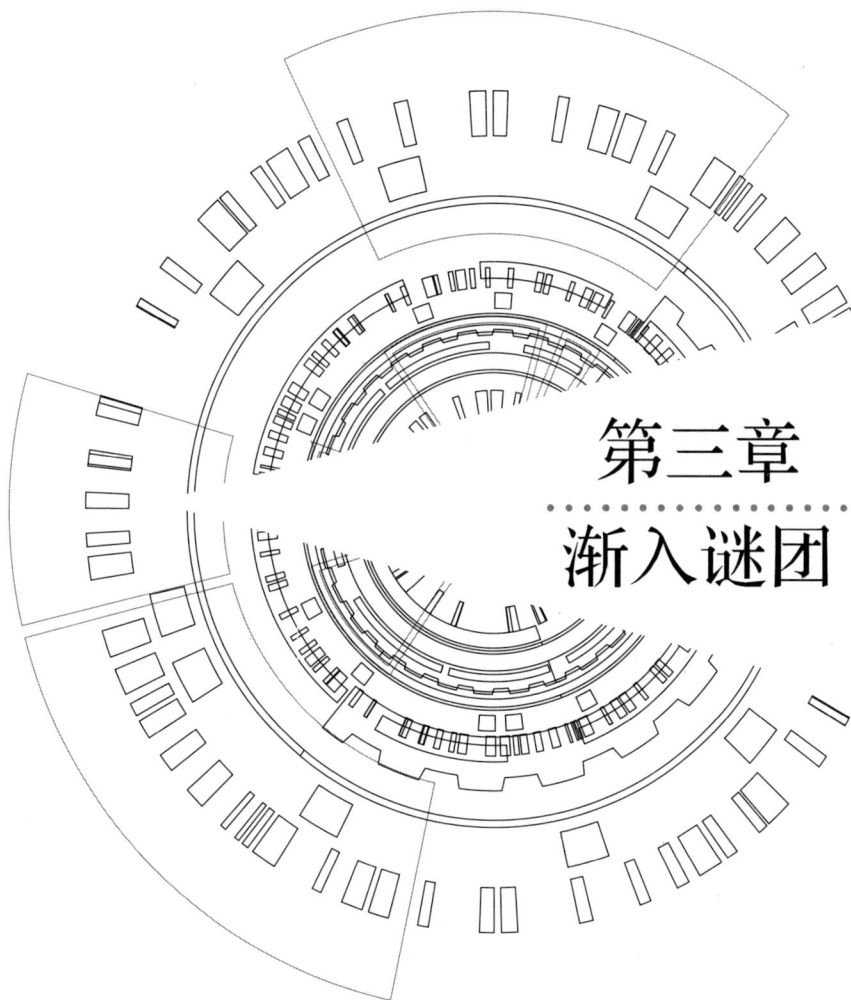

第三章
渐入谜团

眼前这位青年男子的外形堪称清秀，甚至纤弱，鼻梁上架着的一副金边眼镜更为他添加了几分柔弱感。看到廖铮，这位小兄弟惊喜之情溢于言表，马上去找纸笔请她签名，举止和廖铮遇到的那些探险迷没有任何不同。

如果不是巴哈索夫事先介绍，廖铮在街头偶遇到这个人，只会猜测到他是一名白领，绝不会想到，此人竟然是朱明王朝的后裔！

这个叫朱亮的男子还不到30岁，确实也是一位白领，在中国台湾的一家报关行做业务员。他从小就知道自己是明王朝的第十七代子孙，不过不是嫡系。这个血统在今天连向朋友炫耀的价值都没有，朱亮只是觉得有些好玩儿罢了。这个时代长大的青年，对历史的兴趣实在不大。

然而，一年前，祖父去世前把一个包漆铁箱留给了朱亮。让他顿时感觉到几分历史的厚重感。原来，清朝入关以后，为了尽快取得正统地位，宣称自己得天下于"盗贼李自成"，而不是明王朝，优待明室后裔。其中一些支脉得以将祖上留下的物品携带出宫，留作家用，或者纪念。朱亮看到的这个包漆铁箱里没有金银财宝，而是一批外国贡品，记录着明朝威加四海时的声势。朱亮的祖先特意选择了这件东西带出来，嘱咐后人代代相传，以资纪念。

到了朱亮父亲这里，对这种家传就已经不感兴趣了。祖父便把心血用在隔代人身上，从朱亮小时候开始就培养他的国学基础，以及对历史的兴趣。晚年终于认为可以放心地把遗产交给他。不过，朱亮接手以后，更想把这些东西交给某个博物馆。因为他对祖先荣誉的留恋，也远不及祖父深厚。反而从一个现代人的角度考虑，觉得这些东西最好作为文物贡献给社会。

虽然中国台湾也有故宫博物院，但时下台湾当局正在搞"去中国化"，像朱亮这种典型的"外省人"感觉很压抑。出于一股反感心理，他就想到了大陆的故宫博物院。再怎么说，这箱子东西也是从紫禁城里出来的，回到那里可谓天经地义。只是他一直不清楚，这些东西有没有文物价值。于是他就在网上寻找知音，结果恰好遇到了巴哈索夫。后者也正在寻找这批东西，两个人的轨迹可谓迎头相撞。

说来说去，那只是一箱子动物的杂骨！

"你居然能找到这个证据，我不能不佩服了！"廖铮佩服的是巴哈索夫，"中国都没有人能够追究出这批文物，竟然让你给翻了出来。"

巴哈索夫微笑着说道："你要对俄罗斯的某个历史之谜追查20年，你也能追到些我们历史学家不知道的东西。"

现在，他们正坐在故宫博物院文物捐赠办公室里。这个办公室负责接受各地捐献的文物，首先要鉴定它是不是文物，其次要决定它是否应该归入故宫博物院，还是送到其他博物馆。现在，几个工作人员正小心翼翼地分拣着那些杂骨。杂骨上都坠有黄金铭牌，如果不是这东西，谁也看不出它们有任何的文物价值，送到某个自然博物馆倒是更合适。

术业有专攻，廖铮对"郑和下西洋"这个课题没有多大兴趣，对其了解范围超不过几本有关的通俗著作。但当这些杂骨摆在她面前时，她真真切切地知道，为什么当年成祖死后，明朝大臣们立刻停止了"下西洋"之举，甚至烧毁全部航海资料以泄愤。因为从当事人的角度看，这绝对是劳民伤财之举！

为了证明"下西洋"的必要性，郑和不得不从海外带来一些珍禽异兽，以应合朝野中流传的某些祥瑞之说。其中最有名的一次，就是把非洲长颈鹿当成"麒麟"带回中原。而沿途各邦知道郑和舰队的这个纳贡原则，也就学着用毫无价值的当地动物来换取舰队带来的手工业品。这些动物有活物，也有标本。活物在宫廷里养一段时间，因为没有配偶，很快也就死绝了。为了保留其"祥瑞"的纪念价值，也被制成标本保留下来。然而，因为它们根本不及金银珠宝耀眼，后代也不似明成祖那般重视海外，多年来这些东西一直被后代君王和宫宰忽视，只是在清点宫廷仓库时才整理一下。

而朱亮的祖先是唯一看中这批标本的后裔。他知道，这才代表着当年万国来朝的盛世景象，比任何财宝更有价值。

这批杂骨属于十几种不同的动物，巴哈索夫请廖铮来参观的是一具鸟骨，上面的铭牌刻着"采自南极仙翁居处"的字样，在腿骨上有一处刚刚钻开的小洞。巴哈索夫指着那个小洞，向博物院的工作人员致歉："不好意思，我担心如果你们收下后，会不允许我做这样的检验。所以在朱先生交给你们之前就进行了，样本只取了5毫克。"

朱亮也跟着分辩道："是的。巴哈索夫的推测太离奇了，所以我听了他的主张，也很想证明一下。我们就请上海复旦生物科技有限公司做了一下基因鉴定。他们取了样。应该不至于影响它的文物价值吧？"

"正相反，这种文物如果不鉴定，反而没有价值了。"捐赠处主任说道，"因为它不是手工业制品，表面上根本看不出是什么。你们是先走了一步。鉴定结果呢？"

巴哈索夫很是得意地说道："初步估计这是斯岛黄眉企鹅！仅产于南极大陆的企鹅品种！"

一听到企鹅，任谁都立刻想到南极大陆的冰雪。其实，企鹅家族中有一些种类甚至能够生活在温暖的亚热带地区，直到赤道附近的加拉帕戈斯群岛。企鹅分布的地区之广，可能超过了世界上任何一种鸟类，能适应温度跨越零下25℃到零上38℃的巨大阈限。

而人类第一次有记录的接触企鹅是在1488年，葡萄牙水手在好望角第一次发现了它们那摇摇摆摆的身影。直到19世纪初，南极大陆的企鹅才被发现。斯岛黄眉企鹅更是晚于1953年才被生物学界定名！

"复旦生物科技有限公司手里没有斯岛黄眉企鹅的实物，他们只是从基因资料库里提出数据进行对比。要想核实还要到国家海洋局去一趟。"巴哈索夫介绍道，"他们主管贵国的南极考察嘛。廖铮，这还要请你多帮忙。"

廖铮是国家海洋局的常客。所谓"七加二"，其中一项就是登上南极最高峰文森山。当年，廖铮是跟着国家海洋局文森山科考队完成的这一壮举。廖铮以自由撰稿人身份自费参加这个科考队，不仅没有成为累赘，反而是队中的多面手。她自愿当杂工，也结下了不少人缘。事实上，自从20世纪80年代中国往南极派出考察队以来，每次必有记者跟随。但他们多在科技媒体任职，写起东西来专业程度有余，可读性不足。廖铮参加考察，大大提高了科考的影响力。

所以，当廖铮带着巴哈索夫和朱亮，前往位于海淀区的海洋局极地考察办公室，她被当成好朋友受到欢迎。对于他们带来的微量样本，办公室主任李进峰也马上叫部下送去检验。到了下午，检验结果出来了，确定为阿德利企鹅。虽然并不是斯岛黄眉企鹅，但阿德利企鹅也是南极大陆的特有品种。

"即使它属于'加拉帕戈斯企鹅'，那也是巨大发现。"主任兴奋地说道，"这说明郑和曾经航行到那么靠南的地方，很不容易啊。"加拉帕戈斯企鹅生活在加拉帕戈斯岛上，位于赤道以南。

"那么，可不可以考虑在你们南极考察中添加一个子课题呢？寻找郑和在南极大陆登陆的遗址。"巴哈索夫趁机提出建议。

"这个嘛……"主任看了看他，又看了看廖铮。巴哈索夫为此期待多年，目光之炽热可想而知。所以主任回避了他的视线，转而对廖铮说："你知道，我们是海洋学科研机构，属于自然科学研究部门，郑和当年到过哪里的问题属于考古学。由我们立这个课题，恐怕不大现实。这可能要由中科院做综合安排才行。这样吧，我尽力向上面做报告。另外，你们最好把它公开来，造成一定的社会影响，看看社会上有没有人想资助你们。我觉得那更实际一些。"

走出海洋局大门，三个人在临近地方找了个餐馆，边吃边聊。朱亮马上就要回台湾。对于自己的捐献品能够引发一个重大课题，他也很高兴。

"真是没想到。如果我的祖先只带出金银财宝，那世界上就有一个重大秘密被掩盖了。可惜，还是不能组成考察队。"

"唉，也只能如此了。"巴哈索夫耸了耸肩说道，"我还是实施以前的方法吧。每发现一个线索我都公开出来，直到引起学术界，或者潜在的出资人注意。毕竟，这种考察的成本太大了。"

"但是，两位还要注意一个细节。"廖铮提醒道，"这件骨骼标本是在贡品中出现的！我没有研究过明朝的制度。但贡品与郑和部下沿途收集来的标本，肯定不是一回事吧？"

朱亮拍了拍脑袋："是啊。这里的东西都是藩王送来的，那么……难道是当时哪个西亚国家的人航行到南极了？"

"你们觉得有这个可能吗！"巴哈索夫不屑地说道，"以我对当时航海技术的了解，郑和如果不去，世界上没有任何人能到达南极洲。你提的问题很好解释，可能不过是皇宫库房的错误而已。明末兵荒马乱，你的祖先又是在混乱中出的宫，你不可能保证每个清单都很准确。"

二

"你要制造一面镜子。读者以为在那里看到的是现实，其实不过是他们自己，是他们潜意识里想看到的东西。"唐海波掰开揉碎地给"美女探险家"杨嘉怡讲着他的心得。后者一个劲儿地记笔记，脸紧紧地绷着。

"你知道袁世凯的故事吗？当年他儿子为了取悦他，给他办了一份个人报纸，上面都是称颂他的文章。其实，每个读者都是袁世凯，都是自恋狂。他们可能从媒体上看到自己熟悉的东西就高兴，看到不同的观点就愤愤不平。所以，那些成功的媒体就在于隐蔽地取悦读者。让他们看到自己想看的东西，而不是真实的客观世界。"

杨嘉怡努力地听着，不停地点着头，很机械，同时也暗暗着急，不知道自己能不能把握这个机会。如果能成为"美女探险家"，对自己来说是一步登天。但是，运动员出身的杨嘉怡不怕野外探险，不怕吃苦，却怕写文章。以前没读过什么书，这些道理她似懂非懂，焦急不已。

难道真得全程给她配枪手才行？唐海波讲着讲着，一点预期的反应也没得到，心里凉了半截。现在他才知道，廖铮能有今天，不是一般人可以取代的。她拥有的是综合实力：知识、文笔、气魄、体力……

正在这时，编辑吴大川敲开门，兴冲冲地进来汇报："唐总，大发现，我看这个项目就挺好！"

平心而论，唐海波的思维方式确实符合现代商业运作规律。他认为，"廖铮探险"这个品牌虽然很成功，但仍属于误打误撞出来的小作坊产品。市场环境又发展了这么多年，原样照搬已经不可能再复制出来。他要组织一个完整的团队来制造出新的探险家。在这个团体里，"美女探险家"杨嘉怡只是一面旗帜。在她后面，还要有人收集探险信息，有人炮制文章，有人负责形象设计，有人负责与厂家接洽广告事宜。甚至要有法律顾问，解决可能出现的纠纷。还要请中立调查公司调查读者反应。而这些人中的任何一个，包括杨嘉怡本身，离开团队就与品牌无关，谁都没有和他讨价还价的资本。

当年，廖铮一个人陆续完成了上面所有这些工序。但唐海波心里清楚，他不可能再找到一个廖铮。就是找到的话，对方既然自给自足，他又怎么能抠到大部分利益。

当然，这个团队是隐形的，站在公众前面的永远只有杨嘉怡自己。名人包装的要诀，就是让公众感觉到这个人自己能够摆平所有的事。如果知道后面有一排人在支撑着，他的价值会立刻缩水。而这位吴大川，就是杂志社探险项目组里专门负责收集资料的，也是唐海波从连锁书店里带过来的，值得信赖的老部下。

在还没有和廖铮摊牌以前，探险项目组就已经建立起来了。但是寻找第一个项目却大费周折。当年廖铮那个"奇异斜坡"的报道，因为正赶上此类新闻的多发期，大家比较关注，算是歪打正着。今天再用那么一个小新闻打头阵，只能让这个探险组熄火在起跑线上。他们要寻找一个大项目，要足够惊人，和廖铮现在进行的探险活动相比，即使不压过一头，起码也要能抗衡。正因为这样，直到现在，唐海波否决了小组报来的一个又一个探险计划，这辆探险战车还没有开出一步。

吴大川所指的项目，就是某份中文大报上一篇对巴哈索夫的采访。在这篇报道里，巴哈索夫不仅介绍了自己的研究，而且明确提出，希望能够组成考察队，对南极沿海地区进行拉网式搜索，寻找郑和登陆的遗迹。

巴哈索夫在采访中展示了他手中的三件证据：古海图、企鹅骨骼和南极陨石。尤其后面两件，几乎是无可争议的硬证据。"郑和舰队至少有一支分舰队到过南极。现在就是我们解开这个历史谜团的时候。当然，我们仍然可以在东西方各国图书馆、博物馆中寻找证据，但最终的证据只能来自南极大陆。我们应该一寸寸寻找冰雪大陆裸露在冰原外的海岸。而这个项目要花费的金钱可能会是个天文数字。所以，我只能在此呼吁全世界同好为此一起努力。"

在采访中，巴哈索夫还推测了陨石的来历——兀鲁伯的祖父，突厥血统的帖木儿建立了"第二蒙古帝国"——帖木儿帝国。他打遍中亚、南亚和西亚未遇对手，接着便准备兵发明王朝，寰宇之内一决雌雄。当时，两国间商道已经断绝，大战一触即发。结果人算不如天算，帖木儿于1405年去世。继承人沙哈鲁立刻与明朝修好。

"历史是如此巧合，那年正好是郑和下西洋的第一年。从那以后，明王朝和帖木儿帝国重新修好，双方互赠礼物。由于兀鲁伯是一位热爱科学的皇帝，明王朝投其所好，赠送给他一块南极陨石，也在情理之中。美国人不还向你们赠送了月球岩石嘛。"

巴哈索夫又谈道："南极大陆虽然有世界全部陆地的十分之一那么大，但只有3%左右暴露着，其他都被冰原覆盖。到了夏天，陆缘冰退缩时形成的海岸线也不多。而这张古地图明确地画出了一条裸露的海岸线，说明他们近距离勘察过那里。这把我们的搜索范围大大缩小了。甚至，由于古人技术条件的限制，我们只在海岸附近搜索就行了，他们不可能深入内地多远。"

"你是说，咱们来运作这个项目？这得要花多少钱？"唐海波看罢问道。他对去一趟南极大陆的费用没有概念。吴大川不愧是他的得意门生，已经计算好了有关数据。这也是唐海波的要求——你必须拿出可操作性的建议，不要把空洞的概念提交给我。

"我们可以把长城站和中山站当成基地，如果需要，再加上南极洲上各国考察站。我们要租场地、租用飞机和近海快艇，要准备冰雪探险装备，准备一只探险队的后勤补给。如果完全勘测所有目标的话，可能1000万元都不止。但我们不需要都勘测，我们只需要让这个计划开始！"

"对的！"唐海波一拍他的肩膀。是啊，正所谓"重在过程"。像他这样把探险当成生意做的人，并不在意它的最后结果，只要做起来就行了。俗话说，开锯就留末，只要把这个计划投入运行，造成声势就行。当然，即使如此，几百上千万的经费也不是一家杂志社能负担的。不，唐海波也根本不想自己把费用包下来，从生意角度看，那岂不是太无趣了。

"我知道许多企业大佬，手里有闲钱、有时间，平时就喜欢探险。你马上和巴哈索夫联系，表示我们的诚意，请他不要再找别人。同时咱们把探险计划准备一下。然后我亲自去引资！"

三

当人类社会最富裕的一群人率先进入城市许多代以后，大自然反倒成了他们向往的地方。20世纪初开始，从简单的郊游到真正的野外冒险，探险活动形成了一个高速发展的市场。在中国，自从20世纪90年代以来，富裕起来的一些城市人也喜欢上了冒险。

围绕着这些野外探险活动，小到旅行背包、冰镐、攀岩鞋，大到探洞用具、旅行帐篷、卫星定位仪、海事卫星电话等，形成了一个高速发展的探险装具市场。在中国，这个市场的年增长率居然达到了100%。另有一些制造商的产品，在国际市场上的占有率超过了50%！

最初，在素无探险传统的中国，从这个市场里杀出来的品牌制造商只能选择著名运动员作为代言人。运动员身材健壮，装备完善，在镜头前摆摆样子，再用蓝幕摄像法，把高山、冰川、沙漠、草原的图像配入画面。不仔细看，倒也像那么回事。但他们与真正的探险家还隔着一道墙。

后来，探险装具制造商在中国有了真正属于自己领域的代言人，那就是廖铮。于是，从远在冰岛的弗迦拉巴克探险装备旅游公司，到中国香港的海洋运动用品公司，再到大陆的先驱企业旗云公司，都是她的广告主。金钱收入自然不在话下，廖铮每次探险，更能根据目的地的特点，从他们那里免费拿到相关的装备。这些装备技术水平之高，就是专业科学考察队都往往不及。厂商不仅要用她做广告，还要检验某些新型产品的性能。

日久天长，除了生意关系，廖铮也和其中几个制造商成了朋友。所以，当她接到其中一位老板的电话，听到他正在武汉办事，并有要事相求，便欣然来到他住下的宾馆里。

在近几十年"中国制造"的大潮中，许多中国商人在意想不到的领域里领先于世界，刘文龙就是其中之一。这是位来自北京正东方某县的农民企业家。最初他创办乡镇小厂，开始制造旅游帐篷。他先是从国有企业里接加工活，后来，那家国有企业经营不善，自己垮掉了。刘文龙那时也已经闯出了市场，干脆把厂房设备和技师连锅端。短短几年下来，竟然占据了世界旅游帐篷市场的过半份额，在当地支撑起半个县的财政收入。

从那以后，刘文龙又转而生产各类探险工具，现在已经成为这个尚不为人重视的小领域里的世界级巨头了。今天，刘文龙正在武汉为将要创办的华中分公司寻找办公地点。等廖铮来到他房间后，刘文龙叫部下出去。旁边无人时，他不再像个风风火火的领袖人物，反而脸上堆起了愁容。

"怎么了刘总，有什么麻烦事？"廖铮和他认识多年，就是天大的麻烦，也不见他这么愁眉苦脸。

"你知道……我还有个孩子……"刘文龙的身形似乎矮了半截。

廖铮默默地点点头。对于这件事她有耳闻，但并不清楚细节。她不打听生意伙伴的私事。

"他叫冯轶彦，今年21岁。唉，夏天刚刚从大学里退学。"刘文龙的声音又小了许多，不仅平时的洪亮不见踪影，还不自然地望了望门口，虽然门早就紧闭了。

这孩子姓冯，显然是跟了母姓。廖铮点着头，并不开口去问。这个时候用不着她问，对方什么都会讲的。她只要表示自己的关注就行。

"唉，十几年了，这孩子没从我这里享什么福。我每年给他妈妈一些钱，但没有时间管教他。孩子学习成绩一直不好。后来勉强考进大学，这两年天天玩电子游戏。"

"他在心理治疗中心戒网瘾，前后花了几个月时间。医生说，这个瘾戒起来并不难，难的是不让它复发，不能接触原来的环境，这我哪里办得到，大街上迈几步就是一间网吧。结果没想到，他一直是你的读者。最近，他看到你们几个探险家想去南极探险，缺乏经费，就希望我出资赞助你们，他也要随队出发！"

"我？南极探险？他看的是不是巴哈索夫的采访报道？"

"是的是的，就是那个老外。"

在那篇轰动一时的报道中，巴哈索夫只是代表自己表了态。文中虽然有廖铮的名字，但她只是作为旁证提到了几次。但对于中国读者来说，廖铮即使不表态，出现在这篇文章中就是一种支持的态度。尤其是廖铮平素以严谨著称，此前又刚刚揭穿过一次伪科学事件，她的话很有分量。

"你知道，现在的孩子们太自以为是，什么都不在乎。在中国，你就是把他关到一个村子里，他都能上网。我总不能把他关在心理治疗中心一辈子。正好他有这么个设想，我和他妈妈商量了，南极洲那里肯定与网络绝缘，你也是我信任的朋友，由你带他去闯荡闯荡，知道世界上什么叫辛苦，对他肯定大有好处！"

"只是……"廖铮犹豫着。现在这个课题只是巴哈索夫的，她无非是帮忙而已，她还有自己的选题。而且，刚刚与杂志社产生的矛盾也占去了她相当的精力。想到这里，她详细地解释道：

"我对这个南极探险计划也很矛盾。当然，这个假设很有分量。企鹅骨头还说明不了什么，企鹅可以从大块浮冰上抓到。但陨石只能在南极洲陆地上采得。所以，那肯定是有人登陆以后采到的，巴哈索夫的推测并没有错。但是要知道，南极洲有一个半中国那么大，四面环海，把可能存在遗迹的区域都考察一遍，就是现在各国考察队联合起来都未必能完成。组织几个人去那里，成功的可能性微不足道。"

"没关系，"刘文龙显然对科技史并不感兴趣，"你就当带着孩子到南极洲磨炼磨炼。小彦找我要100万，说是作为考察经费。我想，就是休学一年，花100万让他去南极锻炼锻炼，也比在大学里学到的东西要有用许多。难得这件事他自己很有兴趣。没兴趣，硬灌的知识学起来也不牢靠嘛。"

廖铮暗自佩服。这些出身草莽的企业家，虽然文化程度不高，但人生经历很丰富，凭直觉就知道哪些需要哪些不需要。

刘文龙接着说道："只是有一条，花钱多少我不在乎，但钱要花的是地方。所以这笔钱我不能交给他，都交给你，需要怎么花由你支配！这是我给儿子开的条件。当然，请你来也不是光管管账。探险过程中遇到什么危险啊，麻烦啊，最后还得请你出面给摆平。总之，你把他当个助手使唤就行了。为了这些，我再付你另外30万！就算给我孩子当一次老师怎么样？"

廖铮有半天没言语。刘文龙以这种方式表达自己的父爱，让她很感动，作为朋友也应该帮忙。廖铮暗暗计算自己的日程安排，手头有几个探险计划，哪个更紧急？哪个有赞助？

刘文龙看到她在沉思，爽快地说道："我等你两天。两天以后你没考虑好，我就告诉儿子，计划作废，他也别做南极梦了。"

"好的！不过，让我先看看你的孩子吧。"廖铮爽快地说道，"我要看看，他的梦想离现实有多远。"

"我正是这个意思，他和他妈妈就在武汉市。"

"啊——"

"他妈妈是武汉人，当年在我的企业里……不提了，我们已经许多年不在一起了。偶尔见一两次面，主要是商量怎么教育这个孩子。其实，小彦经常参加你的讲座，手里还有你的签名，只是你肯定不记得了。"

廖铮虽然主持过许多探险讲座，接触过上千上万读者，但对于那些在讲座中表现积极的听众，她还是能留下深刻印象的。冯轶彦显然不属于这个行列。

几个小时以后，廖铮就见到了冯轶彦。不过，这个孩子很讨厌他的父亲，所以刘文龙没有到场，只是把见面地点告诉双方。时间还不到，一个高个子男孩儿就走进茶座。廖铮远远望去，估计他至少有一米八五。由于身材奇瘦，脸型狭长，所以显得更高。小伙子戴着眼镜，一双眼睛通过镜片显得很大，整个脸竟然有几分骷髅的感觉，而且面色苍白，一脸病容。

看到他这个样子，廖铮马上彻底理解了刘文龙的爱子之情。是啊，这样的孩子暗地里痛恨父母，往往要通过自我折磨来折磨父母。看他这个样子，说不准就是这个心理问题。

"廖老师……"冯轶彦怯生生地弯了弯腰。

知道冯轶彦不善言辞，廖铮让他坐下，主动开了口："你爸爸刚找我谈过。那个项目我们确实要做，也欢迎他提供的赞助。但是，你现在这个样子是没法去南极的！"

"啊……为什么？"当头一棒就把冯轶彦打晕了。

"南极条件恶劣，不管配备什么样的生命维护系统，身体条件是第一位的。你的体重至少要增加20斤，才有资格谈去南极探险的问题。好在我们并不是准备今年就出发，这个项目要策划很长时间。现在南极洲的夏季快要开始，探险计划还什么都没准备，至少要等到下一个夏季才行。你花一年的时间把身体练好，怎么样？我每个月检查一下你的身体。如果达标咱们就去。如果不达标，等于你自己放弃挑战！"

"太好了。我……"冯轶彦转忧为喜。

"这里有一个健身馆的地址，老板是我朋友，我打电话要他根据你的身体特点制定一套健身方案。然后，我安排你做一次青藏高原的实地训练。你自己能够完成高原作业，我才能带你去极地。"

廖铮知道，面对青年人不大实际的梦想，与其长篇大论地和他讨论其现实性，不如直接给他一些实现梦想的具体步骤。他如果能一步步"打通关"，那说明他有足够的意志力走向成功，如果不行他也会自动放弃。一年的时间足够考验他的意志。

"好的。其实，我也从心里想远离网络，但我控制不住自己，只好想出这么个办法。"冯轶彦颤声说道，"当然，能寻找郑和的遗迹就更好。现在，哪里还有这样的机会，让我们留下自己的名字。"

四

唐海波曾经对探险不屑一顾，把它当成变相的漂泊症①。"以前，漂泊症患者只有不良少年和精神病人两类，现在要加上探险家，他们不过是一群光荣的心理病人。"他曾经这么嘲笑过职业探险家。

然而，当他从探险市场中看到闪烁的矿脉时，至少从口头上立刻成为它的坚决支持者。

赶在"北京—莫斯科"航班起飞前两小时，唐海波在北京机场追上了巴哈索夫。巴哈索夫此次来华，已经盘桓了近一个月，虽然发现了一个重要的证据，但更为重要的考察投资却还是杳无音信。他手头很紧，准备回国去，慢慢等待各方反馈再确定下一步计划。没想到，关键时刻他接到了《神秘世界》的来电。

巴哈索夫知道《神秘世界》是廖铮任职的杂志社，理所当然地认为这也是廖铮的主意，于是马上打电话，向远在武汉的廖铮道谢，倒把廖铮搞得很尴尬。等两个人把事情谈清楚，廖铮简单地告诉对方，自己已经不和那家杂志有任何关系了！

---

① 漂泊症：习惯性地离家出走，四处流浪，且与经济状况无关。美国医生卡特莱特认为其属于行为障碍的一种。

这下子，轮到巴哈索夫尴尬了："你看，这……"

"没关系，他们找你，是你们之间的事，和我无关。再说，虽然我佩服你的执着，对你的证据在一定程度上能够接受。但我现在对你的这个探索计划也没有太多的兴趣，不想参与，你不用考虑我的问题。"

廖铮这么声明，巴哈索夫自然很感激。但因为有这么一层关系，他和唐海波谈话时也加了几分小心。唐海波大致问了问巴哈索夫的构想。后者多年浸淫于此，连考察费用都打听得一清二楚，便流水账式地端了出来。

"7500万……"巴哈索夫的数字让唐海波大吃一惊。吴大川估计的数字保守了许多。

"是啊。为了能让这个计划变成现实，我已经一省再省了。如果设备都从中国购买，或者搞到二手的，可能更会便宜一些。不过沿途要利用各国的考察站，还要租用智利的飞机，最重要的是，一个夏天不行还要第二个夏天。人员费用很大。这些都不会省钱的。"

"7500万……7500万……"唐海波心里计算着。就是把杂志社反复卖上几遍，也凑不够这个数。不过他不想放弃这个生意，反而更为兴奋。生意越大，想象空间越大。一旦做成后他就又能迈上一个台阶。唐海波喜欢做疯狂的事。

"坦白地说，我一下子拿不出这么多钱。但没有关系，我们是媒体，这就是优势所在，我们可以组织版面，系统地炒热你这个课题，然后吸引更多投资人。这样吧，我在杂志上给你开设一个专栏，你把你十几年来在这个问题上的探索过程全面写下来，仔细介绍给大家。我再给它配上漂亮的图片，再请几个学者给你帮腔，相信绝对会有影响的。"

巴哈索夫十分感谢。在信息时代里，媒体的力量他很清楚。如果有个媒体做靠山，给他固定的阵地做系统宣传，效果远好于随便接受哪家报纸的临时采访。最起码，读者的反馈信息可以固定地汇集到一个地方。只是……

"我和廖铮是多年的朋友，希望这种关系不会影响到我们的合作。"

"我想不会，廖铮也不会。我们都是生意人，在商言商，相信她不会把私人恩怨拉扯进去。"

唐海波对这点很有把握。

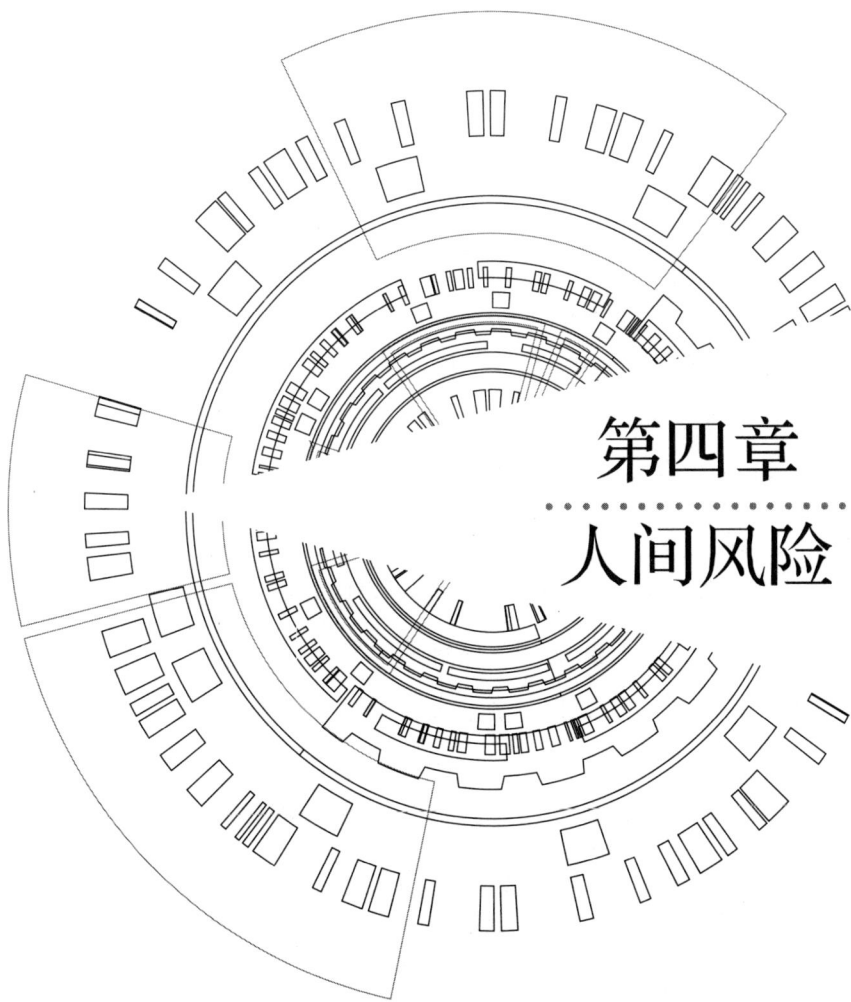

第四章

人间风险

一

这几年来，大城市里的"户外运动俱乐部"雨后春笋般涌现出来。说是"户外"，服务对象其实是不能真正远游的户外探险爱好者。攀岩是这类场馆里必不可少的项目。

武汉市最好的户外运动俱乐部位于东湖体育场里，名叫"旷野风"。俱乐部老板租下了整整一间报废的跳水训练厅，填平泳池，把它改造成健身房。一进门，就可以看到三层楼高的人工攀岩训练场。旁边是廖铮在攀登阿空加瓜山时留下的照片，放大到真人的三倍那么大。廖铮在蓝天和兀鹰的陪伴下向镜头招着手，棱角分明的脸上刻着力与美的结合。

冯轶彦个子很大，长腿长脚。这样的身材其实不适合攀岩，因为在攀岩中，人要不停地移动重心。个子大，重心移动得就慢。不过，眼下冯轶彦把这个训练当成改变人生的途径，把热情、精力、期待和幻想全都扔到里面。他几乎天天泡在俱乐部里，在廖铮安排的难度上自己还加了分量。在俱乐部服务人员眼里，这个病恹恹的男孩儿不是在玩，而是在发狠。

巴哈索夫的《南极之谜调查手记》发表在《神秘世界》上，往中外考古学界里扔下了颗重磅炸弹。一方面，英国退役海军将领孟西斯——一位曾经著书把郑和之旅夸大到极限的业余学者亲自登门拜访，感谢巴哈索夫不辍的努力，终于找到郑和登陆南极的蛛丝马迹，以弥补他书中的不足。另一方面，中国明史专家们，尤其是"郑和研究会"的专家们集体撰文声明：迄今为止，在中国历史文献中，尚未发现任何郑和舰队或者其分舰队到达过南极的记录。

"巴哈索夫先生的发现很有启发性，陨石和鸟骨之谜都值得回答。我们也正在检索更多的历史文献，以判断它的合理性。但到目前为止，我们没有发现任何直接、间接的证据，能够让我们接受他的观点。"文章很客气地评论了巴哈索夫将近20年的艰苦努力。

这一切都鼓励着冯轶彦。他不懂什么科学原则。在他看来，经过巴哈索夫这么一调查，郑和到达过南极简直是板上钉钉的事，为什么这些学者就不承认呢？他拿这个问题去问廖铮。廖铮简单地回答道："假说和正式结论还差很远很远。就像我们怀疑某个嫌犯杀过人，但你不拿出真凭实据，就没法指认他是凶手。"

"可是，那些历史学家为什么不去找证据呢？反而要巴哈索夫和你去找证据。"

"学术界有一个规则，谁主张，谁举证。否则的话，任何一个人提出什么奇思妙想，学术界都要寻找证据去反驳，学者们就没有精力做别的了。"

"哼，我倒觉得历史学家那些课题没什么意思，哪个比这个更重要。"

廖铮未置可否。到现在，她还没有把自己和杂志社分裂的情况告诉冯轶彦。她不知道该怎么处理这件事。当她答应刘文龙时，《神秘世界》还没有和巴哈索夫接触。她甚至也设想过，怎么用这100万做种子基金，吸引更多的人掏腰包，最终帮助两个互不相识的老朋友都遂心愿。结果，没有一两天工夫，《神秘世界》就横在了中间。廖铮从感情上很难说服自己再参与此事。

因为不知这些复杂内情，冯轶彦的热情一直很高涨："学者们不去咱们去。在历史学上印下咱们的名字。"

有时候，他甚至想到了更核心的问题："你们杂志社肯定要组织这次探险活动吧。到时候，刘文龙那笔赞助费是不是就不重要了？会不会不让我参加？"

对于从感情上不愿意承认的生父，冯轶彦从来都直呼其名。

"你会去南极的！"听到他这么说，廖铮又不忍心让他更失望。如今，20岁出头的年轻人心理素质未必比得上过去十几岁的孩子，一块砖头都能把他绊倒。如果这个计划不能实现，冯轶彦或许就从此对生活心灰意冷。

除了冯轶彦，还有一些熟客经常泡在俱乐部里。其中，一个女孩子很快吸引了所有人的注意。她每次来训练，也和冯轶彦一样从不与别人说话。不过，每次无论和谁一道起步攀岩，肯定会超过身边的那个人，通常是些自认精通此道的男士。甚至，没有人能够在五米内不让她落下。

吸引大家的还不仅是她出色的运动能力。这个女孩子很漂亮，凡人不理的样子又显得蛮高傲。越是这样的女孩子，越吸引人们的眼球。但因为她从不开口，大家也只能揣着这个谜了。

终于有一天，当那个女子又遥遥领先攀到顶部时，一个刚进大门的青年会员脱口而出："咦，这不是省体工队的李月梅嘛？以前练十项全能的。"

"什么，李月梅？她在会员证上登记的名字叫杨嘉怡啊。"一旁，"旷野风"的服务人员接了茬，"也不在什么体工队，她是《神秘世界》杂志社的员工。"

"我还能认错她？"那个男青年不容置疑地说道，"我也是体工队出来的。以前一直一个食堂吃饭。"

"……"

"……"

不知道他们的争论声是否被空中的女孩子听到。反正她退下来以后就匆匆走了，并没有完成今天的定量。

然后，她再也没有出现在这里。

冯轶彦每天早去晚走，就是为了能再看到她的身影，结果只是留下重重的失望，失望每天都积上一层。

这个女孩子既是李月梅，又是杨嘉怡。要包装一个"美女探险家"，唐海波必须想到方方面面的问题，包括把一个很土气的原名改成带港味的艺名。杨嘉怡不愿意和陌生人聊天，也不是因为她性格高傲，而是怕言多语失。作为一个未来的公众人物，说什么、说多少都要由大老板来安排。杨嘉怡知道自己的位置，不接受这种苛刻的条件，她无法在一两年内成为第二个廖铮。她愿意为假想中的自由付出暂时的不自由。

对于探险小组，对于"美女探险家"，唐海波并没有养兵千日。"廖铮探险手记"已经从杂志上撤了下来，新栏目必须马上填补。于是，杨嘉怡的第一个任务就是去采访著名的"百岁道姑"。

这位"百岁道姑"生活在武当山脚下的武当山市。在市区一座道观遗迹后面，残留着一排旧房舍，现在还住着几个道人，此外就是"百岁道姑"一家。说是"百岁道姑"，据说年龄更在120岁以上，反正因为战乱，她的准确户籍档案根本无法查找。这位"百岁道姑"不久前长出黑发，又长了一排牙齿，一时传为奇闻。

杨嘉怡自小生长在城市里，从来没有进过那种阴暗潮湿的旧式房子。一进屋，她对过去田园时代的美好幻想一下子破灭了。是啊，没有玻璃、钢筋水泥和空调，古人们可不就得住这样的房子嘛。在破旧的道士居室里，"百岁道姑"和几口人住在一起，据说是她孙子一家。老道姑半倚在床上，口齿不清，杨嘉怡只好听那位自称是她孙子的壮年人讲她的经历。随行的摄影记者为道姑拍了几张照片。老道姑表演了元气棒：一只手拿着一截乌黑的短木棍上下扭动、翻转、抛掷。这些动作看上去稀松平常，但被一位120岁的老人表演出来，足配得上"神奇"两字。

采访完毕，杨嘉怡的录音笔中拉拉杂杂地灌了许多东西，一时也想不好将来从哪个方面入手去写。索性不去想它，反正实在不行，唐海波也有枪手代替她写。

两个人走出道观，来到不远处一家小食店。现在，包装计划还没有开始，杨嘉怡还不是"美女探险家"，领的也只是试用期的工资。她只能在这种被叫作"苍蝇馆"的地方吃饭。

小店老板给他们端上饭菜，看到摄影记者背的"短炮"，笑着问："你们采访'百岁道姑'了？"

"您怎么知道？"杨嘉怡谨慎地反问道。

"哈哈，采访她的记者多了，你们都上当了。"

"哦，你怎么这样认为？"杨嘉怡大吃一惊。

"她顶多70岁。"老板笑道。

"证据呢？"杨嘉怡一听，紧追不舍。

"这要什么证据。"年过四旬的老板说道，"我小的时候就天天看到她，那时她也就三四十。她要是比我大80岁，当年再那么年轻，不成妖精了！她多大年纪当地人都知道，就骗你们这些外乡人哩。"

二

"为什么请我来？"廖铮不解地询问道，"唐海波知道吗？"

"因为我刚到中国宣传这个假说时，你给了我很大帮助！所以，它的每一步进展，我也想让你了解。"巴哈索夫解释道，"这是咱们的私人交往，唐老板不干涉的。"

一辆出租车向重庆市北碚区方向开去。车上坐着三位乘客：巴哈索夫、廖铮和吴大川。巴哈索夫这么说的时候，吴大川面无表情，转头望着窗外。出现了竞争关系，老板自然不喜欢这两位探险家多接触，但现在还无法约束这个俄罗斯人自由行事。

巴哈索夫的预想初步得到了回应。"郑和下南极"作为一个专栏在《神秘世界》刊登后，大量反馈集中到这里。这些读者来信绝大部分只是表达热情支持，或者想入非非的推测，当然也不乏嘲笑挖苦。唐海波小组从中筛选出了几条有用的信息。今天，他们就要寻找其中的一个进行核实。这个信息很重要，重要到他们必须亲自跑一趟，分辨它的真伪。

在北碚这里有一所著名高校——西南大学。这一点当地人都知道，并引以为荣。当地人所不知道的，是这里还有全世界最大的数字地图服务商。所谓数字地图，说起来原理很简单，就是把大量地质、地理信息变成数据，建立一个庞大的数据库供人检索。在这个原理基础上，不同数字地图服务商之间拼的只是人工——谁能雇用更多的录入人员，一小时一小时地坐在电脑前面，把海量信息录入数据库。他们今天要拜访的这位热心人，居然是靠雇用西南大学在校大学生，通过勤工俭学途径完成了天文数字的录入工程。这一点，不要说发达国家的同行不敢比，就是国内同行也望尘莫及。

这位老板不到40岁，其貌不扬，个子矮胖，厚厚的嘴唇只要看上一眼，就能给人留下深刻印象，说话时未曾开口先会憨厚地一笑。要是没人介绍，谁也不会把他和世界上最大的数字地图经销商联系在一起。他叫韩愚迁，经营的公司名叫"环宇数字信息公司"。

韩愚迁热情地将来客请到办公室。他和廖铮的年龄差不多，对她的探险生涯虽不崇拜，也是佩服不已。几句寒暄过去，韩愚迁指着桌上的电脑，直奔主题："这次是免费检索，你们放心，不收费。呵呵。"

"多谢，多谢。"巴哈索夫用生硬的中文回答道。

"你们不用谢。"韩愚迁坦率地说道，"我做这个只是尽义务。郑和下南极这个假设让我也很着迷。商人也有做游戏的时候，事事都谈钱那就没意思了。不过，如果我检索的结果真有价值，请你们将来在探险报道里重点提一下我的公司，就算是……软广告吧。"

"那没有问题！"吴大川抢着说道，"你能把搜索范围缩小到原来的十分之一，未来的考察就等于少花十分之九的钱。为你做免费软广告当然可以了。"他不是探险家，但要代表《神秘世界》杂志社运营这个项目，自然要先表态。

韩愚迁并不知道三位客人之间的复杂关系。他指着监视器介绍道："我们这里有南极大陆沿海地形的全部资料，以夏季陆缘冰最少的时候为标准录入数字地图。现在，只要把你的古地图扫描结果输入，进行图形匹配，我们就可以得到结果了。"

"原理我知道，但是有两个问题。"巴哈索夫对所有细节都考虑过，"一是古地图没有明确的比例尺。二是它画得准确不准确也是个问题，毕竟这还是在墨托卡投影法出现之前制作的。"

"这才能显示出我们公司的技术实力。"韩愚迁拍了一下巴掌，说道，"如果只是把一张标准地图和数据库去匹配比较，那算什么。别的软件商都可以做。我们做得更精致。我们可以随便拿张风景照片来进行图形匹配对比，甚至火灾现场找到的照片残片，或者犯罪现场发现的被撕毁的照片，我们都可以判断出它是在世界上哪个位置拍的，帮助警方破案。这种精度超过别人至少一个数量级。"

在这个高度分工的世界上，一个人的智力往往已经不能覆盖他所面对的问题了，集思广益成了无法回避的现实。当韩愚迁发来电子邮件，说他完全可以把搜索范围缩小到原来的几十分之一时，巴哈索夫简直有开悟之感。是啊，数字地图！他怎么就没想过这一点。不，不是他没想到，而是他根本不熟悉数字地图技术现在已经发展到了什么水平！反过来，韩愚迁作为业内人士，一看到《神秘世界》上的报道，就马上联想起了自己的专业。

巴哈索夫此行带来了分辨率更高的古地图扫描文件，比他最初录入电脑的要高100倍！当然，即使这么大的文件，通过网络传输也完全可以。他们非要亲自来一趟北碚，是想了解一下图形匹配的具体过程，以便心中有数。这是整个计划启动的关键，因为它将大大压缩预想中的经费数量，使计划从梦想变得可行。

具体操作韩愚迁交给了两个员工，然后叫服务生拿来小吃，泡上茶和客人们一起等。员工一帧帧地对比着数据库。韩愚迁在一旁做着解释："因为你的古地图没有比例尺，所以我要把扫描文件按不同的比例尺与数据库进行多次匹配。它可能是1：10000000，也有可能是1：1000。当然，考虑到几百年前古人的技术条件，他们就是真到了南极大陆，也不大可能考察过上千千米的南极沿海。不过，任何一个可能性也不能放过。"

这又是一次典型的慢功细活。公司里最强大的服务器都被用来进行检索。他们首先要排除全年被陆缘冰覆盖的海岸，这样就减少了百分之九十几的搜索范围。在剩下的裸岸部分，古地图扫描文件从1：1000000到1：1000，先后按照50个不同的比例尺与数字地图进行匹配。韩愚迁带着客人在旁边观看。

终于，在1：55000的假定比例上，图形匹配出现了最满意的结果。强大的数据库将探索范围缩小到两段海岸！

常人眼里铁板一块的南极大陆，其实分为两部分——东南极洲和西南极洲。两者以南极洲横断山脉为界。由于前者面积是后者的两倍，它们又分别被称为大南极和小南极。东南极洲是一块真正的大陆，而西南极洲则包括许多群岛。只不过，这些群岛被埋在几千米厚的冰盖下，早已与东南极洲"冰焊"在了一起。

而电脑检索的两个结果，一段在东南极洲的玛丽皇后地，吻合率达到81.22%。另一段则是在西南极洲。

"魔海？"廖铮望着图形匹配结果，脑子里出现了惊涛骇浪、冰山成片的景象，"这段海岸在魔海东岸？！"

"魔海"的学名叫威德尔海。因为风高浪急，冰山密布，不宜航行而得到了这个雅号。

"那么第二个也可以排除了。"巴哈索夫笑道，"就是郑和当年的船，也不可能闯过魔海登陆的！再说，第一个目标正对着印度洋，是从次大陆出发后的最短航程。"

至少这个时候，廖铮完全同意他的意见。他们都没在意第二个目标那更高的吻合率：96.46%！

"怎么样？这意味着你们的考察经费节省了不少吧？"韩愚迁帮了一个大忙，自己也很有成就感，"在你的古地图上，这段海岸不过20厘米。换成实际距离，你们只需要搜索不到11千米的海岸！这和一次南极洲旅游差不多嘛。"

"太感谢你了！"一股热流从巴哈索夫的肺腑中涌了出来。这次图形匹配的结果不单是缩小了范围，在"郑和下南极"这个假说上更是压下了重重的砝码。它说明，地图的制作者真的到过南极沿海！

如果还有人持反对意见，他们至多只能提出两条来反驳，一是这幅地图或许产生于近代，可能是19世纪某次记录不详的南极考察后留下的结果。但那个时候，西方已经进入纸张和印刷术年代几个世纪，不可能再使用羊皮记录它。另一个反驳意见则是……

"有没有可能只是巧合？"巴哈索夫谨慎地问道。这幢大厦的地基快完工了，他不愿意漏过任何一个可能使之倾颓的可能。

"没有。"韩愚迁自信地说道，"虽然吻合率不是100%，但按照我们的专业经验来判断，这已经等于是吻合了。这就像用DNA样本进行的亲子鉴定，当结果是99%时，其实说明两个人肯定是父子关系。甚至，依我看，你甚至可以不用去南极，把这个结果公布出来，学术界就不会有反对意见。虽然我不了解南极洲，但那么恶劣的天气情况，年年都下雪、结冰，覆盖了一层又一层，即使有什么遗迹，你们去了可能什么都找不到。"

"我想应该去的！"廖铮突然插了话。她指了指放大的扫描文件，感慨地说道，"即使只有11千米的海岸线，当年就不知道付出多少生命代价才能到达那里，才能把它测绘出来。驶向南极洲的航程上就会死很多人，归途上不知道还要死多少。艺术点说吧，每千米海岸线上平均躺着不知多少先人的尸体。我们就是为了凭吊，也得去寻找一下！"

直到这时，廖铮才第一次对这个课题产生了感情，发自内心地想去寻找这个遗迹。是的，探险家的魂魄古今相通，披荆斩棘的激情感同身受，南极之旅终于成了她自己的动机。

然而，她已经没有可能参加《神秘世界》将要组成的探险队了。

"是的，只有实地考察才能最终说服所有人。"吴大川也坚持道。不过，他没有说出真正的理由：如果探险计划根本不开展，"郑和下南极"就此成了定论，所有功劳都将属于巴哈索夫，他们的商业构想岂不是落空了。

"是啊。徒步搜索11千米左右的海岸线，然后往内地深入几千米，总共几十平方千米。经费总数已经大大下降了。"一直困扰着巴哈索夫的经费问题，现在突然不再成为问题。按照他的设想，郑和舰队虽然可能会登陆，但没有可能深入南极大陆去探险。所以，如果有什么遗迹的话，只能留在海岸附近的地方，深入最多三四千米就足够了。

甚至，时间上的准备也大大缩短。现在，北半球这里已经进入了冬天，意味着南极洲的夏天也过了一半。由于原定的探险规模过于浩大，巴哈索夫和唐海波本来想准备上一年，等下一年才出发，现在根本不用等那么久。快刀才能斩乱麻。这个浮躁的世界上，再等一年不知道会有什么变故。

"郑和下南极！呵呵。以后的历史教材就要改写了。"韩愚迁拿来一瓶红酒，倒在四个杯子里，"让我们为郑和干杯吧！"

"不，咱们只能先为勇敢的古人干杯。现在还不知道是谁画了这张地图！"廖铮忽然说道。

"为什么不说是郑和？那个时代，还有谁能够先于他到南极？"巴哈索夫不明白，对这个显而易见的事实，廖铮似乎始终有所保留。

"你所收集的所有线索，我已经都仔细研究过了。像你说的，它们在我脑子里也拼成了模糊的图像，但和在你脑子里拼成的并不一样。"

三道不解的目光投向她。廖铮平静地说："我想，当年踏上南极洲的不一定是郑和！"

三

从重庆回到武汉，两个探险家就分手了。他们之间不仅物理距离，就是社会距离也拉开了不少。把他们分开的不是学术观点，而是《神秘世界》杂志社。如果廖铮再和巴哈索夫成为搭档，共闯南极，那还有杂志社什么事。唐海波想拿这个项目祭旗的目标就要完全落空。

此时，《神秘世界》杂志社已经和巴哈索夫签订了协议，全权负责"郑和下南极"探险项目的运作。现在出了廖铮这么个岔头，几经犹豫，唐海波终于正式向巴哈索夫提出补充协议，如果想与《神秘世界》合作，那么必须排除廖铮！

巴哈索夫是个有名的人，但不是有钱的人，更加上最近投资本国证券市场失败，手头很紧。纵然把探险范围压缩到几十平方千米，他仍然只能望冰兴叹。这不是当年阿蒙森与斯科特分头去竞闯南极，大家只要闷着头往前走就行。他要一平方米一平方米地探索这片地方，才能找到答案。

现在，廖铮也不像最初那样，站在完全超然的位置上。一方面，她自己很想参与这次考察；另一方面，还有着老朋友刘文龙的委托。在南极大陆沿海考察，危险系数并不算大，带上冯轶彦还不算累赘。然而，即使老东家不向巴哈索夫提出排他性条款，廖铮从感情上也很难加入那个团队。她只能承认，这属于典型的阴差阳错了。

很快，冯轶彦也看出了问题，因为《神秘世界》上失去廖铮的专栏已经有两期了。十几年来这还是头一次。以前，廖铮即使出发探险，也会事先把稿子写足交给杂志社，以免断档。

"廖老师，这是怎么回事？他们用那个外国人把你替了？"

"他没有顶替我，他只是临时在这里发两篇稿子。"这个解释虽然很正确，但听起来有点含糊。

"而且，巴哈索夫现在的文章里根本不提你了。"冯轶彦并没有听她的解释，"难道他想不带咱们玩吗？"

廖铮愣住了，她没想到，商业机密这种事情瞒住别人这么困难。她只好照实说明："我和杂志社有矛盾，是我们之间的事。巴哈索夫不是故意来挤我的，只能说时间太巧了。现在可以明确地说，我已经不能参加他那个团队了。"

"那有什么，咱们自己去！"到底是年轻人，无知真能无畏。冯轶彦并不知道南极考察会有多难，反而能寻找到另外的思路。

"大不了叫刘文龙再出100万。南极洲不是任何一个国家的，难道还能是一家杂志管的啊。到时候他们一队人马，我和您组成一个探险小组。大家都到那里，分头从海岸线两头找，最后看谁找到。不，咱们两个人很容易做准备，说出发就可以出发的。咱们可以抢先去寻找遗迹。"

廖铮眼前一亮。是啊，如果真有200万资金，他们自己也可以去搜索那段海岸。不过，这等于是和老朋友竞争，违背了她的良心。

"能不能去，我现在还不能告诉你。要知道，这个项目巴哈索夫花了20年心血在上面。我如果不参加他的探险队，最好是选择退出，只当观众。如果我再组队和他竞争，说实话，我自己都很难接受。我们就不能做朋友了。"

"倒也是。"冯轶彦挠了挠头皮，表情黯然，"那样显得您很不仗义。"

廖铮不知道该说什么好。她考虑着，如果自己不能参加探险队，是不是可以推荐冯轶彦去参加？唐海波正在公开募集考察经费，刘文龙又早就准备给钱，应该是两相情愿的事。

于是，廖铮单独打电话，向刘文龙解释了其中的复杂关系，提出自己可以去牵线。没想到，刘文龙一口回绝："钱我只给你。唐海波什么的我根本不认识，怎么能把儿子交给他。请你再考虑考虑，或许小冯的想法也对头。你们干脆就自己组队去。大不了如果你们找到了结果，把功劳多往那个俄罗斯人身上摆摆就是了。"

事情过于复杂，廖铮没有当下答复。然而，接下来又一个证据摆到了她面前，刺激着她对那片冰雪大陆的渴望。和陨石、鸟骨、图形匹配结果相比，这个证据没有那么直截了当，但却从另一个层面说明了问题。

这天，廖铮前往上海，会见一个探险企业客户。简晓原忽然约见了廖铮。廖铮马上赶到他在上海交通大学的办公室，发现那里还坐着一位来自阿拉伯的中年学者。

"我说过，如果我找到了与'郑和下南极'有关的证据，我会介绍给你们。"简晓原居中介绍道，"现在请认识一下我的同行，阿布·赛义德先生，埃及艾资哈尔大学科技史专家。我们交流过许多年。赛义德先生专攻阿拉伯地区中世纪科技史。他正在中国做访问学者，看到巴哈索夫和你的研究，他也很感兴趣。他认为他以前接触过的某些材料，可以提供佐证。"

留着络腮胡子的赛义德微笑着向廖铮打过招呼，大家用英语聊了起来。赛义德给他们介绍了自己的发现。原来，在阿拉伯中世纪科技史上，有一个名叫艾布·伯克尔·萨拉摩斯蒂的人，于10世纪左右生活在伊比利亚半岛。他在宗教上属于苏菲派，同时又钻研哲学、天文学和博物学。苏菲派在伊斯兰教中是一个重视修行和秘术的流派。于是，萨拉摩斯蒂对天文学的研究，便与宗教秘术合而为一。

早在托勒密的《天文学大全》里，就已经有地球是一个球体的推论。托勒密已经使用经纬度来划分地球表面。后来，欧洲进入"黑暗时代"，《天文学大全》和其他古希腊、古罗马经典一起被阿拉伯人继承下来，最终又辗转传回到欧洲，催生了现代科学之花。故而H·G·威尔斯曾经说过，希腊人是科学的生父，阿拉伯人是科学的养父。

艾布·伯克尔·萨拉摩斯蒂对《天文学大全》钻研许多年。他提出了一个观点，认为经线、纬线既非自然存在，也不是人为划分，都包含着真主的神秘力量。而地球上所有经线汇集之处，也就是地球的南北两极，则是神秘力量集大成之所在。一个人如果能够站在两个极点中的随意一处，便可直接与真主交流，通天彻地，获得无上力量。

"记得巴哈索夫先生推测过，如果当年有人想去探索南极，既有可能出于开疆拓土的愿望，也有可能出于宗教理由。而宗教理由所提供的动力，很可能更强烈。因为如果仅仅是为了开疆拓土，他们会像后来的库克船长一样，发现越往南走越是严寒，探险活动无利可图，就班师回朝了。"简晓原越说越兴奋，"这便是一个显著的宗教理由。要知道，郑和本人信仰伊斯兰教！他父亲还去过麦加，被称为哈吉①，整个家族

———————————

① 哈吉：伊斯兰教中对完成麦加朝觐者的称号。

和阿拉伯世界联系很多。他极有可能知道，甚至接受这个学说。"

看到"郑和下南极"这个课题吸引了越来越多的高人参与其中，这让廖铮自己都感觉很惊讶。更何况，她本来就在这个旋涡中央不远处。

"太好了，我马上把你们的收获转告给巴哈索夫。"

"怎么，好像你对此并不十分兴奋啊。"简晓原不清楚廖铮和杂志社的冲突，疑惑地问。

"我和杂志社没有关系了。巴哈索夫已经和《神秘世界》联合组成了考察筹备组，我更不好参与了。"

简晓原和赛义德互望了一眼，失望之情油然而生。

"难道，你们对此也很感兴趣？"

"是的……"简晓原说道，"如果'郑和下南极'的假设成立，这将是科技史研究中划时代的突破。尤其是对于东方科技史，重要性无与伦比。但是，要把这个假说变成定论，或者要在古籍文献里寻找，或者要去南极做实地调查。而后者的经费是我们这种文科学院无法筹集的，我上报选题也很困难。我们只能期待通过与他的合作来实现这个目标。"

"那我更应该尽快告诉他了。"廖铮说道，"作为你们双方的朋友，我理应帮你们牵这个线！"

四

不久，"郑和下南极"这个假说的吸引力已经越过了考古学、历史学的小范围，传播到了全球极地科学界。甚至，国际组织"南极研究科学委员会会议"都在一份文件里，特别提到应该建立"南极考古学"，

虽然没有直接指明和巴哈索夫的假说有关，但前所未有的提到了"保护南极近代探险史遗迹"的字样。对于一个从未有固定居民的大陆来说，谈论考古学本身就十分新奇。

但是，巴哈索夫给出的两段目标海岸线，恰恰是以前任何一个国家，任何一支南极科考队都没有探索过的，谁也提不出具体资料。只有韩国的一个地质专家曾经乘小艇远远地路过"一号目标"。在巴哈索夫的计划里，玛丽皇后地那段海岸线称为"一号目标"，威德尔海那段海岸线称为"二号目标"。其实在他心中，"二号目标"只是理论上的目标而已。

"其实，那段海岸线也只有三处可以登陆，其他段都是峭壁，不用搜索。巴哈索夫先生知道这个会更省钱！"韩国地质学家向记者介绍道。

在越来越热闹的舞台幕后，唐海波正忙着操持这次规模宏大的考察。不过，他的兴趣并不在各路专家提供的那些证据上，他关注的是另外一些事情。

很快，北京的"七海旅游公司"找到了唐海波。他们在国内最早经营起南极旅游线路，实际上是把游客倒手给阿根廷的南极旅游团。每人每次收费9万多元，几年做下来只是盈亏平衡。他们想把这个市场做大，所以想通过一个活动好好宣传自己。为此，他们已经和唐海波谈判数次，目前，赞助价格在80万和100万之间反复拉锯。

这单生意还没有谈下来，又有一位美国富翁找上门来。他叫吉尔·道格拉斯，经营过零售、医药制造、飞机配件和酒店业，一生经历了不知多少个经济周期，深知做生意起起伏伏，盈亏转化无穷无尽，永远不会到一帆风顺的时候。

"所以，时间长了就没有乐趣了。"他对唐海波坦言道，"做生意最初是为了证明自己，后来简直就是自虐。钱是我们拿来购买快乐的，不是请来做我们的君主、被它约束的。所以我最后把旗下产业全部逢市场高点出售，套现离场。然后，给每个孩子留下100万美元的基金，保证他们平安度过青年时代。剩下的钱，我要在死以前花完，用它实现我前半生未曾实现的许多梦想！"

"包括到南极探险？"唐海波问道。

"是的。"道格拉斯说道，"你可能不知道，南极的冰穹A地区，我早就想第一个去了，当年还请几位极地专家制订过方案，准备投入千万美元实现它。结果方案刚制订出来，我的几个企业资金链正好收紧，就把我拴住了，那也是我最后一次在经营上花心血。结果被你们中国考察队领先到达。"

"那太好了。这次您一定能够做出更伟大的发现。"唐海波热情地说道，"这将改变人类对历史的认识。"

"成交！"道格拉斯握了握他的手，"顺便说一句，在我以前的客户我不好提出要求，请你以后不要再吸引其他资金。虽然是一种游戏，但也要认真才好玩。荣誉如果被那么多人分享，就没有意义了！"

最后，唐海波筹集到一笔巨款，总共近1500万人民币！

"要知道，国家海洋局极地办公室，管理整个两极的考察工作，一年的经费也不过一个亿。"在和几个干将举行的小小庆功宴上，唐海波喝得满脸通红，兴奋地说，"有这笔钱，咱们可以把那片地方挖地三尺。"

不过，唐海波还要完成一项准备工作，他并不准备告诉任何一个合作伙伴。

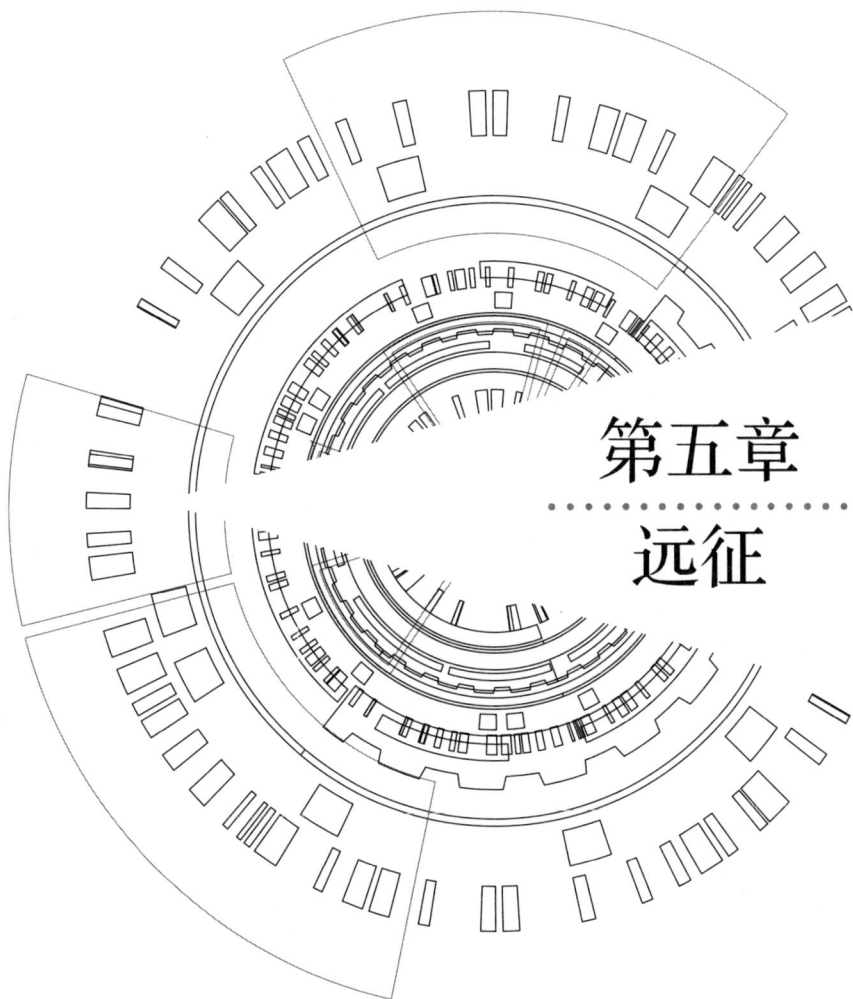

第五章
远征

一

只有降到飞行甲板上，才能感觉到它的宏伟。如果在空中俯瞰，它不过是汪洋中的一片落叶。

此时，六级阵风从海面上刮过，不时掀起数米高的大浪。它们一排排、一队队跌碎在巨舰的干舷上，丝毫不能动摇它。船身仿佛铸在海底，纹丝不动。廖铮走出直升机，踏在"郑和一号"的飞行甲板上，感觉就像踏到了坚实的陆地。这不是一条船，而是一个浮动的小岛！

"郑和一号"是全世界最大的海洋调查船，隶属于私人科研机构"蓝色中华基金会"。它长达353米，超过海洋中任何一艘邮轮。它使用核动力，续航能力几近无限，满员时可以容纳2000多名科学家以及后勤人员一起工作，本身就是座浮动的海上研究院。

"郑和一号"最值得称道的地方，是它上面搭载着几艘"翼形潜水器"，一种人类探索深海世界的锐利武器。这种潜水器利用流体力学原理产生浮力，和以往通过压水舱调控整体比重来产生浮力的潜艇相比，机动性和速度不知优越上多少倍。"郑和一号"于是也成为世界上第一艘"潜水母舰"。每到达一个预定位置上，便可以考察方圆几十万平方千米，深达数千米的海底。

平时，"郑和一号"以寻找深海矿藏为主要任务，但由于翼形潜水器这种优异性能，它也可以给廖铮的课题提供某些帮助。

如今，"七加二"的目标正在被越来越多的探险家冲击。七位"世界级探险家"要维持自己的领先荣誉，必然要冲击更新的目标。于是，美国探险家特纳·梅雷迪斯率先提议，世界级探险家还要在有生之年，分别深入到四大洋的最深处：太平洋的马里亚纳海沟，大西洋的波多黎各海沟，印度洋的爪哇海沟，北冰洋的格陵兰海最低部。其他六人一致响应。于是，廖铮便通过好友，联系使用翼形潜水器的可能性。没想到，那位好友在电话里一听是她，马上就说，我们可能有郑和下南极的最好证据！

此时，在飞行甲板上迎接廖铮的，就是好友苏云霞，一位海洋物理学家，兼翼形潜水器专业驾驶员。苏云霞算得上南极大陆的老朋友。当年她曾经是"冰山快递公司"的员工。这家企业专门将南极冰山运往中东和非洲东海岸国家，而冰山采运点恰好就在玛丽皇后地附近。她对那里的海洋情况和沿岸地形相当熟悉。

几年前，苏云霞还在那家公司工作时，曾经参加过一个网络电视节目——世界优秀职业女性访谈。她和廖铮在那次节目中相识，彼此惺惺相惜。虽然很少能够见面，但她们经常用电子邮件通信。这次，听到"郑和下南极"的猜测，苏云霞认为自己能够帮得上忙。

"我们在这片海底里遇到过相关的遗物，以前没重视它，现在想来，可能和你们的课题有关。"

"郑和一号"本身就像是小世界。从飞行甲板下来走到科研区，要穿过500米以上的各种扶梯和通道。在路上，苏云霞兴奋地讲着她的发现。"……在我们这条船上，考古并不受重视，所以不会专门批准一个架次的翼形潜水器去探索那么远的海域，那次完全是偶然的发现。"

在"郑和一号"上，有一个不起眼的机构——蓝华海洋研究院特别考古队。如果在深海资源考察中碰巧发现沉船，就由这个考古队负责处理。按照国际惯例，如果有人发现沉船，发现者有权利在各国法院申请对它的所有权。受制于潜水能力，考古界一直只能发现和打捞浅海的沉船。当年"阿尔文"号潜水器寻找到"泰坦尼克"号的残骸，曾经轰动一时，但那也是因为事先知道了"泰坦尼克"号沉没的大致方位。人类大范围、大批量寻找到深海区域中的沉船，还是自"郑和一号"开始。

不过，由于"郑和一号"本身以海洋资源考察为主，一直在南太平洋有限的深海区里徘徊。而这个地区在历史上便不属于热门航道，考古所获一向不多。

但其中就有廖铮需要的东西！

考古队长年过四十，名叫赵桐文。每次考古的有关结果，他们都存在"郑和一号"的数据库里，只有经过高层审核才予以公布。而这次苏云霞要介绍给廖铮的线索，属于还没有经过审核，也并未公开的。基金会和研究院的创办者甄涛亲自批准提供给廖铮使用。

赵桐文热情地把她带到自己的办公室。考古在蓝华研究院的项目中属于"搂草打兔子"，很难受到重视。周围船上又都是自然科学家，更是不在意他的研究。其实，赵桐文深知他这一工作的价值。深海里埋藏了那么多沉船，包含着无数的历史之谜。而深海考古，这是只有"翼形潜水器"发明以后才成为现实的行当啊。他可以算是整个考古学界某一方面的领头羊了。

所以，能够有人这么重视自己的成就，甚至表示要千里迢迢来到船上求教，赵桐文便使尽浑身解数，在高层那里为廖铮申请到了一个亲自深潜的名额。

"它就沉在南极圈里。而且，我研究过19世纪各国海军帆船的式样，它完全不是英国、法国、俄国或者美国的。"赵桐文指着几张模糊的照片介绍道，"甚至年代也不同，要早许多。就算它的主人最终没有踏上南极大陆，但几百年前有人能够深入南极圈，这本身就是一个重大发现。"

现在，"郑和一号"置身于南大洋，西经165°11'、南纬67°5'的海域里，刚刚进入南极圈。在这里，他们发现了迄今为止规模最大的深海锰结核矿床，正在紧锣密鼓地勘测着。而沉船发现地点在30千米外，洋底深度为2390米。

当天下午，便轮到考古队使用一只翼形潜水器。"郑和一号"的老板，著名企业家甄涛特批了这次考察。企业家既要务实也要务虚，优秀的企业家应该知道自己什么时候务虚。能够给目前热闹一时的"郑和下南极"之谜提供一些线索，更可以很好地证明公司的实力，做个免费宣传。

翼形潜水器发射舱设置在"郑和一号"底部。一条几十米长的轨道从船头伸向后部，出口设在船底中部。翼形潜水器向下滑跑，加速，从这里直插海水，马上朝下方潜去。它很快穿过200米的真光层，周围迅速黑了下来，只有艇身上的探照灯划破黑暗。廖铮望着屏幕上的全仿真外景，恍然间有在夜空中飞行的感觉。

自从10年前在海南三亚的亚龙湾海滩玩过潜水，水下世界廖铮也到过多次。但没有美丽的珊瑚、游鱼，没有粼粼的波光，只有撕不透的黑暗，这种深海世界，她还是第一次来。眼前的景色让她新奇不已。

"我们现在是在下降吗？"廖铮问道。周围太安静了，安静得有些寂寞。

"不，这是你的空间定向障碍。我们只是在转弯。"苏云霞一边操作，一边解释，"周围没有对比物时，人就会产生空间定向障碍。以前只在飞行员身上出现，有了翼形潜水器，它的驾驶员也会有空间定向障碍。当初挑驾驶员时，定向障碍较轻是重要条件。"

一只抹香鲸突然出现在艇头灯光中，它吓了一跳，摆着尾巴迅速游开了。

由于海水压力的原因，普通潜艇只能潜行到数百米深。再往下去，就要使用潜水器了。几千米水深就有几百个大气压，潜水器的耐压性能比太空飞船要高上许多。而旧式载人潜水器的机动性能极差，要么完全不能行驶，要么比人的步行快不了多少。比陆地面积大几倍的深海就这样一直在人们的视线以外。

翼形潜水器的原理说起来很简单，就是把飞机的机翼翻一个个儿，装在流线型的潜水器上。整个潜水器的比重则要小于水。这样，潜水器速度越快，翼面上下的压力差就会把它越往下面"按"。而当它完全停下来时，则会向上浮起。于是，潜水器的升降完全不需要调整笨重的压水舱，而且还能保持极高速度，安全性能更是大大增加，整个是一架"水下飞机"。当然，同样作为浮力介质，水和空气还是大有区别的。所以，在这个基本原理的基础上，翼形潜水器设计者耗费苦心，为它打造了鳐鱼般的外形。

1000米，2000米，这只人造鳐鱼很快就潜到了海底。这里有一段海底山脉，他们正行驶在它的中脊上。苏云霞是驾驶翼形潜水器的高手。她让潜水器贴着海底山脉上仰下俯，向前驶去。距离保持在15米左右，艇头灯光恰好可以清楚地照到洋底。

"注意！"随着苏云霞的一声提醒，灯光中突然出现了一件物体，那是半截船体。当初沉没时，木制的船体斜着撞在海底山脉的顶部，碎成数段，这是其中的一段。接着，"翼形潜水器"射出标锚，钉在海底。它的比重小于水，只有这样才能固定在洋底上。

"就是这条船！"赵桐文指着残骸说道，"其他部分肯定落到下面的深渊里了。那里空间很狭窄。如果用老式潜水器，直上直下，反倒能潜下去。翼形潜水器要通过运动产生压力，反而不方便。我向老板申请过深潜，他说那不是重要课题，别损坏了一只宝贝。"

"这可以理解！"廖铮一边说，一边有些贪婪地望着沉船。是啊，它的船舱里曾经装着多少秘密，可以改写人类海洋探险史的秘密！不过，现在它已经朽烂得不成样子了。只有赵桐文这样的高手，才能分辨出它的样式。

赵桐文继续说道："我们觉得它可能与郑和下南极有关，一是它深入到南极圈里，那时候没有什么船能跑到这么靠南的地方。二是周围没有一具尸骨，我们当时在附近搜索了近1平方千米洋底，一具尸骨也没有。"

"这意味着……"

"意味着要么所有尸骨都落到深渊里。这不大可能。要么它遇险后，船员被转移到别的船上了！"赵桐文很肯定地说，"我考察的深海船只中，多一半是这种情况，少一半周围有尸骨。从人性的角度，我当然喜欢眼前这种现场，看到尸骨多少会让人不快。但从考古的角度，我更喜欢第二种现场。"

"哦？"廖铮不解道。

"如果当初它们是几只船编队航行，一条船出了危险，不仅人员会被救走，随船物资能搬走的也都会搬走，留给我们的线索就很少。拿这条来说，我们就什么也没找到。"

这段不足10米的残船上已经朽烂不堪，外形很难辨认。翼型潜水器漂过来，荡过去，有时候会伸出机械手，翻动着船体。

"你如何确定它的年代？"廖铮问道。

"看那片彩色的部分，那是深海珊瑚，是我们研究院生物组才发现不久的稀有物种。它附在这些突出物体上，每年生长半毫米，生长率很准确的。现在它有30厘米厚，说明它生长了600年！即使有点误差，结果也远在18世纪以前，比库克船长早很多。"

最后，赵桐文兴奋地说："到这里，我们可以说，南极探险史已经被改写了！实际上，由'郑和一号'发现郑和当年的船，这就是天意啊！"

廖铮望着相隔十几米，但却躺在另一个世界里的沉船，若有所思。听到赵桐文最后这句话，她开口问道："怎么样，你能确定它是郑和的船吗？"

"说老实话，不是很像，更像当时阿拉伯地区的船。"赵桐文犹豫道。

"不管是不是郑和的船，巴哈索夫以前的推测并不准确。"廖铮说道，"他以为，那个神秘的古船队从印度洋南下，到达玛丽皇后地登陆是很正常的。但如果这便是其中一艘的话，那么，排除魔海东岸的第二目标就不正确了。"

"是的。我也这么想过。但它怎么会偏航到这么远？"赵桐文不解道，"偏航几千千米，古人怎么能走这么远。"

"他们被南极绕极流困住了！"

廖铮对此确实深思熟虑过，现在，她把思考最成熟的部分拿了出来："依他们的航海技术，无法摆脱绕极流，被它从西向东卷过来。然后，在威德尔海东岸附近摆脱掉绕极流，继续前往南极方向。因为他们的任务就是到达南极！"这个时候，萨拉摩斯蒂的学说清楚地出现在她脑海中。是啊，如果到达南极就能直面真主，什么代价不能付出呢？

"从印度洋偏航到太平洋，那得要多少天？他们能够坚持那么久吗？他们又怎么回去？"

"完全可以！"廖铮回答道，"当年，谢克尔顿探险队被困在魔海，在遇难船和浮冰上待了15个月才得救，中间还在南极圈里过了冬。

被绕极流裹住的船即使围着南极洲绕上一圈，总耗时也不过四个月。围着南极大陆绕这么一个圈子，他们就又回到了印度洋。"

说到这里，廖铮脑子里闪出了数字地图上第二目标的吻合率：96.46%。

现在我可以既去南极探险，而又不破坏与巴哈索夫的友情了。

二

"知道仿玉的关键是什么吗？泌色！就是天长日久，玉里浸入的杂质。色如甘栗的叫作'对黄'；色如蜜蜡的叫作'老对黄'；被水银浸入的颜色发黑，叫'纯漆黑'；被血浸入的叫'酱紫斑'，浅一些的叫'枣皮红'；其他还有丹顶红、金韶颜、紫灵芝、梨花白、蛾眉篱、牛毛纹、鹏鸽斑、石榴子，等等。要想叫得雅一些，还有'梅花数点''银湾浮萍''长虹贯日''太白经天''金星绕月''玉带缠绕''孤雁宿滩''苍龙浴海'。总之，给你讲一天也讲不完。呵呵。当然，只有爱玩古玉的人才有兴趣听。"

滔滔不绝的这位老者叫于岱泓，"岱氏仿古器具制作公司"的老板。按照时髦的叫法，他应该被叫作"首席技术官"。仿古器具制作公司，顾名思义就是制作仿造古玩。当然，大部分产品公开注明为仿制品，公开发售，价格低廉。买的人只是拿来装饰家居。岱氏仿古器具制作公司在这方面只赚个薄利，作为广告，收入的大头自然不足为外人道。

所以，于岱泓每每接待贵客，只管如数家珍般讲自己的技术，绝不开口问顾客的来历。一来避免尴尬，二来如果顾客出了什么事，自己一概不知，以免惹祸上身。

坐在他对面的唐海波其实并不喜欢玩古玉。所以，他耐心听完于师傅的演说，简单奉承几声，就拿出自己的设计图递了过去。

"我相信您的技术，请按图仿造一个吧。"

那是一幅电脑设计图，三维、彩色，很有质感。但它并没有原件，纯属虚构。于岱泓看了看，抬眼望了望客户，又摇了摇头："没见过，这是什么？"

"大明水师百夫长的腰牌！"

于岱泓翻了翻眼睛，看了看唐海波。这不是什么家喻户晓的著名文物，所以顾客肯定为了某种不可告人的目的才来仿制的。

"那么，我得把它做成几百年前的外观？"

"是的，听说您老能够把火候拿捏到20年的差距。"

"那没有问题，我用的都是古法，千锤百炼的。比如'梅法'，是把玉器完成后，浸没在浓乌梅水中，文火煮上几天几夜，玉质疏松的地方被乌梅水搜空，冷却后用提油法上色，可以仿出'水坑古'。我还会用'铁法'，制成玉器后用铁屑拌，热醋淬火，然后埋入地下数月后取出，玉质表面为铁屑所蚀，浑身有橘皮纹，纹中铁锈呈深红色，还有土斑。拿到专家眼前，他也以为是刚从坟里挖出来的。要离谱的有'活羊法'，割开活羊的腿，把琢成后的小件玉器放在里面，用线缝牢，让伤口愈合，羊还要活着，一年后取出，玉上便有血纹，酷似古玉。更有'琥珀法'，在玉器的瑕疵处，或需染色处用金刚钻划出痕迹，在缝中涂入琥珀，然后放在文火上慢慢烧烤，一点点变色。呵呵，这些说起来简单，但要能掌握火候，那功夫就和特级厨师差不多了。"

这些眼花缭乱的仿制法唐海波如闻天书，原来造假也可以这么专业，甚至比做真品难得多。不过……他打断了主人的唠叨："有没有比较快速的方法？一年两年肯定不行。一周可不可以？"

"当然可以，不过……"于岱泓拍了拍对方的肩膀，"有一个要点，是你们这类顾客经常忽视的。"他把"你们这类"四个字读得很重，让对方心领神会。

"哦，请指点。"

"你们都以为，东西由我这里做出来，就足够以假乱真了。不行！鉴定专家要看的不光是东西本身，还要看存放在什么地方，怎么存放的。简单说，你想让这个东西从什么地方挖出来，它上面要留着相应的痕迹。否则做得再像也没有用。给你举个例子吧。当年有个陕北老农跑到中央档案馆，说他手里有毛泽东在延安看过的《资本论》。打开一看，连批注都有，龙飞凤舞，典型的'毛体'。结果人家档案馆的专家一看就笑了，说，你知道吗？当年胡宗南进攻延安，中共中央转移时，普通书籍都就地埋了，到20世纪70年代才取出来，板结成块。你这本子上一点土埋痕迹都没有，其他方面你仿得再像也没用！"

听到这里，唐海波冷汗直冒。是的，毕竟第一次造假，不是高人点破，自己还糊涂着呢。感激所致，心里面马上把目标价位调高了几千元。

"所以，你到底准备从什么地方挖出这个东西啊？你得告诉我，我才能仿制出来。"

"从冰层里！"

"什么？"

"在冰层里冻了几百年！"唐海波说得是很犹豫，没想到还有掩埋方式这么个坎。如果对方造不出来怎么办。

他更想不到的是，这个坎根本没难倒高人。

"就是这样的吗？"于岱泓眼都没眨，反而随手从暗柜里拿出一件玉像，"喏，青海合卓寺文物，西藏历史上佛苯斗争时苯教的法器。佛教胜利后，苯教的东西一律被清除掉。这件宝贝在冰层里埋藏了整整1000年！"

"这……这是真的吗？"

"当然不是！"

唐海波为自己智商的突然下降感到脸红。

搞定这件事后，唐海波又一个人赶到市中心医院内科病房。他找到三楼病房，一个女孩子迎面从病房里出来，看到他，吓了一跳。

"哦，你，你不是……唐总……"女孩子苍白的脸上表情被冻结住，布满血丝的眼睛透出惊讶。

"周雅琳吧，是我，正找你呢。"

名叫周雅琳的女孩子看了看屋子里。这是低级病房，每个病人床边都有两三位家属陪着，那里根本没有落脚的地方。唐海波也留心地往里看了看，问道："哪位是你母亲？"

周雅琳眼圈红了："谢谢您的关心，您怎么知道她的病……"

"没时间多说。你告诉我，要给你母亲换肾，加上肾透析，大约多少钱？"

"换肾要10万左右，透析年年得花几万。舅舅他们都下岗，凑不齐。"

"这样吧，我承担你母亲85%的医疗费用。"唐海波深谙生意之道，绝不能让对方一次就完全满足，要牢牢套住她。

"条件是你来做我的'美女探险家'，并且要完全服从我的管理！"

"啊，你们不是有人选了吗？"这位周雅琳正是"美女探险家"候选人中的第二号。

"她和我们终止了合同，现在我们要你来。但是，因为她让我们承受了不少损失，所以我们也有教训了，这次给你的合同要严格得多。你一定要100%听我的话才行，当然，你也可以选择不做这个交易。"

说到这里，唐海波还恨得牙根直痛。幸好杨嘉怡直到辞职，也没有在杂志上露脸，他还能挽回损失。

严格得多？还能严格到哪去呢？不过是一家杂志社，不可能让自己去杀人越货吧。还有比挽救生命更严重的问题吗？周雅琳激动得眼泪一倾而出。

"没问题，我签……"

三

出于友情，廖铮还是把简晓原的发现和自己的猜测全部告之巴哈索夫："我想，你们应该把两个目标都考察一下，不要太迷信一号目标，最后答案很可能正是在二号目标。"

"哦，呵呵，二号目标就交给你了。"巴哈索夫正待在《神秘世界》杂志社提供的宿舍里，忙着制定考察路线，在电话里和廖铮随便开着玩笑。他对一号目标确信不已。这段时间以来，一方面，"郑和下南极"的假设正在被世人接受；另一方面，他也无形中成了这个假说的权威，廖铮显然没有资格和他争论这个问题。

"这可不是开玩笑，你要不去，我真的想去二号目标。"

电话那边，巴哈索夫有一阵子没回答。显然，对廖铮突然由被动变主动，他还没有反应过来。廖铮也不见外，把从刘文龙邀请自己开始，这段时间的思想转变都和盘托出。

"当然，最重要的还是被你感动了，被你的执着。你天天鼓吹这个假设，我现在有九成相信了，再加上对古人的感动。如果真有这么个遗迹，我们应该把它找到，献上后辈的缅怀之情。"

"好吧，那也预祝你成功。"巴哈索夫说道，"对了，你既然这么想，那我也有个信息回报给你，或许对你也有帮助。那位美国陨石专家诺夫特，就是鉴定过兀鲁伯天文台陨石的那位，他也支持二号目标。他告诉我，800多年前，一块将近6吨重的铁陨石坠落在离它400千米的内陆。这块陨石在大气层中不断解体，整个轨道下面散落着不少陨石，陆续有各国考察队发现了其中的一些。二号目标恰好在它最后坠毁的轨道下面。"

"哦，这个证据很重要啊。那你为什么还坚持一号目标？"

"因为我问过他。这类现象是否曾经也出现在一号目标上空。他说，目前还没有证据，但并不能肯定一号目标上没有陨石坠落，只是那附近考察活动很少而已。总之，这么一块小砝码，不足以让我内心的天平偏到1000千米外。"

好吧，二号目标交给我！现在终于可以明确回答刘文龙的要求了。不过，这些天来，她和冯轶彦间也有了一定的接触，慢慢有了点儿师生感情。不像刚开始，他只不过是朋友的委托对象。于是，廖铮就先把自己的决定和他讲了。

"唐海波说的没错，好多读者说的也没错。我是不如以前那么大胆了，做事开始犹豫不决。现在我不再犹豫了，咱们两人就组成一个探险队，去搜索二号目标！"

"耶！"冯轶彦挥了挥拳头，尖叫一声。理想的力量真强大，他居然在一个月内增重7千克，不再是病歪歪的样子，脸上也红润多了。

"苏云霞告诉我，威德尔海虽然到处都是冰山，但二号目标附近有两条海流交汇，形成旋涡，大型冰山根本不能靠近。而长20米左右的船却可以冲过去，登陆条件其实比一号目标更好。另外，二号目标有四段海岸可供登陆。如果当年有舰队登陆的话，只能选择这四段海岸，其他海岸都是峭壁和岩石。这段目标离咱们中国的长城站直线距离只有450千米。我们租他们的直升机飞过魔海，人和补给直接送到这段海滩上，然后直升机撤离。我们自己在海滩上慢慢搜索。具体情况降落后再研究，每个登陆点咱们可以往内地搜索3000到5000米！"

因为人员少，物资也不用多备，他们更不用制订多么复杂的计划。两个人在电脑上、纸上算算，画画，半天时间就搞订了探险方案。

"太好了。这样100万费用足够了。不够再找刘文友要100万。反正他有的是钱！"

"我希望你不要这样对待他！"廖铮听罢有些不悦，干脆把话挑明了，"我知道你恨他，但不是哪个父亲都能拿这笔钱支持儿子实现自己的理想。我觉得你应该知足！"

冯轶彦不说话了。懂事以来，他不停地找刘文友要钱，甚至不经过自己的母亲单独去要。因为他早就知道，自己是私生子。既然流着耻辱的血，那就没有什么方法让他尊重那个给他带来耻辱的人。但是……

"你不拿他当父亲没有关系，那就把他当个朋友。如果你退开去，站在旁观者角度去看，你会发现他是个很好的人。"

廖铮没有向他说明，刘文友其实给了自己130万元。如果费用不够，那30万元酬金她也随时准备补充到费用里。

接着，廖铮马不停蹄，一串电话打出去，向自己的十几个合作伙伴发出邀请，请他们提供南极考察的有关装备。

马上，伏狮集团就把自己的极地服装送来了。伏狮集团的创办人是一名退伍军人，当年靠卖大裁军后剩余的军用品炼出第一桶金，后来就专营从军用品转化来的探险装备。他给自己的商店取名叫"F4"，是鬼怪式战斗机的名称。没想到后来中国台湾出了个青春偶像组合"F4"，令这位退伍军人大伤脑筋，后来干脆改名为"伏狮"。

这些服装使用了刚刚从中国宇航集团购买的专利。内衣由高支纯棉薄针织物和人造丝交织的导汗布面料，中间衬一层高分子膜，耐用、透气、防风防水。外衣是羽绒服，含有高达95%的羽绒。其他像羽绒背心、工作皮鞋、雪地鞋、水靴、毛绒帽、毛绒手套、墨镜、风镜等，一人数套，打成几个大包一并送来。这些衣服武装完毕，保暖性能之高，以及重量之轻，都创造了同类产品记录。穿上它，甚至可以不再有臃肿之感。

北京大学地质系给廖铮提供了简易地震仪。它不用实施炸药爆炸，直接向岩石或者冰层发射大功率定向超声波，通过回波信号就可以探测掩埋物体。所得信号虽然没有爆炸法精细，但对于探测大型物体的存在和方位已经足够了。廖铮估计，他们将要搜索范围不小的冰层，必须装配这件宝贝。

北斗卫星导航技术有限公司为廖铮免费配备了北斗系统专用手机。北斗和美国的GPS、俄罗斯的全球导航卫星系统、欧洲的"伽利略"并称为四大卫星导航系统。随着一颗颗导航卫星上天，投入运营数年来，北斗的范围不断扩大。现在，该系统中的极轨卫星①发射后，它已经实现了全球无缝导航。

同时，作为新一代定位系统，使用北斗系统，不仅可以知道自己的方位，还可以得知他人的方位。两人同时配备北斗系统，无论山高林

---

①极轨卫星：轨道沿地球纵轴旋转，途经地球两极的卫星。对两极地区进行遥测遥感或者卫星通信，必须使用极轨卫星。

密，云深雾锁，相互间都不会失散。还有，北斗系统不仅能定位，更能通讯。专业人士比普通用户更需要北斗这样的系统。

甚至，一些不为外行注意的关键物资，廖铮也搞到了赞助。比如，东南制药厂给廖铮提供了无副作用的植物型兴奋冲剂。南极环境单调，节奏缓慢，人在那里待时间长了，注意力会下降，思维迟缓，遭遇突发事件时经常中招。以往只能用饮咖啡、饮茶或者休息、娱乐来解决。这种兴奋冲剂的效果高许多倍，同时减少了咖啡因的刺激作用。

然而，还有一个问题廖铮需要解决，要成功地完成这次考察，只有两个人是不是太少了？那片地方说大不大，但如果要仔细挖掘，说小也不小。今年南极的夏天快过一半了，如果在冬天前不能找到结果，他们就要等明年了。

正在这个时候，第三名队员自己找上门来了。

初冬时节，武汉经常会遇到轻霜。路面上湿滑一片，出行极不方便。踏着玻璃板一样的路面，曾经的"美女探险家"杨嘉怡找到廖铮家里。她背后有一片泥印，看样子虽然万分小心，还是着了道。

廖铮热情地招呼她进来，端上热饮和零食。杨嘉怡犹豫再三，才决定来拜访自己的偶像。她被唐海波摆到和偶像竞争的位置上，自觉有愧于对方。但见面后没有几分钟，便被主人的盛情所打动，那份不安早就被抛到了脑后。她终于明白，廖铮传闻如其人，是个大气的女子。

"我已经不当什么'美女探险家'了。"一下子获得廖铮的信任，杨嘉怡气鼓鼓讲着心里话，"其实我早就知道，他们想培养一个新偶像来取代您。说实话，虽然我崇拜您，但真要和您竞争，我倒不怕。只有和高手竞争才能提高自己。但他们搞的那是什么啊！本来那个'百岁道姑'就是自己伪造了年龄，他们居然硬要我写一篇含含糊糊的报道。而且还要加上我的照片，在道姑的门口摆许多姿势。最后我拒绝了。我不愿意自己的形象出现在一篇造假的文章里！"

从杨嘉怡身上，廖铮看到了自己的影子。不，这个女孩子其实更伟大，因为她所面对的诱惑要比自己当年大许多。换成自己，当年真可以坦然拒绝这样的诱惑吗？

"那你想做什么？"廖铮试探着问道。

"我想，您的事业越做越大，或许应该也需要一个助手了。我……可不可以收我做徒弟？"

廖铮大喜过望。是的，随着业务的扩大，自己的确需要助手。不仅是探险方面，还有许多具体事务缠着自己。她曾经考虑过冯轶彦。那个孩子不上大学了，要不要把他训练出来帮助自己？不过，冯轶彦天赋有限，只适合当探险爱好者。论基本素质，杨嘉怡要比冯轶彦好许多。她开朗，健康，受过严格训练。单论体能只比自己强，不比自己差。

"那好吧。眼下就有一个项目……"

"是不是去南极？去找郑和下南极的遗迹？"杨嘉怡惊喜地拍着巴掌，"他们已经为这个训练我好久了！正发愁没有用武之地呢。"

天到正午，两个人简单地烧了几个菜，坐在一起边吃边聊。虽然她们以前见过面，但那次廖铮并没有注意对方，现在还是第一次仔细打量这个女孩子。刚打开门的一瞬间，凭自己的经验，廖铮猜想她一定做了什么美容手术，但一时说不清她的脸在什么部位动了刀。吃着吃着饭，廖铮忽然把这个问题直接提了出来，因为那有可能不仅仅是一张脸漂亮与否的问题。

"你吃饭姿势很别扭，是不是正在接受什么美容手术？"

杨嘉怡脸红了。原来，她的咬嚼肌天生很发达，造就了一张圆脸，显得有些胖。应聘到唐海波小组后，唐海波特意找了自己认识的美容专家，为她设计了复杂的美容计划，收缩这张略胖的脸是其中的重点。方法就是大量注射肉毒素，抑制神经对咬肌的作用，使它慢慢萎缩，最终变成一张瓜子脸。

"其实，不是我特别爱虚荣，合同上有这个规定，钱都是他们付的。"

"没关系，做美容手术是你的自由。但咱们要去南极探险，你一定得停止注射肉毒素，恢复正常的咬嚼功能。到了南极，吃饭是第一要务，和穿衣相比差不多重要。另外，绝不能想着用各种方法减肥，要多吃高糖高脂高蛋白的食物，才能保持体力！"

杨嘉怡不好意思了。美容手术做不做两可，减肥可是她自己的期望。她才二十四五岁，竟然就已经觉得自己体形不堪入目了。

廖铮心知肚明，笑道："如果一个探险家还要专门减肥的话，她的实力也就可想而知了。"

四

这个小小的探险队并不为世人所知，廖铮此行没有任何商业目标，也不愿意多声张。眼下，媒体焦点都集中到了《神秘世界》杂志社。

12月15日，唐海波在武汉一家五星级酒店租下会议厅，为"郑和下南极"专项考察队举行隆重的新闻发布会，算是两个月来大力炒作的最高潮。

这个考察队共有12人。巴哈索夫是全队的精神领袖，吉尔·道格拉斯是主要赞助人。花了这么多钱，当然就是为了亲自痛快地耍一圈。道格拉斯的6个美国"驴友"①也应邀参加进来。他们曾经和老伙伴一同上高山，下大川，天南地北，结下了深厚友谊。道格拉斯他们一共7个探险爱好者，六男一女，白人黑人，高矮胖瘦，体形各异，好不热闹。这支队伍组成时，曾让巴哈索夫着实紧张了一阵，不知道届时要分多少时间照顾这些"菜鸟"。不过，道格拉斯投了大量的钱，又有如此高的热情，他无法拒绝对方添入自己的人。

《神秘世界》杂志社派出了两个人。"美女探险家"周雅琳虽然刚刚应聘，没有时间做整容手术，但她天生丽质，当初只是因为身体素质逊于杨嘉怡，才被排在第二名。眼下被唐海波请来的专业化妆师好好打扮一番，顿时光彩夺目，魅力丝毫不亚于巴哈索夫。

为了包装周雅琳，唐海波甚至让人用电脑软件合成了几张她爬雪山、钻雨林、走沙漠的照片，印在本次活动宣传册上交给记者们。记者们都纳闷，哪里钻出来这么一位如此年轻的老资格探险家。但宣传册上写得很详细，又不容他们不信。

周雅琳不负唐海波的希望。她不仅立刻进入角色，勤学苦读，对记者提问应付裕如，而且非常忠诚于老板，对唐海波的意图能领会到骨髓里。

当然，论起社会经验，和巴哈索夫这些老油条比，周雅琳毕竟嫩了许多。所以，唐海波多年的心腹吴大川也成为探险队中的一员。另一个资助方，七海旅游公司也派了一名爱好探险的员工参加。此外，还有一名记者随队出发。要求随队采访的记者很多，出于和不久前波尔蒂略同样的心理，唐海波只选择了一家综合晚报社的记者，而把所有科技报刊的记者一律排除在外。

---

①驴友：在中国，爱好野外探险的人互相戏称为"驴友"。

由于七海旅游公司投入100万元冠名费，这次探险队最终被命名为"寻找郑和下南极之谜七海探险队"，简称"七海探险队"。

"现在，南极的夏天已经过去了一半，我们要赶在冬天来临之前结束考察。我计算了一下，即使明天出发，到达目的地以后，留给我们的适宜时间也不过25天。"巴哈索夫向大家介绍着考察计划，"中国中山站离目标海岸有476千米。道格拉斯先生投入了两架私人直升机，它们已经先期抵达中山站外。其他人员和物资从澳大利亚出发飞到那里，然后再乘直升机降在海岸上，随后分组，进行大范围的搜索。我们将目标地区简单划分为方格，12个人组成4个小组，一格一格地寻找。"

即使不算尚未定论的郑和下南极，就从一二百年前算起，他们的前辈必须穿越巨浪和冰山，告别抛入大海的死亡同伴，才能抵达南极大陆。虽然人们对此深表敬意，但现在不光是要体现冒险精神的时候，他们更要成功地寻找到祖先的遗迹。

当然，也有记者向唐海波询问，为什么廖铮没有参加这次活动："她的专栏在你们杂志上停了两期，是不是你们之间产生了什么矛盾？"

"矛盾是肯定有的。不过，商业上怎么能没有矛盾呢？"唐海波微笑道，"合久必分，分久必合，既然她已经不与我们合作了，就不可能参加我们组织的探险队。"

有敏感的记者立刻把摄影机对准巴哈索夫，但已经漏过了他转瞬即逝的尴尬表情。

"美女探险家"也做了讲话。她向每一个方向的镜头都投过去火辣辣的目光，然后才开口："……我曾经看过韩国电影《南极日记》，深为探险家们的精神所感动。探险就是把身心投入炼狱的过程。即使我最终失败了，也要像主人公那样，抚摸着难抵极①上孤独的十字架，在北极光下辉煌地死去。"

整个发布会上，周雅琳都有意无意地出现在巴哈索夫身边，用这种亲密距离谋杀着记者的胶片。这也是唐海波的授意：你要想迅速扩大人气指数，就要从名人身上揩油。接下来到了宴会时间。周雅琳更是主动坐到巴哈索夫身边。不仅侵入了微妙的心理空间，那若有若无、恰到好处的香气更是让巴哈索夫心烦意乱。

"老师，我的讲话怎么样？还可以吧。"

"讲得不错。不过，你拿一部电影当例子，不太妥当哦。"

"啊？"

"电影嘛，都是虚构的。难抵极并非像那部电影里描写的那样，只有一个十字架。那里有俄罗斯人建造的气象站，完工于1958年！"

周雅琳感觉自己像穿着系错扣子的衣服出门在外，忽然有个人当面指明了尴尬所在。脸一阵红一阵白，人也不自觉地缩后了许多。

"您……不愧是南极专家。"

"算不上，我只是南极的游客，这是南极人的常识而已。"

说完，他微笑着端起茶杯，把周雅琳晾在那里。周雅琳在肚子里骂了他一番。

---

① 难抵极：南极大陆上离四周诸海平均距离最远的一点。或者指北冰洋中距四周大陆平均最远的一点。

五

廖铮来到北京，与海洋局极地办公室联系租用直升机的事宜，很快便得到满意的结果。她刚回到旅馆，一个自称赵成智的陌生人突然打来电话。此人声称自己是"新希望传媒集团"的老板。

"我一直关注《神秘世界》，怎么，这两期没有你的专栏了？你和杂志社之间是不是有什么矛盾？"

"这个……好像没有必要告诉你吧？"廖铮谨慎地说道。

"哦，呵呵。不好意思。"那个东北口音的人马上道歉，"我太直截了当了。不过，我说一下自己的意图你就明白了。我们传媒集团正准备办一份高档的探险类刊物。全彩，128页，60克铜版纸。《神秘世界》是这个领域里的第一份刊物，我们自然要关注它，当然也要关注您。当时我就想，如果您能来给我们开专栏，那肯定太好了。只是我们都知道您和那家杂志的关系，没有往这方面深想。"

廖铮的心动了一下。是啊，难道她真不在乎失去那个专栏吗？那其实并非一笔普通的稿费收入，也有几十万读者的支持。既然是公众人物，知名度即使不上升，也不能让它随便降下来。如果另有一家有实力的媒体支持自己，不是更好嘛。

听到她在犹豫，赵成智知道有门儿，立刻就要拜访她。知道她在旅馆，就请她等在那里。半个小时后，赵成智就风风火火地到了。在塞车日益严重的北京城，这个速度已经很快了。

"人生就那么几十年，老费劲去猜对方想什么，太没必要了！咱们打开天窗说亮话吧，他们找了个小女孩儿顶了你，是吧？这招我很熟悉，时尚刊物的招数，几年就得包装一个新明星出来。这样吧，如果你答应的话，我们的新杂志上就开设廖铮专栏，名字都不变，内容完全由你来定！你和他们还有什么合同吗？有什么约束条款吗？"

廖铮摇了摇头："不是那么简单。我不再主持那个专栏，主要还是因为内容和风格他们不喜欢。现在这个"美女探险家"完全是他们按照自己的意愿包装下来的，甚至文章都由杂志社的人代写。从商业角度讲，他们认为这样更适合推广。"

然后，廖铮就把唐海波的设想讲了一遍，补充道："所以，我并不怨恨他们，只是觉得事情只好如此，坦然接受就是了。如果你们真是在商言商的话，恐怕到时候也会考虑到这一点。现在你来请我，主要还是看中我以前的名气吧？以后你们杂志立起来了，我们会不会仍然要在内容上发生冲突？"

"哈哈，唐海波那套生意经你也接受了？"赵成智大笑道。

"是啊。办刊物，发行量为王。他把发行量提上去了，自然有他成功的道理在里面。"

"发行量算什么！"赵成智哼了一声，"他那就是路边报亭贩子的见识。一个媒体最重要的不是发行量，而是你给什么样的群体看，那个群体的消费水平如何！他选择了青少年群体，好，发行量肯定会上去，但是个体消费能力呢？700多块的灯具、1000多的野营万用炉、18000块的对讲机，这些不用讲，单一个8字环都要上百块。青少年能是它们的消费者？他们只是看看热闹罢了。任何探险厂家都不会选择在一个青少年杂志上投放广告，更何况我们还要以媒体为先导，深入探险装备这个市场。如果唐海波这么办下去，一两年后他就赚了发行，赔了广告。丢了西瓜，捡了芝麻。"

"原来这样……"廖铮对生意经不是一窍不通，但赵成智这段生意经，显然比唐海波的要高明许多，当然更超过她的理解。最重要的是，这说明赵成智的设想十分成熟，并非头脑发热，一时兴起。如果和他合作，自己的专栏也许会长时间维持下去。

"所以我们才要请你来。十年前读你作品的人，现在差不多都三四十岁了，有钱有地位，有消费能力。我要争取的读者群就是他们！不需要有几十万本，有几万的发行量就够，要办成中国第一本面向高级精英读者的探险杂志。如果你能够在我们这里开专栏，他们就会被你召回来。你看，我底牌都给你了。这样就是为了取得你的信任。"

"那么，我如果在文章里加入大量的科学背景，你不会删除它们？"

"当然不会。因为我的读者是成年人，他们能接受理性思考，不喜欢胡乱炒作。现在传媒出版业为什么'炒'风日盛？因为他们都选择低知识低年龄的群体，而我不，我选择精英群体！我不会像犹太人那样，专打妇女儿童的主意。我就要从老奸巨猾的成年男人口袋里掏钱！"

说到这里，赵成智忽然意识到廖铮的性别，一时语塞。廖铮马上开口，一语带过："好吧。我现在就有一个很大的考察项目……"

"去南极洲找郑和遗迹？"赵成智果然是一直在跟踪廖铮的动向。

"准确地说，是去南极找古人登陆的遗迹。我不知道那是不是郑和。"

"好吧，"赵成智一时并未注意到廖铮刻意摆明的区别，接着自己的思路说，"我负责去协调媒体界，提供大量版面，还有网络、电视台的朋友，都可以及时宣传你。不过，这次考察的费用大概是多少？"

"费用不算是天文数字，我已经搞定了。"廖铮笑道，"我只是希望能够有一家真正内行的媒体，能够不是带着看热闹的心理来报道它。"

"成交！"

12月16日，造足声势的"七海探险队"飞离了中国大陆。在此之前一周，另一个经费总数只有其十几分之一，人数只有其四分之一的小探险队也已经悄悄出发了。

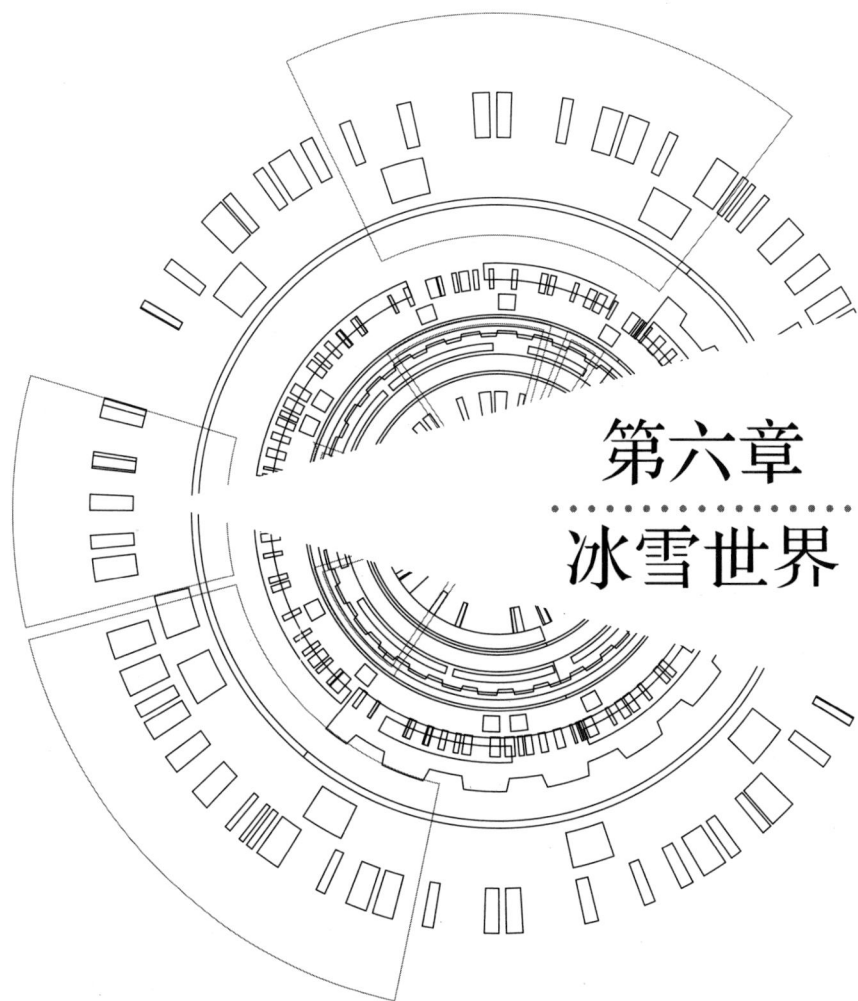

第六章
冰雪世界

一

"……南极条约的参加国分为协商国和缔约国。那个时候，中国只是缔约国，是凑热闹的。条约规定，只有在南极建有考察站的国家才能算协商国。记得当时，我和外交部条法司老马去参加第十二次南极条约会议。人家协商国代表都请到会场中心长桌旁边就座。我们就只能坐在两边。发给协商国的都是重要资料，发给我们的只是宣传文件，上面印几句礼貌用语和宣传口号。最后，开幕式一结束，人家协商国就关起门来谈正事了。我们缔约国代表鼓掌祝贺大会召开，然后就被请到会客室喝咖啡，闲聊天。没办法，实力啊！那是一点来不得虚假的！"

正在追忆往事的是一位70多岁的老人，名叫郭琨。当年，他曾经亲自领导部下建立起中国第一个南极考察站——长城站。现在，他坐在智利军方的大力神运输机里，围绕着他的是国家海洋局的几个年轻官员和科考队员。老人已经退休多年。这次他是来到南极度假的。现在，普通中国人花上不到10万块钱，就可以去一趟南极洲。实际上就是去一趟最边缘、最靠北的乔治王岛。虽然待不了多久，但能够满足一些普通游客与企鹅做伴、和海豹合影的愿望。当然，这位老人不用花这个钱。他可以免费搭乘班机前来长城站——他当年一手领导建立起来的科考站。

在围着听他讲故事的人中，就有杨嘉怡和冯轶彦。虽然这不是老红军在讲长征故事，但那份历史的厚重感足以让两个年轻人肃然起敬。在他们的生活环境里，充斥着太多轻飘飘的东西，很需要这些沉重的思想压舱石。

老人的语气随之一转，高昂起来："现在过了几十年，情况早不同了。我们是南极考察四大强国之一，成果数量和质量都是世界水平级。我们专跑南极线的运输船队，论吃水量更是全球第一，不少国家都要借我们的船往这里搭载物资。这些年啊，真是过得快。"

廖铮也在不远处倾听着。听到这里，忽然闪现出另一个数字——600年！是不是过得也很快呢？

虽然全球政治格局属于"大国政治"。但在南极洲这里，中等国家智利才是无形的霸主。很长时间来，智利一直坚持对南极大陆某些地方的领土要求。为此他们大兴土木，在这里建立了空军和海军的基地，还赔本赚吆喝地兴建了唯一的居民点：一个银行、学校、医院、旅馆、体育馆，甚至包括教堂，一切俱全的居民点。智利最南端的城市蓬塔阿雷纳斯，更是通往南极大陆的咽喉要道。当然，几个南极科考大国可以不受此约束，直接用万吨巨轮把人员物资送上冰雪世界。然而，中小国家科考队，还有来自全世界的旅游散客，就都得仰赖几乎是半个主人的智利人。然而也有许多智利工人在各国考察站上做散工，干体力活，因为他们的工资低于许多发达国家。

廖铮的"魔海考察队"要把3个人和3吨物资送到目的地，必须搭乘智利人的飞机，仅此一项就花去数万元经费。

就在唐海波为"七海考察队"举行新闻发布会的那一天，这架大力神运输机降落在乔治王岛智利空军基地上。这天阳光明媚，万里晴空，让人们心情为之一振。刚一停稳，同乘一架飞机的几十个人分头忙碌起来。长城站站长亲自来迎接老首长。廖铮和他打过招呼，看他没有时间，就带着两个徒弟卸货。

正忙碌间，一辆装甲运兵车突然驶了过来。一路上看惯了西班牙文的冯轶彦发现装甲车上漆着俄文，很是新鲜："俄罗斯人在这里也有军事基地吗？"

"没有。这是他们科考站的专用车。俄罗斯人设计武器时必须适应北极圈的环境，所以造出来的东西也适用于这里。南极是共产主义世界，不分国家的。平时没事他们就到这里接送人和货，咱们就坐这辆车去长城站。"

半小时后，这辆装甲车把他们送到了长城站。这天，吃水量达到20000吨的"雪龙号"也同期到达，由于这里没有港口，巨轮只能停在外海，由交通艇把人和物资送到岛上。所以，长城站几乎所有人都很忙碌，只有一名后勤人员把他们安排住下来。

3个人一到南极，第一件事居然是被送入无菌室，接受紫外线消毒。原来，南极这里几乎没有病菌，长期住在这里的人都不得传染病，顶多流些清鼻涕。即使身体出现外伤，处理起来也比其他地方简单得多，不用担心患破伤风。而刚刚从其他大陆来的人，身上不免带着各种细菌和病毒，可能会感染本地人。虽不一定有大碍，但患起病来终究会影响工作效率。所以，新来的人先要被彻底"漂白"才行。

然后，趁着一股新鲜劲，廖铮就带着两个徒弟熟悉周围的环境。出行的时候，他们顺便带上垃圾袋，将路上看到的遗留物拾捡回去，集中起来，将来打包运离这片清洁的大陆。

乔治王岛位于南极洲的最北端，甚至在南极圈之外，算是踏上南极大陆的桥头堡，建站难度相对较低。所以，这里聚集了9个国家的考察站，夏季最多人口可有千余名，冬天也有四五百人待着不走，宛如一个小城镇。有的站小到像简易窝棚，仅仅具有象征意义，象征某国已经踏足南极。两个年轻人登高望去，各式各样的房屋东一片，西一群，好不热闹，根本不似想象中的荒凉。

他们踏着卵石向海边走去。两个年轻人新奇不已，廖铮则要他们注意脚下。一方面是拾捡垃圾，另一方面也是让他们进入角色。这次"南极考古"与任何其他地方的考古都不同。南极大陆没有土壤，他们不需要挖掘什么，主要工作就是沿着目标区，一点点注意脚下，寻找可能的蛛丝马迹，如铜钱、瓷片、箭镞等。当然，如果目标区有哪怕是很粗糙的人工搭建物，更是如山的铁证。不过，此前在极轨卫星和过往飞机拍摄的照片里，至少没有出现直径1米以上的可以辨认的人工物品。

如果裸露部分没有找到什么，他们还要用声波探测仪找寻冰下的痕迹。极地考察办公室答应他们，如果真在冰层下发现了什么可疑之物，他们会派队员带设备去挖掘的。

南极这里色彩十分简明，甚至单调，冰雪的洁白统治了一切。除了冰雪占据大部分视野，由于它的反衬，海水呈深蓝色，岩石、山体都发黑色。企鹅、海豹身上的花纹也是黑白相间，只有企鹅头部那一抹绛红显得格外鲜艳。甚至，岩石上还有一片片白斑，那是企鹅的排泄物。

3个人一路走、一路聊、一路收捡。虽然这里的环保要求很严格，但毕竟站区分属许多国家，又时常有游客来往，人员素质高下不等。他们还是捡到了塑料瓶、金属罐等废弃物。最夸张的一次，他们看到一张旧床垫被抛弃在岸边石堆中，一只海豹在上面滑稽地打着滚。3个人小心翼翼地请走海豹，把床垫运回长城站存放在垃圾区。

在长城站不远处的海滩上，有一座金属制造、外形流畅的纪念碑。那是为了纪念几十年前中国考察队首次登陆，在登陆点修建的。廖铮把两个年轻人带到这里，合影留念。

"千万别误会，南极没有你们现在看到的这么和蔼。"廖铮怕弟子们将这里看成旅游点，刻意提醒道："就拿咱们刚飞过的德雷克海峡来说吧，在那里丧命的船员，累计就有几百人。"

中国长城站现任站长名叫王国富，在这里越过几个冬了。王国富率领部下热情迎接老站长和新成员，卸载越冬物资，顾不上管廖铮他们的事。廖铮以前来过长城站多少次，也不见外。直到第二天将近晚餐的时候，王国富才腾出时间接待廖铮。

"听说你是学中文的？"虽然廖铮大有名气，但没看过她一篇文章的中国人还是占了绝大多数，王国富就是其中之一。这次廖铮是带了极地办公室的指示，要求他们帮助运送人员物资到"二号目标"，他才简单上网查了一下廖铮的简历。

"大学时学的中文专业。不过，从那以后到现在没停止学习其他知识。算下来，等于三四个大学本科吧。"廖铮知道，背着这个中文专业的牌子，在一群自然科学家中，总是讨不得好去。

"呵呵。前些年有几个人文学者来南极，我接待的。其中一个是什么哲学家，据说专门研究西方哲学。来了以后天天在外面逛，望望天，望望海，给企鹅拍拍照。当时我就想，他一定是找不到采访重点。我就带着他去看冰芯取样，大气粒子束检测，请他听大气粒子在仪器中发出的尖啸声。结果他一点兴趣也没有。最后他回国了，写了篇文章，名字叫'南极无新闻'。大意是说，自从阿蒙森把大旗插到南极点，以后就没新闻了。一群科学家在那里做日常工作，算什么新闻呢。"

说着，王站长把红茶一饮而尽："当时我就很气愤，专业知识你懂不懂没关系，但总得有好学精神吧。大老远来一趟南极洲，脑子里还只是装着克尔凯戈尔、伏尔泰、海德格尔、萨特、马尔库塞这些名字，不腾出地方装点新知识，那不是白花一趟路费嘛。"

"我想我不会那样。"廖铮打趣道，"他们那次是出版商组织的活动，我这次的经费是自己募集，不想得到些什么，我才不来呢。再说……"廖铮指了指胸口的一枚银色徽章，那是南极人的骄傲。许多南极考察队员都无缘拥有的荣誉，它标志着廖铮先后步行到达过南极点和最高峰文森峰。

果然，这么一来，王国富觉得她不算外人。他爽快地说："好吧。不过有言在先，其实我对你这个课题没有兴趣。炒作郑和下南极的人，多半没在南极待过，最多只是过客。像我这样驻南极几年的人，根本不会相信小帆船就能闯过陆缘冰。当然，局领导的指示里讲得明白，通过帮助你们完成探险，吸引社会各界对南极考察的关注。这个我能理解。我已经做了安排，明天上午直升机就有时间送你们过去。不过有一点，咱们中国在南极大陆一共四个站，保持着整个南极洲所有国家科考站的一个最佳纪录。你知道是什么吗？"

"集体越冬人数最多？"

"不，几十年来，中国站从没有死一个人！"王国富说道，"很多同胞对这个纪录不以为意，说中国只有出几个斯科特，才算在南极留下英雄业绩。其实根本没必要，生命的价值总是最大的。所以，虽然你们不算在编的科考队员，但也希望你们别破这个纪录，平安归来。"

"一定！"

"我放心你，不放心你的俩徒弟。看他们欢天喜地的样子，像来旅游的。你要让他们知道，这里不代表南极，几百千米外才是。"

话刚说完，就有队员来找王国富。原来，今天是他的生日，按照南极洲的老规矩，周围几个邻国站的站长都登门祝贺。王国富和廖铮握了握手，就投入到南极洲奇妙的共产主义气氛中了。

二

与长城站相比，中山站晚建成几年，材料设备都更先进一些，配备的交通和通信设备也强于前者。不过，由于远离大陆补给线，物资以船运为主，这里的规模小于长城站。

"七海考察队"一降落，就受到热烈欢迎。他们都住在类似宾馆标准间的房间里。"真的很不错啊，"道格拉斯叹道，"我去过阿蒙森—斯科特站，像个大工厂，住的都是蓝领条件。"

"这不算最好的。"听道格拉斯直夸奖这里的居住条件，站长黄明辉自豪地说，"在冰穹A上建立的昆仑站，居住区都是密闭的高压氧舱，仿太空舱设计的，那才叫高级呢。"

海洋局极地办主任李进峰是廖铮的老朋友。他曾经把寻找登陆遗址的设想写成课题，上报局领导，迟迟未获批复。后来，他知道巴哈索夫和廖铮分别要带两个队去考察两个目标，而且它们正好在两个站附近时，就指示两位站长给予一切便利。

还有比上级指示更重要的动力，黄明辉本人对考证"郑和下南极"也很有兴趣。这里虽然距中国10000多千米，但互联网畅通无阻。最近这个有关南极洲的课题逐渐升温，也吸引了不少驻站人员的关注。黄明辉就抱着很大热心。

"几年前我们航拍过一号目标地区，连带它左右几十千米海岸线。夏天陆缘冰最少的时候，几百吨的船完全可以靠到离岸一海里内，船员们划小艇登陆。所以刚看到你们的初步假设，我就觉得那里有戏。可惜我是官方考察站站长，虽然自己有兴趣，但不能安排队员做这个私活，不然我自己早都去了。"

随着12名考察队员前来的，还有几个新闻记者，其中3位都来自国外通讯社。他们把黄明辉的话记录下来，传播出去，更吸引了公众的注意力。"七海考察队"成了全世界这段时间里一个不大不小的热点。

整个旅途上，周雅琳寻找一切机会，刻意出现在巴哈索夫的身边，有时候还要挽起他的胳膊，微笑着迎接人们的目光。巴哈索夫虽然执迷于探险，但于人情世故上也不迟钝。他知道，这个刚出道的所谓探险家要沾自己的光，迅速树立起个人形象。而且，这可能就是唐海波的暗中授意。不过，既然现在要依靠《神秘世界》，他也不方便反驳，只能把自己的名气拿出去交换了。但他心里还有个底线，怎么沾光都可以，绝不能让对方用绯闻话题来沾光。

晚上，中山站的阅览室里，桌椅被搬空，站方举行了小小的舞会。周雅琳大方地挽着巴哈索夫，走进舞池。两个人边舞边聊。周雅琳小声问道："有个问题我一直想问，又不敢问，现在快到目标了，我觉得不应该再埋到心里。如果这次考察什么也没有发现，您会怎么想呢？"

"有80%的可能会这样！"巴哈索夫惊人地坦率，这让周雅琳很诧异。

"您就愿意接受这个现实？"

"那没什么，如果我们什么也没发现，最多说明当年郑和探险队没有在这里靠岸，但并不能完全推翻存在一个探险队的假设。"

这个自私的家伙。周雅琳止住了嘴，心里暗骂。她知道现在还不是火候。出发前，唐海波要求她尽可能将巴哈索夫拉到自己一边，一旦考察没有正果，好能够参与一同伪造考古证据。现在看来似乎很不容易。无论有没有成果，失望的都不会是巴哈索夫，而是其他热情的参加者。

南极大陆虽然有漫长的海岸线，但绝大部分被陆缘冰覆盖着。陆地上的冰盖呈倒扣的碗状，中央高四面低，在重力作用下沿四面八方朝海岸线缓缓移动，前端从许多地方探入海中，成为冰舌。有的冰舌伸入大海几百千米，夏天断裂开来，成为冰山。所以，真正可以停靠的海岸很少很少。如果600年前真有那么个神秘船队从南极大陆上挖到了陨石，他们必须要上岸才行，这是他们的基本假设。

第二天，两架直升机将"七海探险队"送到"一号目标"。随队记者们被婉拒，留在中山站，理由是他们没有受过专业训练，很可能出危险。他们被邀请通过网络视频与海事卫星电话随时了解探险的过程。

三

一架直升机从长城站出发，掠过魔海，向"二号目标"飞去。机身下面，一块块浮冰不时暴出耀目的闪光，那是太阳的反光。望着那连绵不断的浮冰，考察队员也逐渐进入了角色。他们在想象，当年长度20米左右的小帆船，怎样才能在这些冰山的缝隙间艰难穿行。直升机的颠簸也告诉他们，这里的风有多么猛烈。

出现在他们视野里的，不仅仅是一个冰川密布、寒风怒吼的海湾，还是全世界最大的冷水源。地球上超过一半的冷水来自南极洲，南极沿岸超过一半的冷水出自威德尔海。从这里融入大海深层的冷水影响着全球的气候。整个地球就这样以超乎想象的宏伟规模构成一个整体。

　　"现在不要往下看，以防被闪光导致雪盲！"看到两个徒弟很好奇，廖铮提醒道，"一旦雪盲要恢复几天才行，倒霉的那个人就得自动退出考察队。"

　　就像被大人喝止住的孩子，两个徒弟把目光抬起来，投向前方的云。

　　"魔海"的学名是威德尔海，实际上是一片巨大的海湾。一面是南极半岛，一面是科茨地。绕极流和冷水流相互冲撞，再加上陆上与海底地形十分复杂，导致海流纷绕，冰山密布。

　　将近100年前，英国探险家斯科特在南极点征服战中输给阿蒙森，全军尽墨。为了把荣誉夺回来，他的好友谢克尔顿在英国召集了56名志愿者，想闯过威尔德海登陆南极洲，再横贯大陆，经南极点，从另一端的罗斯海离开。此前，从未有人越过威德尔海密布的冰山、冰架踏上南极大陆。谢克尔顿想用这一壮举挽回英帝国的面子。

　　结果，谢克尔顿此行以失败告终。虽然他也没有越过威德尔海的浮冰大阵，但廖铮却从这段历史中找到了信心：谢克尔顿只拥有一艘排水量350吨的帆船。比早他500年的前人更先进的方面，恐怕只有煤油、罐头而已。其他诸如通讯、保障手段都还处在原始状态。然而，谢克尔顿探险队失陷在魔海里以后，从船上搬到浮冰上居住，随波逐流，中间还经历了南极的严酷冬天，生存了15个月，竟然逃出生天，获救返航。这至少可以说明，人类利用近乎中世纪般的技术，以及近乎无穷的潜力，可以在这个绝境生存这么久。

　　更加上那段与数字地图高度匹配的海岸线，神秘的古沉船、陨石轨道，一切一切都让廖铮对"二号目标"坚定了信心。

　　"郑和如果真的能够来到这么远，中途却没有占领一寸土地，我觉得太不值得了！"冯轶彦感慨地说道，"这里离南美洲多近啊。"

现在在他们的脑海里，这次探险还被视为"郑和下南极"考察。虽然廖铮另有猜测，但找不到适合的证据，她不想提前讲出来。

"像廖老师猜测的那样，他们是被绕极流裹来的，所以没发现南美洲吧。"杨嘉怡推测道，"不过，就算他们没率先发现美洲，这样的壮举却被大臣们破坏了，资料都毁掉了，搞得我们后代连他们远航的细节都要猜测。真可恶，说明我们民族从古代就缺乏进取心。"

"当年停止下西洋，是当时最正确的选择！"廖铮一般不爱插入徒弟们的闲聊，但这时候她忍不住开了口。

"要知道，古今中外不管哪个国家，政府行为都要以短期财政状况为出发点。也就是要考虑过去几年收上来的税，今后几年能收到的税，这是制定任何一个政策的基础。那些给皇帝交了税的地方官，也不可能只奉献不索取，任由皇帝拿着全国收上来的钱乱花，这是一个正常的制约机制。"

"哦？"

"是吗？"

"有趣。"

这个观点其他人从未听过。不光两个弟子，连驾驶员和长城站的员工也竖起耳朵来倾听。

"举个例子吧。假如今天有某个大国的政府，把全国几分之一的财富集中起来去建造火星基地，给国民的理由是，这个基地虽然几十年里没有收益，但几百年后，可以使本国保持世界领先。你想，这种政策能够通过吗？要知道，几百年后的子孙并不给今天的政府交税。我们也不可能给明王朝的前辈做过什么贡献。他们不考虑我们是正常的！"

道理如此简单，但在廖铮点破前，竟然没有一个人想到。

"抱怨自己祖先没有更多地开疆拓土，那都是无能子孙的想法。这种抱怨的潜台词就是：当年你们如果把版图搞得更大一些，把国力搞得更强一些，我们现在岂不是可以更省心、更逍遥！"

"真有人这么说吗？"驾驶员也插了话。

"从来没有人明确地这么说出来。但那种抱怨本身，不是从逻辑上就能推出这个结论吗？"

大家聊着天。3小时后，几百千米的旅程就过去了。他们降落在威德尔海西岸，"目标二号"上。

那是一片卵石滩。最有代表性的南极生物——企鹅在视野里却不见一只。只有十几头威德尔海豹在海边懒洋洋地趴着。当然，肉眼不可见的微细处，陆地蜘蛛、陆地蠓和扁虱游荡在苔藓中。生命延伸到地球上任何一个角落里，没有空白所在。

很快，3吨物资就卸了下来。这些物资里，竟然有将近1吨是饮水。南极到处是冰，然而融化起来十分不易。廖铮感觉到王国富的态度，也不想麻烦他将来频繁调动直升机，只好把一切都准备好。

南极洲大部分海岸呈东西向，这里是为数不多几处南北向的长海岸。目标区的南部尽头处有一座数百米高的死火山，自从80年前被发现以来从未喷发过，但也从未真正地老实过。岩石下的熔岩运动让附近的温度都比周围地区高，冰川更是滑不到近旁就融化了。火山本身更阻止了南方内地吹过来的狂风，给这里制造了比较暖和的小环境。

饶是如此，廖铮仍然小心选择了一个高台处，才和两个徒弟搭起帐篷。如果选在低地，一夜的暴雪就会把他们埋藏。

四

　　两架改装后的S-92直升机前后编队，在1000米以上的中空由西向东飞去。为了保护企鹅不受飞机噪声的干扰，这是南极条约后各国新达成的补充协定。

　　这两架直升机是道格拉斯的乘具。为了适应南极气候，道格拉斯又改装了发动机燃油系统。这也使得他们的行程延误到现在，落后于廖铮考察队一周多时间。他们都知道另有一个探险队去了"二号目标"。但是现在，没有人把后者当成竞争对手，巴哈索夫对"一号目标"的信心感染了每个人。

　　吴大川平时很喜欢读企业家传记，羡慕他们的成功。直到现在，面对面接触一个亿万富翁，才知道他们的生活远远超过自己的了解，也超过自己的想象。比如他乘坐的S-92，装备着具备电话会议、无线上网、防弹以及发动机爆炸装置，内部陈设更不必说：真皮沙发、水晶餐具。如果不是为了探险临时撤掉微型吧台和凡·高的真迹，机舱里的豪华更会令他炫目。

　　而这只是道格拉斯周游世界的旅行工具！这位亿万富翁没有从商界收山时，拥有私人波音商务机。退休后就换成了直升机，为的就是能让自己在这个世界上没有机场的任何犄角旮旯里随意起降。

　　这支考察队看起来浩浩荡荡，但除了巴哈索夫，再没谁有南极探险的经验。道格拉斯也只是作为旅游者乘飞机在几个站周游过。所以，只要一得空，巴哈索夫就给大家讲南极生存的常识。直到最后这段旅途也是如此。

"这里节奏很慢，企鹅、海豹都是慢节奏的。在这里时间长了，你会昏昏欲睡，注意力不集中，甚至会得抑郁症。如果因为抑郁症退出考察队，那是最不值的。所以有时间咱们就要喊、唱、跳，让气氛热闹起来。尤其是你们几位中国朋友……"他指了指吴大川等人，"性格一定不要太内向。"

"你说的是过去的中国人！"周雅琳接了茬，作为仅有的两名女性之一，她一开口就会把所有目光都集中到自己身上，"或者，40岁以上的中国人！我们年轻人从来不内向。"

飞机飞临"目标一号"，盘旋着寻找着陆点。突然，一个美国人大喊道："Great Wall！Great Wall！"大家顺着他的目光一看，果然，在一处岩石丘上隐约有一段石墙，中间被岩石隔断后，石墙又在不远处出现，就这样断断续续，竟然有几十米长。

"天啊，不会吧！"周雅琳惊叫道，"这么容易就发现了？"

"卫星图片上也看不出的。"吴大川也是将信将疑。

几个记者马上远远地录起像来。

大家把目光投射到主心骨巴哈索夫身上。最初几秒钟，他的心也狂跳起来。然而理智马上占了上风，上帝不会这么便宜他们："咱们去看看再说。"除此之外，他再也没说话。

直升机飞临石墙附近，大家看得更清楚了。这些石墙由长条石块堆起来，彼此严丝合缝，除了没有烽火台，颇似颓倒的古长城。

"怎么样，这是什么？"道格拉斯望着巴哈索夫，目光中的表情很复杂。他希望这最好不是答案，否则就太没有意思了。

"这是岩脉！"巴哈索夫转过脸，平静地对大家说，"两处山体之间挤压出来的形状。咱们去找降落场吧！"

　　一阵空欢喜马上被凛冽的寒风卷走了。这个课题的严肃性更进一步地印在大家的脑海中。

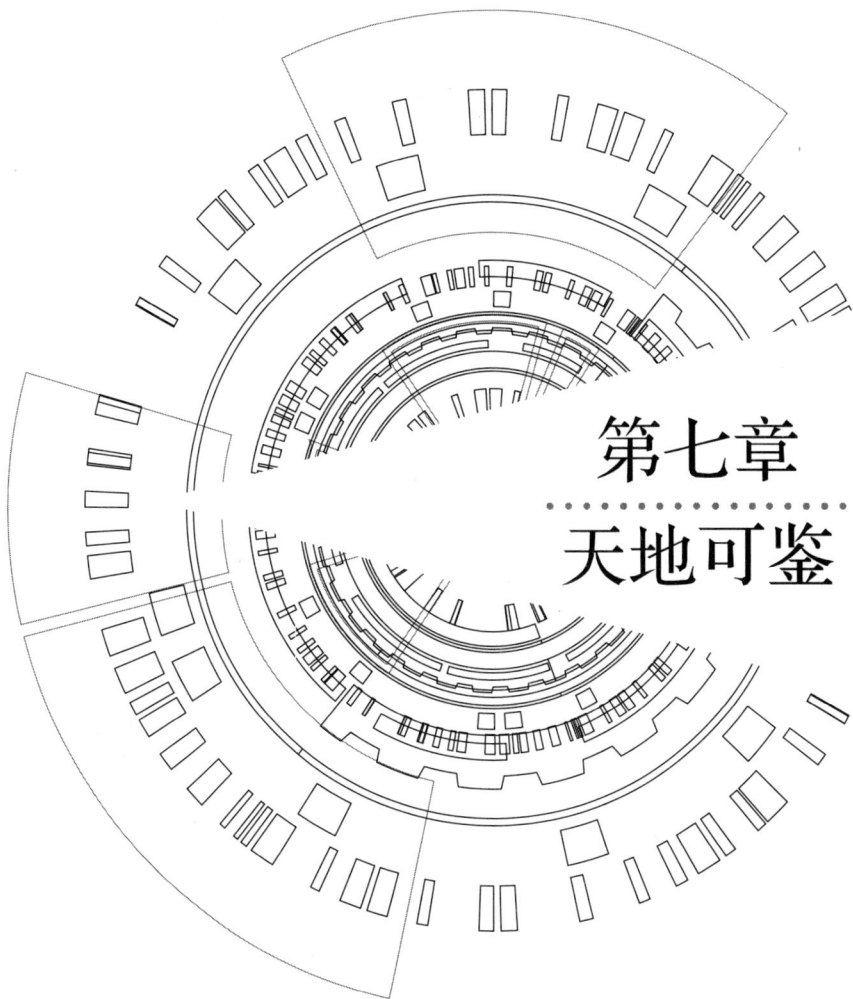

第七章
天地可鉴

一

"魔海考察组"落脚以后,老天就没开过脸,总是阴沉沉的。由于视野极为开阔,云层显得很低,像是铅色的实体,随时可能压下来。

廖铮手里有一份由韩愚迁提供的地形照片,是通过卫星图片翻印出来的。他们先在上面打好格,沿经纬方向分别用英文字母和阿拉伯数字标注上。然后,大家目测一遍海岸线的整个地形,估计一下当年可能的登陆点,再把小格子分成要点、重点、一般三部分。要点区域都是滩涂、平地,重点则在它们周围,一般部分则是岩石、丘陵和小山,是最不可能攀上和驻留的地方。

从第二天开始,他们就以每天一格的速度,精心搜索要点区域。对于两个年轻人来说,没到南极盼到南极,踏上了南极大陆,天天望着浓云密布,一片空旷、单调的色彩,又无形中生出压抑感。廖铮深知厉害,怕徒弟们的情绪受影响,隔段时间就叫他们停下来,讲个探险经历,说几个笑话,提升一下情绪。

不过,天虽然阴,却很少变黑。此处虽然快到南极圈边缘,但正值夏季,太阳每天也只落下一两个小时,大部分时间坚持在天边打圈圈,向天空中散发着无热量的光。为了保证睡眠,他们的帐篷里有一层避光夹膜,缩在里面保证一片漆黑,掌灯才能看到东西。

这里到处都是冰雪,然而饮用水却像在太空中一样节省才行。即使如此严寒,一个人每天也要从食物或者饮水中获得1000毫升水分。融冰造雪十分困难，所以他们带了一大包消毒纸巾，每天晚上用纸巾擦一下脸，就完成了全部清洁工作。

这么简单对于冯轶彦和廖铮都没什么，杨嘉怡每早化妆已成习惯，不化妆就像没洗脸一样别扭。在这里也只好改掉这个习惯。

转眼4天过去了，他们一无所获，两个年轻人刚来时的兴奋已经被枯燥感取代，继而就是隐约的挫折感。冯轶彦内心中游戏瘾的魔性又有些露头，每日被搞得心绪不宁。

虽然廖铮带电脑来以前，已经删除了里面的所有游戏。但从这里通过卫星电话，仍然能连到网上，只是费用贵上许多。冯轶彦不时会贪馋地望望电脑。看到他这样，廖铮讲了个故事。

"这里很闷，不光你想着游戏。我认识一位考察队员，他在中山站越冬，有一次不由自主打了5天电子游戏，想停停不下来，一直打到昏倒在电脑桌前。"

两个年轻人吃惊地睁大眼睛。

"南极洲里许多考察站的灾难都是精神抑郁造成的，这比寒冷更考验你。不过，我想你们谁也不会认输吧。"

两个年轻人谁也没有马上回答。这个时候，什么语言也不能回答这个问题，他们只能用自己的行动去回答。

当然，他们也不是没有替代品。廖铮在经费中专门拨出3万块钱，购买了一个月无限时的海事卫星上网时间。他们可以自由登录互联网。不过，两个年轻人彼此都提醒对方，也防备着自己着了魔。

第五天上午，他们离开帐篷，正走向一个新格子。太阳突然间便撕开云层，很快就占据了半个天空，周围的景色顿时呈现出眩目之美。大家都站住了，几天的压抑沉闷一扫而空。冯轶彦摘下护目镜，贪婪地向四外望去。

突然，一道光线劈面而来，仿佛《星球大战》中的激光剑刺入他的眼睛。冯轶彦大叫一声，捂着脸，蹲了下来。

"怎么了？"近旁的杨嘉怡吓了一跳，赶快跑过来扶着他。廖铮也跑了过来。

"我，眼睛好疼……"

"是不是刮进什么东西了，我看看……"杨嘉怡拉着他的胳膊，但冯轶彦死死地捂着眼睛，他不自觉地在用压力克制住疼痛。

廖铮看到掉在一旁的护目镜，立刻明白了："你刚才把它摘了？"

"嗯……"

"是雪盲！"

在一般寒带地区，用肉眼注视冰雪过久也会有雪盲现象。但在南北极，雪盲来得更恐怖：这里有大片冰原，某些地方的冰面恰好呈凹镜状，把阳光聚在一处。一旦射入眼中，效力几乎相当于激光眩目武器。冯轶彦今天就中了招。

"好像有人往我眼里撒石灰！"冯轶彦呻吟着。一少半是痛苦，一多半是害怕，怕自己从此失明！

廖铮虽然强调过在阳光下不要摘护目镜，但连着4天的阴云让她也大意了。两个徒弟从没吃过雪盲的亏，也没看到过中了招的人，都没有在意。事情已经发生，廖铮不再说什么，和杨嘉怡一起扶着冯轶彦回到帐篷。这个时候，冯轶彦的眼睛已经能够睁开，但是忍不住地眨着眼。

"我……看东西都是粉红色的，会不会瞎啊？"冯轶彦的声音带着哭腔，他确实吓坏了。20岁出头就成了盲人，这一辈子……

冯轶彦突然发现，自己从未有像今天这样热爱生命，热爱生活。以前种种怨恨、不羁都显得那么可笑。

廖铮没有轻率地安慰他，而是扳过他的脸，仔细检查着，好半天才说道："没关系，轻度雪盲。你躺下。小杨，你把毛巾浸上水给我。"

"哦，要热水？"

"冷的！"

不一会，廖铮把一条冰凉的湿布放在冯轶彦的前额冰镇着："你不会瞎的，明天这时候差不多就会好。"廖铮笑道，"给你个教训。教训比规章制度管用得多。"

慢慢地，冯轶彦习惯了眼睛的疼痛，也不那么紧张了。不过，考察队的人力一下子减少三分之一，冯轶彦很过意不去。

正在这里，赵成智突然打来了电话。他和廖铮约定，新刊物其他稿件已经准备停当。等廖铮的考察出了结果，马上把有关报道加进去，成为创刊号的重点。封面也会选用廖铮在这里拍的照片。不过，电话里赵成智显得有些着急。

"你那里有没有可以发发的东西？有没有什么具体成果？"

"怎么赵老板？不是约好等我有了成果，或者南极冬天来临考察结束再说吗？"

"唉，《神秘世界》那里已经改了半月刊，为'七海探险队'做了大版预告。还在自己的网站上大做专题，内容天天在更新。我确实有些着急哦。"

廖铮笑了。她熟悉从事媒体行业的人，他们恨不得天下大事按照报刊的出版周期来发生："没关系，我每天也看他们的网站，都是一些探险队日常生活的琐事。没有货真价实的发现，再多花边新闻也没用。"

"只是，看他们的更新内容，我也越来越觉得，'一号目标'才是正解。我估摸着他们的意思，即使没有得到结果，也会制造出一个来。"

廖铮何其敏感，立刻听出了对方背后的意思：如果新刊物上市，只能刊登廖铮无功而返的记录。那边《神秘世界》则刊登出"七海考察队"大获全胜的报道，那么赵成智这一仗刚开打就输定了。

"如果没有什么结果，你可不可以写一篇暗示性的文章……"赵成智试探道。

"不行！"

廖铮几乎是脱口而出。过了片刻，她知道自己有些鲁莽，缓和了一下语气，说道："相信我，也相信巴哈索夫。我们都把自己交给真相去判决。"

二

周围的景色有些古怪啊！

吴大川从一降落就这个感觉，想来想去，忽然明白了怪在哪里：其他大陆也有许多雪山，白雪都是帽子，下面的身躯是灰色，甚至绿色。而在南极洲这里却倒过来：一座座青灰色的岩石山峰从冰雪中拔地而起，大违他的心理习惯。

唐海波交给吴大川的任务就是见机行事作假：如果到了考察期满，南极冬天来临之前，"七海考察队"仍然一无所获，他要带领周雅琳，想方设法把伪造的明朝海军玉制腰牌放到现场，再"挖掘"出来。这个任务看似简单，但他要事先寻找到合适的地方，然后，还要在一众高手面前蒙混过关，委实不易。这些都不可能事先在办公室里确定下来，只能由两个人根据现场情况见机行事。

瞎胡闹，根本没有古人来过这里！吴大川几乎一落地，就被这个念头牢牢锁住。远在万里之外的写字楼里，他们可以胡思乱想，对郑和下南极几分当真，几分怀疑。真到了现场，看惯空旷的天、幽暗的海、连绵而冷酷的冰雪、毫无生机的陆地，周围宛如科幻电影中的外星世界。几百年前温带地区的古人如果看到这个情形，难道不会被吓疯吗？那一座座冰山就会令他们惊慌失措吧。

"是不是觉得很孤独？"巴哈索夫突然凑到他身边说道。吴大川被说出了心事，吓了一跳，不知道该怎么回答。

"这是野外探险要过的第一关！在城市里，在人群里生活久了，你不知道自己会有这种感觉。"巴哈索夫拍了拍他的肩膀，"即使这里就你一个人，也千万别让恐惧感征服自己。进行野外探险，恐惧比灾难还可怕。"

这种类似"旷野恐怖症"的感觉，老手巴哈索夫自然已经没有。他仔细挑选地点，指挥大家把3座帐篷搭好。直升机不宜停留过久，送完他们就返回中山站待命。巴哈索夫嘱咐大家："南极这里虽然有许多气象站，监测范围覆盖整个大陆，但一个气旋从生成到发威，不过几小时，预警时间短。大家分组活动时一定要带好GPS卫星电话，而且不要远离帐篷。"

他们先登上一个几十米的丘陵，举目四望。肉眼可见的范围里没有一个石堆，没有一条隐约的道路，没有一片平整过的土地，但人们很有自信。严寒可以保护很多东西，不仅生物遗体，甚至人类的粪便都可以经过600年而保存下来。在这里，时间女神最无奈的敌人就是寒冷。

然后，和廖铮的操作程序几乎完全一样，他们将整个区域划分成格，初步推断哪里最适合登陆，哪里最可能有古人的营帐，然后从易到难开始搜索。

巴哈索夫是这里的常客了。每次面对南极大陆，他都不由得想起从前某些国家对这片土地的领土要求。当年德国人为了申明其占有权，派出飞机从大陆上空掠过，每隔若干距离抛下一面国旗！类似的荒唐举动比比皆是。而南极大陆漠然地看着人类的滑稽表演。是啊，如此大的面积，如此残酷的环境，人类最终只能为自己的贪婪而脸红。

空气中遍布干燥的信息。吴大川从武汉来，自幼生活在湿润的空气里，就是到中国北方还多有不适，而这里的干燥程度超过了撒哈拉沙漠。

遍地冰雪，却感受不到水的"气味"。南极洲这种古怪的辩证法令人头痛。

"一号目标"这里共有3处岩石海滩，缓缓地伸入海面下。一群群企鹅在这里漫步。以几百年前的船舶技术，至少可以划着小艇登陆。巴哈索夫将它们从西向东依次标为一号滩、二号滩和三号滩。临时基地建在一号滩附近。他们搜索完一号滩，如果没有收获，再把基地搬到二号滩、三号滩，以保证人员离营帐不至于太远。

"我们得像侦探犯罪现场一样仔细。瓷器、古货币、不属于这里的动物骨骼，或者，有刀痕的企鹅骨、海豹骨，都不要放过。"巴哈索夫最后嘱咐一遍。

"好的，大家吃过饭就开工吧！"道格拉斯热情百倍，能够花钱做一件有意义的大事，这是真正快乐的晚年生活。

12个人分成3组，巴哈索夫、道格拉斯和一个来过南极的"驴友"分任组长。到了这里，再不用在记者面前摆姿势，周雅琳和吴大川干脆远远地离开巴哈索夫，参加了另一组。这个人的眼睛太锐利。

这一天，他们寻找了两个小时，才完成了半个足球场大小的区域。其间也有人大呼小叫说自己有了发现，最后都证明没有意义。太阳还在天上，巴哈索夫就叫收工了。此时已到了晚上10点。他要大家按正常作息时间生活。

"今天只是热热身，明天才算全日制工作。这比徒步旅行枯燥得多，希望大家能坚持下来。"

3个帐篷两大一小。大的两顶归10位男士，小的给2位女士。第二天，大家又按照原来的分组，在划好的区域里寻找着。

脸庞可以化妆，热情可以表演，但兴趣是怎么装也装不来的。时间一长，周雅琳就觉得这么低着头翻石块，简直像是一群傻瓜。不一会儿，她就找个借口回帐篷了。这里并没有多少人注意她，都拿她当花瓶。所以，"美女探险家"从大家面前消失后，谁也没在意。

十几分钟过去，周雅琳拿来午餐，摆在场地一角。实在没事做，就找一点事做吧。气温这么低，小组里其他三人也很快就饿了，大家便围过来吃饭。道格拉斯购买了成吨的军用便餐。每件食品容器外壁夹层里衬有化学物质，开启前拉动拉环，化学物质在反应中释放热量，就能加热食物。几个人围坐在一起，吃着聊着。

突然，远处的帐篷里蹿出了火焰，接着就听到远处巴哈索夫大叫一声，往帐篷那里跑去。余下的人不管在哪个组，也纷纷跑过去。然而，一群人围着火场，束手无策！3座帐篷靠得太近，在中等强度的风吹送下，只有几分钟，全部被烧得干干净净。

在南极，火灾是最有可能出现的灾难。虽然这里满地冰雪，但由于气温极低，融化它们所需的燃料太多，可谓近水不解近渴。想找液态水更是不可能。再加上风从来不会停息，所以火灾阴影时时笼罩在人们头顶上，最严重的一次火灾曾把澳大利亚的凯西站完全烧毁。正规考察站都由耐火材料建成，"七海探险队"的帐篷显然没有这个能耐。

"你刚才动了什么？"巴哈索夫一把扯过周雅琳，凶狠地问。周雅琳吓坏了，张口结舌。

"你是不是用电热器烤火，忘记关了？"巴哈索夫只一转念就把事情原委猜得差不多。周雅琳木在那里，既不点头也不分辩，等于是向大家承认了自己的过失。

"算了，事情已经发生就不用再追究了。"道格拉斯出来打着圆场，"没有什么，烧了东西，我们再去准备就是了。我们筹备了那么多经费，就是以防万一的。"

"物资不重要，重要的是时间。20天后我们就得撤离这里，等明年了。"巴哈索夫叹了一声，然后转过脸，声色俱厉地对周雅琳吼道，

"我们来这里不是训练新人的，如果你实在没有能力待下去，请唐老板把你叫回去！"

从一开始，这个女孩子就明显带有某种目的投怀送抱，只能让巴哈索夫感觉很恶心。现在有这么一个机会，他正好可以建立一道防线，把周雅琳赶得远远的。

唐海波的第一个方案：不惜使用美人计引诱巴哈索夫参与造假，还没有开始就结束了。当然，周雅琳也没有走。巴哈索夫只是名义上的探险队长。这个探险队三国四方，结构松散，更像一群临时约定的自助游游客，彼此不能约束对方。

道格拉斯赶快电告直升机，运送新的帐篷和寝具来目标区域。

在一片忙乱中，吴大川抽空向唐海波汇报一下进展。

"那个俄罗斯人拿不下来，这里地形太平坦，视野很开阔，他定的纪律又很严，在大家面前突然玩失踪，太困难了。是不是……"

"不行！一定要找机会做下去！"唐海波断然否定道，"现在情况不同了。我刚拿到可靠消息，魔海那边并不是廖铮自己在折腾，有个东北的书商在后面撑腰。他要办个新的探险杂志和咱们争市场，魔海考察是头一炮。咱们在这场较量中绝对不能输，没结果也要有结果。廖铮的名气在那里摆着，如果她成功了，巴哈索夫什么损失都没有，损失的都是咱们！"

吴大川立刻明白了眼下的局面。是的，两个目标要么都失败，要么只能有一个成功。古人同时靠上两条类似的海岸，这种可能性根本不存在。而对于唐海波和他来说，既然廖铮占了"二号目标"，"一号目标"更是必须有所发现的。

于是，他把周雅琳拉到身边，小声地说："看来只有第二方案了。只是，听说'白化天'很恐怖啊。"

"没什么，到时候我去就是了。"周雅琳咬着牙，狠狠地说。

"你……"

"我把事情搞砸了，当然要将功赎罪！"

吴大川虽然身为男人，在那个潜在的威胁面前还是缩了回去。你去就你去吧，反正也不是什么光彩的事。为了改变自己的命运，每个人都可以付出一定代价。但要拿生命来冒险，那得有强大的动力才行。吴大川眼下还没有这个动力。

三

和七海考察队相比，廖铮的队伍虽然人少，但组成却很简单。廖铮即是老师，也是绝对的领导者。没有摩擦，这让他们节省了许多精力。

正值南极洲的"盛夏"，这里不停地降雨。穿着外衬纳米薄膜的雨衣，水珠掉上马上会落下地去。然而，阴雨毕竟能迷住双眼，又给周围带来阴湿的感觉，影响工作效率。一周下来，魔海考察队探索了不过两平方千米区域。

按照廖铮的要求，每个区域都要找两遍。第一遍由两个人并排搜索，另一个人则跟在后面不远处，隔段时间再搜索前两个人滤过的地方。这样做是为了避免"人差"——因为观察者本身的原因形成的规律性错觉。冯轶彦和杨嘉怡性子急，都要求老师加快速度，被廖铮回绝了："最可怕的不是没有找到东西，而是你的视线恰好从它旁边经过！"

这里有4个可能的登陆点。他们从第一个登陆点开始，沿着一条细长的平地一直搜索到冰川前。裸露的地面到了尽头，接下来就要用超声波探测仪探索冰面了。南极海岸附近的冰川时退时进，边界年年不同。几百年前的冰川或许比现在靠后许多。

第二天终于没有再下雨，然而却狂风呼啸。到了晚上收工时，杨嘉怡和冯轶彦都患了冻伤。他们首先感到刺痛，接着皮肤出现苍白的斑点，感到麻木——进一步就出现卵石般的硬块，伴有疼痛、肿胀、发红、起疱。在温暖的帐篷里，在隆隆的风声中，廖铮为他们仔细检查着。

"廖老师，有没有影响？"冯轶彦刚刚中了雪盲，怕又一个怪病找上自己。虽然来之前突击训练过一个多月，但他从小虚弱，对自己的身体最没有信心。

"没问题，你的头罩没有戴好，明天系紧脖子上的绳子。这里的风能杀人，灌到衣服里就是问题。来，教你们做个操。像我这样，努嘴挤眼。"说着，廖铮开始做着怪相。看到老师在扮怪相，两个年轻人开心地笑了。

"你们也做吧。这里也没有外人。平时人脸部不运动，又裸露，最容易受冻伤。"

知道没有大碍，两个年轻人放下心来。3个人在欢笑中，在不落的阳光下开始吃晚餐。廖铮瞩目四周，想象着600年前可能发生的情形。是啊，今天的南极人对严寒有了许多经验。可这些经验是用伤病甚至死亡换来的。想想几百年前的古人，他们极有可能来自温带。整个探险队来到这里，不知道要抛下多少同伴！或许，附近某处就躺着一具遗骨。

四

因为火灾，"七海探险队"耽误了一天时间。直升机搭载着补给物资飞过来，新的基地又建起来了。吸取了上次的教训，3个帐篷相隔至少有20米。这次，巴哈索夫顾不上对赞助商们的尊重，严肃地强调着管理条例。如果不这样，他的设想就要被一群"菜鸟"搞砸了。但即使他不强调，大家也不敢再随意任性。南极环境的严酷与古怪已经教训了他们。

接下来，他们又进行了5天的搜索，找遍了一号滩向内3千米的范围。虽然这只是全部目标区域的几分之一，但一股失败的情绪开始在考察队中蔓延开来。休息的时候，有的人躲开巴哈索夫，悄悄议论着。有的开始怀疑整个"郑和下南极"的假设是否纯属幻想。他们觉得，在远离南极洲的地方读一读文章，很容易相信它是真的。等亲自到了这里，鬼才会信当年有人来过这个冰雪世界。

也有的人还坚持这个假设，但却怀疑大家能找到东西。即使古人留下遗物，很有可能被雨水冲进了大海。巴哈索夫不是没有猜到这些议论。但他是个优秀的探险家，却不是好的领导者。每天看着有的人闪闪烁烁地面对自己，他选择了回避，装作一切都没有发生。

当然，这个考察队的骨干人物道格拉斯依然对目标充满信心。七海公司派来的成员和记者也都希望活动越久越好，至于究竟能发生什么倒不担心。

另一个重要人物，代表《神秘世界》的吴大川，更是绝对支持把活动继续下去。他在任何时候都态度鲜明地表示拥护，对于反对意见根本不理睬。有主要人物的坚持，考察队还能维持下来。

尽管巴哈索夫刻意提防，第六天，狂风夹着暴雪突然就向他们袭来。

在这个大陆上，空气从寒冷的中央冰盖向下沉降，席卷，最高速度可达每秒100米。这个速度可以赶上老式的螺旋桨飞机！这天，他们刚刚来到距离二号滩2千米的地方，分好组，还没有开始搜索，大风夹着一堵雪墙就把他们包围了。

"大家待在原地，不要乱动！"巴哈索夫的声音在猛烈的风声中没传出几米就被淹没了。不过，他平时的谆谆教导起了作用：要相信自己的防寒服，它很先进，可以抵挡住任何风。一定不要害怕，不要乱跑。

5分钟后，南极洲特有的魔鬼天气——白化天——就在他们周围形成了。风夹着雪，打着旋，雪落下又被吹起，向四面八方飞舞。再加上光线被雪粒反复折射，结果周围白茫茫一片。甚至，一个人低下头竟然看不到自己的小腿。在南极各个考察站里，每幢建筑都系有"救命绳"，或者伸到其他建筑，或者伸到站区不远处。如果某个队员在外面行走，突然遭遇白化天，他必须就近靠拢救命绳，牵着它才能回到安全地带，足见它对视力的影响有多大。

在这群人里，只有吴大川和周雅琳盼着"白化天"的到来，因为只有这个时刻，他们才有可能远离人们的视线。这是唐海波根据道听途说的资料设计的一份预备方案。然而，吴大川真的置身于白化天中，对万里之外温暖办公室里的老板顿感气愤不已。这哪里是什么怪天气，根本就是某个变形的地狱，飞雪代替了刀山和油锅。他感觉自己活的生命正被一个白色魔鬼一点点吞噬。理智告诉他，身边两三米外就有同伴，但就是看不到。自己的身体被冻结在一片纯白中。

天啊，这种天气，周雅琳能做什么？她不吓破了胆才怪！如果她真想做那件事，今天恐怕就要为她收尸了。

想到这里，他不由自主想走过去，找找周雅琳，确定她在不在原来的位置。但恐惧感又让他定在了原地，现在不是逞强的时候，性命要紧。

两个小时后，白幕才从人们的视野里逐渐退去。巴哈索夫赶快收拢人群，清点人数。周雅琳果然不在！

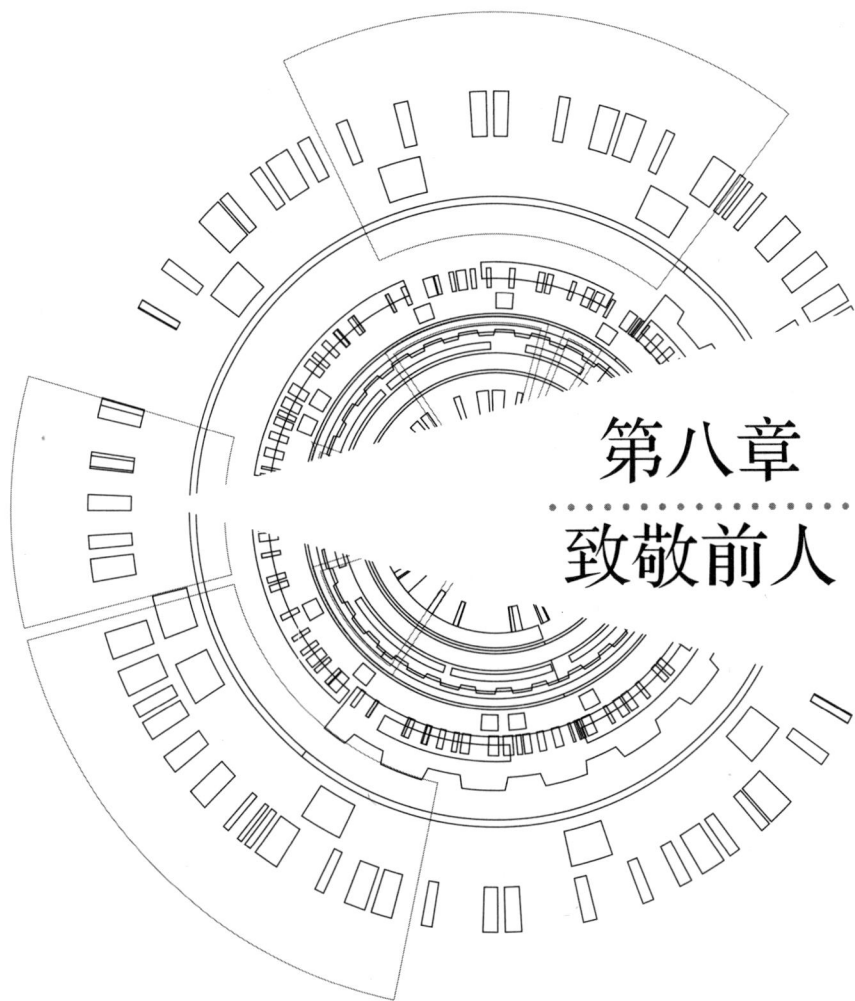

第八章
致敬前人

一

虽然每个人身上都带着定位仪，但GPS系统对信号只能接受不能发送的弱点，这个时候尽显无遗。暴雪以后，放眼四望一片银白，许多沟坎都被抹平了。

"她不会走很远。"巴哈索夫命令道，"去到她最后消失的地方，然后呈扇形寻找。"

还好，周围地形复杂，有不少丘陵、岩石堆，等于设置了许多标志物，周雅琳最后的位置并不难找。他们刚刚来到出事地点，吴大川就远远地看到了一个红色的影子。他大叫着跑过去。那是雪地里伸出的一只胳膊。周雅琳用仅存的力气拨开脸上的冰雪，然后就再也动不了了。大家赶快用雪地摩托把她送回营地。

看到周雅琳有生命危险，巴哈索夫也不再教训她。当半僵的躯体被送回营地后，巴哈索夫将她放到一条铝箔毛毯上。这东西可以反射热量，有助于病人恢复。然后脱去她身上的雪衣，拿出几只增温袋，放在她的腰背部、胃窝、腋窝、后颈、腕部和两腿之间。增温袋里用隔层分别装着不同的化学物质，拉掉隔层，两种物质在缓慢化合中释放热量，可以加热到50℃，保持两小时之久。这是专供极地探险急救的用具。由于体温过低，周雅琳的身体无力自我加热，只能在这些关键部位利用体外快速加热，让血液携带热量流回体内。

然后，巴哈索夫再给她裹上电热毯，命人准备好含糖食品和热饮。

吴大川要求陪伴她："要不要给她喝点酒？"

"不行，酒只能促进散热，只能给她高糖食品。还要马上叫直升机把她送出去！"巴哈索夫说道，"她现在是体温过低，必须送回中山站……"

"不……"半昏迷状态中的周雅琳突然握住他的手，吓了他一跳："我要留在考察队。这个时候我怎么能走！"

巴哈索夫不知道是该佩服她的勇气，还是该嘲笑她的无知："你不走？你留在这里又能做什么？"

"你真的可以坚持吗？"吴大川也挤过来问。一句话包含着多种意思。现场中只有记者和七海公司的人懂汉语。他们很纳闷，吴大川怎么对同事的生命漠不关心？

周雅琳也听不清楚，她的神智处在半清醒状态。

"她能不能坚持，自己说了不算了。而且，她待在这里就要有人陪护！等于减员两个人。"一遇到紧急关头，经验丰富的巴哈索夫自然又成了领袖，别人无从置喙。

"我陪护她吧。"吴大川说道，"我对考察工作不太熟悉，只能算半个人吧。"

巴哈索夫此时不用再忙碌，头脑也清醒了些。他对吴大川的表现感觉很奇怪。同事受了这么严重的伤，按理说他应该选择护送她离开。不过，这毕竟是人家杂志社的事，他不好插手。或许，唐海波下过死命令，要求自己的"探险家"一定坚持在现场吧。

还好，第二天周雅琳的体温就恢复了正常。但这并不表明已经治愈，身体内部储热必须加强直到体内已恢复自身供热的能力。所以，她和吴大川没有再参加考察。

暴雪给考察工作带来了很大妨碍。不过，既然准备来南极，就要准备好迎接下雪天。道格拉斯准备的一辆改装雪地车派上了用场。它的前面装着铁铲，每天都作为先锋，清出地面再由考察队员进行搜索。

二

在魔海那面，除了雨水，并无飞雪阻碍。3个人开始从第二处海滩出发向内陆搜索。这里的裸露地面不多，一处冰川延伸到距海岸几百米的地方。冰川的流速高达每天数米，如果在附近竖个标尺，肉眼很快就可以看到冰川位置的变化。

廖铮让两个徒弟轮番使用超声波探测仪，向冰川下面发射声波，自己在监视器上观察回波信号。使用这种新改良的仪器，每次发射可以辨别出上百平方米的面积。

第15天，一个奇怪的信号突然映入眼帘。廖铮要杨嘉怡原地不动，每隔5分钟发射一下信号。5次以后，廖铮终于可以断定，在几米厚的冰舌下面，有一片动物遗骨！

在这里很容易找到企鹅或者海豹的遗骨，但这么集中地堆在一处，甚至相互叠压在一起，很明显有人为的痕迹。

当下，廖铮打电话请长城站王站长帮忙。他们有冰芯取样器，如果在遗骨周围钻上十几个孔，完全可以把上面的冰层整个移走。但这要劳驾他们出动人力物力才行。

没想到，这次王国富倒是很爽快："你们能在魔海坚持这么久，倒是有点科学精神，不是在胡闹。你传来的回波信号图形站里的专家看了，也有点怀疑。"

当天夜里，直升机就在南极光的照耀下来到现场。赶来的几个科考队员也是兴致勃勃。如果真找到郑和下南极的登陆点，那可比什么都重要。他们完全可以让手头的工作缓缓。

这天夜里，太阳只下去了两小时。天光稍一放亮，大家就在冰舌上忙碌起来。取样钻功率强大，可以打到上千米处取得冰芯，钻透几米厚的冰层很容易。到了中午，就围绕着几平方米的目标区打下几十个孔。科考队员再穿进绳索，系到直升机上，强大的旋翼把一大坨冰块整个掀了起来！

冰层下面埋着大大小小几百根骨头。王国富特意派来一个海洋生物学家随队。他稍一分辨，就发现里面有企鹅和海豹的骨头。

"瞧这些大腿骨。这是企鹅的，至少有十几只，还有3只海豹。它们不可能自然地死在一处，这肯定是一个屠宰场！"

"难道，他们吃海豹和企鹅的肉吗？"杨嘉怡问道。

"很可能是取油脂。"海洋生物学家一边翻弄一边说，"在这里，海豹和海鸟的脂肪是唯一可得的其他燃料来源。看这个！"

他扬起手中的一只胫骨，惊喜地向大家招呼道。人们拥了过来。近处的人明显可以看到，胫骨上有刀砍过的痕迹！

一个埋藏数百年的秘密，几乎可以揭晓了。为此投入许多精力的廖铮三人都流下了泪。

"现在可以证明，郑和真的来过这里了！"一个科考队员兴奋地说道。

"不，光有这个证据还不够。"廖铮最先从惊喜中清楚过来。

"为什么？"杨嘉怡不解地问。

"只能证明有人来过这里，但不知道是谁。甚至可能是19世纪某个不知名的探险队留下的。美国人戴维斯1821年就登上了南极半岛，但他的航海日记1955年才被发现。为了搞清谁来过这里，我们还要从附近找到更多的证据才行。"

"可是，冬天快要到了。"冯轶彦望着越来越无力的太阳，叹了口气。

"没关系，今年不行还有明年。"一个科考队员宽慰他道，"现在已经证明有人来过这里，明年我们甚至可以直接申报研究经费呢。"

廖铮没有说话。她站起身来，放眼四望，那座火山映入她的眼帘。是啊，很长时间里，她一直有种模糊的感觉，却一直抓不住它的内容。现在，一个念头闪电般地在她脑海里亮了起来。

那是一座"热山"，就是虽然不喷发，但仍然有地下熔岩活动的"半死火山"。热气不时从裂缝中喷出来，蒸汽冷凝成冰，夹杂着火山灰，在山的附近形成许多十几米高的锥形丘陵。

"他们一定去过那里！"廖铮突然指着火山说，"数据显示过，几百年来那里一直有地质活动，地面温度足够高。如果古代探险队上了岸，他们一定会选择在那里驻扎，节省燃料。他们根本没在岸边扎营！"

三

周雅琳从雪地里被救出的第三天，已经可以走路了。她变得嗜睡，反应迟钝，对于别人提问不知道怎么回答。有时候突然战栗，行动不协调，走路跌跌绊绊几致摔倒，头痛，视觉模糊，腹痛。她记得自己以前醉过几次酒，醒后的那种感觉和现在一样。

不过，她告诉吴大川，尽管在鬼门关上走了一圈，但事情已经办好了。吴大川心里有了底。他也不急于引大家到埋藏假货的地方，一方面要让这些人的失望情绪再深一些，另一方面也是为了避免嫌疑。

此时，适合考察的时间只剩下不到一周，失败情绪在七海考察队里更加浓厚了。加上大雪覆盖现场，考察进度越来越慢。道格拉斯已经声明，今年找不到没关系，他有足够的钱，来年再把这片场地搜索完。话虽高调，但在巴哈索夫听来，这几乎就是要放弃的前兆。

终于，在"T-5"号地块上，投入巨资的考察有了结果。雪地车刚刚铲开雪层，一个队员就惊呼道："小心！这是什么？"

那是几块堆在一起的石头，最上面的已经被铲子铲到一旁。正是它的滚落吸引了他的注意。这里从未有人迹，哪怕只有两块石头摆在一起，也足够说明问题。

更何况，这里一共有6块石头，摆成小小的金字塔。企鹅与海豹绝对没有这种智力！

他们立刻把其他组员召唤到这里，一时间群情高涨。大家把石头边的雪拨开，仔细寻找。不一会，记者尖叫了一声："这里有东西，啊，这是什么！"

吴大川暗自高兴，现在别人代替他开了口，他更可以避去嫌疑。

记者高举着一片古朴的玉雕，人们都凑了过来。探险队里的外国人发现是玉，都把询问的目光投向中国朋友，但这些人也都摇了摇头。他们都没学过考古学，哪里接受过分辨玉器的训练。

"在这附近再找！"道格拉斯高兴地忙碌起来。大家以石堆为中心，圈出一块1000平方米的地方，仔细寻找着。

直到天晚，大家也只找到一块玉牌。不过，这丝毫没有减少大家的兴奋。"水师"两个字早被中国队员读了出来。众人激动不已。

只有巴哈索夫一直沉吟不语。他向道格拉斯要来玉牌，告诉后者自己要通过网络请有关专家核实一下。考察队里有像素极高的数码相机，巴哈索夫给玉牌从各种角度拍了数码照片，传到他认识的玉器专家那里。他请各位先到外面等一下，谁也不要进去打扰。

等了一个多小时，巴哈索夫才探出头来，把吴大川请了进去。他小心地拉紧帐篷上的拉链，然后把玉牌摆到桌上。

"我征求过3位玉器专家的意见。他们都认定，这块玉牌表面的纹理叫'银湾浮萍'纹，只有埋藏在冰雪里数百年的玉才能留下这种纹。"

"是吗？那更可以说明它是郑和的遗物……"

"但我还询问了南极气象专家。他告诉我，这片地方的冰雪每年到夏季肯定要融化，暴露出岩石。玉牌如果遗失在表面处，每年要经过一个热胀冷缩的循环。"

吴大川的脸顿时变得一片苍白。

"我又转过去，请教玉器专家。他们告诉我，如果这样的话，表面不会出现'银湾浮萍'纹，只能出现'金星绕月'纹！"

吴大川的头"嗡"的一声，气温这么低，头上居然沁出了汗。

"而且，'T-5'离周雅琳被埋的地方只有几十米。只是因为被归为次要区域，才轮到今天发掘。"

吴大川的脸色反而平静下来。反正穿帮了，又不是自己主使，爱怎样怎样吧。巴哈索夫压低声音，狠狠地说道："告诉你们，我为这个假设投入的精力，比世界上任何人都多。也正因为这样，我绝对不允许有人用假货玷污它！"

这时候，巴哈索夫的手机响了，廖铮欢快的声音从里面蹦了出来。巴哈索夫认识廖铮这么久，头一次听到她像孩子般兴高采烈。

"你快来吧。我们找到了。"

"什么？"巴哈索夫正在愤愤中，一时反应不过来。

"我们找到了，600年前古代探险家的营地，就在威德尔海岸边，火山洞穴里！"

一天以后，巴哈索夫就出现在"二号目标"区里。他下了直升机，马上跟着廖铮踏进火山洞穴。这里不仅有她的两个徒弟，还有长城站的科考人员，以及迅速赶到的各国记者。道格拉斯虽然投了巨资打了水漂，但朋友能够得到这样的发现，他也带着"驴友"们来分享喜悦。

只有吴大川和周雅琳，无法再面对众人，中途来到中山站后就登机直奔澳大利亚，再转机回国。

廖铮带着巴哈索夫，低着头钻过一个长长的洞径，眼前豁然开朗，出现了一个上百平方米的空穴。为了保护古迹不受影响，科考队挂起一些冷光棒供照明，没有使用大功率灯泡。在灰白色的光线下，巴哈索夫看到了沿洞壁打出的石桌，几只木板架在那里。因为无菌，它们经历了几百年的时光。

感谢南极的寒冷，这里什么也不会腐朽。在这些东西上面，一行圆润的刻字等待着他们，那是阿拉伯文。他们读不出它的语音，但都知道它的内容。它高挂在全世界每个伊斯兰教信徒家里的墙壁上。

"认主独一！"

"是的，这就是兀鲁伯派出的船队！"廖铮终于证明了自己的推测。

巴哈索夫哑然失笑。是啊，兀鲁伯亲自收藏的陨石、明朝外国贡品中的鸟骨、阿拉伯式样的沉船、伊斯兰秘法中的信念，此前所有证据其实都指向这个结果。只不过，"郑和"这个名字把那些证据磁石般地吸引到自己周围了。

当然，巴哈索夫也不是失败者。他苦笑着站在那里，搔着后脑。

四

半个月后，巴哈索夫再一次站到北京大学科学文化讲台上。他环顾四周：讲台、投影仪、墙壁上的科学家画像，一切都没有变。但有一样变了，人们对科技史的认识，对祖先的崇敬，对冰雪大陆的看法。

台下聚了更多的人。由于前排座位都给了两院院士、各校专家、新闻记者，后面的学生拥挤着，不少人挤坐在窗台上。虽然有这么多人，当他一走到讲台上时，几乎同时安静下来。

巴哈索夫开了口，他嗓音有些沙哑。现在他正在患"南极后遗症"：南极那里几乎没有病菌，再冷也不感冒。反过来，习惯于南极的环境，一回到其他大陆就容易犯病。

踏上讲台以前，巴哈索夫极力想让廖铮主讲，是她最终让这个历史悬案水落石出的。但廖铮认为，没有巴哈索夫，这项研究根本不会启动，所以还是把老朋友推上了主讲台。

"朋友们，我很荣幸在此介绍考古学上一个重大的发现。在此，先要介绍一位大家可能并不熟悉的君王，因为他没有任何辉煌的战绩和政绩。这就是蒙古帖木儿帝国汗王兀鲁伯。他出生于1394年，死于1449年。在以前，人们以为他留下的遗迹只有撒马尔罕天文台。但在今天，我们已经知道，他在南极留下了更为伟大的遗迹。"

"根据这段时间对火山遗址的调查，我们推论，他曾经接受了萨拉摩斯蒂的学说，认为在南北两极，也就是经线汇集的地方，蕴含着神秘的能量。同一时代里，郑和下西洋的壮举也激励着他。当时，他还没有继位。但在一个鼎盛时期财力不逊于明王朝的大帝国里当储君，他有财力同时派出两支探险队，前往南北两极处。他们接受的任务，就是不惜一切代价来到地球的两端。至于沿途会发现什么，那里有什么，他们根本不知道，也不用知道。只要找到通达两极的路，再把他们的君王载去就是了。那支前往北极的探险队，我们只是从火山洞穴里留下的片段记录中才得知它的存在，以后还要去寻找它的下落。而这支前往南极的探险队，由四只当时最大的船组成，每只排水量500吨，共有300多名水手参加了这次远航。"

　　"那张辗转绘出的羊皮海图迷惑了我。当时，他们也并没有找到测量经度的方法。上面的航线只能明确标出纬度而不是经度。当然，由于目标本身的奇异性，他们根本不需要知道经度，他们只要不停地往南就行。而这可以通过当时的天文观测水平得以保证。这个船队在什么地方接近了南极陆缘冰，现在还无法知道。他们接下来被南极绕极流裹带，由西向东漂去，一直到魔海后才偶然间摆脱掉洋流，同时发现了陆地的踪影。气象学家告诉我们，那个时候魔海的气温比现在高，夏季陆缘冰和冰山更少。"

　　"一路上损失惨重，最终到达魔海海岸的还有两艘船，不到200名水手。由于伤亡过于惨重，又面临水手叛乱，指挥官决定放弃进一步前往南极的探险，回国禀报兀鲁伯，请他再派来更大的船队。"

　　"再后来的历史我们都知道了。这只船队把他们的发现，陨石、鸟骨，肯定还有更多的东西，带回给兀鲁伯。但是，1449年，刚上台两年的兀鲁伯就被儿子阿不都·剌迪甫处死，根本没来得及派出第二支前往南极的探险队。兀鲁伯应该是一位伟大的科学家。只不过，历史错位让他一定要扮演政治家的角色。而他扮演得很失败。这段伟大的南极探险史，就随着他的死亡而没有记载下来。但是，虽然当地的正史里没有这个船队的踪影，但其中一些线索却传到了西方，慢慢激发了'南方大陆探险热潮'。"

　　"历史学界的朋友说，我们这个发现，可能是21世纪以来最重要的考古发现。但是，在我那些从冰天雪地中归来的朋友心目中，我们这些驾驶着航船和飞机，使用卫星全球定位系统的现代人，冒险精神实不及古人之万一。当人们去看墙上的世界地图时，应该知道，它是用成千上万的骸骨换来的！"

　　"在此，我谨向为本课题提供线索的朋友表示感谢。历史学家博尔季诺夫先生、赵桐文先生，天文学家诺夫特先生，科技史专家简晓原先生、阿布·赛义德先生，计算机专家韩愚迁先生，海洋学家苏云霞女士。之所以列举了这么多位专家，还要注明他们的专业领域，是想提醒大家注意这样一个事实，现代科学高度分工，已经形成了一个巨大无比的迷宫。世界的全貌在越来越精细的同时，也变得越来越破碎。面对现实问题，只有再从这个迷宫中钻出来，才能恢复它的原貌。以本课题为例，没有各领域朋友的共同努力，它不可能得到最后的发现。"

廖铮像上次那样，把手机调成无声状态，在前面就座，听着巴哈索夫的演讲。忽然，手机闪起微光，廖铮拿着它离开大厅接听电话。

"廖大姐，有件事要和你商量。"来电话的是《神秘世界》编辑部副主任谢子桂。

"叫我大姐，不是往老里催我嘛。"廖铮和他是老同事，开着玩笑，"说吧，什么事？"

"呵呵，别见怪。"谢子桂笑着说，"告诉你一个好消息，唐海波已经从杂志社滚了！"

"哦……"

"他的连锁书店急速扩张，赔了一大笔钱，现在已经摆不清了，只好退出杂志社，顾他的老窝去了。"谢子桂是廖铮的老同事，也知道唐海波一手中断廖铮的专栏，所以认为廖铮对此也有同感，"现在我暂时负责杂志社的一切事务。我们都想请你回来，直接当社长。你知道，做做编务还行，整个杂志社我挑不起来的。"

"天啊。那不是要拴住我吗！"廖铮惊道，"你知道，我更爱探险哦。"

"别别别。现在只有你的名气才够大，你不能见危不救吧。"

沉吟了一会儿，廖铮说道："这样吧，我还是做你们的供稿人。这样我们双方都轻松一些。至于新东家，我帮你们联系一位老板。他肯定会把刊物办得更好。"

廖铮合上手机，又回到大厅里。在那里，复杂的人际关系被屏蔽在外面，她可以面对一个热情而又单纯的环境。

百年科幻

郑军秘境科幻探险系列

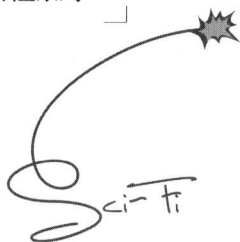

Sci-Fi

孤岛潜流

郑军 著

科学普及出版社

·北 京·

图书在版编目（CIP）数据

郑军秘境科幻探险系列 . 孤岛潜流 / 郑军著 . -- 北
京 : 科学普及出版社，2023.4
　　（百年科幻）
　　ISBN 978-7-110-10532-0

　　Ⅰ . ①郑… Ⅱ . ①郑… Ⅲ . ①幻想小说—中国—当代
Ⅳ . ① I247.5

中国国家版本馆 CIP 数据核字（2023）第 038312 号

策划编辑	曹　璐　王卫英	
责任编辑	王卫英	
封面设计	书香文雅	
内文设计	书香文雅	
责任校对	焦　宁	
责任印制	徐　飞	

出　　版	科学普及出版社
发　　行	中国科学技术出版社有限公司发行部
地　　址	北京市海淀区中关村南大街 16 号
邮　　编	100081
发行电话	010-62173865
传　　真	010-62173081
网　　址	http://www.cspbooks.com.cn

开　　本	720mm×1000mm　1/16
字　　数	490 千字
印　　张	40
版　　次	2023 年 4 月第 1 版
印　　次	2023 年 4 月第 1 次印刷
印　　刷	天津泰宇印务有限公司
书　　号	ISBN 978-7-110-10532-0 / I・655
定　　价	120.00 元（全 4 册）

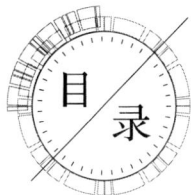

目录

Catalogue

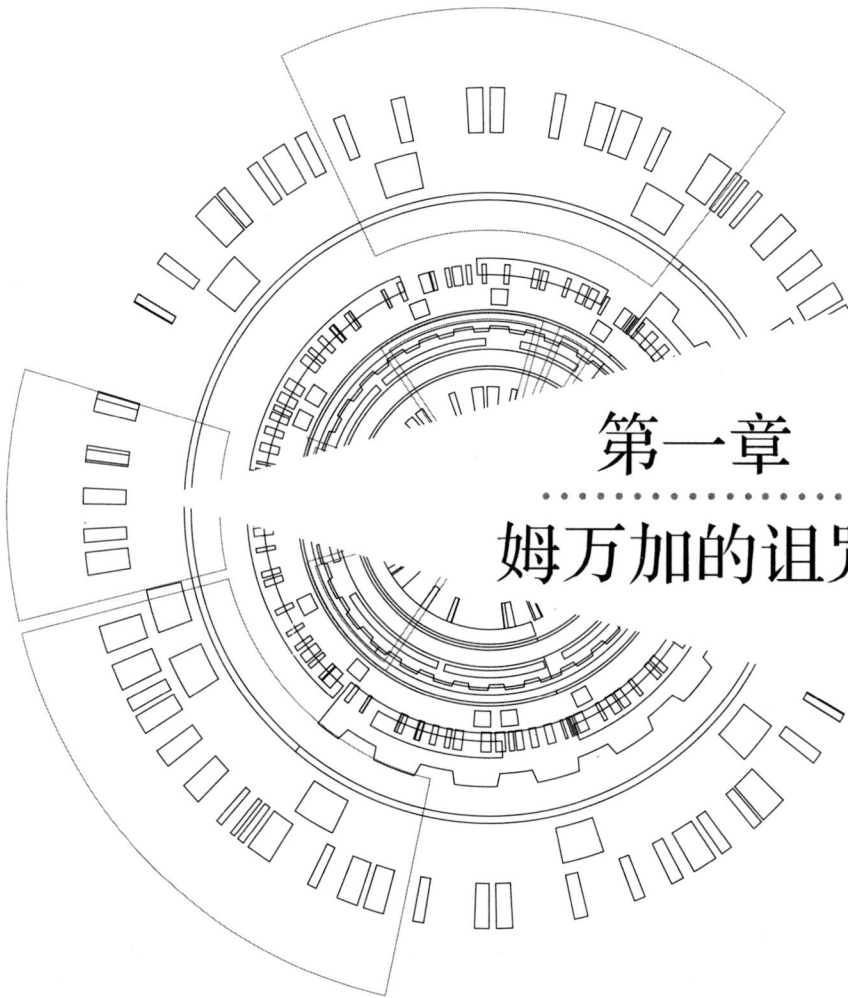

第一章

姆万加的诅咒

一

　　那天，甄涛第一次拜访格雷厄姆·霍克斯。当时，这位工程师的酒还没有醒，正斜倚在沙发上，云游于半醒半睡之间。

　　在"霍克斯深海技术公司"唯一一间办公室里，除了这位60岁开外的退休工程师，还有两个助理，其中一个还是利用暑假来兼职的学生。助理一面忙着收拾乱糟糟的房间，一面向甄涛道歉，说自己不知道老板又喝多了，否则肯定请客人另约时间。

　　甄涛表示没有关系，找到唯一一把没有堆着文件或者杂物的椅子坐下来，观察着四周。百十平方米的屋子里堆着电脑、线路板、图纸和空食品袋，只有两样东西让它不像一家杂乱的网络公司——四面墙壁上都贴着海图，还有大大小小的潜艇和潜水器模型摆在桌子上。

　　在过来的路上，甄涛已经观察了周围的环境。他不清楚美国旧金山地区房租价格是多少，但这间由偏僻处某个废弃厂房改造的办公室无论在哪个城市都花不了几个钱。总之，这家公司的老板可能是个伟大的梦想家，但现状很窘。

　　霍克斯被惊醒了，助理马上过去向他介绍来人是谁。听说这个比自己小将近20岁的东方人是个企业家，而且专程来看看那件宝贝，霍克斯并没客气，张口就问："朋友，你懂海洋吗？"

"唔……"

"你喜欢海洋吗？那可是打开深海之门的钥匙！不懂海洋的人，就是看了也不知道它有什么价值！"

甄涛这时已经坐拥十几亿身价，并且赚到的财富都来自大海。不过这无法证明自己热爱海洋，一个煤矿老板也未必会喜爱矿井。于是他回答说，自己毕业于中国海洋大学，当年那里还叫青岛海洋大学，如今已经是中国海洋学界的最高学府。所以，自己至少算是个海洋学专家。至于说到是否热爱它，甄涛认为自己是有这样的感情的，但这不好客观评价。

"那么您下过海？我说的可是深海，在真光层下面，那是海洋的主体，不是指游客们花钱在马尔代夫或者塞班岛玩潜水。"

"真光层"是指阳光能够穿透的海水层，平均深度大约200米。生活在陆上的人们经常会看到描写海底风光的影视片，它们全部拍摄于真光层那盘旋萦绕的阳光之下，而这只是大洋的一层皮。只有科研人员或者海上石油工作人员才有必要潜到它下面，进入那个彻底黑暗的世界。在那里，有着比黑夜深重得多的黑暗。

甄涛恰恰就是其中一员："我下过深海，美国的'阿尔文号'、俄罗斯的'MIR号'我都搭乘过。中国海洋局的'蛟龙号'在试验阶段时，我们公司还参与过几个项目。当然，就前景而言，我觉得它们哪个都比不上您的'深海飞行家'！"

千穿万穿，马屁不穿，何况甄涛这话里包含着至少八成的实话。霍克斯听罢立刻站起来，走过来搂着甄涛的肩膀说，向他一竖大拇指："好朋友，那就来吧，它需要见到识货的人！"

世人都知道潜艇能在海面下潜行，其实一般潜艇也只能潜到几百米深。苏联的"共青团号"曾经创造过1070米的世界纪录，那与全球海洋平均近4000米的深度相比也算不了什么。每深潜10米，海水就会多施加一个大气压。随着潜艇下沉，强大的水压会让艇壳吱吱作响，让这些陆地上的客人晓得厉害，知难而退。

想再往深处去，人类就必须依靠能承受更高压力的潜水器。它的外形就像一枚炸弹，浑圆的艇身可以抵抗几百个大气压，内部空间里仍然保持着一个大气压。这样，人坐在里面随艇上浮下沉，不需要在减压舱里待上很长时间。只不过为了实现这一功能，内部空间只能造得很狭窄，一次仅能塞进去两三个人。一些较小的潜水器，人只能趴在里面操作设备。

算起来，"能下五洋捉鳖"的载人潜水器，远少于"能上九天揽月"的载人飞船。甄涛提到的那几个名字，都是全世界海洋学界大名鼎鼎的深潜器。它们不仅数量稀少，关注度也是远小于能上天的飞船。每次出发，它们都是默默地被吊下水，不像火箭那样轰鸣着飞上天。这些宝贝不仅结构复杂，造价高昂，使用起来还必须靠母船用吊车放下、升起。潜水器在水下也可以用自己的动力行驶，不过速度只相当于人类在散步，续航能力也很差。

依靠如此之慢的速度，要去考察占地球表面积70%的海洋底部，不知道要等何年何月才能看个大概。所以，人类迄今为止对海底世界的认识，甚至少于对月球表面的了解。伽利略当年都能够画出月面图，300多年后，人类才靠间接的超声技术绘出了海底地形全图。

当然，历史马上就要改变了，转折点就在美国旧金山附近这片海湾中的某处地方。霍克斯带着甄涛离开他创办的深海技术公司，驾车驶向佛蒙特角。甄涛很担心这位工程师酒后能否开好这辆车，或者被警察找麻烦。不过在冷风劲吹之后，霍克斯的酒倒是醒了不少。

提心吊胆之中，甄涛到了目的地。那是一个小型游船码头，平时总有十几艘私家小游艇泊在那里。在它们旁边，就是那只能够改变历史的新机器。霍克斯为了研制他的宝贝，抵押了房子，卖掉贵重物品，还在自己任职的学校里募了捐。现在，这些钱都化作眼前的这台样机。它静静地随波荡漾，形貌最多算是有点古怪，而非多么惊人。

甄涛大步来到海边，仔细观察着他梦寐以求的宝贝。那件机器长六七米，有着与飞机类似的外形，不过机翼很短，倒像是一对鱼鳍。它的尾部也有垂尾和升降舵，只不过垂尾倒过来插在水里。如果不是机身中段有两个朝着上方的玻璃罩，看上去就像一架翻倒在水里的普通飞机。

这架机器出现在眼前的样子，比屏幕上数码照片给甄涛显示的要粗糙很多。船体表面到处都是粗大的铆钉，还有一些焊点清晰可见，不用抚摸就能发现机身上凹凸不平。想来那霍克斯一个人又做焊工，又干钣金的活，显然哪项都没能做得细致。

难道它并没有吹得那么厉害？甄涛马上驱走自己的怀疑。想当年莱特兄弟那架划时代的飞机，不过是用木头和布片拼起来的，自己可千万别看走了眼。

"放在这里，您不怕它被人偷走吗？"甄涛看着霍克斯打开前面那个玻璃罩，好奇地问。

"谁能把它开走？我是现在全世界唯一的深海飞行家。"霍克斯得意地指指自己，又掀开后面的玻璃罩，"来吧朋友，我带你下去兜兜风！"

这个宝贝的名字就叫"深海飞行家"，当然，还可以指能驾驶它出航的人。这东西有个狭长的舱室，乘员要从玻璃罩那里把下半身钻进去，上半身探出机身，倒扣在玻璃罩下面。偏巧两人都是大个子，甄涛为了让前面坐着的霍克斯操作方便，只好用力收缩自己的两腿。关上玻璃罩后，他还要忍受这位世上唯一的深海飞行家的酒气和汗臭。

霍克斯兴致勃勃打了个呼哨，开启了电动马达。要在水下航行，除了核能，电是唯一可靠的动力。"深海飞行家"离开泊位，缓慢加速。伴随着速度的增加，它的头部开始下探。很快，当速度超过12码后，水流在两翼上产生了足够的"降力"，把整个机身全部按到了水面之下！

飞机产生前，人类只能利用浮力原理建造出比重小于空气的气球和飞艇。后来，工程师们制造出了机翼，让它拥有平直的下表面和弧形的上表面。当气流分别通过上下两个表面时，下面的压力小于上面的压力，于是就在机翼上形成一个升力，进而抬起整架飞机。

当然，产生升力并非机翼的唯一作用，热气球都能提供足够的升力把人送到天空。当飞行器拥有机翼后，可以通过调整机翼形状来控制升力的分布，无论灵活性还是速度，都压倒了气球和飞艇，把它们淘汰出天空。

如今，海洋世界里正上演着类似的一幕。现在居主导地位的潜水机器就是潜艇，它也要靠浮力原理才能下潜上浮。为了能够下潜，潜艇的比重必须大于水才行，再加上那圆筒型的笨拙艇身，都让它们在水中不能像鱼儿那样灵活游动。

这位人高马大的美国工程师常年研究潜艇技术，某日忽发奇想，既然水和空气一样是流体，那么把机翼翻转过来，将平坦的一面朝上，弧形的一面朝下，当它在水中向前行驶时，水流体不就可以在两翼上形成向下的压力了吗？让这样一件机器去潜水，它将不再是"沉下去"，而是真正地"潜下去"。它将自由地穿插于不同深度，上浮、下潜、左转、右旋。它将像抹香鲸和鳐鱼那样，自由地遨游在深海世界，人类将在深海里获得天空中那样的自由。

这个伟大瞬间类似于苹果砸在牛顿脑袋上的那一刻。不过从那以后几年里，没有任何机构支持霍克斯的狂想，甚至包括他就职的深海技术研究所也对此不屑一顾。这位幻想家只好自己出力流汗，努力将它付诸研究。霍克斯挽起袖子，使用钢铁材料建造了一架样机，在加利福尼亚州蒙特雷湾进行了处女航。它真的下潜了，速度还能提升到每小时15节。虽然无论潜艇还是鱼雷都比这快得多，但它却能像鱼儿般灵活机动地运行。笨一点没关系，要知道，世界上第一架飞机的首航也只飞了几十米。

眼下，不管霍克斯如何失礼，甄涛还是对他十分尊重，因为他是三代家传的潜艇专家。霍克斯的祖父是德国人。第一次世界大战后，在《凡尔赛和约》的扼制下，德国海军力量被大大压缩。他们认定以后如果再起战端，德国海军只能靠潜艇出奇制胜。于是从1919年开始，德军便秘密派人调查北大西洋海底地貌特征，哪里有海山，哪里有峡谷，哪里可以潜伏，哪里可以出击。他们绘制出当时最完善的海底地貌图。霍克斯的祖父便是调查队的一员，并且在执行任务途中葬身于冰海。

霍克斯的父亲继承家业，为德国设计最优秀的潜艇。这些潜艇几乎是当时德国唯一给盟国制造出麻烦的海军力量。第二次世界大战结束后，同盟国占领德国，镇压掉大大小小的纳粹官员，但像老霍克斯这样的技术专家却不在其列。他被带到美国，并且秘密入籍，后来成为美军核潜艇设计专家。再往下，现在这位霍克斯就成长于潜艇研究院的实验室外，天天耳濡目染。

伴随"深海飞行家"的前进，甄涛好奇地望着窗外，这不同于他体验过的任何一次下潜。圆形潜水器都是直挺挺被扔到海里去的，现在的"深海飞行家"却可以像鱼儿一样游来逛去。霍克斯给客人表演了右转、左旋、上升、下插，还兜了一个360°的圈子。当他驾驶"深海飞行家"呼喊着冲向一堵礁石时，甄涛抓住前排座位靠背，骇得说不出话来。他以为驾驶员已经醉得不成样子，不料在距离礁石还有十几米时，霍克斯轻巧地拉起机头，跃了过去。

自由！人类从未在海水里享受过这样的自由！甄涛和每个初次体验到"深海飞行家"奇迹的人一样，久久说不出话来。

尽管霍克斯见面就问甄涛有没有下过深海，然而当这架潜艇入海后，也只是在浅海里游弋。甄涛估计它都没潜下过30米，因为阳光一直在头顶上荡漾，周围的珊瑚和鱼儿清晰可辨。忽然，甄涛感觉胳膊上有些湿。他用手一摸，从玻璃罩和机舱接缝处摸到一丝水迹。甄涛吓了一跳，同时也知道霍克斯不敢深潜的原因了。

"那么，我猜如果您关掉发动机，它就会自己上浮？"甄涛推测着"深海飞行家"的技术细节。

飞机一旦失速就会掉下来，这种深海飞机既然事事反其道而行之，那么它一旦失速就会上浮。霍克斯一竖大拇指："是的，这就是我们回家的方式。"他把潜艇开到岸边，关掉发动机。顿时，一股强大的浮力把它托出海面。等在那的助理远远扔来缆绳，霍克斯掀开玻璃罩，探身出去把它接过来拴在船尾上。

这台样机制造得很粗糙，只兜了这么一会儿，舱里就有几个地方渗水。尽管如此，舱盖打开后好久，甄涛坐了半天，才从震惊中回过神来："天啊，您已经驾驶它下去多次了？"

"我都记不清有多少次了，反正闷的时候就开着它下水去转转。现在，我对这一带海下的情况就像自家后花园一样熟。"

甄涛抚摸着那架粗糙的样机："霍克斯先生，这和莱特兄弟第一次驾机上天同样伟大，但为什么关注的人这么少？"

听到这个问题，霍克斯的眼圈有些红："时代变了，我的中国朋友。那是人们为科学疯狂的年代，现在谁还在乎科学啊，人们都关注明星和政客去了。奥维尔——就是莱特兄弟里面的弟弟——1948年他去世的时候，有幸看到喷气机在天上飞。我什么时候能看到'深海飞行家'可以在几千米的深海里游泳呢？"

老人惆怅的神情让甄涛为之动容："先生，有没有投资人对它感兴趣？"

霍克斯表示自己是个工程师，不会做生意，只是靠拉赞助才把"深海飞行家"搞到这个程度。曾经有位爱好探险的实业家投了资金，说等他把新型的"深海飞行家"造出来，要开着它去加勒比海，寻找传说中的海盗宝藏。霍克斯满足了此人的要求，于是就制造出了眼前这架第二代样机。但它刚刚问世，那位探险家却在一次雨林探险中坠机身亡。

五角大楼也派一个技术军官来看过，那个军官提出个难度超高的要求——请霍克斯制造一种"飞行潜艇"。它离开海面后能在空气里飞，潜下去又能当潜艇来攻击敌方。霍克斯尽管自己很是异想天开，但他却告诉这位更加异想天开的官员，"深海飞行家"的优势完全在海下。如果飞上天空，不会比动力伞快多少，估计一枚火箭弹就能把它打下来。

于是，老实的霍克斯便丢掉了五角大楼这个巨型客户。

"当然，最重要的是我想找个热爱海洋的投资家。军人只知道打仗，海洋只是他们征战的场所。对了甄先生，您的公司做什么业务？"

甄涛告别他，自己建立起一个海洋资源勘探公司，正准备进军深海勘探海底资源。如果能拥有几架"深海飞行家"，他就能加速实现这一梦想。"现在那些深潜器放到海底，速度还不如我们在闹市散步。就是几千平方千米的面积，都不知道要考察多少年。所以我不仅要能潜得深，还要能走得快，走得灵活。在您这里，我已经看到了这个梦想。"

于是，双方坐在海边的长椅上完成了口头协商。甄涛回去准备足够的实验经费，霍克斯把"深海飞行家"开发成一种实用型有翼潜水器，让它结实耐用，可以潜到3000米的水下。

过了几天，甄涛再次拜访霍克斯。这次老先生很清醒，不光穿着讲究，正襟危坐，说话也不像最初那么痛快。他告诉甄涛，海湾里那台样机算是当年那位冒险家的私人财产，虽然人已经死了，家属对它也没兴趣。但出于对死者的尊重，他不会把它卖给别人。

"我不买那台，我是请您重新造一台新的。"甄涛不知道老人为什么犹豫起来，"我做了估算，那台第二代样机最多只能潜100米。"

接着，霍克斯又提出一个技术上的难题。现在的"深海飞行家"只能在浅水区逛逛，如果真想搞一架穿越于千米深海水的家伙，必须重打鼓，另开张。

"你知道美国空军最新式的隐身轰炸机吗？根本没使用任何焊接或者铆接技术，十几米见方的碳纤维材料，整块放到数控激光成型机里面，机身、机翼、机尾、座舱，甚至里面细小的油管，整体切割出来。这样切出来的结构，强度能达到材料的极限。我只能买到便宜的金属材料，也没有那种切割机，完全靠敲敲打打，所以只能造这么个简单的家伙。"

霍克斯给甄涛看了另一份设计图，这位老先生的终极理想，是搞出一架形似鳐鱼的东西。它有一双宽大的三角翼提供"降力"，机舱和机身浑然一体，呈现出扁扁的流线型。"鳐鱼类中的蝠鲼能潜到两千多米，我这种样机能潜到绝大多数洋底。只是用金属板材我制造不出它来。"

"您是希望我先拥有技术条件再来合作，以免半途而废？"

"可以这样说。虽然钱是你自己的，但如果半途而废，我也会为你的损失惋惜。"

"那好，我去找找这种数控激光成型机。"

这次，甄涛回来的时间缩短了一半。只过了3天，他就又坐在霍克斯面前："我已经从中国找到了数控激光成型机，可加工10米乘10米的原材料。功率比不上美国的大，但只要您设计出来的样机小于这个尺寸，原材料放到数控切割机里我们就能切出来。碳素纤维当然比金属贵得多，不过那完全不是问题。"

"你们也有这种机器？在你们的军工厂里？"

"反正能给我们切出样机就行了。"甄涛神秘地一笑。

这么一解释，霍克斯的顾虑反而更重了。他知道，自从全球金融危机以后，中国成为全世界最大的财主，到处投资或者购买资源。为了减少对外投资的阻力，中方经常让民营企业打头阵，背后给予强大的金融和技术支持。既然这种激光整体切割技术只有军方才掌握，甄涛能搞到它，说明此人的背景绝不简单。

这次，甄涛决定开门见山："技术条件已经完备了，您是否还有什么顾虑？"

霍克斯犹豫了一阵，终于开口了："其实，有个问题比这些都重要。就像你说的那样，我这个发明在科技史上的意义不比莱特兄弟的飞机小。可你想想当年飞机出现后的情形吧，没有它，空战就打不起来。"霍克斯敲了敲屏幕上那个鳐鱼般的设计图案，"这个东西一完工，世界上所有潜艇与它相比，全部都和飞机面前的热气球一样。拥有它的人，就是深海的主人！"

甄涛点了点头："我明白，您不想让这种划时代的技术被一家中国公司垄断？"

"请原谅，我必须考虑到这一点。"

"这个问题很好处理，我不买您的技术，我入股霍克斯深海技术公司。我出钱，您出技术，这是咱们的合股公司。将来还可能会在哪个证券市场里上市，成为公众公司，任何国家的人都可以参股。我们将制造出成百上千艘'深海飞行家'，把它们卖给企业使用、给探险家去探险、给世界各国游客到深海旅行，谁花钱都可以买到它。这是公众的财富，世界上没有人可以垄断它！"

二

尸骨如山，一片死寂……

他们的舞还没有跳完，他们的酒还没有饮干……

人们倒卧在一起，分不清男女老幼，也分不清生前的富贵与贫穷……

巨石无言，记录这恐怖的一幕……

每隔550年，姆万加的诅咒都将回归大地。

像阳光一样准时，像海潮一样守信。

他要收回自己缔造的一切，如同我们收获自己种下的庄稼……

太平洋岛国密克罗尼西亚联邦派出的民谣演唱家，一个40岁出头的男人，上身裸露，下身穿着草裙，正在卖力地演唱传统民谣。它叫《姆万加的诅咒》，据说已经流传了几百年。现在，它被当地文化界确定为"民族史诗"，目前正在申请成为世界非物质文化遗产。

演出地点并非专业场所，而是纽约联合国总部哈马舍尔德图书馆里的一间办公室，此处归联合国教科文组织使用。因为怕影响附近人们办公，来人没带乐器，只是清唱。一名文化研究专员正在聆听他的清唱。

在演唱家这一侧，坐着密联邦申请团队的领队，密克罗尼西亚社区大学的斯基林博士。他在美国密歇根大学文化学院接受教育，目前是密联邦学历最高的人。他带了一名助手，名叫塔利克，后者还不到30岁。小伙子第一次踏进联合国总部，在同胞演唱的同时，他好奇地打量着室内的装修。这座60多年前完工的建筑已经显得很老土，却又不像古迹那么庄重，塔利克不禁有些失望。

要申请成为世界非物质文化遗产，必须按程序一步步来。申请者先要来到这里打动联合国的文化专员，让他们觉得有必要移尊就驾，到该遗产的发祥地去考察。现在，斯基林博士就是在努力挤过这道门槛。

表演结束了，文化专员开始就"姆万加的诅咒"询问背景资料。斯基林博士一一做了回答。斯基林告诉对方，姆万加是查莫罗人、加罗林人①的海神。传说它每隔550年就降临在联邦最大岛屿波纳佩，用瘟疫杀死上面所有人，给后来者清出居住空间。等新移民繁衍开去，人丁兴旺之后，姆万加又会像收庄稼一样拿走他们的性命！一次又一次，可怕的轮回始终笼罩这个孤岛。

文化专员笑容可掬，请他们先回去休息。第二天，斯基林博士带着助手去听研究结果。文化专员抱歉地通知他，这首民谣暂不能入选"世界非物质文化遗产名录"考察名单。也就是说，他们不会自费掏钱去密联邦调查。"你们的资料很不全面，其他国家要申请类似的史诗，都要准备有3到5种不同的唱法，以便互相参考，而你们只提供了一种版本。"

斯基林有些激动地说："请允许我做解释。在基督徒来到我们岛之前，岛民中间确实流传着它的许多唱法，还有其他很多种民谣，其内容包括世界如何诞生、波纳佩岛如何从海底升起等。先民们热情地歌唱海洋、密林、天空和太阳。然而当基督徒来到我们岛以后，他们把这些民谣都视为异教的痕迹予以清除。现在能够保留这么多，已经很不错了。"

"对于这段历史我很遗憾。"文化专员耸了耸肩，"不过我们仍然要维持评判标准。另外，我们考察一种民族史诗，不仅要求它是原创的，还要有一定思想性和艺术性。总之，要美，要抒情。《姆万加的诅咒》内容恐怖，不停地渲染死亡、瘟疫、堆积如山的尸骨，整个基调令人绝望。斯基林博士，您研究的专业是原始宗教吧？您应该知道，这只

①查莫罗人和加罗林人都是密克罗尼西亚联邦的主体民族。

是原始宗教中一种制造恐怖气氛的祈祷词，让听到的人不敢作恶。虽然我们很希望有代表海洋民族的文化遗产进入我们的名录，但《姆万加的诅咒》显然还不够。"

第二天，斯基林博士带着助手和表演者乘机返回密克罗尼西亚首都。一路上博士都闷声不语。那位文化专员说得很委婉，斯基林见多识广，早就知道问题出在哪里——他找不到真正的民间演唱家。波纳佩岛上最后一个能演唱这首"诅咒曲"的人已于10年前去世。当时，斯基林抢在他去世前录下几段唱词。现在为了申请"非遗"，斯基林从学院里找了个教师，眼上涂着泥彩，腰上围起草裙来客串表演者。这个人只能唱准音调和歌词，但唱不出史诗的悠扬。

看到博士闷闷不乐，塔利克开了口："老师，要不要请哈德雷来唱？我在南多瓦斯岛上听过他唱的诅咒曲，气势磅礴，简直惊为天人。"

"哼，那是他自己编造的！"博士拍了拍腰间的CD机，里面是他录下的音响资料，"我宁可要这种粗糙的原生态曲子。"

又是好久没说话，阴郁的气氛就在机舱里的这小片地方凝固着。忽然，塔利克想起了什么，问道："诅咒曲里面说的世界灾难大循环，不是以550年为一周期吗？"

"是啊，诅咒曲一共歌唱过三次大毁灭，分别发生在1650年前、1100年前和550年前。"

"那么，现在岂不是就要发生第四次循环了？海神姆万加再次光临波纳佩岛，收走他的庄稼。"

斯基林没理他，这个年轻人，连玩笑都不会开！

二

"'七加二'的照片要挂在这个位置上，让客人一进屋就能看到。"

"文件柜放到那边，再往左一点，好！"

"数据线要接过来，以后这里要摆电脑。"

……

24岁的杨嘉怡正指挥装修工人，打扮这套新租下的办公室。这是踏上新岗位后她做的第一件工作。原则上杨嘉怡是一家户外用品公司的雇员，实际上她直属于一个老板，中国最著名的民间探险家廖铮。

办公室位于北京一条僻静的小路上，由一家名叫"五洲四海"的户外用品集团租下来，专门送给廖铮做办公室。这位30岁出头的年轻女子已经位列当代世界七大探险家之中，国内的户外探险爱好者几乎无人不知她的事迹。不久前，"五洲四海"的老板也因为欣赏廖铮的成就，专程前来与她合作。

踩遍三山五岳的探险家也需要一间办公室？确实如此，廖铮这个探险家的名号，来自她调查过各种自然之谜和历史之谜，所以很需要有人报料，让她从有意义的对象中选择下一次探险的目标。同时，廖铮也需要有地方存放各种实物资料。以前，廖铮依托一家媒体来获得这些线索。现在廖铮独立出来，所以需要一个落脚点。杨嘉怡曾经被她的竞争对手所雇用，现在则成了她的主要助手。

新办公室的地址已经在网上公布出来。结果，办公室正装修到半截，便有人跑进来报料。中午时分，杨嘉怡和装修工人一起吃盒饭，一个操着"四川普通话"的中年男人找上门。一看到刚刚挂好的"七加二"系列照片，连声说道："对哦，就是她！"

在探险界，先后攀登过世界七大洲的最高峰，还能到过南北两个极点，这样的壮举称为"七加二"，是探险界里皇冠上的明珠。1997年，俄罗斯探险家康尼克霍夫首次完成这一壮举，廖铮则是第一个走完"七加二"的中国女性。墙上一组九张照片，分别是她在这9个地方的留影，也成了这间办公室里最抢眼的装饰。

"廖姐没在，我是她的助手，你有事就先和我说吧。"

"哦哦，对头，她是名人噻，肯定忙得很。"来人从背包里拿出一个鼓鼓的文件袋，忙不迭地向杨嘉怡介绍自己的来意。他声称已经找到了"张献忠宝藏"的位置，但是没钱打捞。他想把这些材料提供给廖铮，让后者组织人去打捞。钱无所谓，捞出来的东西捐了都可以。

传说明末起义军领袖张献忠坐拥巨额财富，后来他在与清军交战中遇到偷袭，突然阵亡，这笔财富从此下落不明。几百年来不知道有多少冒险家围着成都撒开大网，寻找传说中的"大西国①库"。

廖铮因为要去电视台录制一个节目，很晚才能回来。杨嘉怡虽然从心里不认为这份材料有什么价值，但她还是礼貌地收下资料，登记造册，告诉对方，等廖铮回来后就汇报。至于老板是否愿意去，她不能替

①大西国：张献忠建立的政权。

廖铮回答。

刚把这位报料人打发走，又有个30岁出头的北方男人跑了进来，他的脸上晒得很黑。来人在廖铮的照片下也是站了片刻："我刚从央视十频道看到她的节目，嘉宾嘛。"

"嗯，那就是我们廖姐。"杨嘉怡也很得意。

来人不再怀疑，马上告诉杨嘉怡，自己刚从加勒比海一个小岛上旅游归来。他遇到当地一个考古专家，对方说找到了海盗王子贝拉米遗失宝藏的线索，提供给他去寻找。

"海盗王子？不是《航海王》里的角色吗？"杨嘉怡看过那部日本漫画。

来人笑了："不，我说的是那个漫画人物的原型。"

发现大名鼎鼎的探险家身边的人都不知道海盗王子，来人有些得意了，开始炫耀起自己的见识。海盗王子叫萨姆·贝拉米，300年前是加勒比地区著名的海盗。据说他很仁义，每次抢劫到更好的船，就让被抢的人乘自己原来的旧船逃生。除了"海盗王子"这个雅号，他还被称为"海上罗宾汉"，可见其为人慷慨仗义。

28岁那年，贝拉米指挥的船只在如今的马萨诸塞州外海沉没，本人横死，而他多年抢到的财宝也不知去向。现在，这位岛上的"考古学家"给中国游客提供了绝密材料，保证能寻到宝藏。

"他提供的这个材料，不会是白给吧？"杨嘉怡试探地问。

"谁说不是，足足要了我1000美元……"来人忽然意识到什么，马上补充道，"咳，其实钱不在多少，重要的是真实性。贝拉米的宝藏换算成今天的市值，得有一亿美元呢！"

和刚才一样，杨嘉怡把报料的内容登记，然后请对方回家等待。来人显得有点扫兴："咦？你们这里是探险家的联络处？我怎么感觉好像进了政府机关？"

杨嘉怡赔着笑："让您产生这种感觉我很抱歉，报料的人很多，廖姐毕竟只是一个人，一次只能选一个地方去。"

送走了这个人，杨嘉怡意识到她应该马上打扫出一间接待室，等不到完全装修好，报料人就会排起队。她不能让人家坐在装修垃圾中谈话。说干就干，杨嘉怡马上带着工人把最小的一间清理出来。

刚摆好茶具和水瓶，外面就又响起门铃声。杨嘉怡出门一看，愣了一下。来的是个外国人，而且既不是白人，又不像黑人，更不是黄种人。杨嘉怡一时半会儿说不出他来自什么地方。

进来的是个小伙子，和杨嘉怡年纪相仿，虽然不白不黑不黄，但是很帅气，似乎三大人种的优点每样都能沾一点。来人用英语介绍出自己的身份，并且递过一张印着四颗星的名片。

"密克罗尼西亚联邦？我知道，你们国家在太平洋上？赤道附近是吧？"

"您知道？那太好了。"进来的小伙子很高兴，不过马上又问，"您是怎么知道我们的国名的？"

杨嘉怡不好意思地回答说，她在上海世博会中参观过密克罗尼西亚联邦的国家馆。在世博会上，游客可以到各国展馆去盖纪念章。许多人喜欢一家家敲下去，完事后回到家，却想不起来自己进过哪个国家的馆门。

到了密克罗尼西亚联邦的馆，那里竖着一块告示牌：如果您不能正确说出本国的名称，我们将不为您敲章。正是这个小手段，让杨嘉怡记住了这个群岛国家的名字。

于是，杨嘉怡也知道了对方的种族。在那些封闭又开放的太平洋岛国里，生活着融有三大种族肤色特点的许多小民族。来人声称自己是密联邦社区大学的一名教师，叫塔利克。目前正在陪政府代表团来中国参加文化交流。校长斯基林博士知道廖铮的大名，专程来请她参加一个民族史诗研讨会。

"我知道，廖铮女士喜欢探险各种历史之谜，这首史诗就包含着我们群岛上的一个千古谜团。或许她能感兴趣。"

"历史之谜？就在你们那里吗？是什么内容？"

"姆万加的诅咒！"

四

姆万加游荡在他创造的世界上，

记录言行，评判善恶。

他施放瘟疫只为扫除罪人，

不幸的是人人有罪，以致无人幸免。

眼望如山的尸骨，姆万加每每悲伤已极，

然而神的律法宛如磐石，自己都不能违背。

新来者扫尽尸骨，占领遗迹，生子生孙。

最初他们心怀恐惧，时时向神祈祷，

他们行为谨慎，态度卑微。

年复一年，代复一代，

骄傲代替谦卑，贪婪压倒节俭。

550年，大限将如阳光般准时，

姆万加会来收走他的造物，如同我们收割自己的庄稼。

人啊，何时能尽扫心中的贪念，

人啊，何时能斩断无奈的轮回。

几分无奈，几分悠扬，几分凄苦，几分苍凉。歌声回响在空旷的广场上，几百号听众鸦雀无声，仿佛这里只有歌者自己。

密克罗尼西亚最高学府社区大学坐落在一片绿茵中。傍晚时分，在学院门口，一个老人正在吟唱《姆万加的诅咒》。他叫马沙欧·哈德雷，如今已经过八旬，被认为是当地最伟大的史诗演唱家，也是最后一个大酋长。在几百名听众里，有不少来自世界各地。这从肤色上就能够看出来。

远处高坡上，两个穿着短袖彩衫，蹬着拖鞋的中年男人望着这个自发形成的表演场所。其中一个是密联邦波纳佩州州长波曼斯，另一个便是斯基林博士。波纳佩是密克罗尼西亚联邦最大的岛屿和首都所在地，同时也是那首恐怖史诗中瘟疫必然流行之地。

"他唱的旋律确实不错。"波曼斯评价道，"也许你应该承认他是正宗的演唱者，带他去联合国，那些人会喜欢听的。"

斯基林用力摇着头："这个曲调当然很动听，因为它是被现代作曲家加工的！"他告诉州长，20多年前有个叫田边尚雄的日本音乐家跑到这一带岛屿采风，听到原始风味的"诅咒曲"，立刻产生灵感，就对它进行了加工、提炼。田边不久就去世了，死前将它教给哈德雷。结果只有哈德雷自己熟悉这个旋律。"这种人造文化，我永远不会承认。"斯基林坚持自己从美国带回来的严格学术标准。

"但是你不能不承认，他吸引了很多外国人。"站在政府官员的角度，波曼斯最大的动力就是发展本地经济，吸引游客。有几个岛国不羡慕马尔代夫或者塞舌尔呢？想那不到2平方千米的马累岛，高楼林立，机场繁忙，而大上100多倍的波纳佩岛却落后如村镇。

"他只能吸引文明世界的叛逆者，那些人想遁世隐居，不会在我们这里花多少钱的。老兄，如果你是要把他当成某种旅游资源的话，那就别想了。你应该多听听他唱的歌词是什么内容。让人们放弃欲望，放弃追求，自得其乐。诸如此类，有多少外国人喜欢听？"

那边，歌声慢慢散去，老人开始给大家讲着什么。他的兄长曾经是密克罗尼西亚联邦的一个大酋长，现在他也继承了这个权威。在这里，虽然有美国人留下的现代政治模式，但法律上也承认这些酋长的权威。他们甚至可以代替法庭断案子。

波曼斯和斯基林趿拉着拖鞋，走向远处。密联邦就像是一些大村寨，人们从小彼此熟悉，地方官员就和村长差不多，平日和邻居打头碰面，都没有什么架子。"老弟，你邀请的那些外国学者怎么样？他们肯来吗？"州长问道。

"至少有三分之一会来，尤其是那位中国探险家，我打赌她一定会对这里感兴趣。"

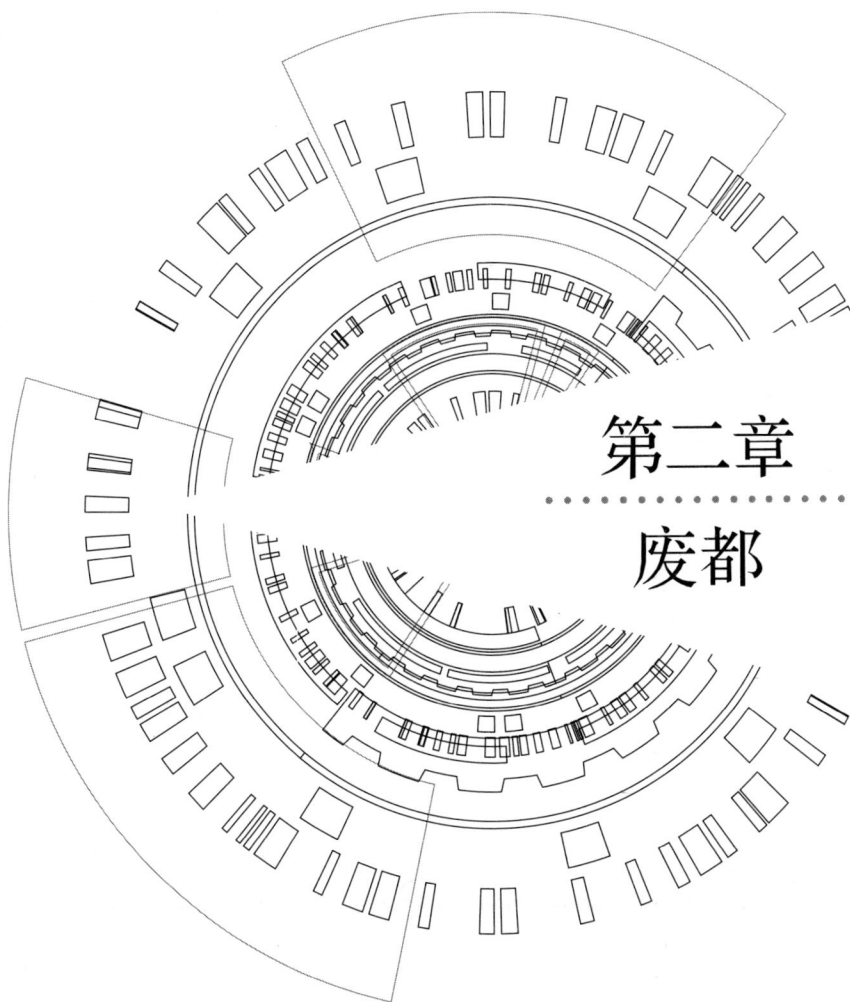

第二章

废都

一

一个30多岁的女人走出大楼，开着自己的车穿行在北京的街道上。这个场面太普通了，没人意识到，车子里坐着一个探险家。这个由钢筋水泥围成的环境与"探险"二字差得很远。

直到很晚，廖铮才从电视台的节目录制现场返回自己的办公室。此时装修工人已经下班，廖铮把略显疲劳的身体扔到长沙发上，舒展着双腿。这位30岁出头的女探险家，面孔和她的名字一样有股男子气，身上总是穿着松紧适度的户外运动服，脚上也总是一双登山鞋，仿佛随时准备钻进深山老林。

在刚刚打扫过的办公室里，杨嘉怡把两份报料记录和一杯运动饮料交给廖铮。后者看了看，摇着头："张献忠宝藏的传说已经流行了300年。20年前当地人还请勘探大队用仪器测过江底，不可能再有什么收获了。我相信他们做的那个结论，张献忠死的时候，打扫战场的清兵已经把他的财富瓜分了。至于这个贝拉米……他倒是真有个藏宝的地方，不过1984年已经被委内瑞拉政府找到了。"

"我说嘛，那个游客肯定是被老外忽悠了。"印证了自己的猜测，杨嘉怡很得意，"今天还有个外国小帅哥送来份邀请书给你。"

杨嘉怡把一份英文打印的文件交给廖铮。邀请书以斯基林博士的名义发出，密联邦社区大学准备以"姆万加的诅咒"为主题，诚邀各国文化、考古、人类学家前去参加研讨会。文件里还有史诗的原文和背景资料。

"传统史诗研讨会？他们怎么找到咱们这来了？瞧瞧，现在我不是参加会议就是录节目，哪里像个探险家……"廖铮自言自语道，不过当她看清题目内容，顿时眼睛一亮，"原来是这个……"

只说了这么一句，廖铮就钻到阅读和沉思中。杨嘉怡看到她这样，关上门，转身退了出去。

夜深人静，过了好久，廖铮才把杨嘉怡叫进来："不知道是谁挑的会议人选，但这个人肯定知道我以前的探险经历。你来以前，我就研究过一些南太平洋岛国的远古文明遗址。"

"廖姐，那你有兴趣啦？"不知怎的，杨嘉怡现在脑子里想的不是什么探险，而是那个外国小帅哥，这似乎有点假公济私。想到这里，杨嘉怡脸上一红。好在廖铮并没有注意到她脸色的变化，就是看到，也不会猜得出她的思路拐到什么地方去了。

"用咱们中国的话说，他们这就叫文化搭台，经济唱戏。发起这个史诗研讨会，估计是为了推动当地的旅游业务。不过，我很早就听过这个传说！"

廖铮曾经来到太平洋岛国巴布亚新几内亚，参加一个"姆大陆遗址"探险考察团。为了准备那一活动，廖铮专门花时间收集太平洋各岛国上的民间传说，这个"姆万加的诅咒"也在其列。虽然传说中提到的背景并不在巴布亚新几内亚，但是她曾经对此产生过浓厚的兴趣。

在太平洋那些海岛的民谣中，如果描写到灾难，要么是海啸、地震，要么是火山爆发，那都是海民们的先祖经常看到的真实场面。然而描写瘟疫的民谣却仅此一例。在那种封闭的海岛社区，直到白人殖民者登陆并带去传染病之前，很少有什么大规模的瘟疫袭击过他们。而且，这种周期性扫荡一个地方的瘟疫传说，就是在世界各地民间传说里都没见过。

然而，这还不是让廖铮最感兴趣的地方："小杨，你知道吗，密克罗尼西亚联邦最大的奥秘并非这首民谣，而是南马都尔遗址，一个既宏大又神秘的地方。白人发现它后，就把它称为'太平洋中的威尼斯'。"

"南马都尔遗址？"杨嘉怡对密克罗尼西亚的了解，除了世博会上看到的那一点，便是塔利克在邀请信上写出的这些。如果还要找出一点了解的话，杨嘉怡刚才待在外屋，闲来无事，在地球仪上找到了密克罗尼西亚的位置！至于南马都尔遗址，这个名字她根本就没听说过。于是，廖铮便向她介绍这个遗址的来历。

密克罗尼西亚联邦首都位于波纳佩岛，那也是该国最大的岛屿。就在这个岛的旁边，有一片规模宏伟的巨石建筑。因为地处一片叫"南马都尔"的小岛群上，所以便叫南马都尔遗址。其实，从波纳佩到南马都尔，两个岛之间在落潮时蹚水就能渡过。所以，也有很多人简单地说南马都尔遗址位于波纳佩岛上。

按照当地人的说法，远古年间曾经有一群人驾驶独木舟，从遥远的东方来到这里，建立起最初的南马都尔石头城。当然，对于远在中国东方约3个时区的密克罗尼西亚来说，他们眼里的"东方"是指夏威夷群岛和波利尼西亚群岛。

　　这群移民建立起岛上最早的文明，被周围的海民称为"桑德雷尔人"，他们的统治者甚至被叫作"桑德雷尔王"。不知为什么，放着总面积达300多平方千米的波纳佩本岛不用，这个王朝却选择在只有13平方千米的南马都尔岛上兴建起巨石建筑。当时的人们从波纳佩岛上的几座山峰里采出巨大的玄武岩条石，将它们加工成枕木一样的形状，再用木筏送到南马都尔岛，把它们一层层叠放起来，形成石墙、石屋、石祭台。

　　在这些建筑下面，由于南马都尔原来只是一些露出海面的浅礁，当地人必须先用石板在这些珊瑚礁上垒起基础，才能实施建筑。结果，这些石头城便像建筑在一块块人工岛上一样。这样的小岛石头城总共建了100多座。岛与岛，或者说城与城之间由狭窄的水道隔开，落潮时它们只有十几米宽。所以在西方人看来，小城的整体结构很像威尼斯城。

　　然而，这完全是当地人在浅礁上垒起来的，面积广达13平方千米，石墙最高处有8米，最大的一幢石屋使用了1万多立方米的石条。有些石头重达几十吨，其中有一块60吨重的石头被高举到某个平台之上，这个重量超过了如今岛上最大起重机的能力。

　　这样一片石头城，放到大陆上任何一个地方，都能算是座宏伟的古城。然而几百年下来，当地人却根本不使用它，甚至不愿意接近它。由于无人保养，这片石头建筑里长满了杂草和大树。如果有暴风雨来袭，远远望去，整个南马都尔城就像一座巨大的蒸汽室，水雾蒙蒙，神秘莫测。

　　由于地处偏远，直到1885年，西班牙人才在这里殖民。群岛的控制权后来又先后转给德国人、日本人和美国人。不管是哪国的殖民者，初来乍到之时都会被这座巨大的建筑物所震撼。它甚至不像人类能够盖出来的，至少不是这片荒凉群岛上居住的人能够盖起来的。

唯一对这片遗址不感觉惊讶的似乎就是本地人，他们并非"桑德雷尔人"的直系后代。几百年前，当如今这些岛民的祖先来到波纳佩岛上时，建筑物就已经摆在那里，并且无人使用。几个世纪下来，岛民们不仅没有在那片石头城上添砖加瓦，自己也只居住在由树皮和棕叶搭成的小屋里，石头工艺根本不是他们的专长。

当然，尽管不去利用，但对于是谁创造出如此宏伟的奇观，它又为什么被废弃，新来者肯定要加以解释。这些移民崇拜海神姆万加，便以他为主角来演绎出各种故事。有的说他运用法力，让巨石半空飞来，一天之间便叠成这些建筑；有的说"桑雷德尔人"就是他的后代。至于《姆万加的诅咒》，只是这许多传唱中最完整的一首而已。

这首民谣里也提到了石头城，诗中唱道，当姆万加再次光临时，岛上的人纷纷躲到城里，以为能用石墙抗拒他强大的身躯和法力，然而都是枉费心机。姆万加杀死了所有人，只留下石头城在悲鸣。

有的西方学者研究了这些石头建筑的年代，发现最早的建筑出现于公元500年左右，最晚的落成于公元1500年左右，前后长达1000年，最后却在1500年左右突然停工。一些地方还能看到没有叠放起来的石材被废弃在工地上。在大约百十年的殖民史中，偶尔有一些西方人出于好奇，登上南马都尔遗址来观看，但很少有什么大规模的考古发掘。

第二次世界大战后，这片遗址连同它下面的土地都交由美国托管，间或有个把美国学者来调研一番。其中一个小组曾经计算过建筑南马都尔城所需要的石材总量，发现总共有数百万根，重达2.5亿吨之多！简直是一座建筑在海岛上的金字塔。

"一个真正的废都，比复活节岛上那些石像宏伟得多。到现在没人知道是谁造的，甚至文明世界里都没有多少人知道这个遗址。你想想，这难道不是个有趣的历史之谜吗？"廖铮感慨地说。

杨嘉怡一时半会倒没认为它很有趣，只是觉得很阴森。所有的人一瞬间死去，遗骨和遗物都没有留下。听廖姐这么讲，南马都尔岂不是一座接近北京市西城区那么大的死城？夜深人静之际听到这样的故事，杨嘉怡只觉得脖子后面阴风阵阵。

第二天上午，塔利克应邀再次拜访廖铮的办公室。廖铮瞧他的长相，确实是个小帅哥，廖铮伸出手和他握了握。塔利克虽然是外国人，那一脸的崇拜之情却和任何一个刚进这道门的同胞不相上下。

"廖铮女士，您的事迹我已经非常熟悉了。您曾经只身找到过喀纳斯湖的水怪……"

"那件事情是谣传，我在媒体上已经辟谣了。"

"哦……您还曾经深入过一个地下岩洞网，发现了埋藏几千万年的独立生态系统……"

"我参加过那次探险，不过我是随同两个科学考察队一起下去，他们才是考察的主角。"

"哦……您还调查过巴布亚新几内亚'姆大陆'遗址……"

"是巴布亚新几内亚旧文明遗址，可惜它并不是传说中的'姆大陆'。"廖铮更正道，"考古学家认定那是由当地几千年前一个消失的民族建立的。"

杨嘉怡站在一旁，听着他们的对话，觉得廖铮过于苛刻，人家那么崇拜你，这哪里是搞科普的时候。不过，这几盆冷水远不能泼掉来人的崇拜之情。塔利克又说道："您还从南极大陆上找到几百年前蒙古帝国天文官员乘船到达的遗迹。"

廖铮点点头，感慨地说："是啊，不过相对我们今天任何人来说，几百年前的古人都要伟大得多，他们是靠帆船找到那里的。"

杨嘉怡刚想插嘴，不过廖铮接下来的解释却让她释然。"总之，我是怕自己身上被媒体制造出的光环误导你，让你们请错人。"

"没有错，我们就是要请您这样的专家。"塔利克用力点着头，似乎生怕廖铮回绝。

"我也肯定会去的！"

看到主人态度亲和，塔利克便向廖铮介绍着会议日程。哪天去，何时与政府官员见面，何时与当地企业家见面。塔利克介绍的时候，杨嘉怡一直在端详他，看得客人很不自在。直到廖铮发现了她的眼神，于是打发她去外面倒咖啡。然后廖铮又问塔利克："有没有安排我们去参观南马都尔遗址？或者进一步对它进行考察？"

塔利克的脸色有些尴尬："哦，没有……它不在我们的议程上。"

这倒让廖铮惊讶了，她一直以为"南马都尔"才是波纳佩岛，乃至整个密克罗尼西亚联邦的文化名片："为什么？它不是被称为'太平洋的威尼斯'吗？一个真实存在的遗址，不是比一首虚构的长诗更有吸引力吗？"

"唔……"仔细思考了一会儿，塔利克才组织好语言给廖铮进行解释，"其实那是欧洲人的称呼。自从19世纪白人上岛以后，南马都尔给他们留下了深刻印象。可在我们当地人心目中，南马都尔是不祥之地！那是冤魂聚集的地方。有时候小孩子好奇，会偷偷跑到那里玩，但长大以后都不愿意再到那里去。外来人对它很好奇，常常从我们当地人中寻找导游。如果遇到这种情况，我们总是先请他们游览其他地方。当然，也有我的同胞看在钱的分上去当导游。即使这样，他们也不会在那里待到太阳西下。冤鬼们会在黑夜里聚集起来，摄取活人的灵魂。"

这些话又被刚刚进来的杨嘉怡听到了。即使现在艳阳高照，杨嘉怡也感觉出几丝寒意。"那你自己对南马都尔是怎么看的？你毕竟接受过现代教育。"廖铮直率地问道。

塔利克红了红脸："是的，我倒是不……不相信这些说法。不过，那种从小就形成的厌恶感一直埋藏在我心里。如果这附近有一片旧坟场，我想你们也不会经常到里面去玩。当然，如果你们一定要去，我可以带你们去。"

这倒让廖铮有些失望："其实，我主要的关注点就是那片遗址。不过我看过资料，整片遗址有13平方千米，只待上一两天找不到什么。如果方便的话，你把我们带到那个地方就行，我们自己住下，规划好考察方案。另外，我们是否可以办一个长期签证？"

塔利克为难地说："延长签证期可以，不过我们学院提供的经费只是用来研讨这首长诗。因为我们要将它申请联合国非物质文化遗产，要制造一些声势。如果您需要继续留下来考察南马都尔，只能自己担负费用了。"

密克罗尼西亚联邦虽然是一个国家，全国经济产值还不如中国的许多县。廖铮理解他们的难处，马上表示钱没有什么："这次考察是出于我的好奇。只是在需要时，你们能提供帮助就行了。在只能依靠人力的古代，为什么要建这么大一片城？建它的人到哪里去了？我一直想把它搞清楚。至于姆万加的传说，我自己还另外收集到一个证据，对理解它的内容也有帮助。"

"廖姐，就这么决定了吗？那太好了，我还没去过那些小岛国呢。再说冬天马上要到，北京这边树叶都掉光了，正好去赤道那里换换环境。"杨嘉怡听得兴致上来了，拍着手跳着脚，"廖姐，咱们需要准备什么吗？潜水设备还是登山装备？"

"那些都过不了安检。你唯一要做的准备，就是去接受当地的口味。"廖铮颇有经验地说，"要吃得惯海鱼，据说那里没什么调味品，海鱼做出来都腥得厉害。"

闻听此言，杨嘉怡吐了吐舌头。

二

左回旋，避让岩石……

紧急刹车，失速上浮……

保持等深巡航……

绕轴旋转……

在一台虚拟驾驶仪里，新手苏云霞正按照电脑给出的提示，学着操作"深海飞行家"。驾驶仪不断给她出难题，折腾了10分钟后，大汗淋漓的苏云霞败给了一只虚拟的蝠鲼。后者把"深海飞行家"当成同类追逐，结果让苏云霞撞到一堆珊瑚上。当然，这一切只发生在电脑制造的虚拟世界里。

苏云霞也是30岁出头，她接受过系统的海洋学教育，曾经在南北两极工作过多年，不久前刚结束了在格陵兰岛资源探测队做的一份临时工。苏云霞从一家猎头公司那里发现了一份招聘启事，对方是中国企业家甄涛和美国工程师霍克斯合资创办的深海技术公司。他们刚刚制造出几架"深海飞行家"样机，准备招收学员，让这些人成为世界上第一批"水下飞行员"。

别人不明白"深海飞行家"的意义，从海洋学院毕业的苏云霞立刻就意识到，自己有机会去参与一些划时代的发现。再说她已经厌倦了两极的科考生涯，正想到赤道附近的大洋上去换换环境。于是她不假思索，立刻报了名。按照这家深海技术公司的要求，应聘者必须下过深海，对那里的环境至少能有理性认识。单是这一条就刷掉了苏云霞不少竞争对手。她曾经乘坐深潜器，到过北冰洋里1000多米的深处。于是，苏云霞被录取为第一批"深海飞行家"学员。

现在，深海技术公司里已经有六架"深海飞行家"，分别起了从"深-1"到"深-6"的编号。如今的"深海飞行家"完全不再是那种手工作坊里制造出来的简陋体型，它有着鳐鱼一般优美的曲线。每架"深海飞行家"长8米，舒展的双翼也有7米宽，再配上探测水压、水温、盐度等各种数据的仪器，一下子让"深海飞行家"成为全能的深海勘探工具。

至于航行能力，由于使用了碳纤维材料整体加工，"深海飞行家"的最大潜深已经达到5000米，可以进入世界上90%的海底。剩下的10%，它也可以通过释放无人探测器进行间接考察。"深海飞行家"的速度也超过了60节。甄涛还想让它更快，倒是霍克斯比较冷静。他告诉这位财大气粗的合作者，深海环境不比天空，那里有大团大团的生物群落，还有一些体积和质量不亚于"深海飞行家"的海洋动物。速度快到一定程度，被撞损的危险就会增加。

有了六架"深海飞行家"，甄涛便准备将它们投入到他自己的深海勘探公司，到南太平洋上寻找那里的锰结核资源。现在，最早制造出来的"深-1"和"深-2"成为样机，也是教练机。霍克斯亲自当师父，带着学员们下海练习飞行，并且用不断的驾驶积累深海飞行的各种数据。每架"深海飞行家"可以乘坐两人，每次下海，霍克斯亲自带着一个学徒飞在前面，另外两个学徒跟在后面。

为了培训这些深海飞行员，甄涛从中国海洋局那里购买了一艘退役的海洋调查船。"深海飞行家"被缆绳拖在轮船两侧，平时就浮在水面上。

不同于当年莱特兄弟制造飞机的情形，现在的"深海飞行家"样机很金贵，不是那种用木材和布料制造的简易机器。几千万元一架的样机如果被撞坏，光是维修就要花很大工夫。为了安全，"深海飞行家"的母船必须开到大洋中部，选择几千米的深水区才敢放"深海飞行家"启航。一路上，学员们大部分时间都是在驾驶仪上度过的。

这天，"深海飞行家"母船航行到日本南鸟岛和美国威克岛之间的海域，下面最高的海底高原也隔着2000米的水体，"深海飞行家"们得以轮流入海施展技艺。这天，又轮到苏云霞上机试驾。想起来，这只是她第五次亲自驾驶"深海飞行家"，坐在她身边的小伙子更是第一次入水，还要叫她师姐。

霍克斯年过60岁，童心不减。即使甄涛让他多休息，还是几乎开满了全部班次，仿佛要抓住人生的末端，满足自己畅游深海的夙愿。苏云霞刚刚准备好，只听对讲器里一声呼啸，霍克斯启动了"深-1"，向前蹿去。接着，苏云霞小心地开动了"深-2"。

电磁波难以穿透海水，为了与母船联系，每架"深海飞行家"后面都拖着一条细细的线缆，最长可以释放出6千米。由于"深海飞行家"一般要潜到两三千米的水下工作，这意味着它在深海里会像钟摆那样，以一定幅度做锥形运动。

当然，如果确有必要，"深海飞行家"也可以应急甩掉线缆，由母船将它收回，自己则钻到深海里自由飞行。不过那就要冒着巨大风险。两架"深海飞行家"之间只能靠灯光信号进行联系，而灯光在深海里也是传之不远，所以它们必须互相靠近。

出发之后，两架"深海飞行家"的机头斜斜向下，急速下潜。不一会儿，它们就钻到了几百米深的海里。周围完全黑了下来，只有星星点点的光，它们来自一些水母。这些幽灵般的光让它们的身体看上去极不真实，像是一团团光的雾。

苏云霞面前有两扇观察窗，提供着接近180°的宽广视野。不过这并非真实的窗子，而是大型仿真LED屏幕。为了抵御强大水压，"深海飞行家"外壳浑然一体，完全没有留下放置玻璃窗的地方。外壳上前后左右几台微型摄像机代替了驾驶员的眼睛，将外界的图像实时展示在舱内。

就在他们练习基本动作时，水声成像仪上突然出现了一个大家伙，位置就在他们前方百米左右。根据它飘摇不定的移动方向，那应该是一只正在急速深潜的抹香鲸！

"看到没有,这才是咱们真正的老师,我们应该去学学它!"霍克斯兴奋的话音先是通过线缆送回母船上,再通过另一条线缆回到近在咫尺的苏云霞耳边。后者吃了一惊,看来,这位深海老牛仔又一次豪情大发了。

霍克斯平时就喜欢驾驶"深海飞行家"模仿海洋动物。他特别喜欢学蝠鲼跃出水面的动作,这种设计"深海飞行家"时所参考的原型动物经常在水面下竖起身体,绕着纵轴旋转,并且飞速上升,最后跃出水面将近两米,可以从小渔船的上方直接飞过。落下时,蝠鲼那沉重的身体会平砸在水面上,砰然巨响传到几海里外。霍克斯希望他制造的假蝠鲼胜过自然界里真正的魔鬼鱼①,所以也经常在临近水面时玩这一手。

做这些飞行动作并无实际意义,完全是霍克斯想把"深海飞行家"的性能提升到极限。现在看到这个活目标,霍克斯兴致大增。人类从未在深海里追逐过一只抹香鲸,那可是深海之王啊。潜艇根本不能像它那样潜得很深,圆筒形潜水器又笨得不行。这个奇迹当然只有他的"深海飞行家"才能创造。于是霍克斯就要求启动应急模式,甩掉线缆。

这时,甄涛并不在母船上,远在中国大陆谈着生意。公司的"二老板"要去冒险,其他人不敢轻易做主,只好去请示"大老板"。霍克斯知道甄涛同意的可能性不大,干脆自行甩掉线缆,一个猛子扎了下去。等甄涛得到消息,把电话打到深海里时,已经联系不上霍克斯了。他只好命令苏云霞也甩掉线缆,紧随其后,以免霍克斯出问题。

抹香鲸游动的轨迹飘忽不定,霍克斯也便这样跟踪下去。苏云霞可不敢做同样的动作,只好沿着一道倾斜的轨迹笔直下潜,一边用肉眼看

---

①魔鬼鱼:蝠鲼因为体型怪异、体积庞大,被欧洲渔民称为"魔鬼鱼",其实蝠鲼是一种性格温顺的海洋动物。

着假窗里的灯光，一边让身边的新驾驶员紧盯住仪表上"深-1"的各种航行数据。

转眼就下潜了1000米。抹香鲸也并非易与之辈，它生长着天然声呐，可以在完全无光的深海里寻找游动的猎物。发现自己被一个莫名其妙的怪物盯上，抹香鲸干脆来了一个大回旋，隐身在一道突出的岩石后面。等"深-1"追下去后，它突然从后面钻出来。灯光里，苏云霞只见抹香鲸迂回到"深-1"的尾部，张开大嘴咬了下去！

这只抹香鲸长12米，巨大的头部超过3米，大嘴一张就可以咬住"深-1"的尾巴。虽然无法咬破它坚硬的外壳，但这头鲸的重量比"深-1"还要大，如果咬住不松嘴，就会让"深-1"失去控制。

霍克斯感觉到了危险，非但没有惊慌，反而觉得这样很刺激。人生不能冒险，又有什么意思？于是他开启"深-1"的尾灯，照着抹香鲸的眼睛，再用后部摄像机将这一切都记录下来。几十米后面的苏云霞只见抹香鲸一会儿被甩掉，一会儿又从黑暗中钻出来，穷追不舍。在这个寒冷、黑暗的世界中，老牛仔和抹香鲸玩起了猫与老鼠的游戏。

"天啊，它会不会掉过头来咬我们？"新驾驶员害怕了，苏云霞也是两手冷汗，只不过她可以用紧张的动作来发泄自己的恐惧情绪，"再坚持一会儿，它就要回去了。"

就这样，2000米的深度不知不觉就潜了过去，这已经快接近抹香鲸下潜的极限深度，这只必须回到海面才能呼吸的哺乳动物不得不放弃新鲜猎物。它转过头后，又朝着上面的"深-2"冲来，吓得苏云霞一转方向，从它身边直溜下去。还好，抹香鲸必须要上去换气，再也顾不上这两个怪物了。

苏云霞继续朝下面潜去，她要找到"深-1"，和它一起返航。此时离海底高原已经很近，就在这时，新学员指着水声探测仪的屏幕问她："这里的信号回波很怪，海底似乎有一艘沉船！"

此时，两架"深海飞行家"已经潜到了2700米的海底。在探照灯的光线下，海底高原的沉积物中隐约可见一艘潜艇的影子。它斜插在淤泥中，体积庞大，艇身很粗。

前面不远处，霍克斯显然也发现了这只潜艇。他驾驶"深-1"来到它旁边，向岩石上射出锚钉，将"深-1"锚泊在它旁边，打开全部头灯进行观察。苏云霞好奇心大增，也就近找了个位置，将"深-2"锚住，和新学员观察着，拍摄着。

由于发现了深海潜艇，母船临时决定增加班次，所有学员都轮流下来参与考察。很快，日美两国军事专家和历史学家也都飞到"深海飞行家"母船上，判读着他们从海底带回的资料。两天后，这些专家搞清了这艘潜艇的身份，居然是日本在第二次世界大战中制造的"伊-400型航母潜艇"。

1943年，中途岛海战失利后，光靠航空母舰，日本已经无法派飞机攻击美国本土。于是日本就想制造出一种超大型潜艇，肚子里面装上飞机，潜到美国西海岸去搞偷袭。这便是打造"伊-400型潜艇"的初衷。日本人成功地制造出几艘空前绝后的"航母潜艇"，其中一艘在试航中曾经成功地放出一架飞机，飞到美国西海岸扔下燃烧弹。

然而，这些深海利器建成之日，就是日本投降之时。它们在日本战败后均不知去向。据一位美国舰长说，当时他曾经目睹一艘巨型潜艇从水下浮上来。艇上的日本军官要向他投降，这位舰长因为有任务在身，没有时间受降，让日本人再找其他美国海军船只投降。后来这艘潜艇航母就失踪了。现在看来，当时舰上的日本官兵干脆将它弄沉，自己则漂流到太平洋某岛上居住了下来。

搂草打兔子，随便一次出海训练便能揭开了一个历史之谜，这让甄涛看到了"深海飞行家"的又一个巨大作用。是啊，人类航海已经有几千年，这期间沉没了多少船只？广阔的洋底该有多少历史谜团可解。除了"深海飞行家"，世界上再无深海考古的利器。

甄涛和霍克斯商议后，便命令这两艘最初版的鳐鱼式"深海飞行家"退出训练行列，成立起世界上第一个深海考古队。霍克斯非常高兴，亲自担任考古队长。

作为驾驶技术仅次于这位海下宗师的人，苏云霞成了这支考古队的副队长。

三

一切准备停当后，廖铮便以"访问学者"的身份带着杨嘉怡，随塔利克登上飞机。她们先要到美国属下的关岛，再从那里转到密联邦。

在首都机场里，他们刚来到指定的候机室，廖铮就看到一个奇怪的现象，几十名乘客里便有四名孕妇。加上她们的家人，占据了这个班次乘客的三分之一比例。廖铮和杨嘉怡很好奇，这几位女性看样子马上就要生孩子，现在还要跑到那么远的地方旅游，据说岛上医疗条件也有限，这该有多冒险啊？

杨嘉怡嘴快，表示了自己的惊讶。塔利克却不以为意，笑着说，这些人就是要到密克罗尼西亚生孩子的。在那里，孩子一出生就拥有密联邦国籍。由于他们和美国之间签有《自由联系条约》，密联邦的公民在美国就业、经商，甚至入伍都享受其国民待遇。这样，拥有密联邦国籍就等同于拥有美国国籍。

"听说这是一位商人搞出来的旅游项目，每个月他都要接十几个孕妇到我们岛上来生孩子呢！"

"天啊，你们政府不管这事吗？"杨嘉怡很是惊讶。廖铮示意她小点声，别让那些孕妇尴尬。不过她也承认，自己还是第一次知道，为了一个"准美国"户口，个别人会削尖脑袋想各种办法。

塔利克耸了耸肩："我们吗？我们什么人都欢迎。波纳佩在地理上只是个孤岛，离哪都远，在国际关系上如果也是这样，那我们就什么都没有了。"

在太平洋中心区域偏西的地方，日本列岛和印度尼西亚群岛之间，夹着一串珍珠般的小岛群。它横跨赤道，所辖海域有300多万平方千米，差不多和印度一样大。然而其陆地面积只有2000多平方千米，放在中国只是一个不算大的县。

密联邦总共有607个岛屿，其中有四个大岛，分别构成它的四个州，从西往东依次为雅浦、丘克、波纳佩和科斯雷。密联邦的国旗、国徽里都有四颗星，就是指这四个联邦州。在它们中间，丘克州的人口最多，而波纳佩州却是行政中心，首都帕利基尔就设在波纳佩岛上。这个岛有300多平方千米，算下来和天津、沈阳这些中国大城市的主城区差不多大。

飞机追着太阳飞了几个小时，终于降下机身，穿过稀疏的云层后，只见粼粼波光上点缀着黄钻般的小珊瑚岛。有的岛屿通体黄沙，有的则镶嵌着半边绿色，琳琅满目，美不胜收。还有一些岛屿中间夹着大片潟湖，看上去就像是黄色的发圈被放到蓝色的海面上。

终于，波纳佩岛出现在视野里。岛上多山，只能在沿海处开辟一片空地修建机场。"两位请小心，跑道不够长，飞机会刹得很急。"塔利克提醒道。由于飞机下降，耳朵充血，廖铮和杨嘉怡都没听清楚。结果起落架一着地，飞行速度就骤减，很像是做急刹车。两人都被惯性按在前面的座椅靠背上。

终于到了，两个客人走下舷梯，抬头一看，正看到候机楼外有一行大字标语：

海洋使我们结合在一起，而不是将我们分开。

"这句话讲得很棒啊。"廖铮站了有片刻，体味着标语的含义。

"这句话来自我们的联邦宪法。"塔利克很是得意，"所以嘛，欢迎中国朋友来到波纳佩。"

四

古有孔子周游列国，今有"和平方舟"巡航列岛。

每次想起这句话，"和平方舟号"舰长穆向松心中就充满豪情。此刻，他正指挥着全世界吨位最大的专业海军医疗船，在赤道附近的海面上巡航。以前，美国人曾经用油轮改建过海上医疗船，而穆向松指挥的这艘船则是专门打造的海上医院。

"和平方舟"长过百米，宽有十几米。通体白色的干舷上，一个大大的红十字说明着它的身份。"和平方舟号"隶属于中国海军。战时它是一艘战场救伤船，平时就是一家移动的综合医院。舰上设备之全面，相当于陆地上的三级甲等医院。除了战场救伤外，舰上还设置有内科、外科，甚至眼科等各种科。

这样一艘医院船，如果不打仗的话，就会到全世界各地岛群附近周游。在公益性治疗活动中积累经验，磨合队伍。不久前，"和平方舟"刚在加勒比海群岛执行完任务，然后横穿巴拿马运河进入太平洋。一路上逢礁靠礁，遇岛泊岛，只要有人居住的地方，"和平方舟"就会送上免费医疗服务。

现在，"和平方舟号"正巡游在密克罗尼西亚群岛上。除了密联邦，这里还有帕劳、关岛、马绍尔群岛、基里巴斯、吐瓦卢和瑙鲁等政治实体。这些小岛上往往只居住着几千、几百人，平时建设大型医院并不经济。居民生了大病只能集中到首都医院，更为严重的则转送夏威夷或澳大利亚治疗。如果有小病或者慢性病，患者只能硬扛。所以"和平方舟"的到来，解决了不少当地人的痼疾。

刚刚在马绍尔群岛完成了公益治疗，"和平方舟"启程驶向密联邦最东面的科斯雷州。路上，他们遇到了一艘隶属于美国海军的海洋调查船。相距10海里时，双方开始用明码互致问候。第二次世界大战后，密联邦由美国托管。20世纪80年代独立后，该国国防仍然交由美国代管，因此在这片海域上经常出现美国海军的各种船只。

两船行将擦肩而过。相距五海里时，对方忽然来电询问，"和平方舟号"既然是专业医疗船，是否配备无菌室？他们有一名工作人员突患急性传染病，自己船上没有必要的医疗设备，请中方提供帮助。

穆向松接受了对方的请求，命令传染病科室在张秋平医生带领下马上进行准备。张秋平向舰长表示了疑问。这种海洋调查船一出来就是几个月，平时就是个封闭的小天地，哪里有机会出现传染病？再说，船上虽然没有医疗船这么全面的专业条件，但是应付一般病症没有问题。于是，他们与美方联系，请对方详细介绍病人的情况。得到的答案是，对方的医生也搞不清病症，更没有治疗方法。现在，病人已经奄奄一息。

"和平方舟"准备好了直升机平台，十几分钟后，美军直升机就将病人送了过来。这是一个40多岁的白人工程师，整个被包在防化服中。海洋调查船要从海底钻取样品，为了防止样品释放有病气体，船上都有防化服。

进入无菌室，打开防化服，病人已经进入昏迷状态。随队的美国军医紧锁眉头，一筹莫展。看到病人的情形，张秋平才意识到问题的严重性。他本以为美军调查船可以用直升机把病人直接送到夏威夷去。现在看来病人已经虚弱到极点，经不起这样的颠簸。

美方军医向他介绍了情况，调查船上有深潜器，在这里执行深海考察任务。一种不知名的病原体被深潜器带上来，再从病人手背上的小伤口进入体内。其所到之处破坏细胞的供氧能力，组织器官出现大面积坏死。从发病到现在不足3小时，病人已经生命垂危。

张秋平马上使用大量抗生素，再辅助以红外线照射术，试图抑制病毒扩散。治疗过程中，张秋平来到外面，悄悄地对舰长说："他们对病原体的来源讲得很含糊，或许那条船上有秘密生化武器实验室？"

身为军方的传染病专家，张秋平也肩负着研究如何反制细菌战的任务，这让他对此非常敏感。穆向松摇了摇头："如果真是那样，他们就是让他死在自己船上，也不会暴露给我们。"

无菌室里，中国军医努力将病人的生命又挽留了几个小时，最后无奈地看着他死亡。美方向中方表示了感谢，并将他的遗体带了回去。为了感谢中方的帮助，他们还留下病原体样本，这进一步打消了生化武器实验室泄漏的猜测。至于他们在这里执行什么样的深海考察任务，穆向松也不便过于追问。

美军船只消失在大洋深处。张秋平钻进船上的化验室，研究着病原体的样本。他只能判断出这是一种类菌原体，形态介于细菌和病毒之间，但无法得知它的种类和致命机理。

张秋平马上通过军方网络，将数据发送回军事医学院，请他们通过军方的数据库进行比较，也没有找到任何相似的结果。远在陆地的专家认为，这是一种全新的类菌原体，可能只存在于深海环境下。

"人类生活在陆地上，对深海里的许多病原体都没有免疫力！"

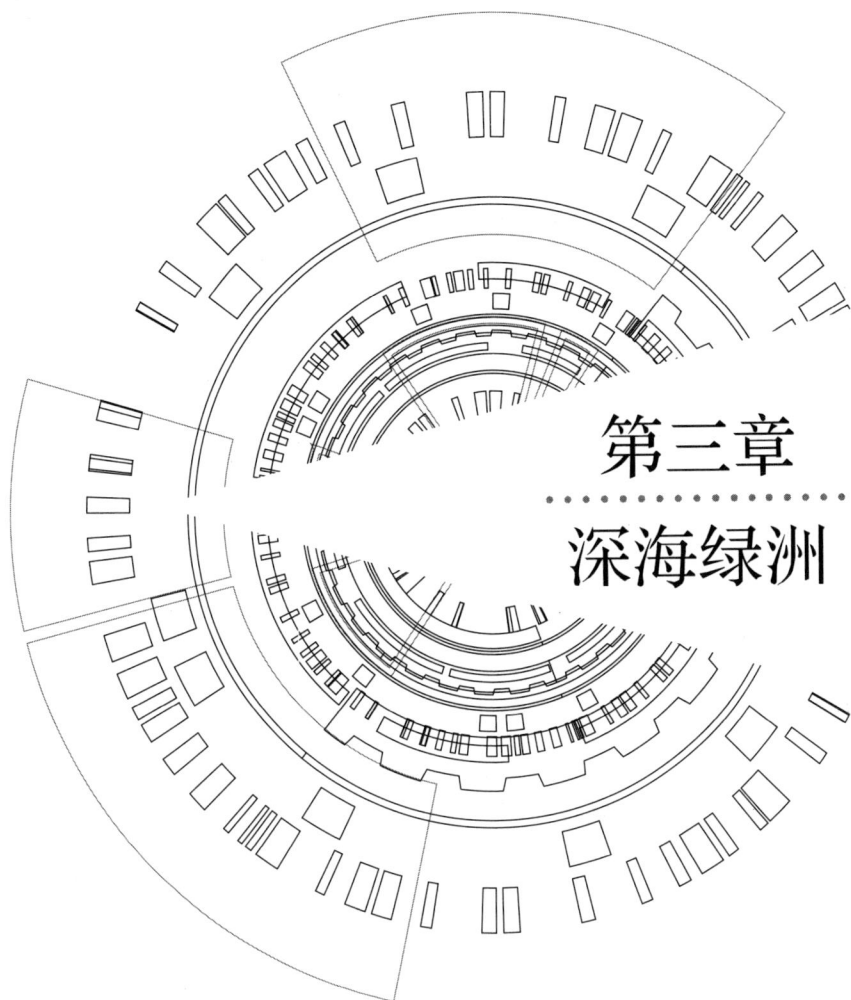

第三章

深海绿洲

一

波纳佩机场的候机楼只有中国内地县城里长途车站那么大，走上两步就出了门。塔利克带着两位客人来到停车场，开上自家的小卡车，送廖铮和杨嘉怡去住处。

一路上，杨嘉怡不时对远山近水发出感叹。这个岛有300多平方千米，几座小山挺立在岛的中央，最高的超过700米，几小片平原夹在山峰间。环岛大部分是礁石海岸，只有几处可以停泊船只，被建设成港口。有一道200米长的沙滩海岸已经被开辟成旅游点。

当天上午这里刚下过雨，此时太阳已经撕开乌云，烘烤着地面，将水汽蒸发起来。波纳佩岛西边不远处，就是台风生成的海域。一年中大部分台风都在那里产生。有趣的是，它们一旦降生，就直奔西边杀向东亚大陆，从不调头袭击这个小岛。

由于降水丰沛，岛上绿树成荫。放眼望去，到处是成片的椰林和咖啡林，一些稀疏的小屋点缀其间。廖铮觉得这里看上去就像20年前的海南岛。杨嘉怡则对这位司机兼导游说："你们这儿就像个没整理过的巨型花园。"

"你说得太对了，我国政府确实有个'公园国家'的计划。"

"国家公园计划？"

"不，公园国家！计划将整个国家的所有土地建成一个保护性公园。"

杨嘉怡夸张地捂住嘴："哦，天啊，将来你们都生活在一个大公园里？"

塔利克伸出右手，做了个捻钱的动作："现在只是个蓝图，没有钱，没有用的。"

一路上，廖铮认真观看着沿途的景色和地形，偶尔转过头来听听那两个同龄人的交谈。从杨嘉怡的兴奋中她能听出一些意味，不想打断她。车子穿过一个小镇，街上走着不少当地人。杨嘉怡看到有几个黄皮肤的路人，高兴地说："哇，中国人？好像是这里的居民耶。"

"那是日本人。"塔利克摇了摇头，"'一战'到'二战'期间，这里归日本管，他们有好多人战后都没有走，留下来当移民。对了，你们猜这是什么地方？"

"什么地方？一个镇子吧。"

"这是我们的首都——帕利基尔！"

塔利克卖完这个关子，车子就已经从小镇上横穿过去："哇，好小哦。"杨嘉怡都没有来得及注意。她曾经到过马尔代夫的首都马累，那个岛很袖珍，然而高楼林立，就像从某个大城市的中心区切下一个角放到海洋里。相比之下，波纳佩要自然得多，或者说原始得多。

都是首都，差距咋那么大呢？杨嘉怡又回过头张望一下，这下子注意到新的事情："咦，你们这里营养水平很好啊。瞧街上的女士们，腰都那么粗。"

"哈哈，在我们这里，还有太平洋上许多地方，都以胖为美。像你这么瘦，在我们这里不容易出嫁的。"

杨嘉怡几乎是不假思索，脱口而出："那你喜欢什么样的体形？胖的还是瘦的？"

"我，我……"塔利克腼腆得可爱，"其实那快成为历史啦。我祖父那代男人喜欢胖女人，我父亲就不好说了。至于我这代，当然是喜欢苗条的。我们从小看美国电视节目长大。"

其实在物资贫乏的古代，各民族都是以胖为美，因为胖意味着家境殷实。不光身材，就是服装，东西方各民族在古代也都是喜欢宽袍大袖，将瘦弱的体型尽可能向外扩展。看看中国古代的年画就知道，胖人加宽衣才是当年的追求。而在密克罗尼西亚，他们刚刚开始向现代的审美观转移。

"不过，那里一定是中国人喽？"廖铮指着远处林间一片空地。几个工人正在一个新竖起的金属架上调试着什么，他们的制服上都写着中文。

"是啊，美国的钞票，中国的工人。"

塔利克告诉客人，美国政府对密联邦有长期援助，用来兴建这里的基础设备。当地政府拿到钱，就去找世界上工程做得最好，而且性价比最高的人。当然，那只能是中国人。她们看到的就是密联邦通讯局正在建设的移动通信基站。"我们这里网络还不普及，现在只有政府和社区大学两处可以接入互联网，这些基站建成后，全岛都可以上网了。"

密联邦原来的首都叫科洛尼亚，后来把政治地位让给帕利基尔，前者就成了波纳佩的州首府。虽然"首都""首府"听起来名头很大，其实就是鸡犬之声相闻的两个大镇子，各有数千居民。此外还有两万人散居在岛各处。车子很快开进科洛尼亚，如果不是塔利克指出来，两个中国客人还没注意到她们已经进了州府。

"其实这两个旧镇都比较小。不过在那边，有家中国公司正在开发房地产项目，将来是一片大楼盘。"塔利克向远处指了指，一大片密林挡住了视线，廖铮和杨嘉怡什么也没看到。

领略了大半个岛的风光后，车子最终停在一幢尚未完工的建筑前面。这幢建筑的主体已经完成，但没有装修。朝街的一面还有不少钢筋裸露在外。两位客人看看周围，并没有其他建筑物。这正是塔利克带她们入住的地方："不好意思，只有这里提供热水，我想你们会需要，其他地方就没有了。"

原来，密联邦的旅游设施很落后，全境都没有一家星级宾馆。这幢类似中国大陆招待所水平的房子，在当地已经算相当豪华了。廖铮连说没有关系，带着杨嘉怡把行李搬了进去。两个经常在野外宿营的女子，并不很在乎住宿条件。

此时天色过了中午，这里与北京有3个小时的时差。两人在飞机上又睡了好久，现在都不累。简单吃过一餐，廖铮便想去看看南马都尔遗址。

"廖姐，咱们不累，人家还不累啊？"杨嘉怡听到廖铮的要求，马上维护起自己的意中人，"你怎么不让他休息休息？"

廖铮也意识到这一点，知道自己太心急了，不好意思地笑笑。她正想请塔利克去休息，不料后者却说，斯基林博士要求自己照顾好客人，尽可能满足客人的要求。"博士还在接待其他客人，晚宴时间还早，如果您有兴趣，我可以带您去看看。"

二

就这样，把行李放下后，塔利克又开起车子，向着岛的东南岸驶去。岛上的路况很差，上午刚下过雨，道路很泥泞。车子时不时要在泥坑里挣扎几下。十几分钟后，车子转过一片岩石，停在一处浅滩上，南马都尔遗址一下子就出现在众人面前！

隔着一条宽宽的水道，对面是一座座人工小岛，密密麻麻不知道有多少。小岛之间也是水道，整个看上去就像是被水分开的巨型棋盘。小岛上有大段古石墙，那就是廖铮盼了很久的南马都尔遗址。

"怎么没有售票处？"杨嘉怡好奇地四周看看。不仅没有售票处，周围连个人都没有。

塔利克笑了："没有没有，这不是旅游区，外来的朋友可以随便看。"

在廖铮看来，这里比她想象得更荒凉。而杨嘉怡也马上就明白自己为什么都没听说过它。这个遗址根本没有人修整，完全不是一处正规的旅游景点，而且看上去远不如廖铮形容得那么壮观。大树小草从石墙的缝隙处生长出来，看上去，整个遗址特别像是一堆放大的盆景。

廖铮站在岸上，久久眺望那片遗址，偶尔用数码相机拍上一下。杨嘉怡走过来，小声地问："廖姐，咱们过去吧？你在看什么？"

"我在看它的布局……"廖铮指着那片小群岛说，"虽然兴建历史长达1000年，但是你看，它是有整体规划的。说明在后面的1000年里，后继者都在按照最初的设计来施工。你想，从元朝修建大都到现在的北京城，中间也不过几百年时间，还不如这座城的时间长。可是，当时这里只有无文字的原始民族，怎么可能留下一份设计图？又是什么权威的力量让后面的人继续按照原图来修建它？而且，建它的目的是什么？只有搞清这一点，才能解开它身上其余的谜。"

这恰恰是100多年来考古学家都没搞清的谜。几千年中，波纳佩岛都远离太平洋上各条繁忙的水道，偏居一隅，以至西方殖民者很晚才找到这里，并且始终没表现出多大兴趣。所以，这个岛在古代不会是一个巨型居民点，或者是商品交易中心。

如果说这是用于防御的城墙，然而整个太平洋上，除了几千千米外的复活节岛，再没有比此处更先进的古代文明遗址。他们有什么厉害的敌人需要防御的呢？还有，不管出于什么目的，放着波纳佩岛上大片空地不用，跑到近海兴建石城。甚至为了盖好这座石城，事先还要把下面的珊瑚礁垫成平地，让它们能高于海面数米。整个工程像是愚公移山，如此浩大的人工，肯定有个很鲜明、很强大的目标。

此时正值涨潮，岸边系着一艘仿古木船，有桨有舵，但没有人在那里值守。"没有船夫吗？"廖铮问道。

"本地很少有人愿意去那边。所以我们造了摆渡小船放在这里，让外来人自便。"塔利克回答说。

"我看你的年纪，肯定是个'90后'，你不会也迷信这个吧？"杨嘉怡像是在揶揄自己的小兄弟。

塔利克闻言，马上跳到船上，熟练地解开缆绳，招呼客人："当然不了。我这就载你们过去。"

于是，塔利克划着桨，杨嘉怡掌着舵，几分钟就穿过那条浅浅的水道。水清澈见底，坐在船上能看到下面的珊瑚丛。"哇，我们那里哪个海岸的水能有这么清啊。"杨嘉怡感慨道。

"主要是因为这里并不深，如果赶上退潮的时候，我们可以蹚着水回来。"塔利克驾驶着小船，进入人工岛之间的水巷，"其实我经常来这里，现在我带你们去它的中心！"似乎是为了在杨嘉怡面前证明自己，塔利克用力地划着桨。

进入岛群，杨嘉怡才发现自己刚才的感觉完全不对头。这些石墙其实相当高。远在对岸时，她之所以没感觉到它们的高大，完全是因为缺乏对比物。石墙附近没有人走动，石墙里滋生的热带树木外观又很像草丛，无形中把它衬得小了许多。现在，当她们置身其中之后，才感觉出它的高大。几米高的石墙夹在两边，让她们感觉自己划进了巨大的水槽里。

南马都尔遗址总共包括100多个人工岛，上面的石墙则像洋葱那样一圈圈建起来。最外圈上的石墙还不算太高，越往里面走石墙越高。到了核心区，石墙已经高达八九米，接近到三层楼。"天啊，这和《金刚》里那道墙差不多！"杨嘉怡不停地按动快门。

"电影里那道墙是为了防范巨猩，这又是为了什么呢？"廖铮若有所思，自言自语。她让塔利克把船停下，和杨嘉怡跳上一个小岛，仔细观察那些石材。它们都被加工成枕木一样的形状，而所有石墙完全是由这样的石材横竖相间堆积而成。没有灰浆黏住缝隙，只是由于堆得十分严密，再加上几百上千年的重力沉降作用，石材已经牢牢地粘在一起。廖铮拿出一把钥匙，试了试，居然找不到一道缝可以插进去。石墙上每隔几十米会有一道门，还有一些地方开着方口，类似于瞭望孔。

不同于世界其他地方的居民，今天的波纳佩人很清楚他们是外来者。当他们的祖先寻找到这里时，这座巨石城就摆在这里，向每一代后来者宣示着一种强大技术力量的存在，然而那却不属于他们。当《姆万加的诅咒》传遍全岛的时候，这些巨建筑已经不知废弃了多久。他们没有因为它而感觉到自豪。

"好像一直没看到整理挖掘过的痕迹？"廖铮满眼都是残破、荒凉的形象。由于气温高、湿度大，加上空气在高大的墙体间不流通，到处都是霉味，一些艳丽粗大的虫子在草丛里钻来绕去。换成一般的女孩子，早就不知道尖叫多少遍了。"没有考古专家来研究过吗？"

"唉，有是有过，只是很少，在学术圈里的级别也不高。我们国家没有专业考古人员，世界上又没多少考古学家会对这里感兴趣。"塔利克毕竟受过现代教育多年，对此颇有感慨："各国都愿意探索本民族的历史，我们对世界进程没有什么影响，他们当然没兴趣啦。"

一路上这个小伙子都表现得恭恭敬敬，现在讲了句很有哲理的话，顿时让杨嘉怡肃然起敬，也让她对塔利克的学识刮目相看，原来的好感就又膨胀了几分。

"诺，这就是整个遗址的心脏——南多瓦斯！"

塔利克把她们带到一个最大的人工岛旁边，岛上耸立着一个正方形的塔楼。廖铮去过川藏地区，见识过羌族同胞建筑的碉楼。两者在形状上是很相似，只不过这里用的石材粗糙得多，从外到内有两圈石墙围绕着这座塔楼。在塔楼的顶上，横放着一块巨石，离地面至少有15米之高。

"天啊，它能有多重？"廖铮给这块巨石拍照。

"据说有60吨，是整个南马都尔最大的一块石材。现在楼盘工地那边的起重机才能吊起35吨重的东西。"塔利克的语气感慨多于自豪。这些古人确实很了不起，可惜并不是他的祖先。

一行人穿过两道墙，来到塔楼面前。一路上，除了这些主体建筑，她们没有看到石雕，没有文字，没有陶制的装饰品，甚至没有看到任何个人使用的物品。这里就像一片刚刚完成主体建筑、尚未装修的楼群。或者像是一个人，将自己的骨骼和肌肉都裸露在外面。

南多瓦斯内外墙之间，还有一片古代工地。上面摊着许多根大石条，仿佛昨天这里才突然停工。只不过石条上那些青苔告诉来客，它们已经被陈放多年了。

"可能几百年前就是这个样子，我们的人动都懒得动它们。"塔利克指着那些石条说，"就像突然间被什么东西吸走一样，建筑者一夜之间就不见了。"

"这里既然有这么多石材，后来的移民，也就是你们的祖先，怎么不拿去使用？"廖铮问道。

"这正是南马都尔的许多谜团之一。"塔利克摊了摊手，"岛上一直使用木头、棕叶搭建房子，我们没有习惯去建石头房。你要知道，我们这里年平均气温有28℃，建一座石头房，等于要把自己放到烤箱里。"

"现在是这个温度，历史上呢？"

"历史上？不知道。不过我们这里北纬才6°，等于就在赤道边上，历史上也不会很冷吧。"

廖铮站到高处，环顾四周。这么多石头，被当地人从波纳佩岛搬过来，画蛇添足般地建在一个附属的小岛上。它几乎不能居住，也不做生产或者军事之用，更不是贸易市镇。而且，这些建筑最早从1500年前修建，一直到500多年前才停工。后来再没有人扩展它、完善它、使用它，甚至管理它。

这是一座幽灵城市，有着一段幽灵般的历史。

就在这时，从波纳佩主岛方向走过来一支队伍，隐约有十几号人。原来此时已经退潮，水道变得很浅，这些人就蹚着水朝这边走来。塔利克定睛看了看，脸上浮现出高兴的神情："那是哈德雷大酋长，我猜他又要开始演唱了，你们可以提前听那首《姆万加的诅咒》。"

三

一位瘦削的当地老人赤裸上身，下面围着白色的布裙，正带着人们走向这里。由于肤色的原因，他这个形象看上去如同圣雄甘地。杨嘉怡又想举起数码相机，手被廖铮按住了。她向塔利克询问起这位老人的来历和身份。

"密克罗尼西亚"这个名称虽然出自当地语言，但这个群岛的地理划分却是由西方人制定的。在当地土著人看来，他们分别生活在一个个小岛上，有些大岛同时有多个部落生存其间。这才是他们的世界，彼此互无统属。

在西方人将现代文明输入之前，密联邦4个大岛上同时生活着十几个土著部落，各自以其酋长为核心。酋长可以分配粮食供应，主持公共工程，还可以充任法官来断案。美国人接管这个群岛以后，法律上仍然尊重酋长的传统权威。岛上甚至没有监狱，平时人们小有纠纷，就被带到酋长面前申诉，由酋长裁决。只有杀人放火之类的大案才要惊动司法部门，而这类案件全国一年到头也没有几起。酋长们还可以充任债务的保人。甚至当地人到银行借款，如果有酋长出面担保的话，可以不提供抵押品。

当然，随着社会向现代转型，部落民众不再群居一处，而是分散于城市乡村之间，只不过每个部落居住地相对集中一些。密联邦的最大部落就集中在波纳佩岛上，而正走过来的这位马沙欧·哈德雷，就是该部落受法律承认的现任大酋长。推而广之，他也是整个密联邦影响力最大的传统酋长。

然而，这位哈德雷先生又远非那些土生土长的酋长可比。老人现年80岁，人生中有50年在美国度过。不知道为什么，60岁以后，哈德雷放弃在美国拥有的一切，回到波纳佩岛，然后便定居在南多瓦斯长达20年之久。白天，他会踏上波纳佩岛，行使其酋长的权力，晚上再回来休息。南多瓦斯小岛上没有通电，其实这并不需要多么大的工程，从波纳佩岛拉过一根电线就行，是哈德雷自己坚持不要使用电。

除此之外，哈德雷还经常去演唱《姆万加的诅咒》。他嗓音高亢，曲调悠扬，听者甚多。那位斯基林博士在美国接受正统的学术教育，知道无论是曲还是词，哈德雷都在里面添了不少私货，那并非原装正版的非物质文化遗产。塔利克从学术上同意老师的意见，不过他很喜欢听哈德雷唱那改编过的现代词曲。

敢于只身住在南马都尔，这在当地来说堪称空前。别的不说，这座废城里没有任何现代生活设施，单是这一点就让人们望而却步。现在已经到了下午，跟着哈德雷来的人当中，只有两个本地人，剩下的都是外邦客。

"我们去听听可以吗？"廖铮问塔利克。

后者小声地回答道："可以，但不要拍照和录音，我国法律保护酋长的尊严。"

那群人走上了南多瓦斯小岛，进入了外层珊瑚石墙。然后，哈德雷肃立在那里，向西下的太阳行礼，一脸庄严肃穆。周围的人知道他要演唱，马上退后一步，给他让出一片地方。

姆万加用无形的巨手，

扼住罪人的咽喉。

任你拼命呼吸，

就是无法吸入空气。

任你如何挣扎，

就是无法逃出他的神掌。

任你如何哀求，

就是无法动摇他的裁决。

人们徒劳地筑起石墙，

却只能一次次记录自己的失败。

愚昧的人啊，

为什么不在现世中修好，

以至于必须接受神的报应？

愚昧的人啊，为什么不在心里留存谦卑，

以至于必须领教神的力量？

……

塔利克将歌词一一给客人翻译。"这究竟是什么意思？"没听到头和尾，廖铮不明白这一段歌词的含义。

"这是史诗里对南马都尔的描写。大灾难降临后，前代居民就跑到南马都尔避难，然而姆万加会隐形。"

"这么说，古人造这座城是为了防备这个凶神？"杨嘉怡忽然觉得答案就在歌词里。

"不，这首史诗形成于我们这支移民中，南马都尔是前几代移民建造的。如果你让我推测的话，史诗里这些内容只是我们祖先对更早那些岛民命运的想象。"

直到老人停下很久，歌声仿佛才从人们耳边散去。接下来，老人并没有再演唱什么，而是去排解纠纷。周围的外国人都站到一旁，两个当地男子走出来，分别向大酋长陈述他们的请求。

原来，这两人是亲兄弟。不久前，一家中国人和当地人合资兴办了房地产公司，在帕利基尔开建一个楼盘，并且在刚刚挖地基时就出售"楼花"①。在广告的引诱下，两兄弟凑了钱去买楼花。如今楼盘已经完工，即将交付业主，而其价格已经上涨了一倍。一大笔利润摆在面前

---

①出售"楼花"：房地产开发将尚未竣工的房屋所有权发售，并允许其交易，称为"卖楼花"。此语出自香港，卖楼花的行为可以刺激对房屋所有权的炒卖。

时，两兄弟就开始为谁多谁少争了起来，甚至动起了粗。

哈德雷先让他们擦掉身上的血迹，然后让他们仔细想想，是否真需要买下那幢新房子？两兄弟异口同声地回答说需要！

哈德雷摇了摇头："我的同胞们，以前本岛没有任何商业性的房地产开发，你们并不清楚里面的利害。现在这个游戏刚刚开始，你们看到一幢幢建筑拔地而起，房价一天天上涨。于是你们把钱交给他们，开始玩这个游戏。可是这游戏真那么好玩吗？让我们听听这位外邦人的经验吧。他玩这个游戏，比你们早很多。"

哈德雷的手指向一个黑人老者。此人来自美国，看到这位受人崇拜的酋长点到自己，一脸荣幸。黑人老者说起了自己的经历。前些年美国房地产市场高涨，此人借了次贷去购买房屋。新屋到手后马上到银行抵押，再购买另一幢新屋。他最多时拥有十几幢郊区别墅，账面资产上涨到几千万。结果次贷危机一暴发，所有这一切都成为过眼云烟，他连最后一幢房子都没有保住，因此被迫离婚，让妻子和孩子减轻还债负担。

接下来，一个中国人也站出来，流着眼泪分享自己的经历。他曾经搞过非法集资，最多的时候，手头的钱相当于密联邦一年的总产值。当那场金钱游戏崩溃时，他不仅一贫如洗，自己也只好跑路，家人都被债主扣下还债。

"他们都是外国人吗？专程来拜访哈德雷酋长？"廖铮看得很纳闷，小声地问塔利克。

"是啊。在国际上，密克罗尼西亚联邦最有名的人不是我们的总统，而是这位大酋长！好多发达国家的人都来拜访他。不过，那些人似乎个个都有一肚子辛酸。"

等几位落魄的外国人分享完了自己的教训，哈德雷大酋长才开口总结："我的同胞，仔细问问自己的心，其实你们并非真需要这些房子。一家人生活在低矮的木屋里，虽然拥挤，但你们亲密无间。你们围在一起吃饭、娱乐，谈话时需要面对面。你们不仅能听对方的声音，也看得到对方的表情，感觉得到对方的心声。当你们走出房门时，周围是你们亲密的邻居。大家一起酿制萨考酒，分享喜怒哀乐。你们不需要空调，因为身体习惯经受自然的风吹日晒。你们也不需要冰箱，姆万加已经将这么好的自然条件留给你，仅靠采摘我们就可以存活。而当你们搬进那些水泥棺材之后……"

哈德雷一指远处的主岛，声音拔高了起来："……你们就将与亲密的邻居分开，与大自然分开，最后与你的家人分开。你们将成为钢筋水泥中的孤魂野鬼，你和亲人会成为同一屋檐下的陌生人。或许你的账户会增值，但那些数字可以代替亲人和邻里的欢笑吗？"

"这是什么意思？劝人们回到茅草棚子里？"听到塔利克翻译他们之间的对话，杨嘉怡不以为然地说道。廖铮拉了拉她的胳膊，示意她不要轻易表态，自己则仔细观察那些人。她发现，听众明显分为两个阵营，两个当地人一片茫然，外国人则频频点头。

"我们走吧，太阳快落山了。"塔利克忽然提醒两个中国客人。

"南马都尔这里真那么可怕？哈德雷先生不是住在这里？"廖铮看了看周围的景色，夕阳西下，波澜不惊，美丽如画。

塔利克摇了摇头。他告诉廖铮，南马都尔自古被一种神秘力量所笼罩，晚上最好不要待在这里。第一次世界大战前，全岛属于德国殖民地。当时的德国总督想搞清南马都尔的传说有没有依据，不顾当地人劝阻，一个人待在这里过夜。第二天，人们发现了他被电死的遗体！

"不错，我受过现代教育，所以我不相信魔法作怪，但也许这里有某种奇异的电磁场呢？哈德雷先生敢在这里过夜，他自有神通，我可没有！"

四

自从深海考古队成立后，甄涛就将世上仅存的一小队"深海飞行家"分成两组。他留下"深-1"和"深-2"给训练母船，载着它们到各地海域去搜索那些沉船。另外几架拨给刚刚下水的最新式海洋调查船，去考察那处深海锰结核矿区。

深海考古队可以扬名，但不能提供多少回报。作为生意人，甄涛要在名和利之间搞好平衡。这两架最早的鳐式"样机"作为实验品，上面的设备已经不如后下水的"深海飞行家"更先进，性能也不算保险。所以，甄涛把它们拨给这个次要的领域。

至于霍克斯老人，他对钱的兴趣本来就不大，自从搭上甄涛用金钱铺成的快速路以后，更不需要为钱发愁。他现在最大的兴致就是在深海里嬉戏，满足自己的探险欲。老人的身影经常在两艘调查船之间穿梭。

这天晚上，霍克斯在海下尽兴一番之后，乘上直升机飞向几百海里外那艘新式海洋调查船，旧船这里接下来的班次轮到得意门生苏云霞出航。虽然太阳已经落山，不过在根本没有光线的深海里，白天黑夜毫无区别，"深海飞行家"一直以歇人不歇马的方式穿梭于深海之中。

船舱外面，工作人员正在调试"深-2"，苏云霞待在准备室里等待着。闲来无事，她翻出手机，在通讯录上随意地寻找着。咦，有段时间没和这个人联系了，看看她在忙什么。

苏云霞拨通了对方的号码，大声问道："假小子，你在世界哪个角落钻洞呐？"

话机里传出一个略显疲惫的声音："啊，是土妞啊，你现在在哪里？北极、南极还是赤道？"

电话那边正是廖铮，她和苏云霞是从小学玩到初中的同学。直到高中文理分科时才不在一起，不过后来一直保持联系。廖铮觉得"苏云霞"这个名字很土，听上去像个农村女孩，就给她起外号叫"土妞"。苏云霞也不客气，认为"廖铮"这个名字一点女人味都没有，就叫她"假小子"。结果这两个绰号都没叫开，成了她们之间的特殊称呼。

"咦，听声音你已经睡了？现在北京时间也就是下午啊。"苏云霞纳闷道。

"哪里是北京时间，我现在使用东五区时间。"廖铮刚刚从南马都尔遗址返回旅馆，正准备睡觉。

这可让苏云霞大吃一惊："天啊，我就在你东北面不到100海里的地方。我的探险家，咱俩能在地球上挨这么近，很少见啊。"

两个人工作以后，一个经常在全世界海洋上奔忙，另一个成为巡游各处的探险家。以地球之大，这对闺蜜的距离接近到100千米之内的时候确实不多。廖铮一听，顿时一点睡意都没有了，翻身起来，忙着询问苏云霞的近况。"你真行，上半年还在北极，现在就跑到赤道了，以后还回去吗？"

"不回去啦，我怕胖，整天穿着鼓鼓囊囊的衣服，对体形会失去敏感性。天冷，人吃得也多。在赤道这里天天穿短袖衫，就能让人在意体形。天热，吃得也少。"

"不会吧。"廖铮想起了帕利基尔街头的景观，"我怎么看这里满大街都是胖妞妞。对了，你跑到这里找什么？"

"我现在是深海考古队副队长，这个词听说过吗？没有？那你落伍了！呵呵，当然这不怪你，考古队成立总共也没几天。这次我们来找一艘美国沉船——'印第安纳波利斯号'，据说就在下面。船上有历史学家来确定位置，我们下去找。"

1945年7月，美军重型巡洋舰"印第安纳波利斯号"运载着铀235送到提尼安岛上的美军基地。在那里它们被组装成两枚原子弹，分别扔在广岛和长崎。不过上到舰长，下到普通官兵，当时无人知道他们运载了什么。

冥冥中似乎真有天意，离开提尼安岛后，"印第安纳波利斯号"便被日本潜艇击中。当时原子弹还没有在日本炸响，干了这一票的日本潜艇官兵也都不知道他们打中了什么目标，一切因果报应的链条都是在"二战"后才公开的。这艘重型巡洋舰就沉没在这里，连同上面300多名官兵阵亡。

现在，这批官兵的后代知道世上有"深海飞行家"这种宝贝，于是集资请霍克斯出面寻找它的位置。霍克斯身为美国人，自然更清楚这条沉船的历史价值，当下便把它列入优先计划。不过，霍克斯已经下海转了几天，都没有发现它的踪影。

时间到了，苏云霞和廖铮草草话别，进入"深-2"驾驶舱内。缆绳放开，苏云霞一推操纵杆，"深-2"加速钻入水中，以一个大俯角向下狠狠扎去。

在普通人看来，大海平坦如镜。然而从学习海洋学那天起，苏云霞就形成了另外一种海洋观。她清楚海底的地形地貌，这里下面是大洋中脊，那里下面是海底平原。所以当她出海后，经常会感觉自己脚下的船正在悬空，底下还有万丈深渊。

现在，苏云霞真能在那深渊上空"飞行"了。每次下水，她都会体验到新的兴奋。很快，"深-2"就越过了2000米的水层。再往下面有一座"盖奥特"，也就是海下平顶山。为了纪念普林斯顿大学第一任地质学教授取了这么个名字。这座"盖奥特"顶部有十几平方千米，是整个目标区域里最后一处没有搜索的地方。苏云霞这一班次的任务，就是搜查整个平顶山。

将近3000米，快到"盖奥特"顶部了。苏云霞忽然通过侧扫声呐发现了一个回声异常点，显示有大量物质正从山顶某处喷发出来。好像是海底喷泉？苏云霞立刻申请暂时中止既定任务，前去调查那个异常。海底喷泉是重大的科学发现，如果真能在那里找到一处的话，其意义不亚于找到一艘沉船。

等了片刻，母船上的指挥室同意了她的要求。苏云霞向那片区域造过去，侧扫声呐上陆续出来了更多异常点，像是一大群演员陆续摘下了面纱。苏云霞的心狂跳起来，只有海洋学家才知道这意味着什么。

3039米，已经到了"盖奥特"的顶部。苏云霞没敢直插海底喷泉的正上方，而是在它旁边100米处降到海底。如果那是一道海底热泉，温度会达到摄氏数百度。

"周围温度有没有变化？"指挥室那边的声音也透着激动。

"没有，很奇怪，不过侧扫声呐没出错，喷泉的规模很大。"

由于"深-2"的速度很快，苏云霞只能绕着圈子去接近目标。还有80米远的时候，屏幕上忽然出现大批生物。有的是一丛丛长长的管子，有的像是放大多少倍的蜘蛛，有的长着一只巨口，有的散发着幽蓝色，或者粉红色的光。

"一个海底绿洲！温度还没有增长，那一定是冷泉啦！"

海洋里80%的生物量都分布于1000米以内的浅水层中，随着深度增加，生物数量大为减少。普通的海底简直可与陆上的荒漠相比。然而这里显然是个绿洲。只有在海底喷泉附近才能出现生物富集现象。它们不同于陆地上的生物，靠海底的能量和物质生存。

再往前走，苏云霞能看到蠕虫和贝壳，周围海水的硫离子浓度显著增加。越过一个低矮的斜坡，"深-2"驶上海底小高原的核心。这是海底扩张形成的特殊地貌。苏云霞被眼前的情形惊呆了，周围就像井喷一样，好几个喷泉柱以十几米的间隔分布在那里。

"确定是冷泉吗？周围温度怎么样？"指挥室问道。

"没有变化，确实是冷泉。请你们放一个小太阳下来！向我的坐标发射。"

小太阳是一种深海照明弹的俗称，由甄涛手下的技术团队刚刚研制的。很快，母船便定好"深-2"的坐标位置，投下一枚小太阳。

苏云霞看着仪表上的数字，2000米、1500米、1000米，小太阳迅速朝她接近。在距离"深-2"还有50米时，小太阳爆开了。深海世界里出现一个幽蓝色的太阳，它也不再下沉，而是在同一高度漂浮着。光线能穿透200米的水体，照亮十几万平方米的海底。

"天啊！你们能看到视频吗？"苏云霞激动地叫道，忍不住拍着座椅。

"当然当然，我们也看到了。天啊，它应该是有史以来最大的一组冷泉啦！"

"不，只是有史以来人类发现的最大一组！"

海洋学家在全世界只发现过140个深海冷泉，现在它的总数量可以添上三分之一！在小太阳的冷光照耀下，周围每隔十几米到几十米就有一处冷泉，最强劲的能喷上十几层楼那么高。粗大的泉柱在小太阳的光线下形成浓厚阴影，"深-2"就像进入了海底森林。在冷泉周围，有着密密麻麻的生物，享受着这种地质现象带出来的物质盛宴。

这类被称为"盖奥特"的海底平顶山本身就是海底扩展的结果，到处喷发的冷泉则是海底扩展的表现。"不行，前面生物太密集，我只能退后了。"如此密集的生物群，苏云霞从未在海底见过。为了避免相撞，她只好减慢"深海飞行家"的速度，小心翼翼绕着那些泉柱飞行。

即使隔着这么远，苏云霞已经能够分辨其中的一些生物了。多管水母、大洋水母、介穗螅、海萤火虫。天啊，数不胜数。苏云霞激动地大声说道："大家看看吧，我们正在目击生命起源的过程。几十亿年前生命就是这样出现在深海里，靠地壳内部涌出来的物质和能量生存。"

当然，"深-2"下面这片洋壳是新生的，比恐龙还年轻，并非几十亿年前的旧洋壳。不过整个生命的能量交换过程却与当年有很少区别。在陆地上还没有生命的年代里，地球母亲首先在深海中孕育出了最早的生命。

苏云霞仿佛回到了十几亿年之前。

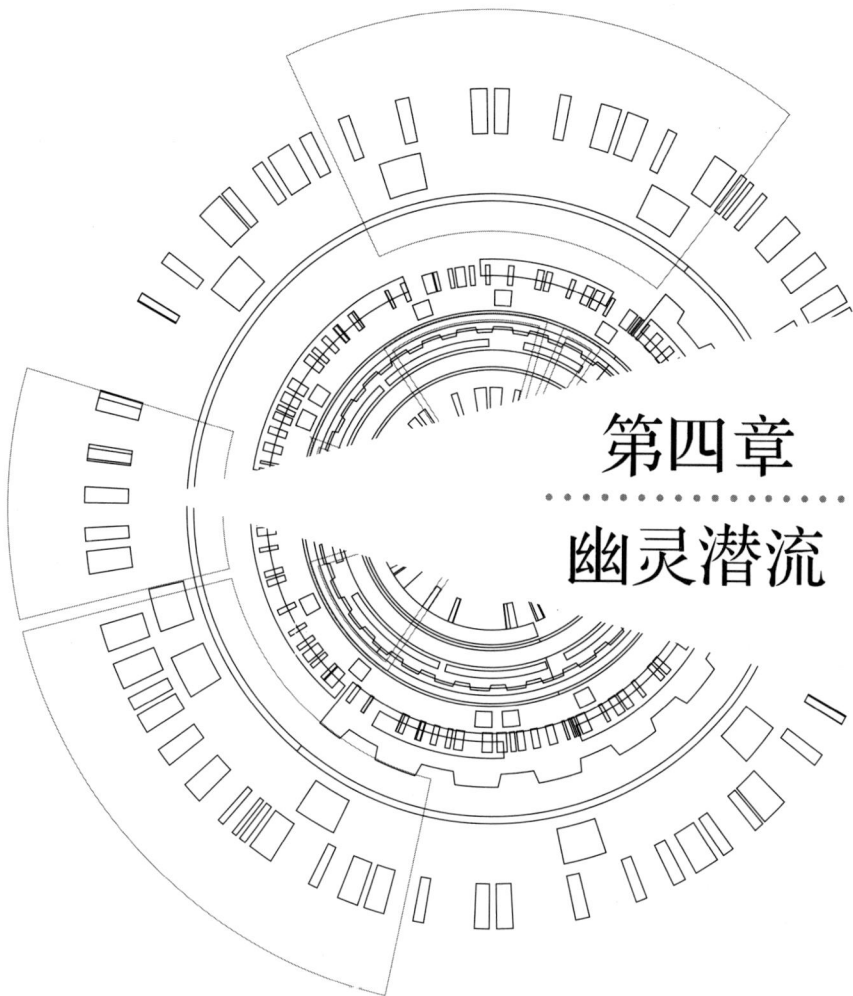

第四章

幽灵潜流

一

夜里，杨嘉怡在嘈杂的空调声中怎么也睡不着。她索性关上空调，结果没几分钟就浸泡在汗水里。如果将窗子都打开，蚊虫又会成堆地光临。杨嘉怡无奈，披衣下床，想到外面走走，透透气再睡。

小宾馆位于一面高坡边缘，穿过宾馆门口的道路，就能望见大海。不，那是白天，现在只能听到涛声。杨嘉怡呼吸着海风，回想着白天的情形。南马都尔应该在哪个方向？好像是那边，那边……

忽然，平静的海面上闪出一道光，粉色或者红色，因为转瞬即逝，杨嘉怡看不清楚，甚至不敢说是不是自己的幻觉。她紧盯着那个方向，盯着，盯着，忽然她跑回宾馆，把廖铮拖到了路边。

"廖姐，辨认一下，那边是不是南马都尔的方向？"

这几步路赶走了廖铮的睡意，她不知道杨嘉怡想让自己看什么。大致辨认了一下，点了点头。夜里，波纳佩岛绝大多数地方都是黑漆漆一片。这晚又没有月光，廖铮只是凭着对来往路途的记忆进行判断。

"刚才那里出现一道光，就在南马都尔遗址里面。"

"是啊，那位老酋长不是就生活在里面？也许他在用手电筒。"

"不是电灯的光，类似于闪电，但没云层中的闪电那么大。好像是……鬼火……"

"难道你以前看见过鬼火？我可没记得你去过那种旧式坟地啊。"廖铮摇摇晃晃地走向宾馆，"明天我还要开会。你要是有兴趣，可以拿着相机在这里等。"

杨嘉怡真就这么做了。然而足足等了一个小时，腿上、胳膊上不知道被咬了多少包，那道鬼火也没再出现。

第二天上午，廖铮正式参加有关"姆万加传说"的研讨会。她把杨嘉怡留在会场外面，让塔利克带着去逛街。

会议在中国捐建的密联邦国家文化中心召开。这是一片平房建筑，为了通风，墙壁上有大片玻璃窗，平时就敞开着。宽阔的走廊也没有墙壁，只有廊柱。坐在屋子里，感觉就是待在巨大的太阳伞下面。

波曼斯州长也在这里，但他只是旁听，主持者是斯基林博士。主人说完开场白之后，一位美国人类学家提出了自己的观点。他统计了南马都尔石墙的高度，结果证明石墙从外到内大致分为3米、5米和8米三个平均梯度。外面两圈石墙的下部已经浸在水里，如果把它们整体算上来，和内圈石墙的高度是一致的。

"在过去几千年里，海平面一直在上升。第一圈石墙如果全部露出海面，就应该有8米高，对应着大约1500年珊瑚岛平面的高度。第二圈如果全部露出海面，同样有8米高，1000年的时间让它沉降了3米。当然，最后那圈围墙现在都还暴露在海面上，但是它的根基已经泡在了水里。"

"这意味着什么？意味着每隔500年，也就是那个灾难性预言快兑现的时候，岛民们就疯狂地加快建筑速度。而且每一次都盖出同样的高度。它的目的是防御一种妖魔鬼怪，似乎8米这样的高度才足够挡住它。在古代，人们为了按自己的理解去影响神明鬼怪，会建造出今人无法想象的建筑。金字塔就是一例。只有宗教动机才能产生如此强大的动力，让古人不惜代价地去兴建这些貌似无用的石头城。所以我认为，不管'姆万加的诅咒'是否存在，至少这里每一代定居者都相信它存在。"

接下来轮到一个日本考古学家发言。他介绍了1928年日本学者在这里进行的挖掘。当时，他们在南马都尔的一个人工岛上找到了几百具遗骨，经测定是距当时400年到500年死亡的。遗骨上没有外伤，既非战死，也非出于祭祀目的被杀死，所以很像是大规模瘟疫流行的受害者。

当时，由于日本海军准备在这里建设基地，对当地会不会有瘟疫暴发还予以专门研究。不过这些成果在战争中毁于战火。最后，这位日本学者总结认为，波纳佩岛历史上存在着瘟疫突然流行的可能性。

轮到廖铮发言。出发的时候她曾经告诉塔利克，自己也找到过一个与姆万加传说有关的资料。不过到了这时，她却没有把这个资料说出来，而是提出了一个问题："史诗中说瘟疫回归的周期是550年。不过当这首史诗产生时，这里与现代文明还没有接触吧？他们使用什么样的历法？"

除了担任主持，斯基林博士几乎不插话，直到听了廖铮的问题才开了口："我们的祖先使用从马来西亚人那里传来的一种历法，每年的时间比公历年稍短，所以，这个550年周期大约相当于公历的535年。"

那位日本历史学家马上补充了一句："其实，周期是550年，还是535年都不重要，毕竟这里没有成文的历史，对这些数字记载得不准确。重要的是这个周期的存在。"

廖铮自己没说什么，而是消化着其他几个人的发言。和她一样，虽然主人邀请大家来讨论一首史诗，但来客的兴趣都在那片石头城上。至少，他们会把石头城与周期性的瘟疫联系在一起进行研究。

几个参加会议的网络新闻记者对这些枯燥理论统统不感兴趣，只是想了解这里是否有与传说中的"雷姆利亚"大陆有关的情况。相传在太平洋上有个古代大陆，名叫雷姆利亚，它上面曾经产生过发达的文明，当地人甚至可以控制天气，运送巨型石块凌空飞行。雷姆利亚人派出殖民者，在亚洲和美洲建立大片殖民地。然而在一次巨大的地震和海啸中，雷姆利亚大陆沉没了，只剩下几个孤立无援的殖民地。这些殖民地后来成为几大文明古国的源头。而在世界各地的民族传说中，则有洪水淹没祖先的传说。

这些记者向专家们发问，请他们就此发表自己的看法。当然，这些谨慎的专家们纷纷表示，现在还没有证据说明存在着那么一个大陆。

"可是看看那个石头城，古代哪个民族能够建造出来？他们一定使用了我们未知的技术。"一个20岁出头的小记者站起来问道。

听到这里，廖铮示意自己要发言。得到斯基林同意后，她通过屏幕展示自己电脑上的一些资料。那是一组有趣的"现场还原考古研究"的视频。最近，一些考古学家既不满足于在文献海洋里检索文字证据，也不满足于在发掘现场收集古代物证。他们要模拟古人的生产生活，从中进行推测。

屏幕上出现了一个名叫魏国盛的中国学者，他是中国学术界搞现场还原的首倡者。视频里，魏国盛正组织一群人用粗大的绳索、撬杠和木制轮盘拖拉一块巨石，看上去足有几十吨重。

另一段视频里，魏国盛和他的模拟队伍站在一处石头建筑前合影，人人摆着"V"型的手势。在他们背后，竖立着一个奇形怪状的石头建筑，面积没有英国索尔兹伯里那个巨石建筑大，但高度更高。细心的观众还发现，廖铮就在这两段录像里，参与搭建这些巨石建筑物。

廖铮给大家简单介绍了现场还原的研究方法，然后指着视频里的自己说："用这些3000年前的石制和木制工具，完全不用金属工具，我们不到100个人的团队，花了一周时间就搭出这样高的石头建筑。现在人们之所以对那些巨石遗迹感到惊讶，只是因为人类已经有几百、上千年不搭建这种东西了，很难想象出当年它们是怎么弄出来。"

最后，廖铮总结道："所以，不管南马都尔遗址上有多少谜团，至少古人如何用原始工具把它建成，这个过程并不费解。"

午休时间到了，几位学生带领客人们去餐厅吃饭。斯基林博士将波曼斯州长拉到草坪上，远离客人之后，他开了口表示着自己的不满："我可不想被当成傀儡。把史诗去申遗我支持，但如果没有研究就认定它是史实，这违背了我的学术原则。我听出来了，上午这些发言都是一面倒，有意无意认定古诗里唱的东西是史实。"

两人虽然一个是学者，一个是州长，不过在波纳佩这所大村寨式的社区里，这些头衔没有别处那么夸张。波曼斯像是老朋友一样开导着博士："兄弟，现在各国都在这么做，我们只是借鉴一下嘛。你瞧，曾经全世界都对2012着迷，但那只不过是墨西哥旅游局策划的一次宣传。我们也一样，550年的毁灭周期即将届满，大神姆万加再次光临本岛，世人可以来见证它的毁灭。只要这种宣传能吸引游客，真实不真实又有什么？"

"哼，我担心你这些宣传炒作都没有意义。"斯基林不以为然地说，"是的，就算曾经全世界都在议论2012，但是玛雅遗址那里又能多卖几张门票？"

二

这是波纳佩岛上唯一的沙滩海岸。站在这里向海面远远望去，只见落日余晖将天空中的云染成散淡的颜色。波涛不疾不徐，看着看着，会让人的心情变得舒缓。海面上停着两艘巨大的美军补给舰，灯火通明，宛如两座浮动城市。

海滩上有几只太阳伞，每只伞下面有一张餐桌，摆着两三把椅子。廖铮和杨嘉怡坐到其中的一张餐桌旁。晚上没有什么安排，她们自己找地方来放松。这里游客稀少，海滩上除了他们，只有一对黄种人情侣。男的看起来快50岁了，而女的还不到30岁。如果不是两人正在亲热中，廖铮差点把他们当成父女。

"是日本人吧？"杨嘉怡指指那两个黄皮肤的人。这个岛原来是日本殖民地，现在也住着不少日籍侨民。还没等廖铮说什么，忽见那个男人掏出手机接听电话，一口江浙味的普通话坦白了他的身份。

"什么？什么东西？好，你们不要动，我马上就来！"

然后，中年男人送给身边的年轻女人一个吻："我去处理一件急事，你不用等我，吃完了自己先回去休息。"中年男人匆匆离开。留下年轻女子赌气地坐在那里，望着桌上的酒菜，轻轻叹了一声，然后又去眺望大海。

廖铮朝着杨嘉怡眨眨眼，意思是她要的答案已经有了。然后，两人向服务员要了冰沙，慢慢地喝着，聊着天。廖铮说了说白天会议上的情况，杨嘉怡则告诉廖铮，她问过塔利克，当地很多人都看到过南马都尔的鬼火。但只是一闪即逝，很久不再复现，所以到现在没人抓拍到它。"他们传说，南马都尔城现在就是个巨型墓地，500年前被瘟疫杀死的冤魂都待在里面。"

"太好了，这个题材不拍恐怖片都浪费了。"廖铮对南马都尔的兴趣没有转移到鬼火上。

就在这时，从远处走过来一个30岁上下的黄种人，看样子就是来找廖铮的。离着二十几米远，能看清廖铮的面孔了，那人马上扬手，用中文向她们打起招呼。看到有同胞出现，两个人也高兴地站起来。廖铮刚和那个人握过手，来人便掏出一支笔和一个笔记本，请廖铮签名。"我们在这里能看到中央4台，今年你在那里出镜不少啊。"

廖铮给对方签了名，好奇地问："您在这里搞什么工作？"

"哦，我叫李增山，是中国驻密联邦大使！"

廖铮吃了一惊，杨嘉怡也把叉在腰上的双手放了下来。"大使"这个词给人的印象都是德高望重之辈，没想到能有这么年轻的。李增山解释说："我刚在签证官那里看到了你的名字，就赶过来了。一看果然是你。"

这位外交官就和小兄弟一样，与她们之间无拘无束。"你可没有大使的架子啊。"杨嘉怡笑道。

李增山呵呵一笑："在别处当大使，也许不得不端个架子。这里可不用，整个岛就像个大村子，你在超市里经常能遇到总统、议长推着车在买东西。"

廖铮和李增山聊起这里的情况，大使虽然年轻，但是谈到密联邦的局势，以及中密两国的关系来，还是说得头头是道。他告诉廖铮，2003年，美国和密克罗尼西亚联邦续签了《自由联系条约》。按照这个约定，美国将在接下来的20年里再向密联邦提供13亿资助，然后就断奶了。密联邦要靠自己的努力生存。可惜这里一直是自然经济，自给自足，没什么人在做生意，当地政府一直靠发行捕鱼许可证过活。

现在，断奶的期限即将到来，当地政府仍然不能财政自给。密联邦上上下下都想大力发展经济。谁不想成为第二个马尔代夫？何况密克罗尼西亚土地资源是马尔代夫的十倍以上，还有岛国中罕见的天然淡水资源。

对于这个"史诗研讨会"，李增山认为这可能就是当地政府搞的一个商业策划，意在吸引外国游客。"我知道你一向坚持科学原则，对于这个活动，如果你有兴趣可以多参与。如果没兴趣，应付应付，表示一下支持就行了。"

廖铮告诉李大使，自己对这首史诗，以及那片石头城早就有兴趣。"我在巴布亚新几内亚考察时记录过当地民谣。其中有一首史诗就说，在极远的东方有个被神诅咒的岛，每隔550年，神会扫荡那里的人民以示惩罚。当时我还不知道有这首《姆万加的诅咒》。'姆万加'来自查莫罗语，巴新那里没什么人讲这种语言，他们用另外的名称命名那个神。当我看到斯基林的邀请信时，觉得两首诗彼此印证。也许，《姆万加的诅咒》真记录了某些历史事实。"

因为是廖铮的粉丝，李增山很容易接受她的话。其实他就任以后就听过这首当地史诗，只不过把它们当成他乡异地的某种风俗，未予重视。"那么，你相信这首诗的内容有真实成分啦？"

廖铮的表情严肃下来："科学不讲究'相信'或者'不相信'，只有证实和未证实。我这只是提出一个大胆的假设。如果一个人坚持朝着某个方向去调查研究，说明他认为那条路的终点上会有某些有价值的东西。但是，也许他费心费力走到那里，却什么都没发现。"

李增山挠了挠头，向廖铮挑起大拇指："是啊，搞科学就需要你这样的严谨态度才行。"话音未落，他口袋里的手机响起来。李增山接听了几句，表示要回使馆处理事情，便匆匆走开了。

太阳收起了最后一抹余晖，蚊子又跑出来占领地盘。廖铮和杨嘉怡站起来，朝着旅馆方向走去。穿过小街的时候，对面出现一个廖铮熟悉的身影，她怀疑自己是不是认错了，怎么会在这里碰到他？然而对方看到走过来的是她，也马上愣住，于是廖铮知道自己认对了人。

对面这位黄皮肤的中年男人是个美籍日本人，名叫宇川左健。不过大部分人只听过他的英文名字——理查德·罗布森。宇川左健和廖铮一起位列世界七大探险家行列。因为这个缘故，他们经常被邀请参加一些国际探险家的会议。

这七位世界顶级探险家都有一些共同点，比如一定要在没有向导的情况下独自完成"七加二"。此外他们还各有各的强项，或者说不同的兴趣点。廖铮喜欢探索各种未解之谜。有的人则喜欢去爬"处女山"，钻"处女林"，专门到事先没有任何人去过的地方。而眼前这位宇川左健的强项十分特殊，他喜欢寻找各种千奇百怪的野生动物，并与它们亲密接触。

宇川左健曾经在非洲密林中观察蚊群，曾经在身上涂抹糠汁吸引蜜蜂来研究它们的习性。他曾在安第斯山与野猪为伴，在中国青海跟踪野驴。

在最传奇的一次冒险中，宇川左健想验证《圣经》里人被巨鲸吞下后生还的传说是否属实。于是他便穿上潜水服，带着氧气瓶，纵身投入一头蓝鲸之口。宇川左健顺利地滑到鲸的胃中，在高温和酸液中度过了十几分钟，然后打开氧气阀门，在鲸胃里释放出大量氧气。巨鲸恶心难耐，把他和一堆食糜吐了出来。宇川左健的助手用视频记录下他出入鲸口的两个瞬间，顿时传为举世奇闻。

"你怎么在这里，他们也请你来了？"廖铮很好奇，她不光不知道宇川左健在这里，今天的会议上也没看到他的影子。

"我吗？我就出生在这里，这是我的家！"

廖铮以前就知道宇川左健是美籍日本人，现在深入交流，她才知道宇川的经历。第二次世界大战后一些日本平民就留在这里，他们的后代生下来便拥有美国国籍。现在这个宇川左健除了长相和名字，举止动作与日本人的共同点并不多。宇川左健10岁后就到美国大陆上求学、就业，从此远离家乡，只是偶尔回到这里，在忙碌中求一时之安宁。

所以，尽管宇川左健在全世界鼎鼎大名，家乡里却没几个人认识他。走在街头，他经常被路人视为游客。

宇川左健请她们走进一家冷饮店，找了个位子坐下。大家聊了起来，听到廖铮此行的目的，宇川左健颇不以为然："《姆万加的诅咒》？这首诗我从小就知道。那个废石头城我也是从小就爬来钻去。至少我不觉得这里有什么东西值得研究。"

"那么，你觉得那些建城的人到哪里去了？"廖铮问道。

"很简单，他们饿死了！"宇川左健指指外面的一片种植园，"几千年前这里都是森林。后来不知道什么人跑来定居在这里。他们毁林，开荒，伐木造大船，出海捕鱼。这里曾经挖出过不少海豚骨头，只有到深海区才能捕得到。当初这个岛足够供养几万人。几百年下来，这里的资源就被消耗光了。剩下的人要么饿死，要么弃岛而逃，不知道漂流到哪里了。过上几十年、上百年，因为没人居住，这里的生态又恢复，于是又有海民偶尔路过，再次发现它。然后又是大开发、大破坏，最后又是饥荒、死亡、废弃。过去几千年里，这样的事情大概有过许多次吧。所谓500年的轮回，只不过是岛上生态平衡被打破、再恢复而已。"

廖铮和杨嘉怡听得面面相觑。宇川左健这个解释十分理性。如果真是这样的话，波纳佩岛上便没有任何神秘可言，"姆万加的诅咒"不如说就是大自然的报复。

"你们想，生活在大陆上的先民，吃光了一片地方可以迁移到另一处。生活在海岛上，把资源消耗光了就只能离岛。"

好半天，廖铮才提出最后一个疑问，它是长诗中的关键："那么，史诗里说的瘟疫又是怎么回事？一个地方生态环境恶化，那可需要很长时间才行啊。"

宇川左健似乎对家乡上的这些事情思考过很久，答案脱口而出："很简单，如果你突然看到一片被废弃的荒岛，上面有建筑，有尸骨，就是没有活人，你会怎么解释这个现象？几百年前那批新移民，他们没有文化，甚至都没有文字。突然看到这一切，瘟疫就是他们能想到的最好解释。"

三

想想当年海洋学院的那些老师，有很多人一次深海都没下过。自己就像在马路上骑自行车一样轻松，还能捡拾这么多宝贝。苏云霞一想到这些，全身都充满了幸福感。

当苏云霞带着那个惊人的发现从深海里上升时，脑子里就是这些兴奋的想法。不料等她浮到海面后，却没有被允许出舱，无法立刻与同事面对面地分享这些喜悦。母船上的工作人员将"深-2"吊到后甲板上，就那么悬空着，用消毒液一遍遍喷涂在"深-2"的整个外表面上。同时，指挥员命令她待在里面等候指示。

"出了什么事？"待在深海里，苏云霞的注意力都为外界风光所吸引。回到海面后，顿觉"深海飞行家"里面空间狭窄，很想马上就钻出去。她还发现，正在喷洒消毒液的工作人员都穿戴着防化服。

指挥员告诉她，不久前在附近的海域里，一艘美国海洋调查船派深潜器下海，返回时表面污染了来自深海的某种病原体，导致一名专家死亡。当时，中国海军医疗舰"和平方舟号"曾经参与治疗，并将此事向上汇报。中国海洋局通知所有执行深海勘测任务的船，在深潜器返回时一定要做好消毒。

没办法，苏云霞只好在狭窄的驾驶舱里慢慢挨时间，等候消毒结果之后才能出来。百无聊赖中，她又想拨打电话，与亲朋好友分享这一快乐，但她却发现手机信号消失了。"不好意思，甄总要求对外封锁这一消息，他要亲自来调研这个发现的意义，然后决定如何公布。"

没办法，那就睡一觉吧。反正"深海飞行家"吊在空中，和摇篮差不多。等苏云霞一觉醒来，被允许出舱后，甄涛的直升机也已经到了飞行甲板上。身为海洋学家，他知道这个发现的分量。到了之后，就让苏云霞载着自己下去实地考察。有趣的是，虽然给"深海飞行家"投了那么多钱，但是因为业务繁忙，甄涛却没有时间学习驾驶它。知道下面有复杂的冷泉系统，他更不敢冒险自己去开。

3000多米的海水很快就穿越过去了。快到那片冷泉附近时，苏云霞打开探照灯，现在没有小太阳，探照灯不能照多远，但就是这么惊鸿一瞥，已经足让甄涛震惊了。他启动摄影机，不停地拍着。

苏云霞已经震惊过了，所以在老板欣赏那片深海绿洲的同时，她去关注那些测量水体的仪器。"深海飞行家"大部分仪器都布置在宽大的机翼里，水从那里流过时，这些仪器就能开动进行实时测量。

"老板，这片地方好像有一道潜流？"苏云霞指了指仪表说道。

甄涛头都没回，随意应付了一句："好吧，你测量一下……"说完，又去拍摄那些高大的冷泉柱。

大洋中的水并非一锅粥，由于不同的风向和阳光的热量，海水会形成一道道水流，远比大陆上的河流要宽要长。这些海流将热量从一个地方带到另一个地方，进而影响着全球的温度。

如今，人们对大洋表层的许多海流十分熟悉。像北大西洋暖流，直接令欧洲气温高于同纬度的亚洲气温。然而，全球大洋的平均深度将近

4000米，所以它的内部还会分出许多层次来，表层海流下面会有另外的海流，有时候还与上层海流的方向相反，这便是潜流。在一些地方，同一位置的海水从上到下会存在四五道潜流。

越接近海面，热量交换越强烈，海流的速度也越快。到了下面，那些潜流的速度就要慢上许多。在3000多米的深海里，潜流会慢到接近于停滞的速度。如果人能从深潜器里伸出手去，根本不会感觉到水在流动，只有灵敏度很高的仪表才能将潜流读出来。有的潜流穿过整个大洋，要耗费上百年的时间。

尽管从理论上早就可以推导出潜流的存在，但直到1951年，人类才发现了第一道潜流——深度只有百米左右的赤道潜流。直到20世纪80年代，人类才有条件大规模发现潜流。而这种途经大洋底部的深层潮流，海洋学上几乎没有记录。

这些知识都储备在苏云霞的脑子里，所以她对这里是否有潜流抱着浓厚的兴趣。经过简单的测量，她发现这道潜流的方向是从东北到西南，每秒约流动1.5厘米，速度之慢，几乎和她在两极看到的冰川差不多。

为了准确起见，苏云霞连续换了几个位置，分别把"深海飞行家"锚在海底，再次测算它的速度。是的，每秒只走过一根指头那么宽的距离。如果是在江河湖泊里，这样的流速接近于无。但在安静的深海里，这仍然是一道可以确定无疑的潜流！苏云霞在脑子里迅速地进行着换算，这个流速意味着潜流每天运行1290米，每年走过470千米。当然，它不会从头到尾都保持这个速度。

"老板，我想再测量一下水温，看看它是暖流还是寒流。"

甄涛兴致勃勃地拍着照，顺便向苏云霞做了个"OK"的手势。

所谓暖流，是指海流的温度比周围水体高。所谓寒流，是指其温度比周围水体低。正是这种温度差驱动着海流的运行。这里的"暖"与"寒"并没有绝对标准。经常有被称为"暖流"的海水，比那些被称为"寒流"的暗河还要冷。苏云霞大体测了一下："报告老板，这是一道寒流，它应该是从白令海峡那边过来的。"

凭借海洋学常识，苏云霞立刻就能想象出这道潜流的旅程。在白令海峡或者阿拉斯加那边，寒流的海水朝南方流淌，遇到比自己温度高的水体，就沉降到它下面。和汽车在公路上交错一样，热的海流成为表面流，冷的则成为潜流。高纬度寒流一直是各种洋流的主要动力。这股不知名的潜流会沿着北美或者亚洲的大陆坡下滑到大洋盆地上，然后经过许多许多年才爬到这里。

不过，甄涛对这些毫无兴趣，他指着LED屏幕上一个长约10厘米的圆饼形生物问："这东西我没见过，是不是变异的海星？"

"不，它是巨型阿米巴原虫，世界上最大的单细胞生物，只有深海里才有。"

"哦……那只肯定是鮟鱇喽？"

"那是巨口鱼。我的老大，您整天就盯着海底那些矿物资源了吧？其他都不在意？"大家都是海洋学院培养出来的，苏云霞和大老板说起话来也不见外。

甄涛听罢，呵呵一笑："是啊是啊，我这不是要补课嘛。现在是基因工程时代，新物种就是新的基因库。"说完，甄涛就继续拍他的录像了。

"老板，我申请将这道潜流作为研究课题。人类以前很少记录到深海潜流，对于海洋三维动力结构缺乏了解。现在我国已经参加了全球海气变化研究计划，如果能搞清一道潜流的来龙去脉，可以提升我国在这个计划中的位置呢。"

"好吧好吧，你说得对。"甄涛手里忙碌着，嘴上应付着。

"但是那需要远离这些冷泉才行，它们对附近的海水产生极大干扰，影响我记录潜流的各种数据。"苏云霞发现甄涛根本没注意听，便提高了声音。

这下子，甄涛终于明白苏云霞想要求什么了："哦，我明白了。这样吧，你等我拍完，送我回去，以后我单独批给你几个班次。"

现在这些"深海飞行家"们就像刚刚踏上美洲大陆的欧洲人，没有竞争对手，金银财宝随便捡，土地河流任意占。当然，苏云霞不像老板那样关注深海里潜在的财富，她更关注在这里能找到什么科学发现。于是，休息了几个小时后，苏云霞再次驾驶"深-2"进入海底。她先是潜到冷泉聚集地，再从那里出发，朝着东北方向逆着潜流的方向而去。

一班又一班，苏云霞单独研究着那道潜流。由于沿途海底地形变化不定，潜流的速度有时快，有时慢。现在应该是它比较快的时候，因为附近就是波纳佩岛下面的海山，潜流正在爬坡，水体收窄，动能也便集中起来。这和大洋中不明显的波浪在近岸成为巨浪是一个道理。

风向、海流和海底地形，许多因素共同制造出一股潜流。要查清它的规模，找到它的源头，不知道需要"深海飞行家"再开动多少班次。当然，这需要花许多钱。不过，仅仅是眼下这些发现，已经足够苏云霞把自己的名字印在国际海洋学术语表上了。

再一次回到母船上，苏云霞找到甄涛，询问他自己有没有权力给这道潜流命名。甄涛笑道："当然有了，不过我们正准备用你的名字命名那片冷泉。我觉得将来那片冷泉的价值远比潜流要大得多。"

苏云霞想到了发现冷泉的地方，那座"盖奥特"。1942年，美国学者海斯利用回声探测仪第一次发现了这种奇特的海底地貌。作为发现者，他有权为其命名，于是便用上了自己一位老师的名字，将这种海底地形记录在国际海洋学术语表里。

"老板，既然我还有权命名这条潜流，那我想用妈妈的名字来命名。"

四

离开沙滩上的小餐厅，离开了自己的小情人，那个刚刚接听完电话的中国男子脸色变得凝重起来。他跑到海滩边的公路上，开车朝着波纳佩岛的西岸驶去。

这个男人名叫高源，经营着一家综合贸易公司。他本是浙江义乌的一个小商人，多年打拼，没有什么明确的经营方向，从汽车配件到化肥农药，从歌舞厅到复印打字商店，什么能赚钱就做什么。

几年前，高源曾经到马尔代夫去旅游。在那个珍珠一样的珊瑚群岛里，每个珊瑚小岛就是一座独立的度假村。高源记得自己上岛那天，全体新"村民"都被邀请到广场上，度假村经理先向大家表示欢迎。然后由来自中、日、韩、俄、英、法的6位留学生分别和游客们介绍注意事项。结果，其他每个语种的游客都只有几个人，他们知趣地分散到广场四周，找地方去开小会。剩下百余号中国游客留在场地当中，听一位来自大连的女孩子宣布注意事项。

看到这个鲜明的对比，高源当时就想，自己什么时候有了钱，也买上一座珊瑚岛，办个度假村来玩玩，未来中国能出境的游客只会更多。没想到机会很快就出现在他眼前。某天，义乌当地侨办委托他给外国客商印刷一批宣传资料。拿到版本后高源才发现，客户居然是密克罗尼西亚总统。义乌商人见多识广，但能与一国元首直接做生意，高源还是第一个。

兴奋过后，高源组织员工，精心印制出那批资料，从此和密联邦的官方人士搭上了关系。他从后者那里获悉，由于美国和密克罗尼西亚联邦之间的那个条约，密联邦企业如要在美国发展，可以享受国民待遇。由于密联邦的本地人都没什么钱，很长时间里这个约定等于是一纸空文。现在密联邦找到了变通方法，邀请外国人去与当地人举办合资企业。这样，外国人等于间接进入了美国市场。

高源知道，自己手里虽然有几千万块钱，但如果放在义乌，也就是个中等商贩的水平，做不了什么大事。然而放到这些太平洋小岛国上可就不同了。何况密联邦土地资源多，商业潜力很大，这比买一座珊瑚岛前景更为广阔。于是高源联系好当地的内应，卖掉在义乌的各种产业，还借了不少钱，以大投资家的身份跑到这里，开办了一家名为泛太平洋发展公司的企业。

踏上小岛后，高源一下子找到了20年前他在中国刚刚做生意时的感觉。这里航线偏远，物资奇缺，商业设施贫乏，汽车配件、电器、玩具，似乎把什么运进来都能赚钱。高源还租了货机，将这里的金枪鱼运到国内，供应各种日式餐厅去制作生鱼片。他还建立起一个特殊渠道，让孕妇来这里生孩子，混一个"准美国国籍"。

尽管醉翁之意不在这个岛，但是眼下，高源还必须在这里搞几项实业，才能踩好这个跳板蹦向美利坚。于是，他的合资公司便从帕利基尔郊区买下一片土地，营建一个商业住宅中心，施工队和工程设备都从国内拉过来。不过刚才工头打来电话，说在开挖基础的时候，掘出了一大堆遗骨！他们不敢私自处理。

高源火速来到现场，借着灯光看了看那些遗骨，光头骨就密密麻麻有上百个。他向当地雇员询问，这里以前是否是坟地？岛上是否发生过大屠杀事件？或者"二战"时这里是否有大批死难者？结果大家都说不清楚。

中方助理小声提醒高源说，这有可能是历史上的墓葬群。如果是在中国的话，文物局马上要介入，政府会收回这片地。不知道在这里是什么规矩，身在他乡，还是先问问当地官员比较好。

高源担心的就是这个，他马上开始计算起来，一旦停工，自己的损失会有多少，如何尽可能地减免。就在这时，波曼斯州长跑了过来，高源在这里寻找的商业伙伴正是这位州长本人。不过后者没出几个钱，也不是以本人身份入股合资，高源始终担心拴不住对方。他小心翼翼地问："这不会是一处古迹吧？请警方简单处理一下就可以了？"

波曼斯州长半晌没说话，直到把高源等急了，他才把这位中国商人拉到无人的角落："咱们不是商量过，要利用这里的民间传说，包装这个岛的旅游资源。"

"是啊，所以您才要召开那个什么'诅咒'的国际研讨会，而且我也赞助给你钱了。"

波曼斯拍了拍高源的肩膀："是'姆万加的诅咒'，我想，这就是它的物证！"

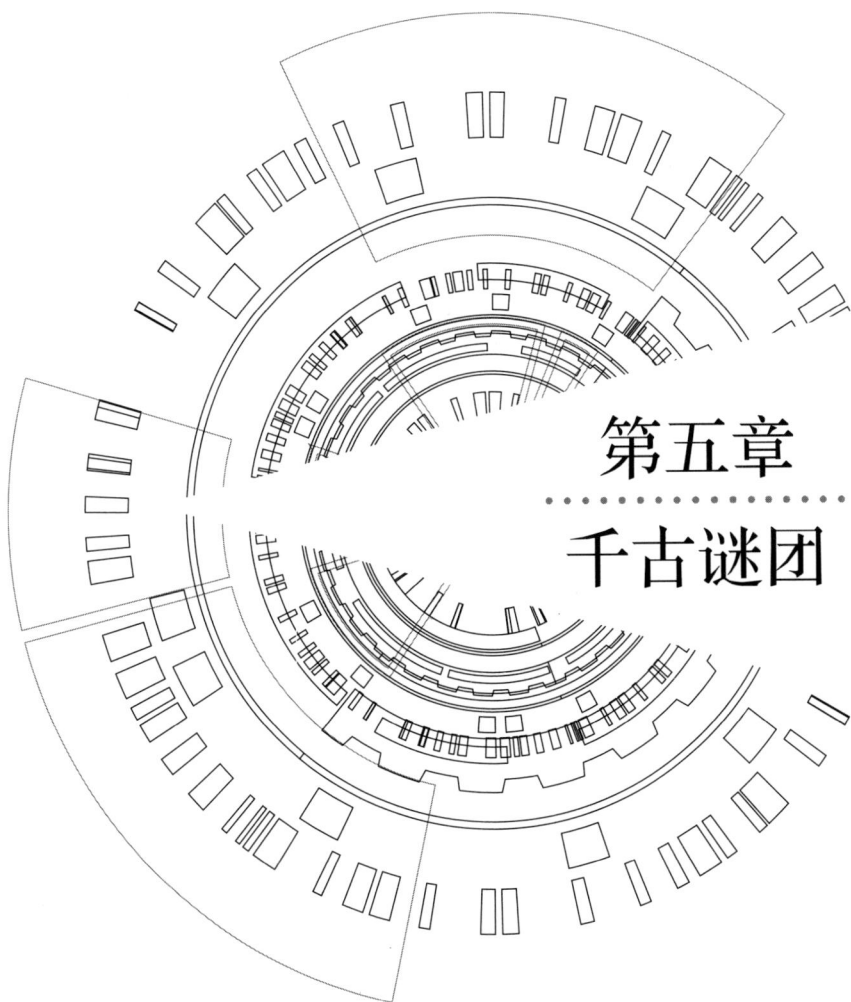

第五章

千古谜团

一

　　在当地媒体蜂拥而至以前，一些关键人物都赶到了遗骨出土现场。斯基林博士早早就被州长请了过来。"你瞧，这就是史诗里说的大瘟疫的证据。"

　　斯基林博士坚决地摇摇头："你完全可以这样猜测，但要把它提升为证据，还要进行许多检验，而且我们没有这方面的专家。"

　　廖铮一觉醒来时，塔利克已经在门口恭候，向她们讲了昨夜的发现。由于这个发现，原定的会议日程都取消了。等廖铮和杨嘉怡赶到现场时，几个外国专家也赶到了这里。和斯基林不同，这几个人都倾向于认为"姆万加的诅咒"记录了某些历史真实，但相信不等于证明。此时，他们纷纷与本国学者联系，请他们来此做实地考察。

　　由于受了波曼斯的点拨，高源转变了态度，宣布将这小片地方上交给州当局，作为文物发掘现场。"能够帮助当地人民延续自己历史的科学研究，我们都会支持。"

　　廖铮想到了一个人，于是便请李增山大使来到现场："您知道魏国盛博士吗？他是国内考古学界最重视引用高新技术的人，我想请他来研究这些遗骨。"

　　"好的，如果他本人同意，我会通过外交渠道让他快点到达。"

接着，李增山又询问了波纳佩州立医院。那里有一支中国医疗专家团，包括妇科、儿科、骨科等多方面的医生。他征求了波曼斯的同意，邀请这些专家先行赶到这里，对遗骨进行初步检验。

就在这时，那个甘地般的身影出现在人群外面，当地人立刻给大酋长让开路。中方人员看到哈德雷，也都退到一旁，表示尊重。哈德雷站在坑边，凝望着遗骨。看到他的身影，斯基林升起一个预感。此人一直在传唱"姆万加的诅咒"，早就把它宣传成信史，会不会就此宣布，坑里都是被海神诅咒过的人。那样的话，自己的专业权威能不能与酋长的传统权威相对抗？

哈德雷没有说话，好半天过去了，他转身默默地走开，甚至没有再唱那首凄厉的史诗。一个记者正好迎面走来，发现是大酋长，立刻跑上去问他的看法："您传唱的史诗终于发现了证据，您对此有什么看法？"

"是不是证据，还要请考古专家来检验。"哈德雷的话令在场所有人都感到意外，"姆万加希望人们敬畏他，而不是假冒他的作为。"

得到大使的支持，廖铮马上与尚在国内的魏国盛通话，后者听说发现了一堆遗骨，很是兴奋。"我要带一件宝贝来，证实一下它的威力。"

接下来，廖铮却在合作伙伴那里碰了钉子。这段时间以来，廖铮出行的费用全部由"五洲四海户外用品公司"承担，作为回报，后者拥有廖铮新探险的报道权，以及请她进行产品形象代言的权利。听到廖铮想邀请一个国内专家组到遥远的密克罗尼西亚考察，老板赵成智犹豫起来。

"考古专家？他们自己不是有经费吗？"

"他们申报的经费只能用于原有的项目。你知道，如果一个中国考古专家想走出国门，关心960万平方千米之外的历史奥秘，他很难申请得到经费。"

廖铮说出了一个尴尬的事实。直到今天，只有外国考古专家频频踏上中国的土地，却没有中国学者踏遍五洲四海去探险世界的奥秘。赵成智也知道这个事情，但这不是一个商人应该关心的："东道主呢？这毕竟是他们自己的事。他们应该出这笔钱。"

"他们更没有钱，而且我觉得这不单是密克罗尼西亚的历史，人类在海洋上的发现与开拓，这是全人类共同的历史。"廖铮听出了合作伙伴的犹豫，决定退让一步，"如果您那里资金有困难，这个专家小组的费用咱们各出一半，怎么样？"

既然这样，赵成智也不便再推辞。有了经费保障，廖铮就通知魏国盛尽快出发。

由于气候炎热，高源在遗骨大坑上方搭起了简易建筑，挡住阳光和雨水。发现尸骨的第三天，中国医生们在坑里一共拼凑出一百多具人类遗骨。他们都没有外伤，也没有挣扎的痕迹，而且男女老少均有。

与此同时，日本考古学家测量了遗骨上面自然覆盖的表土厚度，估算出这片尸骨坑的形成时间应该在500年前左右。"1928年我国学者在南马都尔挖出另一片遗骨，确认是在1000年到1100年前死亡的。目前这片遗骨正好出现在史诗中记录的另一次瘟疫期间。"

宇川左健也夹杂在人群里看热闹，波曼斯和斯基林不仅没有邀请他，甚至根本就不知道这个偶尔从美国回来看看的日籍男子是谁。廖铮看到他，从临时帐篷里走过去征求他的意见。

"你们从里面发现了什么？"宇川左健好奇地问。

"整个坟墓里没有任何陪葬品，而且尸骨摆放得极不规则，东一具西一具，大部分叠压在一起。这很像是有人从四处收集尸体，再把它们扔到土坑里。收集遗骨的人对死者也没有什么尊重，显然不是他们的亲人。"

宇川左健有些尴尬地笑了笑："或许你们是对的，这个岛上真发生过大灭绝事件。不过我对这些既不在行，也没兴趣。"

下午，魏国盛和两个助手飞到了波纳佩。他们没有去宾馆，直奔波纳佩州医院。由于担心天气炎热，波曼斯州长已经请中方医生将遗骨都封存在医院的冷库里。

魏国盛的宝贝是一台立体扫描仪和几台便携式服务器。使用立体扫描仪，他们可以将残缺不全的骨骼扫描成三维立体图像输入电脑。通过特制的软件，在电脑里补充骨骼上缺失的细节，将它们组成一个完整的人体骨骼三维图像。然后再按照识别模式，将骨骼复原成人像。

这种技术来源于刑侦领域，最初是由专家们用塑胶来完成的。现在使用了电脑，速度快上许多。只用了一天时间，魏国盛就分别复原了一个成年男子、一个成年女子和一个男孩的全身像。它们栩栩如生地出现在屏幕上，并且让所有人都吃了一惊。

魏国盛又从服务器里调出几百个古代骨骼的三维复原图，逐一与现在的三个图像进行比较，结论确定无疑。

那是三个印第安人！

二

不紧不慢的雨声像是催眠曲，乌云则像一片窗纱挡住烈日，这样的天气让廖铮醒了又睡，迷迷糊糊一直睡到下午。自从上岛以来她的情绪就很亢奋，疲劳终于积累起来，让她好好地睡了一觉。

廖铮简单地洗漱完毕，这才发现杨嘉怡不在屋子里。波纳佩岛上还没有完全通手机，她只好等杨嘉怡自动现身。这一等就等到了很晚，杨嘉怡蹦蹦跳跳地跑了进来。

"又和你的小帅哥在一起？"

"是啊，不光和他，塔利克非常好学，魏老师正教他怎么使用遗骨复原软件。你知道吗，他一直想离开这个岛，去一个大国留学，增长见识。"

廖铮知道杨嘉怡的兴趣点，不过她没有接茬，而是坐在那里，回忆着连日来对遗骨堆的考察。除了这个乱葬堆，他们再没有挖掘出任何有价值的遗物，甚至可以说没有遗物。援密的中国医生们判断，这些遗骨只是从岛内各处收集起来，匆匆埋在这里的。

前天上午，那位美国学者离开了波纳佩。他私下里告诉廖铮，自己对这些传说只是兴趣，如果他要拿波纳佩的开发史作为研究课题，在美国学术界都不一定能找到地方发表，这里实在太过于远离人烟。

昨天下午，那位日本考古学家也离开了波纳佩，理由如出一辙。不过临走时，日本学者还是留下了一点有用的资料。1928年日本人在南马都尔发现的遗骨，曾经被确定为马来族人。

也就是说，人们至少可以确定，在前后1000年间，3个种族先后成为波纳佩岛的主人——马来人、印第安人、现在的密克罗尼西亚各部落。肯定是某种灾难抹掉了以前的主人，但这位日本学者坦率地表示，他无法提供更多的证据。

邀请来的主要客人走了，史诗研讨会也便无疾而终。斯基林问廖铮什么时候回国，廖铮表示自己还想待一段时间，在岛上再寻找一些线索。

明天，魏国盛也要回国了。专业学者们不是廖铮这样的自由人，他们可以稍稍节外生枝，但仍然要回到正规的学术研究中去。那么，接下来廖铮要做什么呢？是让这些线索堆起来，等待什么时候更新鲜的线索出炉？还是自己主动做些什么？

"一会儿，你那位小帅哥还过来吗？"

"要过来，怎么……"

廖铮一指远处的山峰："我想问问他有关那些山的情况。如果在古代，一场灾难突然从海边袭来，当时的人们最有可能去哪里呢？"

塔利克很快就出现在她们面前。听到廖铮的问题，塔利克想了想，告诉她们山上确实有些古迹，至少他见过一处古代石碑。

"石碑没被破坏吗？"

"只有大自然会破坏它，我们这里没有人感兴趣。怎么，您要去看看？"

"天晴了我们就去。"

第二天，魏国盛带着助手登机回国。在李增山大使的建议下，魏国盛将那套骨骼扫描复原系统赠给了社区学院，以增进中密两国的友谊。廖铮和密联邦的官员一起将他们送到机场。

"你还要待多久？"魏国盛问道。

"不知道，但我总觉得答案已经离得不远了。"

魏国盛叹息了一声："我要是有你这么自由就好了。"

回到驻地，简单准备了一下，廖铮、杨嘉怡便在塔利克的带领下走向托托洛姆山。因为是来开会，她们没有带探险装备，只是各有一双登山鞋，以应付雨后湿滑的山路。每人还有一双厚手套，防备带刺的草叶和树枝。

很快，他们远离了居民点，沿着山路，像游客一样往上走。廖铮问道："塔利克，你的老师对我们留下来好像比较失望啊？但愿我的感觉有错误。"

塔利克不好意思地笑了。这两天他和两个中国客人已经混熟，可以比较坦率地讲一讲内情："斯基林博士更希望那些学院派的学者留下来，可惜他们兴趣不大。其实，在拟定邀请名单时，是我把您的名字加进去的。"

"那我们还要感谢你噢。"杨嘉怡插了过来，"给我们创造了来这个世外桃源的机会。"

杨嘉怡一插话，廖铮就躲到后边去了。两个来自不同国度的"90后"好像有说不完的话，爬山时聊天似乎也能减轻疲劳。杨嘉怡好奇地问塔利克："我在世博会上看过你们国家的演员跳那种竹竿舞，怎么我到这里一周多了，一次也没看到？"

塔利克笑了："哈哈，那都是跳给外国游客的。我们自己才不喜欢看呢！"

"你们喜欢什么？我是说，你这个年纪的人喜欢什么？"

"我们，你没逛过街道旁边的商店吗？好多的好莱坞电影光盘。我们还有Bruce Lee、Jackie Chan和Jet Li^①。"塔利克边说边比画着，把杨嘉怡逗得哈哈大笑。

来到半山腰，前面已经没有山路了，他们必须从树林和草丛里爬上去。"你们等等，我辨认一下方向，我也有好多年没上来了。"

廖铮看到塔利克的身影消失在上面的树丛里，便问杨嘉怡："你和他很说得来啊，共同语言那么多。"

"是啊，他人很诚实，还很上进。还有，我就是觉得他很帅。你说他们的长相吧，脸型没黄种人那么扁，肤色没有黑人那么深，头身比例还比白人看着顺眼……"

"小花痴，说实话吧，你是不是看上这个小帅哥啦？"

廖铮想将杨嘉怡一军，没想到她根本不在意。"嗯，让你说对了，我是对他有点想法。"

看到杨嘉怡的表情严肃起来，廖铮想劝劝她脑子别发热，但又怕说得太直，会被杨嘉怡当成婆婆妈妈的碎嘴子。想了一阵，廖铮才说："可是，我看他未必好意思开口求爱啊。"

"他不开口，难道我需要等他开口？如果我觉得到了那个时候，我主动开口就是了！"

———————————————————

①Bruce Lee、Jackie Chan和Jet Li：分别是李小龙、成龙和李连杰的英文名字。

廖铮比杨嘉怡大上七八岁，在这个问题上却感觉像是两代人。是啊，廖铮自己也不想委身在一个比自己强悍的男人身边，这比起母亲那代女人来说已经跨出了一大步。但是说到要去主动追求一个男人，廖铮还做不出来，结果就是一直独身到现在。也许，自己在这方面得向杨嘉怡多学习了。

"那你将来准备嫁到这个岛上啦？这还不如中国的海南岛条件好呢。天啊，莫非你也想在这里生个孩子，将来当个美国人的妈妈？"

"廖姐你说什么啊，我要是有那种想法，何必费力气绕这么个圈子。我直接去找美国男人，估计门口都能排起长队。波纳佩？这里来旅游可以，要说定居，我才不来呢？"杨嘉怡贴到廖铮的耳边，压低声音，"我既然喜欢他，就要把他带到中国去。既不耽误我的事业，对他也有好处。你以为他就愿意一辈子闷在这个岛上？"

"两位，我找到路了……"塔利克又出现在上面，兴奋地向她们招手，无意中打断了一场有关他的谈话。

他们一头钻进密林中，既看不到远处的海，也看不到眼前的山坡，只有一片片茂密的植物丛。"就在这里。"塔利克喘着气，指着眼前的一处石碑。

如果不是刻意指出来，就是有人从旁边走过都可能看不到。一方面，石碑暴露出来的部位还不到1米高，大半截埋在泥土里。另一方面，它也不是中世纪石匠精雕细刻的作品，而是新石器时代粗糙打磨的产物，古拙粗糙，很像是南马都尔上面那些大石条。石碑上有几个茶杯大小的孔洞，每个洞都被贝壳塞得满满的。

"它原来在更靠上的位置。前几年这里滑坡，把它推到这里了。"

塔利克解释着，"也许再过几年，它就会被彻底埋起来。"

廖铮掏出数码相机，从各个角度拍摄着那块碑。"廖姐，你认识这种碑吗？"杨嘉怡好奇地问。

"我可能认识一点，塔利克，这不是你们民族的文化吧？"

"我们从不制造这种东西。"

廖铮站起来，四外望着："这附近应该有山洞。"

"您怎么知道？"塔利克很吃惊。他告诉两位客人，这附近确实有几个洞穴，洞口很小，里面很深。他小时候和伙伴们好奇，钻进去过，但不敢爬得很深，只是在洞口附近转转。后来有的孩子掉到里面摔成重伤，当地的成年人就严禁孩子们再爬那些洞。

廖铮让塔利克带她们去寻找那些洞。又经过一番摸爬钻绕，他们来到一处斜坡前。那几个洞穴就在不远处。洞穴前面几乎没有空地，需要攀着岩石绕到它们前面。洞口都呈半圆形，很像是中国西北的窑洞。

"这种石碑的来历，我现在还不能确定，但我知道，制造它的那个部族喜欢在洞穴里建造他们的大型祭台。我想，那个洞里应该会有值得一看的东西。"

"我们现在就进去？"

"不，凭咱们这一身，爬山可以，要探洞的话，就一定要带好装备。"

一行人下了山，向宾馆走去。就在这时，远处忽然来了几辆汽车，也来到宾馆门口。车门打开，下来不少中国人，男女老少一应俱全。看到有大批同胞出现在这里，廖铮和杨嘉怡当然很高兴，忙迎上去。

没想到来客们看到是她，显得更为高兴，比比画画，议论纷纷，有的拿出相机就拍摄。

"是她？"

"对，世界级探险家。"

"当然是她，她还在寻找姆万加的遗迹。"

这群人拥上来，东一句、西一句，都是在问《姆万加的诅咒》和乱葬堆的事。"你们这是怎么知道的？"廖铮比他们有更多的问题要问。

"网络上都传遍了，这座岛将在今年毁于神秘的灾难，探险家廖铮已经解开了这个谜！"

三

尽管波纳佩岛一直想发展旅游业，但是这么多中国游客一下子涌进来，还是把所有宾馆都塞得满满的。遗骨坑被改造成简易的旅游点，南马都尔也不再是僻静的石头城，每天都有大批游客跑过去观看、拍照。这个养在深闺的遗址忽然之间变得举世闻名。而在那个拴着摆渡船的沙滩上，州政府也安置了一个简易售票处，名义是需要控制游客的流量。

自然，这些游客们并非都有廖铮那样的见识和休养。一通乱摄狂拍之中，免不了有人将赤裸上身的哈德雷当成旅游的一部分。大酋长见多识广，知道这是怎么一回事。想好对策后，他来到社区大学附近的空地上，用悠扬的歌声再次召集族人。哈德雷告诉自己的崇拜者，这些突然冒出来的外乡人将会破坏岛上的社会气氛，带来贪婪和奢侈。海神看到这一切，将会提前兑现他的诅咒！"如果人失去了敬畏，天谴即将离他不远。几代人的毁灭足够给你们以教训。"哈德雷洪亮的声音在场地上回响，完全不符合他的年纪。

仿佛是积压了很久的怨气，哈德雷通过信徒，向联邦议会提交了好几份法案，要求限制外来游客，限制外来投资，保护岛上的传统文化。枪打出头鸟，在这些提案中，最大的中资公司，高源的泛太平洋贸易公司被点了不少次的名。

廖铮和杨嘉怡被热情的国内游客搞得莫名其妙。她们马上跑到社区大学，在那里登录互联网，发现不少中文网站上都开设了"姆万加传说"的专题，除了长诗、石头城，不乏廖铮参加研讨会的图片。《女探险家肯定姆万加诅咒的真实性》《廖铮继续寻找千年前的遗迹》，网上到处都是这类题目。

廖铮气不打一处来，这是明显的误导。自己仍然在搜索证据，并没有得出最后结论。于是她马上翻查通讯录，找到其中最大的一家网站的联系方式，打电话给对方的编辑部主任，要求他们把文字撤下来。那位编辑部主任听到是廖铮直接来电话，连连赔礼道歉，但是谈到从网上撤下文章却很为难。问来问去，对方终于承认，这是泛太平洋贸易公司赞助的专题！

转来转去，推手原来就在自己身边。廖铮带着杨嘉怡马上去找高源。岛上就这么多中国人，大家这几天已经很熟悉了。正因为这样，对于不打招呼就利用自己的名字，廖铮才十分气愤。

高源听到她的要求，反而感觉到很纳闷："你不是也支持传说的真实性吗？"

"你要分清猜想和事实。我身为公众人物，一向以严谨著称，怎么能说出那些不着边际的话？那和丰·丹尼肯①有什么区别？"

高源平时做生意，抄袭模仿、虚张声势都成了习惯。他从未和名人打过交道，这次算是领教了厉害。高源连连道歉，答应在网上发表声明挽回影响，才算把这位公众人物打发走。

廖铮和杨嘉怡不再关注这些事，她们让塔利克带着，在岛上采买洞穴探险的必需品。然而波纳佩岛因为远离航道，各种物资都很缺乏。当地人汽车坏了，经常因为没有配件扔在路上。廖铮那个清单上大部分东西都买不到。

"廖姐，有些东西可以到高源的公司去找找。"杨嘉怡提醒道，"他们不是有工程队吗？有好多材料可以替代。"

"咱们不找他。"廖铮仍然对高源的所作所为心怀不满。她问塔利克，周围哪里还有物资比较丰富的地方？塔利克告诉她，几百千米外的丘克岛就可以。那个岛只有波纳佩的三分之一大，但人口却多出一倍，差不多密联邦一半的人都住在那里。由于人口众多，日常用品供应得才足够。

乘坐支线小飞机，3个人来到西边的丘克岛。刚一下机场，廖铮就乐开了花，原来中国政府正在给丘克岛机场进行改扩建工程，一支数百人的中国工程队在那里紧张地施工。像保险绳、安全带之类的东西一应俱全。虽然不是正规的探险用具，她们拿来改装一下也能使用。

廖铮是中央电视台的常客，这里很多人都认识她。廖铮向工程队长说明来意，他乡遇同胞，工程队长很痛快地就让廖铮去库房里挑。很

①丰·丹尼肯：瑞士人，伪科学著作《众神之车》的作者。

快，两个人就凑齐了扁带、主绳、静力绳、又自制了上升器、下降器。

廖铮还讨要了两种特殊的装备，一是工人们在浅水区作业时穿戴的橡胶套装，二是防身用的电击枪。她担心在洞穴里遇到蛇虫之类的毒物，用这两样东西可以护身。丘克州失业率高，治安不好，工程队买了一些电击枪来防身。

廖铮虽然是自由职业者，没有老板，但是有赞助商。现在她住在这里，各种费用都由"五洲四海"公司来提供。就在她们返回波纳佩岛时，老板赵成智打来了电话，请廖铮回去参加寻找"蒙元国玺"的探险计划。

"我们做过消费者调查，很少有中国人关注海洋，何况那么远一个小岛。"赵成智在电话里解释道，"中国人更喜欢皇帝啊、宝藏啊、墓穴啊、古籍啊，反正就是这类东西。你待在那里的时间都是浪费的，快回来吧，和我们去找大家喜欢的东西。"

"赵总，你说的是上一代中国人，下一代未必会再这样。蓝海才是中国人应该抬起眼睛看的目标。下一代人即使还不知道要关注它，我们也有责任让他们去关注。"

凡是大腕都有个性，赵成智深知这一点，只好委婉地请她再考虑："毕竟我们不是公益组织，资助你的探险，我们是要有商业回报的。再说，我们出售的用品都是爬山探谷的，海洋和我们的生意没有关系啊。"

"这个我理解，所以，接下来的费用我自己承担！"

一切准备停当，3个人再次离开岛上的喧嚣，向托托洛姆山走去。本来在大洋上视野就宽广，他们越走越高，转过身来，便能看到更为辽阔的海洋。是啊，这才是中国人应该看到的。廖铮想起来，不禁心潮澎湃："嘉怡，我考考你，长江每年向大海输出多少淡水？"

"多少？我也不知道，反正很多很多。"

廖铮说："长江每年最多给大海贡献9600亿立方米的水。听起来很大的一个数字吧？其实只是边长不到10千米的立方体。你瞧最远的那个珊瑚岛，已经在25千米外了。"

杨嘉怡质疑道："除了马里亚纳海沟，哪里有10千米深的海水啊？"

廖铮："确实，世界海洋的平均深度只有3795米。好吧，还是刚才说的那个立方体，高度这个边上缩短，长和宽两方面都延长，最后是多少？一个深3795米、长和宽都为16千米的水池子，还没有那个珊瑚岛远呢。"

杨嘉怡站住了，望着远处那个珊瑚岛。今天天气很好，她都能看到几艘小帆船围在那个岛的旁边。长江，那条被无数中国人献词赋诗的巨河，折腾一年，还不能灌满这么一小片大洋？

"不光是长江，世界上所有河流全加起来，再乘上100，它们的水量才和海洋里最大的洋流相等。"廖铮接着说下去，"这就是海洋，陆上长大的人们难以理解的水！塔利克说得对，人类历史都是由大陆居民书写，他们很难理解海洋。'成吉思汗'的意思是'海洋汗'，其实他一辈子都没到过海边。"

"可惜，我们海洋民族又没有自己的成文历史。"听到这里，塔利克表现出了一个大学生应有的思想水准，"所以，我们只能做大陆文明史的陪衬。"

偶尔蹦出来的一两句富有哲理的话，让杨嘉怡对这位小帅哥更加刮目相看。

四

　　"远来的和尚会念经"，这条规律或许到哪里都适用。当波曼斯和斯基林准备邀请名单时，他们根本不知道宇川左健是谁。斯基林偶尔听到过理查德·罗布森的名字，也从未和岛上的一个日本侨民挂上钩。

　　不光远来的和尚会念经，人们也经常觉得家门口不会有什么新鲜事。如果有人突然到你家后山上去寻宝，相信你肯定会觉得他们脑子有病。第一次在岛上碰到兴致勃勃的廖铮，宇川左健就是这样看待这群外来客人的。

　　这里的官员、专家不知道宇川左健是谁，几个小时候的邻居却清楚他是何等英雄。这天，一个叫拉瑞的渔业官员找到他，亮出手机，上面是一张抓拍的照片，十分模糊。一只巨大的头露出海面，张嘴亮牙，面目狰狞。

　　"海怪！真正的大海怪，你不是对它们很有兴趣吗？"

　　拉瑞是土生土长的本地人，小时候和宇川左健当过同学。现在他负责任管理当地的渔业捕捞许可证，这是密克罗尼西亚联邦政府的一笔重要收入。

　　宇川左健朝手机看了一眼，不以为然地说："你又来给我开玩笑了，照片上根本没有对比物，我能知道它有多大？也许能放到我的手掌上呢。"

"对比物？当然没拍上了。这家伙突然从大海里冒出来，袭击一条渔船。船上的人躲还来不及，能抓拍下这么一张就很不错了，哪里会想得那么周全。"

拉瑞坚持要宇川左健出马去调查："你是这方面的专家，地球上什么古怪的动物都见过。就算是帮我一个忙，向外籍渔船要管理费的时候，我们得保证这片海域的安全啊。"

被拉瑞缠得没法，宇川左健拿着手机向里屋走去："我可以搞清它是什么。如果什么都不是，看我怎么和你算账！"

宇川左健的电脑里有一个图片修正程序，可以把二维图像转换成三维图像，然后360°地旋转角度，让人从各个角度去观察。这种软件专门处理那些在突发事件上抢拍的模糊图片。有时由于角度不对，照片上看不清是什么。只要换个角度，人们就能认出拍摄的对象。

宇川左健把手机照片输了进去。十几分钟后，电脑中出现了一只面目狰狞的鱼头，尖牙利齿，十分可怕。"你说这东西有多大？"宇川左健问道，"这看起来就像是一只带鱼的头部，但是它怎么能到海面来？"

"不是我亲自遇到的，我不知道具体有多大。但是渔民们说，它比那条渔船都长！你应该去看看，船上有它留下的痕迹。"

遇险的渔船就停在波纳佩一个小港口里。宇川左健马上找到那几个渔民，他们惊魂未定，给他形容着怪物的形象。他又观察了木质船舷上的痕迹，渔民们告诉他，那是大海怪撕咬时留下的。

宇川左健掏出随身携带的放大镜，仔细观察着那道痕迹，眉头一点点锁起来。一旁，拉瑞的表情却一点点放松下来。他知道，这位老同学已经相信了。

"那东西撕咬时，口腔里的一点组织和血液留在了这里。"宇川左健说道，"我想，我大概知道那是什么，不过还是要把它抓来才能证明。"

"把它抓来？怎么抓？"拉瑞很相信这个同伴。

"大家一起出海，到了你们遇险的地方，把我当饵绑在船上，拖在水里引诱它！"

听到这话，那几个渔民惊慌得连连摇头，毕竟他们才真正见过那个东西。有的说宇川一定会被它咬掉脑袋，有的说那东西不会待在原地。

"你们说的这些我都想到了。我有办法让它出来，再活捉它。"

说着，宇川左健饭也顾不上吃，马上将自己脑子里的计划付诸实施。他让人到村子里找到一只活猪，从它身上抽了几管鲜血，浸入抗凝剂备用。然后他又从家里拿出麻醉枪，还有一只尖利的长矛。这东西约有3米长，像是运动会上的标枪，是宇川为自己捉捕凶恶动物专门设计的工具。

"这两样你怎么用？是杀死它还是活捉它？"拉瑞指着这些家伙问他。

"当然要争取活捉，万一不行再下手杀了它。"

1个小时后，渔船再次驶到他们遭遇海怪的地方。看上去这很像一次刻舟求剑式的蠢行，然而宇川左健似乎胸有成竹。他穿上潜水服，戴上潜水镜，将自己紧紧拴在船舷上，全身浸在水中。

宇川左健示意船停下来，他将一只装满鲜血的玻璃管敲裂，鲜血在海水里慢慢浸开。

"老弟，我知道你要干什么，但是，也许海怪没来，鲨鱼却被你招来了。"

"那个怪物比鲨鱼厉害多了！"

一管鲜血洒完，宇川左健右手持矛，左手持枪，低着头，警惕地望着深海。此时正值中午，太阳光可以穿透将近200米，能给他足够的预警时间。

鲜血完全散开，海面上已经看不到红色了。宇川又敲碎一管鲜血，把它融在海水里。几分钟后又是一管，再一管。

幽蓝色的海水里，一只狰狞的巨头果然出现了。它从斜下方猛扑上来，直冲宇川左健。探险家屏住呼吸，盯着那只水桶船粗的巨头。海怪游到离宇川十几米远处时，张开了它的巨口。宇川就是要等这个时候，他迅速将一只麻醉枪弹射入它的喉咙。

对于这个长长的海怪来说，十几米的距离转瞬即至。宇川左健如果想转身逃走，动作再快都不如这个家伙快。然而他已经想好了下一步的动作。等怪兽的头伸到3米远时，宇川左健双手握紧长矛，将它的头轻轻一拨，自己的身体借着这个力量，朝一旁闪去。

怪兽庞大的身体重达数吨，被宇川左健玩了个四两拨千斤，整个撞到渔船的船舷上。那只顶端同样涂着麻醉剂的长矛也死死地插入了它的喉咙。怪兽挣扎了两下，浮在海面不动了。包括拉瑞在内，几个世代捕鱼的人，谁也没见过这东西。

"快，把它绑住带回去！"宇川左健一出水便高声大喊，"快通知警察、博物馆的人，还有记者，越多越好。这是皇带鱼！一直生活在深海里，人类以前从来没抓到过活的样本！"

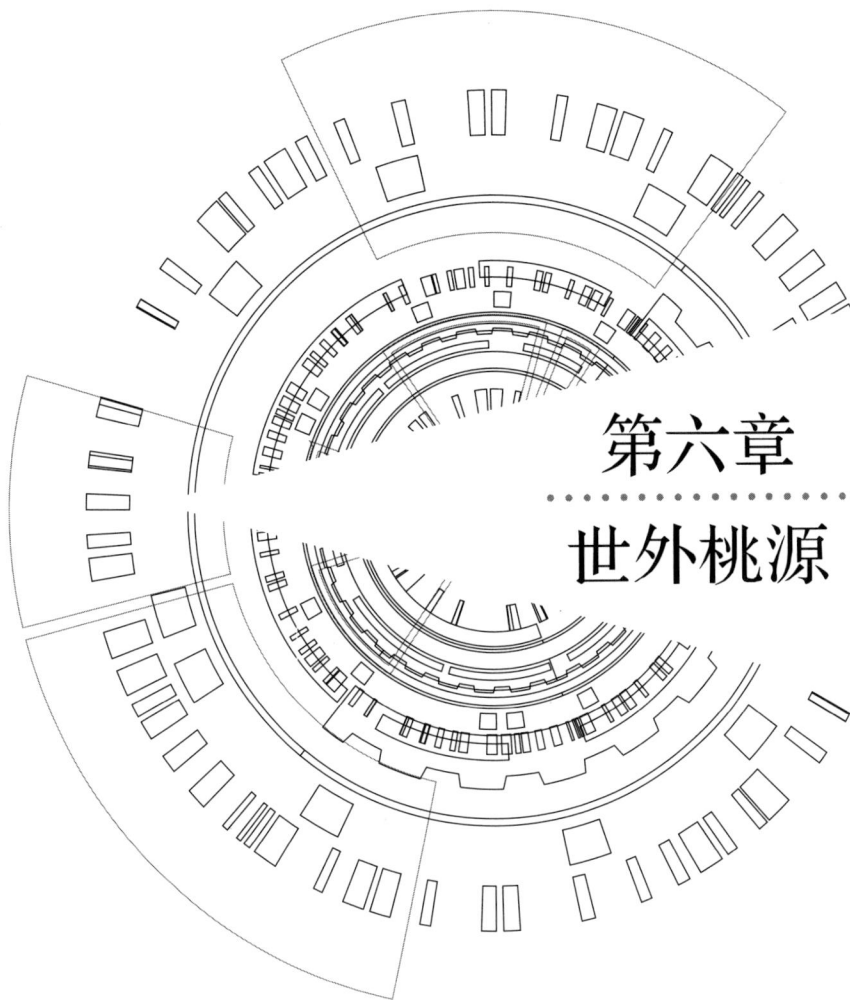

第六章

世外桃源

一

一口不到一人高的天然"窑洞"默默地等候在那里，像是一张无声的嘴，等着人们从它那里掏出答案。3个探险者站在它面前，伫立了好一会儿。

廖铮最先蹲下来，仔细观察着洞口，摸摸洞壁，翻翻地面："你们瞧，这个岩石洞口原来接近于圆形，地面上堆了很厚的沉积层，把它的下半部分填平，结果就成了现在这个形状。"

"这么厚的沉积层，要堆积多少年？"杨嘉怡也蹲下来，抚摸着那片密实的土层。

"这要测量才能知道，初步估计，至少有一两千年吧。"

说完，廖铮戴好头盔，俯下身第一个钻了进去。那只头盔是用工地上的安全帽改造的，上面装了简易头灯。杨嘉怡和塔利克也钻了进来。里面空间开阔起来，大家都能站直身子。塔利克站在那里辨认着方向："朝左边拐，有一条很宽的路。"

"等一下。"廖铮掏出手机，按了一个启动键。那是"五洲四海"公司专门为野外探险者研发的产品。很多人在丛林或者沙漠中迷路，甚至因此遇难，这款专用手机就是为了避免此类事故。它会把启动时的地点记录为原点，随着人的走动，手机会记录下人体前进的步数，以及左转、右转、爬上、降下的不同角度，整理出一条临时的路径保存起来，供他们原路后退时参考。

虽然塔利克说道路很宽，但也只能供3个人排成一队，弓着身子往前走。光线里，一只红色的虫子钻出泥土，向入侵者探出上半身。洞里潮湿，虫子生长得很大，个头几乎顶上半条蛇。塔利克吓得往后一退，撞到杨嘉怡的身上。杨嘉怡却毫不慌张，抢上前去扣动电击枪，一道弧光闪过，空气中传来一股焦煳的气味。

"你怎么不害怕？"塔利克看到杨嘉怡的表现，由衷地叹服。坐在一起聊天时，他只能感觉到杨嘉怡的见识，现在才能看到她的胆识。

"我也害怕，不过廖姐说过，害怕的时候做点什么事，就不害怕了。"

"别老拍我的马屁。"前面的廖铮转过头来说，"你该放标志牌了，我们至少走进了有20米。"

杨嘉怡掏出一枚荧光标识牌，将它黏到洞壁上。"不是可以用手机记录吗？"塔利克好奇地问。

"我们不知道要在里面待多久，电池会停电，手机有可能损坏或者遗失。标识牌是备用的指示物。"廖铮解释道，"探险不是冒险，我们总要做好多重保险再前进。"

越往深处走，洞体越宽大。他们来到一个宽阔的石厅，塔利克站在那里，左右看看，摊了摊手："我小时候只钻到这里。害怕找回不去，就没敢再往里面走。"

廖铮看了看那款探险专用手机，上面已经记录好来时的道路："休息一下吧，我们钻了整整1小时。"

杨嘉怡掏出压缩饼干和水，递给其他两个人。廖铮一边啃着，一边用头灯照射着这个天然厅堂："小时候你有没有看到这些东西？"她指着一处夸张的岩画问塔利克。

那处岩画是用石刀刻在岩石上的。线条粗犷，还涂有一些红色和黑色。因为处在永远的黑暗里，颜色保存完好。塔利克挠了挠头："奇怪，上次我怎么没看到？要是看到了，进入社区大学后，我肯定会请求斯基林博士带人进来考察。"

杨嘉怡忽然意识到什么："进洞那年你多大？"

"9岁……"话一出口，塔利克自己也找到了答案。当年他们那一群小伙伴只有八九岁，拿着电筒钻进这个洞，只会注意到自己视线平行的地方，而这处岩画的位置至少离地面有两米高。

"当年刻画的人要踩着这些石头工作。"廖铮发现了脚下有几块大石，它们明显是被搬到洞壁旁边的。

"为什么要画到那个位置上。"杨嘉怡指指与自己视线平行的位置，"这里的石壁还更平一些，画起来不是更容易？"

"画在自己仰视的位置上，是要传达一种神圣感。"廖铮用相机去拍摄那些粗犷的线条，"如果我没认错的话，这是'飞鱼祭'的场面。你们瞧，这是描绘渔民们在渔船上杀鸡祭神，出海前必须要做的。这里是渔民们用大网捕飞鱼。"

"飞鱼祭？这是哪个民族的文化？"杨嘉怡听着耳熟，一时想不起来。

"来自台湾！大陆这边叫高山族，台湾那边叫原住民。他们又分成许多部落，不过有一些共同的信仰和文化。这种飞鱼祭在台湾已经有2000多年历史了。那里许多部落主要捕食飞鱼，他们还崇拜飞鱼之王。"

塔利克惊道："难道波纳佩岛这里有来自台湾的移民？"

"是的，不过年代应该非常久远。"廖铮的语气里信心十足，"外面那块石碑就是台湾原住民中流行的'子贝祭'，他们相信贝壳里藏有精灵。我看到它时，因为只是个孤证，不敢下结论。现在证据成了双！"

"您决定进洞寻找，就是因为那个子贝祭吧？"塔利克问道。

"是的，台湾原住民崇拜自己的祖先，认为祖灵会居住在高山上。所以我推测，如果真是他们，那么在山上一定会有大型祭台这类东西。既然你说山上从来没有发现这类东西，那么它最有可能在某个洞穴里。"

谈话中，他们已经找到了十几处岩画，一一做了拍摄记录。"太好了，现在我们收兵的话，手里这些发现就已经能和法国拉斯科岩画媲美啦。"杨嘉怡兴奋得直拍巴掌。说实话，她并不能完全适应洞里的气味。千百年来，不知道有多少小动物钻进来，在这里生活、死亡、腐烂。杨嘉怡跟着廖铮探过温带的一些溶洞，那里并没有多少生物，不像这里弥漫着腐烂的味道。

不过，她这个愿望被廖铮拒绝了："我猜，我们此行最大的收获可能还在前边。休息过后，咱们再往前面走一段！"

一

面对南马都尔的海滩上，前几天曾经有大批游客涌过来，纷纷乘船进入这座废石头城。尽管从心里害怕这个地方，但在金钱的诱惑下，一些年轻的当地人也愿意为外来游客驾船服务。有的人甚至自称为导游，向来客收导游费。

不过在哈德雷及其信徒的压力下，当地政府颁布了临时条令，现在这些服务都暂时中止。那些来自中国的游客们只能站在海滩上，远远地给石头城拍照、留影。当地媒体围绕着要不要大规模开放废城，吸引游客，也展开了大讨论。

在这个风口浪尖上，还是有个中国人能够驾船驶向南马都尔。他不是游客，不受临时规定的限制。高源亲自撑着一条小舟，穿过层层人工小岛，来到废城的中心南多瓦斯。他走上岸，深一脚浅一脚地在石头台基上行走着，寻找哈德雷隐居的地方。

古尸堆遗迹被发现后，高源在合作伙伴的点拨下来了个脑筋急转弯，迅速通过商业网站在国内制造舆论，将《姆万加的诅咒》包装成"太平洋地区著名史诗"，称其再现了远古时期太平洋上的神秘文明。"姆万加"即将再次降临世间，兴风作浪，扬善惩恶。同时，这些报道中还附有波纳佩岛和南马都尔的照片，欢迎大家来见证世间真正的神迹。

高源在国内就和几个旅游公司做过生意，经过网络上的包装，再由这些公司出面组织，果真吸引了不少中国人来岛上旅游。

然而不承想，哈德雷却通过他的信徒，向密联邦国会提交了一份议案，限制外来旅游者，特别是禁止他们蜂拥到废城来参观，避免对古迹造成大规模破坏。这等于斩断了高源的一条财路。

按照惯例，高源自然是要先请波曼斯出面去沟通。不过这位合伙人却发起了愁，他是政府官员不假，但在这里，普通人更尊重大酋长的传统权威。

哼，什么传统权威。在高源眼里，那个老头不过是装神弄鬼之辈，打扮成苦行僧的样子来骗钱、骗名声，这种人世界各国都有，高源自认为见得多了，完全可以试着用钱来买通，于是就决定亲自出马，直接游说。

高源在荒草丛中走来寻去，突然刹住脚步，哈德雷就待在前面不远处的石廊里面，赤裸上身端坐在那里，一身深褐色的皮肤与周围石条的色彩差不多，高源走到近处才发现他。两条蛇正在哈德雷的上身盘绕着，时不时还仰着头，吐一下信子。高源仔细一看，那可都是当地的剧毒蛇。

高源吓了一跳，以为哈德雷已经被蛇咬伤了。定睛一看，只见这位老人正在闭目养神中。毒蛇平时并不攻击人，只有在自己受到攻击时才咬人。所以，只要哈德雷能够保持身体纹丝不动，蛇就不会伤害他。当然，这个理论说起来轻巧，能够被哈德雷做出来，那可算是惊世之功。

高源拿不准这位老人是故意拿两条蛇来练功，还是因为他入静过深，毒蛇误以为这是块岩石，自己爬上来。正在他犹豫不决，准备退走时，眼皮都不曾抬一下的老人忽然开口说道："客人既然来了，为什么要离开？"

高源不愿意当孬种，便站定下来，故作悠闲地说："您老人家在练功？我就不打扰了。万一出了意外多不好，岛上恐怕缺乏急救药品吧。"

"没关系，你曾经走过千山万海，最终到达我这里，怎么能白来一趟呢。"

哈德雷的声音清晰可辨，然而他的身体仍然一动不动，甚至胸膛也不起伏，这意味着老酋长能够深度调整自己的呼吸。

高源找了块石条坐下来，时不时还要留神看看周围有没有毒蛇偷袭。他不是得道高人，就是自己不造次，也担心会惹着毒蛇来袭击自己。确认没有问题后，高源才敢开口。

"尊敬的哈德雷先生，您最近向族人宣讲，要他们别参与商业购房，宁可住在老旧的小屋子里。您的族人还向议会提案，限制外国人来岛上旅游。我觉得您对我们这些商业项目有误解，开展这些项目有助于繁荣贵国的经济。前几年贵国GDP的增长率还是负数，我们这些项目如果都顺利进行的话，至少会给你们带来几个点的提升，会创造很多就业机会。而且，贵国政府对这些项目都是很支持的。"

哈德雷听到这里，忽然长吐了一口气，两条蛇像是接到命令，急匆匆地从老人赤裸的上半身蹿下去。高源吓了一跳，以为哈德雷生气了，要运动什么法术，催动毒蛇攻击自己。不过那两条蛇只是离开他，钻到石头缝里不见了。

"这位远来的朋友，请问您出生于哪一年？"

"1966年。"

"哦……"老人陷入长长的回忆中，好半天才又开了口，"那一年我正在美国加利福尼亚，做你现在正做的事！"

波纳佩岛上的老人里面有很多是文盲，这让高源没将眼前的这位老人当回事。然而哈德雷不仅不是文盲，还曾经是货真价实的哈佛大学哲学系博士。

"二战"后，密克罗尼西亚群岛由联合国交给美国托管，为了管理这些托管地，美国还特意成立起托管局。这个管理机构出于开启当地民智的目标，专门从当地儿童中挑选优秀学生到美国留学。当时不到20岁的哈德雷便是其中一员，由于天资聪敏，很快他便融入了美国的主流社会当中。到了30岁，哈德雷便以"对存在主义和现象学的研究成果"在哈佛大学拿到博士文凭。

再后来，哈德雷干脆留在美国。他发表专著，巡回演讲，成为精通多种哲学理论的著名学者。哈德雷又拿着大笔科研经费，到世界各国原始部落中去搞人类学研究。后来他弃学经商，也能成为亿万富翁。哈德雷还娶了一个黑人妻子，拥有两个或者三个孩子。

不过，当哈德雷在60岁返回故土时，上述这一切个人成就都没有被同胞看到。据他自己说，是在回国内时捐出了全部财富，同胞中则有人说他是做生意赔了钱。不管怎样，这位在文明世界里潇洒走了一圈的人，不光财产，连老婆孩子都没带，孤零零地回到家乡。

据哈德雷自称，他在周游大半生之后，终于大彻大悟。总之，除了精神，他什么都不再需要。这位一文不名的老人在南多瓦斯里面找了间宽大的石头屋子，从此居住在里面，并且再不愿意阅读任何文字。他认为文字只能带来知识，不能形成智慧。

一旦哈德雷踏上波纳佩岛，除了调解纠纷，还经常寻访那些能演唱"姆万加诅咒"的老人。他和他们一起唱歌，一起酿制传统的萨考酒，一起织土布。年轻一代没人愿意学这些古老的技艺，那些古稀老人就把史诗传给这位比自己小不了几岁的哈德雷。

终于，时光让哈德雷成为全岛上最后一个能传唱"姆万加史诗"的人。斯基林博士不以为然，认为他在里面添了许多私货，只能算是再创作。但是听众们根本不在乎专家怎么说，他们喜欢听他唱，新的词曲中充满了人生智慧。他们也喜欢听他解说那些人生苦闷。再后来，哈德雷由于家族的缘故成为现任大酋长，更获得了传统的权威。

波纳佩岛上出了一位隐居世外的高人。时间一长，这个消息就传到世界各地。陆续有些外国人专程跑来倾听哈德雷的演唱，并且向他求教自己无法解开的人生难题。哈德雷从未成立宗教，更没有自封为教主。然而当他坐在石廊上，或者站在空地中央，把海、风、阳光、云和人生种种痛苦际遇揉在一起唱出来时，听起来却很像是祈祷词，气氛悠扬而神秘。完全听不懂当地语言的人都会被那苍凉的歌声迷醉，进而愿意倾听哈德雷的教诲。

"当年，我和你一样在炒作房地产。我认为人要选择经商，那就生死由命，认赌服输，所以不应该同情那些商场上的失败者。不过后来我看到一个人，他贷款购买了我的房子，因为还不起贷款，被法院从家里赶出来。他就在执法人员的面前，当着两个孩子的面自杀了。他以为贷款购买那幢别墅，日后会由于房价升值而大赚一笔。其实这是我让他产生的幻觉。我早就知道房价当时快升到头了，急着让别人接过这一棒。

当然，他应该为他的决策承担责任，但这样的责任太大了，有什么能比生命还重要？"

高源听得全身大汗，这不完全是天气闷热的原因。他来波纳佩岛很久，早就适应了这里有赤道特色的天气。人不打无准备之仗，高源听到老人说起这些后就知道自己输定了，他根本不知道眼前这个人的来龙去脉。

哈德雷眼帘一挑，盯着高源："朋友，我知道你在做什么，你在做同样的事。你要把在这里的生意做大，然后包装、宣传、脱手卖给一个倒霉的下家！天下商人都遵循同样的规律，你做的什么我心里很清楚。"

高源一句话都说不出来。难道这个老人真的有神通？他会读心术？能够使用控心技？自己是不是应该马上逃跑？

"外乡人，这里不只是一个岛，还是许许多多当地人的家园。你给他们制造了发财的幻想，然后就会毁了他们的生活。感谢你来这里看我，作为回报，我奉送你这份规劝。姆万加的诅咒？那并不是传说，我早就见识过了。在我曾经生活过的那片大陆上，十几年、几十年它就降临一次。"

高源狼狈地离开石头岛，临走时都忘了向对方告别。即使在他匆匆逃走时，在他的身后，哈德雷的声音还在追赶着他。

"外乡人，好好想一下吧，你做的那些事情，你真的需要吗？"

三

爬上、垂下、钻进钻出，3个人又在岩石甬道里摸索了几个小时，廖铮那部探险专用手机上已经记录下两千米长的路径。在他们周围，野鼠毒虫都不见了，这说明即使是本地的生物，也都不愿意住到这么深的地方。

3个人又来到一处高高的石厅中。他们在这里发现了更多的岩画，不过画的不再是廖铮熟悉的那些传统祭祀场面，而是病人、伤员、尸体。最触目惊心的是一个狰狞的全身像，正张开双臂扑向逃跑人群。这个不知道是神还是魔鬼的形象，比周围的人类高上几倍。

一个恐怖的灾难降临场面！

"这是什么？是怪兽还是巨人？"塔利克问道。

"咦？你是本地人，你都没见过吗？"杨嘉怡奇怪道。

"没有，我们的传统文化里从未有这个形象。"

自从塔利克的祖先来到这个岛，时间只过去了几百年。这处岩画显然出自更为远古的时代。廖铮摇了摇头："它不是真实存在的东西，而是一个象征。古人对写实和想象不会分得那么清楚，这是某种大灾难的象征。"

在几个小时前找到的那处石厅里，他们只看到了岩画，没找到生产工具和生活用具。但在这里，满地都是石刃、石碗，还有一些简单的陶器、骨器。

"这里还是没有人！"杨嘉怡找了一圈，没有发现一具遗骨。塔利克看到她那兴致勃勃的样子倍感吃惊，难道这个女孩子喜欢寻找骷髅头？

"确实没有遗骨。"廖铮直起腰来，"不过它们应该不远了！"

他们在洞厅四周寻找接下来的道路，结果找到了两处。通向右边的一条很宽大，通向左面的一条却只能爬着钻进去。"咱们走这条吧？"杨嘉怡指指那条宽大的道路。

"不，你们看……"廖铮接着他们，来到那条狭窄的洞穴前面。"这个洞口原来也很宽大，是有人从里面用碎石封填的，才显得这么小，但是他们没有完工。"

"从里面封填？这是为什么？"塔利克弯腰看了看洞口，确实看到里面堆着不整齐的石块。

"如果我没猜错的话，他们是在逃避那个想象中的魔鬼。"廖铮指了指石壁上那个张牙舞爪的巨像，"留下这样宽的一条路，一方面会挡住那个魔鬼；另一方面，将来他们自己还要爬出来。走吧，里面是个避难所！"

廖铮在前，塔利克居中，杨嘉怡最后，3个人依次向里面爬进去。洞穴深长，爬过的地方又不是自然形成的洞壁，而是敲打下的大石块，胸腹压上去很不舒服。"塔利克，现在你知道瘦女人的好处了吧？"杨嘉怡用聊天来分散注意力，"要是你们岛上的胖女孩，大概早就堵在外面什么地方了。"

塔利克也打趣道："不过，我们这里的胖女孩可不是天天钻洞子。"

"唉，没办法啊。等我们中国人想去探险时，地面上的奥秘差不多早被人家都探过了。"杨嘉怡叹道，"只有地下的奥秘还留给我们一些。"

没多远，廖铮就爬到了洞穴尽头。她先跳下去，转过身将杨嘉怡和塔利克拉出来。只见眼前的石穴足有篮球场大小，灯光下，一堆堆遗骨分布在各处，有的抱在一起，有的蜷着身子。各种石制、陶制的生活用品和遗骨堆放在一处，显得毫无章法。

廖铮把头灯的光向上扫去，果然，那里也有许多岩画，不过已经没有颜色，要仔细分辨才能看出来。岩画充满了垂死的人和虐杀他们的魔鬼。绝望的气氛透过千年时光，感染着3个当代人。

"这是他们最后的避难所，他们带着全部生活用品，想在这里躲过一劫，但是没有成功。"廖铮一边说，一边给那些遗骨拍照。这些人在死前想说的话，通过他们骨骼的姿势传递给了后人。

"那个魔鬼是什么？"塔利克问，"可以追赶他们追到这么深的位置？"

"只能是瘟疫。'姆万加的诅咒'确实存在过！"

四

廖铮一行人从山洞里钻出来后，时间已经过去了两天。他们立刻找到斯基林博士，向他报道惊人的发现。这下，这位始终对传说将信将疑的学者终于改变了思想，他马上组织十几名师生，在廖铮的带领下再次进入岩洞。

在那里，密克罗尼西亚联邦自己的学者进行了第一次独立的考古发掘。他们调查了深洞里的各种工具，发现它们均制造于1500年左右。那正是姆万加史诗中第一次诅咒发生的时候。

塔利克从洞里带出几副比较完整的骨骼，使用激光扫描复原技术，在电脑里生成出一个个三维形象。廖铮联系上已经回国的魏国盛，请他按图索骥，寻找这些人的来历。结果发现，这批先民与台湾原住民中的排湾族和南邹族很接近。

3000年到3500年前，台湾先民曾经远航到太平洋深处，散居在一些小岛上。他们被考古学家统称为"勒皮塔人"。考古学家曾经在更东边的波利尼西亚找到过他们的踪影，这是在密克罗尼西亚群岛第一次发现"勒皮塔人"的遗迹。

在社区大学里，面对媒体记者，廖铮还是坚持着自己的谨慎态度。"现在只能证明波纳佩岛上曾经出现过三批先民。500多年前是马来族人，1000多年前是印第安人，更早是台湾原住民。上一批人全部失踪，下一批人上岛殖民，时间正好相隔500多年。也许那首史诗记录了这个历史，但我们还是不知道是什么导致了每一代移民的死亡。"

"难道不是瘟疫吗？"

"瘟疫突然降临可以理解，但它又为什么突然消失呢？"

现在廖铮要面对的不仅是当地媒体，还有国内商业网站的记者通过网络向她采访。他们可不管这些，只要不修改廖铮的原话，记者们会附带上许多猜测、推想，将"姆万加的史诗"炒得天昏地暗。结果就是波纳佩机场上走出了更多的中国游客。

"如果真有那个诅咒降临，你们不怕吗？"看到这么多游客，有的当地人好奇地问。

"你们都不怕，我们就更不怕了。"来客显得很自信，"现在是什么年代了，如果真有什么传染病，马上就可以控制住。"

几乎不见外人的哈德雷酋长，这时也约见了廖铮。他们在社区大学的会客室里见了面。这次，大酋长穿着当地人的短袖彩衫，不再是一副苦行僧打扮，这让他看上去更像是一位学者。哈德雷对廖铮的成就表示了祝贺："在另一个世界里，我曾经是人类学家，所以我知道你这个发现的意义有多大。"

然后，哈德雷请廖铮打开手机，给她吟唱了原版的"姆万加诅咒"，内容比斯基林带到联合国去的那一首多得多。

"您知道它的原词？那为什么要花精力改编它？"

"我后来唱的只是一道劝道之歌。在我心里，'姆万加的诅咒'只是个比喻。贪婪让人疯狂，既而崩溃。等伤口愈合后，人们会再度疯狂，再度崩溃。七八十年里，这样的事情我见得太多了。我想劝人们终止这个可怕的轮回。当然，既然是在这片土地上宣传，我肯定要选用人们熟悉的素材来比喻它。现在，我把这首长诗的原始素材交给你，也许你能从中找到什么有用的东西。它不只是比喻，它记录了真实的历史。"

直到周围稍稍安静下来，廖铮才从当地媒体上看到一个熟人的消息：著名探险家理查德·罗布森原来就是本岛原住民宇川左健。他刚刚活捉到一条皇带鱼，长达7米，体重2吨！以前人类只找到过这种海怪的尸体，这是第一次抓到活标本。

然而，这条宝贵的皇带鱼因为不适应浅海环境已经死亡。而宇川左健这位习惯以身做饵的奇人，因为感染了某种不知名的传染病，也已经在州医院里被隔离。

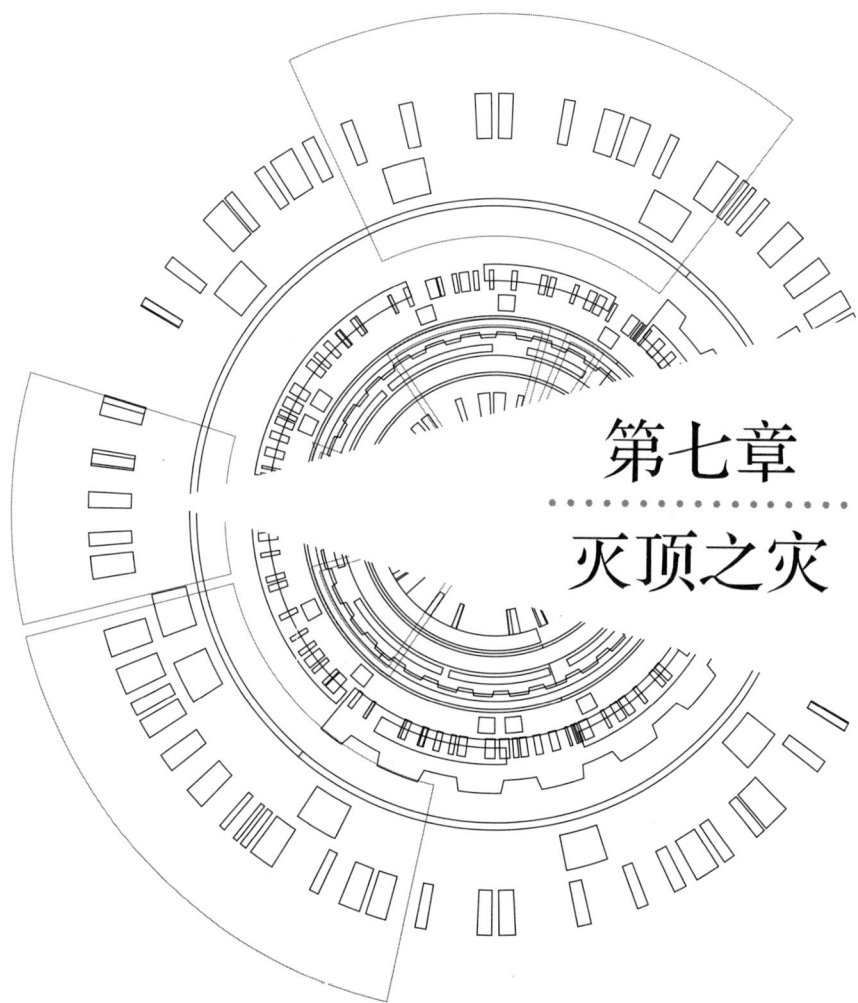

第七章

灭顶之灾

一

　　高源将自己的公司命名为"泛太平洋商贸公司"，除了夸大其词，还因为他没有什么主业。在高源看来，密联邦经济落后，所以到处是商机，遇到什么就做什么。结果，被他捡到"篮子"里的一项生意就是玳瑁。这种海洋生物的壳在中国可以制成戒指、手镯、眼镜框和乐器零件，甚至一些精密仪器使用的梳齿也用它制造。

　　不过在中国，玳瑁已经被列为二级保护动物，不允许非法捕捉。而在密联邦所辖的海岸里，玳瑁资源还有很多，并无限制。于是，高源便在当地做起收购玳瑁壳的业务。

　　波纳佩岛的东边有个小小的珊瑚岛，当地有数百名居民，平时以捕鱼为生。这天，几个当地人抓到一只玳瑁，便将它杀死，摘下背甲出售给小贩，肉则烤熟来吃。结果，这顿盛宴导致大面积感染，其中有6人死亡，还包括4名儿童，一时间轰动全国。

　　几乎同时，又有类似的感染病例出现在附近。上海水产集团有一艘名叫"波纳佩1号"的金枪鱼围网渔船，经常在附近海面上从事捕捞作业。该公司在波纳佩岛上也建立起金枪鱼加工厂。结果船上有几名船员突发此病，马上被送到州医院隔离。

　　所有这些病例都有一个共同点，就是病人全身青紫，许多组织因细胞供血不足而坏死。作为一种补偿机制，病人总是感觉身体里憋闷，大口大口地吸气，但氧气就是无法到达患处的细胞。在旁观者看来，这个症状就像有个无形的恶魔扼住病人的喉咙。医院里的呼吸机都被调来帮助这些患者维持生命，很快就不够用了。

廖铮知道宇川左健这几天的遭遇，既想向他祝贺，又想去探望他的病情。不过这位探险家正在严密的隔离中。在州医院里，中国医生眉头紧锁，将宇川左健的病情告诉廖铮。这种病他们从未发现过，病人体内不少组织产生坏死。

"他能呼吸，氧气能进入肺部，甚至能进入血液，能够从毛细血管到达细胞，但有一些地方的细胞接收不到氧。有一种病原体将人体组织里的氧置换成硫，导致细胞死亡，而这种病原体以前根本没发现过。"

廖铮又找到宇川左健回答记者提问的录像。当时，宇川左健身穿潜水服，还是一副意气风发的样子。他捏着一只小动物给记者看，那东西丑陋无比，很像《阿凡达》里面某种异星生命。只不过它很小，宇川左健用一只手掌就把它托了起来。

"这是片脚类，生活在5000米到7000米深的洋底。抓到皇带鱼的同时我就发现了它，这个小家伙附在皇带鱼身上，我顺便把它拿上来。"宇川左健在视频里解释着，"它没有皇带鱼的体型那么惊人，也许你们记者没什么兴趣，不过海洋生物学家可能会有点兴趣。深海里的东西在浅海几乎找不到。"

不过，无论是皇带鱼还是片脚类，都因为不适应浅海环境，抓上来后不久就已经死亡。宇川左健在录像中说道："这两样东西都应该生活在深海两三千米之下。为什么它们会跑到浅海里？我觉得波纳佩附近的海洋环境发生了某种变化。当然，具体是什么变化，这个只能请海洋学家来回答了。"

因为连番出现急性传染病例，援助当地的中国医生也没见识过。李增山大使便向外交部求助。此时，"和平方舟"已经完成了在科斯雷州的任务，正驶向波纳佩。穆向松舰长得到这个消息，马上派张秋平带一组传染病专家，先行飞到岛上参与治疗。

等张秋平到达时，不仅是宇川左健，与他同行的拉瑞和那几个渔民都发生了类似症状，甚至那个最先采访他的记者都没逃过。一时间，州医院只好疏散其他病人，改造成隔离区。

如此严重的传染病，波纳佩岛还从未遭遇过。当地人议论纷纷。他们认为那条"大海蛇"出水就是凶兆。太平洋岛民传说，这个怪物每次出现后，当地不是发生地震就是出现海啸。

事态紧急，李增山把岛上的中国专家都请到大使馆，共同分析情况。张秋平向大家介绍了自己最早经手的病例："那个美国工程师死亡后，美方给我们留下了样本。它是一种不知名的类菌原体，在死者身上曾经大量滋生，但很快就死亡了，说明它是一种在空气里不能持久生存的病原体。"

"什么叫类菌原体？"廖铮问道。

"类菌原体比细菌小，比病毒大，在进化链条上正好居于两者之间。在深海热液或者冷泉附近，可能会有许多不为人知的类菌原体。这次恶性传染病，很可能就是由它们引起的。"

廖铮又问道："如果它们一直待在深海，隔着几千米的海水，怎么会感染岛上的人呢？"

"这就不在我的专业范围了。"张秋平摊了摊手："也许有某种动物可以进入深海，把它们带出来。比如皇带鱼。或者……对了，那个美国专家染病，就是由深潜器把类菌原体带出来的。"

"深潜器！"廖铮叫了出来，"我知道去哪里寻找答案了！"

二

专家会商结束后，李增山就决定向国内通报，请外交部发布警报，暂停中国公民前往密克罗尼西亚联邦。目前正在岛上的大批中国游客，则要迅速组织他们离岛。

岛上的中国人社区只有那么大，没过1小时，高源便知道了这个会议的结果，他马上邀请李增山到自己公司驻地去谈谈。

作为岛上最大的中资企业，以前李增山经常来高源这里拜访，提供一些帮助。但现在他很忙，便回答说自己来不了。高源闻听，干脆开车来到使馆找李增山。

说是大使馆，其实只是一处院子，几间小平房，坐落在帕利基尔郊外。高源不在屋子里谈，反而拉着李增山来到他的车上，关好门，神神秘秘地说道："小李啊，你不要那么快做决定嘛，现在医学这么发达，有点传染病不算什么。"

李增山看到他，气就不打一处来："都是你，一下子弄来这么多同胞。现在他们都处在危险中。这并不是霍乱或者流感。如果是已知的传

129

染病，医学家们知道怎么处理，我肯定也不会这么紧张。现在医生们都不知道怎么对付它。"

高源无法说服对方，忽然拿出一个塞满美元的信封递了过去。显然，这个信封他早就做了准备。李增山看着这个信封，对高源的意图既明白又糊涂："我说高老板，你这是想干什么？"

"请你推迟向国内汇报，最好推半个月，实在不行那就推迟10天。你看，这边的政府都没有什么布置，你不用着急往国内发这种汇报嘛。外交部那么忙，还操心这个小岛上的事？"

李增山确实年轻，但一直在外交场合工作，这点经验还是有的。"十天半个月？让我推迟这么一段时间，对你有什么特殊意义吗？"

"唔……太有了，影响很大。李大使啊，我知道你这是职责所在，所以不多麻烦你，只要求拖十天半月。"

李增山把信封用力塞了回去："你来这里投资，身为中国大使我当然要关心你。你可别以为咱们有什么特殊交情。现在我只当没看到这个东西，这就是我帮你最大的忙了！"

说完，李增山立刻推门下车，像怕火烧着一样离开了，完全没注意到高源狠狠地锤了一下座椅，像是一个快要输红眼的赌徒。

三

在廖铮的脑子里，全部已知线索仿佛自动拼到了一处，不过还差一个缺环。廖铮离开大使馆，就拨通了苏云霞的手机："土妞，你还在波纳佩附近的海面上吗？"

苏云霞听到老同学的声音，显得相当高兴。但是听到她的要求，却又犹豫了。此时，甄涛仍然没有决定向外界公布发现冷泉带的信息。这个事件不仅对于学术研究有重要影响，还意味着发现了许多重要的基因资源。甄涛想为自己的公司多掌握一些资料再予以公布。

"你等着，我要去请示一下。有回音我给你打过来。"苏云霞说完就挂断电话。

自从上次通过话，两位闺蜜各忙各的，一个在深海探险，另一个在洞穴探秘，谁都不知道对方发现了什么。廖铮莫名其妙地等了一个小时，就在她快要放弃希望时，苏云霞的电话打了过来："甄总同意你和我一起下海，深海里确实有一些异常情况，和你的猜测很接近。"

此时的甄涛还在大陆谈生意，并没有注意到波纳佩这个偏僻小岛上发生了什么。听到苏云霞转述廖铮那边的情况，他深知事态严重，极有可能与自己船队的发现有关。马上放下手边的事情，正在朝这里飞过来。

按照甄涛的命令，"深海飞行家"的母船派出一架直升机，来到波纳佩岛上接走廖铮，送她下海。在这段短短的旅程中，苏云霞和廖铮互相介绍了自己的发现——巨型冷泉、深海潜流、瘟疫暴发，还有每500多年就发生一次的神秘诅咒。

"冷泉附近水体里有大量类菌原体，它们靠海底的硫来生存。当它们侵入动物体内后，会置换体内的氧，导致细胞大面积缺氧。不光是人，浅海和陆地上的所有动物都不能幸免，上面的动物对这种深海病原体没有丝毫免疫力。"苏云霞向廖铮介绍着她这边的发现，"这其中的具体生理机制还不清楚。我们这里的海洋生物学家也是刚刚才开始研究。至于那道潜流，确实流向波纳佩岛。但这些天我一直朝着它的反方向去调查，想知道它有多长，它的来源。"

"那咱们就换个方向吧！"

廖铮降落在"深海飞行家"的母船上，马上随苏云霞进入准备室，在那里等待"深-2"做下水前的调试。"怎么，入水前不需要增压吗？"廖铮好奇地看着周围的设备。她知道人们在潜水前要进入增压室，而气压上升时，人们的听力就会发现变化，耳膜也会感觉不适。

"那叫饱和潜水，最多只能让人进入浅海。"苏云霞指指外面的"深-2"："它为什么值这么多钱？原因就在这里。不管外面海水的压强有多大，艇壳都能撑住，内部始终保持在一个大气压，所以不用麻烦你承受增压的痛苦。"

时间到了，苏云霞带着廖铮进入座舱。"深-2"启动后，她们很快就钻过了真光层，浅蓝、深蓝、黑蓝、黑色，周围的色彩迅速变化着。"假小子，想不想体验什么才叫真正的深海？"苏云霞忽然问了一句。

"当然想了。"

廖铮话音一落，苏云霞就关了全部探照灯，又关掉舱里的照明灯。廖铮一下子掉入了彻底的黑暗中，甚至看不到旁边坐着的苏云霞，因为这个空间里没有任何光线可以反射。

即使置身在无月的夜晚，天空也有足够的辉光。而现在，廖铮感觉自己成了盲人，眼前似乎有一道墙往她身上压下来，胸腔好像被什么东西挤住，很不舒服。

"深-2，你那里出了什么问题？监控器上什么也看不到。"指挥室那边传来了急切的询问。

苏云霞一边打开内外照明灯一边回答："放心，什么事都没有，只是让客人来一次极限体验。"然后，她向廖铮吐了吐舌头。

"深-2"继续下潜，周围水波不惊，光线只能穿透20多米，在这个范围内，很长时间什么也没出现，廖铮感觉自己完全没有动。过了一会儿，在探照灯光里，廖铮看到外面像下雪一样，降下许多白色的片片："那是什么？天啊，好像到处都有。"

"那叫海雪！"苏云霞回答说，"上层的海洋生物死亡后，尸体被分解，变成这样的细屑沉降下去。有时候鲸类、鲨类的尸体会大块大块地往下掉。底层的海洋生物再把它们分解掉。很奇妙的循环吧？在海洋里持续了十几亿年。"

穿过2000米深的水层，这个过程显得很漫长，又有些无聊。两个好友谈天说地，消磨着时间。廖铮忽然想起一件事，拍拍座位问道："坐这个东西下一次海，要花多少钱？"

"多少？把母船用在后勤支持上的消耗都算在内，差不多10万块吧。"

"天啊，和一次太空亚轨道旅行的票一样贵？"

"是啊，要不是甄总批准你和我下来，你不知道排到哪年才有机会呢。我们船上缺后勤人员，你来洗衣、择菜、擦地板，干上几年，或许能批准你下来一次。哈哈哈。"

说着，聊着，时间在昏黑的景色中慢慢度过。终于，视野里出现了令人震慑的冷泉带。探照灯光所及之处，它们像一株株参天大树。苏云霞驾驶"深-2"，先是围着那些冷泉转了一圈。廖铮第一次看到了种类丰富多彩、形状令人瞠目结舌的海底生物。她只认出了片脚类，就是宇川左健在视频上托给记者看的那种动物。

"你是说，那种致命的类菌原体就在外面的水中？会不会传染我们。"廖铮担心地问。

苏云霞敲敲舱壁："放心吧，水分子都渗不进来，何况类菌原体。我的文科生姐姐，现在考你一道题。听好啦，科学家已经发现并命名的生物种类，占地球可能存在物种的百分比是多少？"

"多少？70%？80%？"廖铮猜测着。

"六分之一都不到！"苏云霞指指周围的冷泉，"尤其在深海里，到处有多少种生物，科学家连百分之几都没找到。我再考考你，看到那些海底沉积物了吗？那里面的微生物，你猜数量有多少？"

"这个怎么计算？你问题出的就不准确。"廖铮提出了抗议。

"好吧，我把问题改一下——海底沉积物中的微生物占地球上全部生物总量的比例是多少？"

"全部生物总量？要把海洋里的生物、陆地上的动植物都加起来吗？"廖铮的脑子里出现了茂密的亚马孙丛林，还有成群的非洲象。

"是的，别忘了把几十亿口人的数量也都算上。"

廖铮看着外面的海底，一片片污泥正被冷泉的余波搅动着："百分之一？千分之一？"

"三分之一！"苏云霞卖完了关子后，很是得意地说道，"全球海床下面1000米内都有微生物存在，加起来大于地球上所有动物的总量。这些微生物绝大部分与地表生物没有任何亲缘关系，那种类菌原体只不过是其中之一罢了。"

说到这里，苏云霞感慨地长叹一声："可笑的是，人们天天幻想着到什么外星球上去寻找新生命，其实人类对海底生命的了解，八字还没写出半撇呢。"

这些数据惊得廖铮说不出话来。尽管她也热爱海洋，但从未想到，人类对海洋陌生到这种程度。种类如此繁多，数量如此之大的一个生物圈，被几千米深的海水与人类熟悉的世界隔开。那不就是另外一个世界吗？

然而，随着人类的活动越来越深入海底，两个世界终将被打通。这会导致什么后果？谁对谁的影响更大？

苏云霞一拨操纵杆，甩掉电缆，开启了应急模式，朝着波纳佩岛的方向驶去。她们行驶在潜流的核心区，在这里，水的流速最大。不过这个"最大"也只存在于仪表上，廖铮坐在座舱里，完全感觉不到水流对"深-2"的推动。

"假小子，你的任务就是盯着那块表，如果读数不变，就说明咱们还在潜流的中心带里。"苏云霞指挥着好朋友。

"明白。"

就这样，每隔1000米便停一下，重新校对方向，苏云霞驾驶"深-2"

追向这道神秘潜流的头部。很快她们就离开海底平顶山。苏云霞忽然从回声探测器上发现了一个信号，这引起了她的兴趣。顺着那个信号向下面又降了400米，探照灯笼罩着那一片海底，一艘轮船的残骸出现在屏幕上，它的形体十分巨大，"深-2"的光线照不到它的头和尾。

探照灯扫过了船艏部位，苏云霞看到船名，不仅哈哈大笑："我想找它的时候，却找到了冷泉。我没想找它，它却在这里。"

这就是美军重巡洋舰"印第安纳波利斯号"。它本来沉没在海底平顶山上，现在被那道缓慢而强劲的潜流从山体边缘推到了下面，所以他们前些日子才屡寻不获。苏云霞来不及仔细考察，拍了几张照片后，继续回到原来的航线上。

由于躺在海洋的怀抱里，波纳佩岛看上去是座灵秀的小岛。然而如果将大洋的水抽干，波纳佩岛就会变成一座巍峨的高山，从山脚下开始算起超过3000米高，方圆足有上万平方千米。现在露在海面上的这300多平方千米，只能算它的山尖而已。

这座海下的"波纳佩山"朝南一侧十分险峻，朝北一侧却是个大缓坡。在它的东北方向，有一道浅浅的海岭，像围墙一样将岛屿半包围。不过，有条超过1千米宽的横断带将海岭切开。巨大的潜流冲到这里，大部分被海岭挡住，逐渐消散，与周围的海水混合。只有很小一部分钻过那道横断带，沿着缓坡爬上来，直到波纳佩岛东北边的浅水层里。

"深-2"驶向波纳佩岛，一路上，两个人记录下了潜流的走势。"这道潜流会不会像北大西洋暖流那样，年复一年都出现在预定位置上？"

"不是这样，很多海流都是间断的。每隔几十年，甚至几百年才出现一次。这和整个海洋的波动、表面温度的变化周期有关。至于这道潜流多久出现一次，我们还不知道。不过我们这些天往东北方向释放了许多探测器，已经找到了它的尾巴，大约在1000千米之外。按照这个流速，一两年内潜流就都会牺牲在这道海岭上，不复存在了。"

答案似乎在廖铮眼前全部解开了。姆万加的诅咒每隔500多年降临一次，是因为一道潜流冲到这里，从冷泉带中混杂了大量类菌原体，一路冲上波纳佩岛，污染附近的海水，瘟疫将在岛上暴发。由于人类没有这种类菌原体的抗体，岛上的居民便会在短时间里灭绝！

然后，类菌原体因为不能适应空气环境，很快自己也死亡。这就是为什么现代医学从未记录到那种奇怪的窒息症状的原因。过上几年，这道无名潜流就全部消失。而在它的起点，由于海波、气流，以及它们之间复杂的交汇作用，几百年后又将制造出下一道潜流。

想到皇带鱼、片脚类，廖铮觉得那个可怕的周期末端近在眼前。"你能计算出它到达波纳佩需要多久吗？"

"咱们别计算啦，直接去测量吧。"说着，苏云霞驾驶"深-2"继续沿着潜流驶来。不久，在回声探测仪上，波纳佩岛在水下的雄伟身影赫然可见。终于，"深-2"飞到了潜流的尽头。

"现在离水面只有二三百米，潜流基本上消耗了它的动能，在这里与普通海水完成混合。咱们上去，看看它离波纳佩岛还有多远。"

苏云霞关上发动机。"深-2"失去速度，迅速上浮，蹿出水面。在LED屏幕上，只见一架客机正从机场起飞，摆摆翅膀钻上天空。如果打开顶盖，她们完全可以用肉眼看到波纳佩岛。

远处海面上，成千上万只海鸟正聚焦在那里。显然，这样的情形很少见，岸上有不少人正在围观，朝着海鸟聚集的地方指指点点。

苏云霞又启动"深-2"，在水下10米处进行"等深巡航"，朝着那片水域飞去。只见大批的浅水鱼类漂上海面，或者挣扎，或者已经死亡，海鸟就是被它们吸引来的。

"天啊，类菌原体！"廖铮说道，"潜流已经开始产生恶果了。"

苏云霞忽然想起了什么："你知道吗？因为这道潜流是我发现的，所以我有权提供一个命名。原来我想用妈妈的名字，可是你看，这道潜流太不吉利啦。不行，我得马上告诉老板，让他在报告中改名！"

廖铮说道："好啊，名字就是现成的，就叫它'姆万加的诅咒'吧。"

四

越来越多的病人被送到波纳佩州医院里，他们的症状都是一样，身上不同部位发生青紫、坏死和脏器衰竭。发病的部位完全没有规律。较早发病的拉瑞已经死亡。在张秋山的组织下，州医院的中国专家团将它改造成了一个临时的隔离中心。

李增山大使亲自到州医院了解了事态发展。他知道事情已经刻不容缓，决定马上回使馆，向外交部报告。李增山自己驾车离开医院，向使馆驶去。道路正在维修，坑坑洼洼。忽然，一辆小货车从中线另一边横冲过去，将李增山的车子撞到路边的沟里。

现场不远就有中国筑路工人，跑过来马上将李增山从车里拉出来。

李增山受了轻伤，神智还清醒。他告诉工程队长，自己必须马上回使馆处理公务，同时请州医院中国医疗队派来外科医生处理伤情。

30岁出头的健壮体格帮助了李增山，他一边让医生给自己包扎伤口，给骨折的腿打上夹板，一边不停地打电话，请求外交部发布旅游警告，要求岛上的中国游客迅速集中撤离。当天下午，中国外交部就发布公告，暂缓中国公民赴密联邦各州的旅行。

肇事司机已经驾车逃逸，不过在这个封闭的小岛上，找到他并不难。在州长指挥下，几个退役士兵把他带到"反省屋"，这是当地政府处理各种案件的地方。肇事者是个当地的查莫罗人，他声称自己的车子遇到陷坑，控制不住方向盘，冲撞了对面的车辆。

波曼斯很为难，在这个岛上出了交通事故，几乎都是私了，治安部门只起监督作用。然而这次受伤的是中国大使，搞不好会产生国际纠纷。就在这时，哈德雷大酋长来到反省屋，请求询问这个肇事人。酋长是这里的传统法官，波曼斯只好接受他的要求。

哈德雷站到肇事司机面前，尚未开口，那股威严的气场已经将对方罩住。肇事者身子发抖，说话时声音不住地颤抖。

"岛上的情形你已经看到，姆万加大神已经回归，正在诅咒那些罪人。"哈德雷盯着肇事者的眼睛，"贪婪者和说谎者势必有难。"

肇事者根本不敢抬起头来："是的是的……我知道，求大师救我。"

"你要自己救自己……讲出幕后凶手，或许我可以向神请求宽恕。时间不多了……"

在这位得道老人威严的目光下，肇事者的精神早已崩溃，马上就坦白了。他因为做生意借了高源的钱，后来破产，无法归还。高源就要求他制造这起车祸，以此来还债。高源还答应，如果涉及赔偿之类，将由他来出钱。

"我没想把他撞死，高源只是让我把他撞伤。"肇事者知道事态严重，不住地为自己辩解。哈德雷抬手阻止了他："你在这里反省吧。或许你待在这个地方，姆万加还能宽恕你。"

事情已经清楚了，高源被暂时拘捕，也押在反省屋里。"你正在转让你的生意，对不对？"哈德雷用锐利的目光在高源脸上扫来扫去，高源觉得对方的眼睛简直能看清自己的思想。

"你……你怎么知道？"

"你一方面在网络上炒作此处的生意前景，另一方面寻找投资人把它脱手套现，交接时间就在这几天。所以，你需要的只是把这里发生的灾难捂上一段时间，让对方的钱能够顺利到账。"

高源无话可说，这位老人足不出户，居然能知天下事。高源不知道他是有特异功能，还是曾经有过丰富的商业经验。

恐惧加上羞愤，调动着高源的神经，他忽然站起来，带着哭声喊道："你不要以为我有多势利。我跑到这里搞开发，借了多少钱你知道吗？利息有多高你晓得吗？我现在的财富只是千万级，这趟成功了可以进入亿万级，失败了就一文不名。我的压力有多大你知道吗？你这个妖人，几百年才遭遇一次的瘟疫，居然让你唱得马上就成了现实！"

看到高源这样恼羞成怒，哈德雷反而笑了："高源先生，你承认就好。我还是要请你思考那个问题——你做的那些事情，真是你所需要的吗？如果你想清楚了，我会请大神宽恕你。"

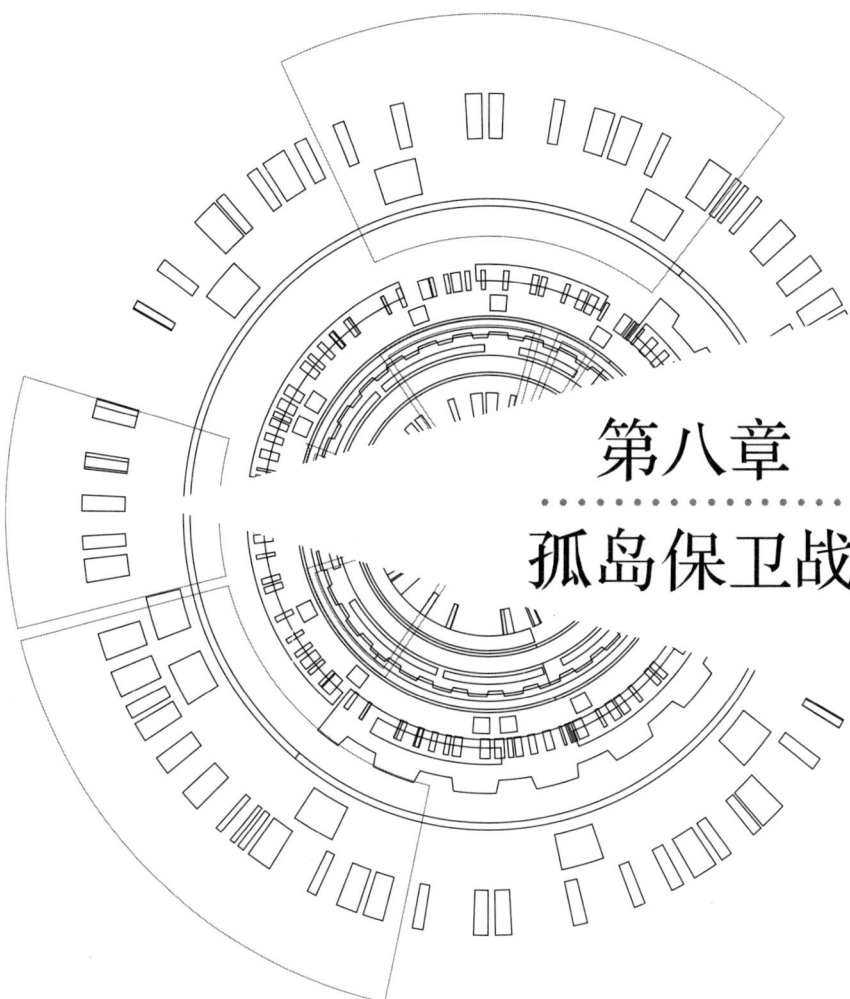

第八章
孤岛保卫战

一

那道潜流沿着斜坡向上涌流，一直到距离海面几十米的地方才耗尽全部能量，与周围的海水混合起来。大批浅水鱼类率先受到感染，然后是吞食它们的鸟类，飞鸟又将类菌原体带到了岸上。只有一两天工夫，方圆300多平方千米的全岛各处几乎同时找到了病例。这种病症以前从未见过，当然也没有名字。由于这种类菌原体感染的组织各不相同，所以，世界卫生组织将它临时命名为"姆万加综合征"，并向整个太平洋地区发布了紧急防控通知。

既然瘟疫暴发已经得到证实，当地政府迅速发布紧急状态令，同时还发布了一道动员令，要求全岛退伍军人到州里报到，协助维持紧急状态秩序。原来，密克罗尼西亚联邦男青年有一个重要职业，就是到美国去当兵，仅波纳佩岛就有数百人从美军退役。这些退伍军人成了一支临时警察部队，控制住了岛上的恐慌气氛。

由于紧急状态的实施，波纳佩岛通向世界各地的航班都被中止。此时，还有数百名中国游客滞留在这里，等候船只离开。从地理位置上讲，波纳佩岛方圆几百千米都没有大型居民区。然而只有这个时候，人们才感觉它真正成了一座孤岛。

政府高官纷纷站出来安抚民众情绪。哈德雷也不再返回他的石屋蜗居，以大酋长身份频频发表演说，请大家镇定下来，向海神祈祷，并且不要嫌弃那些病人，号召大家在医生的指导下，清理岛上的动物尸体。靠着平时积累起来的威望，哈德雷的话像是安慰剂，让许多岛民的情绪稳定下来。

医疗条件不足，密联邦向国际社会发出紧急援助的请求。此时，"和平方舟号"已经接近到几十海里外。中央军委下令，要他们倾尽全力，迅速投入"姆万加综合征"的防治工作中去。整个密联邦四个岛上仅有4所医院和80多个诊所，而一艘"和平方舟"能提供的医疗条件就已经远远超过当地的总和。

"和平方舟"开足马力驶向波纳佩。接近这座孤岛30海里时，船上的声呐监听到一连串高频信号，那是海豚之间的语言。穆向松舰长拿起望远镜，观察着远处的海面。只见数百只海豚纷纷蹿出海面，又落下来。方圆近1平方千米的宽大海面上，到处都是海豚身体砸下时溅起的水浪。

奇怪的是，海豚前面并没有鱼群，天空中也没有伴行的信天翁。以前海豚这样成群结队出行，通常是为了追逐鱼群，将它们驱赶到一定位置围捕。信天翁也会在天空中打埋伏。现在，那些海豚的表现十分惊慌，就像是在逃难。它们虽然没有学过考古学、生物学或者海洋学，但是凭借天生的本能，已经感觉到了那股致命潜流的凶险。

成群逃离的海豚让大家亲眼看到了前面那场灾难的可怕。穆向松召集全舰官兵讲话，要求大家坚决执行中央军委的命令。然后他让官兵们抽时间把遗书写好。这下子让好多人都愣住了。

"舰长，真有那么严重吗？"一个20多岁的助理麻醉师问道。

穆向松知道，年轻人往往有一种特殊的心理，认为别人会撞到厄运，而好运会永远跟随自己，他必须给这些年轻人泼够冷水。

"我参加过当年防治SARS的战斗，那时医护人员感染率和死亡率都远高于其他人群。我们都是战士，脑子里必须对死亡有所预计。"

在舰长的动员下，这群白衣军人士气高昂，朝着特殊的战场挺进。

与此同时，先一步到达的张秋平早就在岛上参加战斗了，而且成为中国援密医生的临时总指挥。不过他能做的只是把病人集中隔离，输入抗生素。除了这些能延缓病情的措施，张秋平毫无办法。

这天，张秋平拖着疲惫的身体去查房，看到很早发病的宇川左健已经进入垂危状态。要不是他体格超强，可能早就不在人世了。

看到张秋平身穿防化服走进病房，宇川左健挣扎着向他比画，用微弱的声音说着什么。张秋平把耳朵凑了上去。"……什么？太阳？你要晒太阳？"

宇川左健虚弱得无力点头，他的眼神表示出了对求生的渴望。是啊，张秋平灵光一闪。这种无名的类菌原体来自暗无天日的海底，或许太阳光就是它的克星？然而，把危重的传染病人抬出隔离病房去晒太阳，这违反了处治传染病的一切惯例。

烈日正在天空中暴晒着全岛。张秋平思考片刻，果断命令医生把宇川左健连同病床一起抬到阳台上，揭开床单，用眼罩挡住眼睛，让赤道附近直射的阳光照射着他的身体。同时张秋平让人在阳台上划出一片封锁线，只有他自己可以进去观察病人。

几个小时后，宇川左健的病情奇迹般地稳定下来。然而，波纳佩岛的天气变幻无常，乌云很快遮蔽住太阳，到哪里去寻找便利而充沛的阳光呢?

在大使馆的组织下,岛上所有想离开的中国人都集中到"和平方舟号"上,接受检查后,有发病迹象的送到隔离室,没有传染的住在临时宿舍里。正有一艘中国籍货轮从附近经过,他们将临时转向波纳佩岛,带着这些同胞离开。

由于交通中断,岛上生活物资急缺,医药更是接近消耗完毕。李增山向国内发出紧急请求,在电文中开列出一大串急需的物资。

很快,国内便发出了回电,载满物品的专机已经起飞。李增山焦急地等待着。在预定时间里,云层中传来隐隐的轰鸣声。随着众人手指的方向,只见云端里降下一只巨鲸,就像一座浮动的山。廖铮和杨嘉怡见多识广,也是第一次看到如此之大的飞机,很难想象它居然能在天上飞行。

飞机继续下降,只见机身上漆着俄罗斯空军的徽记。原来这就是人类历史上最大的飞机——安东诺夫225型运输机。它的背上可以驮着航天飞机转场,肚子里能塞进一节城铁车厢,或者10辆轻型坦克。现在,这架安东诺夫225装满300吨药品、食品、野营设备和救生装备来到波纳佩岛上空。

巨型运输机朝着岛上的机场飞过来,但是没有做出下降的姿势。这里机场跑道过短,没法让它刹住沉重的机身。驾驶员调整好姿势,从机场上空掠过,同时放出十几个降落伞。盘旋一周后,飞机再次朝着空旷的跑道投下降落伞。

就这样,能够救助数千人的药品、10万份军用口粮、500顶军用帐篷,还有100具呼吸机、几十盏全光谱太阳灯都投放到岛上。"和平方舟号"也已经开到岸边，所有危重病人都被转移到船上。

岛上紧张的气氛稍稍放松了下来。然而，那道致命的潜流凭借惯性作用，仍然强劲地向浅海翻涌上来，将这座孤岛封锁起来。

二

与此同时，如何解决致命潜流问题的国际会议也正在附近的关岛召开。美国军方提出一个方案，他们拥有一种新型制导鱼雷，只要集中轰炸，便可以摧毁那片海底冷泉。

然而，这个方案立刻遭到生态主义者的反对。他们认为，海底冷泉是地球生物多样性的代表，如此大规模的海底冷泉更是前所未有，应该加以保护。既然潜流会在两年内结束，那么在此期间，国际社会只要保护好波纳佩岛上居民的安全即可，不必多此一举。

这次，海洋学家也站到了保护深海冷泉的一方。他们认为如此大规模的冷泉非常罕见，是个天然的科学基地，不仅可以解答有关生命起源的重大问题，还可以提供各种有益的基因。如果这次把它摧毁，以后不知道还能不能再找到。

作为冷泉名义上的发现者，甄涛在会议上做了特别发言。他指出，目前他的团队已经在冷泉带上发现了降解烃类的古菌。如果将它们分离后大量培养，喷洒到全世界的海港，就会分解存留在那里的各种燃料油痕迹，或者在油轮遇难后清理其海上污渍，大大减少航海业造成的污染。至于它们的医疗价值更是不可估量。这笔巨大财富既然存在于密联邦的海域，也是属于该国的自然资源，炸毁不如保留。

"即使是这种厉害的类菌原体，都不能认为是绝对有害的。它仍然可以用于基因工程，培养出对人类有益的结果。在没有对冷泉带的生物圈进行充分研究之前，绝对不宜将它炸毁。"甄涛提议将波纳佩岛居民暂时迁移到该国其他岛屿。

然而，要将全州的人迁走，所需经费是密联邦无法支付的。其他各岛也没有足够的生活空间提供给这些难民。何况由于经济活动停顿，密联邦已经受到严重打击。

廖铮从苏云霞那里听到了有关会议进程的消息，忽然产生了一个想法："我提个外行的建议。咱们不是在海岭那里经过一个缺口吗？美国鱼雷既然可以炸掉那片冷泉，难道不能炸塌那道缺口，让潜流彻底被阻断？"

苏云霞用力拍拍她的肩膀："天啊，好主意果然都是外行想出来的。我们天天泡在深海里，反而感觉什么都做不出来。"

炸药在深海里爆炸，威力会比在空气中大许多倍。完全可以炸塌两边的崖壁，把缺口堵死。当然，这需要有人在缺口处进行精细的测量。美国海军迅速讨论了这一方案，认为它确实可行。他们制造的那种专门对海底军事工程进行攻击的制导鱼雷，可以在最多3000米以内的水深爆炸。但要堵住缺口，必须对岩壁实施外科手术般精准的打击。为此，需要有人在目标附近投下声标，由它们发送声信号引导鱼雷。而潜艇无法到达那个深度，这个任务只能由甄涛旗下的"深海飞行家"们承担。

上次苏云霞和廖铮从那里穿过，只是简单地观察了一下地形。如果真要在那里寻找到引爆点，还要进行多轮搜索。见此情形，霍克斯挺身而出："这个工作必须要由我来指挥，因为我是人类资格最老的深海飞行家！"

"师父，您的身体……"苏云霞担心地问。

"我早戒酒了。"霍克斯一拍胸膛，"应付那些情况我还是没问题的。"

"第二个肯定是我！"苏云霞也当仁不让，"那道潜流我从尾一直跟踪到头，世上没人比我更熟悉它。"

三

此时，"深海飞行家"的母船还在海岭缺口以东70海里远处。为了节省时间，霍克斯和苏云霞分别钻入两架"深海飞行家"的驾驶舱。由美军派出两架"海上骑士"型运输直升机，每架吊起一艘"深海飞行家"，直奔预定海区。

"深海飞行家"的个头看起来很大，然而分量很轻。很快，他们飞到了海岭正上方，"海上骑士"悬停在那里，缓缓地将"深海飞行家"放到水中。霍克斯和苏云霞相继发动引擎，开始了完全无后援的危险作业。

他们很快钻到1500米的深海，两人并肩潜行，从缺口的一端潜到另一端，记录下缺口的外形轮廓。然后他们又抬头爬升，在崖壁上寻找爆破点。每找到一处，霍克斯就射出一枚声标，等他将全部声标都射出去，苏云霞开始发射自己的声标。

有道是百闻不如一见，虽然早就听说过"深海飞行家"之大名，从声呐屏幕上看到它那鱼儿般灵巧的身姿，现场的美军指挥官还是大为震惊："这个技术怎么能让中国人拿走？五角大楼那些人在干什么？"

副官给他讲了那个流传已久的趣闻：五角大楼曾经派人视察过霍克斯的小公司，老发明家热情洋溢、滔滔不绝，视察的军官则不以为意。为了堵住他的嘴，好回去交差，他们就问霍克斯能否设计出一款又会飞出水面，又能钻入水下的两栖飞行器。

霍克斯当然无能为力，于是在汇报中，这名官员便写到——霍克斯充满幻想，夸夸其谈，试图反复强调不可能兑现的设计以套取国防部的研究经费。

当然，存在于脑子里的设想毕竟不同于摆出来的现实。亲眼看到这两架"深海飞行家"的身影，美军指挥官脑海里出现了一个恐怖的画面：

海战打响，敌对国家派出几十架"深海飞行家"，埋伏在海岭中。美军潜艇就像笨重的气球一样从上面"飘"过，随便哪架"深海飞行家"从下面蹿出来，尾随在潜艇后面，朝着潜艇的螺旋桨射击。只要做这么一次小小的"外科手术"，一艘核潜艇就会葬身大洋。没有任何一种鱼雷或导弹可以对付这种"大号鳐鱼"，笨重的潜艇也无法及时调头逃跑。

当然，甄涛和霍克斯并没有对"深海飞行家"保密，而是将它公开销售。美国军方同样可以制造出大批"深海飞行家"。如此说来，潜艇的时代就要结束了？将来，几十架、上百架"深海飞行家"会在几千米海底进行决战。它们将在海岭上追逐，在裂谷中缠斗，肉眼看不到的深海战局将决定一切……

指挥官摇了摇头，把这个恐怖的前景驱赶出去，还是先处理眼前这个事件吧。

霍克斯和苏云霞驾驶的"深海飞行家"双双浮出水面。几架B-2已经飞到了这片海域上空。他们扔下了10枚制导鱼雷，这些鱼雷一接触水面，就展开翅膀钻了下去，寻着声标越钻越深。

霍克斯和爱徒回到海面上，通过"海上骑士"的发动机给"深海飞行家"充电，补充新的信标。时间一分一秒地过去，回声探测器上出现了几次剧烈的波形。大爆炸发生在深海之下，他们并没有感觉到周围的海水在波动。

充电完毕，两个人再次钻入深海，先是勘测了那道裂谷。结果发现鱼雷效果惊人，裂谷底部有一半已经被填死。他们调头飞向另一边的崖壁，再次寻找引爆点，射出声标。

与此同时，几架美军轰炸机从西北方向朝着波纳佩岛上飞来，再朝着东北方向飞去。他们一飞过包围着波纳佩的珊瑚礁圈层，就开始投下深水炸弹。它们的目标不是敌方潜艇，而是那道致命潜流的末端。一股股巨大的冲击波将潜流搅乱、驱散。

人们远远地站在岸边，看着白色的爆炸水柱像小山一样隆起，又缓缓平复。这个作业的原理就像用防雹炮弹驱散积雨云一样。轰炸机飞去又飞来，整整投下100枚深水炸弹，才任由大海自己平静下去。

完成第二次深海爆破后，霍克斯已经累得睁不开眼睛，苏云霞让师父去休息，自己又钻入深海，勘测从缺口处到珊瑚圈之间的深海。那道被斩断的潜流已经彻底消失了！

几天之后，由于"和平方舟号"大面积实施太阳灯疗法，全岛364名感染者中有348名已经痊愈，只有16人不幸罹难。"姆万加的诅咒"在轮回了几千年以后，终于被人力所打破。

四

苏云霞喜欢冒险，却不爱写东西。廖铮便将她的想法记录下来，再充实以自己的判断，写下了回顾整个事件的文章。

两个人对"姆万加的诅咒"进行了推测。苏云霞指出，深海冷泉比热泉寿命长得多，能存在上万年。那道潜流每隔500多年便出现一次，沿着同样的道路扫过冷泉，夹带起大量类菌原体冲过深海缺口，袭击波纳佩岛。在人类无法知道这些因果关系之前，它会持续两年冲击波纳佩岛。其间通过浅水鱼、海鸟等生物感染岛上的生物，导致大面积死亡。

波纳佩岛最早的人类活动遗迹是在4000年前留下的。从那时开始，岛上就可能产生这种周期性的传染病大灭绝，只不过现在仅能找到最后三次的遗迹。

至于南马都尔，它是岛民们逃避灾难的宗教场所。在那个时代，小岛就是整个世界。当岛民通过流传下来的说法，认定每隔500年死亡就会降临时，他们就拼命建造石墙，用这种形式来抵御一个神秘的无形巨人。既然这个无形巨人可以钻入山洞追击死者，那么只有修建足够高的石墙才能将它阻挡住。

于是年复一年，修建石墙成了一种倾尽全力的仪式行为。直到第三次大毁灭发生后，现在的密克罗尼西亚各部族向岛上移民，时间已经进入了15世纪，这些海民与中国、日本这些更为发达的文明世界有过频繁接触。于是，再一次上岛的海民能够判断出先前的人死于瘟疫，而非不可捉摸的隐形神魔。当然他们也知道，建石墙并不能阻挡住瘟疫，于是这一次上岛的人便放弃了这个工程。

于是在今天的人们看来，这个浩大工程便在一夜间突然停工。又过了一段时间，新岛民中则产生了"姆万加的诅咒"，以说明他们听说的难以解释的瘟疫。

为了躲避债务和法律制裁，高源停留在波纳佩岛上不敢回国。按照当地的风俗，李增山大使原谅了他，把他交给哈德雷大酋长。这个输掉了金钱、家庭和情人的男人终日在南多瓦斯与老人一起修行，认真思考到底什么才是自己所需要的。

杨嘉怡没有马上回国，她还想拍摄到南马都尔废墟上的鬼火。虽然此行收获了一系列重大发现，但那都是在廖铮组织下完成的，她需要有个属于自己的发现。

杨嘉怡白天睡觉，晚上出来，在面对南马都尔的山坡上架起摄像头，待在那里守到天亮。塔利克每晚都来陪着她，这个土生土长的小伙子深信鬼火的存在。不仅他自己看到过，许多同胞都看到过。只是鬼火的现身从无规律，也没人拍摄到它的真相。

一晚又一晚，杨嘉怡毫无所获。难道因为人类破解了"姆万加的诅咒"？那些鬼魂终于得到安息？

终于，在杨嘉怡昏昏欲睡之际，摄像头帮助她抓拍到一段幽灵般的闪电，它成片状出现在南马都尔两个石岛上空，一闪而过。

天啊，这是属于我的发现！杨嘉怡跳起来，在塔利克的脸上重重地吻了一下。

当然，那肯定不是被姆万加收走的冤魂。远古时代火山喷发形成了波纳佩岛，所以到处都是磁化玄武岩。十几代岛民将它们采集、打磨、堆集成南马都尔石头城，无形中也制造出尺度巨大的磁场。当天空的电荷积累到某个程度时，南马都尔废城便泛起了奇怪的闪电。

人们推测，80年前那个倒霉的德国总督，就是死在一次岩石闪电之下。